DU FOND DES TÉNÈBRES

Paru dans Le Livre de Poche :

DOUBLE DÉTENTE

L'ÉTRANGLEUR D'ÉDIMBOURG (*inédit*)

LE FOND DE L'ENFER (*inédit*)

NOM DE CODE : WITCH

REBUS ET LE LOUP-GAROU DE LONDRES (*inédit*)

PIÈGE POUR UN ÉLU (*inédit*)

IAN RANKIN

Du fond des ténèbres

TRADUIT DE L'ANGLAIS (ÉCOSSE) PAR ALINE AZOULAY

ÉDITIONS DU MASQUE

Titre original :
SET IN DARKNESS
publié par Orion Books Ltd, Londres, 2000

Note de l'éditeur :

Le surnom « le Péquenot », attribué au superintendant Watson dans de précédentes aventures de l'inspecteur Rebus, est devenu « le Paysan » dans la présente édition.
De même, le personnage désigné précédemment comme « le gros Cafferty » reprend son nom : « Big Ger Cafferty ».

À mon fils Kit,
avec tous mes espoirs,
mes rêves et mon amour.

Though my soul may set in darkness
It will rise in perfect light,
I have loved the stars too fondly
To be fearful of the night.

Et si mon âme sombre dans les ténèbres
Elle renaîtra à la divine lumière,
J'ai trop chéri les astres
Pour redouter la nuit.

Sarah WILLIAMS, *Le Vieil Astronome et son élève*.

PREMIÈRE PARTIE

L'intuition d'une fin

Et cette longue et étroite contrée
Est pleine de possibilités...

Deacon BLUE, « Wages Day »

1

Le soir tombait lorsque Rebus accepta le casque jaune que lui tendait son guide.

– Nous pensons que ce sera l'aile administrative, dit l'homme.

Il s'appelait David Gilfillan. Il travaillait pour Historic Scotland et coordonnait les recherches archéologiques de Queensberry House.

– Le bâtiment d'origine date de la fin du XVIIe siècle. Il appartenait à Lord Hatton. Il a été agrandi à la fin du XXe par le premier duc de Queensberry. C'était sans doute l'une des maisons les plus imposantes de Canongate, à deux pas de Holyrood, avec ça.

Autour d'eux, les travaux de démolition allaient bon train. Le corps principal de Queensberry House serait préservé, mais les ajouts plus récents devaient être détruits. Accroupis sur les toits, des ouvriers en retiraient les ardoises, les liaient en petites piles et les faisaient descendre dans des bennes à l'aide de cordes. À en juger par le nombre de débris jonchant le sol, le système n'était pas au point. Rebus ajusta son casque sur sa tête et fit mine de s'intéresser aux propos de Gilfillan.

Tout le monde lui avait dit que c'était un signe, qu'il était ici parce que les gros bonnets de la Grande Maison s'intéressaient à sa personne. Il savait que son patron, le superintendant Watson, dit le Paysan, avait plaidé en sa faveur ; espérant que Rebus éviterait de se mettre dans le pétrin, et lui ficherait la paix par la même occasion. C'était aussi simple que ça. Et que si – *si* –, se sachant proche de l'avancement, Rebus s'exécutait sans broncher, alors peut-être le Paysan récupérerait-il dans ses rangs un agent assagi.

Édimbourg. Quatre heures, un samedi après-midi de décembre. John Rebus avait les mains dans les poches de son imper. L'eau s'infiltrait par les semelles de ses chaussures. Gilfillan portait des bottes en caoutchouc vertes. Presque identiques à celles de l'inspecteur Derek Linford, avait remarqué Rebus. Linford avait sans doute téléphoné un peu avant pour s'enquérir du dernier cri de la mode auprès de l'archéologue. Membre de l'équipe d'élite de Fettes, il était promis à un avenir brillant au sein du QG de la région du Lothian and Borders. Approchant de la trentaine, pratiquement sédentaire, et rayonnant d'amour pour le travail. Il se trouvait déjà des officiers de la police criminelle – presque tous plus âgés que lui – pour dire qu'il ne faisait pas bon prendre Derek Linford à rebrousse-poil. Peut-être avait-il une bonne mémoire. Peut-être les prendrait-il de haut, un jour, assis dans la salle 279 de la Grande Maison.

La Grande Maison : le QG de la police d'Édimbourg, dans Fettes Avenue. 279 : bureau du directeur.

Linford avait son carnet ouvert et son crayon entre les dents. Il écoutait. Il écoutait vraiment.

– Quarante nobles, sept juges, des généraux, des médecins, des banquiers...

Gilfillan expliquait à son groupe le rôle important qu'avait tenu Canongate dans l'histoire de la ville. Par la même occasion, il attirait leur attention sur son proche avenir. La brasserie attenante à Queensberry House devait être démolie au printemps. Le parlement serait construit sur ce site. Il ferait donc face à Holyrood House, résidence de la reine à Édimbourg. De l'autre côté de Holyrood Road, en face de Queensberry House, les travaux de construction de Dynamic Earth, un parc consacré à l'histoire naturelle, avaient débuté. Juste après, le futur nouveau QG du quotidien local n'était encore qu'un entrelacs de poutres en acier. Et en face, un autre site avait été dégagé en prévision de la construction d'un hôtel et d'un « immeuble d'appartements de prestige ». Rebus se tenait au cœur de l'un des plus grands chantiers de construction de toute l'histoire d'Édimbourg.

– Vous connaissiez sans doute tous Queensberry House en tant qu'hôpital ? continua Gilfillan.

Derek Linford hocha la tête, comme à chaque commentaire de leur guide.

– Nous nous tenons à l'emplacement de son ancien parking.

Rebus laissa glisser son regard sur les camions couverts de boue. Ils portaient tous l'inscription DÉMOLITION sur leurs flancs.

– Mais avant ça, c'était une caserne. Cette partie de la ville était un champ de manœuvres. Quand nous avons creusé, nous avons découvert les vestiges d'un jardin à la française. Il a sans doute été recouvert pour les besoins de ce champ de manœuvres.

Rebus détailla Queensberry House dans la lumière déclinante. Ses murs gris et granuleux étaient décrépis. Des mauvaises herbes poussaient dans les gouttières. Un bâtiment immense. Il était passé dans cette rue des centaines de fois au cours de sa vie, et pourtant, il ne se souvenait pas l'avoir remarqué avant ce jour.

– Ma femme travaillait ici quand c'était encore un hôpital, fit remarquer l'un des visiteurs.

Le sergent Joseph Dickie, de Gayfield Square. Il s'était débrouillé pour manquer deux des quatre premières réunions du PPLC, le comité de liaison pour la surveillance du Parlement. Par quelque obscure règle de la sémantique bureaucratique, le PPLC se trouvait être, en fait, l'un des nombreux sous-comités créés pour élaborer le système de sécurité du Parlement écossais.

Le PPLC était constitué de huit membres, dont un officiel du Scottish Office et une personnalité mystérieuse prétendant appartenir à Scotland Yard, ce dont Rebus n'avait pas réussi à s'assurer, même en appelant la Métropolitaine de Londres. Il soupçonnait cet homme – Alec Carmoodie – d'être du MI5. Carmoodie n'était pas là, aujourd'hui. Pas plus que Peter Brent, le représentant du Scottish Office, toujours tiré à quatre épingles. Pour son malheur, Brent siégeait à plusieurs sous-comités. Il avait réussi à échapper à la présente visite pour la bonne raison qu'il l'avait déjà effectuée à deux reprises en compagnie de dignitaires de passage.

Leur groupe du jour était complété par les trois derniers membres du PPLC. Le sergent Ellen Wylie, de la Division C du QG de Torphichen, n'avait pas l'air gêné d'être la seule femme de l'équipe. Égale à elle-même, elle faisait des réflexions pertinentes et posait des questions auxquelles personne ne semblait pouvoir répondre. Le constable Grant Hood appartenait au même poste de police que Rebus, St Leonards. Ils étaient deux, parce que St Leonards était le poste le plus proche du chantier et que le Parlement se trouverait donc dans sa juridiction. Bien que travaillant dans le même bureau que lui, Rebus ne connaissait pas bien Hood. Ils étaient rarement de service ensemble. En revanche, il connaissait bien le dernier membre : l'inspecteur Bobby Hogan, de la Division D de Leith. Lors de leur première réunion, Hogan avait entraîné Rebus à part.

– Qu'est-ce qu'on fout ici ?

– Je ne sais pas pour toi, mais moi je fais mon boulot, avait répondu Rebus.

Hogan avait jeté un regard autour de lui.

– Bon sang, mais regarde-les. On a l'air de grabataires à côté d'eux.

Rebus sourit à ce souvenir. Croisant le regard de Hogan, il lui adressa un clin d'œil, auquel son collègue répondit par un hochement de la tête presque imperceptible. Rebus devinait ses pensées : du temps perdu. Presque tout était une perte de temps pour Bobby Hogan.

– Si vous voulez bien me suivre, dit Gilfillan, nous allons jeter un coup d'œil à l'intérieur.

Ce qui, pour Rebus, était effectivement une perte de temps. Cependant, le comité avait été créé, il fallait bien trouver le moyen de l'occuper. Raison pour laquelle ils étaient en train d'errer à travers l'humide Queensberry House, vaguement éclairés par des néons branlants et la lampe torche de Gilfillan. Dans l'escalier – personne n'avait voulu prendre l'ascenseur – Rebus se retrouva à côté de Joe Dickie.

– T'as déjà fait ta demande ?

C'était la deuxième fois qu'il lui posait la question. Il faisait allusion à sa demande de défraiement.

– Non.

– Plus tôt tu la feras, plus tôt ils cracheront.

Dickie semblait passer le plus clair de leurs réunions à additionner des chiffres sur son carnet. Rebus ne l'avait jamais vu écrire une chose aussi banale qu'une phrase. Aux abords de la quarantaine, Dickie avait une tête en forme d'obus plantée sur un corps bien charpenté. Ses cheveux noirs étaient coupés très court et ses petits yeux ronds évoquaient ceux d'une poupée en porcelaine. Rebus avait fait part de cette réflexion à Bobby Hogan, qui avait rétorqué qu'une poupée ressemblant à Joe Dickie « donnerait des cauchemars à n'importe quel gosse ».

– J'ai beau être adulte, avait-il continué, il me file des frissons.

Continuant à grimper les marches, Rebus lui sourit. Oui, il était content que Bobby Hogan soit dans les parages.

– Quand on pense à l'archéologie, disait Gilfillan, on s'imagine toujours des hommes en train de creuser, mais l'une de nos découvertes les plus excitantes a été faite au grenier. La toiture en recouvrait une autre, plus ancienne. Apparemment, il y avait une tour à cet endroit, jadis. Il faut emprunter une échelle pour y accéder... seulement si ça intéresse quelqu'un...

– Merci, nasilla une voix que Rebus avait appris à reconnaître. Derek Linford.

– Lèche-cul, murmura une autre voix près de lui.

Celle de Bobby Hogan, qui fermait la marche. Ellen Wylie tourna la tête. Elle avait entendu, à en juger par son petit sourire en coin. Rebus jeta un œil à Hogan qui haussa les épaules pour lui signifier qu'à son avis, Wylie était cool.

– Comment Queensberry House sera-t-elle rattachée au parlement ? Y aura-t-il des passerelles couvertes ?

À nouveau Linford. Il devançait le groupe, à côté de Gilfillan. Ils venaient de tourner, si bien que Rebus dut faire un effort pour entendre la réponse hésitante de leur guide.

– Je ne sais pas.

Son ton était éloquent : il était archéologue, pas architecte. Il était ici pour enquêter sur le passé du site, et non pour spéculer sur son futur. Il ne savait pas vraiment pourquoi on l'avait chargé de cette visite. Il s'était contenté d'obéir aux ordres. Hogan fit la grimace, affichant clairement ses sentiments.

– Quand le bâtiment sera-t-il achevé ? demanda Grant Hood.

Facile, ils avaient tous été briefés. Hood essayait juste de consoler Gilfillan en lui posant une question à laquelle il pouvait répondre.

– Les travaux de construction commencent cet été. Tout devrait être terminé et opérationnel d'ici l'automne 2001.

Ils atteignirent un palier. Là, plusieurs portes ouvertes donnaient sur les anciens services de l'hôpital. Les murs avaient été éventrés et les sols arrachés, afin de vérifier la structure du bâtiment. Rebus regarda par une fenêtre. La plupart des ouvriers semblaient plier bagage, il faisait dangereusement sombre pour crapahuter sur les toits, à présent. Il y avait un pavillon d'été en bas. Condamné à la démolition également. Et un arbre courbé au milieu des décombres. C'est la reine qui l'avait planté. Pas moyen de le déplacer ni de l'éliminer sans son autorisation. Selon Gilfillan, elle venait enfin de la donner. L'arbre serait bientôt abattu. Le terrain serait peut-être transformé en jardin à la française, ou en parking pour le personnel. Personne ne le savait encore. 2001 semblait bien loin. En attendant que les locaux soient terminés, le Parlement siégerait dans la salle de réunion de l'Église d'Écosse, à deux pas du sommet du Mound. Le comité avait déjà visité la salle et ses environs à deux reprises. Les immeubles de bureaux avoisinants avaient été mis au service des députés. Au cours de l'une de ces visites, Bobby Hogan avait demandé pourquoi ils n'attendaient pas que le chantier de Holyrood soit terminé avant de « faire tourner la boutique ». Peter Brent, le fonctionnaire, l'avait dévisagé, horrifié.

– Parce que l'Écosse a besoin d'un Parlement tout de suite.

– C'est marrant, on a pourtant fait sans pendant trois cents ans...

Brent allait objecter quand Rebus était intervenu :

– Au moins, ils ne bâclent pas le travail, Bobby.

Hogan avait souri, comprenant qu'il faisait allusion au Museum of Scotland, qui venait juste d'ouvrir. La reine était venue pour son inauguration alors que la construction n'était pas achevée. Il avait fallu cacher les échafaudages et les pots de peinture jusqu'à son départ.

Debout à côté de l'échelle télescopique, Gilfillan désignait une trappe dans le plafond.

– La toiture d'origine est juste au-dessus.

Derek Linford avait déjà les deux pieds sur le premier barreau de l'échelle.

– Pas besoin de monter jusqu'au bout, continua Gilfillan, tandis que Linford grimpait, il suffit que j'oriente ma lampe torche vers le haut...

Mais Linford avait déjà disparu dans les combles.

– Fermez la trappe et déguerpissons, lança Bobby Hogan en souriant pour faire croire qu'il plaisantait.

Ellen Wylie rentra la tête dans les épaules.

– Il y a une drôle... d'atmosphère ici, n'est-ce pas ?

– Ma femme a déjà vu un fantôme, déclara Joe Dickie. Comme des tas de gens qui travaillaient ici. Celui d'une femme. Elle pleurait. Elle avait l'habitude de s'asseoir au pied d'un des lits.

– Peut-être une patiente morte à l'hôpital, suggéra Grant Hood.

Gilfillan se tourna vers eux.

– J'ai déjà entendu cette histoire, oui. C'était la mère d'un des domestiques. Son fils était de service le soir de la signature de l'acte d'Union[1]. Le pauvre gars a été assassiné.

Linford leur annonça qu'il pensait distinguer l'emplacement de l'escalier qui menait à la tour, mais personne ne l'écoutait.

– Assassiné ? s'étonna Ellen Wylie.

Gilfillan acquiesça. Sa lampe projetait des ombres étranges sur les murs, illuminant les toiles d'araignée qui se balançaient doucement. Là-haut, Linford essayait de déchiffrer un graffiti.

– Il y a une année inscrite ici... 1870, je crois.

– Saviez-vous que Queensberry fut l'architecte de l'acte d'Union ? poursuivait Gilfillan.

Pour la première fois depuis le début de la visite, qui avait commencé dans le parking de la brasserie, juste à côté, il sentait qu'on l'écoutait vraiment.

– Ça remonte à 1707. C'est... (Il tapa le plancher du pied.) ici que naquit le Royaume-Uni. La nuit de la signature, un jeune domestique travaillait en cuisine. Le duc de Queensberry était alors secrétaire d'État. C'était son travail de mener les négociations. Il avait un fils, James Douglas, comte de Drumlanrig. Apparemment, James aurait perdu la tête...

– Que s'est-il passé ?

Gilfillan leva les yeux vers la trappe.

– Tout va bien, là-haut ?

– Parfaitement. Quelqu'un d'autre veut monter voir ? proposa Linford.

Tous l'ignorèrent. Ellen Wylie répéta sa question.

– Il a embroché le domestique avec son épée, puis il l'a rôti dans l'une des cheminées des cuisines. James était attablé devant son festin quand on l'a trouvé.

– Dieu du ciel ! s'exclama Ellen Wylie.

---

1. Acte signé en 1707 unissant l'Écosse et l'Angleterre en un seul royaume doté d'un unique souverain, d'un seul Parlement et d'une seule religion. *(N.d.T.)*

– Vous y croyez ? lui demanda Bobby Hogan, glissant les mains dans ses poches.

Gilfillan haussa les épaules.

– C'est dans les archives.

Une rafale de vent froid s'engouffra par la trappe du grenier. Une semelle en caoutchouc apparut sur l'échelle, et Derek Linford entama sa longue descente dans un nuage de poussière. Arrivé en bas, il retira son stylo d'entre ses dents.

– Très intéressant. Vous devriez vraiment y jeter un œil. C'est votre première et dernière chance.

– Pourquoi donc ? demanda Bobby Hogan.

– Je doute fort qu'ils laissent les touristes y monter, Bobby. Vous imaginez ce que ça donnerait en terme de sécurité ?

Hogan s'avança si brusquement que Linford sursauta. Mais son aîné se contenta de retirer une toile d'araignée de l'épaule du jeune homme.

– On ne peut pas vous laisser rentrer à la Grande Maison dans cet état, pas vrai, fiston ?

Linford fit comme si de rien n'était, estimant sans doute qu'il pouvait se permettre d'ignorer les reliques du genre de Bobby Hogan, tout comme Hogan savait qu'il n'avait rien à craindre de Linford : il serait à la retraite bien avant que le jeune homme n'atteigne un poste à haute responsabilité.

– J'imagine mal ce lieu devenir la salle des machines du gouvernement, fit remarquer Ellen Wylie en observant les traces d'humidité sur les murs effrités. N'aurait-il pas mieux valu tout raser et reconstruire ?

– C'est un bâtiment classé, objecta Gilfillan.

Elle se contenta de hausser les épaules. Rebus savait qu'elle était néanmoins parvenue à ses fins, en détournant l'attention générale de Linford et Hogan. Gilfillan était reparti dans son exploration de l'histoire du lieu : la série de puits découverts sous la brasserie, les anciens abattoirs attenants. Alors qu'ils s'apprêtaient à redescendre, Hogan tapota sa montre du doigt avant de porter un verre imaginaire à sa bouche en regardant Rebus. Ce dernier hocha la tête : bonne idée. Le Jenny Ha's se trouvait à deux pas. Il y avait l'Holyrood Tavern, aussi, sur le chemin de St Leonards. Comme s'il avait lu dans leurs pensées, Gilfillan se mit à leur parler de la Brasserie Younger.

– À une époque, elle s'étendait sur plus de treize hectares et produisait un quart de toute la bière écossaise. Il faut dire qu'une abbaye occupait Holyrood depuis le début du XIIe siècle ; il y a fort à parier que les frères ne buvaient pas de l'eau de puits.

Par une fenêtre du palier, Rebus constata que la nuit était tombée prématurément. L'Écosse en hiver : il faisait nuit quand vous partiez travailler, et encore nuit lorsque vous rentriez chez vous. Enfin, leur petite escapade s'achevait, elle n'avait servi à rien, et ils allaient tous pouvoir regagner leurs postes respectifs jusqu'à la prochaine réunion. Il vivait cela comme une pénitence, sachant que son patron l'avait voulu ainsi. Le Paysan appartenait lui-même à un comité ; celui des stratégies policières de New Scotland, surnommé SPINS [1]. Tous ces comités... Rebus avait l'impression qu'ils bâtissaient juste une gigantesque tour de paperasserie. Il y avait de quoi remplir Queensberry House avec tous leurs « Programmes de Protection », leurs « Rapports » et leurs « Circulaires Spéciales ». Plus ils parlaient, plus ils écrivaient, et plus ils semblaient s'éloigner de la réalité. Queensberry House lui paraissait irréelle. L'idée même d'un Parlement, le rêve d'un dieu fou. « Mais Édimbourg est le rêve d'un dieu fou/Capricieux et maléfique... » Il avait lu ces mots en exergue d'un livre sur la ville. Ils étaient tirés d'un poème de Hugh McDiarmid. Ce livre lui avait été très utile dernièrement, pour comprendre cette ville qui était la sienne.

Il retira son casque et se passa les doigts dans les cheveux en se demandant ce qu'un morceau de plastique jaune pouvait contre un projectile tombant d'un bâtiment de plusieurs étages. Gilfillan insista pour qu'il le garde jusqu'à ce qu'ils arrivent au bureau du chantier.

---

1. *Spin* : « tourbillon ». *(N.d.T.)*

– Vous ne risquez peut-être rien, mais moi si, argua l'archéologue.

Hogan agita un doigt grondeur à l'intention de son collègue, qui remit son casque. Ils avaient regagné le rez-de-chaussée, où devait jadis se trouver l'accueil de l'hôpital. Pas grand-chose à voir. Il y avait des bobines de fil électrique près de la porte : l'installation avait besoin d'être rénovée. Ils comptaient fermer le carrefour d'Holyrood et St Mary pour faciliter le câblage souterrain. Rebus, qui empruntait souvent ce chemin, ne voyait pas ces déviations d'un bon œil. La ville ressemblait de plus en plus à un labyrinthe, ces temps derniers.

– Bien, dit Gilfillan en écartant les bras, c'est à peu près tout. S'il y a des questions, je peux tenter d'y répondre.

Bobby Hogan toussota, pour dissuader Linford de l'ouvrir, sembla-t-il à Rebus. La dernière fois qu'une personnalité londonienne était montée pour leur exposer les mesures de sécurité en vigueur au Parlement, Linford avait posé tellement de questions que le pauvre bougre avait manqué son train de retour. Hogan s'en souvenait d'autant mieux que c'était lui qui avait roulé à tombeau ouvert pour tenter de déposer le Londonien à Waverley Station à temps, et qui avait dû lui tenir compagnie toute la soirée en attendant le train de nuit.

Linford étudiait son carnet. Six paires d'yeux le fusillaient. Tous tripotaient leur montre.

– Bien, dans ce cas..., commença Gilfillan.

– Ohé ! Monsieur Gilfillan ! Vous êtes là ?

La voix venait de plus bas. L'archéologue avança jusqu'à une porte qui menait à un autre escalier.

– Qu'y a-t-il, Marlène ?

– Venez voir.

Gilfillan jeta un coup d'œil vers ses ouailles réticentes.

– Vous voulez bien ? demanda-t-il.

Mais il descendait déjà les marches. Ils ne pouvaient décemment pas partir sans lui. Soit ils restaient là, à admirer les ampoules nues, soit ils le suivaient au sous-sol. Derek Linford ouvrit la marche.

L'escalier donnait sur un couloir étroit desservant des salles qui elles-mêmes semblaient donner sur d'autres salles. Rebus crut distinguer un générateur électrique dans l'obscurité. Devant lui : des voix et les ombres projetées sur les murs par les lampes torches. Ils pénétrèrent dans une pièce éclairée par une lampe à arc orientée vers un long mur dont la moitié inférieure était couverte de panneaux de bois peints du même crème institutionnel que le haut du mur. Des lattes du plancher avaient été arrachées, si bien qu'ils marchaient principalement sur les solives posées à même la terre. La pièce sentait l'humidité et le moisi. Accroupis devant ce mur, Gilfillan et l'autre archéologue – celle qu'il avait appelée Marlène – examinaient les parois recouvertes par les panneaux de bois. Il s'agissait de deux longues voûtes de pierre de taille évoquant l'ouverture d'un tunnel miniature. Gilfillan leur jeta un coup d'œil par-dessus son épaule. Pour la première fois de la journée, il avait l'air excité.

– Des cheminées, dit-il. Deux. Ce devait être la cuisine.

Il se releva et recula de deux pas.

– Le sol a été surélevé à un moment ou un autre. On ne voit que le haut de l'une d'elles.

À contrecœur, il détourna son regard de sa découverte pour s'adresser au groupe.

– Je me demande dans laquelle des deux a rôti le domestique...

L'une des cheminées était ouverte, l'autre obturée par deux plaques métalliques rouillées.

– C'est une découverte extraordinaire ! fit Gilfillan, rayonnant, à sa collègue.

Elle lui répondit par un sourire. C'était agréable de voir des êtres si satisfaits de leur travail. Fouiller le passé, exhumer des secrets... Rebus songea qu'ils n'étaient pas bien différents de détectives.

– On pourrait peut-être se préparer un petit gueuleton ?

proposa Bobby Hogan, déclenchant un gloussement d'Ellen Wylie.

Mais Gilfillan avait l'esprit ailleurs. Il s'était approché de l'ouverture et avait glissé sa main entre la pierre et la plaque de tôle pour explorer l'ouverture du bout des doigts. La plaque céda facilement. Marlène l'aida à la soulever et à la poser délicatement par terre.

– Je me demande quand elles ont été fermées, dit Grant Hood.

Hogan cogna sur la plaque.

– Elle ne semble pas vraiment dater de la préhistoire.

Gilfillan avait déjà retiré la seconde plaque. À présent, tous fixaient l'ouverture béante. Gilfillan dirigea sa lampe torche dessus, bien que la lampe à arc l'éclairât suffisamment.

Aucune erreur possible : ce qu'ils avaient devant les yeux était bien un corps décomposé.

2

Siobhan Clarke tira sur l'ourlet de sa robe noire. Deux hommes, qui patrouillaient autour de la piste de danse, s'arrêtèrent pour l'admirer. Elle voulut les fusiller du regard, mais ils étaient déjà retournés à leur conversation, une main en porte-voix pour mieux se faire entendre. Ils hochèrent la tête, prirent une petite gorgée de leur bière, et s'éloignèrent, reluquant au passage les autres boxes. Siobhan Clarke se tourna vers sa compagne qui, d'un signe de tête, lui indiqua qu'elle ne les connaissait pas. Elles étaient assises en compagnie de quatorze autres personnes serrées autour de la table d'un box semi-circulaire plutôt spacieux. Huit femmes, six hommes, certains en costume, d'autres en blouson de denim, mais avec une chemise. « Ni jeans ni baskets », disait la pancarte, à l'entrée ; le code vestimentaire n'était pas vraiment imposé. Le club était bondé. Siobhan Clarke se demanda si cela constituait un risque en cas d'incendie. Elle se tourna vers sa compagne.

– C'est toujours comme ça ?

Sandra Carnegie haussa les épaules.

– Oui, hurla-t-elle.

Elle était assise à côté de Siobhan, mais la musique vrombissante étouffait ses paroles. À nouveau, Siobhan se demanda comment on pouvait espérer rencontrer qui que ce soit dans un endroit pareil. Les hommes assis à leur table se contentaient de croiser le regard d'une femme et de pointer le menton vers la piste de danse. Si elle acceptait, tout le monde devait se lever pour laisser passer le couple. Et quand ils dansaient, chacun semblait perdu dans ses pensées, leurs yeux ne se rencontraient jamais. C'était plus ou moins la même chose lorsqu'un étranger approchait de leur box : échange de regards, signe vers la piste, puis le rituel de la danse. Il arrivait que des femmes dansent ensemble, aux aguets. Quelques hommes dansaient seuls. Siobhan désignait des visages à Sandra, qui les étudiait attentivement avant de secouer la tête.

C'était la soirée célibataires du Marina Club. Un nom plutôt bien choisi pour une boîte de nuit située à quatre kilomètres de la côte. En théorie, « soirée célibataires » signifiait musique des années quatre-vingt, voire soixante-dix, et clientèle légèrement plus mature que celle des autres boîtes. Pour Siobhan Clarke, célibataire signifiait trentenaire ou divorcé. Cela dit, certains des gars présents avaient sans doute dû finir leurs devoirs avant de sortir.

À moins que ce ne soit elle qui ait pris un coup de vieux ?

C'était la première fois qu'elle se rendait à une soirée de ce genre. Elle avait préparé quelques répliques pour l'occasion. Si un balourd s'avisait de lui demander comment elle aimait ses œufs le matin, elle répondrait « non fécondés ». Mais elle n'avait aucune idée de ce qu'elle répondrait si on lui demandait ce qu'elle faisait dans la vie.

J'appartiens à la police de Lothian and Borders n'était pas une bonne entrée en matière. Elle le savait d'expérience. C'était sans doute pourquoi elle avait renoncé, dernièrement. Autour de la table, tout le monde savait qui elle était et pourquoi elle était là. Aucun homme n'avait essayé de la brancher. Il y avait eu des paroles et des gestes de consolation pour Sandra Carnegie, des regards noirs adressés à leurs compagnons, des mines de chiens battus de la part de ces derniers. Après tout, c'étaient des hommes, ils étaient responsables, ils faisaient partie de cette conspiration de salauds. C'était l'un des leurs qui avait violé Sandra, et transformé en victime cette mère célibataire qui aimait bien s'amuser.

Siobhan Clarke l'avait persuadée de se mettre en chasse – c'était ainsi qu'elle l'avait formulé.

– Nous devons renverser les rôles, Sandra. C'est du moins ce que je pense... avant qu'il remette ça.

Il... En réalité, ils étaient deux. Le violeur, et celui qui avait tenu la victime. Lorsque l'agression avait été rapportée par les journaux, deux autres femmes s'étaient présentées pour raconter leur histoire. Elles avaient également été agressées – sexuellement, et physiquement – mais pas violées, au regard de la loi. Leurs récits étaient presque identiques. Toutes trois étaient membres d'un club pour célibataires, toutes trois avaient assisté à des soirées organisées par leur club, toutes trois étaient rentrées chez elles seules.

Un homme les avait suivies à pied et s'était jeté sur elles, tandis qu'un autre, qui suivait en camionnette, s'arrêtait à leur hauteur. Les agressions avaient eu lieu à l'arrière de la camionnette. Le sol était recouvert d'une bâche quelconque. Elles avaient ensuite été éjectées du véhicule, à la sortie de la ville, avec l'avertissement de ne rien dire à qui que ce soit et de ne pas aller à la police.

– Tu traînes dans des clubs pour célibataires, tu l'as cherché.

Les dernières paroles du violeur, que Siobhan Clarke avait méditées, assise dans le placard exigu qui lui servait de bureau. Une chose était certaine : les crimes devenaient de plus en plus violents à mesure que l'agresseur prenait confiance en lui. Il était passé de l'agression au viol. Qui sait jusqu'où il irait ? Il était également évident qu'il avait une dent contre les clubs pour célibataires. Était-ce sa cible ? D'où tirait-il ses informations ?

Siobhan ne travaillait plus pour les Mœurs ; elle était de retour à St Leonards et au quotidien de la brigade criminelle, mais on lui avait permis de persuader Sandra Carnegie de retourner au Marina. Elle avait cogité : il ne pouvait pas savoir que ses victimes étaient des membres de clubs pour célibataires, à moins de se rendre lui-même à ces soirées organisées dans des boîtes de nuit. Ils avaient interrogé un certain nombre d'adhérents des trois clubs que comptait Édimbourg, ainsi que des célibataires qui en étaient partis ou en avaient été expulsés.

Le teint grisâtre, Sandra buvait un Bacardi Coca. Jusqu'ici, elle avait passé le plus clair de la soirée les yeux fixés sur la table. Avant de venir au Marina, le club s'était réuni au pub. Ils avaient l'habitude de procéder ainsi : soit ils se retrouvaient dans un pub et bougeaient ensemble, soit ils y restaient. De temps à autre, des soirées ballet ou théâtre étaient organisées. Le violeur les avait peut-être suivis à leur sortie du pub. Mais il semblait plus probable qu'il les ait attendus tapi derrière son verre, près de la piste de danse, anonyme parmi des dizaines d'autres hommes.

Siobhan se demandait s'il était possible d'identifier un groupe de célibataires au premier coup d'œil. En général, ils étaient assez nombreux, et des deux sexes. Mais les collègues de bureau sortaient également en groupe. Cela dit, l'absence d'alliance était une indication supplémentaire... Et même si l'éventail d'âges était assez large, il y avait peu de risque de les confondre avec de jeunes employés de bureau. Elle avait interrogé Sandra sur son groupe.

– Je me sens moins seule. Comme je travaille dans une maison pour personnes âgées, je n'ai pas l'occasion de rencontrer des gens de ma génération. Et puis, il y a David. Quand je veux sortir, il faut que je demande à ma mère de le garder. (David était son fils de onze ans.) Ils me tiennent compagnie... voilà tout.

Une autre femme lui avait confié la même chose, ajoutant toutefois que beaucoup d'hommes rencontrés dans les clubs étaient « disons... loin d'être parfaits ». En revanche, les femmes étaient bien, de bonne compagnie.

Assise au bord du box, Siobhan Clarke avait été invitée deux fois jusqu'ici. Elle avait décliné. L'une des femmes s'était penchée vers elle.

– Vous êtes de la chair fraîche, pour eux ! avait-elle hurlé. Ils ont toujours le flair pour ça !

Puis, elle s'était carrée dans son siège et avait éclaté de rire, dévoilant ses dents tachées et sa langue qui avait pris la coloration verte de son cocktail.

– Moira est jalouse, avait commenté Sandra. Les seuls hommes qui l'invitent ont généralement passé la journée à faire la queue pour renouveler leur carte de bus.

Moira n'avait pas entendu la remarque, mais elle les avait fixées, sentant qu'on médisait d'elle.

– Il faut que j'aille aux toilettes, annonça Sandra.

– Je vous accompagne.

Elle acquiesça. Siobhan Clarke lui avait promis de ne pas la lâcher d'une semelle. Elles ramassèrent leurs sacs, et entreprirent de se frayer un chemin dans la foule.

Les toilettes étaient tout aussi bondées, mais au moins, il y faisait frais et la porte atténuait la musique. Siobhan avait l'impression d'avoir du coton dans les oreilles. La fumée de cigarette et le fait de devoir crier lui avaient mis la gorge à vif. Elle se dirigea vers les lavabos, tandis que Sandra faisait la queue. Elle s'examina dans le miroir. Elle se maquillait si rarement qu'elle fut étonnée de voir à quel point son visage paraissait différent. L'eye-liner et le mascara durcissaient son regard au lieu de l'approfondir. Elle arrangea l'une des bretelles de sa robe. Debout, l'ourlet lui arrivait aux genoux, mais lorsqu'elle s'asseyait, il menaçait de remonter jusqu'à son nombril. Elle ne l'avait portée que deux fois auparavant : à un mariage et à une soirée. Elle ne se rappelait pas avoir eu ce problème, alors. Elle avait sans doute pris des fesses depuis. Elle jeta un œil par-dessus son épaule pour vérifier, puis reporta son attention sur ses cheveux. Ils étaient courts. Elle aimait bien cette coupe qui lui allongeait le visage. Une femme lui rentra dedans en se pressant vers le sèche-mains. Des reniflements s'élevaient d'une cabine. Quelqu'un se faisait une ligne ? Et les conversations dans la file d'attente : des remarques indécentes sur les mecs. Qui avait le plus beau cul ? Qu'est-ce qui était préférable : une grosse queue ou un gros portefeuille ? Sandra avait disparu dans l'une des cabines. Siobhan croisa les bras et attendit. Une femme se planta devant elle.

– Vous montez la garde sur les capotes ou quoi ?

Rires dans la file d'attente. Siobhan réalisa qu'elle se tenait à côté du distributeur de préservatifs. Elle s'écarta légèrement pour que la femme puisse glisser ses deux pièces dans la fente. La peau de sa main droite était distendue et couverte de taches de vieillesse. Elle récupéra les préservatifs de la main gauche. Elle avait une trace blanche à l'annulaire. Son alliance était probablement dans son sac. Son visage optimiste mais durci par l'expérience était bronzé aux UV. Elle lui adressa un clin d'œil.

– On ne sait jamais.

Siobhan se força à sourire. Ses collègues lui avaient appris que la soirée célibataires du Marina avait toutes sortes de surnoms : Jurassic Park, La Chasse aux Mamies. Les habituelles blagues de mecs. Elle trouvait tout cela déprimant, mais n'aurait su dire pourquoi. Elle ne fréquentait pas les boîtes de nuit. Pas quand elle pouvait y couper. Même lorsqu'elle était plus jeune – à l'époque du lycée ou de la fac –, elle les avait toujours évitées. Trop de bruit, trop de fumée, d'alcool et de bêtise. Mais ça n'était pas la seule raison. Ces derniers temps, elle avait suivi l'équipe de foot d'Hibernian, et les gradins étaient saturés de fumée de tabac et de testostérone. Cependant, le public des stades et celui d'un lieu comme le Marina n'avaient rien de commun ; peu de prédateurs sexuels choisissent les tribunes comme terrain de chasse. Elle se sentait en sécurité à Easter Road, elle avait toujours le même siège, était toujours entourée de visages familiers. Elle assistait même aux matchs à l'extérieur quand elle le pouvait. Et après... après elle suivait le flot qui se déversait dans les rues. Personne n'essayait jamais de la brancher. On n'était pas là pour ça, et elle le savait. Elle s'accrochait à cette certitude, les après-midi d'hiver, quand les projecteurs éclairaient la pelouse dès le coup d'envoi.

Le verrou de la cabine s'ouvrit et Sandra émergea.

– C'est pas trop tôt, râla quelqu'un. J'pensais qu'y avait un gars avec vous là-dedans.

– Pour m'essuyer avec, oui, répondit Sandra avec une légèreté forcée.

Elle alla jusqu'au miroir pour retoucher son maquillage. Elle avait pleuré, à en juger par les petites veinules rouges aux coins de ses yeux.

– Ça va ? lui demanda gentiment Siobhan Clarke.

– Ça pourrait aller plus mal, j'imagine.

Elle étudia attentivement son reflet.

– J'aurais pu tomber enceinte, pas vrai ?

Le violeur portait un préservatif. Le labo n'avait trouvé aucune trace de sperme à analyser. Elles avaient passé les agresseurs sexuels en revue, et éliminé un tas de suspects potentiels. Sandra avait feuilleté le classeur de photos ; un véritable musée de la misogynie. À eux seuls, ces visages suffisaient à vous filer des cauchemars. Yeux hagards, mâchoires tombantes, airs niais, ahuris. Clarke devinait les questions que les victimes n'osaient pas poser en découvrant ces photos : *non mais, regardez-les, comment on a pu les laisser faire ? Ce sont eux les faibles.*

Oui, faibles au moment de la photo. Honteux, fatigués, ou feignant la soumission. Mais forts le moment voulu, quand la haine jaillissait. D'ailleurs, la plupart d'entre eux agissaient seuls. L'autre homme, le complice... Siobhan était perplexe à son sujet. Que retirait-il de tout ça ?

– Vous avez trouvé quelqu'un à votre goût ? lui demandait Sandra en s'appliquant du rouge à lèvres d'une main légèrement tremblante.

– Non.

– Vous avez un ami qui vous attend à la maison ?

– Vous savez bien que non.

Sandra s'étudiait toujours dans le miroir.

– Je ne sais que ce que vous avez bien voulu me dire.

– Je vous ai dit la vérité.

Une de leurs longues conversations. Mettant le règlement de côté, Siobhan s'était ouverte à Sandra. Elle s'était dépouillée de sa carapace de policier et avait répondu à ses questions, mis sa personnalité à nu. Au début, ç'avait été un moyen de gagner Sandra à sa cause. Mais les choses avaient pris un tour plus sérieux, plus vrai. Siobhan en avait dit plus que nécessaire. Bien plus. Et pourtant, voilà que Sandra doutait d'elle. Était-ce le flic à qui elle n'arrivait pas à faire confiance, ou Sandra considérait-elle Siobhan comme une personne parmi tant d'autres auxquelles elle ne pouvait pas se fier totalement ? Après tout, elles ne se connaissaient pas avant le viol, et ne se seraient jamais rencontrées s'il n'avait pas eu lieu. Sa présence avec Sandra au Marina, comme si elle était son amie, n'était qu'une ruse de plus. Elles n'étaient pas amies, ne le seraient sans doute jamais. Seule l'agression les avait réunies. Siobhan lui rappellerait toujours cette nuit qu'elle ne voulait rien tant qu'oublier.

– On doit rester encore longtemps ? demandait-elle à présent.

– Ça dépend de vous. On peut partir quand vous voulez.

– Mais on risque de le manquer.

– Ce ne serait pas de votre faute, Sandra. Il peut être n'importe où à l'heure qu'il est. Je pensais juste que ça valait le coup d'essayer.

Sandra se détourna du miroir.

– Encore une demi-heure.

Elle jeta un coup d'œil à sa montre.

– J'ai promis à ma mère d'être rentrée avant minuit.

Siobhan hocha la tête et suivit Sandra dans la salle noire traversée d'éclairs qui semblaient canaliser toute l'énergie des danseurs.

De retour dans leur box, elle s'aperçut que sa place était occupée. Un jeune homme faisait glisser ses doigts sur la buée de son verre de jus d'orange. Apparemment, les autres le connaissaient.

– Désolé, dit-il en les voyant approcher. Je vous ai piqué votre place.

Il dévisagea Siobhan, puis lui tendit la main. Elle la serra, mais il la garda prisonnière. Il n'avait visiblement pas l'intention de la lâcher.

– Allez, venez danser, dit-il en l'attirant vers la piste.

Elle n'eut d'autre choix que de le suivre au cœur de la bousculade, parmi les cris et les rugissements. Il vérifia que leurs compagnons de table ne pouvaient plus les voir, puis traversa la piste, et l'entraîna dans le hall, juste après le bar.

– Où allons-nous ? demanda Siobhan.

Il regarda autour d'eux, et, l'air satisfait, se pencha vers elle.

– Je vous connais, déclara-t-il.

Soudain, elle réalisa que son visage lui était familier. Un criminel ? Quelqu'un que j'ai aidé à faire enfermer ? Elle jeta un coup d'œil à droite, puis à gauche.

– Vous travaillez à St Leonards, reprit-il.

Elle fixait la main qui tenait toujours son poignet. Il suivit son regard, et le relâcha aussitôt.

– Désolé, c'est juste que...

– Qui êtes-vous ?

Il sembla blessé qu'elle l'ignore.

– Derek Linford.

Elle plissa les yeux.

– Fettes ?

Il acquiesça. Le journal interne, c'est là qu'elle avait vu son visage. Et peut-être aussi à la cantine du QG.

– Qu'est-ce que vous faites ici ?

– Je pourrais vous poser la même question.

– Je suis avec Sandra Carnegie.

Elle pensa : *non, je ne suis pas avec elle, je suis ici avec vous alors que je lui avais promis...*

– Oui, mais je ne...

Il fit la grimace.

– Bon sang, elle a été victime d'un viol, n'est-ce pas ?

Il se frotta le nez avec le pouce et l'index.

– Vous êtes ici pour une identification ?

– Exact, répondit-elle, souriante. Vous êtes membre ?

– Et si c'était le cas ?

Il parut attendre une réponse mais elle se contenta de hausser les épaules.

– Ce n'est pas le genre de chose que je crie sur les toits, constable Clarke.

Usage de son titre : mise en garde.

– Votre secret sera bien gardé avec moi, inspecteur Linford.

– À propos de secrets...

Il pencha la tête sur le côté.

– Ils savent que vous êtes de la police ?

Ce fut au tour de Siobhan de hausser les épaules.

– Ciel, que leur avez-vous raconté ?

– C'est important ? (Elle réfléchit un instant.) Minute ! Nous avons interrogé les membres. Je ne me souviens pas d'avoir vu votre nom sur la liste.

– Je n'y suis que depuis une semaine.

Elle fronça les sourcils.

– Alors, qu'est-ce qu'on fait ?

Linford se frotta à nouveau le nez.

– Nous avons dansé, nous retournons à la table, je m'assois d'un côté, vous de l'autre. Nous ne sommes pas obligés de nous reparler.

– Charmant.

Il sourit.

– Ce n'est pas ce que je voulais dire. Bien sûr que nous pouvons parler.

– Dieu soit loué !

– En fait, une chose incroyable s'est produite cet après-midi.

Il la prit par le bras et l'entraîna vers le bar.

– Aidez-moi à rapporter une tournée, et je vous raconte.

– C'est un con.

– Peut-être, concéda Siobhan, mais plutôt mignon.

Rebus était installé dans son fauteuil, près de la fenêtre, son téléphone sans fil collé à l'oreille. Il n'avait pas de rideaux et les volets étaient encore ouverts. Le salon était éteint. Seule une ampoule nue de soixante watts éclairait le couloir, mais les réverbères baignaient la pièce d'une lumière orange.

– Où dis-tu l'avoir croisé ?

– Je ne l'ai pas dit.

Il devina qu'elle souriait.

– Très mystérieux tout ça.

– Pas comparé à ton squelette.

– Ce n'est pas un squelette. C'est une momie.

Il émit un petit rire forcé.

– J'ai bien cru que l'archéologue allait se jeter dans mes bras.

– Quel est le verdict ?

– Les gars du labo ont dressé un cordon autour des lieux. Gates et Curt ne pourront pas examiner Skelly avant lundi matin.

– Skelly ?

Rebus regarda passer une voiture cherchant visiblement une place de parking.

– C'est le nom que lui a trouvé Bobby Hogan. Ça fera l'affaire pour le moment.

– Rien sur le corps ?

– Juste ses vêtements : jean à pattes d'éléphant et T-shirt des Stones.

– Quelle chance d'avoir eu un expert sur les lieux.

– Un dinosaure du rock, tu veux dire ? Je le prends pour un compliment. C'était la pochette de *Some Girls*. L'album est sorti en 1978.

– Autre chose permettant de dater le corps ?

– Rien dans les poches. Ni montre ni bagues.

Il jeta un œil à sa propre montre : deux heures du mat. Mais elle savait qu'il ne dormirait pas.

– Qu'est-ce que tu écoutes ?

– La cassette que tu m'as donnée.

– Les Blue Nile ? Ça en file un coup à ton image de dinosaure. Qu'est-ce que tu en penses ?

– J'en pense que t'en pinces pour Gros Malin.

– J'adore quand tu joues les bons-papas.

– Prends garde à la fessée.

– Attention, inspecteur. De nos jours je pourrais te faire perdre ton job pour avoir tenu ce genre de propos.

– On va voir le match demain ?

– Malheureusement pour nous. J'ai mis une écharpe blanc et vert de côté pour toi.

– Il faut que je pense à apporter mon briquet. Deux heures à Mather's ?

– Une bière t'y attendra.

– Siobhan, je ne sais pas ce que tu as fait ce soir mais...

– Oui ?

– Tu as obtenu des résultats ?

– Non, fit-elle d'une voix soudain lasse. Pas même un match nul.

Il raccrocha le téléphone et se reversa un verre de whisky. « Raffiné ce soir, Rebus », se dit-il. Ces derniers temps, il avait plutôt tendance à boire à la bouteille. Un week-end entier s'étirait devant lui, avec pour seule perspective un match de football. Son salon était envahi d'ombres et de fumée de cigarette. Il songeait de plus en plus à vendre l'appartement. Trop de fantômes. Collègues défunts, victimes, anciennes compagnes. Cela dit, ils lui tenaient compagnie. Il tendit la main vers la bouteille. Elle était vide. Il se leva. Le sol se mit à tanguer sous ses pieds. Il croyait avoir une autre bouteille dans le sac en papier, sous la fenêtre, mais il était vide et froissé. Il regarda dehors, la vitre lui renvoya le reflet d'un homme déconcerté. Avait-il laissé la bouteille dans la voiture ? En avait-il acheté deux ou une seule ? Il songea à une douzaine d'endroits où il pourrait aller boire un verre, même à deux heures du matin. La ville – sa ville – l'attendait, là, dehors, pour lui ouvrir son cœur noir et desséché.

– Je n'ai pas besoin de toi, dit-il, posant les deux mains à plat sur la fenêtre, comme s'il souhaitait que les carreaux se brisent, et basculer dans le vide à leur suite – une chute de deux étages. Je n'ai pas besoin de toi, répéta-t-il.

Il s'écarta de la fenêtre, et alla chercher son manteau.

3

Samedi. Le clan déjeunait au Witchery.

Un bon restaurant situé en haut du Royal Mile, tout près du château. L'endroit était généralement si lumineux qu'on avait l'impression de manger dans une serre. Roddy avait organisé ce déjeuner pour fêter les soixante-quinze ans de leur mère. Elle était peintre, il pensait qu'elle apprécierait les flots de lumière qui se déversaient dans la salle. Malheureusement, le temps était couvert. La pluie tambourinait aux fenêtres. Les nuages étaient bas. Debout sur le point le plus élevé du château, il aurait suffi de tendre les bras pour toucher le ciel.

Ils avaient commencé par une petite promenade autour des remparts. Leur mère n'avait pas paru le moins du monde impressionnée. Il faut dire qu'elle l'avait visité pour la première fois quelque soixante-dix années auparavant, et y était retournée une bonne centaine de fois depuis. Le déjeuner ne l'avait pas davantage déridée, bien que Roddy ait chanté les louanges de chaque bouchée, de chaque gorgée de vin.

– Tu en fais toujours trop ! finit par lui asséner sa mère.

À quoi il ne répondit rien. Il se contenta d'adresser un clin d'œil à Lorna et de fixer son ramequin de crème. Sa sœur ne put s'empêcher de revoir l'enfant d'une timidité adorable qu'il avait été – timidité qu'il réservait désormais à ses électeurs et aux journalistes de la télé.

Tu en fais toujours trop ! Les mots planèrent dans le silence, comme si chacun s'en repaissait. Seona, la femme de Roddy, le rompit.

– Je me demande de qui il tient ça.

– Qu'est-ce qu'elle a dit ? *Qu'est-ce qu'elle a dit ?*

Bien entendu, ce fut Cammo qui négocia la paix :

– Du calme, maman, c'est ton anniversaire, alors...

– Finis ta satanée phrase !

Cammo soupira.

– C'est ton anniversaire, alors allons nous promener du côté de Holyrood.

Sa mère le fusilla un instant du regard, puis son visage se fendit doucement d'un sourire. Les autres jalousaient Cammo d'être capable de susciter une telle transformation. C'était un véritable magicien, quand il s'y mettait.

Ils étaient six à table. Cammo était le fils aîné. Les cheveux coiffés en l'arrière, il arborait les boutons de manchettes en or de son père – la seule chose qu'il lui ait léguée. Ils n'avaient jamais réussi à s'entendre. Le père était un libéral de la vieille école, et le fils s'était inscrit au Parti conservateur alors qu'il étudiait encore à St Andrews. À présent, il siégeait aux Home Counties[1]. Il représentait la région majoritairement rurale comprise entre Swindon et High Wycombe. Il habitait Londres, adorait vivre la nuit et être au cœur des choses. Il était marié à une alcoolique, consommatrice compulsive. On les voyait rarement ensemble. Photographié lors de bals ou de soirées, il avait chaque fois une nouvelle femme à son bras.

C'était Cammo.

Il était venu à Édimbourg en train couchette. Il s'était plaint que le wagon-bar fût fermé. Manque de personnel.

– C'est scandaleux ! On privatise les chemins de fer et il n'y a toujours pas moyen de trouver un whisky soda décent.

– Quoi ? Il y a encore des gens qui boivent du soda ?

Ça, c'était Lorna, alors qu'ils s'apprêtaient à quitter la

1. Sorte de conseil régional réunissant les villes de la périphérie de Londres. *(N.d.T.)*

demeure familiale pour se rendre au restaurant. Elle avait toujours su y faire avec son frère. Elle n'était sa cadette que de onze mois. Elle s'était débrouillée pour se libérer malgré son emploi du temps surchargé. Elle était mannequin ; un statut qu'elle persistait à revendiquer en dépit de son âge avancé – elle approchait la cinquantaine – et de la raréfaction de ses contrats. Elle avait été au sommet de sa gloire dans les années soixante-dix, mais était toujours en activité et aimait citer Lauren Hutton comme son modèle. Au temps de sa splendeur, elle sortait avec des députés, tout comme Cammo jugeait de bon ton d'être vu en compagnie de mannequins. Elle avait entendu des histoires sur lui, et ne doutait pas qu'on lui en ait raconté sur elle. Dans les rares occasions où il leur arrivait de se rencontrer, ils se tournaient autour comme des boxeurs à poings nus.

Cammo s'était fait un plaisir de commander un whisky soda en apéritif.

Bébé Roddy, lui, abordait la quarantaine. Un cœur de rebelle, sans les qualifications. Jadis expert au Scottish Office, il était à présent conseiller financier, et membre du New Labour. Il n'avait pas vraiment les armes pour tenir tête à Cammo lorsque celui-ci sortait l'artillerie lourde idéologique, et pourtant il gardait toujours son calme. De fait, il se dégageait de lui une sorte d'autorité inébranlable. On aurait dit qu'aucune bombe ne pouvait l'atteindre. Un commentateur politique l'avait surnommé le Démineur du Scottish Labour, en raison de son habileté à repérer et à désamorcer les conflits qui menaçaient le parti. D'autres le surnommaient le Lèche-bottes, explication la plus évidente de son ascension des sommets du Parlement écossais. En réalité, Roddy avait organisé ce déjeuner pour – outre l'anniversaire de sa mère – fêter l'annoncc officicllc, lc matin même, de sa candidature au poste de député du West End d'Édimbourg.

– Nom d'un chien ! s'était exclamé Cammo en apprenant la nouvelle, alors qu'on versait le champagne.

Roddy s'était autorisé un sourire paisible et avait coincé une de ses épaisses mèches brunes derrière son oreille. Son épouse, Seona, lui avait serré le bras pour l'encourager. Seona était plus qu'une épouse loyale ; à vrai dire, dans leur couple, c'était elle la plus active politiquement. Elle enseignait l'histoire dans un collège de la ville.

Cammo se plaisait à les surnommer Billary, allusion à Bill et Hillary Clinton. Selon lui, la plupart des professeurs frôlaient la subversion ; ce qui ne l'avait pas empêché de flirter avec Seona à une demi-douzaine d'occasions, souvent très alcoolisées. Quand sa sœur Lorna lui faisait la leçon, sa défense était toujours la même : « Endoctrinement par la séduction. Ces foutues sectes y arrivent, pourquoi pas le parti tory ? »

Le mari de Lorna était aussi de la partie, bien qu'il eût passé la moitié du repas près de la porte, l'oreille collée à son téléphone portable. Vu de dos, il avait l'air un peu ridicule ; trop ventru pour son costume en lin crème, ses chaussures noires à bout pointu, et sa queue-de-cheval grisonnante. Cammo avait éclaté de rire lorsqu'il l'avait remarquée.

– Tu vires New Age, Hugh, ou tu t'es découvert un talent pour la lutte professionnelle ?

– Lâche-moi, Cammo.

Hugh Cordover avait été rock star dans les années soixante-dix et quatre-vingt. Depuis, il avait beau être producteur et agent, il attirait moins l'attention des médias que son frère Richard, avocat à Édimbourg. Il avait rencontré Lorna à la fin de son apogée. À l'époque, un conseiller lui avait affirmé qu'elle devrait tenter la chanson. Elle était arrivée en retard et ivre au studio de Hugh. Il lui avait jeté un verre d'eau froide en pleine figure, et lui avait ordonné de revenir une fois dessaoulée. Ça lui avait pris une bonne quinzaine de jours, et là, ils avaient dîné ensemble et travaillé en studio jusqu'à l'aube.

Il se trouvait encore des gens pour reconnaître Hugh dans la rue ; ceux qu'il aurait préféré éviter, le plus souvent. Dernièrement, Hugh ne vivait que par sa bible : un gros agenda en cuir noir. Il passait son temps à organiser des rendez-vous. Il le tenait ouvert, en ce moment même, tandis qu'il allait et venait dans le restaurant, téléphone coincé entre l'oreille et l'épaule. Lorna lui jeta un coup d'œil par-dessus ses lunettes. Alicia demanda qu'on allume.

– Il fait atrocement sombre ici. C'est censé me donner un avant-goût du cimetière ?

– Oui, Mère a raison, Roddy, ajouta Cammo d'une voix traînante. Fais quelque chose, tu veux ? C'était ton idée après tout.

Sur quoi, il jeta un regard circulaire chargé de tout le dédain dont il était capable. C'est alors que les photographes apparurent, l'un invité par Roddy, l'autre envoyé par un magazine people. Cordover regagna aussitôt sa place, et des sourires convaincants se dessinèrent sur les lèvres de tous les membres du clan Grieve.

Roddy Grieve n'avait pas prévu qu'ils descendraient tout le Royal Mile à pied. Deux taxis les attendaient devant l'Holiday Inn, mais sa mère n'avait rien voulu entendre.

– Pour l'amour du ciel, s'il faut marcher, autant rentrer à pied.

Elle sortit, appuyée sur sa canne – trois quarts d'affectation pour un quart de douloureuse nécessité –, laissant Roddy dédommager les taxis. Son frère se pencha vers lui.

– Tu en fais toujours trop.

– Dégage, Cammo.

– Je ne demande que ça, frérot, mais le prochain train pour la civilisation ne part pas avant un moment.

Il regarda ostensiblement sa montre.

– Et puis, c'est l'anniversaire de maman, elle serait anéantie si je disparaissais soudainement.

Ce qui, Roddy devait en convenir, était la stricte vérité.

– Elle fait son petit effet avec cette cheville, fit remarquer Seona, tandis que sa belle-mère descendait le Mile d'un pas traînant.

Parfois, Seona avait l'impression que cette démarche était affectée. Alicia avait toujours su comment attirer les regards sur elle, et comment inclure sa progéniture dans le spectacle. C'était tolérable lorsque Allan Grieve était encore en vie, il savait canaliser les excentricités de son épouse ; mais depuis la mort du père de Roddy, Alicia rattrapait ces années de normalité forcée.

Non que les Grieve fussent une famille normale. Roddy avait prévenu Seona lors de leur première sortie. Elle était déjà au courant, bien sûr – tout le monde en Écosse avait entendu parler des Grieve –, mais elle avait décidé de prendre le temps de se forger sa propre opinion. Roddy n'était pas comme eux, se disait-elle à l'époque. Il lui arrivait encore de le croire, mais sans grande conviction.

– Nous pourrions aller jeter un coup d'œil au chantier du parlement, suggéra-t-elle quand ils atteignirent le carrefour du Mile et de St Mary's Street.

– Dieu du ciel, pour quoi faire ? bougonna Cammo.

Alicia parut dubitative, puis, sans un mot, prit la direction d'Holyrood Road. Seona retint un sourire : c'était une maigre victoire, mais une victoire tout de même. Cela dit, qui pensait-elle combattre ?

Les trois femmes marchaient du même pas. Cammo traînait derrière. Hugh s'était arrêté devant la vitrine d'un magasin pour répondre à un appel. Roddy se retrouva bientôt au niveau de son frère. Cammo constata avec plaisir qu'il était toujours infiniment plus chic que son cadet.

– J'ai encore reçu une de ces lettres, dit-il du ton de la conversation.

– Quelles lettres ?

– Quoi, je ne t'en ai pas parlé ? Elles sont arrivées à mon bureau au parlement. C'est ma secrétaire qui les a ouvertes, la pauvre.

– Hostiles ?

– Tu connais beaucoup de députés qui reçoivent des lettres d'admirateurs ? (Il lui tapota l'épaule.) Toi aussi, tu devras t'habituer à ça si tu es élu.

– Si je suis élu, répéta Roddy, souriant.

– Tu veux que je te parle de ces foutues menaces de mort, oui ou non ?

Roddy s'arrêta net. Il mit quelques secondes à rattraper Cammo qui avait continué à avancer.

– Des menaces de mort ?

– Ce n'est pas rare dans notre profession.

– Que disent-elles ?

– Pas grand-chose. Juste que je suis cuit. L'une d'elles contenait deux lames de rasoir.

– Qu'en dit la police ?

Cammo le dévisagea.

– Si sage, et pourtant si naïf. Les forces de l'ordre, Roddy – c'est une leçon que je t'offre gracieusement –, sont de véritables passoires, surtout lorsqu'elles sont pleines et qu'un ou plusieurs députés sont concernés.

– Elles en parleraient aux médias ?

– Bingo.

– Je ne vois toujours pas...

– La presse en ferait tout un fromage.

Cammo attendit que ses mots fassent mouche avant de reprendre :

– Je n'aurais plus une minute d'intimité.

– Mais, des menaces de mort...

– Un fou. Ça ne vaut même pas la peine d'en parler. Je voulais t'avertir, c'est tout. Mon lot quotidien pourrait bientôt être le tien, frérot.

– Si je suis élu.

Encore ce sourire timide qui masquait sa soif de vaincre.

– À cœur vaillant rien d'impossible, dit Cammo. Tu vois ce que je veux dire...

Il haussa les épaules puis regarda devant lui.

– Maman traîne drôlement la jambe, tu ne trouves pas ?

Alicia Grieve, née Alicia Rankeillor. C'était sous ce nom qu'elle avait connu la gloire, et une certaine fortune, en tant que peintre. La qualité unique de la lumière d'Édimbourg était son thème central. Son tableau le plus célèbre – reproduit sur des cartes de vœux, des posters et des puzzles – montrait une série de rayons tortueux brisant une carapace nuageuse pour envelopper le château et Lawnmarket. Bien qu'à peine plus âgé qu'elle, Allan Grieve avait été son professeur aux beaux-arts. Ils s'étaient mariés jeunes, mais n'avaient pas eu d'enfant avant d'être bien établis. Alicia avait toujours soupçonné Allan de lui en vouloir de son succès. C'était un professeur formidable, mais il lui manquait l'étincelle de génie qui fait les artistes. Une fois, elle lui avait dit que ses tableaux étaient trop précis, que l'art nécessitait une certaine dose d'artifice. Sur le moment, il s'était contenté de serrer sa main dans la sienne. Ce n'est qu'à la veille de sa mort qu'il lui avait renvoyé ses paroles au visage.

– Tu m'as tué, ce jour-là, avait-il avoué. Tu as étouffé tout l'espoir qui me restait.

Elle avait commencé à protester mais il l'avait coupée.

– Tu m'as rendu service. Tu avais raison. Je manquais de recul.

Parfois, Alicia regrettait de ne pas avoir manqué de recul, elle aussi. Ça ne l'aurait sans doute pas aidée à devenir une meilleure mère, une mère plus aimante, mais elle aurait pu être une épouse plus généreuse et une amante plus enthousiaste.

Aujourd'hui, elle vivait seule dans la grande maison de Ravelston, entourée de tableaux peints par d'autres – dont une douzaine d'Allan, joliment encadrés –, à quelques pas du musée d'Art moderne, qui avait récemment programmé une rétrospective de son œuvre. Elle avait prétexté une maladie pour échapper à l'inauguration ; néanmoins, elle s'y était rendue incognito, plus tard, quelques minutes après l'ouverture, alors que le musée était encore désert. Elle avait été choquée de découvrir ses tableaux accrochés selon un ordre thématique. Un ordre qu'elle ne reconnaissait pas.

– Ils ont trouvé un corps, vous savez ? disait Hugh Cordover.

– Hugh ! s'exclama Cammo, faussement cordial. Enfin de retour parmi nous !

– Un corps ? s'étonna Lorna.

– Ils en parlaient aux infos.

– Je crois qu'il s'agissait d'un squelette, rectifia Seona.

Alicia s'était arrêtée pour admirer Salisbury Crags.

– Trouvé où ? demanda-t-elle.

– Dans un mur de Queensberry House, répondit Seona, en montrant le bâtiment.

Ils se tenaient devant les grilles du chantier, à présent.

– C'était un hôpital.

– Sans doute un pauvre diable sur la liste d'attente, commenta Hugh.

Mais personne ne l'écoutait.

4

– Non mais, pour qui tu te prends ?

– Quoi ?

– Tu m'as entendue.

Jayne Lister jeta un coussin à la tête de son mari.

– La vaisselle sale est là depuis hier soir.

Elle pointa le menton vers la cuisine.

– T'avais dit que tu la ferais.

– Je vais la faire !

– Quand ?

– C'est dimanche. Jour de repos.

Il essayait d'en plaisanter, il n'avait pas envie que ça lui gâche la journée.

– T'as eu sept jours de repos, cette semaine, si je ne m'abuse. À quelle heure t'es rentré hier soir ?

Il pencha la tête pour regarder l'écran de télé derrière elle. Une émission matinale pour les gosses. La présentatrice était plutôt mignonne. Il en avait causé à Nic. Elle parlait au téléphone en secouant une carte postale. Se réveiller avec ce genre de petit lot dans son plumard...

– Bouge ton cul de là, dit-il à sa femme.

– Tu m'enlèves les mots de la bouche.

Jayne pivota et éteignit le poste. Jerry bondit du canapé avec une rapidité qui la surprit. Il aima cette expression sur son visage : de la sidération mêlée d'une touche de crainte. Il la poussa sur le côté, et tendit la main pour rallumer la télé. Mais voilà qu'elle l'empoignait par les cheveux et le tirait vers l'arrière.

– Tu traînes avec ce Nic Hughes jusqu'à pas d'heure ! hurlait-elle. Tu crois pouvoir aller et venir comme ça te chante, espèce de porc ?

Il lui attrapa un poignet et le serra.

– Lâche-moi !

– Tu crois que je vais supporter ça encore longtemps ?

Elle semblait insensible à la douleur. Il serra plus fort en lui tordant le bras. Elle lui tira les cheveux de plus belle. Le cuir chevelu en feu, il envoya sa tête en arrière et lui colla un coup de boule juste au-dessus du nez. Bien joué ! Elle hurla de douleur et lâcha prise. Il fit volte-face et la poussa sur le canapé. En basculant, elle renversa la table basse. Les canettes vides, le cendrier et le journal du samedi volèrent partout. Un bruit étouffé au plafond. Les voisins du dessus râlaient encore. Le front de Jayne était rouge à l'endroit où il l'avait cognée. Elle lui avait filé un fameux mal de crâne, à lui aussi. Comme si la gueule de bois ne suffisait pas.

Il avait fait ses comptes ce matin. Huit pintes et deux whiskies. Ça concordait avec la petite monnaie qui lui restait en poche. Le taxi lui avait coûté six livres. Nic avait payé le curry d'agneau. Un délice. Il serait bien allé en boîte, mais Jerry n'était pas d'humeur. Au début, Nic avait insisté.

– Et si je suis d'humeur, moi ?

Mais après le curry, il s'était senti moins motivé. Deux ou trois pubs, et un taxi. Juste pour lui. Nic avait préféré marcher. L'avantage de vivre au centre-ville. Ici, dans la cambrousse, c'était toujours la croix et la bannière pour se déplacer. On ne pouvait pas compter sur les bus, on ne savait jamais à quelle heure ils s'arrêtaient. Et même avec les taxis, il valait mieux mentir et dire que vous alliez à Gatehill. Une fois là, soit vous traversiez le terrain de foot à pied, soit vous tentiez de persuader le chauffeur de parcourir le dernier kilomètre qui vous séparait du lotissement Garibaldi. Une fois, Jerry s'était fait attaquer par quatre ou cinq types alors qu'il traversait la pelouse. Il était trop bourré pour se défendre. Depuis, il insistait toujours pour qu'on le dépose devant chez lui.

– T'es vraiment un salaud, disait Jayne en se frottant le front.

– C'est toi qu'as commencé. J'étais allongé tranquillement. J'avais la tête comme un concombre. Si t'avais attendu quelques heures... j'allais la faire cette vaisselle, juré craché, ajouta-t-il d'une voix radoucie. J'avais juste besoin d'un peu de calme avant.

Il lui ouvrit ses bras. À vrai dire, leur petite empoignade lui avait provoqué une érection. Nic avait peut-être raison à propos du sexe et de la violence, c'était plus ou moins la même chose.

Jayne bondit sur ses pieds, ayant vu clair dans son jeu.

– Oublie ça, mon pote.

Elle quitta la pièce, l'air digne. Foutu caractère. Elle prenait si vite la mouche. Peut-être que Nic avait raison, peut-être qu'il pouvait faire mieux que ça. Et pourtant, malgré son chouette job, ses belles fringues et son argent, Catriona l'avait quand même plaqué. Jerry fit une moue méprisante : *Quitter Nic pour un mec rencontré à une soirée pour célibataires ! Une femme mariée qui cavale dans une soirée pour célibataires... et y rencontre quelqu'un !* La vie était parfois cruelle. Jerry pouvait s'estimer heureux de son sort. Rallumer la télé, se rallonger sur le canapé. Sa canette de bière était intacte. Il la ramassa. Il y avait des dessins animés, maintenant. Ça ne le dérangeait pas, il aimait bien les dessins animés. Jayne et lui n'avaient pas d'enfant ; ce n'était pas un mal, vu que lui-même avait encore un cœur d'enfant. Les cogneurs de plafond en avaient trois, eux. Dire qu'ils avaient l'aplomb de trouver Jerry bruyant ! Et là, tombée de la table basse, la lettre de la mairie. Des plaintes avaient été enregistrées. Il est de notre devoir de régler les problèmes de voisinage, bla-bla-bla. C'était sa faute à lui si les murs étaient fins comme du papier ? Ces saloperies pouvaient à peine tenir une cheville. Quand les connards du dessus s'employaient à faire leur quatrième gosse, on avait l'impression d'être au lit avec eux. Une nuit, Jerry avait même applaudi leur performance. Un silence de mort avait suivi.

Il se demandait si c'était à cause de ça que Jayne n'avait plus envie de faire l'amour. La peur d'être entendue. Il faudrait lui poser la question un de ces quatre. Ou bien, il la forcerait. Il la ferait crier si fort que ça donnerait de quoi réfléchir aux voisins. La petite nana à la télé, par exemple, il aurait parié qu'elle était du genre bruyant. Du genre à qui il faut couvrir la bouche, en faisant gaffe de ne pas l'étouffer.

Comme disait Nic, c'était la partie la plus délicate de l'opération.

– C'est vrai ? Vous aimez le football ?

Derek Linford avait pris le numéro de Siobhan, l'autre soir, au Marina. Il avait laissé un message sur son répondeur samedi, lui demandant si elle serait tentée par une balade. Et voilà qu'ils se promenaient dans le jardin botanique, par ce dimanche après-midi frisquet, parmi d'autre couples. Sauf qu'eux parlaient foot.

– J'y vais presque tous les samedis, confessa Siobhan.

– Je croyais qu'il y avait une trêve, l'hiver.

Il essayait de montrer qu'il s'y connaissait un minimum. Elle sourit de son effort.

– Seulement pour la première ligue. La saison dernière, les Hibs sont descendus en deuxième ligue.

– Ah.

Ils approchaient d'un panneau.

– Nous pouvons aller à la serre tropicale, si vous avez froid ?

– Non, ça va. Je ne fais jamais grand-chose le dimanche.

– Non ?

– Un vide-grenier, parfois. Mais en général, je reste à la maison.

– Pas de petit ami ?

Elle ne répondit pas.

– Pardon d'être indiscret.

Elle haussa les épaules.

– Ce n'est pas un crime, que je sache.
– Pas évident de rencontrer des gens dans ce métier.
– D'où les clubs pour célibataires ?
Il rougit.
– Je suppose, oui.
– Ne vous inquiétez pas, je n'ai pas l'intention d'en parler à qui que ce soit.
Il se força à sourire.
– Merci.
– De toute façon, vous avez raison, continua-t-elle, comment rencontrer quelqu'un ? En dehors d'autres flics, j'entends.
– Et de criminels.
À sa manière de prononcer le mot, elle le soupçonna de n'en avoir pas rencontré beaucoup. Elle acquiesça néanmoins.
– Je pense que le café est ouvert, dit-il. Ça vous tente ?
Elle prit son bras.
– Thé et scone, le dimanche après-midi idéal.
Sauf que la famille assise à la table voisine avait un jeune enfant hyperactif et un bébé hurleur. Linford jeta un regard noir au bébé, comme s'il s'attendait à ce que son autorité soit aussitôt reconnue et respectée.
– Qu'y a-t-il de si drôle ?
– Rien, répondit Siobhan.
– Il y a forcément quelque chose.
Il se mit à agresser son café à coups de petite cuillère.
Elle baissa la voix afin que la famille ne l'entende pas.
– Je me demandais si vous alliez les arrêter.
– Qu'ils m'en fournissent seulement le prétexte.
Il paraissait sérieux.
Ils se turent une minute ou deux, puis Linford lui parla de Fettes. Elle profita de ce qu'il reprenait son souffle pour lui demander :
– Et qu'est-ce que vous aimez faire quand vous ne travaillez pas ?
– Oh, j'ai toujours de la lecture en retard. Des manuels, des revues. Je m'occupe.

– Ça a l'air fascinant.

– Ça l'est, c'est ce que la plupart des gens...

Il s'arrêta net.

– Vous étiez ironique.

Elle hocha la tête en souriant. Il se racla la gorge et se remit à touiller son café.

– Changeons de sujet, finit-il par proposer. Comment est John Rebus ? Vous travaillez avec lui, n'est-ce pas ?

Elle faillit lui répondre qu'il n'avait pas vraiment changé de sujet, mais se retint.

– Qu'est-ce que vous voulez savoir, au juste ?

– Ben, il ne semble pas prendre le comité très au sérieux...

– Peut-être qu'il préférerait faire autre chose à la place.

– D'après ce que j'ai vu de lui, il préférerait sans doute être assis dans un pub, une cigarette au bec. Il a un problème d'alcool, non ?

– Non, fit-elle froidement.

– Désolé, j'aurais mieux fait de me taire. Question de solidarité, hein ?

Elle ravala une réplique acerbe. Il laissa retomber sa cuillère dans la soucoupe.

– Je suis un idiot.

Le bébé hurlait à nouveau.

– C'est cet endroit... Je ne m'entends pas penser.

Il la regarda, hésitant.

– On y va ?

5

Lundi matin. Rebus était en route pour la morgue municipale. En temps normal, quand on procédait à une autopsie, il entrait par la porte latérale qui donnait directement dans la partie de la salle réservée aux observateurs. Seulement, le système de filtration d'air du bâtiment n'étant plus très performant, toutes les autopsies étaient désormais effectuées à l'hôpital. La morgue ne servait plus que d'entrepôt. Il n'y avait aucune des camionnettes grises si reconnaissables sur le parking – à la différence de la plupart des autres villes, la morgue d'Édimbourg récupérait tous les cadavres, les funérariums n'intervenaient que dans un deuxième temps. Il se dirigea vers l'entrée du personnel. La « salle de jeu », surnommée ainsi parce que les employés y jouaient aux cartes pendant leurs pauses, était déserte. Il se rendit dans la salle de stockage. Dougie, le maître des lieux, était là, en blouse blanche, planche à pince à la main.

– Salut, lança Rebus.

Dougie lui jeta un regard derrière ses lunettes à fine monture.

– Bonjour, John.

Ses yeux pétillaient de malice. Il aimait plaisanter, dire qu'il travaillait dans le quartier le plus mort d'Édimbourg.

Rebus fronça le nez, pour lui signifier qu'il avait remarqué l'odeur, légère mais notable.

– Ouais, fit Dougie. Pas bien joli. Une vieille dame. Morte depuis une semaine, je dirais.

Il indiqua d'un mouvement de tête la salle de décomposition, où l'on gardait les corps les plus nauséabonds.

– Le mien est mort depuis un poil plus longtemps.

– Je sais. Mais tu es en retard. Il est déjà parti.

– Parti ?

Rebus vérifia l'heure à sa montre.

– Deux de mes gars l'ont emporté au Western General, il y a une heure, environ.

– Je croyais que l'autopsie était prévue à onze heures.

Dougie haussa les épaules.

– Ton homme était décidé. Et persuasif. Il en faut beaucoup pour persuader les Deux Mousquetaires de modifier leur emploi du temps.

Les Deux Mousquetaires : surnom que donnait Dougie au professeur Gates et au docteur Curt. Rebus fronça les sourcils.

– Mon homme ?

Dougie baissa les yeux sur sa planche à pince et lut :

– L'inspecteur Linford.

Lorsque Rebus arriva à l'hôpital, Gates et Curt s'affairaient déjà autour du corps. Le professeur Gates aimait se décrire comme un homme à grosse carcasse. Il est vrai qu'ainsi penché sur la table d'autopsie, il offrait un contraste saisissant avec son grand collègue décharné. Plus jeune d'une dizaine d'années, Curt ne cessait de se racler la gorge ; ce que les nouveaux venus, ceux qui ignoraient qu'il fumait un paquet et demi par jour, pouvaient prendre pour une manière de communiquer avec Gates. Chaque minute passée dans la salle d'autopsie était une véritable torture pour un homme aussi accro au tabac. Rebus, qui avait cogité pendant tout le trajet, eut soudain envie d'une cigarette, lui aussi.

– Bonjour John, le salua Gates, levant un instant les yeux de son travail.

Sous son long tablier plastifié, il portait une chemise d'un blanc immaculé et une cravate à rayures rouges et jaunes. Ses cravates tranchaient toujours avec les murs gris de la salle.

– Tu viens de piquer un cent mètres ? lui demanda Curt.

Rebus se rendit compte qu'il était essoufflé. Il s'essuya le front de la main.

– Non, c'est juste...

– Si tu continues comme ça, le coupa Gates sans quitter Curt des yeux, tu seras le prochain sur le billard.

– Plutôt réjouissant, non ? enchaîna son collègue. Un appareil digestif plein de friands et de betterave.

– Et une peau si épaisse qu'il faudra y aller à la tronçonneuse.

Ils éclatèrent d'un même rire. Pour la énième fois, Rebus maudit la règle qui exigeait la présence de deux légistes lors d'une autopsie, pour que celle-ci soit validée.

Le corps – littéralement de la peau et des os – était étendu sur un chariot en inox creusé de petites rigoles destinées à récolter le sang. Dans le cas présent, la poussière et les toiles d'araignée ne manquaient pas, mais aucun fluide n'avait coulé. La tête reposait sur un socle en bois qui, dans un autre contexte, aurait pu passer pour un plateau à fromage insolite.

– Ce n'est ni le moment ni le lieu pour plaisanter, messieurs, fit la voix de Linford.

Il était plus jeune que les deux légistes, et pourtant, quelque chose dans son ton les réduisit au silence. Il se tourna vers Rebus.

– Bonjour John.

Rebus le rejoignit.

– C'est gentil à vous de m'avoir prévenu du changement de programme.

Linford cligna des yeux.

– Ça pose un problème ?

– Non, aucun.

Il y avait d'autres personnes dans la salle : deux laborantins de l'hôpital, un photographe de la police, un type de la police scientifique, et un envoyé du bureau du procureur, visiblement nauséeux. Les autopsies attiraient toujours beaucoup de spectateurs. Certains faisaient stoïquement leur boulot, d'autres se tortillaient nerveusement sur leur siège.

– J'ai un peu potassé ce week-end, disait Gates à l'assistance. Vu le degré de décomposition, je crois pouvoir dire que notre ami ici présent est mort entre la fin des années soixante-dix et le début des années quatre-vingt.

– Ses vêtements ont été envoyés au labo ? s'enquit Linford.

– Oui. Howdenhall les a récupérés ce matin.

– Des vêtements de jeune, précisa Curt.

– Ou de vieux qui veut paraître branché, dit le photographe.

– Je n'ai trouvé aucun cheveu gris, mais ça ne veut rien dire, reprit Gates avec une expression qui révélait clairement ce qu'il pensait des théories du photographe. Le labo nous donnera une date de décès plus précise.

– Comment est-il mort ?

La question venait de Linford. En temps normal, Gates châtiait l'impatience, mais le jeune inspecteur n'eut droit qu'à un bref coup d'œil réprobateur.

– Fracture de la boîte crânienne.

Curt pointa un stylo sur la zone.

– Il est possible que ce soit une blessure causée post-mortem, bien entendu. Elle n'est peut-être pas responsable de la mort.

Il croisa le regard de Rebus.

– La police scientifique nous permettra de trancher.

Le gars du labo griffonnait sur son carnet.

– Nous y travaillons.

Rebus savait ce qu'ils cherchaient : l'arme du crime, et un indice. Du sang, par exemple. Il restait toujours du sang collé quelque part.

– Comment a-t-il échoué dans la cheminée ? demanda-t-il.

– Ça, ce n'est pas notre problème, répliqua Gates, en souriant à Curt.

– Si je comprends bien, cette mort est considérée comme

suspecte ? supposa le représentant du procureur, d'une voix de baryton qui contrastait avec sa petite taille et sa silhouette gracile.

– Je dirais que oui, pas vous ?

Gates s'était redressé, lâchant son instrument dans un plateau en métal. Rebus mit un instant à réaliser que le légiste tenait quelque chose dans sa main gantée. Une chose gluante de la taille d'une pêche.

– Le cœur, annonça-t-il en l'examinant.

– Vous avez manqué le début, expliqua Curt à Rebus. Il y avait une entaille au niveau de la cage thoracique. Des rats, peut-être...

– Ouais, fit Gates, des rats armés de couteaux.

Il tendit l'organe à son collègue.

– Une incision de trois centimètres. Un couteau de cuisine ?

– Mort suspecte, murmura l'envoyé du procureur comme pour lui-même, en prenant note sur son bloc.

– Vous auriez dû me prévenir, siffla Rebus entre ses dents.

Il était sur le parking de l'hôpital et n'avait pas l'intention de laisser Derek Linford rentrer de si tôt à la Grande Maison.

– J'ai entendu parler de vous, John. Vous ne jouez pas en équipe.

– Parce que c'est votre conception du jeu d'équipe ? Me laisser sur la touche ?

– O.K., mettons que vous ayez raison. Il n'y a pas de quoi en faire un plat.

– C'est notre enquête, non ?

Linford avait ouvert la portière de sa BMW flambant neuve. Ce n'était qu'une Série 3, mais ça lui allait pour le moment.

– Qu'est-ce que vous entendez par là ?

– C'est l'affaire du PPLC. C'est nous qui avons trouvé le corps.

– Ce n'est pas dans nos attributions.

– Soyons sérieux, qui d'autre voudrait s'en charger ? Vous pensez vraiment que le Parlement a besoin d'un meurtre non résolu dans ses fondations ?

– Un meurtre qui remonte à plus de vingt ans ? Je doute que ça empêche qui que ce soit de dormir.

– Peut-être, mais la presse ne laissera pas passer ça. Au moindre relent de scandale, elle n'hésitera pas à exhumer la chose : Le passé trouble d'Holyrood... Un Parlement érigé sur le sang...

Linford eut l'air songeur, puis un sourire éclaira son visage.

– Vous êtes toujours comme ça ?

– Je pense que Skelly nous appartient.

Le jeune inspecteur croisa les bras. Rebus savait à quoi il pensait : une enquête sur les lieux du futur Parlement, une opportunité de rencontrer des personnes influentes.

– Comment on la joue ?

Rebus posa la main sur l'aile de la BMW, mais la retira aussitôt, en voyant l'expression de Linford.

– Comment il a atterri là-dedans ? Il y a vingt ans, Holyrood était un hôpital. Je suppose qu'il n'était pas donné à tout le monde d'y entrer, de faire un trou dans un mur et d'y fourrer un mort.

– Vous croyez que les malades s'en seraient aperçus ?

C'était au tour de Rebus de sourire.

– Il faudrait creuser la question.

– Votre spécialité, j'imagine ?

Rebus secoua la tête.

– J'ai eu ma dose de tout ça.

– Ça signifie ?

Ça signifiait qu'il avait suffisamment de fantômes, mais il n'avait pas l'intention d'expliciter. Au lieu de quoi, il répondit :

– Pourquoi pas Grant Hood et Ellen Wylie ?

– Ils accepteraient ?

– S'ils n'ont pas le choix. Vous connaissez l'expression abus de pouvoir ?

Linford acquiesça, pensif. Il monta dans sa voiture mais Rebus l'empêcha de refermer la portière

– Encore une petite chose. Siobhan Clarke est une amie. Quand on lui fait du mal, on me fait du mal.

– Je devine la suite : je n'aimerais pas vous voir en colère, c'est ça ?

Il sourit à nouveau, mais froidement.

– J'ai le sentiment que Siobhan n'apprécierait pas que vous meniez ses batailles pour elle. Surtout lorsqu'elles sont le fruit de votre imagination. Au revoir, John.

Il démarra, et laissa tourner le moteur le temps de répondre à un coup de fil. Il écouta un instant puis abaissa sa vitre.

– Où est votre voiture ?

– Derrière.

– Vous feriez bien de me suivre, dans ce cas.

Linford coupa la communication et lança son portable sur le siège passager.

– Pourquoi ? Qu'est-ce qui se passe ?

– Un autre mort trouvé dans Queensberry House.

Il fixa son pare-brise.

– Un peu plus récent, celui-ci.

6

Ils étaient passés devant le pavillon d'été le vendredi précédent. C'était une sorte de cabanon en bois qui se dressait dans le jardin de l'hôpital, juste à côté du cerisier de Sa Majesté, et destiné à subir le même sort. Mais pour le moment, il constituait un entrepôt pratique. Il ne renfermait rien de précieux, il n'y avait même pas de verrou. D'ailleurs, un verrou n'aurait servi à rien puisque la plupart des carreaux étaient cassés.

C'est là qu'on avait retrouvé le corps, gisant parmi les vieux pots de peinture, les sacs de gravats et les outils hors d'usage.

– Sans doute pas la manière dont il aurait voulu partir, murmura Linford.

Des agents en uniforme dressaient un cordon de sécurité autour du pavillon et de ses proches environs. Les ouvriers avaient été priés de se disperser. Un petit groupe d'hommes s'était rassemblé sur le toit d'un bâtiment en cours de démolition, histoire d'avoir un meilleur point de vue. Si d'autres ouvriers décidaient de les rejoindre, le toit finirait par s'effondrer. Il n'était pas encore midi et déjà Rebus envisageait les pires scénarios, tout en priant pour que les dégâts s'arrêtent là. Le chef de chantier, qu'on interrogeait dans la guérite du gardien, se plaignait de ce que certains policiers ne portaient pas le casque réglementaire. Rebus et Linford en avaient chipé deux dans la guérite. Les gars du labo déballaient leurs instruments mystérieux. Un médecin avait officiellement constaté la mort et la nouvelle avait été transmise aux légistes disponibles. Les travaux avaient réduit le trafic d'Holyrood Road à une seule voie, la circulation alternée étant assurée par des feux tricolores. Seulement, avec les voitures et les camionnettes de la police – plus une grise de la morgue, conduite par Dougie –, les files d'attente s'allongeaient et l'humeur générale était à la grogne. Des coups de Klaxon s'élevaient, de plus en plus nombreux, vers le ciel rougeoyant.

– On est bon pour la neige, commenta Rebus. Il fait assez froid pour que ça tienne.

Pourtant, il avait fait plutôt doux la veille, la pluie ressemblant à une averse d'avril, et le thermomètre affichant douze degrés.

– Le temps est vraiment le cadet de nos soucis, fit Linford, cassant.

Il aurait voulu entrer dans le pavillon d'été et approcher du corps, mais c'était impossible. Il connaissait le règlement. Faire irruption sur le lieu d'un crime signifiait laisser des traces.

– Le médecin dit qu'il a eu la nuque fendue, dit-il comme pour lui-même, avant de se tourner vers Rebus. Coïncidence, selon vous ?

Les mains dans les poches, Rebus haussa les épaules, pompant sur sa deuxième cigarette de la matinée. Il savait à quoi pensait Linford : à grimper les échelons à vitesse grand V. Non content de ses perspectives déjà brillantes, il imaginait une enquête, une grosse enquête, et lui au centre, sollicité par les médias et l'opinion exigeant un coupable. Un coupable que lui, l'inspecteur Linford, serait en mesure de leur livrer.

– Il se présentait dans ma circonscription, continua Linford. J'habite Dean Village.

– Joli quartier.

Le jeune policier eut un sourire embarrassé.

– C'est bon, le rassura Rebus. Dans des moments comme celui-ci, on a tous tendance à dire des conneries. Ça meuble.

Linford acquiesça.

– Dites-moi, reprit Rebus, sur combien de meurtres avez-vous travaillé ?

– C'est là que vous me sortez votre « j'ai vu plus de cadavres que vous n'avez eu de petites amies » ?

– Simple curiosité.

– Je n'ai pas toujours été à Fettes, vous savez.

Linford piétinait sur place.

– Mince, j'espère qu'ils vont se dépêcher.

Le corps n'avait toujours pas été déplacé. La victime était Roddy Grieve. Ils l'avaient identifié après avoir palpé ses poches et découvert son portefeuille. Cela dit, même si toute vie avait déserté son regard, son visage était reconnaissable. Roddy Grieve était une célébrité.

Il appartenait au « clan », comme on avait fini par l'appeler. Une fois, un journaliste était allé jusqu'à qualifier les Grieve de première famille d'Écosse. Absurde. Tout le monde savait que les Broon étaient la première famille d'Écosse.

– Qu'est-ce qui vous fait sourire ?

– Rien.

Rebus pinça le bout de sa cigarette et la remit dans le paquet. Il doutait de contaminer la scène du crime en l'écrasant par terre, mais connaissait l'importance du travail de la police scientifique. Il eut soudain envie d'un verre. Ce coup qu'il avait prévu de boire avec Bobby Hogan, juste avant leur découverte, vendredi. Un long moment au pub passé à se raconter des souvenirs et des histoires à dormir debout, sans corps emmurés ou abandonnés dans des pavillons d'été. Un verre dans un univers parallèle, où les gens cessaient d'être cruels.

À propos de torture mentale, le superintendant Watson venait de faire son apparition. Ses yeux étaient braqués sur Rebus, comme deux viseurs.

– Je n'y suis pour rien, monsieur, dit-il pour couper court aux reproches.

– Bon sang, John, on ne peut pas vous laisser cinq minutes sans que vous vous mettiez dans le pétrin ?

Le Paysan plaisantait à moitié. Encore deux mois et il prendrait sa retraite. Il avait déjà averti son inspecteur qu'il voulait que ça roule comme sur du velours. Rebus leva les mains en signe d'impuissance, puis il lui présenta Derek Linford.

– Ah, Derek ! J'ai entendu parler de vous, bien sûr.

Les deux hommes échangèrent une poignée de main en se jaugeant du regard.

– Monsieur, les interrompit Rebus, l'inspecteur Linford et moi... enfin, nous pensons que cette enquête devrait nous être confiée. Nous sommes chargés de la sécurité des parlementaires, et c'est un député en puissance qui vient d'être assassiné.

Watson l'ignora.

– On sait comment il est mort ?

– Pas encore, monsieur, s'empressa de répondre Linford.

Rebus était impressionné par le changement qui s'était opéré en lui. Dans son souci de plaire au Grand Chef, il était devenu tout sucre tout miel. Pur calcul, évidemment, mais Rebus doutait que Watson le remarque, ou veuille le remarquer.

– Le médecin a mentionné un choc à la tête, ajoutait Linford. Curieusement, nous nous dirigeons vers le même résultat que pour le corps caché dans la cheminée. Fracture du crâne et blessure au couteau.

Watson hocha la tête, pensif.

– Pas de blessure au couteau dans le cas présent, cela dit ?

– Non, monsieur, répondit Rebus. Mais ça ne change pas grand-chose.

Watson le dévisagea.

– Vous croyez vraiment que je vais vous laisser ne serait-ce qu'assister à une enquête comme celle-ci ?

– Je peux vous montrer la cheminée, proposa Linford.

Rebus se demandait s'il tentait de désamorcer la situation. Le jeune homme savait qu'il ne pourrait se voir chargé de l'enquête que dans le cadre du PPLC, ce qui signifiait avec Rebus ou pas du tout.

– Plus tard peut-être, Derek. Personne ne risque de trop

nous embêter pour un vieux squelette moisi quand on a Roddy Grieve sur les bras.

– Il n'était pas si moisi, monsieur, se sentit obligé de corriger Rebus. Et il faudra bien mener l'enquête sur lui aussi.

– Naturellement, convint Watson, agacé. Mais nous avons d'autres priorités, John. Même vous êtes capable de vous en rendre compte.

Il tendit la main, paume vers le ciel.

– Je rêve ou il commence à neiger ?

– Ça devrait persuader quelques spectateurs d'aller s'abriter, dit Rebus.

Watson grommela.

– Dans ces conditions, Derek, autant aller voir votre fameuse cheminée.

Semblant sur le point de se liquéfier de plaisir, Derek Linford guida le Paysan à l'intérieur, abandonnant Rebus qui s'autorisa une cigarette et un petit sourire en coin. Très bien, que Linford travaille Watson au corps. Ainsi, ils pourraient peut-être se retrouver à la tête des deux enquêtes ; de quoi occuper Rebus durant les sombres journées d'hiver. Excuse parfaite pour oublier Noël, une fois de plus.

7

L'identification fut une formalité, quoique indispensable. L'entrée de la morgue se trouvait dans High School Lane. Les visiteurs se retrouvaient directement devant une porte portant l'inscription SALLE D'OBSERVATION. Des chaises les attendaient à l'intérieur. S'ils s'avisaient de traîner dans le couloir, ils ne tardaient pas à tomber sur un bureau derrière lequel trônait un mannequin de grand magasin vêtu d'une blouse blanche et arborant une moustache peinte – rare manifestation d'humour noir, étant donné le lieu.

Curt et Gates ne pourraient pas pratiquer l'autopsie avant un certain temps, mais il y avait « plein de place au frigo » ainsi que Dougie l'assura à Rebus. La réception n'était pas si vaste. La veuve de Roddy Grieve s'y trouvait. De même que sa mère et sa sœur. Son frère Cammo arrivait de Londres en avion. Une règle tacite voulait que les médias ne franchissent jamais le seuil de la morgue, aussi juteuse que soit l'affaire ; néanmoins, un groupe de ses vautours les plus voraces s'était rassemblé sur le trottoir d'en face. Sorti pour fumer une cigarette, Rebus s'approcha des deux journalistes et du photographe. Ils étaient jeunes et n'éprouvaient qu'un respect modéré pour les règles ancestrales. Ils connaissaient le policier. En le voyant arriver, ils se mirent à battre la semelle.

– Je vais vous le demander gentiment, déclara Rebus, en secouant son paquet de cigarettes.

Il en alluma une et leur en offrit. Les trois jeunes hommes

déclinèrent. L'un d'eux tripotait son téléphone portable pour voir s'il avait des messages.

– Vous avez quelque chose pour nous, inspecteur ? demanda l'autre journaliste.

Un regard suffit à Rebus pour comprendre qu'il ne servirait à rien de faire appel à la raison.

– En toute confidentialité, si vous préférez...

– Je me moque d'être cité ou non, répondit calmement Rebus.

Son interlocuteur sortit alors un petit magnétophone de sa poche.

– Un peu plus près, s'il vous plaît.

Le journaliste obtempéra et mit l'appareil en marche.

Rebus eut soin de parler lentement et distinctement. Au bout de huit ou neuf mots, le journaliste arrêta son magnéto avec une moue désabusée. Derrière lui, ses collègues fixaient leurs chaussures.

– Besoin d'un correcteur orthographique ? demanda Rebus.

Sur quoi, il retraversa la rue et rentra dans la morgue.

L'identification était terminée. Les parents du défunt étaient sonnés. Même Linford paraissait secoué. Un autre de ses numéros, sans doute. Rebus s'approcha de la veuve.

– Nous pouvons mettre une ou deux voitures à votre disposition...

Elle renifla pour ravaler ses larmes.

– Non, ça ira. Merci.

Elle cligna des yeux, puis le dévisagea.

– Un taxi devrait passer nous prendre.

La sœur vint vers eux, laissant sa mère assise sur l'une des chaises, le dos raide, le visage de marbre.

– Maman voudrait qu'on utilise sa chambre mortuaire, si tu es d'accord.

Lorna Cordover s'adressait à la veuve, mais c'est Rebus qui lui répondit.

– Vous êtes consciente que nous devons garder le corps quelque temps.

Elle le fusilla de ce regard qu'il avait vu des milliers de fois dans les magazines. Son nom de scène était Lorna Grieve. Elle n'avait pas encore cinquante ans, mais en approchait à grands pas. Rebus avait entendu parler d'elle pour la première fois à la fin des années soixante, alors qu'elle sortait tout juste de l'adolescence. Elle traînait avec des rockeurs. La rumeur disait qu'elle avait causé la séparation d'au moins un groupe en vogue. Il avait vu sa photo dans *Melody Maker* et *NME*. À l'époque, elle avait de longs cheveux blond paille coiffés en arrière, et elle était mince au point de paraître émaciée. Elle s'était plutôt étoffée depuis, et ses cheveux étaient plus courts et plus foncés. Néanmoins, elle n'avait rien perdu de son charme.

– Nous sommes sa famille, bon sang !

– S'il te plaît, Lorna, tempéra sa belle-sœur.

– C'est vrai, quoi. On n'a vraiment pas besoin qu'un morveux prétentieux armé d'une planchette nous dise...

– Je crois que vous faites erreur, coupa Rebus, je ne fais pas partie du personnel de la morgue.

Elle plissa les yeux.

– Qui êtes-vous, nom d'un chien ?

– Il est policier, expliqua Seona Grieve. C'est lui qui va...

Mais elle ne put trouver les mots et sa phrase mourut dans un soupir.

Furieuse, Lorna Grieve désigna Derek Linford. Il s'était assis près d'Alicia Grieve et avait posé ses mains sur les siennes.

– C'est lui qui va enquêter sur la mort de Roddy.

Elle pressa l'épaule de Seona.

– C'est à lui que nous devrions nous adresser.

Un dernier coup d'œil vers Rebus avant d'ajouter :

– Pas à son singe.

Rebus la regarda se diriger vers les chaises. Seona Grieve lui parla d'une voix si faible qu'il dut la faire répéter.

– Désolée.

Il lui sourit. Une douzaine de platitudes se bousculaient dans sa tête. Il se passa la main sur le front pour les effacer.

– Vous avez des questions à nous poser, j'imagine ?

– Quand vous serez prêtes.

– Il n'avait pas d'ennemis... pas vraiment, dit-elle comme pour elle-même. C'est toujours ce qu'ils demandent à la télé, n'est-ce pas ?

– Nous y viendrons.

Il observait Lorna Grieve. Elle s'était accroupie devant sa mère. Linford aussi la regardait. Il la dévorait littéralement des yeux. La porte d'entrée s'ouvrit et une tête apparut.

– Quelqu'un a demandé un taxi ?

Derek Linford escorta Alicia Grieve dehors. Astucieux : pas la veuve, la douairière. Linford savait reconnaître le pouvoir.

Ils accordèrent quelques heures de tranquillité à la famille, avant de se rendre à Ravelston Dykes.

– Qu'en dites-vous ? demanda Linford.

À son ton, on aurait pu penser qu'il voulait avoir l'opinion de son collègue sur sa BMW.

Rebus se contenta d'un haussement d'épaules. Ils s'étaient débrouillés pour s'aménager un QG d'enquête à St Leonards, le poste de police le plus proche du lieu du crime. Non que l'enquête eût déjà commencé, mais ils savaient que cela ne tarderait pas. Il suffisait d'attendre les résultats de l'autopsie. Rebus avait téléphoné à Joe Dickie et à Bobby Hogan. Il était également entré en contact avec Grant Hood et Ellen Wylie, qui n'avaient rien contre l'idée d'enquêter conjointement sur le cas Skelly.

– Ce sera un défi, avaient-ils tous deux répondu, chacun de son côté.

Leurs chefs respectifs auraient le dernier mot, mais Rebus ne pensait pas rencontrer d'opposition. Il avait demandé à Hood et Wylie de mettre sur pied ensemble un plan d'attaque.

– Et à qui doit-on rendre des comptes ? avait demandé Wylie.

– À moi, lui avait-il répondu après s'être assuré que Linford n'était pas à portée de voix.

La BMW ralentit alors que le feu passait à l'orange. Si

Rebus avait été au volant, il aurait accéléré, et probablement grillé le rouge, pour impressionner son passager. Il s'était attendu à ce que Linford fasse de même, mais la voiture s'arrêta au rouge. Le jeune homme serra le frein à main et se tourna vers lui.

– Conseiller financier, candidat travailliste, membre d'une famille en vue. Qu'en pensez-vous ?

– Je suis comme vous, je lis les journaux. Certaines personnes ont du mal à accepter la manière dont les candidats sont choisis.

– Des rancuniers ?

– On posera la question. C'est peut-être un règlement de comptes qui a mal tourné.

– Ou une liaison.

Rebus lui coula un regard oblique. Linford fixait le feu rouge, la main sur le frein.

– Les gars de la police scientifique feront peut-être un de leurs miracles.

– Empreintes et fibres ? demanda Linford, sceptique.

Le feu passa au vert. La route était déserte, la BMW ne tarda pas à prendre de la vitesse.

– Le chef m'a déjà sondé.

Rebus savait que par chef, Linford n'entendait rien d'aussi moyen qu'un superintendant.

– L'ACC, précisa son collègue.

Colin Carswell, directeur adjoint (affaires criminelles).

– Il voudrait monter une cellule spéciale étant donné l'importance de l'affaire.

– Une brigade des crimes graves ?

– Ou en improviser une, répondit Linford, évasif. Je ne sais pas ce qu'il a en tête.

– Et vous avez répondu ?

– J'ai répondu que tant que je dirigerais les opérations, il n'avait aucun souci à se faire.

Il ne put s'empêcher de tourner la tête pour savourer la réaction de Rebus, qui tenta de rester impassible. Toutes ces années passées dans la police et il n'avait eu l'occasion de parler à l'ACC qu'à deux ou trois reprises.

Linford sourit, sachant qu'il avait touché un point sensible sous la carapace de Rebus.

– Bien sûr, poursuivit-il, quand j'ai précisé que vous m'assisteriez...

– Vous assister ? se hérissa Rebus, qui venait de se rendre compte que Linford avait également employé le mot « diriger ».

– Il s'est montré un peu plus sceptique, continua Linford, ignorant sa réaction. Mais je lui ai affirmé que ça irait, que nous formions une bonne équipe. C'est ce que j'entends par assister. Vous m'aidez, je vous aide.

– Mais c'est vous qui dirigez.

Entendre ces mots de la bouche de Rebus sembla lui procurer un autre frisson de satisfaction.

– Votre propre chef ne veut pas de vous sur cette enquête, John. Pour quelle raison ?

– Ce ne sont pas vos affaires.

– Tout le monde vous connaît, John. Croyez-moi, votre réputation vous précède.

– Mais tout sera différent si vous dirigez.

Linford garda le silence un instant, puis se tortilla sur son siège avant de lancer :

– Puisque nous passons un si bon moment ensemble, je devrais peut-être signaler que je vois Siobhan Clarke ce soir. Mais ne vous inquiétez pas, je la raccompagnerai chez elle avant onze heures.

La maison de Roddy Grieve et de sa femme se trouvait dans Cramond, mais Seona leur avait confié qu'elle resterait auprès de sa belle-mère. Située au bout d'une courte ruelle, la grande bâtisse avait un air torturé. Sans doute à cause de ses multiples pignons, et des chardons sculptés dans la pierre, au-dessus de la porte. Il n'y avait aucune voiture dans l'allée, et tous les rideaux avaient été tirés. Précaution judicieuse, car les deux journalistes et le caméraman faisaient le pied de grue dans une

Audi 80 gris métallisé, juste devant. Les équipes de télévision étaient probablement en chemin. Rebus ne doutait pas que les Grieve supporteraient cette pression.

Grieve : le sens de ce nom le frappa pour la première fois [1]. Les Grieve dans l'affliction.

Linford sonna à la porte.

– Bel endroit, fit-il remarquer.

– J'ai grandi dans une rue de ce genre, répliqua Rebus.

Il marqua une pause avant d'ajouter :

– On habitait dans un cul-de-sac.

– Ici s'arrête la comparaison, j'imagine.

La porte s'ouvrit sur un homme vêtu d'un manteau en poil de chameau aux revers marron foncé, ouvert sur un costume à fines rayures et une chemise blanche. Sa cravate noire était desserrée.

– Monsieur Grieve ? supposa Rebus.

Il avait déjà vu Cammo Grieve à la télé. En dépit de son état de choc évident, il paraissait plus grand et plus distingué en chair et en os. Il avait les joues rouges. Le froid, ou quelques verres dans l'avion. Deux mèches de ses cheveux poivre et sel rebiquaient un peu.

– Vous êtes de la police ? Entrez.

Linford suivit Rebus dans le hall. Il y avait des toiles et des dessins partout. Non seulement sur les murs lambrissés, mais aussi par terre, posés contre les plaintes. Une grande pile de livres encombrait la première marche de l'escalier en pierre. Plusieurs paires de bottes en caoutchouc poussiéreuses – de tailles différentes mais toutes noires – s'alignaient sous un portemanteau surchargé. Des cannes dépassaient d'un porte-parapluies, et des parapluies pendaient de la rampe de l'escalier. Un bocal de miel ouvert était posé sur la table du téléphone, à côté d'un répondeur débranché. Cammo Grieve regarda autour de lui.

– Désolé. C'est un peu... enfin, vous comprenez.

---

1. *To grieve* : « être affligé, souffrir ». *(N.d.T.)*

Il passa une main dans ses cheveux pour discipliner ses mèches folles.

– Bien sûr, monsieur, répondit Linford, déférent.

– Un petit conseil toutefois..., ajouta Rebus.

Il attendit d'avoir l'attention du député avant de continuer :

– N'importe qui peut frapper à votre porte et se faire passer pour un policier. Demandez toujours une preuve d'identité avant de le laisser entrer.

– Ah, oui, le quatrième pouvoir. Des enfoirés pour la plupart, mais ça reste entre nous.

Rebus acquiesça sobrement. Linford, quant à lui, sourit de toutes ses dents à cette tentative de désinvolture.

Cammo Grieve se rembrunit.

– Je n'arrive toujours pas à... Je compte sur la police pour mettre tout en œuvre afin de résoudre cette enquête. Si j'entends parler ne serait-ce que d'économies... Je sais comment ça se passe de nos jours : restrictions budgétaires, etc. On sait à quoi s'attendre d'un gouvernement travailliste.

Craignant que leur échange ne se transforme en discours politique, Rebus l'interrompit.

– Avouons que rester planté ici ne fait pas vraiment avancer l'enquête, monsieur.

– Je ne suis pas certain de vous apprécier, rétorqua Grieve, les yeux plissés. Comment vous appelez-vous ?

– Il s'appelle Monkey Man [1], lança une voix féminine.

Lorna Grieve se tenait dans une embrasure de porte, un verre de whisky dans chaque main. Elle en tendit un à son frère, et trinqua avec lui.

– Et celui-là, continua-t-elle, désignant Linford, est le joueur d'orgue de Barbarie.

– Je suis l'inspecteur Rebus, et voici l'inspecteur Linford.

Ce dernier se détourna de la gravure qu'il était en train d'étudier. Elle détonnait en ce qu'elle représentait une série de lignes manuscrites.

---

1. *Monkey man* : « le Singe ». *(N.d.T.)*

– Un poème inspiré par notre mère, expliqua Lorna. De Christopher Murray Grieve. Il ne faisait pas partie de la famille, au cas où vous vous poseriez la question.

– Hugh MacDiarmid, expliqua Rebus devant l'air absent de Linford.

Il ne sembla pas éclairé pour autant.

– Monkey Man a un cerveau, roucoula Lorna.

Elle remarqua le pot de miel.

– Ah, le voilà ! Maman ne savait plus où elle l'avait mis.

Elle se tourna vers Rebus.

– Je vais vous confier un secret, Monkey Man.

Il fixa les lèvres qu'il avait baisées dans sa jeunesse, goûtant l'encre et le médiocre papier des magazines. Elle sentait le bon whisky, un parfum qu'il savait apprécier. Sa voix était cassante mais ses yeux plutôt vitreux.

– Personne ne connaît l'existence de ce poème. Il l'a offert à notre mère. Il n'en existe aucune copie.

– Lorna...

Cammo posa une main sur la nuque de sa sœur mais elle se dégagea.

– C'est un crime sans nom de boire alors que nos invités n'ont pas de verre.

Il les guida dans un petit salon, lambrissé comme le hall, mais dont les murs n'exhibaient que quelques petits tableaux fixés à une cimaise. Le mobilier se résumait à deux canapés, deux fauteuils, un téléviseur et une chaîne hi-fi. Le reste de l'espace était occupé par des livres, empilés par terre, serrés sur des étagères, entre les plantes, ou posés sur les rebords des fenêtres. Deux des trois ampoules du lustre étaient grillées. Rebus prit un tas de cartes d'anniversaire qui traînaient sur le canapé. Le temps des célébrations était révolu.

– Comment se porte Mme Grieve ? s'enquit Linford.

– Ma mère se repose, répondit Cammo.

– Je voulais dire... euh, l'épouse de votre frère...

– Il voulait dire Seona, traduisit Lorna, s'affalant sur l'un des canapés.

– Elle se repose aussi.

Cammo se dirigea vers la cheminée en marbre et se pencha vers l'âtre rempli de bouteilles de whisky.

– On n'y fait plus de feu, expliqua-il, mais elle peut toujours...

– Vous mettre le feu au ventre, termina sa sœur en levant les yeux au ciel. Bon sang, Cammo, celle-là est éculée depuis longtemps.

Les joues de son frère s'empourprèrent, de colère, cette fois. Peut-être était-il en colère lorsqu'il avait ouvert la porte, d'ailleurs ? Lorna Grieve pouvait sans aucun doute éveiller ce sentiment chez un homme.

– Je prendrai un Macallan, fit Rebus.

– Vous avez l'œil exercé, je vois, le complimenta Cammo. Et vous, inspecteur Linford ?

Rebus fut surpris de l'entendre demander un Springbank. Grieve sortit deux verres d'un petit placard et les remplit généreusement.

– Je ne vous ferai pas l'affront de vous proposer de le diluer.

Il les leur tendit.

– Asseyez-vous donc.

Rebus prit un fauteuil, Linford l'autre. Cammo s'assit à côté de sa sœur, qui se tortilla aussitôt, agacée de l'intrusion. Ils burent en silence un moment. Soudain, une sonnerie s'éleva de la poche du manteau de Cammo. Il en tira son téléphone portable, et retourna vers l'entrée.

– Allô ? Oui, j'en suis désolé, mais je suis sûr que vous comprenez...

Il ferma la porte derrière lui.

– Alors, commença Lorna Grieve, qu'ai-je fait pour mériter ça ?

– Mériter quoi, madame ? la questionna Linford.

Une moue ironique.

– Je pense, inspecteur Linford, répondit lentement Rebus, qu'elle se demande ce qu'elle a fait pour mériter de se retrouver seule avec deux crétins dans notre genre. Est-ce exact, madame Cordover ?

– C'est Grieve, Lorna Grieve.

Il y avait du venin dans son regard. Mais pas assez pour tuer sa proie, tout juste ce qu'il fallait pour la paralyser. Au moins avait-il capté son attention.

– On se connaît ? demanda-t-elle.

– Je ne crois pas, non, admit-il.

– Ça doit venir de votre manière de me dévisager.

– Comment donc ?

– Comme certains photographes. Les ordures sans pellicule dans l'appareil.

Rebus dissimula son sourire derrière son verre de whisky.

– Je suis un ex-fan d'Obscura.

Ses yeux s'agrandirent de surprise et sa voix s'adoucit.

– Le groupe de Hugh ?

– Vous étiez sur la pochette d'un de leurs albums.

– Ciel, j'ai l'impression que c'était dans une autre vie ! Lequel était-ce ?

– *Continuous Repercussions*.

– Mon Dieu, vous avez raison ! C'était leur dernier disque, n'est-ce pas ? Je n'ai jamais vraiment aimé leur musique, vous savez.

– Ah bon ?

Enfin une véritable conversation. Linford se trouvait à la limite de son champ de vision. S'il se concentrait suffisamment sur Lorna Grieve, le jeune homme finissait par s'atténuer et passer pour une ombre projetée par la lumière.

– Obscura, répéta Lorna, songeuse. C'était une idée de Hugh.

– À cause de la Camera Obscura, près du château, j'imagine ?

– Je doute que Hugh y ait jamais mis les pieds. Non, il a choisi ce nom pour une autre raison. Vous connaissez Donald Cammell ?

Devant l'expression perplexe de Rebus, elle expliqua :

– Il était réalisateur. C'est lui qui a tourné *Performance*.

– Oui, bien sûr.

– Il est né là-bas.

– À la Camera Obscura ?

Lorna acquiesça avec un sourire qui réchauffa presque l'espace qui les séparait.

Linford se racla la gorge.

– Je suis déjà monté à la Camera Obscura. Magnifique point de vue.

Il y eut un silence. Lorna adressa un nouveau sourire à Rebus.

– Il est complètement perdu, pas vrai, Monkey Man ? Il n'a aucune idée de ce dont nous parlons.

Il secouait la tête en guise de réponse, quand Cammo fit son retour dans la pièce. Le frère de Lorna retira son manteau mais garda sa veste. Pourtant, il ne faisait pas bien chaud dans la maison, remarqua Rebus pour la première fois. Ces vieilles bâtisses, on pouvait toujours y installer le chauffage central mais pas de double vitrage. Plafonds hauts et courants d'air... Il était peut-être temps de rendre son usage d'origine au bar improvisé.

– Désolé pour cette interruption, s'excusa Cammo. Apparemment, les nouvelles ont attristé Blair.

Lorna grommela, reprenant son rôle habituel.

– Tony Blair ? Il ne m'inspire pas du tout confiance. Je parie qu'il n'a jamais entendu parler de toi. Roddy aurait été un bien meilleur député que tu le seras jamais. Sans compter qu'il a eu les tripes de postuler pour le Parlement écossais, lui, là où il avait l'impression qu'il pourrait agir pour de bon !

Elle avait élevé le ton, faisant monter le rouge aux joues de son frère.

– Tu es bouleversée, Lorna, commenta-t-il calmement.

– Garde ta condescendance pour d'autres !

Le député regarda ses deux invités, tentant de les assurer d'un sourire qu'il n'y avait aucun problème, rien qui vaille la peine de s'ébruiter hors de ces murs.

– Lorna, je crois vraiment que...

– Toutes ces conneries que tu déverses sur cette famille depuis des années. Tout est de ta faute ! le coupa-t-elle, de plus en plus hystérique. Papa faisait de son mieux pour ne pas te détester !

– Ça suffit !

– Quant à Roddy, pauvre diable, dire qu'il voulait être toi ! Et tout ce qui s'est passé avec Alasdair...

Cammo Grieve leva la main pour gifler sa sœur. Elle recula d'un bond en poussant un cri. Une femme se tenait dans l'encadrement de la porte, appuyée sur une canne noire, tremblant légèrement. Derrière elle, une autre femme agrippait le col de sa robe de chambre.

– Arrêtez ça immédiatement !

Alicia Grieve martela le sol de sa canne.

Derrière elle, blanche comme l'albâtre, Seona ressemblait à une apparition fantomatique.

8

– Je ne savais même pas qu'il y avait un restaurant ici.

Siobhan Clarke regarda autour d'elle.

– Ça sent la peinture.

– Ils ont ouvert la semaine dernière.

Linford était assis en face d'elle. Ils se trouvaient dans la tour restaurant située au sommet du Museum of Scotland de Chambers Street. Il y avait une terrasse mais personne ne mangeait en plein air en cette nuit de décembre. Leur table leur offrait une vue sur Sheriff's Court et le château. Le givre faisait scintiller les toits.

– J'ai entendu dire que la cuisine était plutôt bonne. C'est le même propriétaire que le Witchery.

– Il y a pas mal de monde.

Siobhan observait les autres dîneurs.

– Je connais cette femme, là-bas. Elle est critique gastronomique, non ?

– Je ne lis jamais les critiques gastronomiques.

– Comment en avez-vous entendu parler, alors ?

– De quoi ?

– De cet endroit.

Il étudiait déjà le menu.

– Un gars d'Historic Scotland l'a mentionné.

Elle sourit au mot « gars ». Il lui rappelait que Linford avait son âge, voire un an ou deux de moins. Ses goûts vestimentaires étaient si conservateurs – costume de lainage sombre, chemise blanche, cravate bleue – qu'il faisait plus vieux. Ça pouvait expliquer son succès auprès des huiles de la Grande Maison. Quand il l'avait invitée à dîner, son instinct avait commandé à Siobhan de refuser. Ça n'avait pas vraiment marché entre eux au jardin botanique, n'est-ce pas ? En même temps, elle espérait qu'il pourrait lui apprendre quelque chose. Son propre mentor, l'inspecteur chef Gill Templer, ne lui était pas d'une grande aide, elle était trop occupée à prouver à ses collègues masculins qu'elle était en tout leur égale. Ce qui n'était pas le cas. En réalité, elle valait mieux que la plupart des inspecteurs en chef sous les ordres desquels Siobhan avait eu l'occasion de travailler. Mais Gill Templer ne semblait pas en être consciente.

– Serait-ce le gars qui a découvert le corps dans Queensberry House ?

– Lui-même. Vous avez vu quelque chose qui vous tente ?

De la bouche d'un autre, ça aurait pu passer pour une tentative de flirt, mais Linford examinait le menu comme s'il s'agissait d'une pièce à conviction.

– Je ne suis pas très carnivore, lui dit-elle. Des nouvelles de Roddy Grieve ?

La serveuse arriva et ils commandèrent. Linford s'assura que Siobhan ne devait pas prendre le volant avant de demander une bouteille de vin blanc.

– Vous êtes venue à pied ?

– Non, en taxi.

– Vous auriez dû me dire de passer vous prendre.

– Ce n'est rien. Vous me parliez de Roddy Grieve.

– Bon sang, il a une de ces sœurs.

Il secoua la tête au souvenir de la rencontre.

– Lorna ? J'aimerais bien la rencontrer.

– C'est un monstre.

– Un monstre séduisant.

Linford haussa les épaules, comme si l'apparence ne signifiait rien pour lui.

– Si je vieillis moitié aussi bien qu'elle, je m'estimerai heureuse, continua Siobhan.

Il fit mine de se concentrer sur son verre de vin. Est-ce qu'elle espérait un compliment ? Peut-être...

– Elle semble avoir craqué pour votre garde du corps, finit-il par reprendre.

– Mon quoi ?

– Rebus. L'homme qui préférerait que je ne sorte pas avec vous.

– Je suis sûre qu'il...

Linford s'adossa à sa chaise.

– Oh, oublions ça. J'aurais mieux fait de me taire.

Siobhan était désarçonnée. Elle n'arrivait pas à déterminer quel genre de signaux son compagnon essayait de lui envoyer. Elle ôta des miettes imaginaires de sa robe en velours rouge et jeta un coup d'œil à ses genoux pour voir si ses collants noirs étaient toujours intacts. Elle avait les bras et les épaules dénudés. Le rendait-elle nerveux ?

– Ça ne va pas ?

Il évitait son regard.

– C'est juste que... Je ne suis jamais sorti avec une collègue, avant.

– Sorti ?

– Vous savez, se retrouver, dîner... Je me suis déjà rendu à des réceptions officielles, mais je n'ai jamais...

Il finit par lever les yeux.

– Pas en tête à tête, comme maintenant.

Elle sourit.

– Nous dînons ensemble, Derek, c'est tout.

Elle aurait voulu ravaler sa phrase, mais il était trop tard. Était-ce vraiment ce qu'ils faisaient ? Dîner ? Espérait-il autre chose ?

Il sembla toutefois se détendre un peu.

– Drôle de maison, aussi, dit-il comme si son esprit n'avait pas quitté les Grieve. Il y a des tableaux, des livres et des journaux partout. La mère de la victime vit seule. Elle devrait plutôt être dans un établissement où on pourrait prendre soin d'elle.

– Elle est peintre, je crois ?

– Elle l'était. Je ne suis pas certain qu'elle peigne encore.

– Ses trucs lui ont rapporté une petite fortune, à en croire les journaux.

– Un brin gâteuse, si vous voulez mon avis. Cela dit, elle vient de perdre un fils. Ce n'est pas vraiment à moi d'en juger, pas vrai ?

Il la regarda pour évaluer l'effet de ses propos. Les yeux de la jeune femme l'encouragèrent à continuer.

– Il y avait Cammo Grieve, aussi.

– Il a la réputation d'un coureur.

Linford parut surpris.

– Un peu grassouillet pour un coureur.

– Pas un coureur à pied. Vous savez, un homme à femmes. Quelqu'un dont on doit se méfier.

Elle souriait, mais il la prit à nouveau au premier degré.

– Quelqu'un dont on doit se méfier ? En tout cas, Dieu seul sait de quoi ils parlaient.

– Qui ?

– Rebus et Lorna Grieve.

– De rock, déclara Siobhan en s'écartant pour permettre à la serveuse de lui verser du vin.

– Entre autres, oui. Comment le savez-vous ? demanda-t-il en la dévisageant

– Elle est mariée à un producteur de disques, et John adore tous ces trucs. Élémentaire.

– On voit pourquoi vous êtes dans la police criminelle.

– C'est sans doute le seul homme que je connaisse qui écoute Wishbone Ash lorsqu'il est en planque.

– Qui est Wishbone Ash ?

– Précisément.

Plus tard, lorsqu'ils eurent terminé les entrées, Siobhan recommença à le questionner sur l'affaire Grieve.

– Il s'agit bien d'une mort suspecte ?

– L'autopsie n'a pas encore été pratiquée, mais c'est quasi certain. Il ne s'est pas suicidé et ça ne ressemble pas à un accident.

– Assassiner un politicien..., commenta-t-elle, perplexe.

– Il ne l'était pas vraiment, non ? C'était un conseiller financier qui se trouvait être candidat à la députation.

– Ce qui rend encore plus obscur le mobile du crime.

– Un client mécontent ? Grieve avait peut-être fait de mauvais placements ?

– Et il a coiffé au poteau d'autres candidats du Parti travailliste.

– Exact. De quoi susciter pas mal de conflits internes.

– Et il y a sa famille.

– Une manière d'atteindre les Grieve ?

– Ou alors, il se trouvait au mauvais endroit au mauvais moment...

– Il est victime d'une agression qui tourne mal alors qu'il jetait un coup d'œil au chantier du parlement.

Linford soupira.

– Des tas de mobiles possibles.

– Et tous méritent d'être considérés.

– Oui, répondit-il, peu emballé par cette perspective. Pas évident. On a du pain sur la planche.

À l'entendre, on avait l'impression qu'il essayait de se persuader que le jeu en valait la chandelle.

– Entre nous, John est-il fiable ?

Elle réfléchit un instant avant de hocher la tête, lentement.

– Une fois qu'il s'est emparé de sa proie, il ne la lâche pas.

– C'est ce que j'ai cru comprendre. Il ne sait pas quand s'arrêter. L'ACC veut que je mène la danse. Comment pensez-vous qu'il le prendra ?

– Je ne sais pas.

Il tenta un rire.

– C'est bon, je ne lui dirai pas que nous en avons parlé.

– Ce n'est pas ça, dit-elle, sachant pourtant que c'était en partie ce qui la gênait. Je ne sais sincèrement pas.

Linford parut déçu de sa réponse.

– Ce n'est pas grave.

Mais Siobhan savait qu'il mentait.

Nic Hughes conduisait. Jerry n'arrêtait pas de lui demander où ils allaient.

– Dieu du ciel, Jerry ! Ton disque est rayé, ou quoi ?

– J'aimerais juste savoir.

– Et si je te disais qu'on ne va nulle part.

– Tu me l'as déjà dit.

– Et on est arrivés quelque part, depuis ?

Jerry le dévisagea, l'air ahuri.

– Non. Parce que je roule pour le plaisir de rouler. C'est marrant parfois.

– Hein ?

– Oh, la ferme, tu veux ?

Jerry Lister fixa sa vitre. Ils étaient allés jusqu'à la rocade sud, puis ils avaient pris la direction du Gyle avant de revenir vers Queensferry Road. Seulement, au lieu de reprendre le centre-ville, Nic avait bifurqué vers Muirhouse et Pilton. Ils avaient vu un type pisser contre un lampadaire. Jerry lui avait dit « Regarde », puis il avait baissé sa vitre, et alors qu'ils passaient devant lui, il avait poussé un hurlement à vous glacer le sang. Il avait éclaté de rire en voyant le type l'insulter dans le rétroviseur.

– Il y a des flics dehors, avait prévenu Nic, comme si Jerry ne s'en doutait pas.

Il aimait bien la voiture de Nic. C'était une Sierra Cosworth d'un beau noir luisant. Nic klaxonna un groupe de jeunes et les salua de la main. Ils regardèrent la voiture et son conducteur.

– Une caisse comme celle-là, Jer, ces gosses seraient prêts à tuer pour l'avoir. Je rigole pas, ils liquideraient leur grand-mère pour avoir la chance de l'essayer.

– Vaudrait mieux pas tomber en panne d'essence ici, alors.

Nic le regarda.

– On pourrait s'les faire, mec, dit-il, enhardi par le speed qu'il s'était envoyé, tout beau dans sa veste en daim bleue. Tu crois pas ?

Il releva le pied de l'accélérateur.

– On pourrait y retourner et...

– Roule, tu veux ?

Quelques minutes de silence. Nic caressait son volant chaque fois qu'ils prenaient un rond-point.

– On va à Granton ?

– Tu veux y aller ?

– Qu'est-ce qu'il y a là-bas ? demanda Jerry.

– J'sais pas. C'est toi qu'en as parlé en premier.

Il jeta un regard sournois à son ami, avant de poursuivre :

– Les reines de la nuit ? C'est ça, Jer ? Tu veux en essayer une autre ? dit-il, l'œil lubrique. Elles monteront pas dans la voiture si on est deux, tu sais ? Trop futées pour ça, les reines de la nuit. Tu pourrais peut-être te cacher dans le coffre. J'en prends une, on va sur le parking... Et on l'a pour nous deux, Jer.

Jerry Lister se passa la langue sur les lèvres.

– Je pensais qu'on avait pris une décision.

– Quelle décision ?

– Tu sais, insista Jerry d'une voix angoissée.

– Trou de mémoire, mon pote, dit Nic Hughes en se tapotant le front. C'est l'alcool. Je bois pour oublier, et apparemment, ça marche.

Son expression se durcit. Sa main se crispa sur le levier de vitesse.

– Seulement, j'oublie les choses qui ne comptent pas.

Jerry se tourna vers lui.

– Fais une croix sur elle, Nic.

– Facile à dire pour toi.

Il montra les dents, une sorte d'écume blanche au coin des lèvres.

– Tu sais ce qu'elle m'a dit, mon pote ? Tu sais ce qu'elle m'a dit ?

Jerry n'avait pas envie d'entendre ça. La voiture de James Bond avait un siège éjectable, mais la Cosworth n'avait qu'un toit ouvrant. Jerry regarda néanmoins autour de lui, comme s'il espérait trouver un bouton « éjection ».

– Elle a dit que j'avais une voiture de merde. Que ça faisait marrer tout le monde.

– C'est pas vrai ?

– Ces gosses, là-bas, ils passeraient une heure à désosser cette bagnole, et puis ils se lasseraient. Elle ne les intéresserait pas plus que ça, mais c'est toujours cent fois plus que ce qu'elle représente pour Cat.

Certains hommes cédaient à l'émotion, allaient jusqu'à pleurer, même. Jerry avait déjà pleuré, lui. Après avoir avalé quelques canettes de bière, ou en regardant *L'Hôpital des animaux*, ou encore à Noël devant *Bambi* et *Le Magicien d'Oz*. Mais il n'avait jamais vu Nic pleurer. Nic transformait sa tristesse en colère. Même quand il souriait, comme maintenant, Jerry savait qu'il était au bord de l'explosion de rage. C'était pas évident à voir, mais Jerry le voyait.

– Allez, Nic. Et si on faisait un tour en ville ? On pourrait prendre Lothian Road ou les ponts.

– T'as peut-être raison, admit Nic.

Ils attendaient à un feu rouge. Une moto s'arrêta à côté d'eux. Pas une grosse cylindrée, mais aussi, elle était conduite par un gosse de dix-sept ans maxi. Il accélérait dans le vide. Le visage caché par son casque, mais les yeux fixés sur les deux hommes. Nic enfonça l'embrayage et l'accélérateur, mais dès que le feu passa au vert, la moto les planta sur place.

– T'as vu ça ? C'est Cat qui nous dit au revoir, à moi et à ma voiture de merde.

De retour en ville, ils firent une pause pour acheter un hamburger et des frites qu'ils mangèrent appuyés contre la voiture. Jerry portait un blouson bon marché en Nylon. Il avait remonté la fermeture Éclair, mais ça ne l'empêchait pas de frissonner. Le blouson de Nic était ouvert. On aurait dit qu'il ne ressentait pas le froid. Il y avait des gosses dans le restau. Des adolescentes attablées près de la fenêtre. Nic leur souriait. Elles sirotaient leur milk-shake en l'ignorant.

– Elles pensent qu'elles mènent le jeu, Jer. C'est ça le plus marrant dans l'histoire. On est là, dehors, à se les geler, mais c'est nous qui avons le pouvoir. Elles nous excluent de leur monde, mais ça ne nous prendrait que dix secondes de les tirer dans le nôtre. Pas vrai ?

– Si tu le dis.

– Non, dis-le toi aussi. Pour que ça devienne vrai.

Nic jeta le carton de son hamburger sur le trottoir. Jerry n'avait pas fini le sien, mais son pote remontait déjà dans la voiture, et il savait qu'il n'aimait pas les odeurs de bouffe dans la Cosworth. Il y avait une poubelle à deux pas. Il y laissa tomber son repas. De la nourriture transformée en ordures en une fraction de seconde. La voiture roulait déjà lentement lorsqu'il remonta dedans.

– On ne va pas s'en faire une ce soir, hein ?

Manger un peu semblait avoir calmé Nic.

– Je ne crois pas, non.

Jerry se détendit. Ils prirent tranquillement Princes Street. Ce n'était plus pareil depuis qu'on l'avait mise en sens unique. Ils se dirigèrent vers Lothian Road, puis gagnèrent Grassmarket et remontèrent Victoria Street. Il y avait de grands immeubles, tout en haut. Jerry n'avait aucune idée de ce qu'ils renfermaient. Le pont George-V. Il reconnut Sheriff Court, que l'on appelait désormais High Court, et le pub Deacon Brodie's de l'autre côté. Ils tournèrent au feu à droite, et s'engagèrent sur les pavés de High Street. Le froid mordait. La rue était pratiquement déserte, et pourtant Nic pressa le bouton de commande de la vitre passager. C'est alors que Jerry la remarqua : manteau trois quarts, collants noirs, cheveux bruns, courts. Bonne taille, bien faite. Nic ralentit en arrivant à son niveau.

– Il fait froid pour être dehors, lança-t-il.

Elle l'ignora.

– Vous pourrez attraper un taxi devant l'Holiday Inn si vous avez de la chance. C'est un peu plus loin.

– Je sais où c'est, répondit-elle, cassante.

– Vous êtes anglaise ? En vacances ?

– Je vis ici.

– Je voulais juste me montrer amical. On nous accuse toujours d'être malpolis avec les Anglais.

– Dégagez.

Nic avança, puis s'arrêta un peu plus loin afin de la voir de face. Une écharpe lui entourait le bas du visage. Nic surprit le regard de Jerry, alors qu'elle passait devant eux comme s'ils n'existaient pas. Il hocha la tête.

– Lesbienne, Jerry, confirma-t-il d'une voix forte.

Il remonta la vitre et accéléra.

Siobhan ignorait pourquoi elle avait choisi de rentrer à pied, mais en pénétrant dans Waverley Station pour prendre un raccourci, elle comprit pourquoi elle tremblait.

Lesbienne.

Qu'ils aillent tous au diable. Tous autant qu'ils étaient. Elle avait refusé l'offre de Derek de la raccompagner, arguant qu'elle préférait marcher, sans vraiment savoir pourquoi. Ils s'étaient séparés en des termes plutôt amicaux. Ni poignée de main ni bise sur la joue, bien sûr ; on ne se comportait pas ainsi à Édimbourg. Pas lors d'un premier rendez-vous. Juste un échange de sourires et la promesse de remettre ça. Promesse qu'elle était à peu près sûre de ne pas tenir. Elle avait trouvé étrange de reprendre l'ascenseur du restaurant pour se retrouver dans le musée. Des hommes y travaillaient toujours, malgré l'heure tardive. Des câbles et des échelles, le bruit d'une perceuse.

– Je pensais que le musée était déjà ouvert au public, s'était étonné Linford.

– Il l'est. C'est juste qu'il n'est pas totalement terminé.

Elle avait pris le pont George-V pour rejoindre High Street. Mais cette voiture, ces hommes... Elle avait préféré bifurquer. Une longue volée de marches, des ombres tout autour, des cris et de la musique s'échappant des pubs encore ouverts. Puis, Waverley Station. On pouvait couper par la gare pour récupérer Princes Street, et gagner Broughton Street, le quartier gay de la ville.

Son quartier. Celui de beaucoup de gens.

Lesbienne.

Qu'ils aillent tous au diable.

Elle repensa à la soirée pour tenter de se calmer. Derek était nerveux, mais comment le lui reprocher ? Son expérience aux Mœurs l'avait éloignée des hommes. Le classeur des agresseurs... tous ces visages avides... les détails de leurs crimes... Et puis, le temps qu'elle avait passé avec Sandra Carnegie à échanger des histoires et des impressions. Un flic qui avait passé quatre ans au sein de la brigade des mœurs l'avait prévenue : « C'est un tue-l'amour, ça te dégoûte pour de bon. » Elle se souvenait de trois clochards qui avaient attaqué une étudiante, et d'une autre agressée dans l'une des rues les plus riches des quartiers sud. Une voiture qui passe, une tentative de flirt qui se termine par une réplique acerbe, c'est insignifiant en comparaison. Et pourtant, le nom – Jerry – et la Sierra noire rutilante étaient gravés dans son esprit.

Elle regarda la voie ferrée et le hall de gare depuis le pont. Au-dessus, la verrière suintait l'eau. Il lui sembla voir quelque chose tomber à l'extrémité de son champ de vision. Sans doute son imagination. Elle tourna la tête et s'aperçut qu'il neigeait. Non, ça n'était pas de la neige, plutôt de gros flocons de glace. Il y avait un trou dans la verrière, et en bas, sur l'un des quais, une personne criait. Deux chauffeurs de taxi étaient descendus de voiture et se dirigeaient vers la scène.

Encore un suicide. Il y avait une tache sombre sur le quai. On aurait dit un trou noir. En réalité, il s'agissait d'un long manteau. Celui du suicidé. Siobhan descendit l'escalier pour rejoindre le hall de gare. Des passagers attendaient le train couchettes pour Londres. Une femme pleurait. L'un des chauffeurs de taxi avait retiré sa veste pour recouvrir la partie supérieure du corps. Siobhan s'approcha. L'autre chauffeur tendit un bras pour l'arrêter.

– Vous n'aimerez pas, dit-il.

L'espace d'un instant, elle se méprit sur ses paroles : *Je n'aimerai pas. Je n'aimerai pas parce que l'amour rend faible. Je n'aimerai pas parce que mon job tuera ce sentiment.*

– Je suis de la police, dit-elle en cherchant sa carte.

Ils étaient si nombreux à s'être jetés de North Bridge qu'une plaque commémorative avait été scellée sur le parapet. North Bridge reliait Old Town à New Town en enjambant le gros ravin où était nichée Waverley Station. Lorsqu'elle l'atteignit, il n'y avait pas un chat. Elle vit des silhouettes et entendit des voix au loin. Des buveurs rentrant du pub. Des taxis et des voitures. Si quelqu'un avait vu l'homme sauter, il ne s'était pas donné la peine de s'arrêter. Siobhan se pencha par-dessus le parapet, et regarda la verrière de Waverley. Le trou était pratiquement sous elle. À travers, elle pouvait voir les allées et venues sur le quai. Elle avait appelé des renforts et leur avait demandé de prévenir la morgue. Elle n'était pas en service. Autant laisser les uniformes – Rebus les appelait les pantalons de Tergal – s'en charger. À en juger par ses vêtements, le mort devait être un clochard. Sauf qu'on ne les appelait plus des clochards de nos jours, pas vrai ? Elle n'arrivait pas à se souvenir du terme approprié. Elle rédigeait déjà son rapport, mentalement. Elle regarda autour d'elle, et se rendit compte qu'elle pourrait rentrer chez elle sans qu'on ait remarqué sa présence. Qu'elle pourrait laisser ça à d'autres. C'est alors que son pied heurta quelque chose. Un sac en plastique. Elle donna un petit coup dedans mais sentit une résistance. Elle le ramassa. C'était un sac de chez Jenners. Un de ceux qui servent à emballer les robes ou les jupes. Le grand magasin chic n'était qu'à deux minutes à pied. Elle doutait que le suicidé y eût jamais fait ses emplettes. Le sac contenait probablement toute sa vie, aussi redescendit-elle à Waverley.

Elle avait déjà eu affaire à des suicides. Des personnes qui ouvraient le gaz et s'asseyaient devant la cuisinière. Des moteurs tournant dans des garages fermés. Des flacons de pilules sur la table de nuit, lèvres bleues bordées de blanc. Un gradé de la Criminelle s'était jeté de Salisbury Crags, il n'y avait pas si longtemps. On trouvait des tas d'endroits de ce genre dans Édimbourg. Les lieux de suicide ne manquaient pas.

– Vous pouvez rentrer chez vous, vous savez, lui dit une femme en uniforme.

Elle hocha la tête.

– Qu'est-ce qui vous retient, alors ?

Bonne question. C'était comme si elle savait. Comme si elle savait que rien – ou si peu – ne l'attendait chez elle.

– Vous appartenez à l'équipe de l'inspecteur Rebus, je crois ?

Siobhan la dévisagea.

– Et c'est censé vouloir dire quoi ?

La femme haussa les épaules.

– Rien, désolée.

Sur quoi, elle tourna les talons et s'éloigna. Ils avaient tendu un cordon de sécurité autour de la section du quai où gisait le suicidé. Un médecin avait constaté le décès, et l'une des camionnettes de la morgue était prête à emporter le corps. Des employés de la gare cherchaient une lance à incendie pour nettoyer le quai. Le sang et la cervelle finiraient sur la voie.

Les passagers du train de nuit étaient partis. La gare s'apprêtait à fermer ses portes. Il n'y avait plus de taxis. Siobhan erra du côté de la consigne automatique. Un policier vidait le contenu du sac Jenners avec de telles précautions qu'on aurait dit des objets contaminés.

– Quelque chose d'intéressant ? demanda Siobhan.

– Seulement ce que vous voyez.

Ils n'avaient trouvé aucune pièce d'identité sur le mort. Juste un mouchoir et de la petite monnaie dans ses poches. Siobhan étudia les articles déposés sur le bureau : un sachet en plastique contenant un nécessaire de toilette rudimentaire, quelques vêtements, un vieux numéro du *Reader's Digest*, une petite radio portative rafistolée avec du Scotch, le journal du soir, plié et froissé...

Vous appartenez à l'équipe de l'inspecteur Rebus. Qu'est-ce que ça signifiait ? Qu'elle était forcément comme lui, une solitaire, une vagabonde ? N'y avait-il que deux sortes de flics, John Rebus et Derek Linford ? Et était-elle obligée de choisir ?

Un sandwich enveloppé dans du papier sulfurisé, une bouteille de limonade pour enfant à moitié pleine d'eau, d'autres vêtements ; le sac était presque vide. L'agent le retourna pour faire tomber ce qui restait au fond. Ça ressemblait à des babioles ramassées au cours de voyages : des galets, une bague sans valeur, des lacets, des boutons, une petite boîte en carton qui, d'après la peinture passée qui la recouvrait, avait dû jadis contenir la radio. Siobhan la ramassa, la secoua et l'ouvrit. Elle contenait un petit livret qu'elle prit d'abord pour un passeport.

– C'est un livret d'épargne, dit l'agent. D'une société de crédit immobilier.

– Il y aura sûrement un nom dessus, dans ce cas.

L'agent l'ouvrit.

– M. C. Mackie. Il y a une adresse dans Grassmarket.

– Et comment se portent les valeurs de M. Mackie ?

L'agent tourna une ou deux pages et éloigna le livret de ses yeux, comme s'il avait du mal à lire.

– Pas mal, finit-il par répondre. Un crédit de plus de quatre cent mille livres.

– Quatre cent mille ? Ben, la tournée sera pour lui, dans ce cas.

Mais quand il tourna le livret vers elle, Siobhan constata qu'il ne plaisantait pas. Le clochard dont on était en train de débarrasser le quai 11 au jet d'eau valait quatre cent mille livres.

9

Mardi. Rebus se présenta à St Leonards. Le superintendant Watson avait demandé à le voir. Quand il entra dans son bureau, Linford était déjà assis, une pleine tasse d'un café à l'aspect huileux dans la main.

– Servez-vous, dit Watson.

Rebus leva son gobelet.

– J'en ai déjà, monsieur.

Il s'arrangeait toujours pour ne pas entrer dans ce bureau sans avoir un gobelet à moitié plein à la main. « Ne demandez pas qu'on vous fasse crédit si un refus risque de vous offenser », pouvait-on lire dans certains bars. Le gobelet était la solution de Rebus pour ne pas avoir à offenser son supérieur.

Quand ils furent tous installés, le superintendant alla droit au but.

– Tout le monde s'intéresse à cette affaire : la presse, le public, le gouvernement...

– Dans cet ordre, monsieur ? demanda Rebus.

Watson l'ignora.

– Ce qui signifie que je vais devoir vous garder à l'œil plus que d'ordinaire.

Il se tourna vers Linford.

– John, ici présent, tient parfois de l'éléphant dans un magasin de porcelaine. Je compte sur vous pour jouer les cornacs.

Linford sourit.

– Tant que l'éléphant n'y voit pas d'objection.

Rebus ne daigna pas répondre.

– Les journalistes salivent déjà. Le nouveau parlement, les élections... aucun intérêt maintenant qu'ils tiennent une histoire juteuse. Deux, en fait, dit-il en levant le pouce et l'index. Il y a peu de chance qu'il y ait un lien, n'est-ce pas ?

– Entre Grieve et le squelette ?

Linford considéra la question, et jeta un coup d'œil vers Rebus, qui inspectait le pli de la jambe gauche de son pantalon.

– Je ne pense pas qu'il y en ait, monsieur. À moins que Grieve n'ait été tué par un fantôme.

Watson agita un doigt réprobateur.

– C'est le genre de réflexion sur laquelle se jetteraient les journalistes. Pas de plaisanteries en dehors de ces murs, compris ?

– Oui, monsieur, fit Linford avec la contrition nécessaire.

– Alors ? Qu'avons-nous ?

– Nous avons commencé à questionner la famille, expliqua Rebus. Nous comptons mener des interrogatoires plus poussés. L'étape suivante : rencontrer le conseiller politique du défunt. À l'antenne locale du Parti travailliste, sans doute.

– Aucun ennemi connu ?

– La veuve semble penser que non, monsieur, s'empressa de répondre Linford, en se penchant en avant pour empêcher son collègue de lui voler la vedette. Cela dit, il arrive que les épouses ignorent des choses.

Le superintendant acquiesça. Rebus le trouva plus rougeaud qu'à l'ordinaire. La dernière ligne droite avant la belle, et voilà qu'il se retrouvait avec cette affaire sur les bras.

– Amis ? Associés ?

– Nous comptons les interroger, répliqua Linford du tac au tac.

– L'autopsie a révélé quelque chose ?

– Un coup porté à la base du crâne qui a provoqué une hémorragie immédiate. Il semble qu'il soit mort là où il est tombé. Il a reçu deux autres coups qui ont occasionné des fractures.

– Post-mortem ?

Linford chercha confirmation dans le regard de Rebus.

– Les légistes ont l'air de le penser, confirma ce dernier. On l'a frappé au sommet du crâne. Grieve était plutôt grand...

– Un mètre quatre-vingt-trois, le coupa Linford.

– Si bien que pour lui asséner un coup comme celui-là, son agresseur devait être immense, ou debout sur quelque chose.

– Ou alors Grieve était déjà à terre lorsque les coups sont survenus, suggéra Watson en s'épongeant le front avec son mouchoir. Oui. Ça paraît logique. Comment diable s'est-il retrouvé là-dedans ?

– Il a escaladé la barrière, ou quelqu'un qui avait les clefs lui a ouvert, proposa Linford. Il y a des cadenas aux grilles, le soir. Trop de trucs à chaparder.

– Il y avait un gardien, continua Rebus. Il a affirmé être resté sur les lieux toute la nuit, et avoir patrouillé régulièrement. Il n'a rien vu.

– Qu'est-ce que vous en pensez ?

– Qu'il piquait sûrement un roupillon dans la guérite. Il fait bien chaud là-dedans. Il a aussi pu filer chez lui en douce.

– Il a dit qu'il avait inspecté le pavillon d'été ?

– Il a déclaré qu'il pensait l'avoir fait, rectifia Linford qui cita de mémoire : « J'y passe toujours ma lampe torche, au cas où. Aucune raison que je ne l'aie pas fait ce soir-là. »

Watson posa les coudes sur son bureau.

– Et vous en concluez ? demanda-t-il à Linford.

– J'en conclus que nous devons nous concentrer sur le mobile, monsieur. Un député potentiel rend une visite nocturne à son futur lieu de travail et tombe sur quelqu'un qui le matraque à mort ?

Linford secoua la tête d'un air convaincu, évitant le regard sidéré de Rebus, qui lui avait pratiquement tenu les mêmes propos une heure auparavant.

– Je ne sais pas, dit le Paysan. Peut-être un voleur d'outils. Grieve le surprend. L'autre l'assomme.

– Et une fois qu'il est à terre, le voleur le frappe encore deux fois juste pour le plaisir ? intervint Rebus.

Watson grogna.

– Et l'arme du crime ?

– Pas encore découverte, monsieur, répondit Linford. Il y a des tas de chantiers dans le coin. Des tas de cachettes possibles. Nous avons des agents qui cherchent.

– Les chefs de chantier dressent un inventaire, ajouta Rebus. Juste au cas où il manquerait un truc. Si votre théorie du voleur est exacte, l'inventaire devrait révéler quelque chose.

– Encore un détail, monsieur. Il y avait des éraflures récentes sur ses chaussures et des traces de boue et de poussière à l'intérieur des jambes de son pantalon.

Watson sourit.

– Dieu bénisse la police scientifique. Qu'est-ce que ça signifie ?

– Qu'il a sans doute escaladé la barrière ou la grille.

– Ça ne change rien, toutes les hypothèses restent plausibles. Interrogez les personnes qui possèdent des clefs. Toutes, compris ?

– Très bien, monsieur.

Rebus hocha la tête en signe d'approbation, même si personne ne le regardait.

– Et notre ami Skelly ? s'enquit le superintendant.

– Deux autres membres du PPLC sont sur l'affaire, monsieur.

À nouveau, Watson grogna. Puis, il se tourna vers Linford.

– Le café n'est pas bon, Derek ?

Linford fixait la surface de sa tasse.

– Si, monsieur. C'est juste que je le préfère tiède.

– Et il ne l'est pas encore ?

Linford porta la tasse à ses lèvres et but deux gorgées.

– Il est très bon. Merci.

Rebus n'eut plus aucun doute : cet homme irait très loin.

La réunion terminée, il dit à son collègue qu'il le rejoindrait et frappa à nouveau à la porte de Watson.

– Je pensais que nous en avions fini ? fit ce dernier, plongé dans la paperasserie.

– Je suis mis sur la touche et je n'aime pas ça.

– Alors faites ce qu'il faut pour que ça change.

– Comme quoi ?

Le Paysan leva les yeux, las.

– Derek mène la danse. Acceptez-le. Ou demandez à être transféré, ajouta-t-il après un silence.

– Je ne voudrais pas manquer votre départ à la retraite, monsieur.

Le superintendant posa son stylo.

– C'est probablement la dernière affaire que je dirige, et je ne vois pas qui pourrait mieux convenir que lui.

– Ce qui signifie que vous ne me faites pas confiance ?

– Vous vous jugez trop futé, John, c'est votre problème.

– Tout ce que connaît Linford, c'est son bureau et quels culs il faut lécher.

– L'ACC ne partage pas ce point de vue.

Watson se carra dans son fauteuil.

– N'y aurait-il pas un peu de jalousie là-dessous, John ? Un homme plus jeune que vous gravit les échelons à toute vitesse...

– Bien sûr, j'ai toujours couru après les promotions.

Sur quoi il tourna les talons.

– Un bon conseil, John, jouez le jeu. C'est ça, ou vous restez sur la touche...

Rebus ferma la porte sur les derniers mots de son patron. Linford l'attendait à l'autre bout du couloir, son téléphone mobile collé à l'oreille.

– Oui, nous y allons tout de suite.

Il fit signe à son collègue qu'il n'en avait que pour une minute. Ignorant son geste, Rebus lui passa devant et descendit l'escalier. Un instant plus tard, il entendit Linford répondre :

– Je crois que ça ira, monsieur, sinon...

Rebus congédia le gardien de nuit, mais l'homme resta assis dans son fauteuil, le regard naviguant de lui à Linford.

– Vous pouvez rentrer, je vous dis.

– Rentrer où ? demanda le gardien d'une voix tremblante. C'est mon bureau.

Les trois hommes étaient assis dans la guérite du gardien du chantier. Linford étudiait le gros registre posé sur la table, où figurait le nom de chaque visiteur ayant pénétré sur le site depuis son ouverture. Linford avait sorti son carnet mais n'avait encore rien noté dessus.

– Je pensais que vous aimeriez rentrer chez vous, reprit Rebus. Vous ne devriez pas dormir, à l'heure qu'il est ?

– Pour sûr, grommela l'homme.

Il soupçonnait sans doute qu'il était sur le point de perdre son job. Un corps trouvé sur les lieux. Mauvaise publicité pour l'entreprise de surveillance. Le boulot de gardien était mal payé, et les horaires ne semblaient attirer que les solitaires et les désespérés. Quand Rebus lui avait dit qu'ils se renseigneraient sur lui – ce type d'emploi attirait quantité d'anciens taulards –, il avait avoué avoir passé quelque temps à « l'Hôtel Windsor », autrement dit en prison. Mais il avait juré que personne ne lui avait demandé un double de son trousseau de clefs. Il ne protégeait personne.

– Vous pouvez y aller, alors.

Le gardien partit. Rebus s'étira, laissant échapper un long sifflement.

– Rien d'intéressant ?

– Quelques noms suspects, répondit Linford.

Il tourna le registre vers son collègue. Il y avait leurs propres noms, ainsi que ceux d'Ellen Wylie, de Grant Hood, de Bobby Hogan et de Joe Dickie. Leur visite de Queensberry House.

– Le ministre chargé des Affaires écossaises et le président catalan ?

Rebus se moucha. Il y avait un radiateur électrique, mais la chaleur s'enfuyait par les interstices de la porte et de la fenêtre.

– Que pensez-vous de notre gardien de nuit ?

Linford referma le registre

– Je pense que si mon neveu de deux ans lui avait demandé les clefs de la grille, il les lui aurait tendues plutôt que de prendre le risque de se faire mordre les mollets.

Rebus alla jusqu'à la fenêtre. Elle était encroûtée de crasse. Dehors, les ouvriers étaient occupés à démolir ou à bâtir. Dans une enquête aussi complexe, il fallait parfois démolir un alibi pour bâtir une hypothèse ; chaque élément d'information supplémentaire était une nouvelle brique venant consolider l'édifice souvent disgracieux.

– Mais est-ce vraiment ce qui s'est passé ?

– Je ne sais pas. Nous verrons ce que nous dira son casier judiciaire.

– J'ai l'impression que nous perdons notre temps. Je ne crois pas qu'il sache quoi que ce soit.

– Ah ?

– Je pense qu'il n'était même pas ici. Vous vous rappelez comme il s'est montré vague sur le temps qu'il faisait cette nuit-là ? Il ne pouvait même pas nous dire dans quel sens il avait effectué sa tournée.

– J'ai vu des spécimens plus futés, John. Il faut tout de même que nous creusions cette piste.

– Parce que c'est la procédure d'usage ?

Linford acquiesça. Dehors, on entendait une sorte de raclement : *rrrg... rrrg... rrrg... rrrg.*

– Ça fait ça depuis le début ?

– Quoi ?

– Ce bruit de bétonnière ou de je ne sais quoi.

– Aucune idée.

On frappa à la porte. Le chef de chantier entra, son casque à la main. Il portait une veste en toile huilée jaune et un pantalon en velours côtelé marron. Ses bottes étaient couvertes de boue.

– Juste quelques questions de routine, l'informa Linford en lui faisant signe de s'asseoir.

– J'ai dressé l'inventaire des outils, déclara le chef de chantier en dépliant une feuille. Bien entendu, il y a toujours des choses qui disparaissent dans n'importe quel boulot.

Rebus regarda Linford.

– Je vous laisse vous en charger, j'ai besoin de prendre l'air.

Il sortit, respira une grosse goulée d'air frais et tâtonna dans ses poches à la recherche de son paquet de cigarettes. Il allait devenir fou, là-dedans. Mince, un bon verre aurait été le bienvenu ! Il y avait, garée dans la rue, juste devant les grilles, une camionnette qui vendait des hamburgers et du thé aux ouvriers.

– Un double malt, demanda-t-il à la femme.

– Vous prendrez de l'eau avec ?

Il sourit.

– Un thé, merci. Lait. Sans sucre.

– Ça marche, mon chou.

Elle n'arrêtait pas de se frotter les mains entre deux manipulations.

– Vous devez avoir froid à travailler là-dedans ?

– Je gèle, admit-elle. Je ne cracherais pas sur une petite dose de temps à autre, moi non plus.

– Vous faites quel genre d'horaires ?

– Andy ouvre à huit heures. Il s'occupe des petits déjeuners et du reste. En général, je le relaie à deux heures pour qu'il puisse aller chez le grossiste.

Rebus vérifia l'heure à sa montre.

– Il est tout juste onze heures.

– Et oui. Vous désirez autre chose ? Je viens de cuire deux burgers.

– Va pour le burger. Un seul, dit-il en se tapotant le ventre.

– Faut vous nourrir, vous savez, lui conseilla-t-elle avec un clin d'œil.

Rebus prit la tasse de thé qu'elle lui tendait, puis le hamburger. Il y avait des flacons de sauce sur le comptoir. Il fit gicler un filet marron sur la garniture de son petit pain.

– Andy ne se sent pas très bien, expliqua-t-elle. Alors en ce moment, c'est moi qui m'occupe de tout.

– Rien de sérieux ?

Il mordit un morceau de viande brûlante couverte d'oignons fondants.

– Juste un rhume. Peut-être moins que ça. Vous autres, les hommes, vous êtes tous hypocondriaques.

– On ne peut pas lui en vouloir de tenter sa chance, par ce temps.

– Vous m'entendez me plaindre, moi ?

– Les femmes sont faites d'un bois plus dur.

Elle éclata de rire.

– Vous finissez à quelle heure ? lui demanda Rebus.

Nouveau rire.

– Vous ne seriez pas en train de me brancher, dites ?

Il haussa les épaules.

– Juste au cas où j'aurais envie d'un autre de ces trucs, plus tard, expliqua-t-il en levant son burger.

– Ah. Je suis ici jusqu'à cinq heures. Mais ils partent vite à l'heure du déjeuner.

– Je prends le risque.

Ce fut à son tour de la gratifier d'un clin d'œil alors qu'il retournait vers la grille. Il but son thé en marchant. En voyant les ouvriers qui travaillaient sur le toit descendre un autre chargement d'ardoises vers la benne, il se rappela qu'il ne portait pas de casque. Il y en avait dans la guérite du gardien, mais il n'avait pas envie d'y retourner. Au lieu de quoi il se dirigea vers Queensberry House. L'escalier qui menait à la cave était éteint. Des voix provenaient de l'autre bout du couloir. Des ombres remuaient dans l'ancienne cuisine. Lorsqu'il pénétra dans la pièce, Ellen Wylie se retourna et le salua de la tête. Elle écoutait une femme plus âgée, assise dans un fauteuil qu'ils avaient dû dénicher dans un coin. Un de ces fauteuils de metteur en scène en bois et tissu qui gémit à chaque mouvement de son occupant – et cette femme était plutôt agitée. Debout près d'un mur, Grant Hood prenait des notes. Apparemment, il préférait demeurer hors du champ de vision de l'interrogée, afin de ne pas la distraire.

– Ça a toujours été couvert de bois, disait la femme. C'est tout ce dont je me souviens.

Elle s'exprimait d'une voix haut perchée pleine d'autorité.

– Avec ce genre de truc ? la questionna Wylie en désignant un panneau toujours fixé au mur, près de la porte.

– Il me semble, oui.

Elle remarqua Rebus et lui sourit.

– Je vous présente l'inspecteur Rebus, dit Wylie.

– Bonjour inspecteur. Je m'appelle Marcia Templewhite.

Rebus s'avança et ils échangèrent une poignée de main.

– Mlle Templewhite travaillait pour l'administration de l'hôpital dans les années soixante-dix, expliqua Wylie.

– Et ce, depuis bien des années déjà, précisa l'intéressée.

– Elle se souvient que des travaux avaient été effectués.

– De nombreux travaux, corrigea Mlle Templewhite. Toute la cave avait été démolie. Nouveau système de chauffage, réfection des sols, plomberie... Un drôle de chantier, vous pouvez me croire. Tout avait été entreposé à l'étage, on ne savait pas quoi en faire. Ça a duré des semaines.

– Les panneaux en bois avaient été enlevés ? s'enquit Rebus.

– C'est justement ce que j'étais en train de dire à...

– Au sergent Wylie, lui rappela la jeune femme.

– Je disais justement au sergent Wylie que ça se serait sûrement su s'ils avaient découvert ces cheminées.

– Vous en ignoriez l'existence ?

– Oui, jusqu'à ce que le sergent Wylie m'en parle.

– Seulement, la date des travaux correspond à celle de la mort du squelette, intervint Grant Hood.

– Vous ne pensez tout de même pas qu'un des ouvriers aurait pu être emmuré ?

– Je crois qu'on aurait remarqué sa disparition, répondit Rebus, sachant que ça ne les empêcherait pas de poser la même question à l'entrepreneur concerné. Qui s'est chargé des travaux ?

Mlle Templewhite leva les mains en signe d'impuissance.

– Des entrepreneurs, des sous-traitants... Je n'arrivais jamais à m'y retrouver.

– Mlle Templewhite pense qu'il doit y avoir des registres quelque part, dit Wylie à Rebus.

– Oui, très certainement. Et voilà que Roddy Grieve est retrouvé mort, lui aussi, continua-t-elle en regardant autour d'elle. Ça n'a jamais été un endroit joyeux. Jamais. Et ça ne changera pas, conclut-elle avec une expression solennelle, comme si elle tirait un certain réconfort de cette vérité.

Il retourna à la camionnette et en rapporta trois thés.

– Mauvaise conscience ? l'interrogea Wylie en acceptant le sien.

Une voiture de patrouille était passée prendre Mlle Templewhite pour la reconduire chez elle. Grant Hood l'avait aidée à s'asseoir à l'arrière et il lui faisait signe de la main alors que la voiture s'éloignait.

– Pourquoi devrais-je avoir mauvaise conscience ?

– Il paraît que c'est vous qui nous avez collé ça sur le dos.

– Qui vous l'a dit ?

Elle haussa les épaules.

– Le bruit court.

– Si c'était le cas, vous devriez me remercier. Une grosse enquête comme celle-là peut faire beaucoup pour une carrière.

Elle le dévisagea.

– Pas aussi grosse que l'enquête sur la mort de Roddy Grieve.

– Crachez le morceau.

Elle secoua la tête.

Il tendit l'autre gobelet en polystyrène à Grant Hood.

– Charmante vieille dame.

– Grant aime les femmes mûres, confirma Wylie.

– La ferme, Ellen.

– Lui et ses potes font la chasse aux mamies du Marina.

Rebus regarda Hood, qui rougissait.

– C'est vrai, Grant ?

Hood fusilla Wylie du regard, mais elle était concentrée sur son thé.

Ils semblaient plutôt s'entendre, songea Rebus. Suffisamment pour se parler de leur vie privée et en plaisanter.

– Bon, dit-il, au boulot...

Il s'éloigna de la camionnette devant laquelle les ouvriers faisaient la queue pour s'acheter chips et barres chocolatées pour le déjeuner, laissant leurs yeux s'attarder sur Ellen Wylie. Les casques que Hood et elle portaient paraissaient déplacés sur leurs têtes. Les ouvriers savaient parfaitement qu'il s'agissait de visiteurs.

– Qu'avons-nous pour l'instant ?

– Skelly est dans le labo d'un spécialiste, au sud de la ville, fit Wylie. Ils pensent qu'ils seront bientôt en mesure de dater la mort avec précision. En attendant, la fourchette estimée est 1979-1981.

– Et nous savons que les travaux de la cave ont été effectués en 1979, ajouta Hood. Je tablerais donc sur cette date.

– Pour quelle raison ? demanda Rebus.

– Parce que pour cacher un corps là-dessous, il faut en avoir l'opportunité. La plupart du temps, l'accès du sous-sol était interdit. Et qui irait y fourrer un corps, à moins de connaître l'existence de la cheminée ? Et de savoir que cette cheminée allait être à nouveau condamnée, et le resterait probablement pendant plusieurs centaines d'années.

Wylie acquiesça.

– Ça s'est forcément passé au moment des travaux de rénovation.

– Il faut donc que nous trouvions quelles entreprises s'en sont chargées et qui travaillait pour elles à l'époque. (Les deux jeunes agents échangèrent un regard.) Je sais que ce n'est pas une mince affaire. Ces sociétés ont pu disparaître depuis. Et sinon, peut-être qu'elles ne sont pas aussi scrupuleuses que Mlle Templewhite avec leurs archives. Mais c'est tout ce que nous avons.

– Les dossiers du personnel risquent d'être un vrai cauchemar, fit remarquer Wylie. Des tas d'entrepreneurs font appel à de la main-d'œuvre ponctuelle pour tel ou tel chantier. Et je ne parle pas des éventuelles reconversions.

– Hum. Vous allez dépendre de la bonne volonté des gens.

– Ce qui signifie, chef ? questionna Hood.

– Ce qui signifie qu'il va falloir être gentils et polis. C'est pourquoi je vous ai choisis. Des types comme Bobby Hogan et Joe Dickie manquent de doigté en exigeant des réponses. Si vous la jouez comme ça, vous allez vous retrouver devant des tas d'amnésiques. Comme dit la chanson : la douceur, y a que ça de vrai, conclut-il en regardant Wylie.

Soudain, il vit le chef de chantier sortir de la guérite du gardien et enfiler son casque. Linford le suivait, casque à la main, cherchant visiblement Rebus. L'apercevant, il s'approcha de la grille.

– Il manque des outils ? demanda Rebus.

– Des petites choses. Du nouveau du côté des équipes de recherches ? ajouta-t-il en indiquant la rue.

Deux groupes d'uniformes passaient la zone au peigne fin, à la recherche de l'arme du crime.

– Je ne sais pas. Je ne suis pas allé les voir.

– Mais vous avez eu le temps de prendre une tasse de thé ?

– Pour redonner le moral à mes troupes.

– Vous pensez qu'on perd notre temps, n'est-ce pas ?

– Oui.

– Et je peux vous demander pourquoi ?

– Parce qu'on marche sur la tête. C'est vraiment important de savoir comment il est entré sur le chantier et avec quoi il a été tué ? Nous devrions être en train de chercher le qui et le pourquoi. Vous êtes comme ces directeurs administratifs qui se soucient des réserves de trombones alors que tous les bureaux sont couverts de piles de paperasse de trois mètres de haut.

Linford jeta un coup d'œil à sa montre.

– C'est un peu tôt pour une mise en boîte, tenta-t-il de plaisanter au profit des deux témoins.

– Vous pouvez interroger le chef de chantier tant que vous voulez, vous ne serez pas plus avancé lorsque vous aurez découvert qu'il manque un marteau. Ne nous voilons pas la face, la personne qui a tué Roddy Grieve savait ce qu'elle faisait. S'il s'agissait d'un voleur d'ardoises, il se serait contenté de le tabasser, ou aurait plus vraisemblablement déguerpi. Il n'aurait certainement pas continué à le frapper alors qu'il était à terre. Grieve connaissait son meurtrier, et il n'était pas ici par hasard. Cette affaire a un rapport avec ce qu'il était. C'est là-dessus que nous devrions nous concentrer.

Il se tut, conscient de se donner en spectacle à la file d'ouvriers.

– Ainsi s'achève la leçon, conclut Ellen Wylie, souriant à son gobelet.

10

La directrice de campagne de Roddy Grieve s'appelait Josephine Banks. Assise dans l'une des salles d'interrogatoire de St Leonards, elle expliquait qu'elle connaissait Grieve depuis environ cinq ans.

– Nous avons toujours été très actifs au New Labour, et ce dès le début. J'ai fait un peu de démarchage électoral pour John Smith, également.

Son regard se perdit dans le lointain, un instant.

– Il nous manque beaucoup.

Assis face à elle, Rebus tripotait un stylo à bille.

– Quand avez-vous vu M. Grieve pour la dernière fois ?

– Le jour de sa mort. Nous nous sommes retrouvés dans l'après-midi. À cinq mois des élections, nous avions encore beaucoup de pain sur la planche.

Elle devait mesurer un peu moins d'un mètre soixante-dix, et portait le plus gros de son poids à la taille et aux hanches. Elle avait un petit visage rond et un double menton naissant. Son épaisse chevelure noire était retenue sur sa nuque. La monture de ses lunettes demi-lune évoquait la robe d'un dalmatien.

– Vous n'avez jamais songé à vous présenter ? demanda Rebus.

– Quoi ? Au Parlement écossais ? fit-elle en souriant. La prochaine fois, peut-être.

– Vos ambitions vont dans cette direction ?

– Bien sûr.

– Qu'est-ce qui vous a poussée à venir en aide à Roddy Grieve plutôt qu'à un autre candidat ?

Elle mettait du mascara et de l'ombre à paupières. Ses yeux verts pétillaient de vivacité.

– Je l'aimais bien, et j'avais confiance en lui. Il croyait encore en certains idéaux – pas comme son frère, j'entends.

– Cammo ?

– Oui.

– Vous ne l'appréciez pas ?

– Nous n'avons rien en commun.

– Et qu'en était-il des relations entre Cammo et Roddy ?

– Oh, ils discutaient de politique à la moindre occasion. En fait, pas souvent, parce qu'ils ne se rencontraient que lors des réunions familiales. Alicia et Lorna intervenaient toujours pour les arrêter.

– Et l'épouse de M. Grieve ?

– Laquelle ?

– Celle de Roddy.

– Oui, mais laquelle ? Il en a eu deux, vous savez.

Rebus se trouva momentanément pris de court.

– La première n'a pas fait long feu, reprit Josephine Banks en croisant les jambes. Un amour d'adolescence.

Rebus ouvrit son carnet.

– Comment s'appelait-elle ?

– Billie. Son nom de jeune fille est Collins. Mais elle s'est peut-être remariée.

– Elle vit toujours dans les parages ?

– La dernière fois que j'ai entendu parler d'elle, elle enseignait du côté de Fife.

– Vous l'avez déjà rencontrée ?

– Ciel non. Elle était partie depuis longtemps lorsque j'ai fait la connaissance de Roddy. Vous savez qu'il a un fils ?

Aucun membre de la famille n'y avait fait allusion. Rebus secoua la tête. Banks sembla déçue de son ignorance.

– Il s'appelle Peter. Il a choisi Grief comme nom de famille. Ça ne vous évoque rien ?

Rebus nota le nom sur son carnet.

– Ça devrait ?

– Il fait partie d'un groupe de rock. Les Robinson Crusoe.

– Jamais entendu parler d'eux.

– Demandez à vos jeunes collègues.

– Aïe, encaissa Rebus.

Elle sourit.

– Mais Peter est pratiquement en disgrâce.

– À cause de ce qu'il fait ?

– Oh non, pas pour ça. Je pense même que sa grand-mère est plutôt excitée à l'idée d'avoir une rock star dans la famille.

– Pourquoi alors ?

– Il a choisi de s'installer à Glasgow. Vous avez parlé à la famille, n'est-ce pas ? dit-elle après un silence, et comme il acquiesçait, elle poursuivit : Je suis étonnée que Hugh n'y ait pas fait allusion.

– Je n'ai pas encore rencontré M. Cordover. Il produit des groupes de rock, c'est ça ?

– C'est leur agent. Décidément, il est écrit que je devrai tout vous apprendre. Hugh a un faible pour les jeunes groupes, en ce moment. Vain Shadows, Change, Decay...

Elle sourit devant sa mine perplexe.

– Je demanderai à un de mes jeunes collègues, conclut-il, déclenchant un rire chez son interlocutrice.

Il se rendit à la cantine pour leur rapporter du café. Il n'avait toujours pas digéré le burger, aussi s'arrêta-t-il à son bureau pour gober deux Rennie. Fut une époque où il pouvait avaler n'importe quoi, à n'importe quelle heure ; mais son estomac semblait avoir pris une retraite anticipée. Il décrocha son téléphone et appela Lorna Grieve, en pensant : jusqu'ici, Josephine Banks n'a rien dit sur Seona Grieve. Elle s'était débrouillée pour détourner la conversation en faisant entrer Billie Collins en scène. La résidence des Cordover ne répondait pas. Un café dans chaque main, il retourna dans la salle d'interrogatoire.

– Tenez, mademoiselle.

– Merci.

Elle paraissait ne pas avoir bougé d'un cil depuis son départ.

– Je continue à me demander quand vous vous déciderez à en venir à moi. Je veux dire... toutes ces autres questions ne sont qu'une manière de contourner l'objectif, je me trompe ?

– Je ne vous suis plus.

Rebus tira son carnet et son stylo de sa poche et les posa sur le bureau.

– Roddy et moi, dit-elle en se penchant en avant. Notre liaison. Ne serait-il pas temps d'en parler ?

Saisissant son stylo, il acquiesça.

– C'est toujours comme ça en politique. Dans toutes les professions, d'ailleurs. Deux personnes travaillent en étroite collaboration... Les politiciens sont tous des commères. Je pense que ça vient du manque de confiance en soi. Dire du mal de l'autre est la solution de facilité.

Elle but une gorgée de café.

– Ce qui signifie que vous n'entreteniez pas de liaison avec M. Grieve ?

Elle lui sourit.

– Je vous avais donné l'impression contraire ? J'aurais dû dire : notre prétendue liaison. Des rumeurs, rien de plus. Vous n'étiez pas au courant ?

Il fit signe que non.

– Tous ces interrogatoires... Je pensais que quelqu'un... (Elle se redressa.) Bon. Je les ai sans doute sous-estimés.

– Vous êtes la première personne que nous interrogeons vraiment.

– Vous avez pourtant parlé aux membres du clan ?

– Vous faites allusion aux Grieve ?

– Oui.

– Ils étaient au courant ?

– Seona l'était. Je suppose qu'elle ne l'a pas gardé pour elle.

– C'est M. Grieve qui lui en a parlé ?

Une fois de plus, elle sourit.

– Pourquoi l'aurait-il fait ? Il n'y avait rien de vrai là-dedans. Si quelqu'un faisait courir un bruit sur vous, vous en parleriez à votre épouse ?

– Comment Mme Grieve l'a-t-elle découvert, dans ce cas ?

– De la manière classique. Notre vieil ami le corbeau.

– Une lettre ?

– Oui.

– Juste une ?

– Ça, c'est à elle qu'il faudra le demander.

Elle posa son gobelet sur la table.

– Vous mourez d'envie d'une cigarette, n'est-ce pas ?

Devant l'air étonné de Rebus, elle regarda le stylo qu'il avait porté à ses lèvres.

– J'aimerais autant que vous arrêtiez ça.

– Et pourquoi donc, mademoiselle Banks ?

– Parce que j'en meurs d'envie moi aussi.

À St Leonards, on ne fumait que dans le parking à l'arrière du poste, et dans la mesure où il était interdit au public, Josephine Banks et lui piétinaient sur le trottoir, leur drogue au bec.

Il avait presque terminé sa cigarette lorsque, sans doute pour la faire durer un peu, il lui demanda si elle avait une idée de l'identité de l'auteur de la lettre.

– Pas la moindre.

– Ce doit être une personne qui vous connaît tous les deux.

– Sans doute. Je suppose qu'il s'agit d'un membre du parti local. Ou d'un perdant rancunier. La sélection des candidats ne s'est pas déroulée sans anicroches.

– Pourquoi ça ?

– Anciens contre nouveaux. Reproches du vieux Labour au nouveau.

– Qui était opposé à M. Grieve ?

– Il y avait trois autres concurrents : Gwen Mollison, Archie Ure, et Sara Bone.

– Le combat a-t-il été régulier ?

Un mélange de fumée et de buée s'éleva de sa bouche.

– Autant qu'il pouvait l'être, oui. Il n'y a eu aucun coup bas, au moins.

Quelque chose dans son ton le poussa à demander :

– Mais ?

– La victoire de Roddy n'a pas été sans éveiller des ressentiments. Chez Ure, surtout. Vous avez dû le lire dans les journaux.

– Seulement s'ils en ont parlé dans les pages sportives.

Elle le dévisagea.

– Vous comptez voter, n'est-ce pas ?

Il examina ce qui restait de sa cigarette.

– Pourquoi Archie Ure était-il si contrarié ?

– Archie appartient au Labour depuis des lustres. Et il est partisan de l'autonomie. En 79, il avait démarché la moitié d'Édimbourg. Et voilà que Roddy entre en scène et lui souffle son droit d'aînesse. Dites, vous avez voté en 79 ?

Le 1er mars 1979 : le référendum sur l'autonomie.

– Je ne m'en souviens pas, mentit Rebus.

– Vous l'avez fait ou non ?

Il haussa les épaules.

– Pourquoi ? Je n'étais pas le seul.

– Simple curiosité. Il faisait un froid de canard ce jour-là ; la neige vous a peut-être dissuadé de sortir ?

– Seriez-vous en train de vous foutre de moi, mademoiselle ?

Elle envoya son mégot sur la route.

– Je n'oserais pas, inspecteur.

1979.

Il était encore marié à Rhona. Il se souvenait de son rouleau d'autocollants « Votez Oui ». Il n'arrêtait pas d'en trouver sur ses vestes, son pare-brise, et même sur la flasque qu'il lui arrivait d'emporter au travail. Un hiver impitoyable, sombre et glacial, avec des grèves dans tous les secteurs. L'hiver du mécontentement, disaient les journaux ; et il fallait bien reconnaître qu'ils avaient raison. Sa fille Sammy avait quatre ans.

Lorsque Rhona et lui se disputaient, c'était toujours à voix basse afin de ne pas la réveiller. Son travail posait problème. Il n'y avait pas assez d'heures dans une journée. Et sur la fin, Rhona s'était mise à militer pour le SNP[1]. Pour elle, la régionalisation représentait un pas vers l'indépendance. Pour Jim Callaghan et son gouvernement travailliste, elle représentait... en fait, Rebus n'avait jamais vraiment su quoi. Une concession aux nationalistes ? Ou à la nation en tant qu'entité ? Est-ce que ça aurait vraiment renforcé l'Union ?

En général, ils se disputaient à la table de la cuisine jusqu'à ce que, lassé, Rebus finisse par aller s'affaler sur le canapé, en lançant à Rhona qu'il s'en foutait. Au début, elle venait se poster devant lui pour l'empêcher de regarder la télé, et lui opposait des arguments aussi convaincants que passionnés.

« Tu n'arriveras pas à me décourager », disait-il lorsqu'elle avait terminé. Alors, elle se mettait à le battre avec un coussin, jusqu'à ce qu'il se défende et la plaque sur la moquette. Ils finissaient par éclater de rire.

Sans doute pour la forcer à réagir, qu'importe la raison, il se montra de plus en plus intransigeant. Un soir, il rentra à la maison en arborant un badge « L'Écosse dit NON ». Une fois de plus, ils dînaient à la table de la cuisine. Rhona semblait épuisée par sa journée de boulot, leur fille, son démarchage électoral. Elle n'avait fait aucun commentaire sur son badge. Même lorsqu'il l'avait détaché de son manteau pour l'épingler sur sa chemise, elle s'était contentée de le dévisager, l'air absent. Elle n'avait pas prononcé une parole de la soirée. Au lit, elle lui avait tourné le dos.

– Je croyais que tu voulais que je m'implique plus dans la vie politique, avait-il plaisanté.

Elle n'avait pas répondu.

– Je suis sérieux. J'ai bien envisagé toutes les conséquences, comme tu me l'as demandé, et j'ai décidé de voter non.

---

1. Scottish National Party. *(N.d.T.)*

– Tu fais ce que tu veux, avait-elle répondu froidement.

– Alors c'est ce que je vais faire, avait-il conclu, les yeux sur la forme recroquevillée qui lui tournait le dos.

Seulement, le 1er mars, il avait fait bien pire que de voter non. Il n'avait pas voté du tout. Il aurait pu mettre ça sur le compte de son travail, du mauvais temps, ou invoquer des tas d'autres raisons ; mais, dans le fond, il voulait juste blesser Rhona. Il l'avait compris en regardant les aiguilles de l'horloge de son bureau tourner jusqu'à l'heure de clôture du scrutin. À quelques minutes de la fin, il avait failli foncer à sa voiture, mais il s'était persuadé qu'il était trop tard. Jusqu'à ce qu'il soit réellement trop tard.

Il s'était senti affreusement mal en rentrant chez lui. Rhona n'était pas là. Elle devait être en train d'assister au dépouillement, ou attendre les résultats devant la télé d'un pub, avec des gens de son camp.

La baby-sitter était rentrée chez elle. Il avait dû s'occuper de Sammy qui n'avait pas tardé à s'endormir, Pa Broon, son nounours préféré, dans les bras. Rhona était rentrée tard, un peu ivre, tout comme lui. Il avait vidé quatre canettes de Tartan Special devant la télé, dont il avait coupé le son pour écouter un disque sur la chaîne hi-fi. Il aurait voulu lui dire qu'il avait voté non, mais il savait qu'elle devinerait qu'il mentait. Alors il se contenta de lui demander comment elle se sentait.

– Hébétée, avait-elle répondu, debout dans l'encadrement de la porte, comme si elle répugnait à pénétrer dans la pièce. Cela dit, avait-elle ajouté en se retournant vers le couloir, c'est plutôt une amélioration.

Le 1er mars 1979. Une clause avait été attachée à ce référendum : au moins quarante pour cent de l'électorat devait voter oui. Selon la rumeur, le gouvernement travailliste de Londres avait tout fait pour mettre des bâtons dans les roues de l'autonomie, craignant de perdre les députés écossais de Westminster, et aussi que les conservateurs y gagnent une majorité permanente à la Chambre des communes. D'où le minimum de quarante pour cent de oui exigé.

On était loin du compte. Trente-trois pour cent de oui, contre trente et un pour cent de non. Ainsi que l'avait titré un journal, le résultat montrait « la division d'une nation ». Le SNP avait retiré son soutien au gouvernement Callaghan – qu'il avait traité de « dinde votant Noël » –, il avait fallu organiser des élections, et les conservateurs, menés par Margaret Thatcher, avaient repris le pouvoir.

– C'est ton SNP le responsable, avait-il reproché à Rhona. Elle en est où, ton autonomie, maintenant ?

Elle avait haussé les épaules, insensible à ses provocations. De l'eau avait coulé sous les ponts depuis leurs batailles de coussins. Il était retourné à son travail et s'était immergé dans la vie des autres, dans les problèmes et les misères d'inconnus.

Depuis, il n'avait plus voté.

Après le départ de Josephine Banks, il retourna au QG d'enquête. Le sergent « Hi-Ho » Silvers passait des coups de fil. De même que deux constables appartenant à d'autres divisions. L'inspecteur chef Gill Templer s'entretenait en tête à tête avec le Paysan. Une femme policier passa près de Watson et lui tendit une liasse de messages téléphoniques, si nombreux qu'ils étaient tenus par une pince à dessin. Il fit la grimace et continua d'écouter Templer. Il avait retiré sa veste et roulé les manches de sa chemise blanche. Autour de Rebus, les agents allaient et venaient, les claviers des ordinateurs cliquetaient et les téléphones sonnaient. Il trouva les transcriptions des interrogatoires préliminaires des membres du clan sur son bureau. Cammo Grieve avait tiré la paille la plus courte : il avait dû faire face aux regards inquisiteurs de Bobby Hogan et de Joe Dickie.

Cammo Grieve : Vous avez une idée du temps que ça va prendre ?

Hogan : Désolé, monsieur. Loin de nous l'idée de vous importuner.

Grieve : Mon frère a été assassiné, vous savez !

Hogan : Pour quelle autre raison voudrions-nous vous interroger, monsieur ?

Rebus ne put retenir un sourire : dans la bouche de Bobby Hogan, « monsieur » pouvait sonner comme une insulte.

Dickie : Vous êtes retourné à Londres samedi, monsieur ?

Grieve : À la première foutue occasion.

Dickie : Vous ne vous entendez pas avec votre famille ?

Grieve : Ce ne sont pas vos affaires.

Hogan (À Dickie) : Note que monsieur Grieve a refusé de répondre.

Grieve : Pour l'amour de Dieu !

Hogan : Nul besoin d'invoquer le nom du Seigneur en vain, monsieur.

Cette fois, Rebus éclata de rire. En dehors de l'habituelle trinité – mariages, enterrements, baptêmes –, il doutait que Bobby Hogan eût jamais mis les pieds dans une église.

Grieve : Bon, venons-en au fait, vous voulez ?

Dickie : Je ne saurais être plus d'accord, monsieur.

Grieve : Je suis rentré à Londres samedi soir. Vous pouvez vérifier auprès de ma femme. Nous avons passé le dimanche ensemble, sauf au moment où j'ai rencontré mon agent électoral pour discuter d'affaires relatives à ma circonscription. Deux amis nous ont rejoints au dîner. Lundi matin, j'étais en route pour la Chambre quand on m'a appelé sur mon portable pour m'annoncer la mort de Roddy.

Hogan : Et qu'avez-vous ressenti, monsieur... ?

Ça continuait sur le même mode. Cammo Grieve résistait, Hogan et Dickie absorbaient son hostilité comme des éponges et ripostaient avec des questions ou des commentaires indiquant leur sentiment à l'égard du député.

Comme le fit remarquer Hogan après coup – tout à fait officieusement – « ce con n'aurait pas pu me faire sortir de mes gonds à moins d'avoir de vrais crocs ».

Lorna Grieve et son époux avaient, individuellement, eu affaire à l'équipe moins coriace que formaient l'inspecteur Pryde et le sergent Roy Frazer. Aucun d'eux n'avait vu

Roddy le dimanche. Lorna était en visite chez des amis de North Berwick et Hugh avait passé la journée dans son studio avec un ingénieur du son et divers membres de groupes.

Personne n'avait déclaré avoir vu Roddy Grieve le samedi soir où il était supposé être sorti boire un verre avec des amis. Aucun ami ne semblait l'avoir vu. Ce qui laissait entendre que Roddy Grieve avait des activités secrètes dont sa femme ignorait tout. Or, par nature, ce genre de chose compliquait considérablement une enquête.

Parce que, aussi tenace que vous soyez, certains secrets refusent de se laisser percer.

11

La société de crédit immobilier se trouvait dans George Street. Quand Siobhan Clarke était arrivée à Édimbourg, elle avait vu en George Street un ghetto d'entreprises léthargiques installées dans de magnifiques immeubles. La moitié des bureaux semblaient inoccupés et des pancartes À LOUER pendaient des fenêtres telles des bannières. Depuis, la rue avait changé. Des magasins chics s'y étaient installés, attirant à leur suite bars et restaurants qui, pour la plupart, occupaient les locaux d'anciennes banques.

La société de C. Mackie semblait avoir résisté, elle ; un petit miracle, étant donné les circonstances. Clarke était assise dans le bureau du directeur qui cherchait les documents concernant l'affaire. M. Robertson était un petit homme grassouillet à grosse tête. Sa mise était impeccable et son sourire rayonnant. Ses lunettes demi-lune lui donnaient des allures d'employé de banque dickensien. Clarke ne put s'empêcher de l'imaginer en costume d'époque. Il prit son sourire pour un signe d'approbation – de sa personnalité ou de son efficacité – et se rassit derrière la table de travail moderne de son bureau moderne. Le dossier était mince.

– Le C est pour Christopher, déclara-t-il.

– Mystère résolu, dit Clarke en ouvrant son carnet.

M. Robertson lui adressa un large sourire.

– Le compte a été ouvert en mars 1980. Le quinze, pour être

précis. Un samedi. Malheureusement, je n'étais pas encore directeur, à l'époque.

– Qui était le directeur ?

– Mon prédécesseur, George Samuels. Je ne faisais même pas partie de cette filiale, avant ma promotion.

Clarke feuilleta le livret de Christopher Mackie.

– Le dépôt d'ouverture du compte s'élevait à 430 000 livres ?

Robertson vérifia le chiffre dans son dossier.

– C'est exact. Suit une liste de retraits mineurs et d'intérêts annuels.

– Vous connaissiez M. Mackie ?

– Je ne pense pas, non. J'ai pris la liberté d'interroger le personnel. (Il fit courir ses doigts sur la colonne de nombres.) Vous dites que c'était un clochard ?

– Ses vêtements suggéraient qu'il était sans-abri.

– Eh bien, je sais que les prix des loyers relèvent de l'extorsion, de nos jours, mais tout de même...

– Avec quatre cent mille livres d'économies, il aurait pu se trouver quelque chose ?

– Avec une somme pareille, il aurait pu se trouver n'importe quoi.

Il marqua une pause, puis enchaîna :

– Cela dit, il avait une adresse dans Grassmarket.

– J'irai voir plus tard.

Robertson acquiesça distraitement.

– Mme Briggs. Il semble que c'est à elle qu'il s'adressait lorsqu'il venait effectuer un retrait.

– J'aimerais lui parler.

– Je m'en doutais. Elle vous attend.

Siobhan Clarke regarda son carnet.

– Vous a-t-il fait part d'un changement d'adresse durant toutes ces années ?

Robertson vérifia.

– Apparemment non.

– Une telle somme sur un seul compte, n'est-ce pas inhabituel, monsieur Robertson ?

– Nous écrivions régulièrement à M. Mackie pour lui proposer de venir discuter d'autres possibilités de placements. Mais nous ne pouvons pas nous permettre de nous montrer trop insistants.

– Le client risquerait d'en prendre ombrage ?

– Nous avons beaucoup de clients fortunés, vous savez. M. Mackie n'était pas le seul à avoir ce genre de somme à sa disposition.

– Sauf que lui n'en disposait pas.

– Ce qui me pousse à soulever un autre problème...

– Nous n'avons trouvé aucun document ressemblant de près ou de loin à un testament, si c'est bien ce qui vous préoccupe.

– Il n'a aucune descendance ?

– Je ne connaissais pas son prénom avant que vous me le donniez. Maintenant, dit-elle en refermant son carnet, j'aimerais parler à Mme Briggs, si vous le voulez bien.

Valerie Briggs était une femme d'âge moyen. Elle venait manifestement de changer de coupe, devina Siobhan en la voyant se tapoter régulièrement les cheveux, comme si leur texture et leur bouffant l'étonnaient encore.

– La première fois qu'il s'est présenté ici, il s'est adressé à moi.

Une tasse de thé avait été offerte à Mme Briggs. Elle la regardait, sceptique : boire le thé dans le bureau de son patron constituait, comme sa nouvelle coupe de cheveux, un véritable défi.

– Il a dit qu'il voulait ouvrir un compte et m'a demandé à qui il devait s'adresser. Alors je lui ai donné le formulaire et il est parti. Il est revenu avec le document dûment complété et m'a demandé s'il pouvait ouvrir un compte avec des espèces. J'ai pensé qu'il s'était trompé en découvrant le nombre de zéros.

– Il avait l'argent sur lui ?

Mme Briggs hocha la tête, les yeux écarquillés au souvenir de sa surprise.

– Il me l'a montré. Il se trouvait dans une jolie petite mallette.

– Une mallette ?

– Oui, toute mignonne et étincelante.

Siobhan gribouilla sur son carnet.

– Ensuite, que s'est-il passé ?

– Eh bien, j'ai appelé le directeur. Une telle somme, vous savez...

Elle frissonna.

– M. Samuels, c'est ça ?

– Oui. Un homme adorable, ce bon vieux George.

– Vous êtes restés en contact.

– Oh, oui.

– Que s'est-il passé, ensuite ?

– Eh bien, George... je veux dire, M. Samuels a invité M. Mackie dans son bureau. L'ancien bureau. Il se trouvait près de la porte d'entrée. Je ne sais pas pourquoi ils l'ont changé de place. Et quand M. Mackie est ressorti, c'était fait, nous avions un nouveau client. Et chaque fois qu'il revenait, il attendait que je me libère pour avoir affaire à moi. Quelle honte de le voir finir de cette façon, ajouta-t-elle en secouant tristement la tête.

– Qu'est-ce que vous entendez par là ?

– Vous savez, se supprimer ainsi. C'est vrai, le jour où il a ouvert le compte... je ne dirais pas qu'il était sur son trente et un, mais il était présentable. Costume, et tout le reste. Ses cheveux auraient sans doute eu besoin d'un coup de peigne. (Elle tapota à nouveau les siens.) Mais il s'exprimait avec distinction, et tout.

– Et puis, ça a commencé à se dégrader ?

– Presque immédiatement. J'en ai fait la remarque à M. Samuels.

– Qu'a-t-il répondu ?

Elle sourit et récita la réponse de l'ancien directeur :

– « Valerie, ma chère, il y a sans doute plus d'excentriques parmi les riches que chez le commun des mortels. » Je suppose qu'il avait raison. Il a ajouté : « L'argent s'accompagne de responsabilités trop lourdes pour certains d'entre nous. »

– Oui, il avait peut-être raison.

– Quoi qu'il en soit, je lui ai répondu que j'étais prête à tenter ma chance s'il lui prenait l'envie de vider le coffre dans mes poches.

Elles rirent de la plaisanterie, puis Siobhan demanda à Mme Briggs où elle pourrait trouver M. Samuels.

– Facile, il joue sûrement aux boules à l'heure qu'il est. Il a ça dans le sang. C'est une véritable religion pour lui.

– Par ce temps ?

– Vous ne renoncez pas à la messe parce qu'il neige, non ?

Certes non. Siobhan était prête à lui donner raison en échange d'une adresse.

Elle longea le terrain de boules et pénétra dans le club. C'était la première fois qu'elle mettait les pieds à Blackhall. Elle s'était égarée à deux reprises dans le labyrinthe de ses rues, pour se retrouver dans la bruyante Queensferry Road. Ce quartier pavillonnaire semblait avoir poussé comme un champignon à la fin des années trente. On était à un monde de Broughton Street. On ne se croyait même plus en ville. Il y avait très peu de magasins, et très peu de passants. Le terrain de boules semblait avoir été beaucoup utilisé. De la peinture verte remplaçait la pelouse. Une construction en bois de plain-pied qui devait avoir une trentaine d'années abritait le club-house. Elle pénétra dans une fournaise pulsée par le système de chauffage au plafond. Face à elle se trouvait un bar derrière lequel une femme d'un certain âge fredonnait un air de série télé en dépoussiérant des bouteilles.

– Les boules ? lança Siobhan Clarke.

– Derrière ces portes, mon chou, répondit l'autre sans s'interrompre.

Siobhan poussa les doubles portes et se retrouva dans une longue pièce étroite. Un tapis de billard vert de trois mètres cinquante de large sur quinze de long occupait presque tout l'espace. Quelques chaises en plastique étaient disséminées tout autour, mais il n'y avait aucun spectateur, juste quatre joueurs qui jetèrent des regards courroucés à l'importun, puis s'adoucirent et se redressèrent en constatant son sexe et sa jeunesse.

– Je parie que c'est pour toi, dit l'un des hommes en donnant un coup de coude à son voisin.

– Tu rigoles ?

– Jimmy les aime un peu plus enrobées, commenta le troisième joueur.

– Et avec quelques kilomètres de plus au compteur, précisa le quatrième.

Ils éclatèrent tous d'un rire plein de cette confiance qu'ont les vieillards immunisés contre les représailles.

– Tu ne donnerais pas ta main gauche pour avoir quarante ans de moins ?

Le plaisantin se baissa pour ramasser une boule. Le cochonnet avait atterri tout au bout du tapis. Il était encadré par deux boules.

– Désolée d'interrompre votre jeu, dit Siobhan, optant immédiatement pour une approche directe. Je suis la constable Clarke, ajouta-t-elle en leur montrant sa carte. Je cherche George Samuels.

– Je t'avais bien dit qu'ils te coinceraient, Dod.

– C'était juste une question de temps.

– Je suis George Samuels.

L'homme qui s'avança était élancé et portait une cravate bordeaux sous son pull sans manches au col en V. Sa main était ferme, chaude et sèche lorsqu'elle la serra. Ses cheveux blancs fournis ressemblaient à du coton.

– Monsieur Samuels, j'appartiens au poste de police de St Leonards. Pouvons-nous parler un instant ?

– Je vous attendais. (Il avait les yeux aussi bleus qu'un ciel d'été.) C'est au sujet de Christopher Mackie, n'est-ce pas ?

Il sourit devant sa mine étonnée, content d'avoir toujours un certain pouvoir en ce monde.

Ils s'assirent à un coin du bar. Un couple de personnes âgées occupait le coin opposé. L'homme s'était assoupi devant sa pinte à moitié pleine. La femme tricotait devant son sherry.

George Samuels commanda un whisky qu'il coupa d'un volume d'eau. Il inscrivit Clarke sur le registre comme son invitée afin qu'elle puisse consommer, mais elle se contenta d'un café, qu'elle regretta d'avoir commandé dès qu'elle l'eut goûté. Elle aurait dû se méfier en voyant la grosse boîte d'instantané spécial collectivités derrière le comptoir. Et renoncer tout à fait lorsque la barmaid avait remué son contenu pour détacher les grains agglutinés.

– Comment le saviez-vous ? demanda-t-elle.

Samuels se passa une main sur le front.

– J'ai toujours su qu'il y avait quelque chose de louche chez cet homme. On n'entre pas dans une société de crédit immobilier avec une telle somme en liquide.

Il leva les yeux de son verre.

– Vous ne croyez pas ?

– J'aimerais en avoir l'opportunité.

Il sourit.

– Vous avez interrogé Valerie Briggs ? Elle pense la même chose. Nous en avons souvent plaisanté.

– Pourquoi avoir accepté l'argent, si vous pensiez qu'il y avait quelque chose de louche là-dessous ?

Il écarta les mains.

– Si je ne l'avais pas fait, une autre société l'aurait pris. C'était il y a vingt ans. Nous n'étions pas tenus d'informer la police de ce genre de chose. Ce dépôt a fait de moi le directeur de succursale du mois.

– A-t-il dit d'où venait l'argent ?

Samuel secoua la tête. Ses cheveux lui rappelaient tellement Noël qu'elle s'imagina plongeant les mains dedans comme dans de la neige fraîche.

– Oh, je lui ai posé la question, bien sûr. Je suis allé droit au but.

– Et ?

Deux biscuits venaient d'arriver pour accompagner son café. Elle mordit dans l'un d'eux. Il était mou et gras.

– Il m'a demandé si j'avais besoin de le savoir. J'ai répondu que j'en avais envie, ce qui n'était pas exactement la même chose. Il m'a dit qu'il s'agissait du butin d'un hold-up dans une banque.

À nouveau, son air étonné lui fit plaisir.

– Bien entendu, nous avons tous deux éclaté de rire. Il plaisantait. Les billets ont des numéros de série... s'ils avaient été volés, je m'en serais aperçu.

Siobhan acquiesça. Elle avait la bouche collée. Il fallait qu'elle boive si elle voulait avaler, or, le seul breuvage à sa disposition était le café. Elle en prit une gorgée, retint sa respiration, et avala.

– Et qu'a-t-il dit d'autre ?

– Oh, il a parlé d'un testament dont il avait été le bénéficiaire. Il avait encaissé le chèque pour avoir une idée de ce que représentait la somme concrètement.

– Il n'a pas dit où il l'avait encaissé ?

– Hum. Je ne suis pas sûr que je l'aurais cru s'il me l'avait dit.

– Vous pensez que c'était de l'argent... ?

– Douteux ? Sans aucun doute. Mais ce que je pensais importait peu ; il était là, et il proposait de le placer sur un compte dans ma succursale.

– Pas de scrupules ?

– Pas à l'époque.

– Mais vous vous doutiez que quelqu'un finirait par venir vous interroger sur Mackie ?

– J'ai passé l'âge de m'excuser, mademoiselle Clarke. J'imagine que vous connaissez l'origine de l'argent ?

– Non, je n'en ai aucune idée.

Samuels se carra dans sa chaise.

– Alors, que faites-vous ici ?

– M. Mackie s'est suicidé. Il vivait dans la rue. Il s'est jeté de North Bridge. J'essaie de découvrir pourquoi.

Samuels ne pouvait pas l'aider. Il n'avait parlé à Mackie qu'en une seule occasion. Alors qu'elle repartait vers le centre, Siobhan envisagea différentes possibilités. Il ne lui fallut pas plus de trois secondes pour en faire le tour. Elle n'avait qu'une piste possible à suivre. Pour découvrir le quoi et le pourquoi, il fallait qu'elle découvre qui était Christopher Mackie. Elle avait déjà fait une demande de recherche auprès des services d'identification. Il n'était dans aucun annuaire. Et, comme elle le soupçonnait, lorsqu'elle arriva à l'adresse de Grassmarket, elle se trouva devant un asile pour les sans-abri.

Grassmarket était un étrange petit microcosme. Des siècles auparavant, c'est là qu'avaient lieu les exécutions publiques ; réalité commémorée par l'un des pubs : La Dernière Goutte. Jusque dans les années 1970, le quartier avait la réputation d'être le refuge des indigents et des vagabonds. C'est alors que l'embourgeoisement était devenu le modèle. Des petits magasins spécialisés et des bars coquets avaient ouvert, et les touristes entamé leur descente hésitante vers Victoria Street et Candlemaker Row.

Le foyer ne cherchait pas vraiment à se faire remarquer avec ses deux fenêtres crasseuses et sa grosse porte robuste. Deux hommes étaient assis devant, recroquevillés contre le mur. L'un d'eux lui demanda si elle avait du feu. Elle fit non de la tête.

– Je suppose que vous n'avez pas de clopes non plus, lança-t-il avant de reprendre sa conversation avec son ami.

Siobhan tourna le bouton de la porte. Elle était fermée. Elle appuya deux fois sur la sonnette et attendit. Un jeune homme décharné ouvrit la porte à la volée, la regarda, et recula aussitôt en s'écriant :

– Surprise, surprise, la police !

Après quoi, il alla s'affaler dans un fauteuil et se replongea dans cette activité grisante, regarder la télé dans la journée. Le mobilier de la pièce se résumait à deux fauteuils défoncés, un banc en bois, deux tabourets de bar, la télé et une table basse. Il y avait un cendrier en fer sur la table, mais les mégots semblaient échouer plus volontiers sur le lino. Un homme âgé était assoupi dans un fauteuil. Il avait des petits bouts de papier blanc collés un peu partout sur le visage. Siobhan était sur le point de l'examiner de plus près quand celui qui l'avait accueillie déchira un bout de journal, le mâcha, et le cracha dans la direction du dormeur.

– Deux points pour le visage, un pour les cheveux ou la barbe, expliqua-t-il.

– Quel est votre record ?

Il sourit, révélant une denture diminuée de moitié, et répondit :

– Quatre-vingt-cinq.

Une porte s'ouvrit à l'extrémité de la pièce.

– Puis-je vous aider ?

Siobhan alla à la rencontre de la femme et lui serra la main.

– Constable Clarke, du poste de police de St Leonards.

– Oui ?

– Connaissez-vous un certain Christopher Mackie ?

Regard méfiant.

– Ça se pourrait. Qu'est-ce qu'il a fait ?

– Je crains que M. Mackie ne soit mort. Suicide, apparemment.

La femme ferma les yeux un instant.

– C'est lui qui a sauté de North Bridge ? Tout ce que disaient les journaux, c'est qu'il était sans domicile.

– Donc, vous le connaissiez ?

– Allons plutôt discuter dans le magasin.

Elle s'appelait Rachel Drew et s'occupait du foyer depuis douze ans.

– Ce n'est pas réellement un asile, mais plutôt un centre de jour. À dire vrai, quand ils n'ont nulle part où aller, ils squattent le salon. C'est l'hiver, que faire d'autre ?

Siobhan approuva. La pièce dans laquelle elles se trouvaient ressemblait effectivement à un magasin. Il y avait un bureau et deux chaises, mais le reste de l'espace était encombré de boîtes de conserve. Rachel Drew lui expliqua qu'ils disposaient d'une minuscule cuisine annexe où elle et deux aides préparaient trois repas par jour.

– Ce n'est pas de la haute cuisine, mais je ne reçois pas beaucoup de plaintes.

C'était une femme forte d'un peu plus de quarante ans. Son visage sans attrait était encadré de cheveux bruns naturellement frisés qui lui arrivaient aux épaules. Elle avait des yeux sombres et le teint cireux, mais, en dépit de ce que Clarke supposait être une lassitude quasi permanente, sa voix était empreinte de chaleur et d'humour.

– Que pouvez-vous me dire de M. Mackie ?

– Que c'était un homme doux et adorable. Il ne se liait pas facilement d'amitié, mais c'était son choix. J'ai mis longtemps à apprendre à le connaître. Il faisait déjà partie du décor quand je suis arrivée. Je ne veux pas dire qu'il traînait toujours ici, mais il passait régulièrement.

– Vous lui serviez de boîte aux lettres ?

Elle hocha la tête.

– Il n'avait pas beaucoup de courrier. Son chèque d'allocations... et peut-être une ou deux lettres par an.

Ses relevés de compte, supposa Siobhan.

– Vous le connaissiez bien ?

– Pourquoi cette question ?

Siobhan la dévisagea. Rachel Drew s'efforça de sourire.

– Désolée, je suis du genre protecteur envers mes gars et mes filles. Vous vous demandez si Chris était suicidaire ? J'en doute.

– Quand l'avez-vous vu pour la dernière fois ?

– Il y a un peu plus d'une semaine.

– Savez-vous où il allait quand il n'était pas ici ?

– Je mets un point d'honneur à ne jamais les questionner.

– Pourquoi donc ? demanda Siobhan, sincèrement intéressée.

– Vous ne savez jamais quelle question va toucher un nerf sensible.

– Il ne vous a jamais parlé de son passé ?

– Il m'a raconté quelques histoires. Qu'il avait travaillé

dans la police. Une autre fois, il m'a dit qu'il avait été chef cuisinier, et que sa femme s'était enfuie avec un serveur.

– Vous ne l'avez pas cru, devina Siobhan à son ton.

Rachel Drew s'adossa à sa chaise, encadrée de ces boîtes de conserve qu'elle ouvrait chaque jour pour nourrir ses protégés, afin que le reste de monde puisse les oublier.

– On me raconte des tas d'histoires. Je sais écouter.

– Est-ce que Chris avait des amis proches ?

– Pas ici, ou je n'ai pas remarqué. Mais peut-être dehors... (Elle plissa les yeux.) Ne m'en veuillez pas mais... pourquoi vous intéressez-vous autant à un foutu clodo ?

– Parce qu'il ne l'était pas. Chris avait un compte dans un établissement de crédit immobilier. Il possédait quatre cent mille livres.

– Le veinard, plaisanta Rachel Drew. Puis, voyant l'expression de Siobhan : Bon sang, vous êtes sérieuse ! Où a-t-il trouvé une telle... ?

– Nous l'ignorons.

– Ce qui explique votre intérêt pour lui. Qui hérite ?

– Les descendants... la famille.

– S'il en a.

– Oui.

– Et supposez que vous n'arriviez pas à en trouver ? demanda-t-elle en mâchonnant sa lèvre inférieure. Vous savez, il fut un temps où nous étions sur la corde raide. Que dis-je, nous sommes toujours sur la corde raide ! Et il n'a jamais...

Soudain elle tapa des mains et eut un rire amer.

– Le sale petit cachottier. À quoi jouait-il ?

– C'est la question que je me pose.

– Si vous n'arrivez pas à retrouver la famille, où ira l'argent ?

– Dans les caisses de l'État, je suppose.

– Aux impôts ? Ciel, n'y a-t-il donc aucune justice en ce monde ?

– Attention à qui vous dites ça, lui rappela Siobhan en souriant.

Rachel Drew secouait la tête, incrédule.

– Il saute et il laisse ça derrière lui ? Quatre cent mille livres ?

– Oui.

– Sachant que vous découvrirez la vérité... comme s'il vous laissait un puzzle à reconstituer. (Elle réfléchit un instant.) Vous devriez en parler aux journaux. Sitôt que l'histoire sortira, la famille viendra à vous.

– De même que tous les truands et les imposteurs de la place d'Édimbourg. C'est la raison pour laquelle j'ai besoin d'en apprendre plus sur lui, pour éliminer les escrocs.

– Ça paraît censé. Vous avez la tête sur les épaules, vous, hein ? Tout ce qu'on pourrait faire avec cet argent..., soupira-t-elle.

– Comme embaucher un cuisinier ?

– Je pensais plutôt à un an à la Barbade.

À nouveau, Siobhan sourit.

– Une dernière chose : j'imagine que vous n'avez pas de photo de Chris.

Rachel Drew arqua un sourcil.

– Vous savez quoi ? Je crois que c'est votre jour de chance.

Elle ouvrit un des tiroirs du bureau et en tira des papiers, des tickets de tombola, des stylos et des cassettes audio, avant de trouver ce qu'elle cherchait : une pile de photos. Elle les passa en revue et lui en tendit une.

– Prise à Noël. Mais Chris n'a pas vraiment changé depuis. C'est lui à côté de la Merveille Barbue.

Siobhan reconnut l'endormi du salon. Il était dans le même fauteuil mais réveillé, avec la bouche grande ouverte, comme s'il voulait mimer la joie. Christopher Mackie était assis sur l'un des accoudoirs. Taille moyenne, début de brioche. Des cheveux noirs coiffés en arrière, le front bombé. Il avait le sourire espiègle d'un homme qui prépare un coup en douce. N'était-ce pas le cas, d'ailleurs ? Elle se trouvait face à face avec lui pour la première fois. C'était étrange. Jusque-là, elle ne l'avait vu que mort...

– En voici une où il est seul.

La seconde photo montrait Mackie en train de laver une vaisselle qui remplissait l'évier. Le photographe l'avait pris par surprise, concentré sur sa tâche. Le flash lui donnait le teint livide et les yeux rouges.

– Ça ne vous dérange pas que je les prenne ?

– Faites donc.

Siobhan glissa les photos dans la poche de sa veste.

– J'apprécierais également que vous gardiez ce que je vous ai dit pour vous, pour l'instant.

– Pas envie d'être assaillie par des cinglés ?

– Ça ne me faciliterait pas la tâche.

Semblant prendre une décision, Rachel Drew ouvrit une petite boîte en plastique rouge contenant des cartes, les fit défiler du bout des doigts, et en tira une.

– Quelques renseignements personnels concernant Chris, expliqua-t-elle en la lui tendant. Date de naissance, nom et numéro de téléphone de son médecin. Ça aidera peut-être.

– Merci, dit Siobhan, et, sortant un billet de sa poche : Ce n'est pas un pot-de-vin, juste un petit quelque chose pour le foyer.

Rachel Drew fixa le billet.

– Pourquoi pas, finit-elle par accepter. Si ça peut vous donner bonne conscience, ce n'est pas moi qui refuserai.

– Je suis policier, mademoiselle, on nous retire notre conscience pendant notre formation.

– Eh bien, fit Rachel Drew en se levant, il semble que la vôtre ait repoussé.

12

Rebus donna le choix à Derek Linford : le bureau de Roddy Grieve, ou le studio de Hugh Cordover ; sachant parfaitement ce qu'il choisirait.

– Je pourrais peut-être glaner deux trois conseils pour mes placements, tant que j'y serai, répondit Linford, laissant Roslin et la demeure seigneuriale de Hugh Cordover et Lorna Grieve à Rebus.

Roslin, site d'une remarquable chapelle ancienne, était récemment devenu le QG de tout un assortiment de cinglés millénaristes qui prétendaient que l'arche d'alliance avait été enterrée sous ses fondations. Ou qu'il s'agissait d'un vaisseau ravitailleur extraterrestre. Le village était paisible, insignifiant. High Manor se dressait quelques centaines de mètres plus loin, derrière un muret de pierre. Deux piliers encadraient l'entrée. Il n'y avait pas de grille. Juste une pancarte « Privé ». On l'appelait High Manor parce que du temps d'Obscura, Hugh se faisait appeler « High Chord[1] ». Rebus avait apporté un de leurs albums : *Continuous Repercussions*. Lorna figurait sur la pochette, assise sur un trône telle une grande prêtresse, dans une robe blanche diaphane, un serpent enroulé autour de la tête. Ses yeux lançaient des rayons laser. Une frise de hiéroglyphes bordait l'album.

---

1. Que l'on pourrait traduire par « le roi de l'accord ». *(N.d.T.)*

Il gara sa Saab à côté d'une Fiat Punto et d'une Land Rover. Il y avait deux autres voitures, un peu plus loin, sur le côté, une Mercedes cabossée et une vieille américaine décapotable. Il laissa le disque dans la voiture et sortit. Lorna Grieve en personne lui ouvrit la porte. Des glaçons s'entrechoquaient dans le verre qu'elle tenait à la main.

– Mon petit Monkey Man, roucoula-t-elle. Entrez donc. Hugh est dans les profondeurs. Pas un bruit, il n'a pas terminé.

Elle voulait dire que Hugh Cordover était dans son studio, qui occupait tout le sous-sol de la maison. Il se trouvait devant la table de mixage en compagnie d'un ingénieur du son. Tous deux semblaient crouler sous les appareils. De l'autre côté d'une épaisse vitre, dans la salle d'enregistrement, trois jeunes gars attendaient, les épaules voûtées par l'épuisement. Le batteur faisait les cent pas derrière sa batterie, une bouteille de Jack Daniel's à la main. Le guitariste et le bassiste semblaient concentrés sur le son qui sortait de leurs écouteurs. Des canettes de bière vides jonchaient le sol, ainsi que des paquets de cigarettes, des bouteilles de vin et des cordes de guitare.

– Voyez ce que je veux dire ? dit Cordover dans son micro.

Les musiciens hochèrent la tête. Il jeta un coup d'œil à Rebus.

– C'est bon les gars, je dois m'entretenir avec la police, alors évitez de vous faire des lignes là-dedans, O.K. ?

Ricanements, index et majeurs dressés en V. Le rock n'avait jamais été aussi dangereux, songea Rebus.

Cordover donna des instructions à son ingénieur du son, puis il se leva avec raideur. Il passa une main sur sa barbe naissante et fit signe à Rebus de le précéder.

– Qui sont-ils ? demanda l'inspecteur.

– Un futur phénomène, si tout se passe comme je le veux. Ils s'appellent les Crusoe.

– Les Robinson Crusoe ?

– Vous avez entendu parler d'eux ?

– On m'a juste dit que vous étiez leur agent.

– Agent, arrangeur, producteur. Et d'une manière générale, figure paternelle. Voici la salle de détente, dit-il en ouvrant la porte.

Encore plus de désordre par terre, des magazines de musique abandonnés sur les fauteuils, une télé et une chaîne hi-fi portatives. Une table de billard.

– Tous les gadgets branchés, dit Cordover en ouvrant le réfrigérateur pour en tirer une boisson fraîche. Vous voulez quelque chose ?

Lorna Grieve, qui avait pris place sur un canapé rouge, referma le magazine qu'elle feuilletait.

– Si j'ai bien cerné sa personnalité, Monkey Man souhaiterait un truc plus fort.

Elle fit tinter les glaçons de son verre pour illustrer son propos. Elle portait un ensemble pantalon en soie verte et un foulard rouge. Ses pieds étaient nus.

– Une boisson fraîche m'ira parfaitement, répondit Rebus à Cordover, qui sortit une deuxième bouteille d'eau gazeuse aromatisée du frigo, et la lui tendit.

– Ça ne vous dérange pas qu'on discute ici, ou vous préférez que nous montions ?

– Cela dit, le haut n'est pas mieux rangé que le bas, l'avertit Lorna.

– C'est très bien ici, répondit Rebus en s'installant dans un fauteuil.

Cordover se hissa sur la table de billard et laissa pendre ses jambes sur le côté. Son épouse leva les yeux au ciel devant son apparente incapacité à s'asseoir sur un fauteuil, comme tout le monde.

– Lequel des trois est Peter Grief ? interrogea Rebus.

– Le bassiste, répondit Cordover.

– Il est au courant, pour son père ?

– Bien sûr qu'il est au courant, répondit Lorna, cassante.

– Ils n'ont jamais été proches, précisa Cordover.

– Monkey Man est choqué que vous puissiez tous deux vous remettre au travail si peu de temps après le meurtre de Roddy, comme si rien ne s'était passé, lança Lorna.

– Oui, c'est bien plus utile de jouer de la bouteille, riposta son mari.

– Quand ai-je jamais eu besoin d'un meurtre dans la famille comme prétexte pour boire ?

Les paupières lourdes, elle lui sourit, puis se tourna vers Rebus.

– Vous avez bien des choses à apprendre sur le clan, Monkey Man.

– Pourquoi tu t'entêtes à l'appeler comme ça ? fit Cordover, irrité.

– C'est une chanson des Rolling Stones, expliqua Rebus.

Lorna trinqua à sa réponse. Il ne put s'empêcher de lui sourire. Elle buvait du brandy. Même à cette distance, il en humait l'arôme.

– J'ai connu Stew, déclara Cordover.

Lorna plissa les yeux.

– Stew ?

– Ian Stewart, précisa Rebus. Le sixième Stones.

– Il ne cadrait pas avec l'image du groupe, alors ils ne l'ont pas pris. Il les a accompagnés quand ils jouaient dans les pubs. Vous savez qu'il venait de Fife ? Et que Stu Sutcliffe était né à Édimbourg ?

– Et Jack Bruce à Glasgow.

Cordover sourit.

– Vous connaissez vos classiques.

– Je connais des petites choses, oui. Par exemple, je sais que la mère de Peter s'appelle Billie Collins. Quelqu'un l'a contactée ?

– C'est pas notre problème, dit Lorna. Elle peut s'acheter un journal, non ?

– Je crois que Peter l'a mise au courant, reprit Cordover.

– Où vit-elle ?

– À St Andrews, il me semble. (Il regarda sa femme pour en avoir confirmation.) Elle enseigne dans une école, là-bas.

– Haught Academy, dit Lorna. Elle est sur la liste des suspects ?

Rebus griffonnait sur son carnet.

– Vous voudriez qu'elle le soit ? demanda-t-il négligemment, sans lever les yeux.

– Plus on est de fous plus on rit.

Cordover sauta de son perchoir.

– Pour l'amour du ciel, Lorna !

– Oh, c'est vrai, tu as toujours eu un petit faible pour elle. Ou devrais-je dire un gros faible ? Hugh justifiait toujours ses pulsions par sa fibre artistique, continua-t-elle en se tournant vers Rebus. Sauf qu'il n'a jamais été un artiste du pieu, pas vrai, mon chou ?

– Des rumeurs, il n'y avait rien de vrai.

Cordover s'était mis à faire les cent pas.

– À propos de rumeurs, enchaîna Rebus, avez-vous entendu quoi que ce soit concernant Josephine Banks ?

Lorna Grieve gloussa, et joignit ses mains en une prière moqueuse.

– Oh, oui, faites que ce soit elle. Ce serait trop parfait.

– Roddy était une figure publique, inspecteur, fit remarquer Cordover, sans quitter sa femme des yeux. On inspire toutes sortes de rumeurs. C'est inévitable.

– Vraiment ? dit Lorna. Comme c'est fascinant. Raconte, quelles rumeurs as-tu entendues à mon sujet ?

Cordover s'abstint de répondre, mais Rebus devinait qu'une réplique toute faite du genre : *Aucune, ce qui prouve jusqu'où tu es tombée*, lui brûlait les lèvres.

Ça lui parut le bon moment pour jeter sa grenade.

– Qui est Alasdair ?

Il y eut un silence. Lorna but une gorgée. Cordover s'appuya contre le billard. Rebus attendit tranquillement que le silence fasse son œuvre.

– Le frère de Lorna, finit par répondre Hugh. Je ne l'ai jamais rencontré.

– Alasdair était le meilleur de nous tous, déclara Lorna d'une voix calme. C'est pour ça qu'il n'a pas supporté de rester.

– Que lui est-il arrivé ?

– Il s'est évanoui dans la nature.

Elle balaya l'espace de son verre, dans lequel il ne restait plus que les glaçons.

– Quand ?

– C'est de l'histoire ancienne, Monkey Man. Il est sous des cieux ensoleillés à présent, bonne chance à lui.

Elle pointa le doigt vers la main gauche du policier.

– Pas d'alliance. Je ferais une bonne détective, vous ne trouvez pas ? Et je devine que vous buvez. Vous n'avez pas arrêté de jeter des coups d'œil discrets vers mon verre. Ou étiez-vous intéressé par autre chose ? suggéra-t-elle avec une moue ironique.

– Je vous en prie, ignorez-la, inspecteur.

Elle envoya son verre à la tête de son mari.

– Je ne suis pas de celles qu'on ignore ! Ce n'est pas moi la ratée ici !

– C'est vrai, les agences te réclament à cor et à cri. Le téléphone n'arrête pas de sonner.

Le verre l'avait manqué. Il essuya son bras que l'eau des glaçons avait éclaboussé. Lorna se leva du canapé. Rebus avait le sentiment que ces deux-là se disputaient régulièrement en public, voire qu'ils considéraient cela comme un droit inaliénable des artistes.

– Hé, vous deux, s'éleva la voix de la raison, venant de la porte. On vous entend jusque dans le studio. Tu parles d'une insonorisation.

C'était une voix traînante, détendue, souple. Peter Grief alla se chercher une bouteille d'eau dans le frigo.

– Et puis, c'est la rock star qui devrait piquer des crises, pas son oncle et sa tante.

Rebus et Peter Grief étaient seuls dans la salle de mixage. Les autres étaient remontés au salon. Un camion de livraison avait déposé des plateaux de sandwichs et de pâtisseries. Rebus tenait une petite assiette en papier sur laquelle était disposé un demi-sandwich club au poulet tikka. Peter Grief avec son doigt prélevait la crème d'une tranche de génoise. C'est tout ce qu'il avait mangé jusqu'ici. Il avait demandé au policier s'il pouvait mettre un disque en fond sonore. La musique l'aidait à se concentrer.

– Même si c'est un mix grossier d'une de mes chansons.

C'était donc ce qu'ils étaient en train d'écouter. Rebus lui fit remarquer que les formations à trois étaient plutôt rares. Grief le corrigea, mentionnant les Manic Street Preachers, Massive Attack, Supergrass et une demi-douzaine d'autres groupes.

– Et Cream, bien sûr, ajouta-t-il.

– Sans oublier Jimi Hendrix.

Grief acquiesça.

– Et Noel Redding. Peu de bassistes sont capables de suivre James Marshall.

Cet échange d'amabilités terminé, Rebus reposa son assiette.

– Vous savez pourquoi je suis ici, Peter ?

– Hugh me l'a dit.

– Je suis désolé pour votre père.

– Mauvais tournant pour un politicien. S'il avait été dans ma branche, par contre...

On aurait dit qu'il avait répété cette réplique pour la brandir comme un bouclier, au besoin.

– Quel âge avaient vos parents lorsqu'ils se sont séparés ?

– J'étais trop jeune pour m'en souvenir.

– C'est votre mère qui vous a élevé ?

– Oui. Mais ils sont restés en contact « pour le bien du gosse ».

– Ce genre de blessure ne cicatrise jamais vraiment, hein ?

Grief leva les yeux.

– Comment vous le sauriez ?

Il y avait de la colère dans sa voix.

– J'ai quitté ma femme. Elle a dû élever notre fille seule.

La curiosité remplaça aussitôt la colère.

– Et comment s'en sort votre fille ?

– Ça va. (Il marqua une pause.) Pour le moment, en tout cas. À l'époque, je ne sais pas vraiment.

– Vous êtes flic, c'est bien sûr ? C'est pas un piège à la con pour m'envoyer chez un psy ?

Rebus sourit.

– Si j'étais psy, Peter, ma question suivante serait : « Vous voulez bien me parler de ce que vous avez ressenti ? »

Grief lui rendit son sourire.

– Parfois, j'aimerais être comme Hugh et Lorna.

– Ils ne sont pas très secrets, eux.

– Pas très.

Le sourire mourut doucement sur ses lèvres.

Grief était grand et mince. Ses cheveux noirs, sans doute colorés, formaient un petit toupet au-dessus de son front. Il avait un visage long et anguleux, des pommettes saillantes, un regard sombre et tourmenté. Bref, il avait le physique qui allait avec son T-shirt blanc sale aux manches déformées, son jean noir moulant, ses bottes de motard, ses fines tresses de cuir autour des poignets, et l'étoile à cinq branches qui pendait à son cou. Si Rebus avait fait passer une audition à des bassistes, il aurait immédiatement renvoyé les autres candidats chez eux en voyant Grief arriver.

– Vous savez donc que nous essayons de déterminer qui aurait pu vouloir tuer votre père ?

– Oui.

– Lorsque vous parliez avec lui, faisait-il jamais allusion... aviez-vous le sentiment qu'il avait des ennemis, que quelqu'un lui causait des ennuis ?

– Il ne m'en aurait jamais parlé.

– À qui en aurait-il parlé ?

– À mon oncle Cammo, peut-être... Ou à grand-mère.

Ses doigts accompagnant le solo de basse qui s'élevait des enceintes, il reprit :

– J'avais envie de vous faire écouter cette chanson. Je l'ai écrite après notre dernière rencontre.

Rebus écouta. Le rythme n'était pas vraiment funéraire.

– Nous avons eu une grosse dispute. Il pensait que je perdais mon temps et en voulait à oncle Hugh de me donner de faux espoirs.

Rebus n'arrivait pas à comprendre les paroles.

– Comment s'intitule la chanson ?

– Attendez, voilà le refrain.

Grief se mit à chanter. Cette fois, les paroles n'étaient que trop claires.

Ton cœur n'a jamais pu concevoir la beauté
Ton esprit n'a jamais pu recevoir la vérité
Maintenant, enfin, je juge de mon devoir
De t'adresser mon ultime reproche
Oh, oui, ceci est mon ultime reproche.

Hugh et Lorna raccompagnèrent Rebus à sa voiture.

– Oui, dit Cordover, un téléphone sans fil à la main, c'est sans doute leur meilleur titre. Vous savez qu'il s'adresse à son père ?

– Je sais que c'est une dispute qui a inspiré cette chanson à Peter.

Cordover haussa les épaules.

– Ça ne veut pas dire la même chose ? Je vous trouve bien littéral, inspecteur.

– Peut-être.

L'alcool qu'elle avait consommé ne semblait pas avoir altéré l'humeur de Lorna. Elle examinait la Saab de Rebus comme s'il s'agissait d'une pièce de musée.

– On en fabrique encore ?

– Les nouveaux modèles n'ont pas de lampes à gaz, répondit-il.

Elle sourit.

– Un sens de l'humour ! Comme c'est rafraîchissant.

– Une dernière chose...

Rebus se pencha et sortit de sa voiture l'album d'Obscura.

– Dingue ! s'exclama Cordover. On n'en voit plus beaucoup de nos jours.

– Je me demande pourquoi, marmonna son épouse en fixant la pochette.

– Je voulais vous demander de me le dédicacer, lui dit Rebus en lui tendant un stylo.

– Avec plaisir, accepta Cordover. Attendez, vous voulez que je signe de mon nom ou High Chord ?

Rebus sourit.

– High Chord s'impose, non ?

Cordover gribouilla sa signature sur la pochette et la lui rendit.

– Et le modèle ? suggéra Rebus.

Elle sembla sur le point de refuser, mais finit par prendre le stylo. Elle signa et admira l'effet que produisait son nom sur la pochette.

– Les hiéroglyphes, vous avez une idée de ce qu'ils signifient ? questionna Rebus.

Cordover rit.

– Pas la moindre. C'était l'idée d'un type que je connaissais. Il adorait ces trucs.

Rebus remarqua qu'il y avait des étoiles à cinq branches semblables au pendentif de Peter parmi les hiéroglyphes.

– Allons Hugh, toi aussi tu adorais ces trucs, le taquina Lorna, puis, se tournant vers Rebus : Et il aime toujours autant. Il n'appartient pas à la clique de Jimmy Page, mais c'est tout de même pour être près de la chapelle que nous avons emménagé à Roslin. Des foutues conneries New Age. Comme la queue-de-cheval et le reste.

– Je crois que l'inspecteur a eu sa dose de sarcasmes pour la journée, suggéra Cordover, une vilaine grimace sur le visage.

Puis, le téléphone sonna et il se détourna pour répondre, l'air soudain excité. Sa voix prit une intonation nasillarde transatlantique. Il avait complètement oublié Rebus et Lorna. Sa femme croisa les bras.

– Il est pathétique, vous ne trouvez pas ? Qu'est-ce qu'il vous évoque ?

– Ce n'est pas à moi de le dire.

Elle le dévisagea.

– J'avais raison, hein ? Vous buvez ?

– Socialement, uniquement.

– Par opposition à antisocialement ? (Elle rit.) Je peux me

montrer sociable, moi aussi, quand je veux. C'est juste que j'en ai rarement envie quand Hugh est dans les parages.

Elle jeta un coup d'œil à son mari qui se dirigeait vers la maison. Il parlait chiffres – argent ou disques pressés, Rebus n'aurait su le dire.

– Et vous buvez où ?

– Dans différents endroits.

– Lesquels ?

– L'Oxford Bar, le Swany's, le Malting.

Elle fronça le nez.

– Pourquoi est-ce que j'imagine tout de suite du parquet, de la fumée, des jurons, des cris, et peu de femmes ?

Il sourit.

– Vous y êtes déjà allée, sans doute ?

– Sans doute. Nous nous y croiserons peut-être.

– Peut-être.

– J'ai envie de vous embrasser. J'imagine que ça n'est pas autorisé ?

– Exact.

– Je vais peut-être le faire quand même.

Cordover avait disparu dans la maison. Elle ajouta :

– À moins que ça ne risque de passer pour une agression.

– Pas si on ne dépose pas plainte.

Elle se pencha et lui déposa un petit baiser sur la joue. Quand elle recula, Rebus aperçut un visage derrière une fenêtre. Celui de Peter Grief.

– La chanson de Peter, celle qui parle de son père ? Je n'ai pas bien compris le titre.

– *L'Ultime Reproche*. Ça sonne comme une condamnation, à présent..., répondit Lorna.

Une fois dans sa voiture, Rebus téléphona à Linford et lui demanda comment s'était passée sa visite à la Bourse.

– Roddy Grieve était plus blanc que blanc. Aucune magouille, aucun cafouillage, aucun client mécontent. Et surtout : aucun de ses collègues n'a bu avec lui samedi soir.

– Ce qui nous amène à quoi ?

– Je ne sais pas vraiment.

– À un cul-de-sac ?

– Je ne dirais pas ça. J'ai tout de même obtenu un tuyau pour un investissement. Et vous ?

Rebus regarda l'album sur le siège passager.

– Je ne suis pas sûr que ça m'ait rapporté grand-chose, Derek. Je vous rappelle plus tard.

Il passa un autre coup de fil. À un disquaire du centre-ville, cette fois.

– Paul ? C'est John Rebus. J'ai un *Continuous Repercussions* d'Obscura dédicacé par High Chord et Lorna Grieve. (Il écouta la réponse.) Ce n'est pas le gros lot, mais ça n'est pas mal. (Il écouta encore.) Rappelle-moi quand tu pourras faire mieux, d'ac ? Salut.

Il ralentit pour pouvoir fouiller dans la boîte à gants. Il en sortit une cassette de Hendrix et l'inséra dans la fente de l'autoradio. *Love or confusion*. Oui, difficile de faire la différence entre l'amour et le trouble, parfois.

Le laboratoire de police scientifique se trouvait à Howdenhall. Rebus ne savait pas vraiment pourquoi Grant Hood et Ellen Wylie voulaient l'y rencontrer. Leur message était vague et laissait présager quelque surprise. Rebus détestait les surprises. Ce baiser de Lorna Grieve... Bah, ça n'avait pas vraiment été une surprise. Néanmoins, s'il n'avait pas détourné la tête au dernier moment... Et Peter Grief qui les regardait, de la fenêtre. Grief. Rebus avait oublié de lui demander la raison de ce changement de nom. Grieve, Grief. Verbe, nom[1]. Cela dit, il avait été élevé par sa mère, peut-être qu'il s'appelait Collins, en réalité ; auquel cas, ce changement avait un sens : le jeune homme revendiquait ainsi la moitié manquante de son identité, et de son passé.

Howdenhall. Que des génies dont certains paraissaient tout juste sortis de l'adolescence. Des petits gars qui savaient tout

---

1. *To grieve* : « souffrir », *the grief* : « la souffrance ». *(N.d.T.)*

de l'ADN et de l'informatique. Aujourd'hui, on n'avait plus besoin de rouler les doigts des suspects dans l'encre, il suffisait de placer leurs paumes sur une palette graphique. Les empreintes se dessinaient alors sur l'écran et le casier judiciaire, s'il y en avait un, apparaissait aussitôt. Même après tous ces mois, Rebus était encore émerveillé par le procédé.

Hood et Wylie l'attendaient dans l'un des parloirs. Howdenhall était encore relativement neuf. Sa propreté et son odeur irréprochable avaient un côté rassurant. Le grand bureau ovale, composé de trois sections amovibles, ne portait aucune éraflure. Les chaises avaient toujours leur rembourrage confortable. Les deux jeunes policiers firent mine de se lever, mais Rebus les en empêcha d'un geste et alla s'installer derrière le bureau.

– Pas de cendrier ? remarqua-t-il.

– Interdit de fumer, chef, expliqua Wylie.

– Je sais. C'est juste que je persiste à croire que c'est un mauvais rêve et que je vais bientôt me réveiller. Pas de café ni de thé, non plus ? enchaîna-t-il en regardant autour de lui.

Hood bondit sur ses pieds.

– Je peux aller vous en...

Rebus secoua la tête. Cependant, ça faisait plaisir de voir Hood si empressé. Deux gobelets en polystyrène étaient posés sur la table. Vides. Il se demandait qui était allé les chercher. Il donnait Wylie à trois contre un.

– Des nouvelles ?

– Très peu de sang dans la cheminée, répondit Wylie. Il y a de fortes chances pour que Skelly ait été tué ailleurs.

– Ce qui signifie qu'il y a de fortes chances pour que le labo ne trouve rien. (Il demeura pensif un moment.) Alors, pourquoi ces mines de conspirateurs ?

– Pour rien, chef. Seulement, quand nous avons découvert que le professeur Sendak serait présent cet après-midi pour une réunion...

– On s'est dit qu'il fallait sauter sur l'occasion, termina Hood.

– Et qui est le professeur Sendak ?

– Il enseigne à l'université de Glasgow. Il est à la tête du labo d'expertise médico-légale.

Rebus arqua un sourcil.

– Glasgow ? Si Gates et Curt apprennent ça, c'est sur vos têtes que ça retombera, pas sur la mienne, compris ?

– Nous avons mis les choses au point avec le bureau du procureur général.

– Et qu'est-ce que ce Sendak a de plus que nos savants locaux ?

On frappa à la porte.

– Le professeur va vous l'expliquer, dit Hood, sans chercher à masquer son soulagement.

Le professeur Ross Sendak abordait la soixantaine, mais il n'y avait pas un cheveu blanc dans son épaisse tignasse noire. Bien que plus petit que les trois autres, il se dégageait de sa personne une autorité et une confiance en soi qui inspiraient le respect. Les présentations effectuées, il prit une chaise et posa les mains à plat sur la table.

– Vous pensez que je peux vous aider, et vous avez peut-être raison, déclara-t-il. Il faudra que j'emporte le crâne à Glasgow. Ça peut se faire ?

Wylie et Hood échangèrent un regard. Rebus s'éclaircit la voix.

– Je crains que nos « passéologues » n'aient pas eu le temps de me briefer, professeur.

Sendak prit une profonde inspiration, tendit la main vers sa sacoche, dont il tira un ordinateur portable qu'il alluma.

– La technologie du laser, inspecteur. Pour la reconstitution faciale. Vos collègues de la police scientifique ont déjà établi que le défunt avait les cheveux bruns. C'est un début. Ce que nous nous proposons de faire à Glasgow, c'est de placer le crâne sur un socle rotatif, et de diriger un rayon laser dessus. Ce rayon enverra des informations à un ordinateur, et ces données nous permettront de dessiner le contour facial. D'autres informations, telles que l'état physique général du défunt, son âge, et la date de sa mort, nous aideront à peaufiner l'image finale. Et vous obtiendrez quelque chose de ce genre, conclut-il en tournant l'ordinateur vers Rebus.

Celui-ci dut se lever pour voir l'image sur l'écran. Hood et Wylie l'imitèrent. Ils se retrouvèrent tous trois penchés sur l'ordinateur, les mains posées sur les genoux. Quand on se déplaçait légèrement sur la droite ou sur la gauche, l'image disparaissait, mais en se plaçant dans le bon axe, on pouvait clairement voir le visage d'un jeune homme. Il ressemblait à un mannequin de cire avec ses yeux vitreux, une seule oreille visible et assez bizarre, et ses cheveux rajoutés.

– Ce pauvre diable a pourri dans les Highlands. Quand on l'a trouvé, nos moyens habituels d'identification étaient déjà impuissants. Les animaux et les éléments avaient prélevé leur tribut.

– Mais vous pensez que c'est ce à quoi il ressemblait vivant ?

– Je dirais que c'est assez ressemblant, oui. Les yeux et la coiffure sont pures conjectures, mais la structure du visage est fidèle.

– Impressionnant, commenta Hood.

– Avec un écran inset, nous pouvons modifier le visage et la coiffure, ajouter une moustache ou une barbe, et même changer la couleur des yeux. Les différents portraits obtenus peuvent être imprimés pour lancer un appel auprès du public.

Sendak désigna un petit carré gris en haut à droite de l'écran. Il contenait ce qui ressemblait à un jeu de portrait-robot pour enfant : une tête grossièrement dessinée, des chapeaux, différentes coiffures, barbes, moustaches, lunettes.

Rebus regarda Hood et Wylie. Ils quêtèrent l'approbation dans ses yeux.

– Combien ça va coûter ? demanda-t-il, reportant son attention sur l'écran.

– Le procédé n'est pas onéreux, répondit Sendak. J'ai cru comprendre que l'affaire Grieve absorbait la majeure partie de votre budget...

Rebus jeta un coup d'œil à Wylie.

– Une rumeur, j'imagine ?

– On ne pourra pas nous reprocher de jeter l'argent par les fenêtres, plaida la jeune femme.

Rebus décela une lueur de colère dans ses yeux. Elle commençait à se sentir mise à l'écart. À n'importe quel autre moment de l'année, Skelly aurait fait la une, mais avec Roddy Grieve comme concurrent...

Rebus finit par acquiescer.

Après quoi, ils prirent un café. Sendak expliqua que son Centre d'identification humaine avait travaillé sur des crimes de guerre au Rwanda et dans l'ex-Yougoslavie. En fait, il devait s'envoler pour La Haye à la fin de la semaine afin de témoigner dans un procès.

– Trente victimes serbes ensevelies dans une fosse commune. Nous avons aidé à leur identification, et prouvé qu'elles avaient été tuées à bout portant.

– Ça met les choses en perspective, pas vrai ? commenta Rebus après-coup, sans quitter Wylie des yeux.

Hood était parti à la recherche d'un téléphone. Il fallait qu'il tienne le procureur général au courant de l'évolution des opérations.

– Il faudra informer le professeur Gates, déclara Rebus.

– Oui, chef. Vous pensez que ça peut poser problème ?

– Je lui parlerai. Il ne va pas apprécier l'idée que Glasgow récupère quelque chose, mais il s'en remettra. (Il lui adressa un clin d'œil.) Après tout, nous n'envoyons que le crâne, le reste du corps est tout à lui.

13

Le QG d'enquête de St Leonards était complètement opérationnel. Ordinateurs, aide civile, lignes téléphoniques supplémentaires, sans compter la baraque de chantier installée sur le trottoir devant Queensberry House. Le superintendant Watson enchaînait les rendez-vous avec les galonnés de Fettes et les politiciens. Il avait pété un plomb devant un jeune agent, avant de foncer dans son bureau dont il avait claqué la porte. Personne ne l'avait jamais vu dans cet état. Commentaire du sergent Frazer : « Allez chercher Rebus, il faut offrir un sacrifice. » Joe Dickie lui avait filé un coup de coude dans les côtes : « Des nouvelles pour les heures sup' ? » Il avait une grille d'horaires vierge sur son bureau.

Gill Templer avait été chargée des relations avec la presse en raison de son passé d'agent de liaison. Jusqu'ici, elle s'était arrangée pour étouffer deux ou trois théories de conspiration particulièrement fantaisistes. L'ACC Carswell était venu inspecter les troupes, guidé par Derek Linford. Le poste de police était si exigu qu'on n'avait pu attribuer aucun bureau au jeune inspecteur. Douze officiers de la brigade criminelle travaillaient sur l'enquête, et une douzaine d'uniformes fouillaient la scène du crime et interrogeaient les voisins. L'aide administrative entraînait des frais supplémentaires, et Linford attendait toujours qu'on lui annonce le budget qui serait alloué à l'enquête. Il ne lésinait pas. Pas encore. Il se disait qu'une enquête de cette envergure bénéficierait de dépassements de personnel et de temps de travail.

Néanmoins, il aimait garder un œil sur l'aspect financier des choses. Travailler loin de chez lui ne lui facilitait guère la tâche. Il tentait d'ignorer les regards et les commentaires désobligeants, même si c'était parfois difficile. *Ce connard de Fettes... Il croit pouvoir nous dire comment faire tourner notre baraque... etc.* Question de territoire. Rebus semblait s'en moquer, lui. Il le laissait diriger les opérations. Il avait reconnu que Linford était meilleur administrateur que lui. Il se souvenait de ses termes exacts : « En toute honnêteté, Derek, personne ne m'a jamais accusé d'être capable de tenir la boutique. »

Linford faisait visiter le QG d'enquête, à présent. Graphiques accrochés aux murs, tableau de service, photos de la scène du crime, numéros de téléphone. Sagement assis derrière leurs ordinateurs, trois agents entraient les dernières infos dans la base de données. Une enquête de ce genre nécessitait que l'on réunisse un maximum d'informations, afin de les croiser, d'établir des liens et de réduire le champ des possibilités. Un travail très minutieux. Linford se demandait si les visiteurs sentaient l'électricité dans l'air. Retour au tableau de service. Le sergent Roy Frazer dirigeait les opérations du côté de Holyrood ; ce qui consistait à frapper aux portes des voisins et à interroger les ouvriers du chantier. Un autre sergent, George Silvers, enquêtait sur les dernières activités de la victime. Roddy Grieve habitait Cramond. Il avait dit à sa femme qu'il sortait boire un verre. Rien que de très banal. Il s'était comporté avec naturel. Il avait emporté son téléphone portable. Aucune raison de penser qu'il aurait menti. À minuit, elle était allée se coucher. Au matin, voyant qu'il n'était toujours pas rentré, elle avait commencé à s'inquiéter. Cependant, elle avait décidé de lui laisser une heure ou deux – il y avait sans doute une explication rationnelle... Il avait dû passer la nuit dehors.

– Ça lui arrivait souvent ? l'avait questionnée Silvers.

– Une ou deux fois.

– Et où avait-il dormi ces fois-là ?

Réponse : Chez sa mère, ou sur le canapé d'un ami.

Silvers ne semblait pas du genre vif. Difficile de l'imaginer en train de courir. Cela dit, il prenait le temps de formuler ses questions et d'envisager des stratégies.

Et de mettre son interlocuteur mal à l'aise, aussi.

C'était Linford qui avait interrogé l'attaché de presse de Grieve, un jeune homme nommé Hamish Hall. Rétrospectivement, il reconnaissait qu'il s'en était moins bien tiré. Avec son costume impeccable et son visage impassible, Hall avait répondu du tac au tac, comme pour ridiculiser ses questions. Linford avait fini par adopter le même ton, plus par mimétisme que dans l'espoir de reprendre le dessus.

– Quels étaient vos rapports avec M. Grieve ?

– Bons.

– Jamais aucun problème ?

– Jamais.

– Et avec Mlle Banks ?

– Vous voulez savoir comment je m'entendais avec elle, ou comment elle s'entendait avec Roddy ?

Ses montures rondes en acier étincelaient.

– Les deux.

– Bien.

– Vraiment ?

– C'est ma réponse aux deux questions : nous nous entendions bien.

– Parfait.

Ça avait continué ainsi, comme un match de ping-pong. Le profil de Hall : homme du parti, ambitieux, diplômé en économie. L'économie était également son point fort en matière de conversation.

– Attaché de presse, c'est vendre une bonne image du candidat, non ?

Moue blessée.

– Ça c'est un coup bas, inspecteur Linford.

– Quels étaient les autres membres de la cour de M. Grieve ? Je suppose qu'il y avait des bénévoles locaux ?

– Pas encore. La campagne électorale ne commence pas avant avril. C'est à ce moment-là que nous aurions eu besoin de militants.

– Vous aviez des candidats en vue ?

– Ce n'est pas dans mes attributions. Demandez à Jo.

– Jo ?

– Josephine Banks, son agent électoral. Jo est son surnom.

Un coup d'œil à sa montre. Un profond soupir.

– Et qu'allez-vous faire, maintenant, monsieur Hall ?

– Vous voulez dire, en sortant d'ici ?

– Je veux dire, maintenant que votre employeur est mort.

– En trouver un autre. (Un sourire sincère, pour la première fois.) Je n'ai que l'embarras du choix.

Linford imaginait Hall dans cinq ou dix ans, aux côtés de quelque dignitaire, peut-être même du Premier ministre. Il lui murmurait une phrase que le grand homme répétait à voix haute au moment opportun. Toujours dans le coup, toujours près du pouvoir.

Quand les deux hommes s'étaient levés, Linford lui avait serré la main avec chaleur, et lui avait offert une tasse de thé ou de café.

– Merci beaucoup... Désolé de vous avoir... Je vous souhaite...

Parce qu'on ne savait jamais...

– Non mais, dis-moi que tu plaisantes !

Ellen Wylie se trouvait devant une salle d'interrogatoire faiblement éclairée et encombrée de rebuts : fauteuils sans roulettes et autres antiques machines à écrire à marguerite.

– On l'a changée en débarras, comme tu peux le constater.

Elle se tourna vers l'agent de permanence qui lui avait ouvert la porte.

– Je l'ignorais.

– Bon. Où on met tous ces trucs ? demanda Grant Hood.

– Vous pourriez peut-être travailler dans un coin, suggéra

l'agent, retirant la clef de la serrure pour la tendre à Wylie. Elle est à vous.

– Est-ce qu'on a le droit de se plaindre à la direction ?

Elle flanqua un coup de pied dans un fauteuil dont un des accoudoirs se détacha.

– Je sais que la brochure parlait d'une vue sur la mer, plaisanta son partenaire, mais avec un peu de chance, on ne passera pas beaucoup de temps ici.

– Ces enfoirés ont une machine à café, à l'étage ! dit-elle, avant d'éclater de rire. Qu'est-ce que je dis ? On n'a même pas de téléphone !

– Sans doute, mais si je ne m'abuse, nous avons le monopole mondial de la machine à écrire électrique.

Siobhan Clarke avait insisté pour aller boire un verre dans un endroit « un peu chic ». Quand elle lui raconta sa journée, Linford comprit pourquoi. Elle avait passé ses deux dernières heures de service à interroger des clochards.

– Pas facile, dit-il. Ça s'est bien passé ?

Elle le dévisagea.

– Ils ne vous ont pas mordue ?

– Non, ils étaient juste...

Elle leva la tête vers le plafond spectaculaire du Dome Bar & Grill, comme si elle espérait y lire la fin de sa phase.

– C'est vrai, ils ne sentaient même pas mauvais, pour la plupart. Mais leur passé...

– Quoi, leur passé ?

Il essayait d'attraper un quartier de citron vert avec sa cuillère à cocktail.

– Je veux parler de leur vie. De toutes les tragédies, les petits incidents ou les mauvaises décisions qui les ont menés à vivre dans la rue. Personne ne naît sans domicile, que je sache.

– D'accord, mais rien ne les oblige à vivre dehors. Il existe un réseau d'assistance.

Elle le dévisagea à nouveau. Inconscient de son regard, il continua :

– Je ne leur donne jamais d'argent. Par principe. Il y en a qui gagnent sans doute plus que nous. On peut se faire jusqu'à deux cents livres par jour en mendiant dans Princes Street.

Il secoua la tête pour ponctuer ses paroles. C'est alors qu'il surprit son regard.

– Quoi ?

Elle baissa les yeux sur son verre. Un double gin tonic. Lui avait pris un jus de citron vert à l'eau gazeuse.

– Rien.

– Qu'est-ce que j'ai dit ?

– C'est juste...

– Une dure journée ?

– J'étais sur le point de dire : c'est juste votre attitude, rectifia-t-elle, agacée.

Ils gardèrent le silence un moment. C'était l'heure de l'apéritif. Celle des costumes cravate et des tailleurs collants noirs de George Street. Chaque petit groupe était absorbé par ses potins de bureau. Siobhan but une grande gorgée. Il n'y avait jamais assez de gin, on avait beau commander un double, ça n'avait jamais l'effet escompté. Chez elle, elle dosait toujours cinquante-cinquante. Un volume de gin pour un volume de tonic. Beaucoup de glaçons et un quart de citron au lieu de cette rondelle coupée à la lame de rasoir.

– Votre accent change en fonction de la situation, lui fit remarquer Linford, rompant le silence. C'est plutôt malin.

– Pardon ?

– Le plus souvent vous avez l'accent anglais, mais dans certaines situations – à la gare, par exemple –, il se teinte d'une touche d'accent écossais.

C'était vrai. Elle en était consciente. Elle avait toujours imité les accents, au lycée et à la fac. Elle le faisait pour s'adapter à son interlocuteur, quel que soit son milieu social. Avant, elle se rendait compte du moment où elle changeait d'accent, mais plus maintenant. Pourquoi ce changement ? Pour être acceptée ? Était-elle à ce point désespérée ? À ce point solitaire ?

– Où êtes-vous née ?

– À Liverpool. Mes parents étaient enseignants dans le supérieur. Une semaine après ma naissance, ils se sont installés à Édimbourg.

– Au milieu des années soixante-dix ?

– À la fin des années soixante. La flatterie ne vous mènera à rien. (Elle lui accorda cependant un sourire.) Nous ne sommes restés que deux ans. Puis, ç'a été Nottingham. J'y ai effectué la majeure partie de ma scolarité. J'ai terminé à Londres.

– C'est là qu'habitent vos parents, actuellement ?

– Oui.

– Enseignants ? Qu'est-ce qu'ils pensent de vous ?

Bonne question, seulement elle ne le connaissait pas suffisamment pour y répondre. De même, elle préférait laisser entendre aux gens qu'elle louait son ancien appartement de New Town. Elle avait fini par le vendre, et pris un crédit pour se payer un appartement deux fois plus petit. Elle avait remis l'argent de la vente sur le compte en banque de ses parents. Elle ne leur avait jamais expliqué pourquoi. Et ils ne l'avaient interrogée qu'une fois.

– Je suis revenue ici pour l'université, dit-elle à Linford. Je suis tombée amoureuse de la ville.

– Et vous avez choisi une carrière qui vous permettrait de ne voir que ses bas-fonds ?

Elle choisit d'ignorer sa question.

– Ça fait de vous un colon... un de ces Nouveaux Écossais. Je crois que c'est ainsi que les appellent les nationalistes. J'imagine que vous allez voter Scot Nat ?

– Oh, vous êtes pour le SNP ?

Il rit.

– Non. Je me demandais si vous l'étiez.

– Plutôt détourné comme moyen de le découvrir.

Il haussa les épaules et termina son verre.

– Vous en voulez un autre ?

Elle l'étudia attentivement, et se sentit soudain découragée. Les autres buveurs – les travailleurs de neuf à cinq – étaient sur le point de partir. Juste quelques verres avant de rentrer à la maison. Pourquoi faisaient-ils cela ? Ils pouvaient boire chez eux les pieds sur la table basse, devant la télé, non ? Au lieu de quoi, ils fonçaient vers le bar le plus proche de leur bureau et prenaient un verre avec leurs collègues. Pourquoi avaient-ils tant de mal à rentrer ? Leur foyer n'était-il pas leur refuge ? Leur fallait-il un remontant pour affronter la banalité d'une soirée à la maison ? Était-ce pour cette raison qu'elle était ici, elle aussi ?

– Je crois que je vais rentrer, déclara-t-elle subitement.

Sa veste était sur le dossier de sa chaise. Elle se souvint qu'une personne avait été poignardée devant ce café. Elle avait travaillé sur l'enquête. Une agression de plus, une autre vie gâchée.

– Vous avez des projets pour ce soir ?

Il semblait nerveux, naïf dans son ignorance et son égotisme. Que pouvait-elle lui répondre ? Un disque de Belle and Sebastian, un autre gin tonic, la fin d'un roman d'Isla Dewar ? Aucun homme ne pouvait rivaliser avec ça.

– Qu'est-ce qui vous fait sourire ?

– Rien.

– C'est forcément quelque chose.

– Les femmes ont leurs petits secrets, Derek.

Elle avait déjà enfilé sa veste. À présent, elle enroulait son écharpe autour du cou.

– Je pensais aller manger un morceau, se lança-t-il. On pourrait passer la soirée ensemble.

– Je ne crois pas.

Elle espérait que son ton était assez éloquent pour qu'il comprenne le non-dit : *jamais*.

Sur quoi, elle sortit.

Il avait proposé de la raccompagner chez elle mais elle avait décliné. Proposé de lui appeler un taxi, mais elle avait répondu qu'elle habitait à deux pas. Il n'était pas encore sept heures et demie, et voilà qu'il se retrouvait seul. Autour de lui, le bruit était assourdissant. Les voix, les rires, le tintement des verres. Elle ne lui avait même pas demandé comment s'était passée sa journée. Elle n'avait pas dit grand-chose, en fait. Le jaune de sa boisson avait la couleur artificielle des bonbons. Son goût acide lui corrodait les dents et lui filait des brûlures d'estomac. Il alla jusqu'au bar et commanda un whisky. Sec. Il se retourna et constata qu'un autre couple occupait déjà sa table. Pas de problème. Il ne détonnait pas trop, au bar. Il aurait pu accompagner n'importe lequel des employés de bureau qui l'entouraient. Sauf que ça n'était pas le cas. Il leur était étranger, de même qu'il était étranger à St Leonards. Quand on travaillait aussi dur que lui, on obtenait les promotions, mais on perdait une certaine intimité avec ses collègues. Ils prenaient soin de vous éviter, soit par crainte, soit par jalousie. L'ACC l'avait pris à part à l'issue de leur visite de St Leonards.

– Vous faites du bon boulot, Derek. Continuez comme ça. Encore quelques années et qui sait ? Vous regarderez peut-être en arrière en songeant que cette enquête vous a fait un nom.

L'ACC lui avait adressé un clin d'œil en lui tapotant le bras.

– Oui, monsieur. Merci, monsieur, avait répondu Linford.

Avant de sortir, Carswell s'était retourné et lui avait lancé un dernier conseil :

– Des pères de famille, Derek, c'est ce que le public doit voir en nous. Des personnes qu'il peut respecter parce qu'elles lui ressemblent.

Des pères de famille. Une femme et des enfants. Linford était allé droit à son téléphone et avait composé le numéro du portable de Siobhan Clarke...

Et puis merde ! Il salua le portier, qu'il ne connaissait pas, et sortit. Une bourrasque de froid le mordit. Il inspira une goulée d'air qui lui glaça les poumons. Au carrefour à gauche, et il serait chez lui dans dix minutes.

Il tourna à droite, et se dirigea vers Queen Street pour gagner le haut de Leith Walk, puis le Barony Bar de Broughton Street. Il aimait bien. Un pub un peu démodé où la bière était bonne. On pouvait se permettre de boire seul dans ce genre d'établissement.

Ensuite, il ne lui fallut que deux minutes pour trouver l'immeuble de Siobhan Clarke. Les adresses : un jeu d'enfant pour la brigade criminelle. Il était allé se renseigner sur elle le lendemain de leur première rencontre. Elle habitait un bloc d'immeubles victoriens de quatre étages, dans une rue calme. Son appartement se trouvait au deuxième, porte gauche. Il se rendit dans le bâtiment d'en face. La porte d'entrée principale était ouverte. Il monta jusqu'à la fenêtre située sur le palier, entre le deuxième et le troisième étage. La lumière était allumée, et les rideaux ouverts. Elle traversa la pièce. Oui, c'était bien elle. Elle lisait quelque chose. Une pochette de CD ? Difficile à dire. Il resserra sa veste. Le mercure était à peine au-dessus de zéro, et un courant d'air s'engouffrait par la vitre brisée de la fenêtre à tabatière, au-dessus de sa tête.

Il ne rentra pas chez lui pour autant.

14

– Quand nous rendra-t-on son corps ?

– Je ne sais pas encore.

– C'est horrible de perdre un être cher et de ne pas pouvoir l'enterrer.

Rebus hocha la tête. Il se trouvait dans le salon de la maison de Ravelston. Derek était assis à côté de lui, sur le canapé. En face d'eux, Alicia Grieve paraissait petite et fragile dans son fauteuil. Sa bru, qui venait de faire cette réflexion, était perchée sur un accoudoir. Elle était vêtue de noir. Alicia, elle, portait une robe à fleurs. Des touches de couleur qui contrastaient avec son teint blafard. Son visage était strié de fines rides.

– Voyez-vous, lors d'une enquête de cette importance, nous préférons garder le corps, expliqua Linford d'une voix sirupeuse ; au cas où le légiste aurait besoin de...

Alicia Grieve se redressa.

– Je ne veux pas en entendre davantage ! Pas ici. Pas maintenant. Il va falloir que vous partiez.

Seona l'aida à se lever.

– Ça va aller, Alicia. Je vais leur parler. Vous voulez m'attendre à l'étage ?

– Dans le jardin. Je vais dans le jardin.

– Faites attention de ne pas glisser.

– Je ne suis pas impotente, Seona !

– Bien sûr que non. Je voulais seulement...

Mais la vieille dame se dirigeait déjà vers la porte. Ils écoutèrent son pas traînant s'éloigner dans le couloir.

Seona glissa dans le fauteuil que sa belle-mère venait de quitter.

– Désolée.

– Nul besoin de vous excuser, répondit Linford.

– Cela dit, il faudra que nous lui parlions à un moment ou un autre, l'avertit Rebus.

– C'est absolument nécessaire ?

– Je le crains.

Il ne pouvait pas lui dire : Parce que votre mari s'est peut-être confié à sa mère, et qu'elle sait peut-être des choses que vous ignorez.

– Et vous, madame ? Vous tenez le coup ? s'enquit Linford.

– Comme une alcoolique, répondit Seona avec un soupir.

– Oui, l'alcool peut parfois aider...

– Elle veut dire qu'elle vit au jour le jour, l'interrompit Rebus.

Linford acquiesça, comme si son explication était superflue.

– Incidemment, reprit Rebus, est-ce qu'un membre de la famille aurait un problème avec la boisson ?

– Vous pensez à Lorna ?

Il garda le silence.

– Roddy ne buvait pas beaucoup. Un verre de vin rouge, parfois. Éventuellement un whisky avant le dîner. Cammo... ma foi, l'alcool ne semble avoir aucun effet sur lui, à moins de bien le connaître. Il ne se met pas à bafouiller, ni à chanter...

– Mais ?

– Son comportement s'altère très légèrement. (Elle baissa les yeux sur ses mains.) Disons que les limites de sa morale deviennent plus floues.

– Est-ce qu'il a déjà tenté... ?

Elle plongea ses yeux dans ceux de Rebus.

– Une ou deux fois.

Fort peu subtilement, Linford adressa un regard entendu à

son collègue. Seona Grieve le surprit et fit une moue méprisante.

– On saute sur tout ce qui bouge, je vois, inspecteur Linford ?

– Pardon ? fit-il, surpris.

– Crime passionnel. Cammo tue Roddy pour m'avoir.

Elle secoua la tête.

– Sommes-nous trop simplistes, madame Grieve ?

Voyant qu'elle prenait son temps pour soupeser sa question, Rebus en envoya une autre.

– Votre mari ne buvait pas beaucoup, dites-vous. Pourtant, il était sorti boire avec des amis, ce soir-là.

– Oui.

– Lui arrivait-il de découcher ?

– Qu'est-ce que vous sous-entendez ?

– C'est juste que nous n'avons retrouvé aucun de ses compagnons de pub.

Linford ouvrit son carnet.

– Jusqu'ici, nous n'avons trouvé qu'un bar du West End dans lequel on l'aurait vu boire seul en début de soirée.

Seona ne trouva rien à répondre. Rebus se glissa au bord du canapé.

– Est-ce que Alasdair buvait ?

– Alasdair ? Qu'est-ce qu'il vient faire là-dedans ?

– Auriez-vous une idée de l'endroit où il se trouve ?

– Pourquoi ?

– Je me demandais s'il était au courant pour votre mari. Il voudrait sûrement assister aux obsèques.

– Il n'a pas téléphoné... Il manque beaucoup à Alicia, ajouta-t-elle, songeuse.

– Il n'appelle jamais ?

– Il envoie une carte de temps en temps. Il n'oublie jamais l'anniversaire de sa mère.

– Pas d'adresse sur l'enveloppe ?

– Non.

– Le cachet de la poste ?

– Il change tout le temps. Les cartes arrivent généralement de l'étranger.

Une inflexion dans sa voix poussa Rebus à demander :

– Il y a autre chose ?

– En fait... je le soupçonne de donner ses lettres à poster à des gens qui partent en voyage.

– Pourquoi le ferait-il ?

– Pour nous empêcher de nous lancer à sa recherche.

Rebus se pencha en avant, pour raccourcir la distance qui le séparait de la veuve.

– Que s'est-il passé ? Pourquoi est-il parti ?

Elle haussa les épaules.

– C'était avant que j'entre dans la famille. Roddy était encore marié à Billie.

– Ce mariage s'était-il terminé avant votre rencontre avec M. Grieve ? questionna Linford.

Elle plissa les yeux.

– Où voulez-vous en venir, au juste ?

– Pour en revenir à Alasdair, intervint Rebus, en espérant que son ton dissuaderait Linford de poursuivre son investigation, vous n'avez pas la moindre idée de la raison de son départ ?

– Roddy en parlait parfois. Quand une carte arrivait, le plus souvent.

– Il écrivait également à Roddy ?

– Non, une carte pour Alicia, j'entends.

Rebus regarda autour de lui, mais les cartes d'anniversaire d'Alicia avaient disparu.

– Il en a envoyé une cette année ?

– Il est toujours en retard. Elle devrait arriver dans une semaine ou deux.

Elle jeta un coup d'œil vers la porte.

– Pauvre Alicia. Elle croit que je reste ici parce que ça m'aide à trouver le repos.

– Alors qu'en réalité vous restez pour prendre soin d'elle ?

– Ou, plus précisément, parce que je m'inquiète pour elle.

Alicia est de plus en plus fragile. Si vous n'êtes entrés que dans cette pièce, c'est parce que c'est la seule qui soit encore à peu près habitable. Le reste de la maison est envahi de vieux journaux, de magazines et de toutes sortes de saletés. Elle refuse qu'on les jette. Quand une chambre est pleine, elle en remplit une autre. Cette pièce subira sûrement le même sort.

– Ses enfants ne peuvent rien faire ? demanda Linford.

– Elle ne les écouterait pas. Elle refuse même de prendre une femme de ménage. « Chaque chose a sa raison d'être », c'est ce qu'elle dit toujours.

– Elle n'a peut-être pas tort, commenta Rebus.

Le corps dans la cheminée, Roddy Grieve dans le pavillon d'été. Oui, chaque chose a sa raison d'être. Il y avait forcément une explication. Restait à la trouver.

– Elle peint toujours ?

– Pas vraiment. Elle bricole. Son atelier est au fond du jardin. C'est probablement là qu'elle se trouve en ce moment. (Elle regarda sa montre.) Ciel, il faut que j'aille faire des courses...

– Avez-vous entendu des rumeurs concernant votre mari et Josephine Banks ?

Linford, à nouveau. Rebus le fusilla du regard, mais le jeune homme ne quittait pas la veuve des yeux.

– J'ai reçu une lettre.

Elle tira la manche de son chemisier sur sa montre, soudain sur la défensive.

– Aviez-vous confiance en votre mari ?

– Totalement. Je sais ce qu'est entrer en politique.

– Vous avez une idée concernant l'auteur de cette lettre ?

– Je l'ai aussitôt mise à la corbeille. Nous sommes convenus que c'était le seul endroit où elle méritait d'être.

– Comment a réagi Mlle Banks ?

– Elle a envisagé d'embaucher un détective. Nous l'avons persuadée d'y renoncer. Toute réaction de notre part aurait risqué de légitimer la rumeur. Nous refusions de jouer le jeu.

– Quel jeu ?

– Le jeu de l'homme qui la répandait.

– Vous pensez qu'il s'agissait d'un homme ?

– Question de probabilité, inspecteur Linford. La plupart des politiciens sont des hommes. C'est la triste réalité.

– Il me semble que deux femmes s'étaient présentées contre votre mari au moment des primaires, fit remarquer Rebus.

– Règlement travailliste.

– Connaissiez-vous les autres candidats ?

– Bien sûr. Le Parti travailliste est une grande famille unie, inspecteur.

Il sourit.

– J'ai entendu dire qu'Archie Ure n'a pas été enchanté par les résultats.

– Archie était dans la place depuis des lustres quand Roddy est arrivé. Il estimait avoir un droit d'aînesse.

Jo Banks avait employé la même expression.

– Et les deux femmes ?

– Jeunes et intelligentes. Elles finiront par obtenir ce qu'elles veulent.

– Et que va-t-il se passer, maintenant ?

– Maintenant ? Archie Ure est arrivé second. Je suppose qu'ils se contenteront de lui.

Elle fixait le tapis, comme si elle y lisait un message quelconque. Linford s'éclaircit la voix, puis il se tourna vers Rebus pour lui signifier qu'en ce qui le concernait, l'interrogatoire était terminé. Rebus chercha une question brillante à poser en dernier, mais n'en trouva aucune.

– Rendez-moi mon mari, c'est tout ce que je vous demande, les pria Seona Grieve en les raccompagnant à la porte.

Alicia se tenait au pied de l'escalier, une tasse en porcelaine à la main. Elle y avait plongé une tranche de pain de mie pliée en deux.

– Je cherchais quelque chose, dit-elle à sa belle-fille, mais je ne sais plus quoi.

Quand ils sortirent, la veuve de Roddy Grieve entraînait sa belle-mère dans l'escalier, comme s'il s'agissait d'une enfant ensommeillée.

De retour à la voiture, Rebus lança à Linford :

– Allez-y sans moi.

– Pardon ?

– Je vais rester ici un petit moment. Tenter mon numéro de bon samaritain.

– Vous voulez jouer les baby-sitters ?

Linford monta dans la voiture et mit le contact.

– Quelque chose me dit que vous avez un truc derrière la tête.

– Je pourrai peut-être échanger un ou deux mots avec la vieille dame, tant que j'y serai.

– Rassurez-moi, vous n'avez pas l'intention d'emballer la mamie ?

Rebus lui adressa un clin d'œil.

– On n'a pas tous la chance d'être convoités par de jeunes damoiselles.

Le visage de Linford se ferma, il passa la première et s'éloigna. Bien joué, Siobhan, tu l'as jeté ! songea Rebus, un large sourire aux lèvres.

Il retourna à la porte et sonna. Il expliqua à Seona Grieve qu'il avait une demi-heure à tuer. Si elle avait besoin de sortir... Elle hésita.

– Il ne nous manque que du lait et du pain, inspecteur. Je crois que ça pourra attendre...

– De toute façon, mon chauffeur est parti, dit-il en montrant la rue déserte. Et puis, à voir l'usage que Mme Grieve fait du pain...

Il s'installa confortablement dans le salon. Elle lui proposa de se faire du thé ou du café, pour peu qu'il les boive sans lait.

– Mais j'aime autant vous prévenir, la cuisine est un véritable champ de bataille.

– Ça ira, dit-il en ramassant un supplément du dimanche vieux de six mois.

Il entendit la porte d'entrée se refermer. Elle n'avait pas pris la peine de prévenir sa belle-mère. Ça ne lui avait pas paru nécessaire, l'épicerie était à cinq cents mètres, elle ne tarderait pas. Rebus attendit deux minutes, puis il monta à l'étage. Alicia Grieve se tenait dans l'encadrement de la porte de sa chambre. Elle avait enfilé une robe de chambre sur ses vêtements.

– Oh, je pensais avoir entendu quelqu'un partir.

– Vos oreilles vont parfaitement bien, madame Grieve. Seona vient de filer à l'épicerie.

– Et pourquoi êtes-vous ici ? demanda-t-elle en le dévisageant avec méfiance. Vous êtes le policier, n'est-ce pas ?

– C'est exact.

Elle passa à côté de lui en tendant le bras pour se retenir au mur.

– Je cherche quelque chose. Ça n'est pas là.

Il regarda dans sa chambre entrouverte. Le chaos. Des tas de vêtements traînaient sur les fauteuils et par terre. D'autres se déversaient des armoires et des tiroirs ouverts de la commode. Des livres, des magazines et des tableaux étaient empilés contre les murs. Une grosse tache d'humidité s'élargissait au plafond, au-dessus de la fenêtre.

Elle ouvrit une autre porte. Les motifs de la moquette, usée jusqu'à la corde, avaient laissé place à un gris presque uniforme. Rebus la suivit. Était-ce un autre salon ? Un bureau ? Impossible à dire. Des cartons remplis de souvenirs et d'ordures. De vieilles lettres dont certaines n'avaient pas été ouvertes. Des photos tombées d'albums, répandues un peu partout. Davantage de magazines, de journaux, de tableaux. Des jouets et des jeux d'un autre âge. Une collection de miroirs sur un mur. Un antique wigwam jaune rapiécé, calé dans un angle. Sous une chaise, une poupée en tunique et kilt, sans tête. Rebus la ramassa. Il découvrit la tête dans une boîte de biscuits en fer, au milieu de dominos, de cartes et de bobines de coton vides. Il la remit sur la poupée dont les yeux bleus ne manifestèrent ni plaisir ni déplaisir.

– Qu'est-ce que vous cherchez ?

Elle regarda autour d'elle.

– Que faites-vous avec la poupée de Lorna ?

– Sa tête était partie. Je l'ai juste...

– Non non non !

Elle lui arracha la poupée des mains.

– Sa tête n'est pas partie, la petite dame l'a arrachée. (Elle joignit le geste à la parole.) C'était sa manière de nous dire qu'elle rompait avec son enfance.

Rebus sourit.

– Quel âge avait-elle ? demanda-t-il, s'attendant à ce qu'elle réponde neuf ou dix ans.

– Vingt-cinq ou vingt-six, je ne sais plus.

Son attention était divisée entre son visiteur et sa recherche.

– Qu'avez-vous pensé lorsqu'elle s'est lancée dans la carrière de mannequin ?

– J'ai toujours encouragé mes enfants.

On aurait dit une phrase toute prête qu'elle réservait aux journalistes et aux curieux.

– Et Cammo et Roddy ? Vous intéressiez-vous à la politique, madame ?

– Dans ma jeunesse, oui. Au Parti travailliste, essentiellement. Allan était libéral, les discussions n'étaient pas rares...

– Et pourtant, l'un de vos fils est tory[1].

– Oh, Cammo a toujours été compliqué.

– Et Roddy ?

– Roddy a besoin de sortir de l'ombre de son frère. Si vous voyiez la manière dont il suit Cammo. Il passe son temps à l'observer, à l'étudier. Mais Cammo a ses propres camarades. Les garçons peuvent vraiment être cruels à cet âge-là, vous savez.

Elle dérivait à des lieues de lui. Le passé dansait devant ses yeux.

– Ce sont des adultes à présent, Alicia.

– Ils resteront toujours des enfants pour moi.

Elle commença à sortir des objets d'un carton et à les étudier, un à un – jumelles, pot de marmelade, fanion de football –, comme s'ils recelaient un secret.

---

1. Conservateur. *(N.d.T.)*

– Êtes-vous proche de Roddy ?

– Roddy est un amour.

– Il se confie à vous ? Il vous parle de ses problèmes ?

– Il...

Sa voix se brisa, elle semblait égarée.

– Il est mort, n'est-ce pas ?

Rebus acquiesça.

– Je lui avais dit... Je l'avais suffisamment prévenu... Grimper aux grilles à son âge... (Elle secoua la tête.) Un accident devait finir par arriver.

– Il l'avait déjà fait ? Grimper aux grilles ?

– Oh oui. Quand il prenait le raccourci pour aller à l'école.

Rebus glissa les mains dans ses poches. Elle était ailleurs, à présent.

– J'ai flirté avec les nationalistes dans les années cinquante. De drôles de loustics. Ils le sont peut-être toujours. Kilts, gaélique, et toujours un compte à régler. Mais nous avons assisté à des soirées agréables. On dansait beaucoup. L'Épée et le Bouclier...

Rebus fronça les sourcils.

– J'en ai entendu parler. Une branche nationaliste, non ?

– Ils n'ont pas fait long feu. Comme beaucoup d'autres à l'époque. Une idée germait, vous buviez quelques verres et elle disparaissait aussitôt.

– Vous avez connu Matthew Vanderhyde[1] ?

– Bien sûr. Tout le monde connaissait Matthew. Il est toujours parmi nous ?

– Je le croise, occasionnellement. Pas aussi souvent que je le devrais.

– Matthew et Allan étaient souvent en désaccord politique avec Chris Grieve... (Elle s'interrompit.) Vous êtes au courant que nous n'avons aucun lien de parenté ?

Rebus lui fit signe que oui, se remémorant le poème encadré dans le hall.

---

1. Universitaire. *(N.d.T.)*

– Allan aurait voulu faire le portrait de Chris, seulement cet homme ne tenait pas en place. Il passait son temps à remuer les bras dans tous les sens pour défendre ses idées.

Elle envoya ses bras en l'air pour l'imiter. Elle avait toujours le pot de marmelade dans une main, et un rouleau de bolduc dans l'autre.

– Edwin Muir était un bon faire-valoir pour lui. Et il y avait cette chère Naomi Mitchinson. Vous connaissez son travail ?

Rebus garda le silence, craignant de rompre le charme.

– Et les peintres, dit-elle en souriant. Gillies, McTaggart, Maxwell. Ça fusait de partout. Notre festival avait du succès, il attirait les visiteurs dans les musées. Nous nous étions autoproclamés l'École d'Édimbourg. Ce pays était différent, alors. Pris en sandwich entre une guerre mondiale et la menace d'une autre. Difficile d'élever des enfants quand la bombe A menace de tomber à tout moment. Je crois que ça a affecté mon travail.

– Est-ce que vos enfants s'intéressaient à la peinture ?

– Lorna gribouillait. Elle continue peut-être. Mais pas les garçons. Cammo était toujours entouré de ses camarades, on aurait dit sa garde prétorienne. Roddy aimait la compagnie des adultes. Il était toujours si déférent et si attentif.

– Et Alasdair ?

Elle pencha la tête sur le côté.

– Alasdair était un cauchemar pour un peintre, un casse-cou angélique. Je n'ai jamais réussi à le saisir sur la toile. Il avait toujours une idée derrière la tête, c'était évident, mais vous le laissiez faire parce que c'était Alasdair. Vous comprenez ?

– Je crois.

Rebus connaissait une poignée de jeunes bandits de cette espèce : charmants et hardis, mais toujours en chasse.

– Il vous donne des nouvelles, je crois ?

– Oui, bien sûr.

– Pourquoi a-t-il quitté la maison ?

– Il ne vivait pas tout à fait à la maison. Il avait son propre appartement au pied de Canongate. Quand il est parti, nous avons découvert qu'il s'agissait d'un meublé, presque rien ne lui appartenait. Il a emporté une valise de vêtements, quelques livres, et c'est tout.

– Il n'a pas dit pourquoi il partait ?

– Non. Il m'a juste appelée pour me dire qu'il me donnerait des nouvelles.

Rebus entendit la porte d'entrée s'ouvrir et se refermer. Les mots « Je suis de retour » montèrent jusqu'à eux.

– Je ferais mieux d'y aller, dit-il.

Alicia Grieve semblait déjà avoir oublié sa présence.

– Si seulement je savais où c'était, murmura-t-elle, remettant le pot de marmelade dans la boîte. Si seulement je savais...

Il croisa Seona Grieve dans l'escalier.

– Tout va bien ?

– Parfaitement bien, assura-t-il. Mme Grieve a perdu quelque chose, c'est tout.

Seona leva les yeux vers l'étage.

– Elle a pratiquement tout perdu, inspecteur. Mais elle ne le sait pas encore...

15

C'était un bureau comme les autres.

Grant Hood et Ellen Wylie échangèrent un regard. Ils s'attendaient à un dépôt de matériaux de construction, avec gadoue, parpaings et aboiements d'un berger allemand attaché à un poteau. Wylie avait même enfilé des bottes en caoutchouc dans la voiture. Mais ils se trouvaient au troisième étage d'un immeuble de bureaux des années soixante, situé au milieu de Leith Walk. Elle avait demandé à Hood s'ils pourraient se permettre une escapade chez Valvona and Crolla, après. Il lui avait répondu oui, pas de problème, mais n'était-ce pas un peu cher ?

– La qualité a un prix, avait-elle riposté, avec une voix de publicitaire.

Ils faisaient la tournée des entrepreneurs d'Édimbourg, en commençant par les plus grands et les plus anciens. D'abord des coups de téléphone, et quand personne ne pouvait les aider, ils se déplaçaient.

Wylie :

– Peut-être que John a raison de nous appeler les « passéologues ». Je ne m'étais jamais envisagée comme une sorte d'archéologue.

– Vingt ans. On est loin de la préhistoire.

Hood trouvait l'échange facile. Aucun silence gêné, ni lapsus maladroit. Ils n'avaient qu'un point de mésentente : Wylie pensait que cette enquête ne rimait à rien.

– Nous devrions être en train de travailler sur le meurtre de Grieve. C'est ce qui intéresse tout le monde.

Hood :

– Mais si on obtient des résultats, on pourra être contents de nous, non ? C'est notre enquête à nous seuls.

Wylie :

– Peu importe ce que nous découvrirons, nous passerons toujours au second plan. Nous ne sommes que des constables, Grant. C'est trop bas dans la ligue pour récolter les médailles.

– Tu aimes le foot ?

– Possible.

– Tu supportes quelle équipe ?

– Toi d'abord.

– Je reste fidèle aux Rangers. Et toi ?

Avec un large sourire :

– Le Celtic.

Ils rirent de concert. Puis Wylie reprit :

– On dit bien que les contraires s'attirent ?

Une réflexion que Grant Hood avait toujours en tête alors qu'ils patientaient dans la salle d'attente.

Peter Kirkwall, de Kirkwall Constructions, la jeune trentaine, et un costume à fines rayures impeccable. Difficile de l'imaginer une pelle entre les mains, et pourtant, la série de photos encadrées accrochées au mur de son bureau le représentaient ainsi.

– La première, dit-il, les entraînant vers elles, comme un guide de musée, date de mes sept ans. Je mélange du béton dans le dépôt de papa.

Papa étant Jack Kirkwall, qui avait fondé la société en 1950. Il apparaissait sur certaines photos, mais le personnage principal était son fils. Peter faisant de la maçonnerie pendant les vacances d'été. Peter présentant des plans d'immeubles de bureaux, son premier projet au sein de Kirkwall Constructions. Peter en compagnie de hauts dignitaires, au volant d'une Mercedes CLK, le jour de la retraite de Jack Kirkwall...

– Si vous voulez des informations de première main, dit-il

en retrouvant son fauteuil et son ton professionnel, il vaudrait mieux vous adresser à papa. Café ? Thé ?

Il sembla satisfait de leur réponse négative. Il avait un emploi du temps chargé.

– Nous vous remercions de nous consacrer un peu de votre temps, monsieur, commença Wylie, toujours prête à passer de la pommade. Les affaires marchent bien, on dirait ?

– C'est phénoménal. Le développement de Holyrood, la Western Approach, Gyle, Wester Hailes, et maintenant les projets de développement de Granton... On arrive tout juste à suivre. On fait des offres de services chaque semaine, expliqua-t-il avec un vague geste vers les plans étalés sur la table de conférence. Vous savez comment mon père a commencé ? Il construisait des garages et des appentis. Et maintenant, il semble qu'on soit bien partis pour décrocher un contrat presque aussi important que les Docklands de Londres.

Il se frotta les mains et posa un regard joyeux sur Hood.

– La société travaillait bien sur le chantier de Queensberry House, dans les années soixante-dix ?

La question de Wylie ramena Kirkwall sur terre.

– Oui, pardon. Difficile de m'arrêter quand je suis lancé.

Il s'éclaircit la voix et reprit contenance.

– J'ai regardé dans nos archives...

Il ouvrit un tiroir et en tira un vieux registre, quelques cahiers et un fichier.

– Nous avons effectivement participé à la rénovation de l'hôpital, à la fin de l'année 78. Pas moi, bien sûr, j'étais encore à l'école. Vous avez trouvé un squelette, c'est ça ?

Hood lui tendit des photos des deux cheminées.

– Dans la pièce située à l'extrémité de la cave. C'était une ancienne cuisine.

– Et c'est là-dedans que se trouvait le corps ? dit-il en regardant les photos.

– Nous estimons qu'il y était depuis vingt ans, expliqua Wylie, optant pour le rôle du flic loquace et laissant celui du flic silencieux à Hood.

– Ce qui devrait coïncider avec l'époque des travaux.

– Bien. J'ai demandé à ma secrétaire d'exhumer tout ce qu'elle pouvait.

Il sourit pour leur faire comprendre que le jeu de mots était intentionnel. Chemise rayée, lunettes ovales, cheveux noirs parfaitement coiffés, Kirkwall semblait faire de son mieux pour paraître sophistiqué, songea Wylie. Et pourtant, il y avait quelque chose qui ne collait pas chez lui. Comme ces footballeurs qui devenaient présentateurs télé : même s'ils portaient l'habit, le style faisait défaut.

– Je crains que nous n'ayons pas grand-chose, continua Kirkwall, tendant la main vers un autre tiroir.

Il déroula un plan devant eux, et le fixa à l'aide de pierres polies.

– J'en ramasse une sur chacun de nos chantiers, expliqua-t-il. Je les fais nettoyer et vernir. Bon, voilà Queensberry House. Nous étions chargés des zones colorées en bleu et des lignes rouges.

– Beaucoup de travaux en extérieur, apparemment.

– Oui. Gouttières, fissures de la façade. Nous avons aussi entièrement construit un pavillon d'été. C'est comme ça, parfois, avec les chantiers publics, ils s'amusent à en rajouter.

– Manifestement, vous n'aviez pas suffisamment graissé la patte à la municipalité, murmura Hood.

Kirkwall le fusilla du regard.

– Donc, c'est une autre entreprise qui se chargeait des rénovations intérieures ? déduisit Wylie en étudiant le plan.

– Une ou plusieurs. Je n'ai rien dans mes registres à ce sujet. Comme je vous l'ai dit, il faudrait que vous demandiez à papa.

– C'est ce que nous allons faire, monsieur Kirkwall, répondit Ellen Wylie.

Mais ils se rendirent d'abord au Valrona, où Wylie fit des emplettes avant de proposer à Hood de manger un morceau. Il regarda ostensiblement sa montre.

– Allez, insista-t-elle. Il y a une table libre. Je viens assez souvent pour savoir que c'est un signe.

Ils mangèrent une salade et une pizza et partagèrent une

bouteille d'eau minérale, au milieu d'autres couples. Hood sourit.

– On ne détonne pas.

Elle regarda la bedaine de son compagnon.

– Enfin, pas moi.

Il rentra un peu le ventre et renonça à sa dernière part de pizza.

– Mais tu vois ce que je veux dire ?

Oui, elle voyait. Dans un lieu public, un flic avait toujours l'impression d'être identifiable au premier coup d'œil.

– Un peu choqué de ne pas être un lépreux social ?

Hood regarda son assiette.

– Encore plus choqué d'être capable de ne pas finir mon assiette.

Ils se rendirent ensuite à la résidence que Jack Kirkwall s'était fait construire pour sa retraite. Elle se trouvait à la campagne, en bordure de South Queensferry, dont on voyait les deux ponts au loin. C'était une construction anguleuse percée de grandes fenêtres. Elle évoquait une cathédrale à échelle réduite, fit remarquer Wylie. Hood voyait ce qu'elle voulait dire.

Jack Kirkwall leur affirma qu'il se souvenait parfaitement de John Rebus.

– Vous connaissez l'inspecteur ? s'étonna Wylie.

– Il m'a fait une fleur un jour.

– Dans ce cas, il se peut que vous soyez en mesure de lui rendre la pareille, monsieur, annonça Hood. Tout dépend de l'état de votre mémoire.

– La caboche tourne bien, grommela Kirkwall, vexé.

D'un regard, Wylie rappela son partenaire à l'ordre.

– Ce que le constable Hood voulait dire, c'est que nous avançons dans le noir et que vous êtes notre lumière.

Adouci, Kirkwall s'assis dans un fauteuil rembourré et leur désigna le canapé.

Il était en cuir crème et sentait le neuf. Vaste et clair, le salon était tapissé d'une épaisse moquette blanche à poils longs. Des portes vitrées occupaient tout un mur. Apparemment, Kirkwall ne versait pas dans la nostalgie : il n'y avait aucune photo, pas le moindre meuble ou bibelot ancien. C'était comme si, en vieillissant, il avait décidé de se réinventer. Il y avait quelque chose d'anonyme dans ce décor. C'est alors que Wylie comprit : il s'agissait d'une maison témoin. Des clients pouvaient à tout moment la visiter. Elle devait attester l'excellence de Kirkwall en matière de construction.

Il n'y avait pas de place pour la personnalité individuelle. Elle se demanda si cela expliquait les sillons tristes qui creusaient le visage de Kirkwall. Il paraissait évident que ce n'était pas l'idée qu'il se faisait de la retraite. Les tissus, les meubles, tout ici rappelait son fils, Peter.

– Nous savons que votre société a effectué quelques travaux à Queensberry House en 1979, commença-t-elle.

– L'hôpital ?

Elle acquiesça.

– Nous avons commencé le chantier en 78. Il s'est achevé en 79. Une foutue époque. Vous étiez sûrement trop jeunes à l'époque pour vous en souvenir. Cet hiver-là, on a eu une grève des éboueurs, une grève des enseignants, et même une grève des morgues.

Il se tapota la tête.

– Voyez, petit ? La caboche tourne bien. Je m'en souviens comme si c'était hier. On a commencé en décembre et terminé en mars. Le huit pour être précis.

Wylie sourit.

– C'est incroyable !

Kirkwall accepta le compliment. C'était un grand bonhomme aux épaules larges et à la mâchoire carrée. Il n'avait sans doute jamais été séduisant, mais il devait avoir eu une certaine prestance lui conférant une autorité naturelle, songea Wylie.

– Vous savez pourquoi je m'en souviens ? Bah, vous deviez être en culottes courtes.

– Le référendum ? proposa Hood.

Kirkwall eut l'air étonné. Wylie lui adressa un deuxième regard réprobateur : il valait mieux brosser dans le sens du poil.

– C'était le premier mars, n'est-ce pas ? reprit Hood.

– Ouais, c'est ça. On a remporté l'élection mais on a perdu la guerre.

– Un revers temporaire, se sentit obligée d'intervenir la jeune femme.

Il la fusilla du regard.

– Vingt ans, vous appelez ça temporaire ? On avait des rêves...

Wylie crut qu'il devenait mélancolique, mais il la surprit.

– Imaginez ce que ça aurait représenté : des investissements étrangers, de nouvelles maisons, de nouvelles entreprises.

– Un boom de la construction ?

Kirkwall hocha la tête, autant pour approuver qu'au souvenir de l'occasion manquée.

– Le boom a lieu en ce moment, à en croire votre fils.

– Oui.

Elle n'aurait jamais cru qu'on pût mettre autant d'amertume dans une simple syllabe. Jack Kirkwall s'était-il retiré volontairement ou avait-il été poussé dehors ?

– Nous nous intéressons aux travaux qui ont eu lieu à l'intérieur de l'hôpital, dit Hood. Quelles autres entreprises avaient été retenues ?

– Caspian pour la toiture, répondit Kirkwall, toujours perdu dans ses pensées. Macgregor pour les échafaudages. Coghill s'est chargé d'une grande partie des rénovations intérieures – réfection des plâtres, nouvelles cloisons.

– Elles ont eu lieu au sous-sol ?

– Oui. Nouvelle lingerie, nouvelle chaudière...

– Vous souvenez-vous des anciens murs ? Est-ce qu'ils ont été mis à nu lors de ces travaux ?

Wylie lui tendit une photo des cheminées. Kirkwall la regarda et secoua la tête.

– Mais c'est bien la société Coghill qui s'est occupée du sous-sol ?

– Oui, mais elle n'existe plus. Elle a fait faillite.

– M. Coghill est toujours dans les parages ?

– Il n'aurait pas dû faire faillite, franchement. C'était une bonne boîte. Dean connaissait son boulot.

– Dur monde que celui de la construction, compatit Wylie.

– C'est pas ça...

– Qu'est-ce que c'est alors ?

– Je me trompe peut-être... mais à mon âge, qu'importe. (Il respira bruyamment.) J'ai entendu dire que Dean s'était attiré les foudres de Mister Big.

– Mister Big ? s'étonnèrent en chœur Wylie et Hood.

L'Oxford Bar était plein lorsque Rebus était arrivé. Il avait déjà pris un verre au Maltings, qu'il avait fui avant l'affluence des étudiants ; et deux autres au Swany, sur Causewayside. Il y avait rencontré un ancien collègue qui venait de prendre sa retraite.

– Tu fais trop jeune pour t'arrêter, lui avait fait remarquer Rebus.

– Même âge que toi, John, avait répondu l'autre.

Mais Rebus n'avait pas encore trente ans de maison, lui. Il était entré dans la police à vingt-cinq ans. Encore deux ou trois ans et il pourrait se consacrer à ses loisirs. Il avait offert une tournée avant d'affronter le froid mordant de l'hiver. Des phares perçaient la nuit. La pluie qui venait de tomber menaçait de se transformer en glace. Il était à quinze minutes à pied de chez lui. De l'autre côté de la rue, un taxi faisait le plein à la station-service.

La retraite. Le mot dansait dans son esprit. Bon sang, qu'est-ce qu'il pourrait bien trouver à faire ? La retraite d'un homme signifiait toujours le licenciement d'un autre. Il avait songé au Paysan. Alors, il avait fait signe au taxi et lui avait demandé de le conduire à l'Oxford Bar.

Pas trace de Doc et de Salty, ses compagnons de comptoir habituels, mais il reconnaissait un tas de visages. Le pub était bondé, tout le monde autour de l'écran de télé. Un match de foot. Joué dans un stade du Sud. Un habitué répondant au nom de Muir se tenait près de la porte. Il le salua de la tête.

– Ta femme tient une galerie, n'est-ce pas ? lui demanda Rebus.

Muir acquiesça.

– Elle a déjà vendu des trucs d'Alicia Rankeillor ?

– Si elle avait pu. Les trucs de Rankeillor, comme tu dis, vont chercher dans les dizaines de milliers de livres. Toutes les villes du monde occidental veulent s'en offrir un pour leur collection – de préférence, une de ses œuvres des années quarante ou cinquante. Même ses estampes vont chercher dans les dix à vingt mille pièce. Tu connais quelqu'un qui en aurait à vendre ?

– Je te tiens au courant.

Les deux Margaret s'affairaient derrière le comptoir. L'India Pale Ale de Rebus arriva, il commanda un whisky pour l'accompagner. Il y avait de la musique *live* dans la salle du fond. Il parvenait à identifier le son de la guitare acoustique et la voix d'une jeune femme. Mais son duo préféré, il l'avait entre les mains. Il ajouta de l'eau au whisky. Et hop, une grosse lampée pour se tapisser le gosier. L'une des Margaret lui tendait sa monnaie.

– Il y a une amie à vous derrière.

Rebus fronça les sourcils.

– La chanteuse ?

Elle sourit et secoua la tête.

– Près du distributeur de cigarettes.

Il se trouvait dans une alcôve, près des toilettes, après trois marches. La machine à sous aussi. Mais Rebus ne distinguait que les dos d'hommes qui servaient vraisemblablement de public à quelqu'un.

– Qui est-ce ?

Margaret haussa les épaules.

– Elle dit qu'elle vous connaît.

– Siobhan ?

Elle haussa à nouveau les épaules. Il tendit le cou. Un type apportait une tournée, les dos s'écartèrent légèrement. Rebus reconnut certains visages. Des habitués. Sourires éclatants, fumée de cigarette... et derrière eux, détendue, appuyée contre la machine à sous : Lorna Grieve. Elle porta un grand verre à ses lèvres. Whisky ou brandy sec. Triple, au moins. Elle en but une gorgée et fit claquer ses lèvres. C'est alors qu'elle croisa son regard. Elle lui sourit et leva son verre à sa santé. Il lui rendit son sourire et leva également son verre. Un souvenir remonta soudain à la surface : il rentrait de l'école et tournait à l'angle de la rue, près du confiseur ; des garçons plus vieux encerclaient une fille de sa classe. Au début, il ne voyait pas ce qui se passait, puis, il croisait son regard entre les têtes de deux garçons. Elle ne semblait pas vraiment paniquée, mais n'était pas à l'aise non plus...

Lorna Grieve posa la main sur le bras d'un de ses courtisans. Il s'appelait Gordon. Il habitait Fife, comme Rebus. Il paraissait assez jeune pour être son fils.

À présent, elle avançait vers lui, se glissant entre les corps dont elle attrapait les bras ou les épaules pour ne pas trébucher.

– Ravi de vous voir ici, le salua-t-elle.

– Le plaisir est réciproque.

Il avait terminé son whisky. Elle proposa de lui en offrir un autre. Il fit non de la tête en levant sa pinte.

– Je ne pense pas avoir jamais mis les pieds ici, déclara-t-elle en s'accoudant au comptoir. On vient de me raconter que l'ancien propriétaire refusait de servir les clients à l'accent anglais. Je crois qu'il m'aurait plu.

– Oui, il était attachant.

– La meilleure des qualités, vous ne trouvez pas ?

Les yeux rivés aux siens, elle poursuivit :

– On m'a également parlé de vous. Il va peut-être falloir que j'arrête de vous appeler Monkey Man.

– Pourquoi donc ?

– Parce que, si j'en crois ce qu'on m'a raconté, peu de gens parviennent à vous tourner en ridicule.

Il sourit.

– Les bars sont des endroits rêvés pour les amateurs de légendes.

– Ah, vous voilà, Lorna !

C'était Gordon qui lui apportait un autre verre. Armagnac. Rebus avait vu Margaret le lui verser.

– Tout va bien, John ? Tu ne nous avais pas dit que tu connaissais des célébrités.

Lorna Grieve accepta le compliment avec un sourire. Rebus s'abstint de répondre.

– Et si j'avais su qu'il y avait des amours tels que vous à Édimbourg, reprit-elle, je ne me serais jamais installée à la cambrousse. Et je n'aurais certainement pas épousé ce vieux raseur de Hugh Cordover.

– Ne soyez pas si dure avec High Chord, fit Gordon. J'ai vu Obscura faire la première partie du concert de Barclay James Harvest à l'Usher Hall.

– Vous étiez encore écolier, non ?

Gordon réfléchit un instant.

– J'avais quatorze ans.

– Nous sommes des dinosaures à côté de vous, conclut-elle, en jetant un coup d'œil complice à Rebus.

– Nous étions déjà des dinosaures lorsque Gordon était dans le ventre de sa mère, plaisanta-t-il.

Néanmoins, elle n'avait rien d'un dinosaure. Ses vêtements étaient colorées et fluides, ses cheveux impeccablement coiffés, son maquillage remarquable. On aurait dit un papillon parmi des phalènes grises.

– Qu'est-ce que vous faites ici ? lui demanda-t-il.

– Je bois.

– Vous êtes venue en voiture ?

– Le groupe m'a déposée. Je ne suis pas venue pour vous, vous savez ?

– Ah non ?

– Redescendez sur terre.

Elle débarrassa sa veste rouge d'une peluche imaginaire. Dessous, elle portait un chemisier en soie orange, un jean délavé au bas effiloché, et des mocassins en daim noir. Aucun bijou.

Pas même son alliance.

– J'aime la nouveauté, c'est tout. Et ma vie est si ennuyeuse, ces derniers temps, que même ce genre d'endroit me paraît rafraîchissant.

– Pauvre de vous.

Une lueur à la fois malicieuse et narquoise éclaira son regard. Gordon piétina un instant avant de lui dire qu'il l'attendrait là-haut. Elle acquiesça distraitement.

– Vous avez passé la journée à boire ?

– Jaloux ?

Il haussa les épaules.

– J'aime bien venir ici, dit-il. (Il pivota légèrement pour lui faire face.) Est-ce que ce bon vieil Ox est à la hauteur ?

Elle fit une grimace.

– Ça vous ressemble tellement.

– Qualité ou défaut ?

– Je n'ai pas encore décidé. Il y a quelque chose de sombre en vous.

– Probablement toute cette bière.

– Je suis sérieuse. Nous venons tous des ténèbres, ne l'oubliez pas. Si nous dormons la nuit, c'est pour tenter de l'oublier. Je parie que vous avez du mal à trouver le sommeil. Je me trompe ?

Il ne daigna pas répondre. Le visage de Lorna perdit de sa vivacité.

– Nous retournerons tous aux ténèbres, un jour, quand le soleil se sera consumé. (Un sourire éclaira son regard.) « Et si mon âme sombre dans les ténèbres / Elle renaîtra à la divine lumière... »

– Un poème ?

Elle acquiesça.

– J'ai oublié le reste.

La porte du pub s'ouvrit sur deux mines circonspectes : Grant Hood et Ellen Wylie. Hood semblait partant pour un verre, mais il hésitait. Apercevant Rebus, Ellen le tira vers l'extérieur.

– Je reviens dans une minute, dit Rebus, posant la main sur le bras de Lorna Grieve avant de fendre la foule des buveurs.

L'air du soir était frais après l'atmosphère enfumée du pub. Il en inspira plusieurs goulées.

– Désolée de vous déranger, chef, s'excusa Wylie.

– Vous ne seriez pas ici si vous n'aviez pas une bonne raison.

Il glissa les mains dans ses poches. La glace prenait dans les gouttières, à présent. La ruelle était mal éclairée. Les pare-brise des voitures garées le long d'un des trottoirs étaient couverts de givre. Des nuages de buée glaciale s'élevaient de leurs bouches.

– Nous avons rendu visite à Jack Kirkwall, expliqua Hood.

– Et ?

– Vous vous connaissez ? demanda Wylie.

– Je l'ai rencontré au cours d'une enquête, il y a plusieurs années.

Hood et Wylie échangèrent un regard.

– À toi l'honneur, fit Hood.

Wylie lui raconta leur histoire, qui plongea Rebus dans la plus grande perplexité.

– Il en rajoute, finit-il par répondre.

– Il a dit que vous pourriez nous parler de Mister Big.

– C'est ainsi que le surnommaient certains agents de la Criminelle. Pas très original.

– Mais ça lui allait bien ? demanda Hood.

Rebus hocha la tête, et s'écarta pour laisser un couple entrer dans le bar. La porte de la salle du fond était fermée, mais il entendit la chanteuse qui entonnait une nouvelle chanson.

My mind returns, to things I should have left behind[1].

– Il s'appelait Callan. Bryce Callan.

– Je croyais que c'était Big Ger Cafferty qui régnait sur Édimbourg ?

– Seulement depuis que Callan a pris sa retraite et s'est

1. Ma mémoire vole vers des choses que j'aurais dû laisser derrière moi. *(N.d.T.)*

installé sur la Costa del Sol. Cela dit, il n'a jamais complètement décroché.

Wylie s'enquit :

– Qu'est-ce que vous entendez par là ?

– Il semble que certaines décisions de Cafferty lui soient dictées depuis l'Espagne. Bryce Callan est devenu une sorte de...

Il chercha le bon mot. D'autres paroles s'élevaient de la salle du fond : *My mind returns, to things best left unsaid*[1].

– Mythe ? suggéra Wylie.

Il acquiesça, les yeux sur la vitrine du barbier, de l'autre côté de la rue.

– Parce qu'on n'a jamais réussi à le coincer.

– Comment Dean Coghill s'est-il attiré ses foudres ?

– Une histoire de protection, je dirais. Des tas de choses peuvent mal tourner sur un chantier de construction, d'autant que ces travaux – même à l'époque – se chiffraient en milliers de livres. Quelques jours de retard et tout pouvait basculer.

– Donc, il faut qu'on retrouve Coghill, conclut Hood.

– En supposant qu'il accepte de nous parler, ajouta Wylie.

– Laissez-moi faire quelques vérifications sur Bryce Callan, avant, dit Rebus.

The past is here now, insistent, carved from darkness, So please beware, take care now where you tread[2]...

– En attendant, reprit-il, vous feriez bien de mettre la main sur les dossiers du personnel de Coghill. Il faut qu'on sache qui travaillait sur ce chantier.

– Et si certains d'entre eux se sont évaporés ? supposa Hood.

– J'imagine que vous avez commencé par étudier le fichier des personnes portées disparues ?

---

1. Ma mémoire vole vers des choses qu'il aurait mieux valu taire. *(N.d.T.)*

2. Le passé est ici désormais, insistant, remonté des ténèbres, Aussi, prends garde, fais attention où tu mets les pieds maintenant... *(N.d.T.)*

Wylie et Hood échangèrent un regard.

– C'est un sale boulot, reconnut Rebus, mais il faut bien le faire. Vous êtes deux. Ça prendra deux fois moins de temps.

Wylie demanda :

– Est-ce qu'on peut limiter nos recherches à la période comprise entre la fin 78 et les trois premiers mois de 79 ?

– Pour commencer, oui. (Il jeta un coup d'œil vers le pub.) Je vous offre un verre ?

Wylie refusa prestement.

– Je crois qu'on va opter pour le Cambridge, c'est un peu plus calme là-bas.

– Comme vous voulez.

– Ce pub ressemble un peu trop au placard à balais dans lequel on travaille, ajouta-t-elle d'un ton un brin accusateur.

– On m'en a parlé, oui, répondit Rebus.

– Dites, chef... la femme qui est là-dedans..., dit Wylie en baissant les yeux. C'est bien qui je pense ?

Il hocha la tête.

– Simple coïncidence.

– Bien sûr.

Elle commença à s'éloigner lentement, évitant son regard. Hood la suivit. Rebus ouvrit la porte du pub mais hésita à entrer. Hood avait la tête penchée vers Wylie, il lui demandait sûrement qui était la femme. Si la rumeur se propageait dans St Leonards, Rebus saurait d'où elle était partie.

Et ce serait la fin des « passéologues ».

Il se réveilla à quatre heures du matin. La lampe de chevet était allumée. Un moteur tournait, dehors. Il tituba jusqu'à la fenêtre, juste à temps pour voir une ombre disparaître dans un taxi. Il se traîna au salon, nu, s'accrochant aux poignées des portes. Elle lui avait laissé un cadeau : un disque démo comprenant quatre titres des Robinson Crusoe. *Shipwrecked Heart*[1], disait la pochette. Pas surprenant étant

1. Cœur naufragé. *(N.d.T.)*

donné le nom du groupe. *The Final Reproof*[1] *était la dernière chanson du disque. Il le colla dans le lecteur et l'écouta une ou deux minutes, en sourdine. Il y avait une bouteille vide et deux verres, par terre, près du canapé. L'un d'eux contenait encore deux doigts de whisky. Il le huma et l'emporta dans la cuisine pour le vider dans l'évier. Il se remplit un verre d'eau qu'il but d'une traite. Puis un autre. Et un troisième. Il savait qu'il n'éviterait pas la gueule de bois, mais il pouvait limiter les dégâts. Trois comprimés de paracétamol, et il emporta un autre verre d'eau dans la salle de bains. Elle s'était douchée. Il y avait une serviette humide sur le support. Elle s'était douchée et elle avait appelé un taxi. Est-ce qu'il l'avait réveillée en ronflant ? Avait-elle seulement dormi ? Il se fit couler un bain et se regarda dans le miroir. Il avait le visage flasque. Il se pencha, mais eut aussitôt un haut-le-cœur qui faillit lui faire régurgiter les comprimés. Combien de bouteilles avaient-ils vidées ? Il ne se rappelait plus. Est-ce qu'il étaient venus directement après l'Ox ? Il ne pensait pas. De retour dans la chambre, il fouilla dans ses poches à la recherche d'indices. Rien. Mais il ne restait que quelques pennies des cinquante livres qu'il avait emportées.*

– Bon sang !

Il ferma les yeux. Il avait le cou et le dos raides. Il fixa à nouveau son reflet dans le miroir.

– Est-ce qu'on l'a fait ?

Réponse : sans doute. Il referma les yeux.

– Nom d'un chien, John, qu'est-ce que t'as encore foutu ?

Réponse : T'as couché avec Lorna Grieve. Vingt ans plus tôt, il aurait fait la roue à cette idée. Seulement, vingt ans plus tôt, elle n'était pas témoin dans une enquête de meurtre.

Il ferma les robinets, se glissa dans l'eau et plia les genoux pour immerger totalement sa tête. Je n'ai qu'à rester là et ça finira peut-être par partir, se dit-il. Sa première gaffe éthy-

---

1. L'Ultime Reproche. *(N.d.T.)*

lique avait eu lieu trente ans auparavant. À la sortie d'un bal de l'école.

Certaines leçons étaient longues à rentrer, songea-t-il. Quoi qu'il puisse arriver désormais, il se sentait lié aux Grieve et à leur histoire.

Et si Lorna rendait les choses publiques, ce serait la fin de la sienne dans la police.

DEUXIÈME PARTIE

Sombre et fuyant

16

Sitôt que Jayne était partie travailler, Jerry s'était offert son petit rituel matinal. Après thé, toast et journal, il s'était passé quelques disques au salon. Des vieux 45 tours punks de sa jeunesse. Ça l'avait vraiment mis en forme pour commencer la journée. Le voisin du dessus avait encore frappé, mais il avait tourné l'enceinte vers le plafond et continué à danser. Ses préférés : *Your Generation* de Generation X, *Don't care* de Klark Kent, *Where is Captain Kirk ?* de Spizzenergi. Les pochettes étaient toutes écornées et les vinyles complètement rayés. Trop de soirées et d'emprunts. Il se rappelait avoir forcé l'entrée d'un concert des Ramones à l'université, en octobre 78. Le single des Spizz datait de mai 79. Il avait griffonné la date d'achat au dos de la pochette. Il était comme ça à l'époque. Il datait tous ses disques et il dressait un top 5 des meilleurs trucs entendus – et pas nécessairement achetés – chaque semaine. Le Virgin de Frederick Street avait été copieusement racketté. C'était moins évident au Bruce's. Le type qui tenait la boutique était devenu l'agent de Simple Minds. Jerry les avait vus en concert lorsqu'ils s'appelaient encore Johnny and the Self Abusers.

Tout ça comptait tellement avant. Les week-ends, des poussées d'adrénaline à vous filer le vertige.

Ces derniers temps, danser lui procurait la même sensation. Il s'écroulait vite sur le canapé. Trois disques et il était niqué. Il se roulait un joint et allumait la télé, sachant qu'il n'y aurait rien d'intéressant à regarder. Jayne assurait un service double, aujourd'hui, elle ne rentrerait pas avant neuf heures, peut-être même dix. Ça lui laissait douze heures pour laver la vaisselle. Certains jours, l'idée de reprendre le travail, de s'asseoir à un bureau, porter un costume cravate, prendre des décisions et répondre au téléphone le démangeait. Nic lui avait dit qu'il avait une secrétaire. Une secrétaire. Qui l'aurait cru ? Il se souvenait du temps où ils allaient à l'école ensemble, jouaient au football dans l'impasse, dansaient le pogo dans leurs chambres. Enfin, dans la chambre de Jerry, le plus souvent. La mère de Nic était bizarre avec les visiteurs. Elle faisait toujours la grimace quand elle ouvrait la porte et découvrait Jerry sur son palier. La vieille peau était morte, maintenant. Son salon était imprégné de l'odeur des cigares Hamlet du père de Nic. C'était le seul fumeur de cigares qu'il connaissait. Tout en zappant, Jerry gloussa. Des cigares ! Pour qui il se prenait ce vieux con ? Le père de Nic portait des cravates et des gilets usés, alors que celui de Jerry portait presque toujours une veste et une ceinture en cuir, qu'il retirait chaque fois que justice devait être rendue. Mais la mère de Jerry était un trésor. Il n'aurait jamais échangé ses parents contre ceux de Nic.

– Que non ! dit-il à voix haute.

Il éteignit la télé. Le bout incandescent du joint était arrivé à la pince. Il prit une dernière taffe et jeta le mégot dans les chiottes. Pas à cause de la flicaille ; non, c'était juste que Jayne n'aimait pas qu'il fume de l'herbe. Jerry, lui, pensait que l'herbe l'aidait à rester sain d'esprit. Il se disait même que la Sécu devrait rembourser le shit, vu qu'il permettait aux types dans son genre de rester sur les rails.

Il se rendit à la salle de bains pour se raser. Une petite surprise pour Jayne, quand elle rentrerait. *Captain Kirk* ronronnait toujours. Génial ce disque, l'un des meilleurs. Il repensait à Nic. À la manière dont ils étaient devenus potes. On ne pouvait jamais prévoir avec qui on finirait par s'entendre. Ils étaient dans la même classe depuis l'âge de cinq ans, mais ils n'avaient commencé à traîner ensemble qu'au collège. Ils écoutaient Alex Harvey et Status Quo, et guettaient les allusions au sexe. Nic avait écrit un poème de plusieurs centaines de lignes sur une orgie. Jerry le lui avait rappelé dernièrement, et ils s'étaient bien marrés. Finalement, on en revenait toujours à ça : se payer une bonne tranche de rigolade.

Il réalisa qu'il était en train de se regarder dans le miroir de la salle de bains, savon sur le visage, rasoir à la main. Il avait des poches et des rides sous les yeux. Le temps le rattrapait. Jayne n'arrêtait pas de parler de son horloge biologique. Il n'arrêtait de lui répondre qu'il y penserait. Le fait est qu'il n'avait pas envie d'être père. Et puis, Nic lui répétait tout le temps que ça tuait le couple ; que des gars du bureau n'avaient pas baisé depuis la naissance de leur mioche – des mois, parfois des années auparavant –, et que les mères se laissaient aller, et renonçaient à lutter contre la gravité. Nic avait toujours une moue dégoûtée quand il parlait de ça.

– Sympa comme perspective, hein ?

Jerry ne pouvait qu'approuver.

Après l'école, Jerry s'était dit qu'ils trouveraient sûrement un job dans la même boîte. Une usine, peut-être. C'est alors que Nic avait lâché sa bombe : il allait faire une année de plus pour passer son certificat de fin d'études. Ça ne les avait pas empêchés de continuer à se voir, mais la chambre de Nic s'était remplie de livres que Jerry trouvait sans queue ni tête. Après ça, il avait fait trois ans à Napier. Encore plus de livres et de devoirs à rendre. Ils se voyaient de temps en temps. Le week-end, jamais en semaine. Ou juste le vendredi soir, pour aller en boîte ou à un concert. Iggy Pop, Gang of Four, les Stones au Playhouse. Nic ne présentait presque jamais Jerry à ses potes étudiants, à moins qu'il ne les croise à un concert. Une fois ou deux, ils avaient tous fini au pub. Quand Jerry avait branché l'une des filles, Nic l'avait chopé dans un coin.

– Qu'est-ce que dirait Jayne ?

Il sortait déjà avec elle à l'époque. Elle travaillait dans la même usine de semi-conducteurs que lui. Jerry conduisait le chariot élévateur. Il s'en tirait drôlement bien. Il aimait crâner en exécutant des petites figures devant les femmes. Elles le traitaient d'imbécile en riant, et lui disaient qu'il finirait par tuer quelqu'un. Et puis, Jayne était arrivée.

Quinze ans qu'ils étaient mariés. Quinze ans et pas d'enfant. Comment pouvait-elle espérer en avoir maintenant, alors qu'il était au chômage ? La seule lettre qu'il avait reçue ce matin venait de l'agence pour l'emploi. Une convocation à un entretien. Ils voulaient connaître ses démarches pour trouver un emploi. Réponse : que dalle. Et voilà que Jayne se remettait à le travailler au corps. « Mon horloge tourne, Jerry. » Elle ne parlait pas seulement de son horloge biologique, elle le menaçait de le quitter si elle n'obtenait pas ce qu'elle voulait. Elle l'avait déjà fait, d'ailleurs. Elle était retournée habiter chez sa mère, trois rues plus loin. Elle aurait dû y rester...

Il allait devenir dingue s'il ne sortait pas vite de cet appart. Il essuya le savon de son visage, remit sa chemise, et attrapa sa veste. Il traîna dans les rues à la recherche de quelqu'un à qui parler, puis passa une demi-heure dans une boutique de bookmakers, près du radiateur, en faisant mine d'étudier un formulaire. On le connaissait, ici. On savait qu'il y avait peu de chance qu'il parie. De toute façon, il perdait toujours. Quand le journal de midi arriva, il le feuilleta. Une histoire d'agression sexuelle en page trois. Une étudiante de dix-neuf ans, attaquée dans le parking de la piscine du Commonwealth. Jerry reposa le journal et partit à la recherche d'une cabine téléphonique.

Il avait le numéro du bureau de Nic dans sa poche. Il lui arrivait de l'appeler là-bas quand il s'ennuyait. Il maintenait le combiné contre l'enceinte de la chaîne hi-fi pour lui faire écouter une chanson sur laquelle ils dansaient dans leur jeunesse. Il demanda M. Hughes à la réceptionniste.

– Salut mec, c'est Jerry.

– Yo, mon pote. Qu'est-ce que je peux faire pour toi ?

– Je viens de lire le journal. Y a une étudiante qu'a été agressée hier soir.

– On vit dans un monde affreusement dangereux.

– Dis-moi que c'était pas toi.

Un rire nerveux.

– Elle est glauque ta plaisanterie, Jerry.

– Réponds-moi, c'est tout ce que j'te demande.

– T'es où ? T'as des potes qui peuvent t'entendre ?

Son ton coupa la chique à Jerry. Nic essayait de lui faire comprendre qu'il se pouvait qu'on écoute leur conversation. La réceptionniste, peut-être.

– Je te rappelle plus tard, dit Nic.

– Écoute, mec, je suis désolé...

Mais il avait déjà raccroché. Jerry se mit à trembler. Il sortit de la cabine, rentra chez lui au pas de course et se roula un autre joint. Il alluma la télé et s'assit devant, essayant de contrôler les battements effrénés de son cœur. Il était plus en sécurité ici. Rien ne pouvait l'atteindre. Il n'y avait pas de meilleur endroit au monde.

Jusqu'à ce que Jayne rentre à la maison, au moins.

Siobhan Clarke avait demandé à l'état civil de rechercher l'acte de naissance de Chris Mackie. Elle avait également posé quelques questions sur lui, d'abord dans Grassmarket et Cowgate, puis dans Meadows, Princes Street et Hunter Square.

Ce vendredi matin, elle se tenait dans la salle d'attente d'un médecin, entourée de patients livides, quand on appela son nom. Elle reposa le magazine féminin, plein d'étranges articles sur la cuisine, les vêtements et les gosses, qu'elle feuilletait.

Elle se demanda s'il existait un magazine pour les femmes comme elle ? Un magazine consacré aux Hibs, aux relations gâchées et aux meurtres.

Le Dr Talbot avait la cinquantaine. Un sourire las soulignait ses lunettes demi-lune. Le dossier de Chris Mackie était posé devant lui. Il vérifia que les documents de Clarke – certificat de décès et autorisation – étaient en règle, avant de l'inviter à s'asseoir.

Elle mit une ou deux minutes à comprendre que le dossier ne remontait pas plus loin qu'en 1980. Lorsque Mackie avait consulté le médecin pour la première fois, il lui avait donné une ancienne adresse à Londres et avait déclaré que son dossier médical était en possession du Dr Mason, de Crouch End.

Cependant, la correspondance du Dr Talbot au Dr Mason était revenue avec la mention « Adresse inconnue ».

– Vous avez mené une enquête ? s'enquit Siobhan.

– Je suis médecin, pas détective.

L'adresse de Mackie à Édimbourg était celle d'un foyer. Sa date de naissance était différente de celle indiquée sur la fiche de Rachel Drew. Siobhan avait le sentiment désagréable que Mackie avait semé une série de faux indices sur son passage. Elle examina à nouveau le dossier. Il consultait une ou deux fois par an, pour une coupure infectée, une grippe ou un furoncle nécessitant d'être percé.

– Sa santé était plutôt bonne, étant donné sa situation. Je ne crois pas qu'il buvait ou fumait, ce qui aide beaucoup.

– Des drogues ?

Le docteur secoua la tête.

– Est-ce inhabituel chez un sans domicile ?

– J'ai connu des gens dotés de meilleures constitutions que M. Mackie.

– Oui, mais des sans-abri qui ne boivent pas et ne fument pas ?

– Je ne suis pas expert en la matière.

– Mais quelle est votre opinion ?

– Mon opinion est que M. Mackie ne m'a guère posé de problème.

– Merci, docteur Talbot.

Elle quitta le cabinet et se rendit au centre de sécurité sociale où une Mlle Stanley la fit asseoir dans l'un des boxes impersonnels habituellement réservés aux rendez-vous avec les assurés.

– Apparemment, il n'avait pas de numéro d'immatriculation, déclara-t-elle en feuilletant un dossier. Nous avons dû lui en fournir un d'urgence.

– Quand ça ?

En 1980, bien sûr. L'année où Christopher Mackie avait été inventé.

– Je ne travaillais pas ici à l'époque, mais il y a les commentaires de la personne qui l'a reçu la première fois. « Crasseux, ne sait pas vraiment où il se trouve, ne possède ni numéro d'immatriculation ni avis d'imposition », lut-elle. Sa précédente adresse était à Londres.

Siobhan nota soigneusement.

– Est-ce que ça répond à vos questions ?

– Plutôt, oui, admit-elle.

La nuit de sa mort était la seule fois où elle avait pu approcher « Chris Mackie ». Depuis, elle n'arrêtait pas de s'éloigner de lui. Parce qu'il n'existait pas. Il n'était qu'une invention imaginée par un homme qui avait quelque chose à cacher.

Et il se pouvait fort bien qu'elle ne découvre jamais qui ni quoi.

Parce que Mackie était un être astucieux. Tout le monde le décrivait comme un homme propre, et pourtant, il était couvert de crasse lorsqu'il s'était présenté au centre de sécurité sociale. Pourquoi ? Pour rendre son numéro plus vraisemblable, évidemment. Il avait joué l'empoté, et s'était montré peu coopératif. Le genre d'individu dont une fonctionnaire pressée ne manquerait pas de se débarrasser illico. Pas de numéro d'immatriculation ? Pas de souci, on vous en donne un d'urgence. Une vague adresse à Londres ? Bon, tant pis, contentez-vous de signer votre demande et au revoir.

Un coup de fil à l'état civil lui confirma qu'aucun Christopher Mackie n'était né à la date qu'on lui avait donnée. Elle pouvait tenter l'autre, celle de Rachel Drew, ou élargir son champ de recherche ; interroger le bureau d'état civil de Londres... Mais elle savait qu'elle courait après un fantôme. Assise dans un petit café, elle sirota sa boisson en fixant le vide. Était-il temps de rédiger son rapport et de mettre fin à sa chasse ?

Elle avait une bonne demi-douzaine de raisons de le faire.

Et une bonne centaine de ne pas le faire.

De retour à son bureau, plusieurs messages l'attendaient. Elle reconnut deux noms. Des journalistes locaux. Ils avaient appelé trois fois chacun. Elle ferma les yeux et murmura un mot qui lui aurait valu une claque de sa grand-mère. Elle descendit dans la salle de repos, sachant qu'elle y trouverait la dernière édition du *News*. MYSTÈRE TRAGIQUE D'UN CLOCHARD MILLIONNAIRE, lut-elle en première page. Comme ils ne possédaient pas de photo de Mackie, ils avaient opté pour celle de l'endroit d'où il avait sauté. L'article ne disait pas grand-chose : un visage bien connu dans le centre-ville... un solde créditeur à six chiffres... la police tente de déterminer qui aurait des droits sur l'argent.

Le pire cauchemar de Siobhan Clarke.

Quand elle remonta, son téléphone sonnait à nouveau. « Hi-Ho » Silvers s'approcha à genoux, les mains en prière.

– Je suis son fils naturel. Fais-moi un test d'ADN si tu veux, mais pour l'amour du ciel, file-moi le fric !

Éclats de rire dans le bureau.

– C'est pour touâââ, lança un autre collègue en désignant son téléphone.

Tous les cinglés et les truands du royaume allaient tenter leur chance. Ils appelleraient le 999 ou Fettes, où, pour se débarrasser d'eux, on finirait par leur dire que l'affaire dépendait de St Leonards.

Siobhan allait tous les récupérer. C'étaient ses enfants, maintenant.

Elle pivota et sortit, ignorant les suppliques qui s'élevaient dans son dos.

De retour dans les rues, elle repartit à la recherche de connaissances de Mackie. Elle devait agir vite, la nouvelle allait se répandre comme une traînée de poudre. Bientôt, ils prétendraient tous l'avoir connu, avoir été son meilleur ami, son neveu, être son exécuteur testamentaire. Les gens de la rue commençaient à la connaître. Ils l'appelaient « poupée » ou « cocotte ». Un vieil homme l'avait même rebaptisée « Diane chasseresse ». Les mendiants plus jeunes aussi l'avaient remarquée ; pas ceux qui vendaient le *Big Issue*, non, ceux qui dormaient enveloppés dans des couvertures sur le pas des portes. Elle s'abritait de la pluie lorsque, abandonnant sa couverture, l'un d'eux était entré dans la librairie Thin's, téléphone mobile à l'oreille, se plaignant de ce que son taxi n'était pas encore arrivé. Il l'avait repérée, reconnue, et pourtant, il avait continué à parler.

Tout était calme au pied du Mound. Deux jeunes types à queue-de-cheval se laissaient lécher les pieds par leurs chiens en partageant une canette de bière.

– Connais pas ce mec, désolé. Z'auriez pas une clope ?

Elle avait appris à s'équiper d'un paquet de cigarettes. Elle leur en offrit une à chacun, et sourit lorsqu'ils en prirent deux. Puis, elle remonta le Mound. John Rebus lui avait expliqué que cette colline abrupte avait été érigée sur les décombres de New Town. L'homme qui avait eu cette idée possédait une boutique au sommet. La construction avait entraîné la démolition de son magasin. John Rebus trouvait l'anecdote amusante ; selon lui, elle constituait une leçon.

– En quoi ? avait-elle demandé.

– En histoire d'Écosse, avait-il répondu sans plus d'explication.

À présent, elle se demandait s'il faisait référence à l'indépendance, à l'individualisme, ou à l'autodestruction écossais. Il semblait trouver amusant qu'elle se mette à défendre l'indépendance chaque fois qu'on la titillait. Il la provoquait en la traitant d'espion anglais envoyé pour entraver le processus, ou de Nouvelle Écossaise, de colon. Elle ne savait jamais quand il était sérieux. Les gens d'Édimbourg étaient ainsi : obtus et tordus. Elle avait parfois le sentiment qu'il flirtait. Que ses plaisanteries et ses boutades participaient d'un rituel de séduction d'autant plus complexe qu'il consistait davantage à ferrer le sujet qu'à le courtiser.

Elle connaissait John Rebus depuis plusieurs années, et pourtant ils n'étaient pas ce qu'on aurait pu appeler des amis proches. Apparemment, il ne voyait aucun de ses collègues en dehors de ses heures de travail. Les seules exceptions étant les invitations de Siobhan aux matchs des Hibs. La boisson était son unique loisir, et il tendait à s'y adonner dans des lieux peu fréquentés par la gent féminine. Ses pubs de prédilection étaient dignes d'un musée de la préhistoire.

Il avait vécu une relation orageuse avec le Dr Patience

Aitken pendant des années, mais c'était apparemment terminé. Au début, elle l'avait cru timide et maladroit, à présent, elle n'en était plus si sûre. Sa maladresse semblait plus relever de la stratégie, du calcul, que de la distraction. Elle ne l'imaginait pas du tout se rendre dans un club pour célibataires comme Derek Linford. Linford... une autre de ses petites erreurs. Elle ne l'avait pas eu au téléphone depuis le Dome. Il avait laissé un message sur son répondeur. « J'espère que vous vous êtes remise. » Comme si c'était sa faute à elle ! Elle avait failli le rappeler et s'obliger à lui présenter des excuses, mais c'était sans doute ce qu'il attendait : qu'elle fasse un pas, qu'elle lui tende une perche pour qu'ils reprennent les choses où elle les avait laissées.

Oui, il y avait une certaine méthode dans la folie de John Rebus. Quoi qu'il en soit, il y aurait également beaucoup à dire sur ses propres soirées en solitaire, avec ses cassettes vidéo, ses gin tonic et ses boîtes de Pringles. Le genre de soirée où nul n'est besoin d'impressionner quiconque. Mettre un disque et danser toute seule. En boîte, il y avait toujours ce malaise, cette impression d'être détaillée et jaugée en permanence par des yeux anonymes.

Le lendemain, au travail, on lui demandait toujours : « Qu'est-ce que t'as fait hier soir ? » Qu'il y ait un sous-entendu ou non, elle était toujours mal à l'aise lorsqu'elle répondait : « Pas grand-chose, et toi ? » Parce qu'avouer que vous aviez passé la soirée seule, c'était avouer que vous étiez seule.

Ou disponible. Ou que vous aviez quelque chose à cacher.

Hunter Square était désert, en dehors d'un couple de touristes plongés dans un plan de la ville. Le café qu'elle avait avalé menaçait de refluer. Elle se dirigea vers les toilettes publiques. Lorsqu'elle ressortit de la cabine, une femme farfouillait dans des sacs en plastique, devant les lavabos. Les Américains appelaient leurs clochardes des *bag ladies*, des dames à sac. Le terme lui paraissait approprié, dans le cas présent. Elle portait une veste rapiécée et crasseuse dont les coutures étaient distendues au niveau du cou et des épaules. Ses cheveux courts étaient gras, et ses joues rougies par les saisons. Découvrant enfin ce qu'elle cherchait – un hamburger à moitié mangé enveloppé dans du papier sulfurisé –, elle se mit à soliloquer. Elle plaça le sandwich sous le sèche-mains et le fit tourner entre ses doigts afin de bien le réchauffer. Siobhan la regardait, fascinée, partagée entre le dégoût et l'admiration. Bien que consciente d'être observée, la femme restait concentrée sur sa tâche. Lorsque le sèche-mains arriva en fin de cycle, elle le remit en marche.

– Dites donc, sale petite mendiante curieuse, lança-t-elle par-dessus son épaule, seriez pas en train de vous moquer de moi ?

– « Mendiante » ? répéta ostensiblement Siobhan.

– Un rien vous amuse, je vois, répliqua la femme avec une moue méprisante. J'suis pas une mendiante, d'abord.

Siobhan avança d'un pas.

– Ça ne chaufferait pas plus vite si vous l'ouvriez ?

– Hein ?

– Si vous chauffiez l'intérieur au lieu de chauffer l'extérieur.

– Z'êtes en train de m'traiter d'abrutie, c'est ça ?

– Je disais juste...

– C'est vrai mince, z'êtes experte mondiale ou quoi ? J'ai du pot qu'vous passiez justement dans le coin. Z'auriez pas cinquante pence ?

– Si, merci.

La femme fit une autre moue.

– C'est moi qui vanne ici.

Elle mordit dans son burger avec précaution, avant de baragouiner des paroles incompréhensibles.

– Pardon ? dit Siobhan.

La femme avala.

– Je vous demandais si vous étiez lesbienne. Les mecs qui traînent dans les toilettes des hommes sont des tarlouzes, non ?

– Et vous ? Vous y traînez aussi dans les toilettes des dames.

– Ben j'suis pas lesbienne.

Elle prit une autre bouchée.

– Connaîtriez-vous un certain Mackie ? Chris Mackie ?

– Qui vous êtes ?

Siobhan sortit sa carte.

– Vous savez que Chris est mort ?

La femme cessa de mâcher et essaya d'avaler, en vain. Elle finit par tousser et recracher par terre. Elle s'approcha d'un lavabo, fit couler de l'eau dans ses mains et but. Siobhan l'avait suivie.

– Il s'est jeté de North Bridge. J'en déduis que vous le connaissiez.

La femme fixait le miroir éclaboussé de savon liquide. Bien que durci par la vie, son regard paraissait plus jeune que le reste de son visage. Siobhan lui donnait un peu plus de la trentaine, tout en soupçonnant que, dans ses mauvais jours, elle pouvait faire la cinquantaine.

– Tout le monde connaissait Mackie.

– Tout le monde n'a pas réagi comme vous.

La femme avait toujours son hamburger dans la main. Elle le regarda, sembla sur le point de le jeter, mais préféra l'envelopper et le poser au sommet d'un de ses sacs.

– Je ne devrais pas être surprise, dit-elle. Des gens meurent tous les jours.

– C'était votre ami ?

Elle la dévisagea.

– Vous m'payez une tasse de thé ?

Siobhan acquiesça.

Le café le plus proche leur refusa l'entrée. Quand Siobhan insista, le gérant pointa le doigt sur la femme et lui expliqua qu'elle lui avait déjà causé des problèmes en mendiant aux tables. Il y avait un autre café un peu plus loin.

– Je suis interdite de séjour là aussi, avoua la femme.

Aussi Siobhan entra-t-elle seule et revint avec deux gobelets de thé et deux brioches au glaçage un peu collant. Elles s'assirent dans Hunter Square et observèrent les passagers installés à l'étage supérieur des bus stationnés aux différents arrêts. De temps à autre, la femme dressait un majeur pour décourager les regards indiscrets.

– Faut pas m'emmerder, moi, dit-elle.

Siobhan avait réussi à lui soutirer son nom. Dezzi. Diminutif de Desiderata, qui n'était pas son véritable nom.

– L'autre, je l'ai laissé derrière moi quand j'ai quitté la maison.

– Quand était-ce, Dezzi ?

– Je ne me souviens plus. Il y a très longtemps.

– Vous avez toujours habité Édimbourg ?

Elle secoua la tête.

– J'ai roulé ma bosse. L'été dernier, j'ai échoué dans un car en partance pour une communauté du Pays de Galles. Dieu sait comment c'est arrivé. Z'avez une clope ?

Siobhan lui en tendit une.

– Pourquoi avez-vous quitté la maison ?

– J'vous l'ai dit, j'aime pas qu'on m'emmerde.

– Bon, et Chris ?

– J'l'ai toujours appelé Mackie.

– Et lui ? Il vous appelait comment ?

– Dezzi. Z'essayeriez pas de découvrir mon nom de famille, par hasard ?

Siobhan secoua la tête.

– Juré craché.

– Mouais. Les flics sont honnêtes tant que le jour dure.

– C'est vrai.

– Seulement, à cette époque de l'année, les jours sont affreusement courts.

– Je l'ai cherchée celle-là, reconnut Siobhan en riant.

Elle essayait de découvrir si Dezzi était au courant pour l'argent. Si elle avait lu l'histoire dans les journaux.

– Alors, que pouvez-vous me raconter sur Mackie ?

– Il a été mon petit ami. Quelques semaines seulement. (Un sourire éclaira soudain son visage.) Mais des semaines folles.

– Folles comment ?

Elle lui coula un regard oblique.

– Assez folles pour qu'on se fasse arrêter. Et j'en dirai pas plus.

Elle mordit dans sa brioche, puis tira une bouffée de sa cigarette, et recommença l'opération.

– Est-ce qu'il vous a parlé de lui ?

– Il est mort, qu'est-ce que ça peut faire maintenant ?

– C'est important pour moi. Pourquoi se serait-il suicidé ?

– Pourquoi on se suicide ?

– À vous de me le dire.

Elle but une gorgée de thé.

– Parce qu'on baisse les bras.

– C'est ce qui s'est passé pour lui ? Il a baissé les bras ?

– Avec toutes ces merdes... J'ai essayé une fois, moi aussi. Je me suis tailladé les poignets avec un morceau de verre. Huit points de suture.

Elle tourna la main comme pour les lui montrer, mais Siobhan ne vit aucune cicatrice.

– Ç'aurait été étonnant que j'sois sérieuse, pas vrai ?

La jeune femme se rendait compte que, dans leur grande majorité, les sans-abri étaient des gens malades. Mentalement, s'entend. Elle se demanda soudain si elle pouvait croire aux histoires que lui racontait Dezzi.

– Quand avez-vous vu Mackie pour la dernière fois ?

– Y a deux semaines, j'dirais.

– Comment vous a-t-il semblé ?

– Bien.

Elle enfourna le dernier morceau de brioche dans sa bouche et le fit passer avec une gorgée de thé. Puis, elle se concentra sur sa cigarette.

– Vous le connaissiez vraiment, Dezzi ?

– Quoi ?

– Vous ne m'avez absolument rien dit de lui.

Elle prit la mouche. Siobhan craignit qu'elle ne s'en aille.

– S'il a un peu compté pour vous, aidez-moi à mieux le connaître.

– Personne ne connaissait vraiment Mackie. Trop de défenses.

– Mais vous les avez franchies ?

– Je ne crois pas. Il m'a raconté quelques anecdotes... Rien de plus.

– Quel genre d'anecdotes ?

– Oh, des trucs sur les endroits où il était allé ; l'Amérique, Singapour, l'Australie. Je pensais qu'il avait peut-être été dans la marine, mais il m'a dit que non.

– Il était instruit ?

– Il savait des choses. Je suis certaine qu'il est allé en Amérique. Quant aux autres pays, je ne le jurerais pas. Il connaissait Londres, aussi. Tous les coins touristiques, les stations de métro. La première fois que je l'ai rencontré...

– Oui ?

Siobhan tremblait de froid, elle ne sentait plus ses orteils.

– Je ne sais pas. J'ai eu l'impression qu'il était juste de passage. Comme s'il avait une autre destination en tête.

– Mais il est resté ?

– Oui.

– Est-ce que vous pensez qu'il était sans-abri par choix plutôt que par nécessité ?

– Possible.

Le regard de Dezzi s'élargit.

– Qu'est-ce qu'il y a ?

– Je peux vous prouver que je le connaissais.

– Comment ?

– Il m'a offert un cadeau.

– Quel cadeau ?

– Sauf que, comme il me servait pas à grand-chose, je l'ai donné.

– Donné ?

– Ben, en fait, j'l'ai vendu. À une boutique d'occase dans Nicolson Street.

– De quoi s'agissait-il ?

– Une sorte de mallette. Elle ne contenait pas beaucoup mais elle était en cuir véritable.

Mackie avait apporté son argent à la société de crédit dans un attaché-case.

– Elle a sûrement été vendue, à l'heure qu'il est, supposa Siobhan.

– Le vendeur du magasin l'a gardée. Je l'ai vu se balader avec. C'était du cuir véritable. Dire que ce connard ne m'a filé que cinq livres.

Hunter Square n'était pas loin de Nicolson Street. La boutique était une véritable caverne d'Ali Baba de breloques. Des allées étroites menaient à des colonnes vacillantes composées de livres, de cassettes, de chaînes compactes et de vaisselle. Des aspirateurs étaient enrubannés de boas en plumes. Des cartes postales et des vieilles BD traînaient par terre. Le vendeur asiatique ne sembla pas reconnaître Dezzi. Siobhan lui montra sa carte et demanda à voir la mallette.

– Cinq misérables livres qu'il m'en a données, grogna Dezzi. Pour du cuir véritable.

L'homme rechigna, mais quand Siobhan l'informa que le poste de police de St Leonards se trouvait au coin de la rue, il se baissa et posa une petite mallette noire sur le comptoir. Siobhan lui demanda de l'ouvrir. Elle contenait un journal, son déjeuner enveloppé dans un sachet en plastique, et un gros rouleau de billets. Dezzi fit mine de s'approcher, mais il en rabattit aussitôt le couvercle.

– Satisfaite ? demanda-t-il.

Siobhan pointa le doigt sur une zone particulièrement éraflée.

– Que s'est-il passé ?

– Les initiales. C'était pas les miennes. J'ai essayé de les effacer.

Elle y regarda de plus près, se demandant si Valerie Briggs reconnaîtrait cet attaché-case.

– Vous vous souvenez des initiales ?

Dezzi fit non de la tête.

La boutique était très faiblement éclairée, mais on arrivait à distinguer des petits bouts de lettres.

– ADC ? lut Siobhan.

– Je crois, dit le vendeur, et, pointant un doigt accusateur sur Dezzi, il ajouta : Et je vous en ai donné un bon prix.

– J'appelle ça du vol, moi, enfoiré. (Elle fila un coup de coude à Siobhan.) Collez-lui les menottes, ma fille.

Mackie était-il ADC ?

Ou n'était-ce qu'un cul-de-sac de plus ?

De retour à St Leonards, elle se frappa le front à l'idée qu'elle n'avait même pas songé à vérifier le casier judiciaire de Mackie. En août 1997, Christopher Mackie et « une demoiselle Desiderata » (elle avait refusé de communiquer son nom de famille à la police) avaient été appréhendés alors qu'ils se livraient à une « exhibition obscène » sur les marches d'une église de Brunsfield.

Août. L'époque du festival. Siobhan était surprise qu'on ne les ait pas pris pour des comédiens d'une troupe de théâtre expérimental.

L'agent qui avait procédé à l'arrestation s'appelait Rod Harken. Il se rappelait très bien l'incident.

– On lui a filé une amende, dit-il à Siobhan depuis le poste de Torphichen où elle l'avait appelé. Et quelques jours de trou pour avoir refusé de nous donner son nom.

– Et son compagnon ?

– Je crois qu'il s'en est tiré avec un simple avertissement.

– Pourquoi ?

– Parce que le pauvre bougre était quasi comateux.

– Je ne comprends pas plus.

– Alors je vais expliciter : elle le chevauchait, la jupe remontée, en essayant de lui baisser son pantalon. Il a fallu le réveiller pour l'emmener au poste.

Harken gloussa.

– Ils ont été pris en photo ?

– Vous voulez dire sur les escaliers ?

Il gloussa de plus belle. Siobhan reprit d'une voix plus froide :

– Non, ce n'est pas ce que je veux dire. Je veux dire au poste de Torphichen.

– Oh, ouais, on a pris quelques clichés.

– Vous les avez toujours ?

– Peut-être bien.

– Est-ce que vous pourriez jeter un coup d'œil ? S'il vous plaît ?

– Je suppose, grogna l'agent.

– Merci.

Elle raccrocha. Une heure plus tard, les photos arrivèrent par voiture de patrouille. Elles étaient meilleures que celles prises au foyer. Mackie avait le regard vide. Ses cheveux sombres étaient coiffés en arrière. Son visage paraissait bronzé, ou buriné par le vent. Il ne s'était pas rasé depuis un jour ou deux, mais n'avait pas pire allure que le routard estival lambda. Il avait les yeux fatigués, comme si aucune sieste, aussi longue fût-elle, ne pourrait leur faire oublier ce qu'ils avaient vu. Les photos de Dezzi l'amusèrent. Elle souriait de toutes ses dents, sans la moindre vergogne.

Harken avait glissé un mot dans l'enveloppe : *Autre chose. Nous avons interrogé Mackie sur l'incident et il nous a dit qu'il n'était plus une « bête de sexe ». Ses propos ont été mal interprétés. Nous l'avons gardé sous les verrous le temps de vérifier qu'il n'avait aucun antécédent d'agression sexuelle. Il n'en avait pas.*

Son téléphone sonna. C'était l'accueil. Quelqu'un l'attendait en bas.

Son visiteur était un petit homme au visage rond. Il portait un costume trois-pièces en prince-de-galles et s'épongeait le front à l'aide d'une petite serviette de table. Son crâne chauve luisait, mais deux touffes copieuses de cheveux gris sagement coiffées derrière les oreilles lui encadraient le visage.

– Gerald Sithing, se présenta-t-il. J'ai lu l'article sur Chris Mackie dans le journal du matin. Ça m'a sacrément secoué.

Il avait les yeux vitreux, et s'exprimait d'une voix chevrotante.

Siobhan croisa les bras.

– Vous le connaissiez, monsieur Sithing ?

– Oh oui. Je le connaissais depuis des années.

qui l'entourait, elle comprit qu'elle mettrait des heures à le retrouver.

Son mal de crâne s'aggravait.

Et les imposteurs et autres cinglés n'étaient pas près de la laisser tranquille.

Comment un boulot pouvait-il vous dégoûter à ce point de vous-même ?

17

Une matinée idéale pour une longue balade en voiture. Ciel bleu pâle, fines traînées nuageuses, presque pas de circulation et Page/Plant dans le radiocassette. Oui, une longue balade en voiture lui éclaircirait les idées. Et, bonus : il allait manquer le briefing du matin. Linford pourrait tenir la vedette.

Rebus se dirigea vers la sortie de la ville, à contre-courant de la marée de véhicules arrivant de la banlieue. Files interminables roulant au pas dans Queensferry Road, bouchon habituel au rond-point de Barnton. La neige recouvrait le toit de certaines voitures. Les sableuses étaient sorties à l'aube. Il s'arrêta pour prendre de l'essence et avala deux comprimés de paracétamol de plus avec de l'Irn-Bru. En traversant le Forth Bridge, il constata qu'ils avaient installé l'horloge du Millenium sur le pont de chemin de fer. Un pense-bête inutile. Ça lui rappela un séjour à Paris avec son ex-femme. Il y avait vingt ans. Déjà ? Une horloge similaire avait été installée à l'extérieur de Beaubourg, mais elle était arrêtée.

Et voilà qu'il remontait le temps et se retrouvait sur le lieu de ses vacances d'enfant. Quand il sortit de la M 90, il fut surpris de découvrir qu'il lui restait plus de trente kilomètres à parcourir. Il n'aurait jamais cru que St Andrews était si éloigné de la ville. Un voisin les prenait tous dans sa voiture : maman, papa, John et son frère. Deux à l'avant et trois à l'arrière, serrés comme les sardines, leurs sacs coincés entre leurs jambes, leurs ballons et leurs serviettes de bain sur les genoux. Le voyage prenait toute la matinée. Leurs autres voisins les saluaient de la main comme s'ils partaient en expédition. Direction : la sombre contrée du nord-est de Fife. Destination finale : le camping où leur caravane quatre couchettes de location, empestant la naphtaline et le manchon à incandescence, les attendait. Le soir, les toilettes extérieures grouillaient d'insectes. Papillons de nuit et faucheux envoyaient des ombres gigantesques sur les murs blanchis à la chaux. De retour à la caravane, ils jouaient aux cartes et aux dominos. Leur père gagnait tout le temps, sauf lorsque leur mère le persuadait de ne pas tricher.

Deux semaines, chaque été. Durant la Quinzaine Festive de Glasgow. Il n'avait jamais vraiment compris si « Festive » renvoyait aux festivals ou aux jours ensoleillés – d'autant qu'il n'avait jamais vu de festival à St Andrews et qu'il pleuvait souvent. Parfois toute une semaine d'affilée. Impers en plastique et longues randonnées dans la grisaille. Lorsque le soleil perçait, il arrivait qu'il fasse encore froid. Les deux frères viraient au bleu alors qu'ils s'ébrouaient dans la mer du Nord et saluaient les bateaux qui parcouraient l'horizon. Son père leur avait dit qu'il s'agissait de navires espions russes. Il y avait une base de la RAF non loin, les Russes étaient censés convoiter ses secrets.

Il reconnut le parcours de golf, à l'entrée de la ville. Il prit la direction du centre et fut surpris de constater que St Andrews n'avait pas changé. Le temps s'était-il arrêté, ici ? Où étaient les boutiques de chaussures, les solderies et les chaînes de fast-food qui avaient poussé partout ailleurs ? St Andrews pouvait-il s'offrir le luxe de s'en passer ? Il reconnut l'emplacement d'un ancien magasin de jouets transformé en glacier. Un salon de thé, un grand magasin de meubles anciens... et des étudiants. Des jeunes pimpants et enthousiastes partout. Il essaya de s'orienter. C'était une petite ville composée de six ou sept rues principales seulement. Il dut pourtant s'y reprendre à deux fois avant de trouver le vieux pont en pierre sous lequel il passa pour rejoindre le cimetière. De l'autre côté de la rue, des grilles ouvraient sur un bâtiment de style gothique qui tenait plus de l'église que de l'école. Cependant, la plaque scellée au mur disait bien : École de Haugh.

Il se demanda s'il était vraiment nécessaire de fermer la voiture mais décida qu'il était trop vieux pour changer ses habitudes.

Des adolescentes entraient dans le bâtiment. Elles portaient toutes blazer et jupe grise, chemisier blanc immaculé et cravate sagement nouée. À l'entrée, une femme enfilait un long manteau en laine noire.

– Inspecteur Rebus ?

Il acquiesça.

– Billie Collins, se présenta-t-elle en lui offrant une poignée de main ferme.

Une élève passait devant eux, tête baissée. L'enseignante la saisit par l'épaule, les lèvres pincées.

– Millie Jenkins, vous avez déjà fini vos devoirs ?

– Oui, mademoiselle Collins.

– Est-ce que vous les avez fait viser par Mlle McCallister ?

– Oui, mademoiselle Collins.

– Dans ce cas, vous pouvez y aller.

Elle libéra l'épaule de la jeune fille qui fila sans demander son reste.

– En marchant, Millie ! On ne court pas dans l'enceinte de l'école !

Elle garda les yeux sur l'élève pour s'assurer qu'elle était obéie, puis reporta son attention sur Rebus.

– Vu le temps, j'ai pensé que nous pourrions discuter en nous promenant.

Le policier approuva, se demandant si, soleil mis à part, elle avait une raison de l'éloigner de l'école.

– Je me souviens de cet endroit, dit-il.

Ils avaient descendu la colline et traversaient un pont enjambant un ruisseau. Le port et la jetée étaient à leur gauche. La mer s'étendait devant eux. Rebus pointa le doigt vers la droite, mais le rabaissa aussitôt, craignant d'être grondé : on ne montre pas du doigt, John Rebus !

– Nous passions nos vacances ici, quand j'étais enfant. Il y a un camping là-bas.

– Kinkell Braes.

– Oui, c'est ça. Il y avait un green juste là, dans le temps.

Cette fois, il désigna l'endroit du menton.

– On en distingue toujours les contours.

La plage n'était que quelques mètres plus bas. À part un homme qui promenait son labrador, le chemin était désert. Il inclina la tête en passant devant eux. Salut écossais typique, plus fuyant qu'amical. Le ventre du chien dégoulinait d'eau. Un vent glacial et abrasif balayait la surface de la mer. Il aurait parié que sa compagne l'aurait qualifié de vivifiant, elle.

– Vous savez, je crois que vous êtes le deuxième policier à qui j'ai affaire depuis que je me suis installée ici.

– Faible taux de criminalité, n'est-ce pas ?

– L'exubérance étudiante habituelle.

– Pour quelle raison ?

– Pardon ?

– L'autre policier.

– Oh, c'était le mois dernier. La main sectionnée.

Rebus avait lu un article à ce sujet. Une plaisanterie d'étudiants. Des organes disparus du laboratoire médical avaient fait le tour de la ville.

– On appelle ça Raisin Day, l'informa Billie Collins.

Grande et bien charpentée, elle avait des pommettes saillantes et des cheveux noirs aux pointes fourchues. Seona Grieve était professeur, elle aussi. Roddy Grieve avait épousé deux enseignantes. De profil, on remarquait plus son front bombé, ses paupières tombantes et son nez pointu ; des traits masculins soulignés par une voix profonde. Elle portait des chaussures plates noires et sa jupe bleu marine descendait bien plus bas que le genou. Son pull en laine bleue était agrémenté d'une grosse broche celtique.

– Une sorte de bizutage ? questionna Rebus.

– Les étudiants de troisième année lancent des défis aux

première année. Il y a beaucoup de déguisements, et bien trop d'alcool.

– Sans parler des organes.

Elle lui lança un regard oblique.

– C'était une première, pour autant que je sache. Une farce de cours d'anatomie. La main a été découverte sur le mur de l'école. Plusieurs étudiantes ont dû être soignées pour cause de choc.

– À ce point ?

Ils avaient ralenti l'allure. Rebus indiqua un banc ; ils s'y assirent à distance respectable l'un de l'autre. Billie Collins tira sur l'ourlet de sa jupe.

– Vous passiez vos vacances ici, avez-vous dit ?

– Presque tous les ans. Nous jouions sur la plage, au château... Il y avait une sorte de donjon.

– Le Bottle Dungeon.

– C'est ça. Et une tour hantée.

– St Rule. De l'autre côté du mur de la cathédrale.

– Là où j'ai garé ma voiture ?

Elle hocha la tête. Il rit.

– Tout semble bien plus espacé que lorsque j'étais enfant.

– Vous auriez juré que St Rule se trouvait à deux pas de votre green, hein ? (Elle sembla méditer sur la question.) Qui dit que ce n'est pas le cas ?

Il acquiesça, comprenant vaguement ce qu'elle entendait par là. Elle voulait dire que le passé était un lieu totalement différent qui ne pouvait être revisité. L'apparence immuable de la ville n'était qu'un leurre, un piège dans lequel il était tombé. Car lui avait changé, et c'était tout ce qui importait.

Elle inspira profondément et posa les mains à plat sur ses genoux.

– Vous souhaitez me parler de mon passé, inspecteur, or, c'est un sujet douloureux que j'essaie d'éviter autant que possible. J'en garde quelques bons souvenirs, certes, mais ce ne sont pas ceux qui vous intéressent.

– Je peux apprécier...

– J'en doute sincèrement. Roddy et moi nous sommes

rencontrés trop jeunes. Nous étions en deuxième année. Ici même. Nous avons été heureux dans cette ville, c'est peut-être la raison pour laquelle j'ai pu y rester. Mais quand Roddy a obtenu cet emploi au Scottish Office...

Elle tira un mouchoir de sa manche et se mit à le triturer du bout des doigts, en fixant ses broderies. Rebus regarda la mer et revit ses navires ennemis – sans doute de simples bateaux de pêche.

– Peter est né au pire moment. Roddy croulait sous le travail, et nous vivions chez ses parents. Le fait que son père était souffrant n'arrangeait rien. Ça et ma dépression post-natale... Un véritable enfer.

Elle releva les yeux. Le labrador bondissait après un bâton, sur la plage ; mais ce n'était pas le chien qu'elle voyait.

– Roddy se réfugiait dans son travail. Je suppose que c'était sa manière d'échapper à tout ça.

Travailler toujours plus, pour rentrer le plus tard possible, songea Rebus. Pas de disputes à propos de politique, pas de bagarres avec des coussins. La conscience de l'échec, purement et simplement. Il fallait protéger Sammy, c'était leur accord tacite, le dernier pacte d'un couple. Jusqu'à ce que Rhona lui dise qu'il était devenu un étranger pour elle, et s'en aille, en lui enlevant sa fille.

Il ne se souvenait pas d'avoir jamais vu ses propres parents se disputer. Il y avait toujours eu le problème de l'argent, mais ils en mettaient un peu de côté chaque semaine, pour les vacances des garçons. Ils étaient économes. Johnny et Mike portaient peut-être des vêtements rapiécés ou récupérés, mais ils avaient toujours des repas chauds, des cadeaux de Noël et des vacances avec glaces, transats et cornets de frites au retour de la plage. Ils jouaient au minigolf et allaient à Craigtoun Park. Là-bas, il y avait un train miniature sur lequel on pouvait s'asseoir et traverser un bois plein de maisonnettes d'elfes.

Tout semblait si simple, si innocent, alors.

– Il buvait de plus en plus, reprit-elle. J'ai fini par prendre Peter avec moi, et je me suis réfugiée ici.

– Il buvait tant que ça ?

– Toujours en secret. Il cachait ses bouteilles dans son bureau.

– Seona prétend que ce n'était pas un gros buveur.

– Que pourrait-elle dire d'autre ?

– Elle préserverait la réputation de son mari, selon vous ?

Billie Collins soupira.

– Je ne pense pas que Roddy soit vraiment responsable. C'était sa famille. Leur manière de vous étouffer. Quand je pense qu'il a passé sa vie à rêver du Parlement, et qu'au moment où il est enfin à portée de main...

Rebus se tortilla sur le banc.

– On m'a dit qu'il vénérait Cammo.

– Je n'emploierais pas ce terme, mais je suppose qu'il l'enviait, dans une certaine mesure.

– Pourquoi ?

– Cammo peut être charmant et impitoyable. Parfois, plus impitoyable que jamais alors qu'il se montre charmant. Roddy était attiré par ce trait de caractère. Par l'habileté de son frère à intriguer.

– Et avec son autre frère ?

– Vous voulez parler d'Alasdair ?

– Vous l'avez connu ?

– Oui. J'aimais beaucoup Alasdair. Je ne le blâme pas d'être parti.

– Quand est-il parti ?

– À la fin des années soixante-dix. En 79, je crois.

– Vous savez pourquoi ?

– Pas vraiment. Il avait un associé, un certain Frankie, ou Freddy. Je crois qu'ils ont filé ensemble.

– Ils étaient amants ?

Elle haussa les épaules.

– Je ne pense pas. Alicia non plus n'y croyait pas – non qu'elle eût quoi que ce soit contre les homosexuels.

– Que faisait Alasdair ?

– Des tas de choses. À une époque, il possédait un restaurant. Le Mercurio, dans Dundas Street. Il a dû changer de nom une douzaine de fois depuis. Alasdair était nul avec le personnel. Il s'est reconverti dans l'immobilier – il me semble que c'était aussi la branche de Frankie ou Freddy – et il a investi de l'argent dans deux bars. Comme je vous l'ai dit, inspecteur, il faisait toutes sortes de choses.

– Ni art ni politique ?

– Ciel, non. Alasdair était bien trop entier pour ça. Qu'est-ce qu'il a à voir avec Roddy ? demanda-t-elle après un silence.

Rebus glissa les mains dans ses poches.

– J'essaie de mieux cerner la personnalité de Roddy pour tenter de déterminer qui étaient ses ennemis.

– On ne connaît pas toujours ses ennemis, vous ne croyez pas ? Le loup est parfois déguisé en agneau.

Il acquiesça et tendit les jambes ; mais Billie Collins se relevait déjà.

– Kinkell Braes n'est qu'à cinq minutes. Ça pourrait vous intéresser.

Il en doutait, mais comme ils grimpaient la pente raide qui menait au camping, un autre souvenir d'enfance remonta à la surface : un trou profond, une sorte de cuvette bétonnée, au bord du chemin. Il se glissait toujours à côté, tremblant de peur. Était-ce une sorte de canal ? Il se souvenait que de l'eau s'écoulait à travers.

– Mince, il est toujours là !

Il s'arrêta. Une barrière séparait le chemin du trou qui paraissait moitié moins profond que dans son souvenir. Il regarda Billie Collins.

– Ce truc me filait une peur bleue lorsque j'étais gamin. Les falaises d'un côté et ça de l'autre, j'avais toutes les peines du monde à me résoudre à passer par là. J'ai fait des cauchemars à cause de ce trou !

– Difficile à croire. (Elle eut l'air pensif.) Ou peut-être pas tant que ça.

Elle se remit en marche. Il la rattrapa.

– Quelles relations entretenaient Peter et son père ?

– Quelles relations entretiennent les pères et leurs fils ?

– Est-ce qu'ils se voyaient souvent ?

– Je ne dissuadais jamais Peter de rendre visite à Roddy.

– Ça ne répond pas exactement à ma question.

– C'est la seule réponse que j'ai à vous offrir.

– Comment a réagi Peter en apprenant la mort de son père ?

Elle s'arrêta.

– Qu'essayez-vous de me faire dire ?

– C'est amusant, je me demandais justement ce que vous essayiez de me cacher.

Elle croisa les bras.

– J'imagine que nous sommes dans une sorte d'impasse.

– Je vous demande simplement s'ils s'entendaient bien. Parce que la dernière chanson de Peter s'intitule *L'Ultime Reproche* et qu'elle s'adresse à son père. Ça ne suggère pas franchement l'entente cordiale.

Ils avaient atteint le haut du chemin. Devant eux, des rangées de caravanes aux fenêtres vides attendaient un temps plus clément, l'arrivée des bouteilles de gaz et de vacanciers détendus.

– Vous passiez vos vacances ici ? s'étonna Billie Collins en regardant autour d'elle. Mon pauvre...

Elle ne voyait que l'uniformité et la crudité de la mer du Nord, une vision détachée de tout vécu.

– L'ultime reproche, répéta-t-elle songeuse. Plutôt violent comme formule, n'est-ce pas ? J'ai passé des années à essayer de comprendre le clan, inspecteur. Je ne voudrais pas vous vexer, mais vous devriez tenter de vous attaquer à quelque chose de plus accessible.

– Comme ?

– Votre passé. Le faire revivre et vous débrouiller pour que ça marche, cette fois.

– On peut avoir un guéridon dans son salon sans pour autant être Merlin l'Enchanteur, répondit-il.

Il prit la route de bord de mer en direction de Kirkcaldy et s'arrêta à Lundin Links pour le déjeuner. Le père d'un habitué de l'Oxford Bar possédait l'hôtel Old Manor. Rebus promettait de lui rendre visite depuis un bout de temps. Il commanda une soupe de fruits de mer East Neuk et la prise du jour : le poisson local cuisiné simplement, qu'il accompagna d'eau minérale. Il mangea en tentant de ne pas s'attarder sur le passé – ni sur le sien ni sur celui de quiconque. Après quoi George lui fit visiter les lieux. Le bar offrait une vue extraordinaire sur le terrain de golf, la mer, et l'horizon. Baigné par un rai de lumière, Bass Rock évoquait une pépite d'or blanc.

– Tu joues ? lui demanda George.

– Quoi ?

Rebus fixait toujours la fenêtre.

– Au golf ?

– J'ai essayé quand j'étais petit. J'étais désespérant.

Il réussit à détourner le regard de la vue.

– Comment peux-tu boire à l'Ox alors que tu as ça ?

– Je ne bois que le soir, John. La nuit, tu ne vois rien de tout ça.

Il n'avait pas tort. La nuit avait le pouvoir de vous masquer ce que vous aviez sous le nez. La nuit envelopperait le camping, le vieux minigolf et la tour St Rule. Si vous vous abandonniez aux ténèbres, vous pouviez parfois distinguer des formes invisibles pour les autres, sans pour autant pouvoir les définir ; un mouvement derrière un rideau, des ombres dans une allée...

– Tu vois comme Bass Rock brille ? lui fit remarquer George.

– Oui.

– C'est le soleil qui se reflète sur toutes les chiures d'oiseaux. Assieds-toi là, je vais te chercher du café.

Alors Rebus s'assit devant la fenêtre et regarda ce glorieux jour d'hiver se coucher – chiures d'oiseaux et tout le reste –, laissant ses pensées tourbillonner dans les ténèbres. Qu'est-ce qui l'attendait à Édimbourg ? Est-ce que Lorna voudrait le revoir ? Lorsque George revint avec le café, il l'informa qu'il avait des chambres libres à l'étage.

– Quelques heures de sommeil ne te feraient pas de mal, on dirait.

– Seigneur, ne me tente pas, répondit Rebus.

Il but son café noir.

18

Les couloirs de l'hôpital bruissaient des allées et venues des semelles en caoutchouc. Les infirmières apparaissaient et disparaissaient derrière les portes. Les docteurs effectuaient leur tournée, planchette à la main. Il n'y avait aucun lit, ici. Juste des salles d'attente, des salles d'examen et des bureaux. Derek Linford détestait les hôpitaux. Il avait vu sa mère mourir dans l'un d'eux. Son père était toujours en vie, mais ils ne se parlaient guère, juste un coup de fil de temps en temps. Quand Derek avait avoué voter tory, son père l'avait renié. C'était le genre d'homme borné, plein de rancunes injustifiées. Son fils l'avait toisé : « Comment peux-tu être travailliste ? Tu n'as pas travaillé depuis vingt ans. » C'était la vérité, il touchait une pension d'invalidité depuis son accident à la mine. Il boitait toujours dans les moments opportuns, jamais lorsqu'il partait retrouver ses potes au pub. La mère de Derek avait trimé à l'usine jusqu'à ce que la maladie l'achève.

Derek Linford avait réussi, non en dépit, mais en raison de ses origines. Chaque échelon gravi était un nouveau coup porté à son père, et un moyen de montrer à sa mère qu'il s'en sortait bien. Le vieux – pas si vieux que ça, d'ailleurs, il n'avait que cinquante-huit ans – vivait toujours dans leur maison jumelée. Un logement social. Linford passait devant de temps à autre. Il ralentissait, peu soucieux d'être ou non remarqué. Il arrivait parfois qu'un voisin le salue, hésitant, comme s'il n'était pas sûr de le reconnaître. Avertissait-il son père ? *Le jeune Derek était dans les parages l'autre jour. Il garde le contact, je vois.* Il se demandait comment réagissait le vieux. En grognant, très certainement, avant de retourner à ses pages sportives ou à ses mots fléchés. Lorsque Derek était adolescent et qu'il obtenait des bonnes notes dans toutes les matières, son père s'amusait à lui soumettre les définitions de ses mots fléchés. Derek avait beau se creuser la cervelle, il ne trouvait jamais la bonne réponse. Il avait mis un certain temps à réaliser que le vieux les inventait. Sept lettres, « parapluie », avec un C au début et un P en troisième lettre. Quand Derek proposait une réponse, son père soupirait et lançait un truc du style : « Non, espèce de crétin, c'est capulet. »

Le mot n'était pas dans le dictionnaire, évidemment.

Sa mère était morte dans un autre hôpital. Le souffle rauque, elle lui avait tenu la main. Elle ne pouvait pas parler mais ses yeux lui avaient dit combien elle était soulagée de partir. Elle était usée, comme un moteur poussé à son point de rupture. Pas entretenu. Le vieux s'était tenu au pied de son lit, des fleurs dans les bras. Des œillets cueillis dans le jardin d'un voisin. Il avait apporté des livres aussi. Des livres qu'elle ne pouvait plus lire.

Pas étonnant que Derek détestât les hôpitaux. Et pourtant, lorsqu'il avait commencé à travailler dans la police, il avait dû y passer des heures, à attendre que des victimes ou des agresseurs fussent soignés, ou à prendre des dépositions de malades ou d'employés. Sang, pansements, visages contusionnés, bras et jambes brisés. Il avait vu un homme se faire recoudre l'oreille, un os pointant hors d'une jambe, des victimes d'accidents de voiture, d'agression, de viol.

Non, ça n'avait rien d'étonnant.

Il trouva enfin la salle des familles. C'était une pièce censée offrir le calme aux parents « attendant des nouvelles d'un être cher », ainsi que l'avait expliqué la réceptionniste. Mais lorsqu'il ouvrit la porte, il fut assailli par le vacarme des distributeurs automatiques, un nuage de fumée et les couleurs vives d'une émission de télé. Deux femmes d'âge moyen fumaient comme des pompiers. Leurs yeux se posèrent sur lui un instant, puis retournèrent à leur talk-show.

– Madame Ure ?

Les femmes le regardèrent, à nouveau.

– Vous ne ressemblez pas à un médecin, déclara l'une d'elles.

– Je n'en suis pas un, répondit-il. Vous êtes madame Ure ?

– Nous le sommes toutes les deux. C'est ma belle-sœur.

– Madame Archie Ure ?

La femme qui n'avait pas encore parlé se leva et écrasa sa cigarette.

– C'est moi.

– Je suis l'inspecteur Derek Linford. J'espérais m'entretenir avec votre mari.

– Faites la queue comme tout le monde, répondit la belle-sœur.

– Je suis désolé pour... C'est grave ?

– Cc n'cst pas la prcmièrc fois quc son cœur lui jouc dcs tours, dit l'épouse d'Archie Ure. Il s'est toujours investi à fond dans les causes qu'il croit justes.

Linford acquiesça. Il s'était renseigné et savait tout de Archie Ure : directeur du bureau d'urbanisme, conseiller municipal depuis plus de vingt ans, membre du Old Labour, apprécié des siens, épine dans le pied de certains « réformateurs ». Un an ou deux auparavant, Ure avait signé une série d'articles incisifs pour le *Scotsman*, qui lui avaient attiré les foudres du parti. Après s'être amendé, il avait postulé pour être le candidat du parti à la députation. Il avait été le premier à se présenter, n'envisageant sans doute pas que Roddy Grieve le prendrait de vitesse. Il avait travaillé sans relâche lors de la campagne de 79, et, vingt ans plus tard, on le récompensait par une place de second dans sa circonscription, et la promesse de siéger à la table des huiles du parti.

– Est-ce qu'ils l'opèrent ? demanda Linford.

– Tu entends ça ? s'emporta la belle-sœur. Comment voulez-vous qu'on le sache ? Nous ne sommes que sa famille, les dernières informées, donc.

Elle se leva également. Linford eut l'impression de rétrécir. C'était des femmes imposantes. À n'en pas douter accros aux panacées écossaises : cigarettes et saindoux. Elles portaient des chaussures de sport, des pantalons à ceinture élastique, et des hauts YSL probablement dégriffés, sinon faux.

– Je voulais juste savoir.

– Vous vouliez savoir quoi ?

L'épouse avait adopté le même ton agressif que la belle-sœur. Elle croisa les bras.

– Qu'est-ce que vous lui voulez ?

Lui poser des questions, parce que c'est un suspect éventuel dans une affaire de meurtre. Non, il ne pouvait pas lui dire ça. Il haussa les épaules.

– Ça peut attendre.

– Est-ce que ça a un rapport avec Roddy Grieve ?

À ça non plus, il ne pouvait pas répondre.

– Bon sang, je l'aurais parié ! C'est sa faute si Archie est ici ! Dites à sa garce de veuve de ne pas l'oublier. Si mon Archie... Si...

Sa voix se brisa et elle baissa la tête. Un bras lui entoura les épaules.

– Allez, Isla. Ça va s'arranger.

La belle-sœur toisa Linford.

– Vous avez ce que vous vouliez ?

Il pivota pour partir, mais se ravisa.

– Qu'est-ce qu'elle veut dire ? En quoi Roddy Grieve est-il responsable ?

– Puisqu'il est mort, Archie aurait dû prendre sa place.

– Et alors ?

– Et alors, sa veuve a postulé, sachant parfaitement que ces connards du comité de désignation la choisiraient. Et voilà, dégommé une fois de plus. Dégommé jusqu'à sa tombe.

– Franchement, ils auraient été fous de ne pas sauter sur l'occasion.

Après l'hôpital, le bar à vin de High Street était réconfortant. Linford but une gorgée de son chardonnay frais avant de demander à Gwen Mollison pour quelle raison. Mollison était grande, avec de longs cheveux blonds. Elle devait avoir dans les trente-cinq ans. Ses lunettes à monture d'acier agrandissaient ses yeux bordés de longs cils. Mollison jouait avec son téléphone portable posé sur la table qui les séparait, à côté d'un Filofax ventru. Elle ne cessait de regarder autour d'elle, comme si elle attendait quelqu'un. Linford s'était renseigné, cette fois encore. Gwen Mollison était numéro trois de la section du logement du conseil municipal. Elle ne possédait pas le pedigree de Roddy Grieve, ni l'ancienneté d'Archie Ure – d'où sa position de troisième –, mais elle était promise à un avenir intéressant. Issue du milieu ouvrier, elle était New Labour jusqu'à la moelle, s'exprimait bien en public et était plutôt élégante. Elle portait ce jour-là un tailleur-pantalon en lin crème. Armani, sans doute. Reconnaissant en elle une âme sœur, Linford avait déposé son téléphone portable à quarante centimètres du sien.

– C'est un coup de pub, expliqua Mollison.

Elle avait un verre de zinfandel devant elle, mais elle avait demandé de l'eau minérale pour l'accompagner, et s'en était contentée jusqu'ici. Linford appréciait la tactique : elle ne refusait pas l'alcool, mais persistait à ne boire que de l'eau.

– Je fais allusion au vote de sympathie, continua-t-elle. Et puis, Seona a des amis au sein du parti, elle a toujours été aussi active que Roddy.

– Vous la connaissez ?

Mollison secoua la tête, pas en réponse à la question, mais pour lui signifier qu'elle la jugeait hors de propos.

– Je ne pense pas que le parti aurait eu l'idée de faire appel à elle, ça aurait pu paraître de mauvais goût. Seulement, quand elle les a appelés, ils ne se sont pas fait prier.

Elle vérifia le niveau de sonnerie de son téléphone. Il y avait du jazz en fond sonore. Le bar ne comptait qu'une demi-douzaine d'autres clients. La pause de l'après-midi.

Linford avait sauté le déjeuner. Il venait de finir la coupelle de crackers au riz et doutait qu'on lui en apporte une autre.

– Vous êtes déçue ?

Gwen Mollison haussa les épaules.

– J'aurai d'autres occasions.

Tellement sûre d'elle, si détendue. Linford ne se faisait aucun souci pour son avenir. Il lui avait déjà donné sa carte de visite. Une des belles, gravées. Il avait ajouté son numéro personnel au dos. « Au cas où », avait-il dit, sourire aux lèvres. Un peu plus tard, le surprenant en train de ravaler un bâillement, elle lui avait demandé si elle l'ennuyait. Il s'était couché tard, avait-il expliqué.

– C'est pour Archie que je suis désolée, reprenait-elle à présent. Il tenait là sa dernière chance.

– Mais il est sur la liste régionale, non ?

– Ils ne pouvaient pas faire moins sans avoir l'air de le mettre au placard. Ce que vous ignorez, c'est que cette liste ne favorise pas les partis qui ont le plus de sièges.

– Vous m'avez perdu en route, là.

– Même si Archie se retrouvait en tête de liste, il n'aurait sans doute aucune chance.

Linford médita ses propos et réalisa qu'il ne comprenait toujours pas.

– Vous êtes très magnanime, commenta-t-il néanmoins.

– Ah bon ? (Elle lui sourit.) Vous ne comprenez rien à la politique. Si j'accepte la défaite gracieusement, ça plaidera en ma faveur la prochaine fois. Il faut savoir perdre.

Elle haussa à nouveau les épaules. Les épaulettes de sa veste étoffaient sa silhouette fine.

– Ne devions-nous pas plutôt parler de Roddy Grieve ?

Linford sourit.

– Vous n'êtes pas suspecte, mademoiselle Mollison.

– C'est une bonne nouvelle.

– Pas à moins que Mme Grieve ne soit victime d'un subit accident.

Elle éclata de rire – un trille enjoué qui attira l'attention des autres buveurs – et porta sa main à sa bouche.

– Ciel ! Je ne devrais pas rire, n'est-ce pas ? Et s'il lui arrivait quelque chose ?

– Du style ?

– Je ne sais pas... Mettons, qu'elle se fasse renverser par une voiture.

– Alors il faudrait que je vous réinterroge.

Il ouvrit son carnet et prit son stylo. Un Montblanc. Elle l'avait remarqué un peu plus tôt et avait paru impressionnée.

– Je devrais peut-être noter votre numéro, conclut-il avec un sourire.

Sara Bone, la dernière candidate de la liste, était une assistante sociale du sud d'Édimbourg. Il l'avait retrouvée dans un centre de jour pour personnes âgées. Ils se tenaient dans une véranda, au milieu de plantes visiblement négligées. Linford le lui fit remarquer.

– C'est le contraire. On les soigne trop. Tout le monde pense qu'une goutte d'eau ne leur ferait pas de mal. Trop d'eau n'est guère meilleur que pas assez.

C'était une petite femme – guère plus d'un mètre cinquante. Un visage de mère de famille, encadré de cheveux courts, une coupe jeune.

– Horrible, avait-elle dit lorsqu'il avait fait allusion à la mort de Roddy Grieve. Le monde va de mal en pis.

– Est-ce qu'un député peut y changer quoi que ce soit ?

– Je l'espère.

– Mais vous n'allez pas pouvoir tenter votre chance ?

– Au grand soulagement de mes clients, fit-elle en montrant le bâtiment. Ils me disaient tous combien j'allais leur manquer.

– C'est bon d'être désirée, commenta Linford, sentant qu'il perdait son temps avec elle.

Il appela Rebus. Ils se retrouvèrent à Cramond. Cette banlieue d'ordinaire verdoyante était à présent grise et austère. L'hiver ne lui valait rien de bon. Ils se tenaient sur le trottoir, devant la BMW de Linford. Rebus, qui avait écouté son rapport, était songeur.

– Et vous ? demanda Linford. Comment ça s'est passé à St Andrews ?

– Bien. Je me suis baladé près de la plage.

– Et ?

– Et quoi ?

– Vous avez vu Billie Collins ?

– J'y étais allé pour ça.

– Alors ?

– Alors, elle m'a à peu près autant éclairé qu'une bougie en amiante.

Linford le dévisagea.

– Vous ne me diriez rien de toute manière, n'est-ce pas ?

– C'est ainsi que je travaille.

– En gardant les choses pour vous ? demanda Linford en haussant le ton.

– Vous semblez affreusement tendu, Derek. Des problèmes de cœur ?

Linford s'empourpra.

– Allez vous faire voir.

– Allons, vous pouvez trouver mieux que ça.

– Vous n'en valez pas la peine.

– Ah, ça c'est envoyé.

Rebus alluma une cigarette et la fuma en silence. Il revoyait St Andrews tel qu'il lui était apparu près d'un demi-siècle auparavant. Il savait qu'il occupait une place particulière dans sa mémoire. Une place privilégiée. Il n'avait pas de mots pour exprimer ce qu'il ressentait. C'était comme si l'éphémère et l'immuable s'étaient mêlés pour former une nouvelle entité au goût indéfinissable.

– Est-ce qu'on devrait l'interroger ?

Rebus soupira, tira sur sa cigarette. La fumée vola vers le visage de Linford. Le vent est de mon côté, songea Rebus.

– Je suppose, oui, finit-il par répondre. Tant qu'on y est.

– Votre enthousiasme fait chaud au cœur. Je suis certain que nos chefs respectifs seront enchantés.

– Oui, je me suis toujours soucié de l'opinion de nos huiles. Vous ne pigez pas, hein ? Je suis la meilleure chose qui vous soit arrivée.

Linford pouffa.

– Réfléchissez, poursuivit Rebus. Si nous résolvons l'affaire, vous en récoltez tout le bénéfice. Si nous échouons, je porte le chapeau. Dans les deux cas, votre chef et le mien goberont. Vous êtes leur chouchou. (Il envoya sa cigarette sur la route d'une pichenette.) Vous devriez rédiger un rapport chaque fois que je refuse de vous transmettre une information. Ça vous donnera de quoi argumenter, plus tard. Pareil, chaque fois que je vous emmerde ou que je fais les choses dans mon coin.

– Pourquoi me dites-vous ça ? Le statut de paria vous excite ?

– Je n'ai rien d'un paria, fiston, fit-il avec l'accent traînant du Far West en déboutonnant sa veste. Bon, allons rendre une petite visite à la veuve éplorée.

Sur quoi, il partit sans attendre Linford.

L'attaché de presse de Roddy Grieve, Hamish Hall, leur ouvrit la porte.

– Re-bonjour, dit-il en s'écartant pour les laisser entrer.

C'était une jolie maison jumelée en brique rouge datant des années trente. Apparemment, le hall d'entrée donnait sur plusieurs pièces. Hamish les escorta à travers la salle à manger pour gagner un jardin d'hiver de construction plus récente – beaucoup plus élégant que celui du centre de jour pour vieillards, nota Linford. La soufflerie d'un radiateur électrique ronflait dans un coin. Le mobilier était en rotin, y compris la table à plateau de verre derrière laquelle Seona Grieve et Jo Banks étaient assises, face à une montagne de paperasse. Les quelques plantes qui les entouraient semblaient soignées par une main experte.

– Oh, bonjour, lança Seona.

– Café ? proposa Hamish.

Les deux inspecteurs acceptèrent et il se rendit à la cuisine.

– Asseyez-vous où vous trouverez de la place, dit Seona.

Jo Banks se leva et débarrassa deux chaises des journaux et des dossiers qui les encombraient. Rebus prit l'un des dossiers et l'examina : « Documentation préliminaire – Information concernant le Parlement écossais pour les candidats pressentis. » Des notes avaient été griffonnées dans les marges ; de la main de Roddy Grieve, très certainement.

– Et à quoi devons-nous ce plaisir ? s'enquit Seona.

– Nous avons quelques questions complémentaires à vous poser, répondit Linford, tirant son carnet de sa poche.

– Nous avons entendu dire que vous aviez mis vos pas dans ceux de votre mari, ajouta Rebus.

– Mes pieds sont bien plus petits que ceux de Roddy, répliqua la veuve.

– Sans doute, mais nous n'avions pas de mobile de meurtre, jusqu'ici. L'inspecteur Linford ici présent pense que vous venez de nous en offrir un.

Linford sembla sur le point de protester, mais Jo Banks le battit au poteau.

– Vous croyez que Seona aurait pu tuer Roddy pour devenir député ? C'est ridicule !

– Vraiment ? demanda Rebus en se grattant le nez. Je ne sais pas. J'ai tendance à me rallier à l'opinion de l'inspecteur Linford. C'est effectivement un mobile. Vous aviez déjà pensé à vous présenter ?

Seona Grieve se redressa.

– Vous voulez dire, avant la mort de Roddy ?

– Oui.

Elle réfléchit.

– Je suppose que oui.

– Qu'est-ce qui vous a retenue ?

– Je ne sais pas vraiment.

– C'est complètement absurde, dit Jo Banks.

Seona Grieve posa une main apaisante sur son bras.

– Ça va, Jo. Mieux vaut les tranquilliser. (Elle fusilla

Rebus du regard.) Quand j'ai réalisé que l'un d'eux – Ure, Mollison ou Bone – allait prendre la place de Roddy, je me suis dit : je peux le faire, je serai sans doute meilleure que n'importe lequel d'entre eux, alors pourquoi ne pas tenter ma chance ?

– Bien joué ! commenta Jo Banks. C'est rendre hommage à Roddy. C'est ce qu'il aurait voulu.

Elle semblait avoir préparé cette réplique. À tel point que Rebus se demanda si Jo Banks n'était pas l'instigatrice de ce projet.

– Je comprends votre point de vue, inspecteur, concéda Seona Grieve. Mais j'aurais pu me présenter avant, si j'avais voulu. Roddy ne s'y serait pas opposé. Je n'avais pas besoin de sa mort pour ça.

– Le fait est qu'il est mort, et que vous avez pris sa place.

– Oui.

– Avec le soutien de tout le parti, précisa Jo Banks. Alors si vous comptez lancer la moindre accusation...

– Ils veulent juste trouver le meurtrier de Roddy, la coupa Seona. N'est-ce pas, inspecteur ?

Rebus acquiesça.

– Alors nous sommes toujours dans le même camp.

Une fois de plus, Rebus approuva. À en juger par sa mine, Jo Banks n'était pas du même avis.

Lorsque Hamish revint avec le café et les tasses, Seona Grieve demandait un rapport sur les progrès de l'enquête. Linford lui servit le baratin habituel – pistes à suivre, interrogatoires à mener –, qui n'eut pas l'air de convaincre les deux femmes en dépit de ses efforts louables. Seona croisa le regard de Rebus et inclina légèrement la tête, pour lui signifier qu'elle devinait ses pensées. Puis elle se tourna vers Linford, l'interrompit :

– Ce sont les Américains, je crois, qui disent qu'on ne baratine pas un baratineur. À moins que ce ne soit : c'est pas à un singe qu'on apprend à faire des grimaces.

Elle leva les yeux vers Hamish, comme pour lui demander

confirmation, mais il se contenta de hausser les épaules et de leur tendre les cafés.

– À vous entendre, inspecteur Linford, je dirais que vous avez fort peu progressé.

– Ils n'ont pas fait un pas, plutôt, marmonna Jo Banks.

– Nous avons toujours bon espoir..., commença Linford.

– Oh, je vois bien. Je vois que vous en débordez littéralement. C'est la raison pour laquelle vous en êtes là où vous en êtes aujourd'hui. Je suis professeur, inspecteur. J'ai vu défiler des tas de gars de votre espèce. Ils quittent l'école persuadés que le monde leur appartient. La plupart d'entre eux déchantent vite. Mais pas vous.

Elle agita l'index, puis se tourna vers Rebus qui soufflait sur son café brûlant.

– L'inspecteur Rebus, lui, en revanche...

– En revanche ? demanda Linford.

– L'inspecteur Rebus ne croit plus à grand-chose. Je me trompe ?

Rebus continua à souffler sur son café, imperturbable.

– L'inspecteur Rebus porte un regard blasé et cynique sur le monde. *Weltschmerz*. Vous connaissez ce mot, inspecteur ?

– Je crois en avoir déjà mangé au cours d'un voyage à l'étranger.

– Le dégoût de la vie, expliqua-t-elle avec une moue triste.

– Le pessimisme, précisa Hamish.

– Vous ne voterez pas, n'est-ce pas, inspecteur ? Parce que vous n'en voyez pas l'utilité.

– Je suis à fond pour les plans de création d'emplois, répondit-il avec candeur.

Jo Banks soupira. Hamish gloussa avec bonne humeur.

– Mais il y a des petites choses que j'ai du mal à comprendre. Quand j'ai un problème, qui dois-je aller voir ? Mon député au Parlement écossais, mon candidat député au Parlement écossais, ou mon député au Parlement tout court ? À moins que ce ne soit mon député européen ? Ou mon conseiller municipal ? C'est ce que j'entends par création d'emplois.

– Dans ce cas, je ne vois pas pourquoi je me donne cette peine, murmura Seona Grieve, les mains sur les genoux.

– Parce que ça a un sens, la réconforta Jo Banks.

Lorsque Seona Grieve releva les yeux, ils étaient brillants de larmes. Rebus détourna le regard.

– Ce n'est peut-être pas le moment approprié, reprit-il, mais vous nous avez dit que votre mari ne buvait pas. Il semble que ça n'ait pas toujours été le cas.

– Pour l'amour du ciel ! souffla Jo Banks.

Seona Grieve renifla et se moucha.

– Vous avez interrogé Billie ?

– Oui.

– Facile de salir la mémoire d'un mort, marmonna Jo Banks.

– Il se trouve que nous avons un problème, mademoiselle. Nous ignorons où était Roddy Grieve durant les heures qui ont précédé sa mort. Jusqu'ici, nous savons qu'il a été vu dans un pub, et qu'il y buvait seul. Nous essayons de déterminer s'il était du genre buveur solitaire. Alors, peut-être que nous cesserons de perdre notre temps à tenter de lui chercher des compagnons imaginaires.

– C'est bon, Jo, intervint Seona, puis, se tournant vers Rebus : Il avait besoin de s'oublier de temps en temps, selon lui.

– Et où allait-il dans ces moments-là ?

– Il ne me le disait jamais.

– Les soirs où il ne rentrait pas... ?

– Je pense qu'il allait à l'hôtel, ou qu'il dormait dans sa voiture.

Rebus hocha la tête.

– Il n'était peut-être pas le seul à faire ce genre de chose, inspecteur ?

– Peut-être pas.

Certains matins, lui aussi se réveillait dans sa voiture sur une route de campagne, au milieu de nulle part.

– Y a-t-il autre chose que nous devrions savoir ?

– Non.

– Désolé pour tout ça, dit-il. Vraiment désolé.

Il reposa sa tasse sur la table, se leva et quitta la pièce.

Lorsque Linford le rattrapa, Rebus était assis dans sa Saab, vitre baissée. Il fumait. Son jeune collègue se pencha. Leurs visages se touchaient presque. Rebus souffla la fumée par le coin de la bouche.

– Alors, qu'est-ce que vous en dites ?

Il réfléchit un instant avant de répondre. Le soir tombait. Le ciel s'assombrissait déjà.

– Je pense qu'on avance à tâtons et qu'on effleure plus de chauves-souris qu'autre chose.

– Ce qui signifie ?

– Que nous ne comprendrons jamais complètement, répondit Rebus en démarrant.

Linford regarda la Saab s'éloigner. Puis, il sortit son portable de sa poche et téléphona à l'ACC Carswell, de Fettes. Les mots venaient de se formuler dans son esprit : *Je crois que Rebus risque de poser problème en fin de compte*. Mais alors qu'il attendait qu'on le lui passe, il se ravisa. En se confiant à Carswell, il admettrait sa défaite, dévoilerait sa faiblesse. Son supérieur comprendrait sans doute, mais cela ne l'empêcherait pas de traduire ses propos par renoncement. Linford coupa la communication et éteignit son téléphone. C'était son problème. À lui de trouver un moyen de le résoudre.

19

Dean Coghill était mort. Son entreprise de construction avait été liquidée. Ses anciens bureaux étaient occupés par un cabinet conseil en design, et l'entrepôt de matériaux transformé en immeuble d'appartements de trois étages. Hood et Wylie avaient fini par dénicher l'adresse de la veuve de Coghill.

– Tous ces morts, avait commenté Grant Hood.

À quoi Ellen Wylie avait répondu :

– Le mâle de l'espèce ne vit pas aussi longtemps que la femelle.

N'ayant pas réussi à trouver le numéro de téléphone de la veuve, ils se rendirent à sa dernière adresse connue.

– Elle est probablement morte, ou elle passe sa retraite à Benidorm, dit Wylie.

– C'est pas la même chose ?

La jeune femme sourit. Elle gara la voiture et tira le frein à main. Hood entrouvrit sa portière.

– C'est bien, dit-il. Je peux aller jusqu'au trottoir à pied.

Wylie lui donna un coup de poing dans le bras. Il était bon pour avoir un bleu, songea-t-il.

Meg Coghill était une petite septuagénaire alerte. Elle ne semblait pas sur le point de sortir ou de recevoir, pourtant elle était maquillée et habillée avec soin. Ils entendirent des bruits en provenance de la cuisine alors qu'elle les conduisait au salon.

– Ma femme de ménage, expliqua-t-elle.

Hood avait envie de lui demander si elle s'habillait toujours pour accueillir sa femme de ménage, mais il connaissait déjà la réponse.

– Vous désirez une tasse de thé ou autre chose ?

– Non, merci.

Ellen Wylie s'installa sur le canapé. Hood resta debout. Mme Coghill s'enfonça sans un fauteuil assez grand pour recevoir quelqu'un trois fois comme elle. Hood regardait les photos accrochées au mur.

– C'est M. Coghill ?

– Oui, c'est Dean. Il me manque toujours beaucoup.

Hood devina que le fauteuil avait appartenu à son mari. Les photos montraient un homme barbu à la poitrine et aux bras massifs, dos raide, ventre rentré. L'expression de son visage suggérait qu'il était réglo tant que vous ne vous moquiez pas de lui. Des cheveux argentés coupés court. Une chaîne autour du cou, une autre au poignet gauche, et une grosse Rolex au poignet droit.

– Quand est-il décédé ? demanda Wylie, d'une voix rompue à la fréquentation des endeuillés.

– Il y a près de dix ans.

– De maladie ?

– Son cœur. Ce n'était pas la première fois. On a fait tous les hôpitaux, tous les spécialistes. Il ne savait pas lever le pied. Il avait besoin de travailler.

– Certaines personnes ont du mal à s'arrêter, fit Wylie, compréhensive.

– Il avait des associés ?

Hood était assis de côté, adossé à l'accoudoir du canapé.

– Non. Dean plaçait ses espoirs en Alexander.

Hood leva les yeux. Plusieurs photos montraient un garçon et une fille, de la pré-adolescence à l'âge adulte.

– Votre fils ?

– Mais Alex avait d'autres projets. Il est en Amérique. Marié. Il travaille chez un concessionnaire automobile.

– Madame Coghill, reprit Wylie, votre mari connaissait-il un certain Bryce Callan ?

– C'est pour ça que vous êtes ici ?

– Vous le connaissez ?

– C'était une sorte de gangster, n'est-ce pas ?

– Il avait cette réputation, oui.

Meg Coghill se leva et tripota quelques bibelots posés sur la cheminée. Des petits animaux en porcelaine – chats jouant avec des pelotes de laine, épagneuls aux oreilles tombantes.

– Auriez-vous quelque chose à nous dire à ce sujet ? questionna gentiment Hood en échangeant un regard avec sa collègue.

– Il est trop tard, maintenant, n'est-ce pas ?

Sa voix chevrotait. Elle tournait le dos à ses visiteurs. Wylie se demanda si elle suivait un traitement pour les nerfs.

– À vous de nous le dire.

Alors, tout en continuant à manipuler ses bibelots, la veuve se mit à parler.

– Bryce Callan était un voyou. Vous payiez ou vous aviez des ennuis. Vos outils disparaissaient, les pneus de votre camionnette étaient lacérés, votre chantier saccagé par des vandales. Sauf qu'il ne s'agissait pas de vandales ordinaires, mais d'hommes de Callan.

– Votre mari achetait-il sa protection ?

Elle se tourna vers eux.

– Vous ne connaissiez pas mon Dean. C'était le seul à lui résister. Et je crois que ça l'a tué. Tout ce travail en plus, ces soucis. Bryce Callan aurait aussi bien pu lui broyer le cœur à deux mains.

– C'est votre mari qui vous a dit ça ?

– Ciel, non ! Il n'en a jamais parlé. Il préférait me tenir à l'écart de ses affaires. Sa famille d'un côté, son travail de l'autre, disait-il. C'était pourquoi il avait besoin d'un bureau. Il ne voulait pas que son travail contamine notre foyer.

– Et pourtant, il espérait qu'Alex lui donnerait un coup de main ? s'étonna Wylie.

– C'était au début. Avant Callan.

– Madame, avez-vous entendu parler du corps retrouvé dans une cheminée de Queensberry House ?

– Oui.

– Votre mari a participé à la rénovation, il y a vingt ans. Est-ce qu'il vous reste des registres, ou pensez-vous que nous pourrions parler à un ancien employé de M. Coghill ?

– Vous pensez que Callan était dans le coup ?

– Nous devons avant tout identifier le corps, dit Hood.

– Vous souvenez-vous de ce chantier ? Votre mari a peut-être mentionné la disparition d'un ouvrier ?

Elle secoua la tête. Wylie jeta un coup d'œil à Hood. Il souriait. Oui, ç'aurait été trop facile. Elle avait le sentiment que c'était encore une de ces affaires où rien ne coule de source.

– Il a rapatrié son bureau ici, sur la fin. Si ça peut vous aider...

Lorsque Ellen Wylie lui demanda ce qu'elle entendait par là, Meg Coghill leur proposa de la suivre.

– Je ne conduis pas, expliqua la veuve. J'ai vendu les voitures de Dean. Il en avait deux, une pour le travail, une pour les loisirs.

Elle sourit à quelque souvenir intime. Ils étaient en train de traverser l'allée goudronnée devant la maison pour rejoindre un long bungalow situé dans Frogston Road. Les fenêtres donnaient sur les collines enneigées de Pentland.

– Il avait demandé à ses hommes de construire ce double garage. Ils ont également agrandi la maison. Ils ont ajouté deux pièces. Une de chaque côté du bâtiment d'origine.

Les deux policiers hochèrent la tête, se demandant toujours ce qu'ils venaient faire ici. Il y avait une porte sur le côté. Mme Coghill l'ouvrit et alluma la lumière. L'espace était plein de caisses ayant contenu du thé, de mobilier de bureau et d'outils. Il y avait des pioches et des pieds-de-biche, des marteaux et des boîtes remplies de vis et de clous, des perceuses, deux marteaux-piqueurs, et même des seaux éclaboussés de mortier. Mme Coghill posa la main sur l'une des caisses à thé.

– Tous ses dossiers. Il y a aussi un classeur quelque part.

– Sous cette couverture, peut-être ? suggéra Wylie en désignant le coin le plus éloigné.

– S'il y a quoi que ce soit sur Queensberry House, c'est ici.

Hood poussa un gros soupir.

– Une nouvelle mission pour les passéologues, confirma Ellen Wylie.

– Y aurait-il un radiateur quelque part, madame ? demanda Hood en regardant autour de lui.

– Je peux vous apporter un radiateur électrique.

– Montrez-moi où il se trouve, je m'en occupe.

– Quelque chose me dit que vous n'auriez rien contre une tasse de thé, maintenant, fit-elle, visiblement ravie d'avoir de la compagnie.

Siobhan Clarke était assise à son bureau devant les effets de « Supertramp[1] ». À savoir le contenu de son sac en plastique, son livret d'épargne, la mallette (que son dernier propriétaire n'avait pas abandonnée sans lutter) et les photos. Elle avait également une pile de lettres de détraqués et de messages téléphoniques – y compris celui de Gerald Sithing.

C'était une feuille à scandale qui l'avait rebaptisé Supertramp. On avait aussi exhumé l'histoire de l'attentat à la pudeur sur les marches de l'église. L'article était illustré d'une photo de Dezzi tirée des archives du journal. Siobhan savait que les vautours tourneraient autour d'elle pour lui arracher une interview ou une anecdote juteuse. Elle leur parlerait peut-être de la mallette moyennant un petit billet – pas un chèque, elle ne devait pas avoir de compte bancaire. Ils interrogeraient sûrement Rachel Drew, aussi. Elle ne refuserait pas un chèque, elle. Quelques friandises pour les lecteurs et les chercheurs d'or.

Tant que l'affaire ferait couler de l'encre, lettres et coups de fil continueraient d'affluer.

1. Superclochard. *(N.d.T.)*

Siobhan se leva et s'étira jusqu'à ce qu'elle entende sa colonne vertébrale craquer. Il était six heures et la pièce s'était vidée. Elle avait dû changer de bureau – le meurtre de Grieve avait la priorité – et se trouvait reléguée dans un coin sombre de la longue salle étroite, sans fenêtre à proximité. Cela dit, elle n'était pas la plus à plaindre, Hood et Wylie n'avaient pas du tout de fenêtre dans le placard à balais qu'on leur avait alloué. Le superintendant s'était montré cassant à son égard, cet après-midi. Prenez quelques jours de plus, mais si vous n'avez pas réussi à identifier Supertramp d'ici là, vous classez l'affaire, avait-il dit. L'argent irait au Trésor public. Le suicide et le passé de Mackie demeureraient un mystère.

– Nous avons du vrai travail à accomplir, lui avait expliqué Watson, avec une mine de candidat à l'infarctus. Des clochards se suicident tous les jours.

– Vous ne voyez pas de circonstances suspectes, monsieur ? avait-elle osé demander.

– L'argent ne rend pas les circonstances suspectes, Siobhan. C'est un mystère, voilà tout. La vie en est pleine.

– Oui, monsieur.

– Vous avez travaillé avec Rebus trop longtemps.

Elle fronça les sourcils.

– Ça signifie ?

– Ça signifie que vous cherchez quelque chose qui n'existe sans doute pas.

– L'argent existe. Cet homme l'a déposé dans une société de crédit. Cash. Et le lendemain, il vivait sous les ponts.

– Un riche excentrique. L'argent pousse les gens à faire de drôles de choses.

– Il a effacé son passé. C'était comme s'il se cachait.

– Vous pensez que c'était de l'argent volé ? Alors pourquoi ne l'a-t-il pas dépensé ?

– Un mystère de plus, monsieur.

Il avait soupiré et s'était gratté le nez.

– Encore deux ou trois jours, Siobhan. D'accord ?

– Oui, monsieur.

– Bonsoir tout le monde.

John Rebus se tenait dans l'encadrement de la porte.

Elle jeta un coup d'œil à sa montre.

– Depuis combien de temps es-tu là ?

– Depuis combien de temps fixes-tu ce mur ?

Elle se rendit compte qu'elle était debout devant les photos de la scène du crime de Grieve.

– Je rêvassais. Que fais-tu ici ?

– Je travaille, comme toi.

Il rentra dans la pièce et s'appuya des deux mains sur un des bureaux.

Vous avez travaillé avec Rebus trop longtemps.

– Où en est l'affaire Grieve ?

Il haussa les épaules.

– Je m'attendais à « Comment va Derek ? ».

Elle se détourna, rougissant légèrement.

– Désolé, s'excusa-t-il. C'était de mauvais goût. Même venant de moi.

– Ça n'a pas marché, voilà tout.

– J'ai le même problème.

Elle le regarda.

– C'est Derek ou toi, le problème ?

Il feignit d'être peiné par sa question, puis lui adressa un clin d'œil avant de gagner l'allée centrale qui séparait les rangées de bureaux.

– Ce sont les affaires de ton gars ? demanda-t-il.

Elle le rejoignit et respira un effluve de whisky.

– Ils l'appellent Supertramp.

– Qui ça ?

– Les médias.

Il souriait. Elle lui demanda pourquoi.

– Je les ai vus en concert une fois. Je crois que c'était à l'Usher Hall.

– Je n'étais pas née.

– Alors, qu'est-ce qui se passe avec M. Superclodo ?

– Il avait tout cet argent qu'il ne pouvait ou ne voulait pas dépenser. Il a pris une nouvelle identité. Ma théorie est qu'il se cachait.

– Peut-être.

Il examinait diverses choses, sur son bureau. Elle croisa les bras et lui jeta un regard noir qu'il ne remarqua pas. Il ouvrit le sac en plastique et le vida de son contenu : rasoir jetable, bout de savon, brosse à dents.

– Un esprit organisé. Il s'est fabriqué une trousse de toilette. Il n'aimait pas être sale.

– C'est comme s'il jouait un rôle.

Il sentit la tension dans sa voix.

– Qu'y a-t-il ?

– Rien.

Elle n'arrivait pas à dire : c'est mon affaire, mon rapport.

Rebus regarda la photo prise lors de l'arrestation.

– Qu'est-ce qu'il a fait ?

Il rit lorsqu'elle lui raconta.

– J'ai réussi à remonter jusqu'en 1980. C'est l'année de la naissance de « Chris Mackie ».

– Tu devrais aller voir Wylie et Grant. Ils vérifient le fichier des personnes portées disparues entre 78 et 79.

– Je le ferai peut-être.

– Tu as l'air fatiguée. Et si je t'invitais à dîner ?

– Pour parler boutique en mangeant ? Oui, ce serait parfait pour me changer les idées.

– Il se trouve que j'ai un grand éventail de sujets de conversation.

– Nomme-m'en trois.

– Les pubs, le rock progressif, et...

– Et tu cales.

– L'histoire d'Écosse. J'ai pas mal lu ces derniers temps.

– Comme c'est excitant. Et puis, le pub est le lieu où l'on bavarde, ce n'est pas un sujet.

– Bien sûr que si, c'en est un.

– Parce que tu es accro.

À présent, il triait ses messages.

– Qui est G. Sithing ?

Elle leva les yeux au ciel.

– Il s'appelle Gerald. Il est venu me trouver ce matin. Le premier d'un long défilé, sans aucun doute.

– Il tient à te revoir, apparemment.

– Une fois m'a suffi.

– *Woodwork creaks and out come the freaks*[1].

– J'ai le pressentiment que ce sont les paroles d'une chanson.

– Pas d'une chanson, d'un classique. Alors, c'est qui ?

– Il dirige une bande de cinglés qui se fait appeler les Chevaliers de Rosslyn.

– Comme Rosslyn Chapel ?

– Précisément. Il affirme que Supertramp en était membre.

– Ça paraît peu vraisemblable.

– Oh, je crois qu'ils se connaissaient. C'est juste que je ne vois pas Mackie léguer son argent à M. Sithing.

– Et qui sont ces Chevaliers de Rosslyn ?

– Ils pensent qu'il y a un truc enterré sous la chapelle. Le millénaire arrive, ça sort tout à coup, et ils prennent le devant de la scène.

– J'y étais l'autre jour.

– Je ne savais pas que ça t'intéressait.

– Ça ne m'intéresse pas. Lorna Grieve habite dans le coin.

Rebus étudiait le journal qui se trouvait dans le sac en plastique de Mackie.

– Il était déjà plié comme ça ?

Le journal était crasseux, comme s'il avait été tiré d'une poubelle. Il était ouvert sur la page intérieure et plié en quatre.

– Je crois... Oui, il était froissé comme ça.

– Pas froissé, Siobhan, plié. Regarde l'article sur lequel il est ouvert.

Elle regarda. Il s'agissait de la suite d'un article sur le « corps découvert dans la cheminée ». Elle lui prit le journal des mains et le déplia.

1. Les boiseries craquent, les monstres sortent. *(N.d.T.)*

– Ça pourrait être n'importe lequel des autres articles.

– Lequel ? Celui qui parle des embouteillages, ou du médecin qui prescrit du Viagra ?

– N'oublie pas la pub pour la fête du Nouvel An dans le comté de Kerry.

Elle se mordilla la lèvre supérieure et étudia la première page. Le meurtre de Roddy Grieve était à la une.

– Est-ce que tu vois des choses qui m'échappent ?

Elle repensa aux paroles du superintendant : *Vous cherchez quelque chose qui n'existe sans doute pas.*

– Il semble que Supertramp s'intéressait à Skelly. Tu devrais interroger les personnes qui le connaissaient.

Rachel Drew et son foyer, Dezzi et ses burgers réchauffés au sèche-mains, Gerald Sithing. Siobhan réussit à ne pas paraître excitée par la suggestion de Rebus.

– Nous avons un corps emmuré dans Queensberry House, reprit-il, dans les années 78 ou 79. Un an plus tard, Supertramp vient au monde.

Il leva son index droit.

– Supertramp décide soudain de piquer une tête, après avoir lu un article sur le corps découvert dans une cheminée.

Il leva son index gauche et le joignit à l'autre.

– Attention, dit Siobhan, c'est un geste obscène dans plusieurs pays.

– Tu ne vois aucun lien ?

Il parut déçu.

– Désolé de jouer les Scully, agent Mulder, mais se pourrait-il que tu voies un lien parce que ta propre enquête piétine ?

– Traduction : arrête de fourrer ton nez dans la mienne ?

– Non, c'est juste que... (Elle se frotta le front.) Une chose est certaine...

– Laquelle ?

– Je n'ai rien avalé depuis le petit déjeuner. L'invitation à dîner tient toujours ?

20

Ils dînèrent au Pataka, sur Causewayside. Elle lui demanda des nouvelles de sa fille. Sammy était dans le Sud. Dans le centre de physiothérapie d'un spécialiste. Il ne savait pas grand-chose de plus.

– Elle a des chances de s'en remettre ?

Ce qui signifiait : est-ce que ce chauffard l'a condamnée au fauteuil roulant à vie ? Rebus hocha la tête, craignant de tenter le destin en répondant à voix haute.

– Et comment va Patience ?

Il reprit un peu de *tarka dal*, bien qu'il eût déjà trop mangé. Siobhan répéta sa question.

– Quelle petite curieuse.

Elle sourit. Dezzi lui avait fait la même remarque.

– Désolée, je pensais qu'à ton âge, c'était juste les oreilles qui fonctionnaient moins bien.

– Oh, je t'ai parfaitement entendue.

Il porta une fourchette de *murgh* au gingembre à ses lèvres, puis la reposa sans y avoir touché.

– Moi aussi, je mange toujours trop dans les restaurants indiens, dit Siobhan.

– Je mange trop tout le temps.

– Alors, vous vous êtes séparés ? reprit-elle, retranchée derrière son verre de vin.

– Oui, mais amicalement.

– Je suis désolée.

– Comment voulais-tu qu'on se sépare ?

– Non, je voulais dire que... vous sembliez tellement... (Elle baissa les yeux sur son assiette.) Pardon, je dis n'importe quoi. Je ne l'ai rencontrée que quatre ou cinq fois, et voilà que je me mets à pontifier.

– Tu n'as rien d'un pontife.

– Dieu soit loué. Pas mal, fit-elle en regardant sa montre : dix-huit minutes sans parler boutique.

– C'est un nouveau record ?

Il termina sa bière.

– Je remarque que tu ne m'as pas parlé de toi. Tu as revu Brian Holmes ?

Siobhan secoua la tête en détaillant le restaurant. Il y avait trois autres couples et une famille de quatre personnes. Le volume de la musique ethnique était suffisamment bas pour ne pas gêner les conversations, leur assurant une certaine confidentialité.

– Je l'ai revu une ou deux fois après son départ de la police, et puis nous avons perdu le contact.

– La dernière fois que j'ai entendu parler de lui, il était en Australie. Il comptait s'y installer.

Il tripotait sa fourchette machinalement.

– Tu ne penses pas que ça vaudrait la peine de fouiner un peu au sujet de Supertramp et de Queensberry House ?

Siobhan imita le bruit d'une sonnerie et regarda à nouveau sa montre.

– Top chrono : vingt minutes. Tu n'as pas tenu le coup, John.

– Sérieusement.

Elle s'adossa à sa chaise.

– Tu as sans doute raison, seulement, le chef ne me donne que deux ou trois jours de plus.

– Bon, quelles sont tes autres pistes ?

– Je n'en ai aucune autre. J'ai juste un tas de cinglés et de chercheurs d'or à éliminer.

Le serveur se matérialisa et leur demanda s'ils désiraient boire autre chose.

Rebus regarda Siobhan.

– Je conduis. Mais vas-y, si tu veux.

– Dans ce cas, je prendrai un autre verre de vin blanc.

– Une autre pinte pour moi, dit Rebus en tendant son verre au serveur, puis, à l'intention de la jeune femme : Ce n'est que la deuxième. Ma vision ne commence à se brouiller qu'à partir de la quatrième.

– Mais tu avais déjà bu avant de me rejoindre. Je l'ai senti, tout à l'heure.

– Les pastilles de menthe ne sont plus ce qu'elles étaient, marmonna-t-il.

– Dans combien de temps penses-tu que ça commencera à affecter ton travail ?

Ses yeux lancèrent des éclairs.

– Et toi, Siobhan ?

– Je me posais juste la question, dit-elle, refusant de s'excuser.

– Je peux arrêter quand je veux.

– Mais tu ne le feras pas.

– Non. Et je n'arrêterai pas de fumer non plus. Ni de jurer et de tricher aux mots croisés.

– Tu triches aux mots croisés ?

– Comme tout le monde, non ?

Il jeta un coup d'œil vers deux amoureux qui se levaient et partaient, main dans la main.

– Amusant, dit-il.

– Quoi ?

– Le mari de Lorna Grieve s'intéresse aussi à Rosslyn.

– C'est ça, change de sujet.

– Ils ont acheté une maison dans le village. C'est dire s'il prend ça au sérieux.

– Et alors ?

– Il connaît peut-être ton M. Sithing. Il se peut même qu'il soit membre des Chevaliers.

– Et alors ?

– Alors, ton disque est rayé.

Il affronta son regard jusqu'à ce qu'elle murmure « désolée ». Elle but une autre gorgée de vin. Rebus reprit :

– Rosslyn est un lien entre ton Supertramp et mon affaire de meurtre. Sans compter que Superclodo s'intéressait peut-être à Queensberry House.

– Tu penses que les trois affaires sont liées ?

– Je dis juste qu'il y a...

– Des liens, je sais. Cette bonne vieille théorie des six degrés de séparation.

– Cette bonne vieille théorie de quoi ?

– O.K., tu es peut-être un peu trop vieux pour ça. Il paraît que tous les êtres humains de la planète sont liés les uns aux autres par seulement six personnes interposées. En tout cas, j'y crois, moi.

Elle termina son verre d'une traite, en voyant arriver le second.

– Quoi qu'il en soit, ça vaudrait le coup de revoir Sithing.

Elle grimaça.

– Il ne m'a pas plu.

– Je serai présent, si tu veux.

– Toi, tu es en train de pirater mon affaire.

Elle sourit pour lui signifier qu'elle plaisantait. Mais, dans le fond, elle n'en était pas si sûre.

Après dîner, Rebus lui offrit de prendre un dernier verre au Swany's. Elle déclina.

– Je ne voudrais pas t'entraîner sur la mauvaise pente.

– Je te dépose chez toi, dans ce cas.

Il fit un signe d'adieu en direction du pub illuminé et se dirigea vers la Saab. De la neige fondue leur fouettait le visage. Ils montèrent en voiture et Rebus démarra après s'être assuré que le chauffage était à fond.

– Tu as remarqué le temps, aujourd'hui ? demanda Siobhan.

– Pourquoi ?

– Ben, il a fait froid, il a plu, il y a eu du vent, et du soleil.

Tout ça, dans la même journée. C'est comme si les quatre saisons s'étaient donné rendez-vous.

– On est à Édimbourg. Tiens, attends une seconde.

Il tendit la main vers la boîte à gants. Siobhan se raidit. S'en rendant compte, il lui sourit et brandit la cassette qu'il venait de trouver.

– Une petite récompense, dit-il en la glissant dans la fente du radiocassette.

Elle avait tressailli, croyant qu'il allait tenter sa chance. Ciel, elle était à peine plus vieille que Sammy !

– Qu'est-ce que c'est ? demanda-t-elle.

Il sembla à Rebus qu'elle avait rougi, mais c'était difficile à dire dans la semi-obscurité de la voiture. Il lui tendit la boîte de la cassette.

– *The Crime of the Century*, lut-elle.

– Le meilleur Supertramp.

– Tu aimes ces vieux trucs, hein ?

– De même que la cassette des Blue Nile que tu m'as enregistrée. Je suis peut-être un dinosaure à bien des égards, mais j'ai les idées larges en matière de rock.

Ils roulaient en direction de New Town. Édimbourg, ville divisée, songea Rebus. Entre Old Town, au sud, et New Town, au nord. Et à nouveau entre l'est (Hibs FC) et l'ouest (Hearts). Une ville qui semblait se définir davantage par son passé que par son présent, et qui aujourd'hui, avec le Parlement, regardait vers l'avenir.

– *Le Crime du siècle.* Lequel à ton avis ? Ton député ou mon mystérieux suicidé ?

– N'oublie pas le corps dans la cheminée. Où est ton appartement déjà ?

– Juste après Broughton Street.

Ils étaient tous deux attentifs aux immeubles, aux piétons, à la manière de ralentir des voitures à l'approche des feux. L'instinct policier. Toujours sur le qui-vive. La plupart des gens reprenaient le cours de leur vie sitôt sortis du boulot, mais la vie d'un flic était faite de celle des autres. La ville paraissait plutôt paisible. Il n'était pas encore assez tard pour voir des soulards, et le mauvais temps avait vidé les rues.

– Tu devrais jeter un coup d'œil aux cellules, la veille de Noël. Les uniformes ramassent tout ce qu'ils peuvent.

– Ah bon ? Je l'ignorais.

– Tu n'as jamais travaillé un soir de réveillon.

– Ils les verbalisent ?

Rebus secoua la tête.

– Ils demandent à être enfermés. Comme ça, ils sont sûrs de manger des repas chauds jusqu'au Nouvel An. Ensuite, on les relâche.

Elle appuya sa tête au dossier du siège.

– Mon Dieu, Noël.

– Je crois déceler un soupçon de panique.

– Mes parents veulent toujours que je rentre le passer à la maison.

– Dis-leur que tu travailles.

– Ça ne serait pas honnête. Et toi, qu'est-ce que tu fais ?

Il réfléchit.

– S'ils me demandent d'assurer la permanence, je serai probablement partant. St Leonards est plutôt poilant à Noël.

Elle le dévisagea un instant sans rien dire. Puis, lui indiqua que sa rue était la prochaine à gauche. Il n'y avait pas de place pour se garer devant son immeuble. Rebus s'arrêta en double file à côté d'un 4 x 4 noir rutilant.

– C'est pas le tien, n'est-ce pas ?

– Il y a peu de chances.

Il jeta un œil vers les fenêtres.

– La rue est sympa.

– Tu veux un café ?

Il se souvint de la manière dont elle avait tressailli, un peu plus tôt. Était-ce révélateur de ce que Rebus lui inspirait, ou bien de l'état d'esprit de la jeune femme ?

– Pourquoi pas, finit-il par accepter.

– Il y avait une place un peu avant.

Il recula d'une cinquantaine de mètres et se gara le long du trottoir. L'appartement de Siobhan se trouvait au deuxième étage. Aucun désordre. Tout était à sa place. C'était ce à quoi il s'était attendu, et il était content d'avoir vu juste. Il y avait des reproductions encadrées sur les murs, et des affiches d'expositions. Un porte-CD et une chaîne stéréo décente. Plusieurs étagères de cassettes vidéo. Des comiques surtout. Steve Martin, Billy Crystal. Des livres : Kerouac, Kesey, Camus. Des tas de livres de droit. Un canapé vert deux places, et deux fauteuils dépareillés. La fenêtre donnait sur un immeuble identique dont la plupart des rideaux étaient fermés. Il se demanda si Siobhan préférait laisser les siens ouverts.

Elle s'était rendue droit à la cuisine pour mettre la bouilloire en marche. Sitôt sa visite du salon terminée, il la rejoignit, passant devant deux chambres, portes ouvertes. Il entendit un fracas de tasses et de cuillères. Elle ouvrait le frigo lorsqu'il entra.

– Nous devrions parler de Sithing, dit-il. Mettre au point le meilleur moyen de l'aborder.

Siobhan jura.

– Qu'y a-t-il ?

– Plus de lait. Je pensais avoir un carton de longue conservation dans le placard.

– Je le prendrai noir.

Elle se retourna vers le plan de travail.

– Bien.

Elle ouvrit une boîte orange et jeta un coup d'œil à l'intérieur.

– Sauf que je n'ai plus de café non plus.

Il rit.

– Je parie que tu ne reçois pas beaucoup dernièrement ?

– Je n'ai pas eu le temps d'aller au supermarché cette semaine.

– Pas de souci. Il y a un épicier dans Broughton Street. Avec un peu de chance, il aura du café et du lait.

– Je te donne de l'argent, dit-elle en cherchant son sac.

– C'est pour moi, répondit-il.

Lorsqu'il fut sorti, Siobhan posa la tête contre la porte du placard. Elle avait caché le café tout au fond. Elle avait juste besoin d'une minute ou deux. Elle ne ramenait quasiment jamais personne chez elle, et c'était la première fois qu'elle invitait John Rebus. Une minute ou deux, toute seule, c'est tout ce qu'il lui fallait. Lorsqu'il avait tendu la main vers elle, dans la voiture... Qu'est-ce qu'il allait penser ? Elle avait cru qu'il voulait tenter quelque chose. Ça n'aurait pas été la première fois que ça lui arrivait, alors pourquoi avoir tressailli ? La plupart de ses collègues masculins s'autorisaient des insinuations et des blagues graveleuses, pour la provoquer. Mais pas John Rebus. Elle savait qu'il était bourré de défauts, qu'il avait des problèmes, et néanmoins, il apportait une certaine stabilité à son existence. C'était un ami sur lequel elle pouvait compter, en toutes circonstances.

Et elle n'avait pas envie de perdre ça.

Elle éteignit la cuisine et gagna le salon. Elle se posta devant la fenêtre et observa la nuit. Puis elle se détourna et commença à ranger un peu.

Rebus boutonna sa veste, content de se retrouver dehors. Siobhan n'appréciait pas sa présence chez elle, c'était évident. Lui aussi avait ressenti de la gêne. Il valait mieux s'abstenir de mélanger vie professionnelle et vie privée. Difficile lorsqu'on travaille dans la police : on boit ensemble, on se raconte des histoires que des personnes extérieures ne comprendraient pas. Le lien se resserre, dépasse le cadre du bureau et de la voiture de patrouille. Elle lui ressemblait plus qu'il le pensait. C'était peut-être ce qui la rendait nerveuse.

Mieux valait éviter d'y retourner. Rentrer chez lui et téléphoner pour s'excuser. Il monta dans sa voiture, mit la clef au contact, mais alluma une cigarette au lieu de démarrer. Il pourrait aller chercher le café et le lait et les laisser devant sa porte ? Ce serait plus correct. Seulement, la porte de l'immeuble était fermée. Il faudrait qu'il sonne. Les laisser devant l'immeuble ?

Non, il allait rentrer chez lui.

Il entendit soudain un bruit. Un homme sortait de l'immeuble d'en face. Il courut sur quelques mètres avant de s'engager dans une ruelle, à gauche. Il s'arrêta. Un jet d'urine frappa le mur. Un nuage de vapeur s'éleva dans la nuit glacée. Rebus continua de l'observer. Une envie pressante au moment où il sortait de l'immeuble ? Les toilettes bouchées à la maison ? L'homme referma sa braguette et retourna d'où il venait au pas de course. Rebus aperçut son visage alors qu'il passait sous un réverbère avant de disparaître dans l'immeuble.

Il porta la cigarette à ses lèvres, le front barré d'une grosse ride.

Puis, il l'écrasa dans le cendrier et retira la clef du contact. Il descendit de voiture, referma sa portière tout doucement et traversa la rue presque sur la pointe des pieds, en prenant soin de rester dans l'ombre. Un taxi passa à vive allure. Rebus se colla contre les grilles juste devant l'immeuble, puis gagna la porte d'entrée. Au contraire de celle de Siobhan, elle n'était pas fermée. L'immeuble semblait moins bien entretenu. La cage d'escalier aurait eu besoin d'une couche de peinture et une légère odeur de pisse de chat imprégnait les lieux. Le passage d'un autre taxi couvrit le bruit de la porte qui se refermait. Rebus avança jusqu'à l'escalier, et s'arrêta pour écouter. Il entendit le son d'une télévision ou d'une radio. Il regarda les marches en pierre, sachant qu'il ne pourrait les monter sans se faire remarquer. Ses pas feraient un bruit de papier de verre sur du bois, envahissant les quatre étages. Enlever ses chaussures ? Non. De toute façon, l'élément de surprise n'était pas forcément nécessaire.

Il commença à monter.

S'arrêta au premier. Attaqua le deuxième.

Il entendit des pas. Quelqu'un descendait. Un homme au visage masqué par le col de son imper apparut, les mains profondément enfoncées dans ses poches. Il grogna une sorte de salut, mais évita le regard de Rebus en passant à côté de lui.

– Salut, Derek.

Linford descendit deux marches de plus avant de s'arrêter et de faire volte-face.

– Je croyais que vous habitiez Dean Village, s'étonna Rebus.

– Je rendais visite à une amie.

– Ah oui ? Qui ?

– Christie, à l'étage du dessus, répondit-il trop prestement.

– C'est son prénom ou son nom ? questionna Rebus, affable.

– Que voulez-vous ?

Il remonta une marche, n'appréciant visiblement pas de se trouver plus bas que son collègue.

– Qu'est-ce que vous faites ici ?

– Cette Christie, ses toilettes sont bouchées ou quoi ?

Linford réalisa qu'il avait été surpris. Il ouvrit la bouche pour répondre.

– Ne vous fatiguez pas. Nous savons tous les deux ce que vous faites ici. Vous venez mater.

– C'est faux.

– *Tut tut.* Recommencez en y mettant un peu plus de conviction, sinon je risque fort d'être persuadé du contraire.

– Et vous ? Qu'est-ce que vous faites ici, hein ? Un petit coup en passant. À ce que j'ai vu, c'était du rapide, dites !

– Si vous aviez été attentif, vous m'auriez vu remonter dans ma voiture. (Rebus secoua la tête.) Vous jouez à ça depuis combien de temps ? Vous n'avez pas peur que les voisins finissent par piger ? Un type bizarre qui traîne dans l'escalier à des heures indues... ?

Il descendit une marche pour regarder Linford bien en face.

– Maintenant, filez, dit-il d'une voix calme. Et ne revenez pas. Sinon, je commencerai par le dire à Siobhan, puis j'en parlerai à votre chef. Ils ont beau aimer les minets, à Fettes, ils ne raffolent pas des pervers.

– Ce serait votre parole contre la mienne.

– Qu'est-ce que j'ai à perdre ? Vous, par contre... Oh, j'oubliais : c'est moi qui dirige l'enquête à présent. Je ne veux plus vous avoir dans les pattes, compris ?

– Les boss n'accepteront jamais, railla Linford. Sans moi, ils vous retireront l'affaire.

– Vous en êtes sûr ?

– Je suis prêt à parier.

Il fit demi-tour et se remit à descendre. Rebus attendit un instant, puis il monta jusqu'au palier suivant. De la fenêtre, on voyait le salon et l'une des chambres de Siobhan. Ses rideaux étaient toujours ouverts. Elle était assise sur son canapé, le menton dans la main, le regard perdu dans le vague. Elle semblait complètement abattue, et il savait qu'une tasse de café n'y changerait rien.

Il l'appela de son portable sur le chemin. Elle ne parut pas trop contrariée. De retour chez lui, il s'écroula dans un fauteuil avec une mesure de Bunnahabhain. « À l'ouest vers la maison », disait la bouteille, juste au-dessus de l'extrait d'une ballade : *Light in the eye, and it's goodbye to care*[1]. Oui, il connaissait des malts capables de réaliser ce miracle. Mais c'était un répit artificiel. Il se leva, ajouta une goutte d'eau à sa boisson, et mit de la musique. La cassette des Blue Nile de Siobhan. Il y avait des messages sur son répondeur.

Ellen Wylie lui faisait le rapport de leurs dernières recherches et lui rappelait qu'il devait se renseigner sur Bryce Callan.

Cammo Grieve voulait le rencontrer, proposait un lieu et une heure. « Si ça vous convient, pas la peine de me rappeler. J'y serai. »

Bryce Callan avait disparu depuis longtemps. Rebus regarda sa montre. Il savait à qui s'adresser. Il n'était pas certain que ça aiderait, mais il avait promis à Wylie et à Hood de les aider et il ne voulait pas manquer à sa parole.

Le souvenir de la manière dont il était tombé sur le dos de Linford le rendit songeur.

Encore dix minutes des Blue Nile – *Walk across the roof-*

1. Le regard s'éclaire, et les soucis s'envolent. *(N.d.T.)*

tops et *Tinseltown in the rain*[1] – et il décida qu'il était temps d'aller se balader, pour lui aussi. Pas sur les toits, mais dans les badlands de Gorgie.

Gorgie était le centre des opérations de Big Ger Cafferty, l'un des rois d'Édimbourg avant que Rebus ne l'envoie derrière les barreaux de Barlinnie. Néanmoins, son empire était demeuré intact en son absence, il avait même prospéré sous le contrôle d'un homme qu'on surnommait la Belette. Rebus savait que la Belette opérait sous le couvert d'une compagnie de taxis privés basée à Gorgie. L'endroit avait brûlé plusieurs années auparavant, mais il avait été reconstruit sur ses cendres. Il comprenait un petit bureau et une arrière-salle, mais c'était à l'étage que la Belette traitait ses affaires, dans une pièce connue de peu de gens. Il était presque dix heures lorsque Rebus se gara devant le bâtiment. Il laissa sa voiture ouverte, c'était sans doute le quartier le plus sûr de la ville.

Le mobilier du bureau se résumait à un petit comptoir, une chaise, un téléphone à l'arrière, et une banquette devant, réservée aux clients attendant un taxi. L'homme assis derrière le comptoir jeta un coup d'œil à Rebus tout en continuant sa conversation téléphonique. Il prenait une commande pour le matin : de Tollcross à l'aéroport. Rebus s'assit sur la banquette et ramassa un journal de la veille au soir. La pièce était décorée de fausses boiseries, le sol couvert de lino.

– Puis-je vous aider ? demanda l'homme sitôt qu'il eut raccroché.

Il avait une tignasse noire si mal coupée qu'on aurait dit une perruque mal ajustée, et son nez semblait avoir été autrefois non pas cassé mais carrément réduit en morceaux. Il avait de petits yeux en amande et les dents qui lui restaient étaient ébréchées.

Rebus regarda autour de lui.

1. *Balade sur les toits*, et *Tinseltown sous la pluie*. *(N.d.T.)*

–Je pensais que l'argent de l'assurance vous permettrait de faire mieux que ça.

–Hein ?

–Ce n'est guère mieux qu'avant que Tommy Telford ait mis le feu.

Ses yeux s'étrécirent à deux fentes.

–Qu'est-ce que vous voulez ?

–Je veux voir la Belette.

–Qui ça ?

–Écoute, s'il n'est pas là-haut, dis-le, mais je te conseille de ne pas me mentir parce que quelque chose me dit que je m'en apercevrais et que ça me mettrait en boule.

Il sortit sa carte et la tourna vers la caméra de surveillance, dans l'angle le plus éloigné. Un haut-parleur mural grésilla.

–Laisse monter M. Rebus, Henry.

Il y avait deux portes en haut de l'escalier. L'une était fermée, l'autre ouverte sur un petit bureau bien net. Il comprenait un fax, un photocopieur, un bureau sur lequel trônait un ordinateur portable servant d'écran de surveillance, et un deuxième bureau derrière lequel se tenait la Belette. Il avait toujours l'air aussi insignifiant, et pourtant, c'était lui qui représentait le pouvoir dans cette partie d'Édimbourg, jusqu'au retour de Big Ger. Avec ses rares cheveux graissés et tirés en arrière, son front proéminent, sa mâchoire anguleuse et sa petite bouche étroite, son visage pouvait se rendre d'un coup de crayon.

–Asseyez-vous, proposa-t-il.

–Je préfère rester debout, répondit Rebus, faisant mine de fermer la porte.

–Laissez-la ouverte.

Il garda la main sur la poignée, hésitant – il régnait une atmosphère étouffante dans la pièce saturée d'effluves de transpiration –, puis il ressortit et traversa le palier pour rejoindre l'autre porte. Il frappa trois coups et ouvrit.

–Ça va les gars ?

Trois des hommes de la Belette attendaient à l'intérieur.

– Je n'en ai pas pour longtemps, leur dit-il en refermant la porte.

Ensuite, il ferma aussi celle du bureau de la Belette, afin qu'on ne les entende pas.

Il décida qu'il pouvait s'asseoir, maintenant. Il remarqua des sacs en plastique posés contre un mur. Des bouteilles de whisky en dépassaient.

– Désolé de gâcher la fête.

– Qu'est-ce que je peux pour vous, Rebus ?

La Belette avait les mains posées sur les accoudoirs de son fauteuil, comme prêt à se lever d'un bond.

– Vous étiez dans le coin dans les années soixante-dix ? Je sais que votre patron était là, lui, mais c'était du menu fretin à l'époque, il creusait ses fondations.

– Qu'est-ce que vous cherchez ?

– Je viens de vous le dire, non ? Bryce Callan dirigeait les opérations, à l'époque. Ne me dites pas que vous ne connaissez pas Bryce Callan.

– Juste de nom.

– Cafferty a été son bras droit pendant un temps. (Il pencha la tête sur le côté.) Ça ne vous évoque rien ? Moi qui pensais m'épargner un voyage à Barlinnie, histoire d'économiser mon temps et celui de votre boss...

– Qu'est-ce que vous voulez savoir ?

La Belette retira ses mains des accoudoirs. Il se détendait à présent, sachant que le policier était là pour des affaires anciennes et non courantes. Néanmoins, Rebus n'ignorait pas qu'au moindre geste de travers, il pousserait son cri pour ameuter ses gens et l'envoyer faire un tour aux urgences, dans le meilleur des cas.

– Je veux des informations sur Bryce Callan. Avait-il un souci avec un entrepreneur nommé Dean Coghill ?

– Dean Coghill ? répéta la Belette en fronçant les sourcils. Jamais entendu ce nom-là.

– Vous en êtes sûr ?

Il hocha la tête.

– J'ai cru comprendre que Callan lui avait donné du fil à retordre.

– C'était il y a vingt ans ?

Rebus acquiesça.

– Alors qu'est-ce que vous voulez que ça me foute ? Pourquoi je vous dirais quoi que ce soit ?

– Parce que vous m'aimez bien ?

La Belette ébauchait un sourire ironique quand son visage changea soudain d'expression. Rebus se pencha pour regarder le moniteur. Trop tard. L'écran était vide. Il entendit un pas lourd et traînant venant de l'escalier. La porte s'ouvrit à la volée. La Belette bondit sur ses pieds et s'écarta du bureau. Rebus s'était levé, lui aussi.

– Salut, Pantin ! tonna une voix.

Big Ger Cafferty remplissait l'encadrement de la porte. Il portait un costume en soie bleu et une chemise d'un blanc immaculé dont le col était ouvert.

– La cerise sur le gâteau.

Pour la deuxième ou troisième fois de son existence, Rebus resta figé et sans voix. Cafferty entra dans la pièce qui parut soudain surpeuplée. Il frôla le policier en la traversant avec la lente agilité d'un prédateur. Sa peau pâle et ridée évoquait celle d'un rhinocéros ; il avait les cheveux argentés. Sa tête en forme d'obus s'enfonça dans le col de sa chemise alors qu'il se penchait vers le mur. Quand il se redressa, il tenait l'une des bouteilles de whisky.

– Allez, dit-il à Rebus, on va se promener un peu.

Il l'attrapa par le bras et l'entraîna vers la sortie.

Toujours abasourdi, Rebus ne résista pas.

Pantin : c'était le surnom que lui avait donné Cafferty.

Il avait une BMW Série 7 noire. Un chauffeur et un type tout aussi costaud se tenaient à l'avant. Cafferty et lui avaient la banquette arrière pour eux seuls.

– Où on va ?

– Pas de panique, Pantin.

Cafferty but une rasade de whisky et lui passa la bouteille

en expirant bruyamment. Les vitres étaient ouvertes de quelques centimètres. L'air froid fouettait les oreilles de Rebus.

– On va faire une petite balade surprise.

Cafferty se tourna vers la vitre.

– Je suis resté absent un moment. J'ai entendu dire que le coin avait changé. Morrisson Street et Western Approach Road, lança-t-il au chauffeur, ensuite, Holyrood et Leith. (Il se tourna vers son passager.) Rénovation : de la musique pour mes oreilles.

– N'oublie pas le nouveau musée.

– En quoi ça devrait m'intéresser ? s'étonna Cafferty.

Il tendit la main pour récupérer la bouteille. Rebus but une gorgée et la lui rendit.

Cafferty lui fit un clin d'œil.

– Comment t'as réussi à sortir ?

– Pour être honnête avec toi, Pantin, je crois que le directeur n'appréciait pas trop que je dirige la baraque. Faut dire que c'est son job. On le paye pour ça, or, ses matons obéissaient plus à Big Ger qu'à lui. Alors il a décidé que je serais moins néfaste dehors, conclut-il en riant.

– J'en doute.

– Et tu as peut-être raison. À vrai dire, ma bonne conduite et un cancer inopérable m'ont beaucoup aidé. Tu ne me crois toujours pas ?

– J'aimerais te croire.

Cafferty rit à nouveau.

– Je savais que je pouvais compter sur ta compassion. (Il tapota la poche à magazines qui se trouvait devant lui.) La grosse enveloppe marron. Mes radios de l'hôpital.

Rebus les prit et les étudia une à une, en les levant devant la vitre.

– Il faut chercher la zone plus sombre.

Mais ce qu'il cherchait, c'était le nom de Cafferty. Il le trouva dans l'angle inférieur de chacune des radios. Morris Gerald Cafferty. Rebus les remit dans l'enveloppe. Ça paraissait assez officiel. Elles avaient été faites par le service de radiologie d'un hôpital de Glasgow. Il rendit l'enveloppe à Cafferty.

– Je suis désolé.

Big Ger gloussa et tapa sur l'épaule de l'homme occupant le siège passager.

– T'entendras pas ça souvent, Rab. Pantin dire qu'il est désolé !

Rab se tourna à demi. Il avait les cheveux noirs bouclés et de longs favoris.

– Rab est sorti une semaine avant moi, expliqua Cafferty. Les meilleurs amis, qu'on était, à l'intérieur. (Il tapa une fois de plus l'épaule de Rab.) Un jour t'es au trou, le lendemain t'es un prince. J'avais promis que je m'occuperais de toi, pas vrai ? (Il adressa un clin d'œil à Rebus.) Rab ici présent m'a tiré de quelques grosses galères.

Il s'adossa à la banquette et prit une autre gorgée de whisky.

– C'est clair que la ville a changé, Pantin, dit-il en regardant la scène qui défilait sous ses yeux. Des tas de choses ont changé.

– Mais pas toi ?

– La prison change un homme, on te l'a sûrement déjà dit. Dans mon cas, ça m'a rapporté le crabe, ironisa-t-il.

– Combien de temps ils te donnent ?

– Ne me sors pas les violons, tu veux. Tiens.

Il lui passa la bouteille et remit l'enveloppe dans la poche du dossier.

– On va oublier ces radios. C'est bon d'être dehors. Je me fous de ce qui m'a sorti du trou, je suis là, c'est tout ce qui compte. (Il se tourna à nouveau vers la vitre.) J'ai appris qu'ils construisaient un peu partout.

– T'as qu'à en juger par toi-même.

– J'y compte bien. (Il marqua une pause.) Tu sais, ça me fait vraiment plaisir qu'on soit là, tous les deux, à boire un coup en rattrapant le temps perdu... mais qu'est-ce que tu foutais dans mon bureau, dis ?

– Je questionnais la Belette au sujet de Bryce Callan.

– Eh ben, ça s'appelle déterrer les morts, ça.

– Pas vraiment, il est en Espagne, non ?

– Ah bon ?

– J'ai dû mal comprendre. Je pensais que tu lui filais toujours un petit pourcentage.

– Pourquoi le ferais-je ? Il a de la famille, non ? C'est à eux de s'occuper de lui.

Il bougea sur son siège, comme si la simple évocation de Bryce Callan lui était physiquement désagréable.

– Je ne voudrais pas te gâcher la fête, dit Rebus.

– Tant mieux.

– Alors si tu me disais ce que je veux savoir, nous pourrions oublier tout ça.

– Bon Dieu, mec, t'as toujours été aussi irritant ?

– J'ai pris des cours en ton absence.

– Ton prof mérite un putain de bonus. Bon, si t'as un os coincé en travers de la gorge, crache-le.

– Dean Coghill. Un entrepreneur.

– Oui, je l'ai connu.

– On a découvert un corps dans une cheminée de Queensberry House.

– Le vieil hôpital ?

– Ils sont en train de le transformer en annexe du Parlement.

Rebus l'observait attentivement. Il se sentait fatigué, mais son esprit était en ébullition. Il n'en revenait toujours pas de se trouver à côté de Cafferty.

– Ce corps était là-dedans depuis vingt ans et quelques. Or, il se trouve qu'il y a eu des travaux en 78 et 79.

– Et l'entreprise de Coghill y participait ? Bien joué, je vois où tu veux en venir. Mais qu'est-ce que Bryce Callan vient faire dans tout ça ?

– C'est juste que j'ai entendu dire que lui et Coghill avaient croisé le fer.

– Si ç'avait été le cas, Coghill serait rentré chez lui avec deux mains en moins. Pourquoi ne pas l'interroger ?

– Il est mort.

Cafferty tourna la tête.

– Mort naturelle, précisa Rebus.

– Certains partent, d'autres reviennent, Pantin. Mais toi, tu cherches toujours à déterrer les morts. Un pied dans le passé, un autre dans la tombe.

– Je peux te promettre une chose, Cafferty.

– Laquelle ?

– Quand ils t'enterreront, je ne chercherai pas à te déterrer. Je serai ravi de laisser ton corps pourrir.

Rab tourna lentement la tête et fixa ses yeux inertes sur Rebus.

– Aïe, tu l'as contrarié, Pantin.

Cafferty posa une main apaisante sur l'épaule de son homme de main.

– Et je sais que je devrais moi-même me sentir offensé.

Il soutint le regard du policier.

– Une autre fois peut-être ?

Il se pencha en avant.

– Gare-toi ! aboya-t-il.

Le chauffeur freina dans un crissement de pneus.

Rebus savait à quoi s'en tenir. Il ouvrit sa portière et se retrouva dans West Port. La voiture redémarra en trombe. Il prit la direction de Grassmarket... puis celle d'Holyrood. Cafferty avait dit qu'il voulait s'y rendre, voir le centre-ville en pleine métamorphose. Rebus se frotta les yeux. Il fallait que Big Ger réapparaisse dans sa vie maintenant, précisément. Non, il ne croyait pas aux coïncidences. Il alluma une cigarette et marcha vers Lauriston Place. Il pouvait couper par les Meadows et être chez lui en un quart d'heure.

Mais sa voiture était toujours à Gorgie. Et merde, elle pouvait bien y passer la nuit. Bonne chance à celui qui s'aviserait de la voler.

Lorsqu'il atteignit Arden Street, pourtant, il la trouva devant chez lui, garée en double file. Sur le pare-brise, une note du propriétaire de la voiture bloquée lui demandait de la déplacer. Rebus essaya la portière côté conducteur. Elle était ouverte. Pas de clefs. Normal, elles étaient dans la poche de son manteau. Les hommes de Cafferty.

Big Ger voulait lui montrer de quoi il était capable.

Il monta chez lui, se versa un verre de malt et s'assit au bord de son lit. Il écouta son répondeur : pas de message. Lorna n'avait pas essayé de le joindre. Il éprouva un soulagement mêlé d'une pointe de déception. Il fixa ses draps. Des images lui remontaient en mémoire, dans un ordre anarchique. Voilà que son ennemi juré était de retour en ville, décidé à reprendre les rênes de son royaume. Rebus retourna à la porte d'entrée et mit la chaîne. Il était au milieu du couloir lorsqu'il s'arrêta.

– Qu'est-ce que je fous ?

Il retourna sur ses pas et la retira. Cafferty n'avait certainement pas l'intention de partir calmement. Il avait des comptes à régler, et Rebus était l'un d'eux.

Pas de problème. Il l'attendait.

21

– Ce serait plus facile avec la porte ouverte, dit Ellen Wylie.

Elle entendait par là qu'ils auraient plus de place pour bouger et plus de lumière pour travailler.

– On gèlerait, lui rappela Grant Hood. Je ne sens déjà plus mes doigts.

Ils étaient dans le garage de Coghill. Un autre matin gris traversé de bourrasques glaciales qui secouaient la porte coulissante en tôle. La lumière diffusée par le plafonnier était faible et une unique fenêtre couverte de givre laissait entrer très peu de lumière du jour. Wylie s'activait, une lampe torche entre les dents. Hood avait apporté une petite lampe à pince, du genre de celles qu'utilisent les mécaniciens pour travailler sous les voitures. Mais sa lumière était trop vive et difficile à orienter. Fixée à une étagère, elle envoyait des ombres dans presque tout l'espace.

Wylie pensait s'être bien armée pour la tâche : elle ne s'était pas contentée de la lampe torche, elle avait apporté deux Thermos, une de soupe et une de thé, elle portait deux paires de chaussettes en laine sous ses chaussures de marche, elle s'était enroulé une écharpe autour du cou et du menton, et avait rabattu sur sa tête la capuche de son duffle-coat vert olive. Pourtant, elle avait froid aux oreilles, elle avait froid aux genoux. Le radiateur électrique ne chauffait qu'un rayon de vingt centimètres.

– On irait bien plus vite avec la porte ouverte, prétendit-elle à nouveau.

– Tu entends le vent ? Ça va voler jusqu'aux Pentlands si on ouvre.

Mme Coghill leur avait apporté du café et des biscuits. Elle semblait inquiète à leur sujet. Les pauses pipi étaient leurs uniques moments de répit. Le chauffage central de la maison offrait une tentation à laquelle il était difficile de résister. Grant avait reproché à Ellen la longueur de son dernier séjour dans la maison. La jeune femme avait riposté qu'elle ignorait qu'on la chronométrait.

Et voilà qu'ils se prenaient de bec à propos de la porte du garage.

– T'as trouvé quelque chose ? lui demanda-t-il pour la vingtième fois.

– Tu seras le premier à l'apprendre, répondit-elle entre ses dents.

Il n'était jamais bon d'ignorer ses questions : il les reposait sans cesse.

– Ces trucs sont bien trop récents, se plaignit-il en abattant une pile de documents sur l'une des caisses, laquelle glissa, envoyant des feuilles voler un peu partout.

– Mouais, c'est une autre manière d'organiser les recherches, ironisa Wylie.

S'ils avaient tout sorti dehors, ils en auraient déjà terminé. Ils auraient eu de la place pour évoluer et sauraient distinguer les dossiers déjà épluchés des autres... Ou, tout se serait envolé.

– Je ne suis pas experte en la matière, finit par dire Wylie, faisant une pause pour se verser un peu de thé, mais si ces documents ont le moindre rapport avec ses affaires, Coghill devait être un brin désorganisé.

– Il a eu des problèmes avec sa TVA.

– Et sa main-d'œuvre occasionnelle.

– Ça ne nous simplifie pas la tâche.

Hood approcha et accepta une tasse, la remerciant d'un hochement de tête. On frappa à la porte.

– Il en reste ? demanda Rebus en entrant, désignant la Thermos d'un mouvement de tête.

– À peine, répondit Wylie.

Il regarda les tasses à café et choisit la plus propre avant de la lui tendre.

– Comment ça va ?

Hood referma la porte, ostensiblement.

– Vous voulez dire, en dehors de l'effet blizzard ?

– C'est bon pour la santé, dit Rebus qui s'était avancé dans le périmètre chauffé par le radiateur.

– On progresse lentement, l'informa Wylie. Le plus gros problème est que Coghill était un homme orchestre. Il essayait de tout faire tout seul.

– Si seulement il avait embauché un bon directeur du personnel.

Wylie termina :

– Nous aurions déjà trouvé ce que nous cherchons.

– Peut-être qu'il a jeté des trucs, suggéra Rebus. Jusqu'à quand remontent ses registres ?

– Il n'a rien jeté, chef. C'est justement notre problème. Il a tout gardé, jusqu'au moindre bout de papier volant.

Elle secoua une lettre rédigée sur du papier à en-tête de Coghill Builders. Il la prit. C'était un devis pour la construction d'un garage chez un particulier de Joppa. L'estimation était faite au penny près. Elle datait de juillet 1969.

– Nous cherchons une année au milieu de trente autres, reprit Wylie.

Rebus vida sa tasse.

– Bon, plus tôt je vous laisserai vous y remettre...

Il regarda sa montre.

– Si vous ne savez pas quoi faire, chef, on ne cracherait pas sur une paire de mains en renfort.

Rebus regarda Wylie. Elle ne souriait pas.

– Encore un rendez-vous. Je voulais juste passer vous voir.

– C'est gentil de votre part, chef, dit Hood, sur le même ton que sa partenaire.

Ils se remirent au travail en le regardant partir du coin de l'œil.

Quand elle entendit un moteur démarrer, Wylie lâcha la pile de papiers qu'elle tenait.

– T'y crois, à ça ? Il débarque, il finit notre thé, et il disparaît aussitôt. Et si nous découvrons quoi que ce soit, il retournera au poste avec son trophée et récoltera les lauriers.

Hood fixait la porte.

– Tu crois ?

– Pas toi ?

Il haussa les épaules.

– Pas son style.

– Pourquoi il est venu, alors ?

Hood fixait toujours la porte.

– Parce qu'il est incapable de lâcher du mou.

– Une autre manière de dire qu'il ne nous fait pas confiance.

Hood haussa les épaules et ramassa une autre boîte d'archives.

– 1971. L'année de ma naissance.

– J'espère que vous n'avez rien contre ce lieu de rendez-vous, dit Cammo Grieve en enjambant une série d'échafaudages qui venaient d'être démontés ou étaient sur le point d'être montés.

– Non, répondit Rebus.

– Il me fallait un prétexte pour venir jeter un coup d'œil ici.

L'Église presbytérienne d'Écosse devait héberger temporairement dans ses murs, au sommet du Mound, le Parlement écossais. Les ouvriers travaillaient dur dans la salle de réunion du bâtiment. Des rampes d'éclairage en acier avaient été installées au milieu des poutres du plafond. Ils étaient en train de couper du Placo que des armatures en bois étaient prêtes à recevoir, et construisaient une sorte d'amphithéâtre semi-circulaire. Les bureaux et les chaises n'étaient pas encore arrivés. Dans la cour, la statue de John Knox avait été scellée à un socle – par mesure de sécurité, disaient certains, pour l'empêcher de manifester son dégoût devant les rénovations de la cour souveraine de l'Église d'Écosse, affirmaient d'autres.

– J'ai entendu dire qu'il y avait un bâtiment prêt à accueillir le Parlement à Glasgow, dit Grieve. (Il sourit.) Comme si Édimbourg allait les laisser obtenir ça. Quoi qu'il en soit... (il regarda autour de lui) c'est bête qu'ils n'aient pas attendu que le chantier de Holyrood soit terminé.

– Apparemment, il y a urgence, commenta Rebus.

– Uniquement parce que Dewar a une idée fixe. Il n'y a qu'à voir la manière dont il a éliminé Calton Hill de la liste des sites possibles, parce qu'il craignait qu'on le voie comme un « symbole nationaliste ». Ce type est un crétin.

– Pour ma part, j'avais une préférence pour Leith.

– Et pourquoi donc ?

– La circulation au centre-ville est suffisamment mauvaise comme ça. Et puis, ça aurait épargné aux gagneuses d'aller racoler jusqu'à Holyrood.

Le rire de Cammo Grieve sembla emplir tout l'espace. Autour d'eux, des charpentiers tapaient et sciaient. Une radio grésillait des airs populaires, et deux ou trois ouvriers l'accompagnaient en sifflant. Un autre se tapa le doigt avec un marteau et rugit des blasphèmes qui résonnèrent contre les murs.

Cammo Grieve jeta un regard oblique à Rebus.

– Vous n'avez pas une très grande opinion de ma vocation, n'est-ce pas, inspecteur ?

– Oh, je pense que les politiciens ont leur utilité.

– Quelque chose me dit que je ferais mieux de ne pas demander laquelle.

– Vous êtes sage, monsieur.

Ils se remirent à marcher. Se souvenant de bribes d'informations fournies par leurs guides au cours des visites organisées par le PPLC, Rebus les resservit au député.

– Alors ceci ne sera qu'une salle des débats ?

– C'est exact. Il y a six autres bâtiments, dont la plupart appartiennent au conseil municipal. L'un d'eux servira aux services corporatifs, et un autre aux députés écossais et à leurs assistants. J'ai oublié le reste.

– Salles de comités ?

Rebus hocha la tête.

– De l'autre côté du pont George-V. Un tunnel reliera les deux bâtiments.

– Un tunnel ?

– Pour leur éviter de traverser la rue. Nous ne voudrions pas que nos députés se fassent écraser.

Grieve sourit. Malgré lui, Rebus ressentait une certaine sympathie pour cet homme.

– Il y aura un bureau de presse, j'imagine ?

– Dans Lawnmarket.

– Foutus journalistes.

– Ils campent toujours devant la propriété de votre mère ?

– Oui. Chaque fois que je lui rends visite, je dois faire face aux mêmes questions.

Il regarda Rebus ; tout humour avait déserté son visage, qui en paraissait d'autant plus pâle et fatigué.

– Vous n'avez toujours pas la moindre idée de l'identité du meurtrier de Roddy ?

– Vous savez ce que je vais vous répondre.

– Oh oui : interrogatoires, l'affaire suit son cours... toutes ces bêtises.

– Ce sont peut-être des bêtises, mais c'est la stricte vérité.

Cammo Grieve enfonça ses mains dans les poches de son élégant manteau noir. Il paraissait vieux et, d'une certaine manière, insatisfait ; il avait le même air désenchanté et solennel que Hugh Cordover. Ses vêtements chics n'arrivaient pas à masquer les rides de lassitude et les épaules tombantes. Le casque en plastique blanc obligatoire le dérangeait, il ne cessait de le réajuster sur sa tête. Il faisait l'effet d'un homme mal dans sa vie.

Ils avaient monté l'escalier qui menait à la galerie. Grieve épousseta l'un des bancs avec la main, s'assit et arrangea les pans de son manteau autour de lui. Plus bas, au centre de l'amphithéâtre, deux hommes étudiaient des plans en désignant diverses directions.

– Un présage ? demanda Grieve.

Le plan était étalé sur un établi et fixé par quatre tasses à café.

– Qu'est-ce que ça sent ? demanda Rebus en prenant place à côté du député.

Grieve renifla l'air.

– La sciure.

– La sciure d'un homme est le bois d'un autre. Voilà ce que je sens, moi.

– Là où je vois des présages, vous voyez un nouveau départ ?

Grieve posa un regard appréciateur sur le policier qui se contenta de hausser les épaules.

– D'accord. Parfois, c'est un peu trop facile de trouver des sens cachés où il n'y en a pas.

Il y avait près d'eux des bobines de câble électrique. Grieve posa les pieds sur l'une d'elles. Il retira son casque et se passa la main dans les cheveux.

– C'est quand vous voulez, fit Rebus.

– Quand je veux quoi ?

– Me dire ce que vous avez à me dire.

– Ah bon, j'ai quelque chose à vous dire ? Qu'est-ce qui vous rend si sûr de vous ?

– Si vous cherchiez uniquement un guide, je risque de ne pas être content.

– C'est bon. J'ai effectivement quelque chose à vous dire. Mais je ne suis pas certain que ça ait un quelconque intérêt.

Grieve fixa la verrière du toit

– C'est à propos de lettres que j'ai reçues. Tous les députés reçoivent des lettres de cinglés, alors ça ne m'a pas inquiété, au début. Mais j'en ai parlé à Roddy. Je suppose que je voulais lui faire comprendre ce qui l'attendait. Une fois élu député, il devrait sans aucun doute faire face aux mêmes tracas.

– Il n'en avait jamais reçu, lui-même ?

– Il n'en a pas parlé, non. Seulement... j'ai eu l'impression qu'il savait déjà à quoi je faisais allusion.

– Que disaient ces lettres ?

– Les miennes ? Que le connard de tory que je suis allait bientôt mourir. Certaines renfermaient des lames de rasoir, au cas où je serais d'humeur suicidaire.

– Anonymes, bien sûr ?

– Bien sûr. De diverses provenances. Qui que ce soit, il voyage.

– Qu'en pense la police ?

– Je ne leur en ai pas parlé.

– Qui est au courant, en dehors de votre frère ?

– Ma secrétaire. C'est elle qui ouvre mon courrier.

– Vous les avez gardées ?

– Non, je les ai jetées sitôt lues. Le fait est que je n'en ai reçu aucune depuis la mort de Roddy. J'ai vérifié auprès de mon bureau.

– Respect pour votre deuil ?

Cammo Grieve parut sceptique.

– Je m'attendais à ce que ce salaud en fasse des gorges chaudes.

– Je sais à quoi vous pensez. Vous vous demandez si l'auteur des lettres n'aurait pas une dent contre toute la famille ? S'il s'en est pris à Roddy parce qu'il n'arrivait pas à vous atteindre personnellement ?

– Un homme, selon vous ?

– Pas nécessairement. (Rebus réfléchit un instant.) Appelez-moi, s'il y en a d'autres. Et gardez-les, cette fois.

– Compris, assura-t-il en se levant. Je repars pour Londres cet après-midi. Si vous avez besoin de moi, vous avez le numéro de mon bureau.

– Oui, merci.

– Bien. Au revoir inspecteur. Et bonne chance.

– Au revoir, monsieur. Faites attention à vous.

Cammo Grieve se figea un instant, puis il redescendit les marches. Rebus demeura assis là, à écouter les coups de marteau et les bruits de scie, le regard perdu dans le lointain.

De retour à St Leonards, il donna quelques coups de fil tout en triant les messages posés sur son bureau. Linford ne communiquait plus avec lui que par notes, désormais. La dernière disait qu'il était parti interroger des passants qui avaient emprunté Holyrood Road le soir du meurtre. Avec la ténacité qui le caractérisait, « Hi-Ho » Silvers avait réussi à trouver quatre pubs où Roddy Grieve avait été vu, buvant seul. Deux d'entre eux se trouvaient dans le West End, un à Lawnmarket, l'autre étant l'Holyrood Tavern. Ils s'étaient procuré une liste des habitués de la Tavern. C'était ceux-là que Linford était allé interroger. Du temps perdu, sans aucun doute. Cela dit, écouter ses intuitions était-il plus excitant et plus utile ?

– Vous êtes bien la secrétaire de M. Grieve ? demanda-t-il à son interlocutrice.

Il l'interrogea alors sur les lettres anonymes. D'après sa voix, elle devait avoir entre vingt-cinq et trente ans. Et d'après ses propos, il l'imaginait entièrement dévouée à son patron. Cependant, elle ne semblait pas avoir préparé ses réponses ; il n'avait aucune raison de douter de sa sincérité.

Juste une intuition.

Ensuite, il appela Seona Grieve. Il réussit à la joindre sur son portable. Il la sentit agacée et lui en fit la remarque.

– J'ai peu de temps pour mettre ma campagne sur pied. Et tout cela n'enchante guère mon école. Ils pensaient que j'allais prendre quelques jours pour cause de deuil, et maintenant je leur annonce que je pourrais bien ne pas revenir.

– Si vous êtes élue.

– Oui, à cette petite condition.

Bien qu'elle eût fait allusion à son deuil, on n'aurait jamais cru qu'elle venait de perdre son mari. Pas le temps de pleurer. C'était peut-être une bonne chose, ça l'empêchait de penser à lui. Linford s'était demandé si Seona Grieve avait un motif. Tuer son mari, prendre sa place : un raccourci pour le Parlement. Rebus ne voyait pas la situation sous cet angle. Cela dit, il ne voyait pas grand-chose.

– Alors, si ce n'est pas un appel amical, inspecteur...

– Désolé. Je me demandais juste si votre mari avait déjà reçu des lettres de cinglés.

Il y eut un silence.

– Non, pas à ma connaissance.

– Est-ce qu'il vous avait dit que son frère en avait reçu ?

– Ah bon ? Non, Roddy n'y a jamais fait allusion. C'est Cammo qui lui en a parlé ?

– Apparemment.

– Première nouvelle. Vous ne croyez pas que je vous en aurais déjà parlé, si j'avais été au courant ?

– Peut-être.

Il sentit que l'insinuation l'irritait.

– Autre chose, inspecteur ?

– Non, je vous laisse retourner à vos occupations, madame. Désolé de vous avoir dérangée.

Sa voix trahissait son manque de sincérité.

– Écoutez, inspecteur, j'apprécie réellement ce que vous êtes en train de faire, tout le mal que vous vous donnez, reprit-elle soudain avec un ton de politicien. Et il va de soi que vous pouvez m'appeler si vous pensez que je peux vous être d'une quelconque utilité.

– C'est très aimable à vous, madame.

Elle fit un effort pour ignorer l'ironie qui perçait dans sa voix.

– À présent, si vous n'avez pas d'autre question à me poser...

Rebus raccrocha sans se donner la peine de répondre.

Il trouva Siobhan dans le bureau d'à côté. Le combiné du téléphone coincé entre le menton et l'épaule, elle écrivait.

– Merci, dit-elle. Je vous en suis très reconnaissante. À plus tard, donc.

Elle jeta un coup d'œil à Rebus.

– Je viendrai avec un collègue, si ça ne vous dérange pas. (Elle écouta.) Parfait, monsieur Sithing. Au revoir.

Le combiné tomba de son épaule et atterrit tout seul sur son socle.

– Bien joué, la félicita Rebus.

– Ça demande beaucoup d'entraînement. Dis-moi que c'est l'heure de la pause déjeuner.

– Et c'est moi qui régale.

Elle ôta sa veste du dossier de sa chaise et l'enfila.

– Sithing ? demanda-t-il.

– En fin d'après-midi, si ça te va.

Il acquiesça.

– Il est à la chapelle. J'ai proposé que nous le rejoignions là-bas.

– Il s'est beaucoup fait prier ?

Elle sourit, se souvenant qu'elle l'avait pratiquement jeté à la porte lorsqu'il était venu la trouver.

– Beaucoup, confirma-t-elle. Mais j'ai une sacrée carotte.

– Les quatre cent mille ?

– Hum hum. Alors, où tu m'emmènes ?

– Je connais un petit restau sympa à Fife.

– La cantine fait des sandwichs.

– Un choix difficile. Mais la vie en est pleine.

– Fife est trop loin. La prochaine fois peut-être.

– Va pour la prochaine fois, dit Rebus.

Ils étaient assis à la table de la cuisine de Mme Coghill. Ils avaient mangé la soupe de la Thermos en entrée, et leur hôtesse leur avait préparé des macaronis au gratin comme plat de résistance. Ils étaient sur le point de refuser poliment quand elle avait sorti le plat du four.

– Un tout petit peu, alors.

Après les avoir servis, elle les avait laissés en les informant qu'elle avait déjà mangé.

– Je n'ai pas grand appétit, ces derniers temps, mais des jeunes comme vous... Je veux que ce plat soit vide la prochaine fois que je le verrai.

Grant Hood fit basculer sa chaise en arrière et s'étira. Il avait avalé deux portions et il en restait encore beaucoup.

Ellen Wylie prit la cuillère pour le resservir.

– Ciel, non ! À toi de finir.

– Je ne pourrais pas. En fait, je ne suis pas certaine de

pouvoir me relever, alors il vaudrait mieux que ce soit toi qui fasses le café.

– Pigé.

Il remplit la bouilloire d'eau. Dehors, le ciel s'était assombri. Les lumières de la cuisine étaient allumées. Le vent balayait des feuilles et des paquets de chips vides.

– Foutue journée, grommela-t-il.

Wylie n'écoutait pas. Elle avait ouvert la boîte d'archives noire qu'elle avait trouvée avant le déjeuner. Contrats d'avril 1978 à avril 1979. Année fiscale de Dean Coghill. Elle sortit la moitié de son contenu et étala les documents sur la table. Elle garda le reste pour elle. Hood débarrassa leurs assiettes et remit le reste de macaronis au four. Puis, revenant s'asseoir en attendant que l'eau chauffe, il prit la première feuille qui lui tomba sous la main.

Une demi-heure plus tard, leurs efforts étaient enfin récompensés par la découverte d'une liste du personnel embauché sur le chantier de Queensberry House. Huit noms. Wylie les griffonna sur son carnet.

– Il ne reste plus qu'à les rechercher et à les interroger un par un.

– À t'entendre, rien de plus facile.

Wylie poussa la liste vers lui.

– Certains d'entre eux sont sûrement encore dans le bâtiment.

Hood lut les noms. Les sept premiers étaient tapés à la machine, le huitième ajouté au crayon.

– C'est bien Hutton ?

– Le dernier ? (Wylie vérifia sur son carnet.) Hutton ou Hatton. Prénom Benny ou Barry.

– Donc on fait toutes les entreprises de construction d'Édimbourg et on leur demande si elles ont embauché un de ces hommes.

– Soit ça, soit l'annuaire.

La bouilloire s'arrêta. Hood alla demander à Mme Coghill si elle voulait une tasse de café. Il revint avec les Pages jaunes qu'il ouvrit à la rubrique « Constructeurs ».

– Lis-moi les noms. On peut avoir un coup de chance.

Au troisième nom, Hood s'exclama « Bingo ! », le doigt posé sur un encart publicitaire. La liste mentionnait un certain John Hicks, et l'encart disait : J. Hicks, agrandissements, rénovations, transformations.

– Ça mérite un coup de téléphone, dit-il.

Wylie sortit son portable et ils fêtèrent leur découverte avec un café.

L'entreprise de John Hicks se trouvait à Bruntsfield, mais lui-même travaillait actuellement sur un chantier à Glengyle Terrasse, juste après le golf. Un appartement au rez-de-jardin. Il devait transformer une grande chambre en deux petites.

– Ça permet d'augmenter le prix de la location, leur expliqua-t-il. Apparemment, il y a des gens que ça ne dérange pas de vivre dans des cages à lapins.

– Ou qui n'ont pas les moyens de se payer mieux.

– Tout juste, ma petite dame.

Hicks devait avoir dans les cinquante-sept, cinquante-huit ans. C'était un petit homme sec au crâne chauve bronzé et aux sourcils noirs broussailleux. Ses yeux pétillaient d'humour.

– Au train où vont les choses, il n'y aura bientôt plus un seul appartement qui n'ait pas été divisé dans tout Édimbourg.

– C'est bon pour les affaires, fit remarquer Hood.

– Oh, je ne me plains pas. (Il leur adressa un clin d'œil.) Vous m'avez dit au téléphone que ça avait un rapport avec Dean Coghill.

Une porte claqua, quelque part dans l'appartement.

– Des étudiants, expliqua-t-il. Ça les emmerde que j'arrive à huit heures du matin et que je joue du marteau jusqu'à quatre ou cinq heures.

Il ramassa ledit marteau et frappa deux coups contre une feuille de Placo. Wylie lui tendit la liste de noms. Il la prit, y jeta un œil et siffla.

– Ça ne me rajeunit pas.

– Nous aimerions retrouver les autres.

Il leva les yeux.

– Pourquoi ça ?

– Vous avez entendu parler du corps découvert à Queensberry House ?

Hicks hocha la tête.

– Il y a été mis entre la fin 78 et le début 79.

– Quand nous y travaillions ? Vous pensez que l'un de nous... ?

– Nous suivons juste une piste possible, monsieur. Vous souvenez-vous qu'une cheminée ait été rouverte ?

– Oui. On était censés installer une barrière d'étanchéité. On a cassé le mur et découvert les cheminées.

– Quand ont-elles été refermées ?

Hicks haussa les épaules.

– Je ne me souviens plus. Avant qu'on termine notre boulot, mais je ne me rappelle plus quand exactement.

– Qui les a fermées ?

– Aucune idée.

– Pouvez-vous nous donner des informations sur les autres hommes de la liste ?

Il y jeta encore un coup d'œil.

– Eh bien, Bert, Terry et moi, on a fait des tas de chantiers ensemble. Eddie et Tam travaillaient à temps partiel et se faisaient payer en liquide. Voyons voir... Harry Connors... il était un peu plus vieux. Il travaillait avec Dean pour des clopinettes. Il est mort deux ans plus tard. Doc McCarthy est parti vivre en Australie.

– Personne n'a laissé tomber le chantier ? demanda Wylie.

– Non, on était tous présents le jour de la paye, si c'est là où vous voulez en venir.

Wylie et Hood échangèrent un regard. Une autre théorie qui tombait à l'eau.

Hicks étudiait toujours la liste.

– Il reste un nom que vous n'avez pas mentionné, lui rappela Hood.

– Benny Hatton, lut Wylie.

– Barry Hutton, rectifia Hicks. En fait, Barry nous a juste

donné un coup de pouce. Pour rendre service à son oncle, je crois.

– Et alors ?

– Rien. C'est juste que, vous savez...

– Quoi donc ?

– Barry s'en est bien tiré. C'est le seul d'entre nous à avoir atteint les sommets.

Wylie et Hood ne voyaient pas du tout où il voulait en venir.

– Vous ne le connaissez pas ?

Hicks paraissait surpris.

– Hutton Developments.

Wylie écarquilla les yeux.

– C'est *ce* Barry Hutton ?

Elle regarda Hood.

– C'est un promoteur, expliqua-t-elle.

– L'un des plus grands, ajouta Hicks. On ne connaît jamais vraiment les gens, hein ? À l'époque, Barry n'était rien.

– Vous avez parlé d'un oncle, monsieur Hicks, lui rappela Hood.

– Ben, Barry n'avait pas beaucoup d'expérience dans le métier. J'ai cru comprendre que son oncle avait glissé un mot à Dean pour qu'il donne sa chance au garçon.

– Et qui était cet oncle ?

Hicks sembla sidéré qu'ils ne sachent pas cela non plus.

– Bryce Callan, répondit-il en flanquant un autre coup de marteau sur le Placo. Barry est le fils de la sœur de Bryce. Avec ce genre de protecteur, pas étonnant que le gosse soit arrivé où il est, hein ?

22

Rebus prit l'appel sur son portable alors que Siobhan les conduisait à Roslin. Quand il eut terminé, il se tourna vers elle.

– C'était Grant Hood. Le corps dans la cheminée ; l'un des ouvriers qui travaillaient là-bas était le neveu de Bryce Callan. Il s'appelle...

– Barry Hutton.

– Tu le connais ?

– La trentaine, célibataire et millionnaire, bien sûr que je le connais. Je suis sortie avec un groupe de célibataires, un soir. Pour le boulot, devrais-je ajouter. Deux femmes parlaient de bons partis. Il y avait un article de magazine sur lui. Séduisant à les en croire. (Elle jeta un coup d'œil à Rebus.) Mais il est réglo, non ? Il dirige sa propre entreprise, il n'a rien à voir avec son oncle ?

– Non, répondit-il pensif.

Qu'est-ce que Cafferty avait dit à propos de Bryce Callan ? *C'est à sa famille de s'occuper de lui* ?

Aux abords de Rosslyn Chapel, Siobhan lui demanda pourquoi la ville et la chapelle ne s'écrivaient pas de la même manière.

– Un autre mystère insondable de la chapelle, lui répondit-il. Il y a sans doute une conspiration cachée là-dessous.

– Je voulais que vous voyiez ça, leur dit Gerald Sithing, en venant à leur rencontre sur le parking.

Il portait un imper bleu en plastique sur une veste en

tweed et un pantalon en velours côtelé marron. L'imper crissait à chacun de ses mouvements. Il serra la main de Rebus, mais garda ses distances avec Siobhan.

Vue de l'extérieur, la chapelle ne donnait pas tellement envie d'y entrer. Elle était couverte de tôle ondulée.

– C'est juste en attendant que les murs sèchent, expliqua Sithing. Ensuite, les réparations pourront commencer.

Il les fit entrer. Aussi préparée fût-elle, Siobhan ne put retenir une exclamation de surprise. L'intérieur était aussi splendide que celui d'une cathédrale. Les superbes volumes mettaient en valeur le travail de la pierre. La voûte décorée de toutes sortes de fleurs sculptées reposait sur des piliers aux motifs compliqués. Les murs étaient percés de vitraux. Les portes grandes ouvertes laissaient entrer le froid. Les taches vertes trahissaient un problème d'humidité.

Rebus se posta au centre de la nef et tapa du pied.

– C'est ici que se trouve le vaisseau spatial, n'est-ce pas ? Là-dessous ?

Sithing secoua un doigt grondeur, mais il était trop ému par ce qui l'entourait pour se formaliser.

– L'arche d'alliance, le corps du Christ. Oui, je connais toutes ces histoires. Mais il y a des signes indéniables du passage des Templiers, où que vous posiez les yeux. Les boucliers, les inscriptions, certaines gravures. Le tombeau de William St Clair – il est mort en Espagne au XIVe siècle. Il transportait le cœur de Robert Bruce en Terre sainte.

– Ç'aurait été plus simple de le poster, non ? Il y serait déjà à l'heure qu'il est.

– Les Templiers, continua patiemment Sithing, étaient la branche militaire du Prieuré de Sion, qui s'était donné pour mission de retrouver le trésor du Temple de Salomon.

– D'où le nom ? déduisit Siobhan. Il y a un village qui s'appelle Temple dans le coin, je crois.

– Avec un temple en ruine, ajouta vivement Sithing. Certaines personnes affirment que Rosslyn Chapel est une réplique du Temple de Salomon. Au XIVe siècle, les Templiers se sont réfugiés en Écosse pour échapper aux persécutions.

– Quand a-t-elle été construite ?

Siobhan était incapable de détacher les yeux des trésors qui l'entouraient.

– 1446. C'est l'année où les fondations ont été creusées. Les travaux ont duré quarante ans.

– Ça me rappelle certains entrepreneurs, commenta Rebus.

– Vous le sentez ? demanda Sithing à Rebus. Au plus profond de votre cœur cynique, pouvez-vous sentir quelque chose ?

– Oui, juste une petite indigestion, merci de vous soucier de ma santé, répondit Rebus en se massant l'estomac.

Sithing se tourna vers Siobhan.

– Vous en êtes capable, vous. Je sais que vous le sentez.

– C'est un lieu magnifique, je le reconnais.

– Vous pourriez passer votre existence à l'étudier sans pour autant percer le quart de ses secrets.

– Qui est ce sale type ?

Siobhan pointait le doigt vers une gargouille.

– C'est l'Homme Vert.

– Une figure païenne, non ?

– Justement ! glapit Sithing, au comble de l'excitation. Cette chapelle est presque panthéiste. Elle n'est pas seulement chrétienne. Elle réunit tous les systèmes de croyance.

– La Terre à l'agent Clarke. La Terre à l'agent Clarke, intervint Rebus.

Elle lui fit une grimace.

– Et ces sculptures sur la voûte, poursuivit Sithing, représentent les plantes du Nouveau Monde. (Il marqua une pause pour ménager ses effets.) Gravées un siècle avant que Christophe Colomb ne découvre l'Amérique !

– Tout ceci est fascinant, cher monsieur, coupa Rebus d'une voix lasse, mais ce n'est pas la raison de notre présence ici.

Siobhan détacha les yeux de l'Homme Vert.

– C'est exact, monsieur Sithing. J'ai raconté votre histoire à l'inspecteur Rebus, et il a souhaité vous rencontrer.

– Au sujet de Christopher Mackie ?

– Oui.

– Donc, vous admettez que je le connaissais ?

Il attendit que Siobhan acquiesce.

– Et vous admettez qu'il aurait voulu que les Chevaliers héritent de sa fortune ?

– Ce n'est pas à nous d'en décider, monsieur, mais aux avocats. Cela dit, nous pouvons toujours leur glisser un mot en votre faveur.

Il ignora le regard de Siobhan et soutint le regard de Gerald Sithing afin qu'il saisisse le sous-entendu.

– Je vois, dit-il.

Il s'assit sur l'une des chaises mises à la disposition des fidèles.

– Que désirez-vous savoir ?

Rebus l'imita, mais il choisit une chaise de l'autre côté de l'allée.

– Est-ce que M. Mackie semblait s'intéresser à la famille Grieve ?

L'espace d'un instant, Sithing sembla désarçonné par la question.

– Comment le savez-vous ?

Rebus comprit aussitôt qu'ils avaient touché un filon.

– Est-ce que Hugh Cordover fait partie de votre groupe ?

– Oui.

Sithing avait les yeux écarquillés, comme s'il se trouvait en présence d'un mage.

– Chris Mackie a-t-il déjà mis les pieds ici ?

– Je l'ai invité à plusieurs reprises, mais il a toujours décliné.

– Ça ne vous paraissait pas étrange, dans la mesure où il s'intéressait à Rosslyn ?

– Je me disais qu'il n'aimait pas trop se déplacer.

– Donc, vous vous retrouviez aux Meadows, et vous parliez de... ?

– De tas de choses.

– Dont la famille Grieve ?

Se sentant exclue, Siobhan s'assit devant Sithing, et se tourna vers lui.

– Qui a mentionné leur nom en premier ?

Sithing ne se rappelait pas.

– Vous avez sans doute mentionné le nom de Hugh Cordover alors que vous lui parliez des Chevaliers, supposa Rebus.

– Peut-être, admit Sithing. (Il releva soudain la tête.) En fait, c'est exactement ce qui s'est passé !

Statut de mage confirmé pour Rebus.

Siobhan décida de laisser son collègue continuer. Sithing était visiblement plongé dans une sorte de transe.

– Vous avez fait allusion à Cordover et Mackie vous a posé des questions à son sujet.

– C'était un ancien fan de son groupe. Je crois même qu'il m'a fredonné un de leurs airs – que je n'aurais pu identifier. Il m'a posé quelques questions, auxquelles j'ai répondu comme j'ai pu.

– Et après, lors de vos rencontres suivantes... ?

– Il me demandait comment Hugh et Lorna allaient.

– Il vous interrogeait sur d'autres membres de la famille ?

– On parle assez d'eux dans les journaux, non ? Je lui disais ce que je savais.

– Vous ne vous êtes jamais demandé pourquoi il s'intéressait tant aux Grieve, monsieur Sithing ?

– Appelez-moi Gerald, je vous en prie. Savez-vous que vous avez une aura, inspecteur ? C'est flagrant.

– Mon après-rasage, sans doute.

Siobhan fit une moue moqueuse, qu'il ignora.

– Vous n'aviez pas l'impression qu'il s'intéressait plus à Hugh Cordover et à sa famille qu'aux Chevaliers de Rosslyn ?

– Oh non, je suis sûr qu'il n'en était rien.

Rebus se pencha vers lui.

– Regardez au fond de votre cœur, Gerald, déclama-t-il.

Sithing s'exécuta, déglutissant bruyamment.

– Oui, vous avez peut-être raison. Mais, dites-moi, pourquoi s'intéressait-il tant aux Grieve ?

Rebus se leva et se pencha à nouveau vers Sithing.

– Comment diable voulez-vous que je le sache ?

De retour dans la voiture, Siobhan s'amusa à l'imiter :

– « Regardez au fond de votre cœur, Gerald. »

– Drôle de loustic, hein ?

Rebus avait abaissé sa vitre, condition à laquelle Siobhan avait accepté qu'il fume.

– Bon, qu'est-ce que nous avons ?

– On a un Superclodo qui fait semblant de s'intéresser aux Chevaliers de Rosslyn pour soutirer des infos sur le clan. On sait qu'il s'intéressait à Hugh Cordover, mais qu'il n'avait pas envie de venir jusqu'à la chapelle. Pourquoi ? Parce qu'il ne voulait pas le rencontrer.

– Cordover l'aurait reconnu ? supposa Siobhan.

– C'est une possibilité.

– Et ça nous en dit un peu plus sur son identité ?

– Peut-être. Superclodo s'intéressait aux Grieve *et* à Skelly. Roddy Grieve est retrouvé mort sur le chantier de Queensberry House, peu de temps après que Skelly a été découvert, et voilà que Superclodo s'offre le grand saut.

– Tu comptes faire d'une pierre trois coups ?

Rebus secoua la tête.

– On n'a pas assez d'éléments. Le Paysan ne marcherait pas. Il ne me laisserait pas diriger l'affaire comme elle doit l'être.

– Parlant de ça... Où est ton acolyte ?

Siobhan accéléra alors qu'elle sortait du village.

– Tu veux dire Linford ? répondit-il en haussant les épaules. Il mène des interrogatoires.

Siobhan parut sceptique.

– Il te laisse mener ta barque ?

– Derek Linford sait ce qu'il y a de mieux pour lui, répondit Rebus en envoyant sa cigarette vers le ciel rougeoyant.

Rebus, Siobhan, Wylie et Hood s'étaient donné rendez-vous dans l'arrière-salle de l'Oxford Bar pour un conseil de guerre. Ils avaient choisi une table tout au fond de la salle afin que personne ne les entende.

– Je vois des liens entre ces trois affaires, conclut Rebus après avoir exposé ses arguments. Maintenant, dites-moi si vous pensez que je me trompe.

– Je ne pense pas que vous vous trompiez, chef, dit Wylie, mais où sont vos preuves ?

Rebus acquiesça. Il n'avait presque pas touché à sa bière. Par égard pour les non-fumeurs, son paquet de cigarettes était toujours enveloppé de Cellophane.

– Précisément. C'est pourquoi je voudrais qu'on ouvre l'œil. Il va falloir qu'on fasse circuler nos informations. De cette manière, lorsque les points communs apparaîtront, nous pourrons immédiatement les identifier.

– Qu'est-ce qu'on va dire à l'inspecteur chef Templer ? demanda Siobhan.

Gill Templer, sa supérieure hiérarchique.

– Vous l'endormez. Le superintendant aussi, si ça devient nécessaire.

– Il est sur le point de classer mon affaire, se plaignit-elle.

– On va l'en dissuader, promit Rebus. Allez, finissez vos verres, la prochaine tournée est pour moi.

Alors qu'il se dirigeait vers le bar, Siobhan sortit pour interroger son répondeur. Il y avait deux messages. Tous deux de Derek Linford. Il s'excusait et demandait à la revoir.

« Il a mis le temps », marmonna-t-elle.

Il lui avait laissé son numéro mais elle l'avait écouté d'une oreille distraite.

Seuls à la table, Wylie et Hood burent en silence pendant un moment, puis Wylie demanda :

– Qu'en penses-tu ?

– Hum. L'inspecteur a la réputation de foncer sans filet. Est-ce qu'on a envie d'être dans le même bateau ?

– Pour être sincère, moi pas. Je ne vois pas en quoi notre

affaire – ou celle de Siobhan, d'ailleurs – serait liée au meurtre de ce député.

– Ton idée ?

– Je crois qu'il essaie de pirater nos enquêtes parce que la sienne piétine.

– Je te l'ai déjà dit, il n'est pas comme ça.

Wylie réfléchit un instant.

– Remarque, s'il a raison, nous nous retrouvons avec une affaire plus importante que nous le pensions. Et s'il a tort, c'est lui qui se fait épingler, ajouta-t-elle avec un sourire.

Rebus rapporta les boissons, gin au citron vert pour Wyllie, un demi pour Hood. Il retourna au bar chercher un whisky pour lui-même, et un Coca pour Siobhan.

– *Slainte*, dit-il, tandis que la jeune femme reprenait sa place sur la banquette étroite, à côté de lui.

– Alors, quel est le plan ? demanda Wylie.

– Je n'ai pas besoin de vous le dire. Vous suivez la procédure.

– On interroge Barry Hutton ? suggéra Hood.

Rebus approuva.

– Et vous pourriez peut-être faire quelques recherches, aussi, des fois qu'il y aurait des choses utiles à savoir sur son compte.

– Et Supertramp ? demanda Siobhan.

– Il se trouve que j'ai une idée...

Quelqu'un passa sa tête par la porte, comme pour voir s'il se trouvait des visages connus dans la salle. C'était Gordon. Un habitué. Il était en costume, il venait probablement juste de quitter son travail. En reconnaissant Rebus, il fit mine de se retirer, puis se ravisa et opta pour une autre tactique. Il approcha de la table, les mains dans les poches de son pardessus. Rebus comprit aussitôt qu'il venait de fêter quelque chose.

– Sale veinard, lança Gordon. T'es parti avec Lorna l'autre soir, pas vrai ?

Il semblait d'humeur taquine.

– Un mannequin des sixties, et c'est tout ce qu'elle peut s'offrir ?

Il secoua la tête, l'air dépité, sans remarquer l'expression de Rebus.

– Merci, Gordon.

Le ton de sa voix alerta le jeune homme. Il regarda les compagnons du policier et se colla la main sur la bouche.

– Désolé d'avoir lâché le morceau, marmonna-t-il en se repliant vers le bar.

Rebus regarda ses collègues. Tous semblaient soudainement captivés par leur boisson.

– Il faut excuser Gordon, il ne sait pas toujours ce qu'il dit.

– J'imagine qu'il parlait de Lorna Grieve ? demanda Siobhan. Elle vient souvent ici ?

Rebus la regarda, mais ne répondit pas.

– C'est la sœur d'une victime de meurtre, poursuivit Siobhan à voix basse.

– Elle est passée un soir, c'est tout.

Mais il savait que sa nervosité le trahissait. Il jeta un œil à Wylie et Hood ; ils l'avaient vu avec Lorna, ce soir-là. Il leva son verre de whisky et s'aperçut qu'il l'avait déjà terminé.

– Gordon ne sait pas ce qu'il dit, répéta-t-il.

Même à ses oreilles, ça sonnait faux.

23

Certains disent qu'Édimbourg est une ville masquée, cachant ses véritables sentiments et intentions, affichant des citoyens hautement respectables. Une ville apparemment figée dans le temps, où l'on peut séjourner sans jamais vraiment saisir les règles qui la régissent. Telle est la ville de Deacon Brodie[1], où les passions refoulées ne s'extériorisent qu'à la nuit tombée. La ville de John Knox[2], cet homme grave et invincible. Il ne faut pas moins d'un demi-million de livres pour s'offrir l'une de ses plus belles maisons, mais étaler sa fortune est mal vu dans cette ville où on préfère rouler en Saab ou en Volvo qu'en Bentley ou en Ferrari. Les gens de Glasgow – qui se considèrent comme plus passionnés, plus celtes – jugent ceux d'Édimbourg guindés et conformistes au point de paraître coincés.

La ville cachée. Preuve historique : lorsque les armées des envahisseurs approchèrent, la population s'éclipsa dans les caves et les tunnels d'Old Town. Les maisons pouvaient bien être saccagées, les soldats finiraient par partir – difficile de savourer une victoire quand les victimes se sont évaporées –

---

1. Conseiller municipal et ébéniste le jour, il se transformait la nuit en cambrioleur. Il a inspiré à R. L. Stevenson le personnage du Docteur Jekyll et Mister Hyde.

2. Prédicateur, fondateur en 1560 de l'Église presbytérienne.

et leurs habitants par remonter vers la lumière pour se mettre à reconstruire.

Du fond des ténèbres vers la lumière.

Les philosophes presbytériens débarrassèrent les églises de l'idolâtrie, les laissant étrangement vides, puis les remplirent de fidèles ayant grandi avec l'idée qu'ils étaient voués à leur perte. Tout cela imprègne la conscience collective depuis des décennies. Les citoyens d'Édimbourg font de bons banquiers et de bons avocats, sans doute parce qu'ils gardent le contrôle de leurs émotions. Ils sont également très bons pour garder des secrets. Lentement, la ville s'est bâti une solide réputation de centre financier. À une époque, Charlotte Square, où beaucoup de banques et de sociétés d'assurances avaient installé leur QG, était considéré comme l'une des rues les plus riches d'Europe. Puis, le manque d'immeubles de bureaux et de parkings avait poussé les banques et les compagnies d'assurances à se regrouper autour de Morrison Street et de Western Approach Road. Le nouveau quartier des affaires d'Édimbourg était désormais un labyrinthe de béton et de verre au milieu duquel trônait l'International Convention Centre, une construction en forme d'arène.

Tout le monde semblait admettre que, avant l'arrivée de ces nouvelles constructions, cette partie de la ville n'était qu'un terrain vague qui choquait l'œil. Mais les opinions étaient divisées quant à l'hospitalité de ce labyrinthe. C'était comme si les humains avaient été oubliés dans les plans de construction, que les bâtiments n'existaient que pour eux-mêmes. Personne ne se baladait dans le quartier des affaires pour le seul plaisir de son architecture.

D'ailleurs, personne ne se baladait dans le quartier des affaires.

Sauf Ellen Wylie et Grant Hood, en ce lundi matin. Ils avaient commis l'erreur de se garer trop tôt dans un parking payant de Morrison Street. Hood s'était dit qu'ils ne pouvaient pas être bien loin. Mais l'anonymat des bâtiments et les passages piétons fermés pour cause de travaux les égarèrent quelque part derrière le Sheraton de Lothian Road.

Finalement, Wylie prit son portable et téléphona à la réceptionniste afin qu'elle les guide jusqu'à l'immeuble de douze étages en verre fumé gris et façade de pierre rose. Elle les accueillit en souriant et raccrocha le téléphone.

– Et vous y êtes.

– Et nous y sommes, dit Wylie, tendue.

Des ouvriers s'affairaient toujours dans la tour Hutton. Des électriciens en combinaison bleue avec des ceintures à outils. Des peintres, dont les combinaisons blanches étaient tachetées de gris et de jaune, sifflant assis sur des gros pots de peinture en attendant l'ascenseur.

– Ça sera joli quand ce sera terminé, fit remarquer Hood à la réceptionniste.

– Dernier étage, dit-elle. M. Graham vous attend.

Ils partagèrent l'ascenseur avec un homme d'affaires en costume gris qui se débattait avec une pile de documents. Il sortit trois étages avant eux, manquant foncer dans un électricien qui positionnait une échelle sous des câbles du plafond. Lorsque les portes s'ouvrirent au douzième, ils se retrouvèrent dans un hall de réception paisible. Une femme élégante se leva de son bureau pour les saluer et les conduisit jusqu'à une table basse bien cirée, sur laquelle étaient disposés les journaux du matin.

– M. Graham est à vous dans un moment. Vous désirez du thé ou du café ?

– En fait, c'est M. Hutton que nous voulions voir, lui expliqua Wylie.

La femme continua à sourire.

– M. Graham ne vous retiendra pas longtemps, dit-elle en retournant à son bureau.

– Oh super, dit Hood en prenant un journal, mon *Financial Times* n'était pas dans ma boîte ce matin.

Wylie regarda des deux côtés ; un couloir étroit semblait faire le tour de l'étage. Elle supposa que les étages inférieurs était construits sur le même modèle : les portes donnaient soit sur des fenêtres, soit sur l'intérieur. Les bureaux avec fenêtres devaient être très convoités. Considérant le placard aveugle qui lui servait actuellement de bureau à St Leonards, elle-même aurait convoité tout espace suffisamment grand pour y faire tourner un chat par la queue.

Un homme venait d'apparaître à l'angle du couloir. Il était grand, bien bâti, jeune. Ses cheveux noirs étaient coiffés au gel. Son costume gris avait une coupe impeccable. Il portait des lunettes ovales et une Rolex en or. Lorsqu'il se présenta comme John Graham en tendant la main, Wylie vit briller un bouton de manchette en or au poignet de sa chemise jaune pâle, une de ces choses sans col qui dispensait du port de la cravate. Elle avait déjà rencontré ce genre d'hommes auréolés de leur réussite, mais il aurait presque fallu une paire de Ray-Ban pour regarder celui-là.

– Nous espérions pouvoir rencontrer M. Hutton, dit Grant Hood.

– Oui, bien sûr. Mais vous comprendrez que Barry est un homme incroyablement occupé. (Il jeta un coup d'œil à sa montre.) Il assiste en ce moment même à une réunion, aussi nous nous demandions si je ne pourrais pas vous être d'une quelconque utilité. Voyons si nous pouvons discuter de ce qui vous préoccupe afin que je le transmette à Barry.

Wylie était sur le point de répondre qu'en fait d'utilité, tout ceci était bien compliqué, mais Graham les entraînait déjà dans le couloir, lançant à la réceptionniste de ne pas lui passer d'appels pendant les quinze prochaines minutes. Wylie et Hood échangèrent un regard : quelle générosité. Hood fit une moue pour signifier à sa collègue qu'ils ne gagneraient rien à se mettre l'émissaire à dos – pas tout de suite, du moins.

– C'est la salle du conseil, annonça-t-il en les invitant à entrer dans une pièce en L, à l'angle du bâtiment.

Un grand bureau rectangulaire remplissait presque tout l'espace. Des verres à eau, des crayons et des blocs-notes étaient disposés tout autour, dans l'attente de la prochaine réunion. Un grand tableau immaculé trônait en tête de table. Et tout au bout, un canapé était installé devant un téléviseur grand écran équipé d'un magnétoscope. Mais le plus impressionnant était la vue sur l'est de la ville et le château, et sur Princes Street, New Town et les rives de la Fife au nord.

– Profitez-en tant que vous le pouvez, leur dit Graham. On va bientôt construire une tour encore plus grande juste à côté.

– Un chantier Hutton ? supposa Wylie.

– Bien sûr.

Il s'installa en bout de table, les invita à s'asseoir, puis brossa une poussière imaginaire de son pantalon.

– Si vous voulez bien me planter le décor ?

– C'est assez simple, monsieur, dit Grant Hood en tirant une chaise. Le sergent Wylie et moi-même enquêtons sur un meurtre.

Graham arqua un sourcil et joignit les mains.

– Et dans le cadre de cette enquête, nous aimerions parler à votre patron.

– Pourriez-vous développer ?

Wylie prit le relais.

– Pas vraiment, monsieur. Voyez-vous, dans une affaire comme celle-ci, le temps est compté. Nous sommes venus jusqu'ici par pure courtoisie. Si M. Hutton refuse de nous recevoir, nous devrons l'emmener au poste.

Hood lui jeta un coup d'œil avant de se tourner vers Graham.

– Ce que le sergent Wylie vient de vous dire est exact, monsieur. Nous avons le pouvoir d'interroger M. Hutton, que ça lui plaise ou non.

– Je peux vous assurer qu'il n'y voit aucun inconvénient, répondit Graham en levant les mains pour les assurer de sa bonne volonté. Mais il se trouve qu'il assiste à une réunion, et ces choses peuvent durer un certain temps.

– Nous avons téléphoné pour prévenir de notre arrivée.

– Ce que nous apprécions, sergent Wylie. Seulement, un imprévu s'est présenté. Une entreprise de plusieurs millions de livres de chiffre d'affaires doit s'attendre à faire face aux impondérables. Certaines décisions doivent être prises sur-le-champ. Des millions sont en jeu. Vous comprenez, n'est-ce pas ?

– Oui, monsieur, mais vous comprendrez que vous ne nous êtes d'aucune aide, dit Wylie. Vous n'étiez pas employé par un certain Dean Coghill en 1978, si je ne m'abuse ? Je suppose qu'il y a vingt ans, vous passiez le plus clair de votre temps dans la cour de récréation d'une école, à regarder sous les jupes des filles et à comparer votre collection de billes à celle de vos camarades. Alors si M. Hutton daignait nous recevoir... (elle désigna la caméra fixée dans un angle du plafond) nous lui en serions très reconnaissants.

Hood s'excusa pour l'attitude de sa partenaire. Les joues de Graham s'étaient empourprées. Cette fois, il ne semblait avoir aucune réponse à leur offrir. C'est alors qu'une voix s'éleva d'un haut-parleur invisible.

– Montrez le chemin à ces policiers.

Graham se leva.

– Si vous voulez bien me suivre, dit-il, évitant leurs regards.

Il les conduisit dans le couloir et tendit le bras.

– Deuxième porte à gauche.

Sur quoi, il tourna les talons et partit sans un mot.

– Tu penses qu'il y a plein de micros dans le couloir ? murmura Wylie.

– Qui sait ?

– Il a eu la frousse, hein ? Il ne s'attendait pas à ce que ce soit la fille qui joue la dure. Mais toi, alors !

– Quoi moi ?

– T'excuser pour moi...

– C'est ce qu'est censé faire le « bon » flic.

Ils frappèrent à la porte et l'ouvrirent sans attendre la réponse. Elle donnait sur une antichambre où une secrétaire se levait déjà pour leur ouvrir une autre porte, et ils pénétrèrent enfin dans le bureau de Barry Hutton.

Il se tenait debout, les jambes légèrement écartées, les mains dans le dos.

– Je trouve que vous y êtes allée un peu fort avec John, dit-il en serrant la main de Wylie. Néanmoins, j'admire votre style. Je parie que vous ne laissez personne se mettre en travers de votre chemin, quand vous voulez quelque chose.

La pièce n'était pas si grande, mais les murs étaient couverts d'œuvres d'art moderne et il y avait un bar dans un coin.

– Je vous sers quelque chose ? proposa Hutton.

Les deux policiers déclinèrent d'un signe de tête. Il sortit une bouteille de Lucozade du frigo, l'ouvrit et en but une gorgée.

– Je suis accro. Depuis tout petit. On ne vous en donne que lorsque vous êtes malade. Vous vous souvenez ? Venez, asseyez-vous donc.

Il les conduisit à un canapé en cuir crème et s'installa sur un fauteuil assorti. Le téléviseur portable qui leur faisait face était un écran de contrôle. Il montrait la salle de conférences.

– Mignon, n'est-ce pas ? Regardez, dit-il en prenant la télécommande, je peux la faire bouger, zoomer sur les visages...

– Vous avez le son aussi, coupa Wylie. Alors, vous savez ce dont nous voulons vous parler.

– C'est au sujet d'un meurtre ?

Hutton but une autre gorgée de sa drogue.

– J'ai appris le décès de Dean Coghill. Mais il est mort de cause naturelle, non ?

– Queensberry House, précisa Grant Hood.

– Oh. Le corps derrière le mur ?

– Dans une pièce rénovée par l'équipe de Dean Coghill entre 78 et 79.

– Et ?

– Et c'est l'époque à laquelle le corps a été emmuré.

Le regard de Hutton alla de l'un à l'autre.

– Vous plaisantez ?

Wylie déplia la liste des ouvriers ayant travaillé sur le chantier.

– Vous connaissez ces personnes ?

Hutton sourit.

– Ça me rappelle des souvenirs.

– Aucun d'eux n'a disparu ?

Son sourire s'effaça.

– Non.

– Y avait-il d'autres ouvriers en dehors de ceux-là ? Des extras ?

– Pas à ma connaissance. À part moi.

– Nous avons remarqué que votre nom avait été ajouté au crayon.

Hutton acquiesça. Pas très grand, environ un mètre soixante-quinze, il était plutôt maigre, en dépit de sa bedaine naissante et de ses bajoues. Les trois boutons de la veste de son costume noir flambant neuf étaient fermés. Le cuir de ses richelieux noirs n'était pas encore cassé. Ses petits yeux sombres étaient enfoncés dans leurs orbites, et ses cheveux bruns coupés au-dessus des oreilles, en dépit de gros favoris. Wylie n'aurait pas deviné en lui l'homme riche et influent qu'il était si elle l'avait croisé dans la rue.

– Je faisais mes classes. Le bâtiment m'attirait. Un choix judicieux, il me semble.

Il sourit, les invitant à saluer sa bonne fortune, ce qu'aucun d'eux ne fit.

– Avez-vous jamais été en relation avec Peter Kirkwall ? questionna Wylie.

– Il est constructeur, je suis promoteur. Nous ne jouons pas dans la même cour.

– Ça ne répond pas vraiment à ma question.

– Je ne sais pas pourquoi vous me la posez.

– C'est que nous l'avons également interrogé. Son bureau était plein de plans et de photos de projets...

– Et pas le mien ? Peter a peut-être un ego et moi pas ?

– Donc, vous le connaissez ?

Hutton haussa les épaules.

– Il m'est arrivé de faire appel à son entreprise. Qu'est-ce que ça a à voir avec le corps ?

– Rien, concéda Wylie. Simple curiosité.

Néanmoins, elle sentit qu'elle avait touché une corde sensible.

– Bon, reprit Hood, pour en revenir à Queensberry House...

– Qu'est-ce que vous voulez que je vous dise ? J'avais dix-huit ou dix-neuf ans. Ils me demandaient de gâcher le béton, les basses besognes de ce genre. Ça s'appelle commencer en bas de l'échelle.

– Vous vous souvenez de cette pièce ? Des cheminées ?

Hutton hocha la tête.

– On les a bouchées avec du carreau de plâtre, oui. J'étais là quand on a cassé le mur.

– Quelqu'un a parlé des cheminées ?

– En toute honnêteté, je ne crois pas.

– Pourquoi ?

– Eh bien, Dean craignait qu'on nous envoie des historiens. Ça aurait explosé nos délais. Nous ne devions pas être payés avant la fin des travaux. Il aurait fallu attendre qu'ils terminent leurs recherches, et on aurait perdu beaucoup de temps.

– Alors vous vous êtes contentés de les refermer ?

– Sans doute. Je suis venu travailler un matin, et le mur était rebouché.

– Vous savez qui l'a fait ?

– Dean en personne, j'imagine. Ou Harry Connors. Harry était plutôt proche de Dean, une sorte de bras droit. Je commence à voir où vous voulez en venir : la personne qui a refermé le mur devait savoir qu'un corps se trouvait à l'intérieur ?

– Une idée ? suggéra Wylie.

Hutton secoua la tête.

– Vous avez dû lire les journaux, monsieur. Pourquoi ne pas vous être présenté à la police ?

– J'ignorais que le corps datait de cette époque. La cheminée a pu être rouverte et refermée des douzaines de fois depuis.

– Pas d'autre raison ?

Hutton la dévisagea.

– Je suis un homme d'affaires. La presse s'intéresse à mes faits et gestes, ça peut affecter mon image au sein de la profession.

– En d'autres termes, la publicité n'est pas toujours bonne à prendre ? résuma Hood.

– Tout juste.

– Bon, je ne voudrais pas casser l'ambiance, interrompit Wylie, mais puis-je vous demander comment vous avez obtenu ce job au sein de l'équipe de M. Coghill ?

– J'ai posé ma candidature, comme tout le monde.

– Vraiment ?

Hutton fronça les sourcils.

– Qu'est-ce que vous sous-entendez ?

– Je me demandais si votre oncle n'aurait pas glissé un petit mot en votre faveur, voire plus qu'un petit mot.

Hutton leva les yeux au ciel.

– Ça ne cessera donc jamais. Écoutez, il se trouve que ma mère est la sœur de Bryce Callan, ça ne fait pas de moi un criminel, d'accord ?

– Êtes-vous en train de nous dire que votre oncle est un criminel ? demanda Wylie.

– Pas à moi, dit Hutton, condescendant. Nous savons tous ce que la police pense de mon oncle. Toutes ces rumeurs et ces insinuations. Mais rien n'a jamais été prouvé, que je sache. Pour moi, ça signifie que vous vous trompez. Ça signifie que j'ai travaillé dur pour arriver là où je suis. Je paie mes impôts, ma TVA et le reste. Je suis aussi propre qu'on peut l'être. Alors quand vous venez ici et que vous commencez à...

– Je vois ce que vous voulez dire, monsieur Hutton, l'interrompit Hood. Désolé que vous vous sentiez accusé. Nous enquêtons sur un meurtre, nous devons explorer toutes les pistes, aussi insignifiantes soient-elles.

Hutton fixa Hood, comme s'il essayait de décrypter ses derniers mots.

– Quand avez-vous cessé de travailler pour M. Coghill ? questionna Wylie.

Hutton réfléchit un instant avant de répondre :

– Avril, mai, je crois.

– 1979 ?

Hutton acquiesça.

– Et vous aviez été embauché... ?

– En octobre 78.

– Vous n'avez travaillé pour lui que six mois ? C'est peu.

– On m'a fait une meilleure offre.

– À savoir ? demanda Hood.

– Je n'ai rien à cacher ! cracha Hutton.

– Ce que nous apprécions, tempéra Wylie.

Hutton se calma aussitôt.

– Je suis allé travailler pour mon oncle.

– Pour Bryce Callan ?

Hutton acquiesça.

– Il s'agissait de quoi ?

Hutton prit le temps de finir sa bouteille.

– Un de ses projets immobiliers.

– Ça vous a mis le pied à l'étrier, on dirait, commenta Wylie.

– C'est comme ça que j'ai commencé, oui. Mais je me suis mis à mon compte à la première occasion.

– Bien entendu.

J'ai travaillé dur pour en arriver là, mais avec un sacré coup de pouce, semblait ironiser Hood.

Ils étaient sur le point de partir, quand Wylie lui posa une dernière question.

– Ça doit être une période excitante pour vous ?

– Nous avons plein d'idées.

– De constructions autour d'Holyrood ?

– Le parlement n'est qu'un début. Des centres commerciaux en périphérie, une marina. C'est étonnant de voir à quel point Édimbourg est sous-urbanisé. Et pas seulement Édimbourg. J'ai des projets à Glasgow, Aberdeen, Dundee...

– Et suffisamment de clients ? s'enquit Hood.

Hutton rit.

– Ils se bousculent au portillon, mon pote. Tout ce dont nous avons besoin, c'est d'un peu moins de bureaucratie.

– Les permis de construire ? approuva Wylie.

En entendant ces mots, Hutton forma une croix avec ses deux index.

– La malédiction du promoteur.

Il se permit un dernier rire avant de refermer la porte de son bureau derrière eux.

24

– Autant te prévenir, dit Rebus alors qu'ils remontaient l'allée, la mère est un peu fragilisée.

– Compris, répondit Siobhan Clarke. Tu feras donc preuve de la douceur qui te caractérise.

– C'est Lorna Grieve que nous devons questionner, lui rappela-t-il.

Il désigna la Fiat Punto garée à droite de la porte d'entrée.

– Voilà sa voiture.

Il avait appelé High Manor et parlé à Hugh Cordover, attentif à la moindre inflexion nouvelle, voire accusatrice, dans sa voix ; mais le mari de Lorna s'était contenté de l'informer que sa femme se trouvait à Édimbourg.

– Je ne suis toujours pas convaincue que ce soit une bonne idée, reprit Siobhan.

– Écoute, je t'ai dit...

– John, tu ne peux pas entretenir...

Il l'attrapa par l'épaule et la fit pivoter vers lui.

– Je n'entretiens rien !

– Tu n'as pas couché avec elle ?

– Quelle importance, si c'était le cas ?

– Nous enquêtons sur un meurtre. Nous sommes sur le point de l'interroger.

– Sans blague.

Elle le dévisagea.

– Tu me fais mal à l'épaule.

Il relâcha son étreinte et marmonna une excuse.

Ils sonnèrent à la porte et attendirent.

– Comment s'est passé ton week-end ? lui demanda Rebus.

Elle le fusilla du regard.

– Écoute, si on continue à se crêper le chignon, on ne va pas aller bien loin.

Elle sembla pensive.

– Les Hibs ont à nouveau gagné, finit-elle par répondre. À part ça, où en es-tu ?

– Je suis allé au bureau. Je n'ai pas fait grand-chose.

Alicia Grieve ouvrit la porte. Elle paraissait plus âgée que la dernière fois que Rebus l'avait vue. On aurait dit qu'elle avait vécu trop longtemps et venait juste de s'en apercevoir. Il arrive que l'âge vous prenne en traître, c'est sa blague la plus cruelle. Vous perdez un être cher, et le temps semble soudain s'accélérer ; alors vous vous flétrissez, et parfois, vous mourez. Rebus avait déjà assisté à ce genre de chose : des épouses en bonne santé mourant pendant leur sommeil, quelques jours seulement après avoir enterré leur mari. Comme si elles avaient arrêté la machine – volontairement ou non, difficile à déterminer.

– Vous vous souvenez de moi, madame Grieve ? Je suis l'inspecteur Rebus.

– Oui, bien sûr, dit-elle d'une voix usée. Et qui est cette demoiselle ?

– Constable Clarke, se présenta Siobhan.

Elle avait le sourire de la jeunesse face aux personnes âgées : sympathique mais pas vraiment compréhensif. Rebus se rendit compte qu'il était plus proche en âge d'Alicia Grieve que de Siobhan. Il repoussa cette pensée.

– Nous pouvons enfin enterrer Roddy ? C'est pour ça que vous êtes venus ? demanda-t-elle sans conviction, comme si elle était prête à accepter n'importe quelle réponse.

C'était son rôle désormais, dans ce qui restait de son monde.

– Je suis désolé, madame, répondit Rebus. Nous devons le garder encore un tout petit peu.

Elle répéta la fin de sa phrase et ajouta :

– Le temps est élastique, vous ne trouvez pas ?

– En réalité, nous voulions parler à Mme Cordover, déclara Siobhan, tentant de détourner la vieille dame du fil de ses pensées.

– Lorna, ajouta Rebus.

– Elle est ici ? s'étonna Alicia Grieve.

Une voix s'éleva derrière son dos :

– Bien sûr que je suis ici, maman. Nous discutions il n'y a pas deux minutes.

Alicia Grieve s'écarta pour laisser entrer ses visiteurs. Lorna se tenait dans l'encadrement de la porte d'une des chambres, un carton dans les bras.

– Re-bonjour, dit-elle à Rebus, ignorant Siobhan.

– Pouvons-nous vous poser quelques questions ? lui demanda-t-il sans vraiment la regarder.

Visiblement amusée, elle indiqua la pièce qu'elle venait de quitter.

– Je fais un peu de ménage. Toutes ces saletés...

Alicia Grieve toucha la main du policier. Ses doigts étaient aussi glacés qu'une table d'autopsie.

– Elle veut vendre mes tableaux. Elle a besoin d'argent.

Rebus dévisagea Lorna. Elle secoua la tête.

– Je veux les faire nettoyer et réencadrer, c'est tout.

– Elle va les vendre, insista sa mère. Je sais ce qu'elle a derrière la tête.

– Pour l'amour du ciel, maman. Je n'ai pas besoin d'argent.

– Ton mari en a besoin, lui. Il a des dettes et ses affaires battent de l'aile.

– Merci pour ta confiance, marmonna Lorna.

– Ne sois pas impertinente, ma fille ! s'emporta Alicia Grieve d'une voix vibrante.

Ses doigts s'étaient enfoncés, telles des griffes, dans la main de Rebus.

Lorna soupira.

– Bon, qu'est-ce que vous voulez, tous les deux ? J'espère que vous êtes venus m'arrêter. Tout semble préférable à ça.

– Tu peux toujours rentrer chez toi ! s'égosilla la mère.

– Et te laisser t'apitoyer sur toi-même ? Oh non, ma petite maman chérie, il n'en est pas question.

– Seona s'occupe de moi.

– Seona s'occupe de sa carrière politique, riposta Lorna. Elle s'est trouvé une cause plus utile.

– Tu es un monstre.

– Ce qui fait de toi une sorte de docteur Frankenstein, je suppose ?

– Vil corps.

– C'est ça, continue. Tu vas sans doute nous dire que tu le connaissais. Evelyn Waugh, *Ces corps vils*, expliqua-t-elle en se tournant vers Rebus et Siobhan.

– Traînée ! Tu te jetais à la tête de tous les hommes qui croisaient ton chemin.

– Je le fais toujours, aboya-t-elle, en lançant un rapide coup d'œil à Rebus. Alors que toi, tu ne t'es jetée qu'à la tête de papa, parce que tu savais qu'il te serait utile. Et une fois que ta réputation a été établie, terminée la belle histoire d'amour.

– Comment oses-tu ! enragea Alicia avec l'énergie d'une femme bien plus jeune.

Siobhan avait posé la main sur le bras de Rebus et faisait mine de retourner vers la porte d'entrée. Lorna s'en aperçut.

– Oh, regarde, tu fais peur aux flics ! Quel exploit, maman ! Tu avais conscience du pouvoir que nous avions ?

Elle éclata de rire. Alicia Grieve ne tarda pas à l'imiter.

Une maison de dingues, songea Rebus. Puis il comprit qu'elles leur jouaient leur duo mère-fille habituel : le combat précédant la catharsis. Elles avaient été si longtemps sous l'œil des médias qu'elles étaient devenues les actrices de leur propre mélodrame, et jouaient leur rôle à la perfection.

Une scène de la vie familiale.

Un cauchemar.

Lorna essuyait une larme imaginaire, les bras toujours chargés de tableaux.

– Je les remets à leur place.

– Non, laisse-les dans le couloir avec les autres, lui dit sa mère en montrant une douzaine de tableaux posés contre le mur. Tu as raison, on va les faire nettoyer, et peut-être même réencadrer.

– On devrait demander une estimation, tant qu'on y est.

Comme sa mère allait objecter, elle précisa vivement :

– Pas pour les vendre, pour les assurer contre le vol.

Alicia sembla sur le point de discuter, mais elle se contenta d'inspirer profondément et de hocher la tête. Lorna posa les tableaux avec les autres, puis frotta ses mains poussiéreuses.

– Il y en a qui ont bien quarante ans.

– Oui. Peut-être même plus, confirma Alicia. Mais ils me survivront plus longtemps encore. C'est juste qu'ils n'auront plus le même sens.

– Qu'est-ce que vous entendez par là ? ne put s'empêcher de demander Siobhan.

– Personne ne pourra jamais comprendre ce qu'ils représentaient pour moi.

– C'est pourquoi ils sont ici, expliqua Lorna, et non sur les murs d'un collectionneur.

Alicia hocha la tête.

– C'est précieux, le sens. L'interprétation personnelle est tout ce que nous avons. Sans elle, nous ne sommes, purement et simplement, que des animaux.

Soudain ragaillardie, elle enleva sa main de celle de Rebus.

– Thé, lança-t-elle en frappant des mains. C'est l'heure de prendre une petite tasse de thé.

Rebus se demanda s'il pourrait ajouter une goutte de whisky à la sienne.

Ils s'installèrent au salon et échangèrent quelques propos anodins pendant que Lorna s'affairait dans la cuisine. Elle en revint avec un plateau et commença à servir le thé.

– Je suis sûre d'avoir oublié quelque chose. Le thé n'a jamais été mon fort.

Elle regardait Rebus en parlant, mais il était absorbé par la cheminée.

– Vous désirez quelque chose de plus fort, inspecteur ? Je crois me souvenir que vous appréciez le malt.

– Non, le thé m'ira très bien, merci, se crut-il obligé de répondre.

– Le sucre ! dit-elle en examinant le plateau. Je vous l'avais dit.

Elle se dirigeait vers la porte quand les deux policiers déclarèrent que ni l'un ni l'autre n'en prenait. Elle revint sur ses pas, s'assit et leur tendit une assiette de biscuits friables. Ils déclinèrent l'offre. Alicia en prit un et le trempa dans son thé. Il se brisa et coula au fond de la tasse. Ils firent mine de l'ignorer tandis qu'elle récupérait les morceaux.

– Alors ? Qu'est-ce qui vous amène à la Villa du Bonheur ? finit par dire Lorna.

– Nous ne sommes pas sûrs, ce n'est peut-être rien. Il se trouve que la constable Clarke enquête sur le suicide d'un sans-abri. Or, il semblait s'intéresser à votre famille.

– Ah ?

– Et le fait qu'il se soit suicidé juste après le meurtre...

Lorna avança sur le bord de son fauteuil. Elle regarda Siobhan.

– Serait-ce le clodo millionnaire, par hasard ?

Siobhan hocha la tête.

– Il n'était pas tout à fait millionnaire, cela dit.

Lorna se tourna vers sa mère.

– Tu te souviens ? Je t'en ai parlé.

Alicia acquiesça l'air absent.

– Mais quel rapport avec nous ?

– Peut-être aucun. Le défunt se faisait appeler Chris Mackie, ça vous dit quelque chose ?

Lorna réfléchit, puis secoua la tête.

– Nous avons des photos.

Elle les lui tendit. Lorna les étudia.

– Il a l'air sinistre.

Siobhan regarda Rebus pour l'encourager à poursuivre à sa place.

– J'ai une question délicate à vous poser, madame Cordover, commença-t-il.

– Laquelle ?

Il inspira profondément.

– Il est beaucoup plus vieux... il a vécu à la dure... (Il se lança.) Mais se pourrait-il que cet homme soit Alasdair ?

– Alasdair ?

Lorna étudia à nouveau la première photo.

– Qu'est-ce que c'est que ces conneries ?

Elle se tourna vers sa mère qui paraissait plus livide que jamais.

– Alasdair a les cheveux blonds, il n'a rien à voir avec cet homme.

Alicia tendit la main mais Lorna rendit les photos à Siobhan.

– Qu'essayez-vous de prouver ? Cet homme n'a rien de commun avec Alasdair. Rien du tout.

– Les gens changent en vingt ans, dit Rebus.

– Les gens changent du jour au lendemain, rétorqua-t-elle froidement, mais ça n'est pas mon frère. Qu'est-ce qui vous fait penser que ça pourrait être lui ?

– Une intuition.

– Je vais vous montrer Alasdair, dit Alicia Grieve.

Elle posa sa tasse sur la table et se leva.

– Suivez-moi, je vais vous le montrer.

Ils la suivirent dans la cuisine. Le bahut vitré était plein à craquer et des piles de vaisselle propre attendaient en vain sur les plans de travail qu'on leur trouve une place. L'évier était rempli d'assiettes sales. Une planche à repasser croulait sous les vêtements. Une radio diffusait en sourdine de la musique classique.

– Bruckner, dit Alicia en ouvrant la porte de derrière. On dirait qu'ils ne passent que du Bruckner.

– Son atelier, expliqua Lorna alors qu'ils suivaient Alicia dans le jardin.

Il était en friche à présent, mais on devinait ce qu'il avait été jadis. Une balançoire accrochée à un portique rouillé. Une urne en pierre tombée de son socle. Sur le gazon, des feuilles transformées en humus, rendant leur progression plus difficile. Et tout au bout du jardin, un pavillon en pierre.

– Le logement des domestiques ? supposa Rebus.

– J'imagine, répondit Lorna. C'était notre coin secret quand nous étions enfants. Et puis, maman l'a transformé en atelier et nous en a expulsés. (Elle regarda le dos voûté de la vieille dame, devant elle.) Il fut un temps où elle et papa travaillaient dans la même pièce – son atelier, au grenier. (Elle montra les deux fenêtres à tabatière dans le toit de la grande maison.) Finalement, maman a décidé qu'elle avait besoin de son propre espace, de sa propre lumière. C'était une manière de l'expulser de sa vie, lui aussi. Ça n'a pas été facile de grandir chez les Grieve.

Alicia sortit une clef de la poche de son gilet et ouvrit la porte de son atelier. Il n'y avait qu'une seule pièce. Les murs de pierre blanchis à la chaux étaient éclaboussés de peinture. De même que le sol. Il y avait trois chevalets de tailles différentes. Des toiles d'araignée pendaient du plafond. Une série de portraits s'étalait sur un des murs. Juste des visages sur des toiles de différents formats. Le même homme, à plusieurs âges de sa vie.

– Mon Dieu, c'est Alasdair ! s'exclama Lorna.

Il y en avait plus d'une douzaine.

– Je l'ai imaginé mûrir, vieillir, déclara Alicia d'une voix tranquille. Je le vois en pensée quand je le peins.

Cheveux blonds, yeux tristes. Un homme torturé, en dépit des sourires que l'artiste lui avait prêtés. Et rien à voir avec Chris Mackie.

– Tu n'en as jamais rien dit.

Lorna avait pris l'un des tableaux pour l'étudier de plus près. Son doigt caressa la ligne sombre des pommettes.

– Ça t'aurait rendue jalouse, pas la peine de le nier, fit sa mère, puis, se tournant vers Rebus : Alasdair était mon préféré, voyez-vous. Quand il s'est enfui... (Elle regarda ses œuvres.) C'est peut-être ma manière de l'exprimer.

Lorsqu'elle se retourna, elle vit que Siobhan avait toujours les photos à la main.

– Puis-je ?

Elle les prit et les leva devant ses yeux. Une étincelle éclaira son regard.

– Où est-il ?

– Vous le connaissez ? demanda Siobhan.

– Je veux savoir où il est.

Lorna avait reposé le tableau.

– Il s'est suicidé, maman. C'est le clochard qui laisse tout cet argent.

– Qui est-ce, madame Grieve ? l'interrogea Rebus.

Les mains tremblantes, Alicia examinait les photos.

– J'aurais tant voulu lui parler.

Ses yeux se remplirent de larmes. Elle les essuya d'un revers de la main. Rebus s'était avancé d'un pas.

– Qui est-ce, Alicia ? Qui est cet homme ?

Elle leva les yeux.

– Il s'appelle Frederick Hastings.

– Freddy ? s'étonna Lorna en lui arrachant les photos des mains.

– Alors ? fit Rebus.

– Ça pourrait être lui, oui. Ça fait vingt ans que je ne l'ai pas vu.

– Qui était-ce ? s'enquit Siobhan.

Soudain, Rebus comprit.

– L'associé d'Alasdair ?

Lorna hocha la tête.

Siobhan semblait perplexe.

– Il est mort, vous dites ? demanda Alicia.

Rebus acquiesça.

– Il aurait su où se trouve Alasdair. Ils étaient inséparables, ces deux-là. Peut-être qu'il y a une adresse avec ses affaires ?

Lorna regardait les photos de « Chris Mackie » au foyer.

– Freddy Hastings, un clochard.

Son rire résonna comme une explosion dans l'atelier.

– Je ne pense pas qu'il y ait la moindre adresse dans ses affaires, dit Siobhan. Je les ai inspectées à plusieurs reprises.

– Nous ferions peut-être mieux de retourner dans la maison, proposa Rebus, soudain impatient de poser les questions qui se bousculaient dans sa tête.

Lorna remplit une autre théière, et se versa un verre, cette fois. Moitié whisky, moitié eau minérale. Elle en avait proposé à Rebus, qui avait refusé. Elle avait les yeux posés sur lui lorsqu'elle but sa première gorgée.

Siobhan sortit ensuite son carnet et son stylo. Lorna soupira. Les effluves d'alcool planèrent jusqu'à Rebus.

– Nous pensions qu'ils s'étaient enfuis ensemble, commença-t-elle.

– Totalement absurde, l'interrompit sa mère.

– Je sais, tu ne voulais pas croire qu'ils étaient gays.

– Ils ont disparu en même temps ? demanda Siobhan.

– Il semble. Alasdair était parti depuis plusieurs jours quand nous avons essayé de joindre Freddy. Sans succès.

– Sa disparition a-t-elle été signalée ?

Lorna haussa les épaules.

– Pas par moi.

– Il avait de la famille ?

– Je ne crois pas.

Elle chercha confirmation auprès de sa mère.

– Il était fils unique, dit Alicia. Ses parents sont morts l'un après l'autre à une année de distance.

– Ils lui avaient légué de l'argent. Je crois qu'il en a perdu la plus grande partie.

– Ils ont tous les deux perdu de l'argent, précisa Alicia. C'est la raison pour laquelle Alasdair s'est enfui, inspecteur. De grosses dettes. Il était trop fier pour demander de l'aide.

– Mais pas trop pour disparaître dans la nature, ne put s'empêcher d'ajouter Lorna.

Sa mère la foudroya d'un regard noir.

– Quand était-ce ? demanda Rebus.

– En 79.

– Au milieu du mois de mars, précisa Alicia.

Rebus et Siobhan échangèrent un regard. Mars 79 : Skelly.

– Quel genre d'affaire avaient-ils montée ? interrogea Siobhan d'une voix mesurée.

– Je sais juste que leur dernière tentative était une affaire d'immobilier, dit Lorna. Ils ont sans doute acheté des terrains qu'ils n'ont pas pu revendre.

– Des projets de construction ? suggéra Rebus.

– Je ne sais pas.

Il se tourna vers Alicia.

– Alasdair était secret à bien des égards. Il voulait nous prouver qu'il était capable, qu'il était indépendant.

Lorna se leva pour se resservir en whisky.

– C'est la manière de ma mère de dire qu'il était désespérant à bien des égards.

– Tout le contraire de toi, ironisa Alicia, glaciale.

– S'ils se sont enfuis à cause de dettes, comment se fait-il que M. Hastings ait été en possession de près d'un demi-million de livres un an plus tard ? interrogea Siobhan.

– C'est vous les policiers. À vous de nous le dire.

Lorna retourna s'asseoir. Rebus était pensif.

– Cette histoire de faillites à répétition, y a-t-il quoi que ce soit pour la corroborer, ou est-ce encore un mythe du clan ?

– Qu'êtes-vous en train de suggérer ?

– Seulement qu'une ou deux preuves ne nous feraient pas de mal dans cette affaire.

– Quelle affaire ?

L'alcool commençait à agir. Le ton de Lorna était plus agressif, ses joues se coloraient.

– Vous êtes censés enquêter sur le meurtre de Roddy, pas sur le suicide de Freddy.

– L'inspecteur pense que les deux affaires sont liées, déduisit Alicia, pensive.

– Qu'est-ce qui vous fait croire ça, madame ?

– Vous avez dit que Freddy s'intéressait à notre famille ? Vous pensez qu'il aurait pu tuer Roddy ?

– Pourquoi l'aurait-il fait ?

– Je ne sais pas. Ça a peut-être quelque chose à voir avec l'argent.

– Est-ce que Roddy et Freddy se connaissaient ?

– Ils se rencontraient parfois, quand Alasdair amenait Freddy à la maison. Et un peu en dehors, aussi.

– Si Roddy avait croisé Freddy vingt ans plus tard, vous pensez qu'il l'aurait reconnu ?

– Probablement.

– Je ne l'ai pas reconnu, moi, intervint Lorna.

Rebus la regarda.

– Non, dit-il.

En réalité, il pensait : vraiment ? Pourquoi avait-elle rendu les photos à Siobhan au lieu de les passer à sa mère ?

– Est-ce que M. Hastings avait un bureau ?

– Dans Canongate, non loin de l'appartement d'Alasdair, confirma Alicia.

– Vous vous souvenez de l'adresse ?

Elle la récita, visiblement satisfaite d'avoir encore si bonne mémoire.

– Et celle de sa maison ? demanda Siobhan en griffonnant sur son carnet.

– Un appartement dans New Town, répondit Lorna.

Mais à nouveau, ce fut sa mère qui leur donna l'adresse exacte.

La salle à manger de l'hôtel était paisible, bien que ce fût l'heure du déjeuner. Soit les clients lui avaient préféré le bistrot du rez-de-chaussée, soit ils ignoraient l'existence de ce restaurant. Le décor était minimaliste, oriental. Et les tables élégamment dressées, très espacées les unes des autres. L'endroit idéal pour une conversation discrète. Cafferty se leva et serra la main de Barry Hutton.

– Je suis en retard, oncle Ger.

Cafferty haussa les épaules tandis qu'un larbin tirait la chaise de Hutton.

– Ça fait longtemps que tu ne m'as pas appelé comme ça, dit-il avec un sourire.

– Je t'ai toujours appelé comme ça.

Cafferty acquiesça, étudiant le jeune homme distingué qui lui faisait face.

– Eh bien, Barry. Il semble que tu te débrouilles bien.

Ce fut au tour de Hutton de hausser les épaules. On leur tendit des menus.

– Un apéritif, messieurs ? s'enquit le serveur.

– Le champagne s'impose, je crois, dit Cafferty, adressant un clin d'œil au jeune homme. C'est pour moi, on ne discute pas.

– Je ne comptais pas discuter. Mais je préfère m'en tenir à l'eau, si ça ne te dérange pas.

Le sourire de Cafferty se figea.

– Comme tu veux, Barry.

Hutton se tourna vers le serveur.

– Vittel, si vous avez. Sinon, Évian.

Le garçon inclina la tête et se tourna vers Cafferty.

– Vous prendrez quand même le champagne, monsieur ?

– Je vous ai demandé autre chose ?

L'autre inclina la tête une fois de plus et se retira.

– Vittel, Évian..., gloussa Cafferty. Bon sang, si Bryce te voyait.

Hutton ajustait ses boutons de manchettes.

– Rude matinée, hein ?

Hutton leva les yeux. Cafferty comprit qu'il était arrivé quelque chose, mais le jeune homme se contenta de répondre :

– Je ne bois pas à déjeuner, c'est tout.

– Alors tu vas devoir me laisser t'inviter.

Hutton regarda autour de lui. Il n'y avait que deux autres clients assis dans un coin éloigné. Ils semblaient en conversation d'affaires. Hutton les dévisagea. Non, il ne les connaissait pas. Il reporta son attention sur son hôte.

– Tu habites l'hôtel ?

Cafferty acquiesça.

– Tu as vendu ta maison ?

Nouvel acquiescement.

– Elle a dû te rapporter un petit paquet.

– L'argent n'est pas tout, n'est-ce pas, Barry ? C'est une chose que m'a apprise la vie.

– Tu veux parler de la santé ? Du bonheur ?

Cafferty joignit les mains.

– Tu es encore jeune. Attends quelques années, et tu comprendras.

Hutton hocha la tête, sans vraiment savoir où il voulait en venir.

– Ils t'ont laissé sortir plus tôt que prévu ?

– Remise de peine pour bonne conduite.

Cafferty s'adossa à sa chaise. Un serveur apporta un panier de petits pains, et un autre lui demanda s'il préférait son champagne glacé ou frais.

– Glacé, répondit Cafferty, sans quitter son invité des yeux. Alors Barry, j'ai entendu dire que les affaires marchaient bien.

– Je ne me plains pas.

– Et comment va ton oncle ?

– Bien, aux dernières nouvelles.

– Tu le vois ?

– Il ne met plus les pieds ici.

– Je sais. Je pensais que tu allais lui rendre visite. Pendant les vacances, par exemple.

– Je ne me souviens plus de la dernière fois où j'ai eu des vacances.

– Rien que le travail, pas de plaisir.

– Il n'y a pas que le travail.

– Content de te l'entendre dire.

On prit leur commande et les boissons arrivèrent. Ils levèrent leur verre à leur santé respective après que Hutton eut refusé « juste une petite goutte de champagne ». Il buvait son eau nature. Sans glaçons ni citron.

– Et toi ? finit-il par demander. Peu de gens sont capables de sortir de Barlinnie pour se retrouver dans un endroit comme celui-ci.

– Disons que ça va plutôt bien pour moi, fit Cafferty avec un clin d'œil.

– Je suppose que tu as continué à gérer tes affaires pendant ton absence ?

Cafferty perçut les guillemets qui encadraient « gérer tes affaires ».

– J'aurais déçu des tas de gens en ne le faisant pas.

– Je n'en doute pas.

Hutton rompit un des petits pains.

– Ce qui m'amène à la raison de ce déjeuner en tête à tête, reprit Cafferty.

– C'est un déjeuner d'affaires, alors ?

Hutton se sentit soudain un peu plus à son aise. Ce n'était plus un simple déjeuner. Il n'était pas en train de perdre son temps.

25

La claque fit grimacer Jerry. Il commençait à s'habituer aux coups, ces derniers temps. Mais ce n'était pas Jayne, cette fois. C'était Nic.

Il sentit sa joue le piquer, à l'endroit où une trace rouge allait bientôt se détacher sur la pâleur de sa peau. La main de Nic devait le piquer, lui aussi. Une maigre consolation.

Ils étaient dans la Cosworth. Jerry venait de monter. C'était Nic qui l'avait appelé, lundi soir. Jerry avait sauté sur l'occasion de s'échapper. Jayne regardait la télé, les bras croisés, les paupières tombantes. Ils avaient dîné devant le journal télévisé. Saucisses, haricots et œufs. Pas de frites. Le congélo était vide, et ni l'un ni l'autre n'avait eu envie d'aller à la friterie du coin. C'était ce qui avait déclenché leur dispute.

Espèce de mollusque...

C'est toi qu'aurais besoin de remuer ton gros cul, pas moi...

C'est alors que le téléphone avait sonné. Il était du côté de Jayne, mais elle n'avait pas daigné répondre.

– Je parie que je devine qui c'est, s'était-elle contentée de dire.

Il espérait qu'elle se trompait. Que c'était sa mère. Alors il pourrait lui lancer : « Ton double en moins gueulard », en lui tendant le combiné.

Parce que, si c'était Nic... un lundi soir... Il sortait rarement le lundi soir... ça voudrait forcément dire que...

Et voilà qu'ils se retrouvaient dans sa voiture et que Nic lui prenait la tête.

– Non mais t'as vu ce numéro que tu m'as fait ? Ne recommence jamais une chose aussi stupide ou je te...

– Quel numéro ?

– Me téléphoner au bureau, espèce d'abruti !

Jerry se crut bon pour une autre claque, mais Nic lui colla un coup de poing dans les côtes, à la place. Pas trop fort. Il se calmait un peu.

– J'ai pas réfléchi.

– Parce que ça t'arrive de réfléchir ?

Le moteur tournait déjà. Il accéléra brutalement, et la voiture s'élança dans un crissement de pneus. Ni clignotant ni coup d'œil dans le rétro. Une voiture qui arrivait derrière eux klaxonna furieusement. Nic jeta un coup d'œil dans le rétro et vit que c'était un vieux type, tout seul. Alors il dressa son majeur et lui envoya une flopée d'injures.

Parce que ça t'arrive de réfléchir ?

L'esprit de Jerry remontait le temps, formulant des questions. C'était pas lui qui avait fait le plus de vols à la tire ? Et qui leur achetait de l'alcool alors qu'ils n'étaient pas encore majeurs, parce qu'il était un peu plus grand et paraissait plus âgé que Nic, avec son visage d'ange tout luisant. Il avait toujours l'air d'un gosse, même maintenant avec ses cheveux noirs bien coupés et bien coiffés. C'était Nic qui avait toutes les filles. Jerry restait toujours en retrait en attendant que l'une d'elles finisse par lui adresser la parole.

Et les années de la fac, quand Nic lui racontait ses marathons de baise. Déjà à l'époque il y avait eu des signes : *Elle n'a pas aimé ça, alors je l'ai claquée jusqu'à ce que ça lui plaise... je lui tenais les poignets d'une main et je lui collais des allers-retours.*

C'était comme si le monde méritait sa violence et devait l'accepter en contrepartie de toutes ses autres qualités, de sa quasi-perfection, en fait. Le soir où Nic avait rencontré Catriona. Il avait collé une claque à Jerry, ce soir-là aussi. Ils avaient fait deux bars. Le Madogs, branché mais cher (où la princesse Margaret était censée avoir un jour bu un verre), et le Shakespeare, à côté de l'Usher Hall. C'est là qu'ils étaient tombés sur Catriona et ses copines. Elles devaient aller voir une pièce au Lyceum, un truc qui parlait de chevaux. Nic connaissait une des filles. Elle l'avait présenté au reste du groupe. Jerry était resté à côté de lui, muet mais tout ouïe. Puis Nic s'était mis à parler avec cette fille. Cat, diminutif de Catriona. Pas vilaine mais pas la plus mignonne du groupe.

– Tu travailles à Napier ? lui avait demandé quelqu'un.

– Nan, je travaille dans l'électronique, avait-il répondu.

C'était sa branche. Il avait essayé de leur faire croire qu'il était concepteur de jeux, voire qu'il dirigeait sa propre société de logiciels, mais ça n'avait pas marché. Elles lui avaient posé des questions auxquelles il n'avait pas su répondre, alors il avait fini par admettre qu'il conduisait un chariot élévateur, en riant. Elles avaient souri, mais n'avaient plus cherché à discuter avec lui.

Quand les filles avaient fait mine de partir pour le théâtre, Nic avait filé un coup de coude à Jerry.

– Du béton, mon pote. Cat vient me retrouver après pour boire un coup.

– Elle te plaît ?

– Elle est sympa. (Un regard méfiant.) Tu ne trouves pas ?

– Oh si, elle est pas commune.

– Elle est de la famille de Bryce Callan, en plus. C'est son nom de famille : Callan.

– Et alors ?

Nic avait écarquillé les yeux.

– T'as jamais entendu parler de Bryce Callan ? Putain, Jerry, c'est lui qui dirige la baraque !

Jerry regarda autour de lui.

– Le pub est à lui ?

– Non, Édimbourg, andouille.

Jerry avait hoché la tête, sans comprendre pour autant.

Plus tard, après quelques verres dans le nez, il lui avait demandé s'il pourrait l'accompagner lorsqu'il retrouverait Catriona.

– Tu rigoles ?

– Qu'est-ce que je suis censé faire pendant ce temps-là ?

Ils marchaient le long du trottoir, Nic s'était arrêté et l'avait regardé d'un air furieux.

– Je vais te dire ce que tu devrais commencer par faire : grandir. Tout a changé, on n'est plus des gamins.

– Je sais. C'est moi qui bosse, c'est moi qui vais me marier.

Et Nic lui en avait collé une. Pas forte, mais le geste avait pétrifié Jerry.

– Il est temps de grandir, mon pote. T'as peut-être un job, mais chaque fois que je t'emmène quelque part, tu restes planté là, comme un foutu verre d'eau.

Il lui avait saisi la tête.

– Observe-moi bien, Jer, regarde comment je me comporte, et tu pourras peut-être commencer à grandir.

Grandir.

Jerry se demandait si c'était ce qu'on était censé faire quand on était adulte : partir à la chasse en Cosworth. Le lundi, les clubs de célibataires organisaient des soirées pour la clientèle un peu plus âgée. Non que Nic se souciât de l'âge des femmes. Il en voulait juste une. Jerry risqua un coup d'œil vers son ami. Avec cette belle gueule, il n'avait pas besoin de ça. C'était quoi son problème ?

Mais Jerry connaissait la réponse. C'était Cat le problème. L'éternel problème.

– Où on va, alors ?

– La camionnette est garée dans Lochrin Place.

Le ton de Nic était froid. Jerry ressentit à nouveau ce gargouillement dans l'estomac, comme de la bile. Mais il savait qu'une fois qu'ils auraient commencé, tout allait changer : il se sentirait aussi excité que Nic. Ils étaient des chasseurs, tous les deux.

– Prends-le comme un jeu.

Le prendre comme un jeu.

Son cœur se mettrait à battre plus vite. Son entrejambe à le titiller. Avec les gants et les lunettes de ski, dans le Bedford, il devenait un autre homme. Il n'était plus Jerry Lister, mais un personnage de BD ou de film, quelqu'un de plus puissant, de plus effrayant. Un homme que l'on craignait. C'était presque suffisant pour étouffer le gargouillement. Presque.

La camionnette appartenait à un type que Nic connaissait. Il lui avait dit qu'il en avait besoin de temps en temps pour faire un peu de travail au noir, aider un ami à transporter des trucs d'occase. Le gars empochait ses deux billets de dix sans chercher à en savoir davantage. Nic avait des plaques d'immatriculation dégotées dans une casse. Il les fixait sur les autres avec du fil de fer. La camionnette avait été repeinte d'un blanc sale, mais elle avait rouillé depuis. On ne la remarquait pas du tout, et encore moins à la nuit tombée, dans les rues froides, quand les gens épuisés se dépêchaient de rentrer chez eux.

Les épuisées, c'était à elles que Nic s'attaquait. Ils se garaient près de la boîte de nuit, et payaient leur entrée. Il y avait plein de types qui venaient à deux, comme eux. Ça n'avait rien de suspect. Rien ne les distinguait des autres. Nic se concentrait sur les tables occupées par des groupes. Il semblait capable de distinguer les célibataires des autres. Une fois, il en avait même invité une à danser. Jerry lui avait demandé si ça n'était pas risqué.

– Que vaudrait la vie sans une pointe de risque ? avait-il répondu.

Ce soir, ils avaient fait un petit tour, avant. Nic savait que la soirée ne battrait son plein que vers dix heures. Les soûlards des pubs ne seraient pas encore arrivés, mais les esseulées des clubs s'en donneraient déjà à cœur joie. La plupart d'entre elles travaillaient le lendemain. Elles ne pouvaient pas se permettre de rester trop tard. Jusqu'à onze heures peut-être. Ça donnait le temps à Nic d'en choisir deux. Pour en avoir toujours une en réserve, au cas où. Certains soirs, ça ne marchait pas. Les femmes rentraient toutes ensemble, ou au bras d'un type.

D'autres soirs, ça marchait comme sur des roulettes.

Jerry se posta au bord de la piste de danse, bière à la main. Il sentait déjà l'excitation monter, comme une vague noire sur le point de l'emporter. Mais il se sentait nerveux, aussi. On ne savait jamais, un de ses potes, ou un ami de Jayne, pouvait avoir décidé de traîner dans le coin. *Jayne sait que tu es ici, hein ?* Non. Elle ne me pose même plus de questions. Quand il rentrerait à la maison à une ou deux heures du matin, elle serait déjà endormie. Et même s'il la réveillait en entrant, elle ne dirait pas grand-chose. Juste « encore bourré ? » ou un truc dans ce genre.

Il retournerait au salon et resterait là, à fixer le poste, la télécommande à la main. Assis dans le noir où personne ne pouvait le voir, où personne ne pouvait le montrer du doigt.

C'était toi, c'était toi, c'était toi.

Non. C'était Nic. C'était toujours Nic.

Jerry attendait au bord de la piste, tenant son verre d'une main légèrement tremblante. En son for intérieur, il priait : *faites qu'on n'ait pas de chance ce soir !*

– J'y crois pas, Jer. Je rêve !

– Du calme, mec. Qu'est-ce qui se passe ?

Nic se passa les mains dans les cheveux.

– Elle est là !

– Qui ?

Il regarda autour de lui, craignant qu'on ne les entende. Aucun risque : la musique était assourdissante. Ça ressemblait à Orbital. Jerry se tenait au courant des derniers groupes dans le coup.

– Elle ne m'a pas vu, reprit Nic.

Son esprit moulinait, maintenant.

– On peut le faire. (Il regarda Jerry.) On peut le faire.

– Bon Dieu, c'est Cat, c'est ça ?

– T'es con ou quoi ? C'est cette salope d'Yvonne !

– Yvonne ?

– La fille qu'était avec Cat ce soir-là. Celle qui l'avait amenée.

Jerry secoua la tête.

– Pas question, mec. Pas question.

– Mais c'est parfait !

– C'est tout sauf parfait, Nic. C'est du suicide.

– Ça serait la dernière, Jerry. Réfléchis. (Il jeta un coup

d'œil à sa montre). On reste encore un petit moment pour voir si elle se fait brancher. Crois-moi, Jer, ça va être l'enfer, conclut-il en abattant sa main sur l'épaule de Jerry.

C'est bien ce que je crains, se retint de dire Jerry.

Yvonne était l'amie divorcée de Cat. Elle était inscrite dans un club pour célibataires. C'était elle qui avait persuadé Cat de l'accompagner un soir. Jerry n'était pas au courant de tous les détails. Il ne savait pas pourquoi Cat avait accepté. Ça signifiait sûrement que son mariage battait de l'aile, mais Nic n'en avait pas parlé. Il répétait toujours plus ou moins la même chose : « Elle m'a trahi, Jer. Je ne l'ai pas vu venir. » Elles étaient allées en boîte. Pas celle-là. Une boîte du jeudi. Même genre de clientèle. Un des célibataires avait invité Cat à danser. Et puis, un autre. Et ç'avait été la fin. Elle l'avait quitté du jour au lendemain.

Et voilà que Nic tenait l'occasion de se venger. Il ne pouvait pas s'attaquer directement à Cat. Non, pas moyen de la toucher avec Bryce Callan comme oncle et Barry Hutton comme cousin. Mais il pouvait se venger sur sa copine.

Quand Nic revint et lui donna un coup de coude, Jerry comprit que les célibataires étaient sur le point de partir. Il termina sa pinte et suivit son ami dehors. La camionnette était garée à une centaine de mètres. Voilà comment ils procédaient : Nic suivait la fille à pied, et Jerry en camionnette. Et dès que Nic trouvait le bon endroit, il lui mettait le grappin dessus et Jerry se garait sur le bas-côté pour ouvrir les portes arrière. Ensuite, ils reprenaient la route pour trouver un coin désert. Nic restait à l'arrière pour plaquer la fille au sol. Jerry faisait gaffe de ne pas brûler de feux ou déboîter devant des voitures de flics. Les gants et les lunettes de ski étaient dans la boîte à gants.

Nic déverrouilla la camionnette et dévisagea Jerry.

– C'est toi qui la suis à pied, ce soir.

– Quoi ?

– Yvonne me connaît. Si elle entend mes pas et se retourne, elle verra que c'est moi.

– T'as qu'à mettre les lunettes.

– T'es demeuré ? Suivre une femme dans la rue avec des lunettes de ski ?

– Je marche pas.

Nic serra les dents de rage.

– Allez, file-moi un coup de main !

– Pas question, mec.

– Écoute, peut-être qu'elle ne rentrera pas seule, dit Nic en faisant un effort pour se contrôler. Je te demande juste...

– Et je te réponds non. C'est trop risqué, je me fous de ce que tu peux dire.

Jerry s'éloignait à reculons de la camionnette.

– Où tu vas ?

– J'ai besoin d'un peu d'air.

– Fais pas le con. Merde, Jer, quand est-ce que tu vas te décider à grandir ?

– Pas question.

C'est tout ce que Jerry trouva à répondre, avant de faire demi-tour et de partir en courant.

26

Rebus errait de chambre en chambre, en attendant que le gril préchauffe. Toasts gratinés au fromage, plat de solitaire s'il en est. On n'en voyait jamais sur les menus. On n'invitait jamais des amis à en déguster. C'était le genre de chose qu'on ne pouvait manger que seul. Quelques tranches de pain dans le placard, un peu de margarine et de fromage au frigo. Histoire de manger chaud un soir d'hiver.

Toasts gratinés au fromage.

Il retourna dans la cuisine, mit le pain sous le gril, et commença à couper des tranches de cheddar orange luisant. Un refrain lui revint à l'esprit ; un truc entendu dans une revue de music-hall, plusieurs années auparavant :

Le cheddar écossais, c'est le fromage qu'on aime,
Le cheddar écossais, orange, et bourré de graisse...

Il retourna au salon. Il avait mis un vieux Bowie. *The Man Who Sold the World.* La vie n'était que commerce. Transactions quotidiennes avec amis, ennemis, inconnus. Chacun a quelque chose à vendre, sinon le monde, du moins l'idée qu'il se fait de lui-même. Quand Bowie évoqua une personne croisée dans l'escalier, Rebus repensa à Derek Linford. Était-il là par voyeurisme ou par manque de confiance en lui ? Rebus avait fait des choses stupides dans sa jeunesse, lui aussi. Une fois, il avait appelé les parents d'une fille qui venait de le larguer pour leur dire qu'elle était enceinte. Ils n'avaient même pas couché ensemble ! Debout à côté de la fenêtre, il regardait les appartements d'en face, dont les rideaux et volets n'étaient pas tous fermés. Comme cette famille avec deux enfants. Il les observait depuis si longtemps qu'un samedi matin, il avait dit bonjour machinalement au garçon et à la fillette alors qu'ils sortaient de l'épicerie. Les gosses l'avaient contourné, méfiants, alors qu'il tentait de leur expliquer qu'il habitait le quartier.

Ne jamais parler aux inconnus : c'est le conseil qu'il leur aurait lui-même donné. Il avait beau être leur voisin, c'était pour eux un inconnu. Les passants avaient regardé de travers cet homme qui se tenait sur le trottoir avec son paquet de brioches, son journal et son lait, et qui criait « J'habite en face de chez vous ! Vous m'avez sûrement déjà vu ! » à deux gosses qui marchaient à reculons.

Bien sûr que non, ils ne l'avaient jamais vu. Ils avaient l'esprit ailleurs. Fixé sur un monde totalement séparé du sien. Et, à partir de ce jour, ils avaient sans doute commencé à le surnommer « le voisin bizarre ».

Vendre le monde ? Il était incapable de se vendre lui-même.

Mais tel était Édimbourg. Réservé, individualiste. Le genre d'endroit où on pouvait très bien ne jamais parler à son voisin de palier. Sur les six appartements de l'immeuble de Rebus, trois étaient occupés par leurs propriétaires. Les autres étaient loués à des étudiants. Il n'aurait jamais connu le nom des propriétaires sans la note concernant la réparation de la toiture. L'un d'eux vivait à Hongkong, ou un coin de ce genre. Faute d'avoir sa signature, la municipalité avait dû faire établir son propre devis des travaux – dix fois supérieur à celui fourni par la copropriété –, puis elle avait confié le chantier à une entreprise de son choix.

Peu de temps auparavant, un résident d'un immeuble de Dalry s'était vu menacer par un de ses voisins parce qu'il ne voulait pas signer de devis pour les réparations. Tel était Édimbourg : réservé, individualiste, et mortel quand on le contrariait.

À présent, Bowie chantait *Changes*. Black Sabbath avait

une chanson qui portait le même titre. Une sorte de ballade. Ozzy Osbourne chantant *I'm going through changes*. Moi aussi, mon pote, je suis en train de changer, aurait aimé lui dire Rebus.

Il passa à la cuisine, retourna les toasts et disposa les tranches de fromage dessus, puis, retour sous le grill. Il brancha la bouilloire.

Les changements. Son rapport à la boisson, par exemple. Il pouvait nommer une centaine de pubs, et pourtant, il était chez lui, sans une bière dans un placard. Il ne lui restait que cette bouteille de malt à moitié vide sur le frigo. Il s'en autoriserait un verre avant d'aller dormir. Un seul. Coupé d'un peu d'eau. Et ensuite, sous le duvet avec un livre. Il devait finir ces histoires sur Édimbourg, même s'il n'avait pas hésité à laisser tomber les *Journaux* de Walter Scott. Des tas de pubs de la ville portaient le nom d'un livre de Walter Scott. Probablement plus qu'il ne l'imaginait, vu qu'il n'avait lu aucun de ses romans.

De la fumée lui annonça que le bord de ses toasts commençait à brûler. Il fit sauter les deux tranches dans une assiette qu'il emporta et s'assit dans son fauteuil. La télé était allumée, mais sans le son. Son fauteuil était près de la fenêtre, le téléphone sans fil et la télécommande à portée de main. Certaines nuits, ses fantômes venaient s'asseoir près de lui, sur le canapé, ou par terre, en tailleur. Pas assez pour remplir la pièce, mais déjà trop à son goût. Des criminels, des collègues décédés. Et voilà que Cafferty réapparaissait dans sa vie. Comme s'il avait ressuscité. Rebus regarda le plafond. Il demanda à Dieu ce qu'il avait fait pour mériter tout ça. Mais Dieu aimait bien rire, et d'un rire parfois cruel.

Toasts gratinés au fromage. Quand son père était encore en vie, et qu'il lui rendait visite à Fife, le week-end, le vieil homme était toujours attablé, en train de mastiquer le même repas qu'il faisait passer avec une sorte de thé lavasse. Lorsque Rebus était enfant, toute la famille se réunissait autour de la table pliante de la cuisine, à l'heure des repas. Mais, sur la fin, son père avait tiré la table jusqu'au salon afin de manger dos au radiateur, en regardant la télé. Il avait également un chauffage d'appoint au gaz. Quand il marchait, les fenêtres se couvraient de buée. Et, du jour au lendemain, en hiver, la condensation gelait et il fallait gratter le givre ou attendre qu'il fonde.

Son père l'accueillait d'un grognement, et Rebus s'asseyait dans le fauteuil qui avait appartenu à sa mère. Peu enclin à se joindre à lui, il prétendait avoir déjà mangé. Sa mère avait toujours mis une nappe. Son père ne se donnait pas cette peine. Mêmes assiettes, mêmes couverts, mais pas de nappe.

Dire que je ne m'embarrasse même plus d'une table, pensa Rebus.

Les fantômes de ses parents ne lui rendaient jamais visite. Peut-être étaient-ils en paix, à la différence des autres. Pas de fantôme ce soir, cela dit. Juste les ombres projetées par l'écran de télé, les lumières de la rue et les feux des voitures. Un monde en nuances de gris. Et l'ombre de Cafferty, surgissant, plus grande que toutes les autres. Qu'est-ce qu'il mijotait ? Était-il sur le point de jouer sa dernière carte ?

Bon sang ! Il avait besoin d'un verre. Mais il attendrait. Juste pour se prouver qu'il en était capable. Siobhan avait raison, il avait commis une grosse erreur en sortant avec Lorna Grieve. Et l'alcool n'était pas seul responsable. Il était sous le charme du passé. Un passé de pochettes d'albums et de couvertures de magazines. Mais l'alcool avait joué un rôle certain. Siobhan lui avait demandé quand la boisson allait commencer à affecter son travail. Il aurait pu lui répondre : ça a déjà commencé.

Il prit son téléphone, pensant appeler Sammy. Puis, il regarda sa montre, l'orientant vers la lumière du dehors. Dix heures. Non, il était trop tard. Il était toujours trop tard quand il songeait à l'appeler. Quand elle se décidait à lui téléphoner, il s'excusait et elle lui expliquait qu'il pouvait l'appeler à n'importe quelle heure. Et néanmoins, il persistait à se persuader qu'il était trop tard. Elle avait sans doute des voisins de chambre. S'il les réveillait en appelant ?

D'ailleurs, Sammy aussi avait besoin de dormir. Avec ce temps rigoureux, tous ses examens, ses exercices. Elle lui avait dit qu'elle « progressait » – sa manière de lui signifier que ça serait long.

Progresser lentement. Il savait ce que c'était. Cela dit, ça commençait à bouger. Il avait l'impression d'être au volant d'une voiture, les yeux bandés, et de se laisser guider par les indications de ses passagers. Beaucoup de panneaux « Cédez le passage » et de « Sens interdit » se dresseraient encore sur sa route, mais il saurait les ignorer. Il était doué pour ça. Le hic, c'était que cette voiture n'avait pas de ceinture de sécurité, et que l'instinct de Rebus le poussait à aller toujours plus vite.

Il se leva et remplaça Bowie par Tom Waits. *Blue Valentine*. Enregistré juste avant qu'il fasse dans le « fourre-tout ». Bluesy, rugueux et envoûtant. Waits savait ce qu'était un esprit pourri jusqu'à la moelle. La voix était peut-être forcée, mais les paroles venaient du cœur. Rebus l'avait vu en concert. Il avait eu beau repérer toutes les ficelles du spectacle, les paroles n'avaient pas réussi à sonner faux. Savoir se vendre. Savoir vendre une version de soi bien emballée, prête à consommer. Les popstars et les politiciens faisaient ça tout le temps. De nos jours, les politiques manquaient d'opinion et de couleur. Ils avaient des allures de pantins ventriloques, attifés de vêtements choisis par d'autres, pour s'accorder avec leur « message ». Rebus se demandait si Seona Grieve résisterait à tout ça. Il en doutait. La route n'était pas facile pour les renégats, et il soupçonnait Seona d'être trop ambitieuse pour la tenter. Pas de bandeau sur les yeux pour elle, juste un travail délicat, parce qu'elle était en deuil. Il s'était moqué de Linford à propos du mobile de la veuve. Mobile, moyen, opportunité. La Sainte Trinité du meurtrier. Le vrai problème de Rebus résidait dans le moyen. Il n'imaginait pas Seona un marteau à la main. Pourtant, si elle était futée, ce serait précisément l'arme qu'elle utiliserait. Une arme qu'on aurait eu du mal à lui associer.

Tandis que Linford suivait la route toute tracée par le code de procédure, Rebus s'était peut-être enlisé dans une ornière ? Et si le suicide de Freddy Hastings n'avait aucun rapport avec la mort de Roddy Grieve ? Pas plus qu'avec le corps trouvé dans Queensberry House ? Est-ce qu'il courait vraiment après des fantômes ? Est-ce qu'il suivait une piste aussi illusoire que le rai de lumière d'un réverbère qui traversait son plafond ? Le téléphone sonna juste au moment où une chanson se terminait. Il sursauta.

– C'est moi, s'annonça Siobhan Clarke. Je crois que quelqu'un est en train de m'espionner.

Rebus appuya sur l'Interphone. Elle vérifia que c'était bien lui avant d'ouvrir la porte de l'immeuble. Elle l'attendait sur le palier de son appartement.

– Qu'est-ce qui s'est passé ?

Elle le conduisit au salon, l'air beaucoup plus calme que lui-même ne se sentait. Il y avait une bouteille de vin pleine aux deux tiers sur la table basse, et un verre. À en juger par l'odeur, elle avait dîné indien, mais il n'y avait aucune assiette. Elle avait débarrassé.

– Ça a commencé par des appels.

– Quel genre d'appels ?

– On me raccrochait au nez. Deux ou trois fois par jour. Quand je ne suis pas là, je branche le répondeur. La personne qui appelle attend que la bande ait défilé avant de raccrocher.

– Et quand tu es là ?

– Pareil. J'ai essayé le 1471, mais c'est un numéro secret. Et ce soir...

– Quoi ?

– J'ai le sentiment d'être observée. (Elle montra la fenêtre.) De là-bas.

Les rideaux étaient fermés. Il les écarta et jeta un coup d'œil à l'immeuble d'en face.

– Attends ici, dit-il.

– J'aurais pu y aller moi-même, mais...

– J'en ai pour une seconde.

Elle se posta devant la fenêtre, les bras croisés. Elle entendit la porte d'en bas se refermer, puis vit Rebus traverser la rue. Il paraissait essoufflé. S'était-il dépêché à ce point pour venir à son secours, ou manquait-il seulement d'exercice ? Avait-il eu peur pour elle ? Elle se demandait pourquoi elle l'avait appelé, lui. Le poste de Gayfield Square n'était qu'à cinq minutes, n'importe quel agent aurait répondu. Sans compter qu'elle aurait pu aller voir elle-même en face. Elle n'avait pas vraiment peur. C'est juste que ce genre d'inquiétude rampante avait tendance à disparaître lorsqu'on la confiait à quelqu'un. Il était entré droit dans le bâtiment d'en face. Elle le vit passer devant la fenêtre du premier palier. Puis, du deuxième. Là, il avança jusqu'à la vitre et lui fit signe que tout allait bien. Il monta un étage de plus, vérifia que personne ne se cachait là, et redescendit.

Lorsqu'il la rejoignit, il était plus essoufflé que jamais.

– Je sais, dit-il en s'écroulant sur le canapé. Je devrais me mettre au sport.

Il s'apprêtait à sortir son paquet de cigarettes de sa poche, quand il lui revint qu'elle ne le laisserait pas fumer chez elle. Elle avait rapporté un verre à pied de la cuisine.

– C'est le moins que je puisse faire, dit-elle en lui versant du vin.

– Santé.

Il en but une longue gorgée et soupira.

– C'est ta première bouteille de la soirée ? plaisanta-t-il.

– Je n'ai pas d'hallucinations.

Agenouillée devant la table basse, elle faisait tourner son verre dans sa main.

– C'est juste que, quand tu es seul... Je ne veux pas dire toi personnellement, c'est vrai pour moi aussi...

– Quoi ? Les hallucinations ?

Ses joues s'empourprèrent légèrement.

– Comment savais-tu ?

Il la regarda.

– Quoi ?

– Dis-moi que tu ne m'espionnais pas.

Il ouvrit la bouche, mais fut incapable de trouver les mots.

– Tu as poussé la porte de l'immeuble d'en face sans hésiter. Tu n'as pas vérifié si elle était fermée, parce que tu savais qu'elle ne le serait pas. Et tu t'es arrêté au deuxième étage. Pour reprendre ton souffle ? C'était de là qu'il m'espionnait. De cet immeuble, et de ce palier.

Rebus baissa les yeux sur son verre.

– Ce n'était pas moi.

– Mais tu sais de qui il s'agit. (Elle marqua une pause.) C'était Derek ?

Son silence confirma ses doutes. Elle bondit sur ses pieds et se mit à arpenter son salon de long en large.

– Attends un peu que je lui mette la main dessus...

– Écoute, Siobhan...

Elle le foudroya du regard.

– Comment le sais-tu ?

Alors, il lui expliqua. Il avait à peine terminé son récit qu'elle se jetait sur le téléphone et composait le numéro de Linford. Elle raccrocha dès qu'il eut décroché. C'était à son tour d'être hors d'haleine.

– Je peux te poser une question ? demanda Rebus.

– Laquelle ?

– Tu as fait le 1471 avant ?

Elle le regarda, l'air ahuri.

– C'est le numéro qui permet que ton interlocuteur ne t'identifie pas.

Elle grimaçait encore quand le téléphone sonna.

– Je ne réponds pas, dit-elle.

– Ce n'est peut-être pas Derek.

– Il y a le répondeur.

Sept sonneries. La machine se mit en marche. D'abord le message, puis un *clic*.

– L'enfoiré ! siffla-t-elle entre ses dents.

Elle reprit le combiné, composa le 1471, écouta et raccrocha sauvagement.

– Numéro secret ? devina Rebus.

– À quoi joue-t-il, John ?

– Il s'est fait jeter, Siobhan. On fait parfois des choses bizarres quand ça nous arrive.

– On dirait que tu es de son côté.

– Pas du tout. J'essaie seulement de trouver une explication.

– Alors toi, quand on te jette, tu te mets à rôder autour de chez ton ex ?

Elle prit son verre et se remit à marcher en buvant. Elle remarqua alors que les rideaux étaient toujours ouverts et courut les tirer.

– Viens t'asseoir, lui dit Rebus. Nous lui parlerons demain matin.

Elle finit par se lasser de tourner comme un lion en cage et s'affala sur le canapé, à côté de lui. Il prit la bouteille de vin pour la resservir, mais elle refusa.

– C'est dommage de le perdre.

– Finis-le.

– Je n'en veux pas.

Elle le dévisagea.

– J'ai passé la moitié de la soirée à me retenir de boire, lui expliqua-t-il, souriant.

– Pourquoi ?

Il haussa les épaules. Elle lui prit la bouteille des mains.

– Dans ce cas, mettons-la hors d'état de nuire.

Lorsqu'il la rejoignit à la cuisine, elle vidait la bouteille dans l'évier.

– Un peu radical comme solution. Le frigo aurait fait l'affaire.

– Je n'aime pas le vin froid.

– Tu m'as compris.

Il regarda la vaisselle propre sur l'égouttoir. Elle s'était déjà débarrassée des reliefs de son dîner. La cuisine carrelée de blanc était immaculée.

– Le jour et la nuit.

– Quoi ?

– Je ne fais la vaisselle que lorsque je n'ai plus une seule tasse propre.

Elle sourit.

– J'ai toujours rêvé d'être une souillon.

– Mais ?

– Ça doit être l'éducation. Je suppose qu'on peut dire que je suis une névrosée de la propreté.

– Et moi un porc.

Elle rinça la bouteille qui en rejoignit d'autres, posées par terre près d'une boîte orange pleine de bocaux vides.

– Recyclage ?

Elle acquiesça en riant. Puis, retrouvant son sérieux :

– Mince, John, je ne suis sortie que trois fois avec lui.

– Il n'en faut pas plus, parfois.

– Tu sais où je l'ai rencontré ?

– Tu n'as pas voulu me le dire, rappelle-toi.

– Je vais te le dire, maintenant. Dans un club de célibataires.

– Le soir où tu es sortie avec la victime d'un viol ?

– Il fait partie d'un de ces clubs. Les autres ignorent qu'il est flic.

– Eh bien, ça montre qu'il a du mal à rencontrer des femmes.

– Il en voit tous les jours, John... Qui sait, peut-être que ça cache quelque chose ?

– Quoi ?

– Une autre facette de sa personnalité.

Elle s'appuya contre l'évier, les bras croisés.

– Tu te souviens de ce que tu as dit ?

– J'ai dit des tas de choses mémorables.

– Sur les types qui se font larguer. Qu'ils font des trucs bizarres ?

– Tu penses que Linford s'est fait larguer une fois de trop ?

– Possible. Mais je pensais plutôt au violeur, pourquoi il s'intéresse aux soirées pour célibataires.

Rebus réfléchit à la question.

– Il est allé à l'une d'elles et a été rejeté ?

– Ou bien, sa femme ou sa petite amie y est allée...

– Et a été chaleureusement accueillie ?

Siobhan hocha la tête.

– Ce n'est plus moi qui m'occupe de l'affaire, bien sûr...

– Et la personne qui s'en occupe a sûrement fait le tour des clubs de célibataires, tu sais.

– Oui, mais elle n'a sans doute pas demandé aux femmes si elles avaient un petit ami jaloux.

– Bien vu. Une autre tâche pour demain matin.

– Oui, dit-elle en se tournant pour remplir la bouilloire, dès que j'aurai parlé à ce bon vieux Derek.

– Et s'il nie ?

– J'ai un témoin, John. (Elle le regarda par-dessus son épaule.) Je t'ai toi.

– Non, tu as moi et des soupçons. Ce n'est pas tout à fait la même chose.

– Où tu veux en venir ?

– Tout le monde sait que Linford et moi sommes loin de nous entendre comme larrons en foire. Et voilà que je débarque et affirme l'avoir vu jouer les voyeurs. Tu ne connais pas Fettes, Siobhan.

– Ils couvrent les leurs ?

– Peut-être, peut-être pas. Mais ils y réfléchiront à deux fois avant de croire la version de John Rebus, plutôt que celle d'un futur chef de la police.

– C'est pour cette raison que tu ne m'en as pas parlé plus tôt ?

– Ça se pourrait.

Elle retourna vers la bouilloire.

– Comment tu bois ton café ?

– Noir.

L'appartement de Derek Linford donnait sur Dean Valley et le Water of Leith. Il avait obtenu un taux de crédit intéressant en jouant la carte Fettes. Ça pouvait servir d'être dans la police. Néanmoins, ses mensualités étaient lourdes. Sans compter la BMW. Il avait tant à perdre.

Il ôta son manteau et sa chemise. Il était en sueur. Elle l'avait vu par la fenêtre. Il avait roulé comme un fou et monté l'escalier quatre à quatre... Et son téléphone s'était mis à sonner. Il s'était rué dessus, songeant : c'est Siobhan ! Elle a peur. Elle m'appelle à l'aide ! Mais la sonnerie s'était arrêtée avant qu'il ait pu répondre. C'était bien elle. Il avait vérifié. Il avait rappelé aussitôt, mais elle n'avait pas décroché.

Debout devant la fenêtre, tremblant, le regard dans le vide, il comprit soudain... *Elle sait que c'était moi !* Il ne voyait que ça. Ce n'était pas lui qu'elle aurait appelé à l'aide. Elle avait dû s'adresser à Rebus. Et, évidemment, il lui avait dit. Bien sûr, qu'il lui avait dit.

– Elle sait ! s'exclama-t-il à voix haute. Elle sait, elle sait, elle sait !

Il traversa le salon, fit demi-tour et retourna à la fenêtre. Son poing gauche frappait machinalement sa paume droite.

Il avait tellement à perdre.

– Non, dit-il en secouant la tête.

Il s'exhorta à contrôler son souffle. Pas question de perdre quoi que ce soit. Pour personne. Des années de travail, de nuits blanches, de week-ends passés à étudier...

– Non, répéta-t-il. Personne ne m'enlèvera tout ça.

Pas s'il pouvait l'empêcher.

Pas sans lutter bec et ongles.

Ils avaient appelé la chambre de Cafferty pour lui signaler un problème au bar. Une fois habillé, il était descendu et avait trouvé Rab plaqué au sol par deux barmen et deux clients. Il y avait, un peu plus loin, un autre homme assis par terre, les jambes écartées. Il avait le nez éclaté et se tenait l'oreille. Du sang coulait entre ses doigts. Il hurlait, demandant qu'on appelle la police. Sa petite amie était agenouillée près de lui.

Cafferty le regarda.

– C'est plutôt une ambulance qu'il vous faut.

– Ce salaud m'a mordu l'oreille !

Cafferty s'accroupit devant l'homme, sortit deux billets de cinquante livres et les glissa dans sa poche de poitrine.

– Une ambulance, répéta-t-il.

Finissant par réagir, la petite amie se leva pour chercher un téléphone. Cafferty marcha alors jusqu'à Rab, se baissa et l'attrapa par les cheveux.

– Bon sang, qu'est-ce que tu fous, Rab ?

– J'm'amusais, Big Ger.

Il avait du sang sur les lèvres. L'oreille de l'autre homme...

– T'es bien le seul, dit-il.

– C'est quoi la vie si on peut plus s'amuser ?

Cafferty le dévisagea.

– Tu sais que quand tu te mets à déconner comme ça, je ne sais plus quoi faire de toi.

– C'est grave ?

Big Ger s'abstint de répondre. Il dit aux hommes qui plaquaient Rab au sol qu'ils pouvaient le lâcher, ce qu'ils firent, prudemment. Rab ne semblait pas décidé à se relever.

– Vous pourriez peut-être l'aider, suggéra Cafferty aux hommes, en leur distribuant quelques billets. Pour votre aide. Et gardez cette histoire pour vous.

Il n'y avait pas eu de casse dans le bar, mais il insista néanmoins pour dédommager les barmen.

– Parfois, on remarque les dégâts plus tard, leur expliqua-t-il.

Sur quoi, il paya une tournée générale et donna à Rab une tape dans le dos.

– C'est l'heure d'aller au lit, fiston.

La clef de sa chambre était sur le bar. Les employés de l'hôtel savaient tous qu'il était avec Big Ger.

– La prochaine fois que tu veux te dégourdir les poings, tâche de le faire loin de la maison, O.K. ?

– Désolé, Big Ger.

– On a dit qu'on veillait l'un sur l'autre, hein, Rab ? Parfois ça signifie qu'il faut savoir utiliser ton cerveau plutôt que tes muscles.

– C'est bon, Big Ger. Encore désolé.

– Allez, file maintenant. Il y a un miroir dans l'ascenseur. Pas la peine de lui filer un pain.

Rab fit un effort pour sourire. Toute cette excitation semblait l'avoir épuisé.

Cafferty le regarda sortir du bar, la démarche traînante. Il avait envie de boire un verre, mais pas ici. Pas avec ces gens. Mieux valait les laisser se remettre de leurs émotions et cancaner en paix. Il y avait un minibar dans sa chambre. Ça ferait l'affaire pour ce soir. Il s'excusa encore d'un signe de la main, puis rejoignit Rab et partagea l'ascenseur exigu avec lui jusqu'au troisième étage. Il avait l'impression d'être de retour dans sa cellule. Rab était appuyé contre la glace, les yeux fermés. Il le fixa, sans ciller une seule fois.

C'est grave ? lui avait-il demandé. Cafferty commençait à se le demander.

27

Quand Rebus entra à St Leonards le lendemain matin, deux agents discutaient du film de la veille à la télé.

– *Quand Harry rencontre Sally*, vous l'avez sûrement vu, monsieur.

– Pas hier soir. Certains d'entre nous ont mieux à faire.

– On se demandait si un homme peut être ami avec une femme sans avoir envie de coucher avec elle. C'est le sujet du film.

– Je dirais que chaque fois qu'un mec pose les yeux sur une femme, il ne peut pas s'empêcher de penser à ce qu'elle donnerait au lit, dit le second agent.

Rebus entendit des voix qui venaient du bureau de la brigade criminelle.

– Si vous voulez bien m'excuser, messieurs, une urgence...

– Une querelle d'amoureux ? plaisanta l'un des hommes.

– Dans le mille, mon pote, lança Rebus.

Siobhan avait acculé Derek Linford dans un coin de la pièce. Et elle avait un public : l'inspecteur Bill Pryde, le sergent Roy Frazer, et le sergent George « Hi-Ho » Silvers admiraient le spectacle, assis à leur bureau. Rebus les réprimanda du regard en traversant la pièce. Siobhan, dressée sur la pointe des pieds, tenait Linford à la gorge, le visage collé au sien. Dans une main, il serrait des documents qu'il avait froissés dans le feu de l'action ; l'autre était tendue, en signe de capitulation.

– Et si vous vous avisez de seulement penser à vous souvenir de mon numéro de téléphone, hurlait Siobhan, je vous broie les couilles si fort qu'elles ne vous serviront plus à rien !

Rebus attrapa par-derrière les deux mains de la jeune femme pour libérer Linford, qui suffoquait. Elle se tourna vers lui, écarlate de rage.

– C'est ce que tu appelles « lui dire un mot » ? lui demanda Rebus.

– Je me doutais que vous étiez là-dessous, cracha Linford.

– C'est entre vous et moi, trouduc, et personne d'autre ! éructa Siobhan.

– Vous vous prenez pour un cadeau du ciel, pas vrai ?

– La ferme, Linford, intervint Rebus. N'aggravez pas votre cas.

– Je n'ai rien fait.

– Espèce de serpent ! lui lança-t-elle en essayant de se libérer de l'étreinte de Rebus.

C'est alors qu'une voix autoritaire tonna dans leur dos.

– Qu'est-ce qui se passe, ici ?

Ils firent tous volte-face. Le superintendant Watson se dressait dans l'encadrement de la porte. Il était accompagné d'un visiteur. Colin Carswell, directeur adjoint de la police.

Rebus fut le dernier à être « invité » à donner sa version des faits à Watson. Le Paysan – qui devait son surnom à son visage buriné et à ses origines rurales du Nord-Est – était assis, un crayon pointu entre ses mains jointes.

– Je suis censé m'empaler là-dessus ? demanda Rebus en désignant le crayon. Me faire hara-kiri ?

– Vous êtes censé me dire ce qui se passait là-bas. Juste le jour où le directeur adjoint nous rend visite.

– Il prend la défense de Linford, bien entendu ?

– Ne commencez pas. Contentez-vous de me donner votre version des faits, pour ce qu'elle vaut.

– À quoi bon ? Je sais ce que vous ont dit les deux autres.

– Et qu'est-ce qu'ils nous ont dit au juste ?

– Siobhan vous a dit la vérité, et Linford a inventé un

paquet de mensonges pour sauver ses fesses, dit-il, indifférent à la mine de plus en plus menaçante de Watson.

– Éclairez-moi.

– Siobhan est sortie deux ou trois fois avec Linford. Rien de sérieux. Elle l'a envoyé balader. Un soir, nous avons discuté de son enquête chez elle. J'étais dans ma voiture, sur le point de partir, quand j'ai vu quelqu'un sortir du bâtiment d'en face et pisser au coin de la rue avant de retourner à l'intérieur. Je suis descendu de voiture pour voir de quoi il retournait. C'était Linford. Il l'espionnait depuis la cage d'escalier. La nuit dernière, Siobhan m'a téléphoné pour me dire qu'elle se sentait observée. Alors je lui ai raconté.

– Pourquoi ne pas lui en avoir parlé plus tôt ?

– Je ne voulais pas l'inquiéter. Et puis, je pensais avoir dissuadé Linford de recommencer. Apparemment, je ne suis pas aussi persuasif que je le crois.

Le Paysan se carra dans son fauteuil.

– Et que nous a raconté Linford, selon vous ?

– Je parie qu'il vous a dit que tout ça n'était qu'un tas de conneries concoctées par l'inspecteur Rebus. Que Siobhan s'est fait des idées, que j'ai inventé cette histoire, et qu'elle l'a gobée.

– Et pour quelle raison l'auriez-vous fait ?

– Pour le mettre à l'écart et poursuivre l'enquête à ma manière.

Watson baissa les yeux sur son crayon.

– Ce n'est pas la raison qu'il a donnée.

– Et laquelle a-t-il donnée ?

– Il pense que vous voulez Siobhan pour vous.

La bouche de Rebus se tordit en un rictus.

– Ce sont ses fantasmes, pas les miens.

– Ah non ?

– Absolument pas.

– Vous comprenez que je ne peux pas laisser passer ça. Pas avec Carswell comme témoin.

– Oui, monsieur.

– Vous avez une solution ?

– Si j'étais à votre place, je renverrais Linford d'où il vient, afin qu'il se remette à jouer les premiers de la classe derrière son bureau de Fettes, loin du brouhaha de la rue.

– M. Linford n'en éprouve pas le désir.

– Il veut rester ici ? s'étonna Rebus.

Le Paysan acquiesça.

– Pourquoi ?

– Il dit qu'il n'est pas rancunier. Il pense que les conditions difficiles de l'enquête sont responsables.

– Je ne saisis pas.

– Franchement, moi non plus.

Watson se leva et se dirigea vers sa machine à café. Il n'en servit qu'une tasse, ostensiblement. Rebus s'appliqua à cacher son soulagement.

– À sa place, je voudrais qu'on me débarrasse de vous tous. (Il marqua une pause et se rassit.) Mais les désirs de l'inspecteur Linford sont des ordres.

– Ça ne va pas être joli.

– Pourquoi ?

– Vous avez vu le bureau de la criminelle récemment ? On est débordés. Ce serait déjà difficile pour Siobhan d'éviter de croiser Linford en temps normal, mais les affaires sur lesquelles nous enquêtons sont peut-être liées.

– C'est ce que m'a expliqué la constable Clarke.

– Elle dit que vous envisagez de classer l'enquête Supertramp.

– Elle n'a jamais vraiment été ouverte. C'est juste que j'étais aussi curieux que le commun des mortels à propos des quatre cent mille. Pour être honnête, je ne lui ai pas donné sa chance.

– C'est une bonne enquêtrice, monsieur.

– En dépit de son modèle, approuva Watson.

– Écoutez, je sais à quoi m'en tenir. Vous approchez de la retraite, vous préféreriez ne pas vous retrouver avec ce tas d'emmerdes sur le dos.

– N'allez pas vous imaginer que vous pouvez...

– Linford est un homme de Carswell, alors pas question de l'égratigner. Il ne reste donc que nous.

– Attention à ce que vous dites.

– Je ne dis rien que vous ne sachiez déjà.

Le Paysan se leva et se pencha vers Rebus, les poings sur son bureau.

– Et vous ? Vous montez votre petite police parallèle, vous faites vos réunions à l'Oxford Bar, vous vous pavanez comme si vous dirigiez St Leonards.

– J'essaie de résoudre cette affaire.

– Et de vous glisser dans le lit de Clarke par la même occasion ?

Rebus bondit sur ses pieds. Leurs visages étaient à quelques centimètres l'un de l'autre. Ils se toisèrent en silence, comme si un mot de plus risquait de faire exploser la bombe. La sonnerie du téléphone retentit. Watson tendit la main, décrocha le combiné et le colla à son oreille.

– Oui ?

Rebus était si près qu'il entendit la voix de Gill Templer dans le récepteur.

– La conférence de presse, monsieur. Vous voulez voir mes notes ?

– Apportez-les, Gill.

Rebus recula du bureau.

– Nous avions terminé, inspecteur ? lança Watson.

– Il me semble, monsieur.

Il se retint de claquer la porte en sortant.

Et partit à la recherche de Linford. Pas dans le bureau. Siobhan était aux toilettes, lui dit-on. Une collègue essayait de la calmer. À la cantine ? Non. Au bureau d'accueil, on l'informa qu'il avait quitté le poste quelques minutes plus tôt. Rebus regarda sa montre. Les pubs n'étaient pas encore ouverts. La BMW de Linford n'était pas dans le parking. Il s'arrêta sur le trottoir et sortit son téléphone portable pour l'appeler.

– Oui ?

– Où vous êtes barré ?

– Je suis garé sur le parking d'Engine Shed.

Rebus se tourna et regarda au bout de St Leonards Lane.

– Qu'est-ce que vous foutez là ?

– Je réfléchis.

– Ça risque de vous fatiguer, répliqua Rebus en s'engageant dans l'allée.

– Magnifique. J'apprécie sincèrement que vous m'appeliez sur mon portable pour m'insulter.

– Ravi de vous être agréable.

Il entra dans le parking. Beau Gosse était là, garé sur un emplacement pour handicapés. Rebus éteignit son téléphone, ouvrit la portière de la BMW et monta.

– Quelle bonne surprise, dit Linford en rangeant son téléphone.

Il posa les mains sur le volant et fixa le pare-brise.

– Moi aussi, j'aime les surprises. Comme d'apprendre de la bouche de mon supérieur que je cours après la constable Clarke.

– Parce que ce n'est pas le cas ?

– Vous savez parfaitement que non.

– Il semble pourtant que vous traînez pas mal autour de son appartement.

– Ouais, quand vous surveillez sa fenêtre.

– Bon, d'accord, quand elle m'a largué, ça m'a un peu... Ça ne m'arrive pas très souvent.

– De vous planter ? J'ai du mal à y croire.

Un vague sourire plana sur les lèvres de Linford.

– Pensez ce que vous voulez.

– Vous avez raconté des conneries à Watson.

Linford se tourna vers lui.

– Vous auriez fait la même chose à ma place. C'était ma carrière qui était en jeu !

– Vous auriez dû y penser avant.

– Facile à dire maintenant, marmonna-t-il. (Il se mordit la lèvre inférieure.) Et si je présentais des excuses à Siobhan ?

Si je lui disais que j'ai un peu déraillé, que ça ne se reproduira plus ?

– Mieux vaut le mettre par écrit.

– Au cas où je foirerais tout ?

Rebus secoua la tête.

– Difficile de s'excuser quand on a une main sur la gorge et une autre qui vous broie les couilles.

– Bon sang, j'ai bien cru qu'elle allait m'étrangler.

– Vous pouviez toujours vous défendre.

– Ça aurait eu l'air de quoi, avec trois témoins dans la pièce ?

Rebus le dévisagea.

– Vous pensez à tout, pas vrai ? Vous ne faites jamais rien au hasard.

– Espionner Siobhan n'était pas un acte réfléchi.

– J'imagine que non.

Mais Rebus n'en était pas si sûr.

Linford se retourna et récupéra sur la banquette arrière les papiers froissés qu'il avait en main dans le bureau de la brigade criminelle.

– Vous pensez qu'on pourrait parler boutique une minute ?

– Peut-être.

– Je sais que vous m'avez mis sur la touche et que vous menez votre barque en solo. C'est votre choix, ça me va. Mais après tous les interrogatoires que j'ai menés, je crois que je tiens un filon.

Il lui tendit les feuilles. Des pages et des pages de notes. Holyrood Tavern, Jennie Ha et pas seulement des pubs, mais aussi les appartements et les boutiques des environs de Queensberry House. Il était allé partout, il avait même eu l'aplomb de se rendre à Holyrood Palace.

– Vous n'avez pas perdu votre temps, reconnut Rebus, réticent.

– User ses semelles, c'est une vieille recette qui peut se révéler efficace.

– Alors, qu'est-ce que vous avez trouvé ? À moins que je

doive d'abord passer tout ça au tamis et m'émerveiller du nombre de cailloux que vous avez dû éliminer en route ?

Linford sourit.

– J'ai gardé le meilleur pour la fin.

À savoir les dernières pages, agrafées ensemble. Deux entretiens avec le même homme, datant du même jour. Le premier, bon enfant, avait eu lieu à Holyrood Tavern, le deuxième était un interrogatoire mené à St Leonards en présence de « Hi-Ho » Silvers.

L'homme s'appelait Bob Cowan, disait habiter Royal Park Terrace. Il était maître de conférence en histoire économique et sociale à l'université. Une fois par semaine, il prenait un verre à Holyrood Tavern avec un ami qui habitait Grassmarket. La taverne se trouvait à mi-chemin de leurs appartements respectifs, ce qui les arrangeait. Cowan aimait rentrer par Holyrood Park et admirer la colonie de cygnes du lac Ste Margaret.

> « La lune était presque pleine ce soir-là [la nuit où Roddy Grieve a trouvé la mort]. J'ai quitté la Tavern vers minuit moins le quart. En général, à cette heure-là, je ne croise pas âme qui vive. C'est un coin peu habité. Je suppose que ça pourrait en rendre certains nerveux. Vous savez, on lit tellement d'histoires. Mais depuis trois ans que je fais ce trajet, personne ne m'a jamais embêté. Maintenant, ça n'a peut-être rien à voir... J'y ai repensé pendant plusieurs jours après le meurtre, en me disant que ça n'avait sûrement rien à voir... J'ai vu des photos de M. Grieve, et, selon moi, aucun de ces deux hommes ne lui ressemblait. Bien sûr, je peux me tromper. Et même si la nuit était claire, avec toutes ces étoiles et la lune qui brillait, je n'ai pu bien distinguer que l'un d'eux. Ils se tenaient devant Queensberry House. Sur le trottoir d'en face. Au niveau des grilles, je dirais. Ils avaient l'air d'attendre quelqu'un. C'est ce qui a attiré mon attention. C'est vrai, à cette heure de la

nuit, avec tous ces travaux ? Drôle d'endroit pour un rendez-vous. Je me souviens qu'après, en rentrant, j'ai fait un tas de suppositions : le troisième homme était peut-être en train de pisser quelque part, ou bien il s'agissait d'un rendez-vous de sexe, ou ils s'apprêtaient à entrer sur le chantier pour voler quelque chose... »

Interruption de Linford :

« Vous auriez vraiment dû venir nous en parler tout de suite, monsieur Cowan. »

Retour à l'histoire de Cowan :

« Je suppose, oui, mais on a toujours peur d'ameuter le quartier pour pas grand-chose. Et puis, ces hommes n'avaient rien de louche. C'est vrai, ils n'étaient pas masqués, ils ne portaient pas de gros sacs. Juste deux hommes en train de discuter. Peut-être des amis qui venaient de se rencontrer par hasard. Vous voyez ce que je veux dire ? Ils étaient habillés normalement : jeans, blousons foncés et baskets, je crois. Celui que j'ai vu le plus distinctement avait les cheveux très courts, châtains ou bruns. Et des grands yeux vitreux, genre basset artésien. Des joues tombantes, et une sorte de pli amer à la bouche, comme s'il n'était pas content. Il était grand. Plus d'un mètre quatre-vingts, je dirais. Large d'épaules. Vous pensez qu'il est mêlé à tout ça ? Mon Dieu, dire que je suis peut-être la dernière personne à avoir vu la victime vivante. »

– Qu'en pensez-vous ? demanda Linford.

Rebus jeta un coup d'œil sur les autres feuilles.

– Je sais, reprit le jeune policier, c'est peu, à première vue.

– Je trouve ça plutôt bien, au contraire.

Linford sembla surpris.

– Le problème, c'est qu'il n'en dit pas assez. Grand, large d'épaules... Des centaines de types répondent à ce signalement.

Linford acquiesça : lui aussi y avait pensé.

– Mais si on faisait un portrait-robot ? Cowan est partant, assura-t-il.

– Et ensuite ?

– On essaie les pubs du coin. Il est peut-être du quartier. D'ailleurs, vu la description, je ne serais pas étonné que ce soit un ouvrier.

– Un de ceux du chantier ?

Linford haussa les épaules.

– Avec le portrait-robot...

Rebus lui rendit la liasse.

– Ça vaut le coup d'essayer. Félicitations.

En voyant Linford bomber le torse, il se souvint pourquoi il lui avait été antipathique dès la première seconde. Au moindre compliment, le jeune inspecteur oubliait tout le reste.

– Et en attendant, vous continuez à faire bande à part ?

– Tout juste.

– Et je reste en dehors ?

– Pour l'instant, ça vaut mieux pour vous, croyez-moi.

– Et qu'est-ce que je fais, maintenant ?

Rebus ouvrit la portière de la voiture.

– Évitez St Leonards tant que vous n'avez pas écrit cette lettre. Assurez-vous que Siobhan la reçoive avant la fin de la journée, mais pas avant cet après-midi – il faut lui donner le temps de se calmer. Et peut-être que vous pourrez montrer le bout de votre nez demain. Je dis bien « peut-être ».

Ça lui allait. Linford tendit la main à Rebus, qui claqua la portière sans la serrer. Pas question d'échanger une poignée de main avec ce con. Il avait trouvé un filon, pas la poule aux œufs d'or. D'ailleurs, Rebus n'avait toujours pas confiance en lui. Un type qui vendrait sa grand-mère pour une promesse de promotion, selon lui. La question était : jusqu'où irait-il s'il sentait son job menacé ?

À sinistre occasion, lieu sinistre.

Siobhan accompagnait Rebus, ainsi que la constable présente sur les lieux le soir où « Mackie » s'était jeté du pont, celle qui lui avait dit : « Vous faites partie de l'équipe de Rebus, hein ? » Il y avait également un prêtre et deux sans-abri de Grassmarket. Ils avaient salué Siobhan à son arrivée. Elle espérait qu'ils ne lui demanderaient pas de cigarette, elle n'en avait pas. Dezzi aussi était là. Elle sanglotait dans un bout de papier toilette rose. Elle s'était dégoté des fripes noires – jupe de gitane et grand châle en dentelle tombant en lambeaux. Elle portait également des chaussures noires. Pas de la même paire.

Aucun signe de Rachel Drew. Elle n'était peut-être pas au courant.

Il y avait donc pas mal de monde autour de la fosse. Des corbeaux croassaient non loin, couvrant presque la brève oraison du prêtre. L'un des deux types de Grassmarket donna un coup de coude à son pote pour l'empêcher de s'endormir. Chaque fois que le prêtre mentionnait le nom « Freddy Hastings », Dezzi murmurait « Chris ». Quand tout fut terminé, Siobhan tourna les talons et partit rapidement. Elle n'avait envie de parler à personne. Elle était venue par sens du devoir, elle ne voulait pas de remerciements.

Près des voitures, elle regarda Rebus pour la première fois.

– Qu'est-ce que t'a dit le Paysan ? Il a choisi de croire Linford ?

N'obtenant pas de réponse, elle monta dans sa voiture, démarra et disparut. Debout devant sa Saab, Rebus se demanda si c'étaient des larmes qu'il avait vues briller dans ses yeux.

L'excavatrice jaune creusait parmi les décombres, dévoilant les entrailles du vieil immeuble. Rebus nota que certains badauds détournaient le regard, comme s'ils assistaient à une autopsie et non à une démolition. Des gens avaient vécu là, peint et repeint les portes, choisi la tapisserie avec soin. Peut-être ces plinthes avaient-elles été vernies par des jeunes mariés en salopettes maculées. Des appliques murales, des prises électriques, des interrupteurs au milieu d'un enchevêtrement de fils électriques ; des morceaux de poutres de la charpente, des tuyaux, des trous béants à la place des cheminées... Il imagina un feu crépitant, un arbre de Noël dans le coin.

Les vautours avaient sévi. Les plus belles portes, les cheminées, les réservoirs d'eau, les lave-mains, les baignoires, les radiateurs avaient disparu. Les charognards sauraient en tirer profit. Mais ce qui fascinait Rebus, c'étaient les couches successives de peinture et de papier peint. Des rayures couvrant des pivoines roses, qui elles-mêmes recouvraient des cavaliers en habit rouge. Dans un appartement, on voyait que la cuisine avait été aménagée dans une pièce et la kitchenette d'origine tapissée. À certains endroits, le papier arraché laissait apparaître des carreaux noirs et blancs. Des camions venaient remorquer des bennes pleines de gravats pour les emporter dans des décharges à la périphérie de la ville. Là, ces morceaux de puzzle seraient recouverts – dernière strate que les archéologues du futur gratteraient peut-être.

Rebus alluma une cigarette, les yeux plissés pour se protéger de rafales de poussière.

– Il semble qu'on arrive un peu tard.

Siobhan et lui se trouvaient devant les vestiges de l'immeuble qui avait abrité le bureau de Freddy Hastings. La jeune femme paraissait calme. La démolition avait détourné ses pensées de Linford. Du bureau de Hastings au rez-de-chaussée, il ne restait rien. Une fois le terrain nivelé, les entrepreneurs s'attelleraient à la construction d'un « complexe résidentiel », à un pas du nouveau parlement.

– On peut tenter la mairie, proposa Siobhan.

Rebus acquiesça. Elle espérait qu'un employé municipal saurait ce qu'on avait fait du contenu du bureau.

– Tu ne sembles pas très optimiste.

– Ce n'est pas dans ma nature, dit-il en aspirant la fumée en même temps que de la poussière de plâtre et de vies effacées.

Ils se rendirent à High Street où un employé des City Chambers finit par leur fournir le nom d'un avocat. Son cabinet se trouvait à Stockbridge. Sur le chemin, ils s'arrêtèrent à l'ancienne adresse de Hastings, mais les nouveaux propriétaires ignoraient tout de lui. Ils avaient acheté l'appartement à un antiquaire qui, pensaient-ils, l'avait lui-même acheté à un footballeur. 1979, c'était de l'histoire ancienne. Dans New Town, les appartements pouvaient changer de mains tous les trois ou quatre ans. Les jeunes cadres y voyaient un bon investissement. Et puis, ils avaient des enfants, l'escalier devenait un calvaire, un jardin leur faisait cruellement défaut. Alors ils vendaient pour acheter plus grand.

L'avocat était jeune et ne savait rien de Frederick Hastings, mais il appela un collègue plus ancien, en déplacement à l'extérieur. Un rendez-vous fut fixé. Rebus et Siobhan hésitèrent à retourner au bureau. Elle suggéra une promenade le long de Dean Valley, mais, se souvenant que Linford habitait Dean Village, Rebus prétexta qu'il n'était pas assez en forme.

Siobhan :

– J'imagine que tu préférerais qu'on se trouve un pub.

Rebus :

– Justement, j'en connais un, à l'angle de St Stephen's Street.

Ils optèrent finalement pour un café de Raeburn Place. Siobhan commanda un thé, Rebus un déca. La serveuse les informa en s'excusant qu'il s'agissait d'un établissement non fumeur. Rebus rangea son paquet de cigarettes et soupira.

– La vie était si simple, autrefois.

Siobhan acquiesça.

– On vivait dans des cavernes et on chassait son repas à la massue...

– Et les petites filles allaient dans des écoles où on leur apprenait les bonnes manières. Aujourd'hui, vous êtes toutes diplômées de l'université du sarcasme.

– Trois mots, répliqua-t-elle. Cafetière, bouilloire et noir.

Leurs boissons arrivèrent. Siobhan vérifia qu'elle n'avait pas de message sur son portable.

– O.K., dit Rebus. C'est donc moi qui vais poser la question.

– Laquelle ?

– Qu'est-ce que tu as décidé pour Linford ?

– Je ne connais personne de ce nom.

– C'est pas plus mal.

Rebus but un peu de café. Siobhan se versa du thé et prit sa tasse à deux mains.

– Tu lui as parlé ?

Rebus hocha la tête.

– Je m'en doutais. On t'a vu courir après lui.

– Il a raconté un bobard sur moi au Paysan.

– Je sais. Watson y a fait allusion.

– Qu'est-ce que tu lui as répondu ?

– La vérité.

Il y eut un silence durant lequel ils levèrent leurs tasses pour boire, et les reposèrent de concert. Rebus hocha à nouveau la tête, sans vraiment savoir pourquoi. Siobhan fut la première à craquer.

– Alors ? Qu'est-ce que tu lui as dit ?

– Il va t'envoyer une lettre d'excuses.

– C'est bien généreux de sa part. Tu penses qu'il est sincère ?

– Je crois qu'il regrette vraiment ce qu'il a fait.

– Parce que ça risque d'affecter sa glorieuse carrière ?

– Sans doute. Néanmoins...

– Tu trouves que je devrais laisser tomber ?

– Pas exactement. Mais Linford a ses propres pistes à suivre. Avec un peu de chance, il ne se dressera plus sur notre route. Et puis, je crois qu'il a peur de toi.

– À juste titre. Mais ça me va. Tant qu'il reste à l'écart, je l'oublie.

– Ça me paraît raisonnable.

– Notre piste ne mène nulle part, pas vrai ?

– Hastings ? Je me demande. On ne sait jamais ce qui peut remonter à la surface dans cette ville.

Blair Martine les attendait lorsqu'ils retournèrent au cabinet d'avocats. C'était un homme grassouillet d'un certain âge. Il portait un costume à rayures et une montre de gousset en argent.

– Je me suis toujours douté que Freddy Hastings finirait par revenir pour me hanter.

Il était assis devant un paquet d'une quinzaine de centimètres d'épaisseur comprenant des dossiers et des enveloppes en papier kraft attachés avec un bout de ficelle. Il balaya de la main la poussière qui le recouvrait.

– Qu'entendez-vous par là, monsieur ?

– Eh bien, ça ne méritait pas vraiment d'attirer l'attention de la police, mais ça n'en était pas moins mystérieux. Sa disparition, j'entends.

– Il avait des créanciers sur les talons, non ?

Martine parut sceptique. À en juger par ses joues roses de contentement et son gilet bien tendu, le déjeuner avait été copieux. Lorsqu'il se carra dans son fauteuil, Rebus craignit de voir sauter quelques boutons, comme dans les films comiques.

– Freddy ne manquait pas de ressources. Je sais qu'il avait réalisé de mauvais investissements, mais tout de même...

Il donna une petite tape sur les dossiers. Rebus y aurait volontiers jeté un coup œil, mais il savait que l'homme de loi invoquerait le secret professionnel.

– Certes, il a laissé un certain nombre de créanciers derrière lui, mais rien de bien sérieux. Nous avons dû vendre son appartement. On en a tiré un bon prix, même si on aurait pu mieux faire.

– Un prix suffisant pour payer ses créanciers ? s'enquit Siobhan.

– Oui. Ainsi que les honoraires de notre cabinet – qui sont plutôt élevés en cas de disparition du client.

Il gardait manifestement une carte dans sa manche. Rebus et Siobhan devinaient qu'il mourait d'envie de l'abattre. Blair Martine posa les coudes sur la table.

– Et aussi, j'en ai mis un peu de côté..., avoua-t-il, l'air conspirateur, pour les frais de garde-meubles.

– Quel garde-meubles ? s'étonna Siobhan.

– J'ai toujours pensé que Freddy réapparaîtrait dans ma vie, un jour ou l'autre. Je ne m'attendais pas à ce qu'il le fasse de manière posthume. (Il soupira.) Incidemment, quand aura lieu l'enterrement ?

– Nous en revenons, l'informa Siobhan sans préciser qu'ils n'étaient qu'une demi-douzaine.

Un enterrement à la va-vite. Un éloge funèbre impersonnel. Des funérailles de pauvre, à ceci près que le défunt était loin de l'être.

– Alors, qu'est-ce que vous avez dû stocker ? demanda Rebus.

– Les effets abandonnés dans son appartement. Tout, de ses stylos à un assez joli tapis persan.

– Vous louchiez dessus, pas vrai ?

L'avocat le fusilla du regard.

– Plus le contenu de son bureau.

Rebus se raidit.

– Et où peut-on trouver ce garde-meubles ?

Réponse : près d'un tronçon de route désolé, au nord de la ville. La situation d'Édimbourg, bordé par le Firth of Forth au nord et à l'est, inspirait de grands projets aux promoteurs et aux municipalités. Par exemple l'aménagement de Granton, à l'extrême nord de la ville.

– « Recherche désespérément esprits inventifs », commenta Rebus alors qu'ils roulaient en direction du garde-meubles.

Pour le moment, Granton était une ville terne, voire laide et brutale par endroits, dont l'horizon était barré par une longue digue grise. Une ville industrielle au taux de chômage élevé, pleine d'usines aux vitres brisées, de tags et de camions noirs de suie. Des gens tels que Sir Terence Conran avaient posé les yeux dessus et aussitôt prédit à Granton un avenir de commerces, de base de loisirs, d'appartements immenses aménagés dans les entrepôts des docks. Puis, l'arrivée de gens fortunés, des créations d'emploi, des maisons, un nouveau style de vie.

– Tout est à l'avenant ? demanda Siobhan.

Rebus réfléchit un instant.

– Le Starbank n'est pas un mauvais troquet.

Elle le regarda.

– Tu as raison. Ça tient plus de Newhaven que de Granton.

Le garde-meubles s'appelait Sismic Stockage. Trois longues rangées de blocs de béton un peu plus petits que des garages.

– Sismic, leur expliqua son propriétaire, Gerry Reagan, parce qu'ils peuvent résister à un tremblement de terre.

– Très utile dans cette partie du monde, commenta Rebus.

Reagan sourit en les guidant. Le temps se couvrait. Des nuages se regroupaient et un vent mordant arrivait de l'estuaire.

– Le château a été construit sur un volcan, vous savez. Et vous vous souvenez des secousses à Portobello, il y a quelques années ?

– Ça n'était pas dû aux travaux miniers ? rectifia Siobhan.

– Peu importe.

Les yeux surmontés de sourcils gris broussailleux de Reagan pétillaient de malice. Il portait, pendues à son cou par une chaîne, des lunettes à monture métallique.

– Le fait est que mes clients savent que leurs biens sont en sécurité jusqu'à la fin des temps.

– Quel genre de clientèle fait appel à vous ? questionna Siobhan.

– Aucun genre particulier. Des vieux qui viennent de s'installer dans un foyer-résidence et qui n'ont pas assez de place pour prendre leurs meubles. Des gens qui emménagent ou déménagent à la va-vite. Certains vendent leur maison alors que la nouvelle n'est pas encore prête. J'ai un ou deux collectionneurs de voitures, aussi.

– Ça rentre là-dedans ? s'étonna Rebus.

– C'est un peu juste, c'est vrai. Il a fallu qu'on retire les pare-chocs d'une des voitures.

Ils s'étaient munis d'une lettre d'autorisation de Blair Martine. Reagan l'avait dans la main, ainsi qu'une grande clef.

– Unité treize, annonça-t-il.

Il vérifia qu'il s'agissait du bon numéro, puis ouvrit, et souleva la porte d'un coup.

Comme Blair Martine le leur avait expliqué, les affaires de Hastings avaient d'abord été stockées dans un entrepôt qui avait fini par être réhabilité ; ce qui l'avait obligé à prendre de nouvelles dispositions. « Je vous jure que sa disparition m'a donné plus de maux de tête qu'une douzaine d'indivisions », leur avait déclaré l'avocat. Les effets personnels de Hastings avaient échoué chez Sismic Stockage seulement trois ans auparavant, et Martine ne pouvait pas assurer aux policiers que tout serait intact. Il leur avait également dit que, en dehors de rares occasions mondaines – dîners et soirées –, il n'avait que peu côtoyé Hastings, et jamais été en relation avec Alasdair Grieve.

Plus tard, dans la voiture, Siobhan avait demandé à Rebus :

– Si l'argent n'est pas le motif de leur départ, quel est-il ?

– Freddy n'est pas parti.

– Il est parti et revenu. Et Alasdair ? Tu penses que c'est son corps qu'on a retrouvé dans la cheminée ?

Rebus n'avait pas répondu.

Quand la porte fut complètement relevée, ils eurent l'impression de se retrouver chez un brocanteur très ordonné. Il ne manquait qu'une caisse enregistreuse.

– On a fait du bon boulot, hein ? fit remarquer Reagan en admirant son travail.

– Dieu du ciel ! souffla Siobhan.

Rebus composait déjà un numéro sur son portable.

– Tu appelles qui ?

En guise de réponse, il s'adressa à son interlocuteur :

– Grant ? Est-ce que Wylie est avec toi ? (Il eut un sourire sadique.) Prends un stylo, je t'explique la route. J'ai un petit job idéal pour les passéologues.

Linford était assis dans le bureau de l'ACC Carswell, à Fettes. Il sirotait son thé, servi dans une tasse avec soucoupe en porcelaine, tandis que Carswell terminait une conversation téléphonique. Lorsqu'il raccrocha, son supérieur leva sa tasse à ses lèvres et souffla sur son thé.

– C'était un peu le bazar à St Leonards, Derek.

– Oui, monsieur.

– J'ai prévenu Watson que s'il n'était pas capable de contrôler ses hommes...

– Sauf votre respect, monsieur, dans une affaire comme celle-là, il faut s'attendre à ce que les caractères s'expriment.

– J'admire cette qualité chez vous, Derek.

– Pardon, monsieur ?

– Vous n'êtes pas du genre à laisser tomber vos collègues, même s'ils ont tort.

– Je suis certain d'avoir ma part de responsabilité, monsieur. Personne n'aime qu'un individu extérieur intervienne dans son enquête.

– Alors vous devenez le bouc émissaire ?

– Pas exactement, monsieur.

Linford avait les yeux baissés sur sa tasse. Des petites taches grasses flottaient à la surface. Il n'aurait su dire si ça venait du thé, de l'eau ou du lait.

– Nous pourrions rapatrier l'enquête ici, reprit Carswell. Tout reprendre à zéro, si besoin est. Faire appel à des officiers de la brigade spéciale...

– Si je peux me permettre, monsieur, l'enquête est trop avancée pour que nous reprenions tout depuis le début. Ce serait beaucoup de temps perdu. Et ça ferait une grosse entaille au budget.

Carswell appréciait les budgets bien nets et équilibrés. Les sourcils froncés, il but une gorgée.

– Autant l'éviter si c'est évitable, oui. (Il regarda Linford dans les yeux.) Vous voulez continuer comme ça, c'est ce que vous êtes en train de me dire ?

– Je pense pouvoir les amadouer, monsieur.

– Eh bien, vous avez du courage à revendre, Derek.

– La plupart des membres de l'équipe sont très bien. Il n'y en a que deux...

Il laissa sa phrase en suspens et porta à nouveau sa tasse à ses lèvres.

Carswell survola les quelques notes qu'il avait prises à St Leonards.

– Se pourrait-il qu'il s'agisse de l'inspecteur Rebus et de la constable Clarke ?

Linford détourna les yeux et s'abstint de répondre.

– Nul n'est irremplaçable, Derek, dit le directeur adjoint d'une voix tranquille. Croyez-moi, nul n'est irremplaçable.

28

– J'ai une impression de déjà-vu, dit Wylie en inspectant les lieux.

Le local en béton était bourré du sol au plafond. Bureaux, tables, chaises, tapis, cartons, cadres, chaîne hi-fi.

– Ça va prendre plusieurs jours, se plaignit Hood.

Et pas de Mme Coghill pour faire le café, ni de cuisine accueillante. Juste ce coin paumé, un vent à vous arracher les larmes des yeux, et ce ciel menaçant.

– Jamais de la vie, dit Rebus. Nous cherchons la paperasse. On peut éliminer tous les gros objets. On fourre les choses intéressantes dans le coffre de la voiture. On travaille par équipes de deux en alternance.

Wylie le dévisagea.

– Ça signifie ?

– Ça signifie qu'une équipe fait de la place, pendant que l'autre trie les papiers. Et on rapporte notre récolte à St Leonards.

– Fettes est plus proche, lui rappela Wylie.

Il hocha la tête. Seulement, Fettes était le fief de Linford. Il eut le sentiment que Siobhan lisait dans ses pensées.

– Et ça, c'est encore plus près, dit-elle en montrant la cabine préfabriquée qui servait de bureau à Gerry Reagan.

– Je vais m'arranger avec lui, proposa Rebus.

Grant Hood sortit une télé portative du garage et la posa par terre.

– Demandez-lui s'il a une bâche, tant que vous y êtes. Il ne va pas tarder à pleuvoir.

Une demi-heure plus tard, les premières gouttes de pluie arrivèrent du Forth, leur transperçant les mains et le visage comme autant de petites aiguilles, et porteuses d'un épais brouillard qui les coupa du monde. La grande bâche transparente en polyéthylène que leur avait prêtée Reagan menaçait de s'envoler. Ils en avaient fixé trois coins à l'aide de briques mais le quatrième battait au vent. C'est alors que Reagan s'était souvenu que le garage d'à côté était vide. Aussi, Hood, Wylie et Siobhan portèrent-ils les affaires à l'intérieur, tandis qu'il repliait sa bâche.

– Que fait le boss ? lui demanda Hood.

Plissant les yeux pour éviter les gouttes de pluie, Reagan regarda vers son bureau dont les deux fenêtres brillaient telles deux balises invitant à se réchauffer à l'abri de la tourmente.

– Il a dit qu'il organisait le poste de commande.

Hood et Wylie échangèrent un regard.

– Il n'y aurait pas une bouilloire et un fauteuil près de la fenêtre, par hasard ? s'enquit la jeune femme.

Reagan rit.

– Il a parlé de relève, leur rappela Siobhan. Vous aurez votre tour.

N'empêche qu'elle aurait préféré qu'ils trouvent vite quelques documents afin qu'elle aussi ait un prétexte pour aller dans la cabine.

– Je ferme à cinq heures, les informa Reagan. Pas la peine de rester après la tombée de la nuit.

– Vous n'auriez pas des lampes ? demanda Siobhan.

Wylie et Hood parurent déçus. Ils auraient bien regagné leurs pénates à cinq heures, eux aussi. Reagan sembla sceptique, quoique pour des raisons différentes.

– Nous fermerons à clef avant de partir, le rassura Siobhan. On mettra l'alarme et on fera ce qu'il y a à faire.

– Je ne suis pas sûr que ma compagnie d'assurances apprécierait.

– Les assureurs ne sont jamais contents, de toute façon.

Il sourit et se frotta le front.

– Je suppose que je peux attendre six heures...

– Va pour six heures, accepta Siobhan.

Ils ne tardèrent pas à trouver des boîtes d'archives. Reagan leur avait prêté une brouette dont il avait couvert le fond avec la bâche pliée. Ils y déposèrent les boîtes et Siobhan poussa le tout jusqu'à la cabine. Quand elle entra, Rebus finissait de débarrasser l'un des deux bureaux de Reagan. Il avait empilé tout ce qui l'encombrait dans un coin, par terre.

– Reagan a dit que nous pouvions utiliser celui-ci. (Il indiqua une porte.) Il y a des toilettes chimiques, là-dedans. Plus un lavabo et une bouilloire. Il vaut mieux faire bouillir l'eau avant de la boire.

Elle remarqua une tasse de café sur la chaise, à côté de lui.

– On en apprécierait tous une tasse, fit-elle remarquer.

Elle brancha son portable pour qu'il se recharge le temps de préparer du café. Rebus sortit et rapporta des boîtes à l'intérieur.

– Il commence à faire sombre, dit Siobhan.

– Vous vous en sortez ?

– Il y a une lampe dans le garage. M. Reagan dit qu'il peut rester jusqu'à six heures.

Rebus regarda sa montre.

– Ainsi soit-il.

– Juste une chose. On est bien en train de travailler sur le cas Grieve ?

Il la dévisagea.

– On pourra certainement tirer des heures sup, si c'est ce qui te préoccupe.

– Ça aidera pour le shopping de Noël. Si on trouve le temps de s'y consacrer.

– Noël ?

– Tu sais, cette période festive qui arrive à grands pas.

– Tu peux passer à autre chose aussi facilement ?

– Je ne pense pas qu'il faille être obsédé par son boulot pour être un bon enquêteur.

Il ressortit et prit d'autres dossiers. Un peu plus loin, trois silhouettes travaillaient dans la brume. Leurs ombres dansaient sur la surface rugueuse des murs. La scène paraissait intemporelle. Des êtres travaillaient ainsi, dans l'obscurité glaciale, depuis des millénaires. Et dans quel but ? Le passé disparaissait si facilement. Seulement, leur job consistait à s'assurer que les crimes passés ne demeurent pas impunis, qu'ils aient été commis la veille ou deux décennies auparavant. Non parce que la justice l'exigeait, mais au nom de toutes les victimes silencieuses, de tous les esprits hantés. Et pour leur propre satisfaction, aussi. Parce qu'en traquant le coupable, ils expiaient pour leurs propres péchés, ou pour leur inertie. Comment pouvait-on mettre ça de côté pour aller acheter des cadeaux ?

Siobhan rompit le charme en venant l'aider. Puis, les mains en porte-voix, elle cria aux autres que le café était prêt. Cris de joie et applaudissements. La scène n'était plus intemporelle. Les silhouettes s'étaient muées en individus. Reagan frappait dans ses mains gantées, en sautillant, content de participer à l'aventure et de tromper la solitude de son travail. Hood poussait des cris sans pour autant s'arrêter de déplacer des chaises d'un garage à l'autre – un gars pour qui la déontologie avait un sens. Et Wylie levait deux doigts, indiquant qu'elle prenait deux sucres – une femme qui s'assurait de toujours avoir ce qu'elle voulait.

– Étrange boulot, hein ? commenta Siobhan.

– Oui, admit-il.

Mais elle faisait allusion à celui de Reagan.

– Être bloqué ici, seul, chaque jour que Dieu fait. Tous ces blocs de béton remplis de secrets et de trésors d'inconnus. Tu n'es pas curieux de savoir ce qui se trouve dans les autres garages ?

Rebus sourit.

– Pourquoi crois-tu qu'il est si content de nous donner un coup de main ?

– Parce que c'est une âme généreuse.

– Ou parce qu'il ne veut pas qu'on fouine trop.

Elle le regarda, surprise.

– C'est la raison pour laquelle je suis resté à l'intérieur si longtemps. J'avais envie de jeter un œil sur la liste de ses clients.

– Et ?

– J'ai reconnu deux noms. Des receleurs de Pilton et Muirhouse.

– Sur le chemin.

Rebus acquiesça.

– Pas question de fouiller sans mandat.

– N'empêche que ce serait une bonne monnaie d'échange si Reagan venait à se montrer moins coopératif. (Il lui adressa un clin d'œil.) Et une chose à se rappeler la prochaine fois qu'on embarquera l'un ou l'autre : pas la peine de demander un mandat pour fouiller l'appartement de Muirhouse quand tout est au garde-meubles.

Ils firent une pause et s'entassèrent dans la cabine. Sauf Hood, qui préféra continuer. Il avait demandé à Wylie de lui rapporter une tasse à son retour.

– Ce gars s'entendrait pas bien avec les syndicats, commenta Reagan.

La pièce était chauffée par un Calor à gaz poussé au maximum. La cabine n'était pas bien isolée. Une couche de condensation recouvrait la longue fenêtre étroite, striée de gouttes qui atterrissaient sur le rebord. L'air était confiné. L'ampoule du plafond et la lampe de bureau diffusaient une lumière jaune qui n'allégeait en rien l'atmosphère. Reagan accepta une cigarette de Rebus. Les deux femmes se tenaient à distance des fumeurs.

– Résolution de nouvel an, dit Reagan, en fixant le bout incandescent de sa cigarette. J'arrête.

– Vous pensez y arriver ?

– Sans doute, avec l'entraînement que j'ai. J'essaie deux ou trois fois par an.

– L'entraînement mène à la perfection, admit Rebus.

– Vous pensez que ça va prendre combien de temps ?

– Nous apprécions votre coopération, monsieur Reagan,

dit-il d'une voix ferme et distante contrastant avec la bonhomie qu'il venait d'afficher.

Reagan saisit l'allusion : ce flic pouvait se montrer coriace pour peu qu'on lui en fournisse le motif.

C'est alors que Hood ouvrit la porte à la volée et entra en titubant. Il portait un moniteur et un clavier d'ordinateur. Il passa devant eux et déchargea son fardeau sur le bureau débarrassé.

– Alors ? dit-il, essoufflé.

– On dirait une antiquité, commenta Siobhan.

– Ça ne servira pas à grand-chose sans disque dur, ajouta Wylie.

Hood leur adressa un large sourire. C'était la réponse qu'il attendait. Il glissa la main dans son manteau et tira un petit objet de la ceinture de son pantalon.

– Les disques durs n'existaient pas encore. Cette fente sur le côté, elle sert à lire des disquettes.

Il brandit une demi-douzaine de carrés en carton percés en leur centre. On aurait dit de vieux quarante-cinq tours.

– Des disquettes de neuf pouces, dit-il en les agitant devant leurs yeux.

Il tapota le clavier de sa main libre.

– Probablement du Word sous DOS. Ce qui, si ça n'évoque rien à personne, signifie que je suis bloqué dans cette cabine... (il posa les disquettes et se frotta les mains devant le radiateur) pendant que vous allez voir si vous en trouvez d'autres.

Quand ils décidèrent d'arrêter, ils avaient vidé la moitié du garage. Il ne restait apparemment plus que des meubles. Rebus emporta trois boîtes d'archives. Il comptait passer la soirée à les éplucher, à St Leonards. Le poste était calme. À cette époque de l'année, les pickpockets et les voleurs à la tire étaient le plus gros souci de la police : vu l'affluence dans les magasins de Princes Street, il y avait des tas de portefeuilles bien gras à voler. Sans parler des agressions aux distributeurs automatiques. C'était aussi une période de dépression. À cause des jours qui diminuaient, disait-on. Les gens buvaient plus, certains se débridaient, d'autres devenaient agressifs. Ça s'engueulait, ça cassait des vitres d'abris de bus et de cabines téléphoniques, ou des vitrines de pubs et de boutiques. Ça brandissait des couteaux sous le nez de proches, ça se tailladait les poignets. Bref, le dérèglement saisonnier habituel.

Du travail supplémentaire pour Rebus et ses collègues. Du travail supplémentaire pour les urgences, les assistants sociaux, les tribunaux et les prisons. La paperasserie s'accumulait à mesure que les cartes de Noël arrivaient. Rebus avait renoncé à en écrire depuis longtemps, mais certaines personnes persistaient à lui en envoyer ; parents, collègues, compagnons de pub.

Le père Conor Leary ne l'oubliait jamais. Aux dernières nouvelles, il était toujours en convalescence. Rebus ne l'avait pas vu depuis un bail. Les lits d'hôpitaux lui rappelaient Sammy, dans un fauteuil roulant depuis qu'elle avait été fauchée par un chauffard. Selon lui, Noël n'était qu'un prétexte pour se réunir et prétendre que tout va pour le mieux dans le meilleur des mondes. La célébration de la naissance d'un homme, dans un flou de guirlandes et de frous-frous, de mensonges pieux et d'alcool.

Mais ce n'était peut-être pas vrai pour tout le monde.

Il examina le contenu de la boîte, page par page, sans se presser. Régulièrement, il s'arrêtait pour boire un café et fumer une cigarette, sur le parking, derrière le poste de police. Des lettres d'affaires à périr d'ennui. Des annonces découpées dans le journal : locaux commerciaux à vendre ou à acheter. Certaines entourées, d'autres avec des points d'interrogation dans la marge. Une fois qu'il eut identifié l'écriture de Freddy Hastings, il put en déduire qu'il s'agissait des tractations financières d'un seul homme. Sans associé ni secrétaire. Il ne semblait pas y avoir beaucoup de place pour Alasdair Grieve dans tout ça. Son nom n'était mentionné que lors des réunions et des déjeuners d'affaires. Il servait peut-être de caution morale. Son nom devait garantir le sérieux de l'opération. Frère de Cammo et de Lorna, fils d'Alicia ; les clients potentiels appréciaient sûrement de déjeuner avec lui.

Retour à l'intérieur, pour se réchauffer les pieds et explorer une autre liasse de papiers. Puis, encore une tasse de café et un petit tour en bas pour discuter un peu avec le gars de service de nuit dans la salle de détente. Sa récolte de la soirée : effractions, combats à mains nues, querelles familiales, vols de voitures, vandalisme, déclenchement d'alarmes, une personne portée disparue, un patient échappé de l'hôpital en pyjama, plusieurs accidents de voiture en raison du verglas, un viol, une agression.

– Une nuit tranquille, quoi, lui dit l'agent.

La nuit, la camaraderie était de mise. Un autre agent partagea son sandwich avec Rebus.

– J'ai toujours les yeux plus gros que le ventre.

Salami et laitue sur du pain complet. Il lui proposa du jus d'orange de son pack, mais Rebus refusa.

– Ça va aller, merci.

De retour à son bureau, il griffonna quelques notes sur ses découvertes et colla des Post-it sur certaines feuilles. Il regarda l'horloge. Bientôt minuit. Il piocha son paquet de cigarettes dans sa poche : plus qu'une. C'est ce qui emporta sa décision. Il enferma les documents dans un tiroir, enfila son manteau et sortit. Il coupa par Nicolson Street où il savait pouvoir trouver trois ou quatre magasins ouverts toute la nuit. Cigarettes, snack, et un truc pour le petit déj'. La rue était animée. Un groupe d'adolescents hélait un taxi imaginaire à tue-tête, des gens rentraient chez eux, passants au visage luisant serrant des plats à emporter contre leur poitrine. Des papiers d'emballage graisseux, des morceaux de tomates et d'oignons, des frites écrasées jonchaient les trottoirs. Une ambulance passa à vive allure, envoyant des éclairs bleus silencieux dans la nuit – étrangement silencieux au milieu de la cacophonie ambiante. L'alcool déliait les langues. Il y avait des personnes bien habillées, aussi. Elles rentraient sans doute d'une soirée au Festival Theatre ou au Queen's Hall.

Et d'autres petits attroupements à l'entrée et aux coins des immeubles. Voix basses, regards scrutateurs. Rebus voyait le mal partout, ou du moins était-il sensible à la possibilité d'un méfait quelconque. Les festivités de minuit lui avaient-elles toujours paru aussi inquiétantes ? Non, il ne pensait pas. La ville changeait. La situation s'aggravait. Aucune architecture inventive de verre et de béton ne pouvait masquer cette réalité. La vieille ville mourait, rongée par ces rugissements, ce nouveau paradigme de... anarchie n'était pas le bon mot. Manque de respect envers les biens et les personnes, sans nul doute.

La peur ne se lisait que trop clairement sur les visages crispés des moins jeunes qui serraient leurs programmes de théâtre roulés entre leurs mains. La peur et autre chose. La tristesse. L'impuissance. Ils n'avaient aucun espoir de changer quoi que ce soit. Ils ne pouvaient qu'espérer survivre. De retour chez eux, ils s'écrouleraient sur leur canapé, la porte fermée à double tour, les rideaux et les volets clos. Ils verseraient de l'eau dans leur théière, et grignoteraient des biscuits en fixant le papier peint, l'esprit tourné vers le passé.

Il y avait du raffut devant le magasin où Rebus avait choisi de faire ses courses. Une musique assourdissante s'échappait de voitures garées le long du trottoir. Deux chiens essayaient de copuler, encouragés par leurs jeunes maîtres, tandis que des filles glapissaient en détournant la tête. Il entra, ferma les yeux quelques secondes, ébloui par les néons, prit un paquet de saucisses et quatre petits pains, demanda des cigarettes au comptoir. Fourra le tout dans un sac en plastique blanc et ressortit. Pour rentrer chez lui, c'était à droite, mais il prit à gauche.

Il avait besoin de pisser, c'est tout, et le Royal Oak se trouvait à deux pas. Un peu à l'écart de la rue principale, ce pub semblait ne jamais fermer. On pouvait accéder aux toilettes sans passer par le bar. Un petit sas séparait la salle d'un escalier qui descendait aux toilettes, et à une autre salle, plus calme. Le bar d'en haut était célèbre. Ouvert tard, et on pouvait toujours y entendre de la musique *live*. La plupart du temps, des gars du coin chantaient de vieilles rengaines, mais il arrivait qu'un guitariste de flamenco espagnol fasse son numéro, ou qu'un Asiatique aux inflexions écossaises tape un blues.

On ne savait jamais.

Rebus jeta un coup d'œil par la vitre en descendant aux toilettes. Le pub était bondé. Vieux fanas de folk, buveurs invétérés, curieux et accros. Quelqu'un chantait *a capella*. Rebus distingua des violons et un accordéon sagement posés sur les genoux de leurs propriétaires concentrés sur la belle voix de baryton. Le chanteur se tenait debout dans un coin. Rebus ne parvenait pas à le voir, mais tous les regards convergeaient sur lui. Les paroles étaient du poète Robert Burns :

What force or guile could not subdue,
Through many warlike ages,
Is wrought now by a coward few,
For hireling traitor's wages[1]...

Il descendait l'escalier lorsqu'il s'arrêta net. Il avait cru reconnaître un visage. Il remonta et s'approcha de la porte vitrée. Oui. Assis juste à côté du piano. Le pote de Cafferty, celui de la prison. Comment s'appelait-il ? Rab ! Suant, les cheveux gras, le teint jaune et les yeux vitreux. Il avait un verre à la main. Vodka orange, selon toute vraisemblance.

Le chanteur avança un peu. Cette fois, Rebus put voir de qui il s'agissait.

Cafferty en personne.

The English steel we could disdain,
Secure in valour's station,
But English gold has been our bane –
Such a parcel of rogues in a nation[2]...

---

1. Ce que ni force ni candeur ne vainquit, / À travers maints âges guerriers, / Une poignée de lâches l'a anéanti, / Pour un salaire de laquais... *(N.d.T.)*

2. Nous pouvons dédaigner l'acier anglais, / Persister dans notre bravoure, / Mais l'or anglais est notre fléau / Tant de coquins dans une même nation... *(N.d.T.)*

À la fin du couplet, Cafferty jeta un coup d'œil vers la porte. Il entonna le dernier couplet un sourire ironique aux lèvres, tandis que Rebus se taillait un chemin vers le bar. Rab l'observait. Sans doute essayait-il de le remettre. L'une des barmaids prit sa commande : un demi de Eigthy et un whisky. Un silence respectueux régnait dans la salle. Il surprit même une larme patriote dans l'œil d'une femme assise sur un tabouret, un verre de brandy Coca devant la bouche, la main consolatrice de son petit ami dépenaillé sur l'épaule.

À la fin de la chanson, des applaudissements et quelques sifflets fusèrent. Cafferty inclina la tête et leva son verre de whisky. Quand le calme revint, l'accordéoniste prit le relais. Cafferty accepta deux trois compliments en se dirigeant vers le piano, où il murmura quelque chose à l'oreille de Rab, puis, comme Rebus s'y attendait, il le rejoignit au bar.

– À méditer le jour des élections, commenta Cafferty.

– Tous les coquins d'Écosse... Je ne vois pas en quoi l'indépendance résoudra le problème.

Cafferty n'avait pas l'intention d'argumenter. À la place, il leva son verre, le vida d'une traite et en commanda un autre.

– Et un pour mon ami le Pantin.

– J'en ai déjà un.

– Sois sympa, Pantin, je fête mon retour à la maison.

Cafferty tira un journal de sa poche et le posa sur le bar. Il était plié à la page « locaux commerciaux ».

– Tu te lances dans les affaires ?

– Peut-être, répondit Cafferty avec un clin d'œil.

– Pourquoi ?

– J'ai entendu dire qu'on pourrait faire un malheur, vu ce que devient Old Town.

Rebus tourna la tête vers le piano. Rab avait orienté sa chaise vers le bar.

– Il ne marche pas qu'à l'alcool celui-là, hein ? C'est quoi, les nounours Haribo ?

Cafferty jeta un coup d'œil à son ange gardien.

– Dans un endroit comme Bar-L, tu prends ce qu'il y a. Note que j'ai connu des cellules plus grandes que cette salle.

La barmaid posa deux verres de malt devant eux. Rebus regarda Big Ger ajouter une goutte d'eau au sien. Rab lui paraissait un compagnon tellement improbable. En prison, passe encore ; là-bas, c'était de muscles qu'on avait besoin. Mais ici, chez lui, il avait tous les hommes qu'il voulait, alors pourquoi Rab ? Qu'est-ce qui liait les deux hommes ? Que s'était-il passé à Barlinnie ? Ou était-ce dehors que ça se passait ? Cafferty tenait la carafe d'eau au-dessus du verre de Rebus, qui acquiesça. Puis il leva son verre.

– Santé, dit-il.

– *Slainte*.

Cafferty but une gorgée et la garda un peu dans sa bouche.

– Tu m'as l'air particulièrement fringant, lui fit remarquer Rebus en allumant une cigarette.

– À quoi ça servirait de tirer la tronche ?

– Tu veux dire, à part me remonter le moral ?

– Ah, t'es rude. Parfois, je me demande si tu n'as pas la dent plus dure que moi.

– Tu veux me mettre à l'épreuve ?

Cafferty éclata de rire.

– Dans mon état ? Avec ta mine furieuse ? Une autre fois, peut-être.

Ils gardèrent le silence un moment. Big Ger applaudit l'accordéoniste qui venait de finir son morceau.

– C'est un Français, tu sais ? Il connaît à peine un mot d'anglais. *Encore ! Encore, mon ami*[1] !

L'accordéoniste inclina la tête dans sa direction. Il était assis à une table en compagnie d'un guitariste qui s'accordait pour le morceau suivant. Quand il se remit à jouer – un air plus sobre –, Cafferty se tourna vers Rebus.

– Marrant que t'aies parlé de Bryce Callan la dernière fois.

– Pourquoi ?

– Parce que j'étais sur le point d'appeler Barry pour lui demander des nouvelles de ce bon vieux Bryce.

1. En français dans le texte.

– Et qu'a dit Barry ?

Cafferty baissa les yeux sur son verre.

– Il n'a rien dit. Je n'ai pas réussi à passer le barrage de sa nounou. Elle m'a dit qu'il aurait le message, mais petit Barry ne m'a pas encore rappelé.

– Petit Barry mise gros ces derniers temps. Peut-être qu'il ne peut pas se permettre d'être vu en ta compagnie.

– Bah, grand bien lui fasse. Cela dit, il n'arrivera jamais à la cheville de son oncle.

Il vida son verre. Rebus se sentit obligé d'offrir une tournée. De son côté, il avait bu son demi et le whisky qui l'accompagnait. Il pouvait enfin se concentrer sur son verre de malt. Pourquoi diable Cafferty lui racontait-il tout ça ?

– Peut-être que Bryce a fait ce qu'il fallait, continuait-il alors que leurs boissons arrivaient. Se tirer comme ça, prendre sa retraite au soleil.

Rebus ajouta un peu d'eau aux deux verres.

– Tu envisages de le rejoindre ?

– Pourquoi pas ? J'ai jamais quitté le pays.

– Jamais ?

Il secoua la tête.

– Le ferry pour l'île de Skye m'a suffi.

– Il y a un pont maintenant.

Cafferty grimaça.

– Ils se débrouillent toujours pour tuer le romantisme.

Il n'avait pas tort, songea Rebus, mais pas question de lui donner raison.

– Le pont est plus pratique.

La grimace de Cafferty se teinta de douleur. Mais elle n'était pas due à la réponse de Rebus. Big Ger se plia en deux, la main sur l'estomac. Il reposa son verre et fourragea dans sa poche. Il portait un blazer en laine noire, sur un polo de même couleur. Il sortit une boîte de pilules, en fit tomber deux dans sa main et les avala avec un peu d'eau.

– Ça va ? demanda Rebus, tentant de ne pas paraître trop inquiet.

Cafferty finit par reprendre son souffle. Il tapota le bras du policier, comme pour le rassurer.

– Légère indigestion, c'est tout. (Il reprit son verre de whisky.) Tout fout le camp, hein, Pantin ? Barry aurait pu suivre la même voie que son oncle, mais c'est un homme d'affaires. Et toi... Je parie que la plupart de tes collègues sont plus jeunes que toi et qu'ils ont fait l'université. Les vieilles méthodes n'ont plus cours, c'est ce qu'ils te diront. Je me trompe ?

Il écarta les bras. Rebus baissa les yeux.

– Tu ne te trompes pas.

Cafferty sembla satisfait d'avoir trouvé un terrain d'entente.

– Tu ne dois pas être bien loin de la retraite ?

– Il me reste quelques années à tirer.

– Une phrase qui ne me viendrait pas à l'idée, c'est bien dommage.

Cette fois, quand il rit, Rebus faillit l'imiter. Une autre tournée de whisky fut commandée. Cafferty demanda également une vodka et un verre d'eau qu'il alla porter à Rab. Quand il revint, Rebus l'interrogea à nouveau sur son garde du corps.

– C'est juste qu'à le voir ainsi, on se demande à quoi il pourrait bien te servir.

– Il saura me défendre en cas de bagarre, t'inquiète pas.

– Je ne m'inquiète pas. Je me disais que je tenais peut-être ma chance de t'envoyer au tapis.

– M'envoyer au tapis ? Ciel, mec, dans mon état, tu n'as qu'à éternuer pour me réduire en miettes. Allez, prends donc un autre verre avec moi.

Rebus secoua la tête.

– J'ai du travail qui m'attend.

– À cette heure ?

Cafferty avait parlé si fort que d'autres buveurs s'étaient tournés vers lui. Il ne leur prêta aucune attention.

– Il n'y a aucun corbeau à effrayer à cette heure de la nuit, Pantin. Il ne reste plus tellement de vieux bouges, il n'y a plus que des pubs à thème, maintenant. Tu te souviens du Castle o'Cloves ?

Rebus ne se souvenait pas.

– Le meilleur pub qui soit. J'y buvais souvent. Ils l'ont rasé. Ils ont construit un magasin de bricolage à la place. Juste après ta boîte à flics.

– Je vois où c'est, oui.

– Tout change. Tu serais peut-être mieux loin de tout ça. (Il porta son verre à ses lèvres.) Juste une idée comme ça.

Il termina son whisky.

Rebus inspira profondément.

– Atchoum !

Il s'était appliqué à viser la poitrine de Cafferty. Il admira son œuvre, puis plongea ses yeux dans ceux de Cafferty. Si les yeux étaient des armes, le pub aurait été liquidé.

– Tu m'as menti, déclara calmement Rebus, en s'éloignant du bar.

Le guitariste avait enfin réussi à accorder son instrument.

– T'es cuit, tas de merde ! hurla Big Ger et essuyant son polo.

La musique s'arrêta un instant.

– Tu m'entends, Pantin ? Je viendrai danser sur ton cercueil de merdeux !

Rebus laissa la porte se refermer derrière lui, et inspira l'air frais du dehors. La rue était plus calme. Des gamins rentraient chez eux. Il s'adossa à un mur. Une compresse froide pour ses pensées brûlantes.

Je viendrai danser sur ton cercueil.

Étranges paroles venant d'un mourant. Rebus se remit en marche. Il descendit Nicolson Street pour rejoindre les ponts, puis Cowgate. Il s'arrêta près de la morgue et fuma une cigarette. Il avait toujours son sac de courses avec lui. Petits pains et saucisses. Il avait l'impression qu'il n'aurait plus jamais faim. Son estomac était plein de bile. Il s'assit sur un muret.

Je viendrai danser sur ton cercueil.

Il voyait ça d'ici. Une danse débridée et maladroite, mais pleine d'allégresse.

Il retourna vers Infirmary Street, et longea le Royal Oak sans s'approcher des fenêtres, cette fois. Il n'y avait plus de musique. Juste une voix d'homme.

How slow ye move, ye heavy hours,
The joyless day how dreary.
It wasna sae ye glinted by,
When I was wi'my dearie[1]...

Cafferty. Une autre chanson de Burns. Sa voix vibrante de vie exprimait la peine et le plaisir. Et Rab, assis près du piano, les yeux presque fermés, respirant avec difficulté. Deux hommes fraîchement sortis de Bar-L. L'un mourant à gorge déployée, l'autre libre et émacié.

Ça ne collait pas. Ça ne collait pas du tout.

Rebus le sentait au plus profond de son misérable cœur.

---

1. Que vous étiez longues, lourdes heures, / En ce redouté jour sans gaieté. / Je ne vous voyais pas filer, / Quand j'étais avec ma bien-aimée... *(N.d.T.)*

TROISIÈME PARTIE

Par-delà cette brume

Et pourtant le gel sous le soleil peut luire comme l'espoir
Alors même que les muscles se tordent, et le froid humide
Soupire « laisse la bouteille en paix pour une fois.
Il est de chauds mystères par-delà cette brume ».

Angus Calder, *Love Poem*

29

Jerry entra dans le bureau de l'agence pour l'emploi trempé et gelé. Il n'y avait plus de mousse à raser dans la bombe, si bien qu'il avait dû utiliser du savon normal. En plus, il avait trouvé son rasoir sur la baignoire. Jayne l'avait émoussé en se rasant les jambes avec. Raison de leur première dispute de la matinée. Il s'était coupé deux fois. L'une des coupures n'arrêtait pas de saigner. Et cette espèce de pluie de neige fondue lui avait lacéré le visage. Évidemment, à peine avait-il passé le seuil de l'agence pour l'emploi que le soleil avait percé derrière un nuage.

Quelle ville !

Et voilà qu'après avoir attendu une demi-heure, on lui annonçait que son rendez-vous n'avait pas lieu à l'agence pour l'emploi, mais au ministère des Affaires sociales, à une demi-heure de marche de là. Il avait failli laisser tomber et rentrer chez lui, mais quelque chose l'avait retenu. Chez lui. C'était bien chez lui, alors pourquoi s'y sentait-il comme dans une prison, ces derniers temps ? Une prison où sa gardienne de femme pouvait le dominer et l'écraser tant qu'elle voulait ?

Alors il prit le chemin du ministère. On lui fit remarquer qu'il avait une heure de retard, mais on ne se donna même pas la peine d'écouter ses explications.

– Asseyez-vous. Je vais voir si on peut vous prendre.

Il s'assit au milieu de la populace, à côté d'un vieux type qui toussait horriblement et crachait par terre. Il changea de place. Le soleil avait séché sa veste mais sa chemise était toujours mouillée et il grelottait. Peut-être qu'il couvait quelque chose. Trois quarts d'heure qu'il attendait là. Il était allé au bureau d'accueil à deux reprises et la femme lui avait répété qu'ils essayaient de lui trouver un « trou ». Sa bouche ressemblait à un trou, elle aussi ; un trou méprisant et désapprobateur. Il était retourné s'asseoir.

Où pouvait-il bien aller ? Il pourrait travailler dans un bureau chaud et douillet, comme Nic ; avec du café coulant à flots et des jupettes voletant sous son nez. Mince, ce serait le paradis ! Nic était sûrement sorti déjeuner, à l'heure qu'il était. Dans un de ces restaus à la mode avec des nappes immaculées. Des déjeuners d'affaires, des rendez-vous autour d'un verre, des contrats conclus d'une poignée de main. Tout le monde était capable de faire ça. Sauf que tout le monde n'épousait pas la cousine du patron.

Nic lui avait téléphoné la veille au soir. Il avait commencé par l'enguirlander pour s'être tiré comme ça, mais il avait fini par se moquer de lui. C'est là que Jerry avait pigé. Nic avait peur de lui. Et il avait soudain compris pourquoi : il pouvait aller parler aux flics, cracher le morceau. Nic était obligé de rester pote avec lui, c'est pour ça qu'il avait fini par prendre cette histoire à la rigolade et par lui lancer : « Allez, je te pardonne. Après tout, on revient de loin tous les deux, pas vrai ? Nous deux contre la terre entière. »

Sauf que, en ce moment, Jerry avait plutôt l'impression d'être seul contre la terre entière. Coincé dans ce trou puant, sans personne pour l'aider. *Nous deux contre la terre entière.* Est-ce que ç'avait jamais été vrai ? Est-ce qu'ils avaient jamais été égaux, partenaires ? *Bon sang, quel intérêt avaient-ils à se voir ?* Bah, il connaissait peut-être la réponse, en fin de compte. C'était une manière de tromper le temps ; parce que, quand ils étaient ensemble, c'était comme s'ils étaient encore gosses. Comme si ce qu'ils faisaient n'était qu'un jeu. Un jeu drôlement dangereux, mais un jeu quand même.

Un type laissa son journal sur sa chaise, en se levant pour

passer son entretien. Ben merde, il s'était pointé vingt minutes après Jerry ! Et voilà que cet enfoiré gambadait vers un box avant lui ! Jerry se pencha et s'empara du journal. Une feuille à scandale. Il sentit la bile remonter de son estomac. Il savait ce qu'il allait trouver à l'intérieur. Des histoires de viol et d'agression dont Nic pouvait être responsable. Qui sait ce que Nic fabriquait dans son dos ? Ils étaient loin de se voir tous les soirs. Et d'autres histoires aussi. Des mariages heureux, des relations houleuses, des problèmes sexuels, les bébés de célébrités. Tous ces trucs le renvoyaient à sa propre vie, et il se sentait encore plus mal.

Jayne : Mon horloge biologique tourne.

Nic : Il serait temps que tu grandisses.

L'aiguille des minutes de l'horloge accrochée au-dessus du bureau d'accueil avança d'un autre millimètre. Regarder l'horloge. C'était pas ce qu'on faisait dans les bureaux, quand il n'y avait pas de jupettes à mater ? Qui sait si Nic avait vraiment la vie facile ? Huit ans qu'il bossait dans la boîte de Barry Hutton, et il n'avait eu aucune promotion.

– Parfois, se plaignait-il à Jerry, le lien familial peut te revenir en pleine face. Barry n'ose pas me donner d'avancement parce que tout le monde pensera que c'est à cause de notre lien de parenté, et non pour ce que je vaux. Tu comprends ?

Et puis, Cat l'avait quitté.

– Ce salaud de Hutton essaie de se débarrasser de moi. Maintenant que Cat s'est tirée, je le dérange. Tu vois ce qu'elle m'a fait, Jerry ? Cette conne va me faire perdre mon job. Elle et son fumier de cousin !

Hargne, aigreur, rage.

Et tout ça venant d'un gars qui vivait dans une maison de deux cent mille livres, avait un job et une voiture ! Lequel des deux avait besoin de grandir ? Jerry se le demandait de plus en plus.

– Il va me jeter, Jer, à la première occasion.

– Jayne aussi dit qu'elle va me jeter.

Mais Nic n'avait pas voulu l'écouter parler de Jayne. Son

seul commentaire: « Toutes des salopes, sans déc', mon pote. »

Toutes des salopes.

Il marcha furieusement vers le bureau d'accueil. Pour qui on le prenait ? Pour un pantin, ou quoi ? Il était marié, rangé ! Il méritait un peu de respect.

Oui, il méritait au moins le respect, et peut-être même plus.

La réceptionniste venait d'aller se chercher une tasse de café. Jerry avait la gorge sèche. Il ne pouvait pas s'arrêter de frissonner.

– Hé, vous vous foutez de ma gueule, ou quoi ? dit-il.

Elle portait des lunettes à grosse monture noire. Il y avait des marques de rouge à lèvres sur le bord de sa tasse. Ses cheveux devaient être teints et elle était plutôt en chair. Âge moyen, sur la pente descendante. Seulement, pour le moment, elle avait le pouvoir, et elle n'avait pas l'intention d'y renoncer. Elle lui adressa un sourire distant, en battant de ses paupières couvertes d'ombre bleue.

– Monsieur Lister, si vous voulez bien garder votre calme...

Son collier se perdait dans les plis de son cou. Et sa poitrine. Seigneur ! il n'en avait jamais vu de pareille.

– Monsieur Lister.

Elle essayait d'attirer son attention sur son visage, mais il était hypnotisé. S'agrippant des deux mains au bord du bureau, il la vit à l'arrière de la camionnette, et se vit flanquer un coup de poing sur cette bouche peinturlurée, déchirer son chemisier, envoyant voler le collier.

– Monsieur Lister !

Elle s'était levée. Il était pratiquement à plat ventre sur son bureau, maintenant. Des employés rappliquèrent, alertés par les cris de la femme.

– Seigneur ! souffla-t-il, ne sachant quoi dire d'autre.

Il tremblait de tous ses membres, la tête lui tournait. Il essaya de recouvrer ses esprits, d'effacer les images sanglantes. Quand il croisa son regard, il eut l'impression qu'elle pouvait lire dans ses pensées, distinguer leurs moindres détails.

– Oh, mon Dieu !

Deux grands types approchaient. Il ne manquait plus que ça ! Se faire arrêter. Il se fraya un chemin dans la foule et retrouva enfin l'air libre. Le soleil séchait les rues et tout semblait étrangement normal.

– Qu'est-ce qui m'arrive ?

Il sentit qu'il pleurait. Il ne pouvait s'en empêcher. Il trébucha, aveuglé par les larmes. Il continua à marcher en se tenant aux murs et finit par se retrouver en sueur. Ça lui avait pris presque trois heures.

Il avait traversé toute la ville.

Matin gris. Rebus attendit la fin de l'heure d'affluence pour sortir.

Barlinnie, la prison de Glasgow, se trouvait juste à la sortie de l'autoroute M8. Ceux qui la cherchaient pouvaient la repérer aux abords de Glasgow en venant d'Édimbourg. Située en bordure des cités de Riddrie, aucun panneau n'indiquait sa direction avant qu'on ne soit tout près. À l'heure des visites, il suffisait de suivre le flot de voitures et de piétons. Des quinquagénaires tatoués, au corps anguleux et aux joues creuses, rendant visite à des potes qui s'étaient fait coincer. Des mères angoissées, leurs gosses sur les talons. Des parents silencieux, se demandant comment on en était arrivé là.

Tous se dirigeaient vers la prison de Sa Majesté.

Derrière les hauts murs d'enceinte, se dressaient les bâtiments victoriens. Seule la réception était moderne. Des ouvriers y effectuaient encore des finitions. À l'entrée, un gardien passait les visiteurs au détecteur de drogue. Il promenait sur eux une sorte de gant magique, qui réagissait positivement s'ils avaient récemment été en contact avec de la drogue. Dans ce cas, la visite s'effectuait derrière une vitre. Le contenu des sacs était inspecté, et on les enfermait dans des casiers jusqu'à la sortie. Rebus savait que la salle de visite avait été rénovée. On l'avait équipée de jolis sièges, ainsi que d'une aire de jeux pour les gamins.

Mais à l'intérieur de la prison, rien n'avait changé. Vider la tinette était toujours une routine quotidienne, et son odeur imprégnait tous les murs. Les deux seules ailes récentes étaient réservées aux violeurs et aux drogués. Les « pros », ou criminels de carrière, estimaient que cette racaille ne méritait pas de vivre, à fortiori de bénéficier d'un traitement particulier.

Des boxes avaient également été aménagés pour les entretiens techniques. C'est là que les avocats rencontraient leurs clients, retranchés derrière une vitre, loin des oreilles indiscrètes. Bill Nairn, le sous-directeur, semblait plutôt satisfait des rénovations alors qu'il pilotait Rebus. Il l'entraîna même dans l'un des boxes, pour voir.

– On est loin du temps jadis, hein ? conclut-il, rayonnant.

Rebus acquiesça.

– J'ai connu des hôtels plus miteux.

Les deux hommes se connaissaient depuis longtemps. Nairn avait travaillé au bureau du procureur général d'Édimbourg, puis à la prison de Saughton, avant d'être promu sous-directeur de Bar-L.

– Cafferty ne sait pas ce qu'il perd, ajouta l'inspecteur.

Nairn se tortilla sur son siège, mal à l'aise.

– Écoute, John, je sais que ça vous met sur les nerfs quand on les relâche...

– Le problème, c'est pourquoi on l'a relâché.

– Ce type a un cancer.

– Et le patron de Guinness avait la maladie d'Alzheimer.

– Qu'est-ce que tu essaies de me dire ?

– Que je trouve Cafferty plutôt en forme.

– Il est malade, John. Tu le sais aussi bien que moi.

– Il prétend que tu voulais te débarrasser de lui.

Nairn le dévisagea, ahuri.

– Parce qu'il menaçait de diriger la baraque.

Cette fois, le sous-directeur sourit.

– T'as vu comment ça fonctionne, John. Toutes les portes

sont verrouillées. L'accès est surveillé. Difficile d'imaginer qu'un homme puisse diriger les cinq ailes.

– Ils se rencontrent, non ? À la menuiserie, à la blanchisserie, à la chapelle... J'en ai vu traîner dans la cour.

– Tu as vu les fiables, et toujours accompagnés d'un gardien. Cafferty ne bénéficiait pas de ce degré de liberté.

– Et il ne dirigeait pas la baraque ?

– Non.

– Qui la dirige, alors ?

Nairn secoua la tête.

– Allez, Bill. Il y a de la drogue là-dedans, des prêteurs sur gages, des combats de gangs. Je sais que tu revends tout ce qui est encore utilisable dans la vieille installation électrique : ne me dis pas qu'il n'y a rien de coupant à récupérer là-dedans.

– Ce sont des cas isolés, John. Je ne nierai pas que la drogue est notre gros problème. Mais c'est de la petite délinquance. Et ce n'était pas le fief de Cafferty.

– De qui est-ce le fief, alors ?

– Je t'ai dit qu'il n'y a aucune organisation de ce genre.

Rebus s'adossa à sa chaise et regarda autour de lui ; la peinture propre, les nouveaux tapis.

– Tu sais quoi, Bill ? Tu peux changer la surface, mais il en faut plus pour changer une culture.

– C'est un bon début, persista Nairn.

Rebus se gratta le nez.

– Ce serait possible de voir le dossier médical de Cafferty ?

– Non.

– Dans ce cas, tu pourrais peut-être y jeter un œil pour moi ? Histoire de me tranquilliser.

– Les radios ne mentent pas, John. Les hôpitaux sont plutôt carrés en matière de cancer. C'est une industrie florissante sur la côte ouest.

Rebus sourit. Un avocat entra dans le box voisin. Le prisonnier ne tarda pas à le rejoindre. Il paraissait jeune et égaré. Détention provisoire, sans doute ; son audience aurait lieu un peu plus tard dans la journée. Il n'avait pas encore été déclaré coupable, mais avait déjà un avant-goût de l'enfer carcéral.

– Il se comportait comment ? demanda Rebus.

Le bipeur de Nairn se mit à sonner. Il tâtonna à sa ceinture pour l'éteindre.

– Cafferty ?

Il baissa les yeux sur le petit appareil fixé à sa taille.

– Pas trop mal. Tu sais comment c'est avec les criminels professionnels. Ils font leur temps. Ça fait partie du job. Ils considèrent ça comme un déménagement temporaire.

– Tu crois qu'il a changé ?

– Il a vieilli. J'imagine que le pouvoir a changé de main en son absence.

– Ce n'est pas évident.

– Il a repris ses vieilles habitudes ?

– En tout cas, il n'a pas l'air mûr pour la Costa del Sol.

Nairn sourit.

– Bryce Callan, ça c'est un nom qui revient d'outre-tombe. On n'a jamais réussi à le coincer, pas vrai ?

– Ce n'est pas faute d'avoir essayé.

– John...

Nairn regarda ses mains.

– Tu venais lui rendre visite, à Cafferty, quand il était ici.

– Et alors ?

– Alors ce n'est pas une simple relation flic-voyou, pas vrai ?

– Qu'est-ce que tu entends par là, Bill ?

– Je me disais juste... (Il soupira.) Je ne sais pas vraiment ce que je me disais.

– Tu te disais que je suis trop proche de Cafferty ? Que c'est devenu une obsession ? Que je manque d'objectivité ?

Rebus se remémora les paroles de Siobhan : Tu n'as pas besoin d'être obsédé pour être un bon flic. Nairn parut sur le point d'objecter.

– Tu as tout à fait raison, le devança Rebus. Parfois, je me sens plus proche de ce salaud que de...

Il se retint de continuer : ma propre famille. Et franchement, la plupart du temps, il n'y avait pas photo.

– C'est pourquoi je préférais le savoir ici.

– Loin des yeux, loin du cœur ?

Rebus se pencha en avant et regarda autour de lui.

– Strictement entre nous ?

Nairn hocha la tête.

– J'ai peur de ce qui risque d'arriver, Bill.

– Il envisage d'avoir ta peau ?

– Je ne vois pas ce qu'il aurait à perdre.

– Et toi ?

– Quoi, moi ?

– Il va mourir de mort naturelle. Ça ne t'embête pas un peu ? Ça t'enlève toute chance d'avoir sa peau. De remporter la victoire finale.

La victoire finale.

– Franchement Bill, est-ce que j'ai l'air d'un type qui cherche la gloire ?

Ils échangèrent un sourire. À côté, le prisonnier s'échauffait.

– Mais j'ai rien fait !

– *Tut tut*, fit Nairn. Ils disent tous ça.

– Je croyais que ces boxes étaient insonorisés ?

Le haussement d'épaules du sous-directeur lui indiqua qu'ils avaient fait de leur mieux. Soudain, une pensée vint à Rebus.

– Tu connais un certain Rab ? Il a été relâché en même temps que Cafferty.

– Rab Hill, oui.

– C'était son garde du corps ?

– Je ne dirais pas ça, non. Ils ont partagé la même aile pendant quatre ou cinq mois.

Rebus fronça les sourcils.

– À en croire Cafferty, c'est son meilleur pote.

– La prison provoque de drôles de rapprochements.

– La liberté ne semble pas vraiment profiter à Rab.

– Ah non ? Désolé, mais je m'en bats l'œil.

La voix du prisonnier d'à côté s'éleva à nouveau :

– Combien d'fois faut qu'j'vous l'dise ?

Rebus se leva. La prison provoque de *drôles de rapprochements*, songeait-il. Cafferty et Rab Hill.

– Comment as-tu appris qu'il avait le cancer ?

– Qu'est-ce que tu veux dire ?

– Comment a-t-il été diagnostiqué ?

– Dans les conditions habituelles. Il ne se sentait pas bien. On l'a envoyé passer des examens, et bingo.

– Accorde-moi juste une faveur, tu veux ? Jette un œil dans le dossier de notre ami Rab. Tout ce que tu as sur lui. Comptes rendus médicaux, etc. Tu veux bien me rendre ce service ?

– Tu sais quoi, John ? T'es plus coriace que la plupart de mes pensionnaires.

– Alors prions pour qu'aucun jury ne me juge coupable.

Bill Nairn était sur le point de rire mais l'expression de Rebus lui en fit passer l'envie.

Quand il arriva à Sismic Stockage, Ellen Wylie et Siobhan Clarke avaient terminé de vider le garage. Le bureau libre, chez Reagan, disparaissait sous huit piles de papiers. Les femmes se réchauffaient devant le radiateur, des tasses de thé entre les mains.

– Qu'est-ce qu'on fait maintenant, chef ? demanda Wylie.

– La salle d'interrogatoire que vous utilisiez comme bureau à St Leonards ; on va les emporter là-bas.

– Pour que personne ne puisse les voir ? avança Siobhan.

Elle avait le visage rosi par le froid et le nez luisant. Elle portait des bottines et des chaussettes par-dessus son collant en laine noir. Son écharpe gris pâle accentuait la coloration de ses joues.

– Vous avez deux voitures ?

Les jeunes femmes acquiescèrent.

– Chargez-les. Je vous retrouve à la base, O.K. ?

Il les laissa à leur travail et prit la direction du sud. Il fumait une cigarette dans le parking quand le superintendant arriva au volant de sa Peugeot 406.

– Je peux vous parler, monsieur ? demanda-t-il en guise de salut.

– Ici ou au chaud ?

Watson prit son porte-documents et regarda sa montre.

– J'ai un rendez-vous à midi.

– Ça ne prendra qu'une minute.

– D'accord. Dans mon bureau, dès que vous aurez fini votre cigarette.

Il disparut à l'intérieur. Rebus pinça sa cigarette, la jeta d'une pichenette et le suivit.

Watson mettait sa machine à café en marche lorsque Rebus frappa à la porte ouverte de son bureau. Il lui fit signe d'entrer.

– Vous avez une sale mine, inspecteur.

– J'ai travaillé tard.

– Sur quoi ?

– L'affaire Grieve.

Le Paysan le dévisagea.

– C'est vrai ?

– Oui, monsieur.

– Pourtant, d'après ce que j'ai entendu dire, vous vous occupez de tout sauf de ça.

– Je crois que les affaires sont liées.

Une fois la machine en route, le Paysan se retrancha derrière son bureau. Il s'assit et invita Rebus à faire de même, mais celui-ci préféra rester debout.

– Du nouveau ?

– Ça avance, monsieur.

– Et l'inspecteur Linford ?

– Il suit ses propres pistes.

– Mais vous êtes en contact ?

– Absolument.

– Et Siobhan évite de l'approcher ?

– C'est lui qui évite de s'approcher d'elle.

Le superintendant fit la grimace.

– On ne me lâche pas d'une semelle.

– Fettes ?

– Et plus haut. Le ministère des Affaires écossaises m'est tombé dessus au réveil, exigeant des résultats.

– Difficile de mener une campagne électorale avec une enquête de meurtre sur les bras.

– C'est pratiquement ce qu'il a dit, mot pour mot. (Il plissa les yeux.) Alors, qu'est-ce que vous avez en tête ?

Cette fois, Rebus s'assit et posa les coudes sur ses genoux.

– C'est Cafferty, monsieur.

– Cafferty ?

Watson ne s'attendait visiblement pas à ça.

– Il est sorti de Bar-L.

– C'est ce que j'ai appris.

– Je voudrais qu'on le surveille.

Rebus attendit une réponse, en vain.

– Je crois qu'on gagnerait à savoir ce qu'il mijote.

– Vous savez qu'il nous faut une bonne raison pour surveiller quelqu'un.

– Sa sortie n'est pas une raison suffisante ?

– Les avocats et les médias en feraient des gorges chaudes. Et puis, vous savez qu'on est à court d'hommes.

– On le sera encore plus lorsque Cafferty aura commencé son numéro.

– Quel numéro ?

– Je suis tombé sur lui la nuit dernière.

Devant l'expression de son supérieur, il ajouta :

– Accidentellement. Il lisait les annonces de « Locaux commerciaux » du *Scotsman*.

– Et alors ?

– Et alors je me demande ce qu'il a derrière la tête.

– Je suppose qu'il veut investir.

– C'est plus ou moins ce qu'il a dit.

– Où est le problème, dans ce cas ?

Le problème, c'était la manière dont il l'avait dit : faire un malheur.

– Bon, fit Watson en se massant les tempes, on va d'abord

en finir avec le pain qu'on a sur la planche. On résout l'affaire Grieve, et je réfléchis au cas Cafferty. Ça marche ?

Rebus acquiesça distraitement. La porte était toujours entrouverte. On frappa un coup, et un agent en tenue apparut dans l'entrebâillement.

– Une visite pour l'inspecteur Rebus.

– Qui est-ce ?

– Elle n'a pas dit son nom, monsieur. Elle m'a seulement dit qu'elle n'avait pas apporté de cacahouètes, et que vous comprendriez.

Rebus comprit.

30

Lorna Grieve attendait à l'accueil. Il ouvrit la salle d'interrogatoire, puis, se rappelant que les affaires de Freddy Hastings y étaient entreposées, lui expliqua qu'il y avait un changement de programme et l'entraîna vers le Maltings, de l'autre côté de la rue.

– Vous avez besoin de vous saouler pour me parler ? le taquina-t-elle.

Elle était sur son trente et un : pantalon en cuir rouge moulant enfoncé dans des bottes noires montantes, chemisier en soie noir au décolleté plongeant, sous une veste en daim ouverte. Très maquillée et sortant de chez le coiffeur. À en juger par ses sacs, elle avait fait deux ou trois boutiques.

Rebus commanda une orange pressée à la limonade. Elle devait penser que son commentaire l'y avait incité. Elle en profita pour demander un bloody mary.

– Mary, reine d'Écosse décapitée. C'est à cause d'elle qu'on dit *bloody*[1], non ?

– Aucune idée.

– Vous n'avez jamais essayé ? C'est un parfait remontant.

Il ne répondit pas. La barmaid lui demanda si elle voulait de la sauce Lea & Perrin's, elle acquiesça. Ils s'assirent à

1. Signifie « sanglant, ensanglanté ». *(N.d.T.)*

une table incrustée de cases noires et blanches. Elle admira le motif.

– Pour les joueurs d'échecs, expliqua Rebus.

– Répugnant, ce jeu. Ça dure des siècles et, à la fin, tout s'écroule. Aucun sens de l'apothéose.

À nouveau, Rebus ne mordit pas à l'hameçon.

– Santé, dit-il.

– Mon premier de la journée.

Elle but une gorgée de son cocktail. Rebus douta de la véracité de ses propos. Il se considérait comme un expert en la matière, et il aurait parié qu'elle en avait déjà bu au moins deux.

– Bon, que puis-je pour vous ?

La routine quotidienne : des êtres répondant aux besoins d'autres êtres. Parfois, il y avait échange, parfois non.

– Je voudrais savoir ce qui se passe.

– Ce qui se passe ?

– Où en est l'enquête. On nous laisse dans le flou le plus total.

– Je ne pense pas que ce soit le cas.

Elle alluma une cigarette, sans lui en offrir une.

– Alors, il y a du nouveau ?

– On vous le fera savoir dès que possible.

– Ça ne me suffit pas.

– Désolé.

Elle plissa les yeux.

– Non, vous ne l'êtes pas. La famille devrait être tenue au courant...

– Pour être précis, c'est la veuve que nous devrions informer en premier.

– Seona ? Il va falloir que vous fassiez la queue, dans ce cas. Derrière les journaux et la télé. Ils se battent pour obtenir une photo de la « veuve courageuse » qui poursuit l'œuvre de son époux. (Elle imita la voix de sa belle-sœur.) « C'est ce que Roddy aurait voulu. » Tu parles !

– Que voulez-vous dire ?

– Roddy pouvait passer pour un homme paisible, mais il

avait une volonté en acier trempé. Sa femme au Parlement ? Non, il n'aurait jamais voulu ça. C'est elle la martyre, maintenant. On l'a déjà oublié, lui ; sauf quand elle dépoussière son corps pour la noble cause de la publicité !

Il n'y avait personne d'autre dans le bar ; ce qui n'empêcha pas la barmaid de lui lancer un coup d'œil réprobateur.

– Du calme, dit Rebus.

Les yeux de Lorna étaient mouillés de larmes. Il avait le sentiment que c'était sur son propre sort, et non sur celui de son frère, qu'elle pleurait. Sur la femme d'autrefois, la femme oubliée.

– J'ai le droit de savoir ce qui se passe, dit-elle en relevant la tête. Des droits particuliers, ajouta-t-elle à voix basse.

– Écoutez, l'autre nuit...

– Je ne veux pas en parler.

Elle termina son bloody mary pour se donner du courage.

– J'imagine ce que vous devez éprouver, et si je pouvais vous aider, je le ferais, mais pas de chantage...

Elle se leva brusquement.

– Je me demande pourquoi je suis venue.

Il se leva à son tour et saisit ses mains.

– Qu'est-ce que vous avez pris, Lorna ?

– Rien... Mon docteur m'a prescrit des calmants. Je n'étais pas censée boire d'alcool. Ce n'est presque rien, ajouta-t-elle en évitant son regard.

– Je demande à une voiture de patrouille de vous raccompagner...

– Non, je vais prendre un taxi. Ne vous inquiétez pas.

Elle lui fit un sourire forcé et répéta :

– Ne vous inquiétez pas.

Il ramassa ses sacs, dont elle semblait avoir totalement oublié l'existence.

– Lorna, avez-vous déjà rencontré un certain Gerald Sithing ?

– Je ne crois pas. Qui est-ce ?

– Je pense que Hugh le connaît. Il dirige une confrérie qui se fait appeler les Chevaliers de Rosslyn.

– Hugh me tient à l'écart de cette partie de sa vie. Il sait que je me moquerais de lui.

Elle était à présent sur le point de rire – ou autre chose ? Rebus l'entraîna vers la sortie.

– Pourquoi cette question ?

– Aucune importance.

Grant Hood lui faisait signe depuis le trottoir d'en face. Plus loin, Siobhan Clarke et Ellen Wylie déchargeaient leurs voitures. Hood traversa la rue au milieu de la circulation.

– Qu'est-ce qu'il y a ?

– La reconstitution, lui dit-il, à bout de souffle. J'ai reçu une image de synthèse. Je l'ai imprimée.

Rebus se tourna vers Lorna Grieve, pensif.

– Vous devriez peut-être voir ça.

À St Leonards, ils la conduisirent dans un bureau vide. Hood alla chercher le document imprimé pendant que Rebus s'occupait du thé. Elle demanda deux sucres. Il en ajouta un troisième, et la regarda boire.

– Pourquoi tous ces mystères ? demanda-t-elle.

– Nous avons un visage, expliqua-t-il d'une voix douce, sans la quitter des yeux. Nous avons envoyé un crâne à l'université de Glasgow et ils l'ont reconstitué.

– Celui de Queensberry House ?

Amusée de la surprise qu'elle lut sur son visage, elle ajouta :

– Les neurones ne se sont pas tous fait la malle. Pourquoi voulez-vous me le montrer ? (C'est alors qu'elle comprit.) Vous pensez que c'est Alasdair ?

Elle se mit à trembler. Rebus prit soudain conscience de son erreur.

– Il vaudrait peut-être mieux que...

Elle se leva, renversant son thé.

– Pourquoi ? Qu'est-ce qu'Alasdair... ? Il envoie des cartes postales...

Rebus se maudit intérieurement de s'être montré si insensible, inconséquent, balourd, tordu.

Et voilà que Grant réapparaissait, brandissant l'image de

synthèse. Elle la lui arracha des mains, et l'étudia intensément, avant d'éclater de rire.

– Rien à voir avec lui. Pauvre crétin !

Crétin : oui, aussi. Il lui prit la photo. Le visage était assez distinct, mais il fallait l'admettre : à en juger par les tableaux d'Alicia Grieve, ça ne pouvait pas être Alasdair. La forme du visage était totalement différente, de même que la couleur des cheveux... les pommettes, le menton, le front... Non, ça pouvait être n'importe qui, sauf Alasdair Grieve.

Ç'aurait été trop simple. Rien n'avait jamais été simple pour Rebus, aucune raison que ça change.

Wylie apparut, alertée par les éclats de rire, inhabituels dans un poste de police.

– Il pensait que c'était Alasdair, cracha Lorna, venimeuse. Il m'annonce que mon frère est mort, comme ça ! Comme si Roddy ne suffisait pas. Bien, vous avez eu votre petite récréation, j'espère que vous êtes content.

Sur quoi, elle se rua hors de la pièce.

– Rattrapez-la, ordonna Rebus à Wylie. Assurez-vous qu'elle trouve bien la sortie. Et... (Il se pencha et ramassa les sacs de courses.) Donnez-lui ça.

Elle le dévisagea, interdite.

– Allez ! hurla-t-il.

– J'entends, et j'obéis, marmonna-t-elle, vexée.

Après son départ, Rebus s'affala sur une chaise et se passa les mains dans les cheveux. Grant Hood le regardait.

– J'espère que vous n'attendez pas de conseils.

– Non, chef.

– Parce que si c'était le cas, voilà le seul que j'aie à vous donner : regardez-bien ce que je fais, et efforcez-vous de faire exactement le contraire. Avec un peu de chance, vous devriez aller très loin.

Il glissa les mains le long de ses joues et fixa la photo.

– Qui diable peux-tu bien être ?

Il ne savait pas pourquoi, mais il aurait parié que Skelly était la clef de l'énigme. Non seulement celle du suicide de Hastings et des quatre cent mille livres, mais aussi celle du meurtre de Roddy Grieve... et d'un tas d'autres choses, sans doute.

Ils se tenaient dans la minuscule salle d'interrogatoire, porte close. Leurs collègues commençaient à parler d'eux, les surnommant « la famille Adams ». Hood était assis dans un coin. Il avait démarré l'ordinateur. L'écran était étrange : écriture orange sur fond noir. Il les avait prévenus que les disquettes pourraient se révéler illisibles. Rebus, Wylie et Clarke étaient assis à la table, au milieu de la pièce, les boîtes d'archives à leurs pieds, le visage reconstitué devant eux.

– Vous savez ce qui nous reste à faire ?

Wylie et Clarke échangèrent un regard sceptique en entendant le « nous ».

– Le fichier des personnes disparues ? supposa Wylie.

Rebus acquiesça et se tourna vers Hood.

– Tout va bien ?

– Il semble, oui, dit-il en tapant avec deux doigts. Seulement, la connexion avec l'imprimante va poser problème. On n'a pas ce genre de fiches ici. Il va falloir écumer les boutiques d'occasion.

– Et qu'y a-t-il sur les disquettes ? demanda Siobhan.

– Donne-moi un peu de temps.

Et il se remit au travail. Ellen Wylie souleva la première boîte et la posa sur la table. Rebus en posa trois autres devant lui.

– Je me suis déjà occupé de celles-là, déclara-t-il.

Ils le dévisagèrent. Il leur fit un clin d'œil.

– La soirée a été longue.

Juste pour qu'ils comprennent qu'il ne tirait pas au flanc.

Ils déjeunèrent de sandwichs. À la pause-café de trois heures, le travail de Hood commençait à porter ses fruits.

– La bonne nouvelle, annonça-t-il en déballant une barre chocolatée, c'est que l'ordinateur était une acquisition récente de Hastings.

– Comment le sais-tu ?

– À cause des dossiers sur les disquettes. Ils datent tous de fin 78 et début 79.

– Les documents qui sont dans ma boîte remontent jusqu'à 75, se plaignit Siobhan.

– *Wish You Were Here.* Pink Floyd. Septembre, je crois. Très sous-estimé, dit Rebus.

– Merci professeur, plaisanta Wylie.

– J'imagine que vous étiez tous au jardin d'enfants, à l'époque ?

– J'aimerais vraiment imprimer ces trucs, reprit Grant Hood, songeur. Je pourrais essayer d'appeler des revendeurs d'occases...

– Quel genre de trucs ? demanda Rebus.

– Des terrains à bâtir.

– Où ça ?

– Calton Road, Abbey Mount, Hillside...

– Qu'est-ce qu'il comptait en faire ?

– Ça n'est dit nulle part.

– Il les voulait tous ?

– On dirait.

– Ça fait de la surface, commenta Wylie.

– Des tas de chantiers potentiels.

Rebus quitta la pièce et revint avec un plan A-Z de la ville. Il entoura Calton Road, Abbey Mount et Hillside.

– Dites-moi qu'il s'intéressait à Greenside.

Hood retourna s'asseoir devant l'ordinateur.

– Ouais, confirma-t-il. Comment vous le saviez ?

– Regardez ici, dit Rebus en dessinant un cercle autour de Calton Hill.

– Pour quelle raison aurait-il fait ça ? demanda Wylie.

– 1979. Le référendum sur l'autonomie.

– Il espérait que le Parlement siégerait là ? suggéra Siobhan.

– Oui, dans la Royal High School.

Wylie comprenait tout à présent.

– Les alentours auraient valu une fortune, avec le Parlement à cet endroit.

– Il s'attendait à ce que le oui l'emporte. Il a parié et il a perdu, continua Siobhan.

– Je me le demande. Est-ce qu'il avait seulement les fonds

nécessaires ? Même dans les années soixante-dix – la préhistoire, pour vous autres –, ces quartiers n'étaient pas vraiment bon marché.

– Mais s'il n'avait pas les fonds ? questionna Hood.

C'est Ellen Wylie qui lui répondit :

– Quelqu'un d'autre les avait.

Ils savaient ce qu'ils cherchaient, désormais. Des livres de comptes, des traces d'un troisième partenaire. Ils travaillèrent tard, Rebus leur répétant qu'ils pouvaient rentrer chez eux s'ils voulaient. Mais c'était un travail d'équipe, et aucun d'eux ne voulait rompre le charme. Il avait le sentiment que ça n'avait rien à voir avec la perspective d'heures supplémentaires rémunérées. Lors d'une pause, il se retrouva seul dans le couloir avec Ellen Wylie.

– Vous vous sentez toujours lésée ? lui demanda-t-il.

– Qu'est-ce que vous entendez par là ?

– Vous aviez l'impression que je vous utilisais, Hood et vous ; je me demandais si c'était toujours le cas.

– Je continue à m'interroger.

À sept heures, il leur offrit un dîner chez Howie. Ils discutèrent de l'affaire, de leurs progrès, et échafaudèrent des théories. Siobhan demanda la date du référendum sur l'autonomie.

– 1er mars, lui répondit Rebus.

– Et Skelly a été tué début 79. Ça a pu se passer juste après le scrutin, non ?

Rebus haussa les épaules.

– Ils ont terminé le sous-sol de Queensberry House le 8 mars, précisa Wylie. Une semaine plus tard environ, Freddy Hastings et Alasdair Grieve se faisaient la malle.

– Pour autant qu'on sache, rectifia Rebus.

Hood hocha la tête en coupant son jambon. Dans sa grande générosité, le chef leur avait offert une bouteille du blanc maison, mais elle était demeurée quasi intacte. Wylie n'y avait pas encore goûté, Hood n'en avait bu qu'un verre. Siobhan s'était contentée d'eau.

– Pourquoi vois-je Bryce Callan dans ce tableau ? se demanda Rebus.

Un silence plana sur la table, puis Siobhan prit la parole :

– Parce que tu veux bien le voir.

– Qu'est-ce qu'ils auraient fait des terrains ?

– Ils auraient fait appel à des promoteurs, répondit Hood.

– Et quel est le métier du neveu de Bryce Callan ?

– Il est promoteur, dit Siobhan. Mais à l'époque, ce n'était qu'un ouvrier.

– Qui apprenait les ficelles du métier. (Rebus but une gorgée de vin.) Vous avez une idée de ce que coûte un terrain dans les environs d'Holyrood depuis qu'on a décidé d'y installer le Parlement ?

– Plus qu'avant, répondit Wylie.

– Et voilà que Barry Hutton a des vues sur Granton, Gyle, et Dieu sait quoi encore.

– Normal, c'est son job.

– Et il est beaucoup plus simple de l'exercer lorsque vous avez une chose que vos concurrents n'ont pas.

– Une tactique musclée ? avança Hood.

– Non, des amis aux bons endroits.

– AD Holdings, dit Hood en tapotant l'écran.

Derrière lui, Rebus plissait les yeux pour mieux lire les lettres orange. Hood se pinça l'arête du nez et secoua la tête comme pour la débarrasser de toiles d'araignée.

– Ça commence à faire tard, concéda Rebus.

Il était près de dix heures. Ils avaient accompli beaucoup, et néanmoins – pour reprendre le jeu de mots de Rebus – ils n'avaient rien de béton pour le moment.

Et maintenant, ceci.

– AD Holdings, répéta Hood. On dirait que c'était la société avec laquelle ils flirtaient en douce.

Wylie avait ouvert l'annuaire.

– Ce n'est pas là-dedans.

– Elle a probablement fait faillite, supposa Siobhan. Si tant est qu'elle ait jamais existé.

Rebus souriait.

– Quelles sont les initiales de Bryce Callan ?

– BC, énonça Hood. (Puis, comprenant soudain :) BC et AD[1].

– Une petite plaisanterie entre amis. AD serait l'avenir de BC.

Rebus téléphonait déjà pour interroger deux collègues retraités au sujet de Bryce Callan. Il avait tout vendu à la fin des années 79. Dont une partie à l'ambitieux Morris Gerald Cafferty. Cafferty avait démarré sur la côte ouest dans les années soixante ; gros bras au service des requins de la finance. Il avait roulé sa bosse à Londres – les années post-Krays et Richardson –, s'était fait un nom et avait appris le métier.

« Il y a toujours une période d'apprentissage, John, lui avait-on dit un jour. Ces gars ne sortent pas tout prêts du ventre de leur mère. Et s'ils ne savent pas apprendre, on les vire... et on ne les récupère jamais. »

Mais Cafferty avait appris vite, et bien. Après son arrivée à Édimbourg, associé un temps avec Bryce Callan, puis installé à son compte, il avait montré son aptitude à ne pas commettre d'erreurs.

Jusqu'à ce qu'il rencontre John Rebus.

Et voilà qu'il était de retour, et que Callan trempait dans l'affaire. Rebus tenta d'établir un lien, en vain.

Le fait est qu'en 79, Callan avait jeté l'éponge. Ou, en d'autres termes, avait émigré dans un pays qui ne pratiquait pas l'extradition vers le Royaume-Uni. Pour quelle raison ? En avait-il assez ? S'était-il brûlé les ailes ? Craignait-il quelque chose... ? Un crime qui risquait de lui revenir en pleine face ?

– C'est Bryce Callan, conclut Rebus. C'est forcément lui.

– Il ne reste donc qu'un tout petit problème à régler, lui rappela Siobhan.

Oui : le prouver.

---

1. AD : anno domini, BC : avant J.-C. *(N.d.T.)*

31

Jeudi. Ils mirent pratiquement toute la journée à s'organiser. Passer au crible les archives de la société, donner des coups de fil. Rebus était resté plus d'une heure au téléphone avec Pauline Carnett, son contact au National Criminal Intelligence Service ; et une autre heure avec un superintendant à la retraite qui avait essayé pendant huit années de coincer Bryce Callan, dans les années soixante-dix, sans succès. Pauline Carnett l'avait rappelé, après avoir contacté Scotland Yard et Interpol, et lui avait donné un numéro de téléphone en Espagne. Indicatif 950 : Almeria.

– J'y suis allé en vacances, une fois, dit Hood. Trop de touristes. On a fini par faire de la randonnée dans la Sierra Nevada.

Ellen Wylie arqua un sourcil.

– On ?

– Moi et mon pote, marmonna Hood, rougissant.

Wylie et Siobhan échangèrent un clin d'œil complice.

Ils devraient téléphoner du bureau de Watson : c'était le seul poste qui disposait d'un amplificateur. En outre, le seul endroit, à St Leonards, d'où on avait accès à l'international. Le superintendant serait forcément présent ; il n'y aurait donc pas de place pour tout le monde. Il fut décidé que les trois jeunes agents attendraient dehors, mais que la conversation serait enregistrée.

Si l'interlocuteur acceptait.

Rebus envoya Siobhan Clarke et Ellen Wylie négocier avec

le Paysan. Ses deux premières questions aux jeunes femmes furent : « Où est l'inspecteur Linford ? » et « Quelle est sa part dans tout ça ? ».

Rebus les avaient briefées ; elles avaient détourné la conversation et défendu leur cause jusqu'à ce que Watson, lassé, finisse par céder.

Quand tout fut prêt, Rebus prit place dans le fauteuil du superintendant, et composa le numéro. Watson se tenait en face de lui, sur la chaise généralement occupée par l'inspecteur.

– N'en faites pas une habitude, avait commenté le Paysan.

Quelqu'un décrocha. Rebus appuya sur la touche d'enregistrement. C'était une femme. Espagnole.

– Pourrais-je parler à M. Bryce Callan, s'il vous plaît ?

Elle répondit en espagnol. Rebus répéta le nom. Finalement la femme posa le combiné.

– Femme de ménage ?

Le Paysan haussa les épaules.

Puis une voix d'homme, agacée :

– Oui ? Qui est à l'appareil ?

Sans doute une sieste interrompue.

– Bryce Callan ?

– J'ai posé une question...

La voix profonde et gutturale n'avait rien perdu de ses inflexions écossaises.

– Je suis l'inspecteur John Rebus, de la police de Lothian and Borders. J'aimerais parler à M. Bryce Callan.

– Vous avez des putains de bonnes manières ces derniers temps, vous autres.

– Sans doute le résultat de notre formation en relations clientèle.

Callan laissa échapper un rire rauque, qui se termina en quinte de toux. Un fumeur, en conclut Rebus, qui alluma aussitôt une cigarette. Watson fronça les sourcils. Rebus l'ignora. Une petite conversation détendue entre fumeurs...

– Alors, qu'est-ce que vous me voulez ? s'enquit Callan.

Rebus garda son ton badin.

– Ça ne vous dérange pas que je nous enregistre, monsieur Callan ?

– C'est à quel sujet ?

– C'est au sujet d'une société du nom de AD Holdings.

Il jeta un coup d'œil aux documents étalés sur le bureau. Ils avaient bien travaillé. À présent, ils pouvaient prouver que la société faisait partie du petit empire de Callan.

Il y eut un silence.

– Monsieur Callan ? Vous êtes toujours en ligne ?

Le Paysan s'était levé pour tendre la poubelle à Rebus afin qu'il y fasse tomber sa cendre. Puis, il alla ouvrir la fenêtre.

– Oui, je suis là, dit Callan. Rappelez-moi dans une heure.

– J'apprécierais vraiment que vous...

Rebus se rendit compte qu'il parlait dans le vide.

– Connard, dit-il. Maintenant il va préparer son histoire.

– Il n'est pas obligé de nous parler, lui rappela Watson. Et maintenant que c'est terminé, vous pouvez éteindre cette saleté.

Rebus écrasa sa cigarette contre la poubelle.

Les autres attendaient dans le couloir. Leur expectative se mua en déception lorsqu'il secoua la tête.

– Il m'a demandé de le rappeler dans une heure.

Il regarda sa montre.

– Le temps de monter une histoire de toutes pièces, conclut Siobhan.

– Qu'est-ce que je pouvais faire ? s'énerva Rebus.

– Désolée, chef.

– Ce n'est pas votre faute.

– Il se donne une heure, intervint Wylie, mais ça signifie que nous aussi avons une heure devant nous. On pourrait passer d'autres coups de fil et continuer à étudier les dossiers de Hastings. Qui sait ? ajouta-t-elle en haussant les épaules.

Elle avait raison, tout valait mieux qu'attendre. Aussi se remirent-ils au travail, regonflés par des canettes de boissons sucrées et une musique de fond diffusée par le radiocassette de Grant Hood. Du jazz et du classique. Rebus avait paru sceptique au début, mais ces trucs aidaient vraiment à tromper l'ennui. Instruction du Paysan : pas trop fort.

Siobhan Clarke avait approuvé.

– Je serais obligée de raser les murs si quelqu'un apprenait que j'écoute du jazz.

Une heure plus tard, ils remontèrent chez Watson. Cette fois, Rebus laissa la porte ouverte ; Wylie, Clarke et Hood méritaient au moins ça, pensa-t-il. Le superintendant ne sembla rien trouver à y redire. Rebus composa le numéro. Pas de réponse. Il laissa sonner, persuadé que Callan ne décrocherait pas.

Et pourtant, il finit par répondre. Pas de femme de ménage, cette fois. Et il alla droit au but.

– Votre appareil permet la téléconférence ?

Le superintendant acquiesça.

– Oui, répondit Rebus.

Callan lui donna un autre numéro. À Glasgow. Celui d'un certain C. Arthur Milligan. Rebus le connaissait sous le sobriquet de « Big C ». C comme cancer. Ce que Milligan était pour les flics et le bureau du procureur général. C'était un des plus grands avocats. Il travaillait beaucoup avec Richie Cordover, le frère de Hugh. Avec Big C de votre côté et Cordover pour vous défendre le jour du procès, vous aviez ce qu'on faisait de mieux.

Mais ça avait un prix.

Le Paysan montra à Rebus comment faire marcher la téléconférence, et bientôt la voix de Milligan s'éleva.

– Oui, inspecteur. Vous m'entendez ?

– Haut et clair, monsieur Milligan.

– Yo, Big C ! lança Callan. Je t'entends aussi.

– Bonjour Bryce. Il fait quel temps chez toi ?

– Aucune idée. Je suis coincé à l'intérieur à cause de ce connard.

– Écoutez, monsieur Callan, j'apprécie sincèrement...

Milligan l'interrompit.

– Je crois comprendre que vous désirez enregistrer votre conversation avec mon client ? Qui d'autre est présent ?

Rebus déclina l'identité du superintendant, mais s'abstint de mentionner les autres. Donc, Milligan et Callan avaient discuté de sa requête. Au moins l'autorisaient-ils à mettre l'appareil en marche. Rebus appuya sur le bouton.

– C'est fait, dit-il. Maintenant, si vous pouviez...

– Avant tout, j'aimerais préciser que mon client n'est en aucune façon obligé de répondre à vos questions, inspecteur.

– J'apprécie sa bonne volonté, monsieur.

– Il ne le fait que par sens du devoir envers son pays, même si le Royaume-Uni n'est plus son lieu de résidence.

– Oui, monsieur, je lui en suis très reconnaissant.

– Comptez-vous porter des accusations à son encontre ?

– Absolument pas. Cette conversation a un but informatif.

– Et la cassette ne sera jamais produite devant un tribunal ?

– Je ne pense pas, non, répondit-il prudemment.

– Mais vous ne pouvez pas l'assurer ?

– Je ne peux parler que pour moi-même, monsieur.

Il y eut un silence.

– Bryce ?

– Ouvre le feu, répondit Callan.

– Ouvrez le feu, inspecteur, répéta Milligan.

Rebus prit un instant pour se calmer, regardant les documents étalés devant lui et allant repêcher sa cigarette dans la poubelle pour la rallumer.

– Qu'est-ce que vous fumez ? demanda Callan.

– Des Embassy.

– Ça vaut que dalle ici. Je ne fume que le cigare, maintenant. Bon, vous pouvez y aller.

– AD Holdings, monsieur Callan.

– Quoi ?

– C'était une de vos sociétés, je crois ?

– Non. J'avais quelques parts, rien de plus.

Les regards convergèrent sur Rebus : il ment. Mais il ne voulait pas le piéger, pas si vite.

– AD achetait des terrains autour de Calton Hill, en utilisant une autre société comme couverture. Celle de Freddy

Hastings et Alasdair Grieve. Vous avez déjà rencontré l'un d'eux ?

– Ça remonte à quand ?

– La fin des années soixante-dix.

– Merde ! L'eau a coulé sous les ponts, depuis.

Rebus répéta les deux noms.

– Si vous vouliez bien expliquer à mon client de quoi il est question, inspecteur, demanda Milligan, manifestement intrigué.

– Oui, monsieur. C'est au sujet d'une grosse somme d'argent.

– De l'argent ?

Cette fois, Callan était ferré.

– Oui, monsieur, une somme importante. Nous essayons de trouver à qui elle doit revenir.

Regards étonnés de Clarke, Hood et Wylie. Il ne leur avait pas dit comment il comptait jouer la partie.

– Dans ce cas, je suis ton homme, mon pote, dit Callan en riant.

– Combien ? questionna l'avocat.

– Plus que ce que M. Callan va vous verser d'honoraires pour cet après-midi.

Nouvel éclat de rire de Callan, et regard réprobateur du Paysan : il n'était jamais bon de se mettre inutilement des hommes comme Big C à dos. Rebus se concentra sur sa cigarette.

– Quatre cent mille livres, finit-il par répondre.

– Une somme non négligeable, reconnut Milligan.

– Nous avons des raisons de croire que M. Callan a des droits sur cet argent.

– Comment ça ? questionna Callan, flairant le piège.

– Il appartenait à un certain Freddy Hastings. Enfin, dans la mesure où il le promenait partout dans une mallette, j'entends. À une époque, Hastings était promoteur immobilier. Avec AD Holdings, il achetait des terrains dans les environs de Calton Hill. Ça se passait fin 78, début 79. Juste avant le référendum.

– Si le oui l'avait emporté, ces terrains auraient valu une fortune, dit Milligan.

– Sans aucun doute.

– Qu'est-ce que mon client vient faire là-dedans ?

– Ces dernières années, Hastings était sans abri.

– Avec tout cet argent ?

– Nous ne pouvons que supposer les raisons pour lesquelles il ne voulait pas y toucher. Soit il le gardait pour quelqu'un. Soit il avait peur.

– Soit il était cinglé, ajouta Callan par pure bravade.

Rebus devinait que son cerveau tournait à cent à l'heure.

– Le fait est que AD Holdings, dont nous pensons que M. Callan était le principal actionnaire, chargeait Hastings d'acheter ces terrains.

– Vous pensez que Hastings aurait empoché l'argent ?

– C'est une de nos théories.

– Dans ce cas, il appartiendrait à AD Holdings ?

– C'est une possibilité. Hastings n'avait aucune famille, il n'a pas laissé de testament. L'État empochera l'argent si personne ne le réclame.

– Ce serait dommage, commenta Milligan. Qu'en dis-tu, Bryce ?

– Je lui ai déjà déclaré que je n'avais que quelques parts dans AD.

– Peut-être pourriez-vous nous éclairer là-dessus ?

– Ben, c'était peut-être un peu plus que quelques parts, maintenant que vous en parlez.

– Vous faisiez affaire avec Hastings ? demanda Rebus.

– Oui.

– Vous utilisiez sa société comme couverture pour acheter des terrains ?

– Possible.

– Pourquoi ?

– Pourquoi quoi ?

– Vous possédiez votre propre société – AD Holdings. En fait, vous en possédiez des dizaines.

– Je vous crois sur parole.

– Alors pourquoi aviez-vous besoin de vous cacher derrière Hastings ?

– À vous de deviner.

– Je préférerais que vous me le disiez.

– Et pourquoi ça, inspecteur ? intervint Milligan.

– Nous voulons être sûrs que M. Callan et Freddy Hastings faisaient affaire ensemble. Il nous faut une preuve que cet argent a des raisons d'être restitué à M. Callan.

L'avocat réfléchit un instant.

– Bryce ?

– Il se trouve qu'il m'a volé cet argent, et qu'il s'est carapaté.

– Vous avez prévenu la police, bien sûr ? dit Rebus.

Callan éclata de rire.

– Bien sûr.

– Pourquoi non ?

– Pour la même raison qui m'a poussé à utiliser Hastings comme intermédiaire. Les flics faisaient courir toutes sortes de bruits sur mon compte et lançaient toutes sortes d'accusations mensongères pour salir ma réputation. Ils auraient prétendu que je ne me contentais pas d'acheter des terrains.

– Que comptiez-vous faire construire dessus ?

– Des maisons, des clubs, des bars...

– Il vous aurait fallu des permis de construire que Hastings, en raison de sa réputation, aurait obtenus plus facilement.

– Voyez ? Vous avez trouvé tout seul.

– Combien Hastings devait-il empocher ?

– Presque un demi-million.

– Vous avez dû être... mécontent.

– J'enrageais. Mais il a disparu.

Rebus jeta un coup d'œil vers la porte. Ça expliquait pourquoi Hastings avait changé d'identité. Ça expliquait l'argent. Mais ça n'expliquait pas pourquoi il ne l'avait pas dépensé.

– Et le partenaire de Hastings ?

– Il s'est fait la malle en même temps, non ?

– Il semble qu'il n'ait pas empoché le moindre penny.

– C'est à lui qu'il faudra le demander.

Milligan les interrompit à nouveau.

– Aurais-tu un document susceptible de prouver tout ça, Bryce ? Histoire de réclamer officiellement cette somme ?

– Ça devrait se trouver.

– Les faux ne marcheront pas, le prévint Rebus.

– Voyons inspecteur, dit Callan, condescendant.

Rebus s'avança au bord de sa chaise.

– Merci d'avoir éclairci ce problème, reprit-il. Mais ça soulève une série de questions relatives à cette affaire, si vous permettez ?

– Allez-y.

– Je crois que nous devrions..., commença Milligan.

Mais Rebus était lancé.

– Je ne pense pas vous avoir dit comment Hastings avait trouvé la mort. Il s'est suicidé.

– Il était temps, fit Callan.

– Il l'a fait peu de temps après l'assassinat d'un candidat député au Parlement écossais. Roddy Grieve.

– Et alors ?

– Et aussi peu après que nous avons découvert un corps dans une vieille cheminée de Queensberry House. Vous devriez vous en souvenir, monsieur Callan.

– Qu'est-ce que vous voulez dire ?

– Simplement que votre neveu Barry vous a sans doute parlé de Queensberry House.

Rebus prit une feuille pour vérifier les dates.

– Il y travaillait au début de l'année 1979, à l'époque du référendum sur l'autonomie. Au moment où vous avez découvert que les terrains que vous achetiez n'allaient pas se changer en mines d'or, en fin de compte. Et que Hastings s'était rempli les poches au passage, ou avait gardé tout le montant d'une des transactions, comptant qu'il serait loin quand vous vous en apercevriez.

– Qu'est-ce que Barry vient faire là-dedans ?

– Il travaillait pour Dean Coghill.

Rebus prit une autre feuille. Milligan tenta de l'interrompre, mais le policier ne lui en laissa pas l'opportunité.

– Je pense que vous exerciez des pressions sur Coghill. Que vous l'avez obligé à embaucher Barry, qui travaillait déjà pour vous. Pour qu'il sabote son travail. Une sorte d'apprentissage, en fait.

Rebus imaginait le visage écarlate de Callan.

– Hé, Milligan ! Tu vas le laisser me parler comme ça ?

Milligan, maintenant, ni Big C ni mon vieux. Pas de doute, Callan bouillait de rage.

– Il se trouve que le corps a été mis dans la cheminée à l'époque où votre Barry travaillait sur les lieux, et où vous avez découvert que Hastings et Grieve vous doublaient, continua Rebus. Aussi, ma question est la suivante, monsieur Callan : qui était cet homme ? Et pourquoi l'avez-vous fait tuer ?

Le silence... avant la tempête. Cris de Callan, menaces de Milligan.

– Faux cul de merde...

– Je réfute énergiquement le...

– Tu m'as piégé avec cette histoire de fric...

– Diffamation d'une personne sans casier judiciaire dans ce pays ni dans aucun autre ; d'un homme dont la réputation...

– Je te jure que si j'étais devant toi, il faudrait me coller des menottes pour m'empêcher de te flanquer mon poing dans la gueule !

– Vous pouvez sauter dans le premier avion, je vous attends, répliqua Rebus.

– Tu vas voir...

– Allons, Bryce, ne laisse pas cette situation lamentable te... Il y a bien un de vos supérieurs avec vous ? Le superintendant Watson, si je ne m'abuse ? Monsieur Watson, je me vois dans l'obligation de protester énergiquement devant les méthodes sournoises de l'inspecteur. Piéger ainsi mon client avec cette fable de fortune non réclamée...

– Ce n'est pas une fable, c'est la stricte vérité, répondit Watson. L'argent est ici. Mais il semble qu'il fasse partie d'un mystère plus grand, que M. Callan pourrait aider à éclaircir en rentrant pour subir un interrogatoire en bonne et due forme.

– L'enregistrement effectué ce jour est, évidemment, irrecevable dans un tribunal, déclara Milligan.

– Ah bon ? s'étonna le Paysan. Ma foi, je laisse le bureau du procureur régler ce genre de détail. En attendant, puis-je vous faire remarquer que votre client n'a pas encore nié les faits ?

– Nié ? s'écria Callan. Je ne vois pas pourquoi j'aurais besoin de nier quoi que ce soit. Vous ne pouvez pas m'atteindre, bande de connards !

Rebus l'imaginait debout, le visage plus rouge encore que s'il avait pris un coup de soleil, la main serrée autour du combiné comme s'il s'agissait de la gorge de son tourmenteur.

– Vous reconnaissez les faits, alors ? déduisit Watson d'une voix naïve de sincérité, en adressant un clin d'œil aux trois agents postés à la porte.

Si Rebus n'était pas si prudent, il aurait dit qu'il commençait à s'amuser.

– Allez vous faire foutre ! rugit Callan.

– Je pense que vous pouvez prendre ça pour un non, traduisit Milligan d'une voix neutre.

– Vous avez sans doute raison, approuva Watson.

– Allez au diable, tous autant que vous êtes ! hurla Callan.

Un *clic* suivit.

– Je crois que M. Callan nous a quittés, commenta Rebus. Vous êtes toujours en ligne, monsieur Milligan ?

– Je suis là, oui. Et je me vois dans l'obligation de protester...

Rebus raccrocha.

– Je crois qu'on a été coupés, dit-il.

Gloussements à l'entrée du bureau. Il se leva et Watson récupéra son fauteuil.

– Ne nous emballons pas trop vite, dit-il, alors que Rebus arrêtait le magnétophone. Les pièces commencent à s'emboîter, mais nous ne connaissons toujours pas l'identité du meurtrier, ni même celle de la victime. Sans ces deux éléments, le petit moment de détente que nous a procuré M. Callan ne vaut pas grand-chose.

– C'est tout de même ça de pris, monsieur, dit Grant Hood avec un large sourire.

– Oui, l'inspecteur Rebus nous a tout de même montré le chemin du cœur de cet homme, convint Watson.

– J'aurais pu lui soutirer plus, se reprocha l'intéressé en rembobinant la cassette. Je ne suis pas certain que nous ayons quoi que ce soit.

– Nous savons ce que nous cherchons, maintenant. Nous avons remporté la première partie de la bataille, fit Wylie.

– On devrait convoquer Hutton, proposa Clarke. Tout semble tourner autour de lui, et il est ici, lui.

– Il lui suffira de tout nier, objecta Watson. Et puis, c'est un homme influent. Le traîner ici ne nous attirera aucune sympathie.

– On ne peut pas se le permettre, grommela Siobhan.

Rebus se tourna vers le Paysan.

– C'est ma tournée, chef, vous vous joignez à nous ?

Watson jeta un coup d'œil à sa montre.

– Juste un, alors. Il faudra que j'achète des pastilles à la menthe avant de rentrer, ma femme détecte l'alcool à vingt pas.

Rebus et Hood apportèrent les verres. Wylie voulait juste un Coca. Hood avait opté pour une pinte de Eighty. Pour Rebus, un demi et un whisky. Un malt pour Watson. Et du vin rouge pour Siobhan Clarke. Ils trinquèrent.

– Au travail d'équipe, dit Wylie.

Le Paysan se racla la gorge.

– À propos, Derek ne devrait-il pas être parmi nous ?

Il y eut un silence.

– L'inspecteur Linford suit ses propres pistes : il tente de dresser un portrait-robot du meurtrier de Grieve, expliqua Rebus.

– Tout à fait ce que j'entends par travail d'équipe.

– Pas la peine de me faire la leçon, monsieur. En général, c'est moi qui me retrouve seul dans le froid.

– Parce que c'est là que vous choisissez d'être. Pas parce qu'on ne veut pas de vous à l'intérieur.

– Touché.

Siobhan reposa son verre.

– En réalité, c'est de ma faute, monsieur. Je crois que John pense qu'il y aura moins de tension si on garde l'inspecteur Linford à distance.

– J'en suis conscient, Siobhan. Mais je veux également l'avis de Derek sur ce qui se passe.

– Je lui en parlerai, dit Rebus.

– Bien.

Ils restèrent silencieux un moment.

– Désolé d'avoir jeté un froid, finit par dire le Paysan.

Sur quoi, il vida son verre et annonça qu'il ferait mieux de rentrer chez lui.

– Laissez-moi juste vous payer une tournée avant.

Ils l'assurèrent que ça n'était pas nécessaire, mais il insista. Lorsqu'il fut parti, ils sentirent tous la tension se relâcher. L'alcool, peut-être.

Peut-être.

Hood rapporta un jeu de dames du bar et entama une partie avec Siobhan. Rebus affirma qu'il ne jouait jamais.

– Je suis mauvais perdant, c'est mon problème.

– Et moi, je déteste les mauvais gagnants, prévint Siobhan. Le genre qui vous roule le nez dedans.

– T'inquiète, je serai gentil avec toi, la rassura Hood.

Le gaillard se décoince, songea Rebus. Il regarda Siobhan percer la défense de son opposant et faire une dame alors que sa première rangée était toujours intacte.

– Ça c'est méchant, dit Wylie, ébouriffant les cheveux de Hood.

Quand la partie fut terminée, elle changea de place avec son partenaire qui s'installa en face de Rebus. Il vida sa première pinte, et poussa devant lui celle offerte par le superintendant.

– Santé, dit-il.

Rebus leva son verre.

– Je ne peux pas boire de whisky, lui confia le jeune homme. Ça me file des gueules de bois fracassantes.

– À moi aussi, parfois.

– Pourquoi vous en buvez, alors ?

– Le plaisir avant la douleur. Une idée calviniste.

Hood le dévisagea, ahuri.

– Laissez tomber, dit Rebus.

– Il s'est planté sur toute la ligne, fit remarquer Siobhan, tandis que Wylie se concentrait sur son prochain coup.

– Qui ça ?

– Callan. En utilisant une société écran pour avoir une plus grande chance de mener ses projets à bien. Il y avait un moyen plus simple.

Wylie échangea un coup d'œil avec les deux hommes.

– Je me demande si elle va s'expliquer, pas vous ?

– À mon avis, elle veut que nous devinions seuls, supposa Rebus.

Wylie mangea une des dames de Siobhan, qui contre-attaqua aussitôt.

– Il suffisait de verser un pot-de-vin à l'urbanisme.

– Soudoyer un conseiller municipal ?

L'idée fit sourire Hood.

– Bon sang ! s'exclama Rebus en fixant son verre. C'est peut-être ça...

Il refusa d'en dire davantage, même quand ils le menacèrent de le forcer à jouer.

– Je ne craquerai pas, leur dit-il d'un ton léger.

Mais son esprit bourdonnait de nouveaux recoupements, échafaudait de nouvelles hypothèses. Certaines incluaient Cafferty dans le tableau. Et il se demandait ce qu'il allait bien pouvoir faire...

32

Vendredi matin. Rebus et Derek Linford étaient à la cantine du QG de la police à Fettes. Rebus salua quelques visages familiers, dont ceux de Claverhouse et Ormiston, de la brigade criminelle, en attaquant son sandwich au bacon. Linford les dévisagea.

– Vous les connaissez ?

– Je n'ai pas l'habitude de saluer les inconnus.

Linford regarda le toast qui refroidissait dans son assiette.

– Comment va Siobhan ?

– Bien mieux depuis qu'elle est débarrassée de vous.

– Elle a reçu ma lettre ?

Rebus vida sa tasse.

– Elle n'en a pas parlé.

– C'est bon signe ?

– Vous n'espérez tout de même pas redevenir potes du jour au lendemain ? Elle aurait pu porter plainte, vous savez ? Comment auriez-vous réagi dans la salle 279 ?

Linford baissa la tête. Rebus se leva pour aller chercher une tasse de café.

– Quoi qu'il en soit, on a du nouveau, dit-il à son retour.

Il lui parla de Freddy Hastings et de Bryce Callan.

Linford se redressa, oubliant Siobhan.

– Et où intervient Roddy Grieve ?

– C'est ce que nous ignorons encore, admit Rebus. Vengeance de Callan pour la manière dont son frère l'a arnaqué.

– Vingt ans après ?

– Je sais, j'ai du mal à y croire, moi aussi.

Linford le fixa.

– Il y a autre chose, n'est-ce pas ? Vous me cachez quelque chose ?

Rebus secoua la tête.

– Je peux seulement vous donner un conseil : cherchez du côté de Barry Hutton. Si c'est bien Callan le responsable, Hutton n'est pas blanc.

– Barry serait dans le coup ?

– C'est son neveu.

– Vous avez une preuve qu'il n'est pas seulement l'homme d'affaires membre du Rotary qu'on croit ?

Rebus désigna Claverhouse et Ormiston.

– Demandez-leur, ils ont peut-être la réponse.

– D'après le peu que je sais de Hutton, il ne correspond pas à la description de l'homme vu en compagnie de Grieve dans Holyrood Road.

– Mais il a des employés, non ?

– Le superintendant Watson nous a prévenus que Hutton avait des « amis ». Comment lui tourner autour sans s'attirer d'ennuis ?

– Vous ne le ferez pas.

– Je ne lui tournerai pas autour ?

– Non. Vous ne vous attirerez pas d'ennuis. Écoutez, Linford, nous sommes des flics. Parfois, il faut savoir lever le cul de son bureau et affronter les gens en face.

Linford ne paraissait pas convaincu.

– Vous pensez que je vous manipule ?

– Ce n'est pas le cas ?

– Est-ce que je l'admettrais si c'était le cas ?

– Je suppose que non. Je me demandais juste s'il s'agissait d'une sorte de test.

Rebus se leva sans avoir touché son café.

– Vous devenez soupçonneux. C'est bien, c'est le métier qui rentre.

– Quel métier ?

Rebus lui adressa un clin d'œil et s'éloigna, les mains dans les poches. Linford resta là un instant, à pianoter sur la table. Puis il repoussa son assiette et alla aborder les deux inspecteurs de la Criminelle.

– Vous permettez que je me joigne à vous ?

Claverhouse désigna la chaise vacante.

– Tout ami de John Rebus est...

– ... probablement en quête d'une faveur, termina Ormiston.

Linford attendait dans sa BMW garée au seul emplacement libre devant la tour Hutton. C'était l'heure du déjeuner. Les employés s'écoulaient du bâtiment pour aller s'acheter des sandwichs et des canettes de soda. Certains fumaient sur les marches, étant donné que c'était interdit à l'intérieur. Linford avait eu du mal à se garer. Il avait dû traverser un chantier de construction dont la route n'était pas encore bitumée. La pancarte en bois disait PARKING EXCLUSIVEMENT RÉSERVÉ AU PERSONNEL, mais il y avait une place libre, et il ne s'était pas posé de question.

Il sortit de sa voiture et vérifia que ses pneus étaient intacts. De la boue grise tachait les enjoliveurs. Il la passerait au lavage à la fin de la journée. Il se rassit au volant. En voyant le défilé de gens portant sandwichs et fruits, il regretta de ne pas avoir mangé son toast, au petit déjeuner. Claverhouse et Ormiston l'avaient entraîné à l'étage, mais ils n'avaient rien trouvé sur Hutton, en dehors de quelques PV et du fait que sa mère était la sœur de Bryce Edwin Callan.

Comme Rebus l'avait dit, pas moyen de procéder avec subtilité ; il faudrait qu'il se présente et qu'il annonce ses intentions. Il n'avait aucune bonne raison d'entrer dans ce bâtiment et de demander la liste des membres du personnel. Et même si Hutton n'avait rien à cacher, Linford l'imaginait mal accéder à sa requête. Il lui demanderait pourquoi, et, sitôt qu'il le saurait, il refuserait et s'empresserait de téléphoner à son avocat et aux journaux. À bien y réfléchir, cette mission ressemblait de plus en plus à une chasse au dahu concoctée par Rebus – ou par Siobhan – pour le punir. S'il s'attirait des ennuis, ils seraient les premiers à en tirer profit.

D'un autre côté, ne la méritait-il pas, cette punition ? S'il allait jusqu'au bout, il obtiendrait peut-être leur pardon ? Non qu'il eût l'intention d'entrer dans la tour... Mais il pouvait toujours passer l'après-midi à observer les employés qui sortaient. Et si Hutton finissait par se montrer, il le suivrait ; parce que si le meurtrier de Grieve ne travaillait pas ici, il y avait toujours une possibilité pour que Hutton le retrouve ailleurs.

Un contrat ? Une vengeance ? Non, ça lui paraissait improbable. À son avis, Roddy Grieve n'avait pas été tué pour une raison d'ordre familiale ou professionnelle. Apparemment, tout le monde était cinglé dans sa famille, mais ça ne constituait pas un mobile. Alors pourquoi était-il mort ? S'était-il trouvé au mauvais endroit au mauvais moment ? Avait-il vu quelque chose qu'il n'aurait pas dû voir ? Ou s'était-on attaqué à l'homme qu'il risquait de devenir et non à celui qu'il était ? Quelqu'un voulait-il l'empêcher d'être élu député ? La veuve lui revint à l'esprit, mais il l'élimina à nouveau. On ne tue pas son mari juste pour pouvoir se présenter à sa place.

Il se massa les tempes. Les fumeurs lui jetaient des regards à la dérobée. Ils risquaient de le signaler à la sécurité et ce serait la fin. Une voiture approcha et klaxonna. Son conducteur lui fit signe, puis descendit et marcha jusqu'à la BMW d'un pas furieux. Linford abaissa la vitre.

– Vous êtes garé sur mon emplacement. Vous permettez... ?

Le policier regarda autour de lui.

– Je ne vois aucune pancarte.

– C'est un parking réservé au personnel. (Il jeta un coup d'œil à sa montre.) Et je suis en retard à ma réunion.

Un autre conducteur démarrait, un peu plus loin.

– Une place pour vous, dit Linford.

– Vous êtes sourd, ou quoi ? s'emporta l'autre, la mâchoire crispée par la rage, visiblement disposé à en venir aux mains.

Linford se sentait dans les mêmes dispositions.

– Donc, vous préférez vous disputer avec moi que de vous

rendre à votre réunion ? C'était pourtant une belle place, dit-il en regardant l'emplacement qui venait de se libérer.

– C'est celui de Harley. Il part faire sa gym. Je serai en réunion lorsqu'il reviendra. C'est *sa* place. Raison pour laquelle *vous* allez bouger votre tas de boue.

– Venant d'un homme qui conduit une Sierra Cosworth...

– Mauvaise réponse.

L'homme se jeta sur la portière de Linford et l'ouvrit brutalement.

– Une plainte pour agression fera très joli sur votre CV.

– Vous verrez comme c'est amusant de se plaindre quand on a les dents cassées.

– Et vous de vous retrouver derrière les barreaux pour avoir attaqué un inspecteur de police.

L'homme se figea. Sa mâchoire s'affaissa et il déglutit. Linford en profita pour sortir sa carte de sa veste et la lui coller sous le nez.

– Comment avez-vous dit que vous vous appeliez ?

– Écoutez, je suis désolé.

Le loup s'était soudain changé en agneau.

– Je ne voulais pas...

Linford sortit ensuite son carnet, savourant ce retournement de situation.

– J'ai entendu parler des fous du volant, mais je n'avais jamais eu affaire à un fou du parking. Vous avez peut-être inventé le concept.

Il jeta un coup d'œil à la Sierra, et nota son numéro d'immatriculation.

– Ne vous en faites pas, je trouverai votre nom grâce à ça, dit-il en tapotant son carnet.

– Je m'appelle Nic Hughes.

– Eh bien, monsieur Hughes, pensez-vous être suffisamment calme pour que nous discutions ?

– Aucun problème, c'est juste que j'étais pressé. (Il désigna le bâtiment.) Vous avez des choses à régler avec... ?

– Je n'ai aucune intention d'en parler avec vous.

– Bien sûr que non, non, c'est juste que j'étais...

La fin de la phrase mourut dans sa gorge.

– Vous feriez mieux de filer à votre réunion.

La porte à tambour venait de se mettre à tourner, et Barry Hutton sortait de la tour, en boutonnant sa veste. Linford avait déjà vu sa photo dans le journal.

– Je m'en allais, de toute façon, dit-il à Hughes, avec un large sourire. La place est à vous.

Hughes recula. Hutton l'aperçut alors qu'il déverrouillait sa voiture – une Ferrari rouge.

– Merde, Nic, tu es censé être là-haut.

– J'y vais tout de suite, Barry.

– Tout de suite, c'est pas assez, ducon !

Hutton regarda Linford, les sourcils froncés.

– Hé, tu prêtes ton emplacement, Nic ? C'est pas ton genre.

Le sourire aux lèvres, Hutton monta dans sa Ferrari... pour en redescendre aussitôt. Il s'approcha de la BMW.

Linford songea : *Je suis grillé, il a vu mon visage et ma voiture. Ça va être l'enfer de le suivre, maintenant... « Vous ne vous attirerez pas d'ennuis... Il faut affronter les gens en face... »* Il avait affronté le type à la Cosworth, et voilà le résultat : Barry Hutton était planté devant sa voiture et il pointait le doigt sur lui.

– Vous êtes flic, n'est-ce pas ? Ne me demandez pas comment vous faites pour être repérables même au volant d'une voiture comme ça. Écoutez, j'ai parlé aux deux autres et je n'ai pas l'intention d'en dire davantage, O.K. ?

Linford hocha lentement la tête. Les « deux autres » : Wylie et Hood. Linford avait lu leur rapport.

– Bien, conclut Hutton en tournant les talons.

Linford et Hughes regardèrent la Ferrari démarrer et émettre ce ronronnement de compte en banque bien garni. Hutton s'éloigna, soulevant un nuage de poussière.

Hughes dévisageait Linford, qui le toisa en retour.

– Je peux faire quelque chose pour vous ?

– Quoi ? Qu'est-ce qu'il y a ? balbutia l'autre.

Peu fier de sa piètre victoire, Linford passa la première et sortit lentement du parking, se demandant s'il devait tenter de rattraper Hutton. Il vit Hughes dans son rétro. Quelque chose clochait chez cet homme. Sa carte de police ne l'avait pas seulement calmé, elle l'avait effrayé.

Quelque chose à cacher ? Certes, même les prêtres avaient tendance à paniquer devant les flics... mais ce type... Non, il ne ressemblait en rien au portrait-robot. Et pourtant... pourtant...

Au feu de Lothian Road, Linford aperçut Hutton trois voitures plus loin. Il décida qu'il n'avait rien à perdre.

33

Big Ger Cafferty était seul dans sa Jaguar XK8 gris métallisé, garée devant l'immeuble de Rebus. Fermant sa propre voiture, le policier fit mine de ne pas l'avoir remarqué. Il gagnait la porte d'entrée lorsqu'il entendit le murmure d'une vitre électrique qu'on abaisse.

– Je me disais qu'on pourrait refaire un tour en voiture, lança Cafferty.

Rebus l'ignora. Il ouvrit la porte de son immeuble, pénétra dans le hall et attendit un instant, l'esprit en ébullition. Il finit par ressortir. Cafferty était appuyé contre sa Jag, maintenant.

– Tu aimes ma nouvelle caisse ?

– Tu l'as achetée ?

– Tu crois que je l'ai volée ?

Cafferty éclata de rire.

– Non, je me disais que tu l'avais peut-être louée, vu le peu de temps qui te reste.

– Raison de plus pour m'être agréable tant que je suis encore là.

Rebus regarda autour de lui.

– Où est Rab ?

– Je ne pense pas en avoir besoin.

– Je ne sais pas si je dois me sentir flatté ou insulté.

– Par quoi ?

– Par le fait que tu viennes sans ton garde du corps.

– Tu l'as dit toi-même l'autre soir : il était temps que tu me mettes ton poing dans la gueule. Alors, on y va ?

– Tu sais conduire ?

Nouvel éclat de rire de Cafferty.

– Je suis un peu rouillé, c'est vrai. Mais ce sera plus intime.

– Pourquoi ?

– Pour notre petite conversation sur Bryce Callan.

Ils roulaient en direction de l'est, à travers les anciens bidonvilles de Craigmillar et Niddrie, qui s'écroulaient sous l'attaque des bulldozers.

– J'ai toujours pensé que c'était le coin idéal. Vue sur Arthur's Seat, et le château de Craigmillar juste derrière. Un vrai paradis pour les yuppies.

– Je crois qu'on ne les appelle plus comme ça.

– J'ai loupé des étapes.

– En effet.

– Je vois que la vieille boîte à flicaille n'est plus là.

– Elle est juste après l'angle, maintenant.

– Dieu du ciel, tous ces nouveaux centres commerciaux !

Rebus lui expliqua qu'on appelait ce complexe le Fort. Rien à voir avec l'ancien poste de police de Craigmillar, qu'on surnommait Fort Apache. Ils avaient dépassé Niddrie et suivaient la direction de Musselburgh.

– Tout change si vite, dit Cafferty, songeur.

– Et moi, je vieillis sur place. Tu pourrais en venir au fait ?

– J'y suis déjà, et depuis un moment, seulement tu ne m'écoutes pas.

– Qu'est-ce que tu voulais me dire sur Callan ?

– Juste qu'il m'a appelé.

– Il sait que tu es sorti, alors ?

– M. Callan, comme nombre d'expatriés fortunés, aime se tenir au courant de ce qui se passe en Écosse. Nerveux ?

– Qu'est-ce qui te fait croire ça ?

– Ta main sur la poignée de la porte, comme si tu t'apprêtais à sauter en marche.

Rebus retira sa main.

– Tu es en train de m'embrouiller.

– Tu crois ?

– Et je suis prêt à parier trois mois de salaire que tu es en parfaite santé.

Cafferty garda les yeux sur la route.

– Prouve-le, alors.

– Ne t'en fais pas.

– Moi ? Pourquoi m'en ferais-je ? C'est toi qui es nerveux, pas moi.

Ils demeurèrent silencieux un instant.

Cafferty caressa le volant.

– Chouette voiture, tu ne trouves pas ?

– Et sans aucun doute payée avec de l'argent gagné à la sueur de ton front.

– D'autres suent à ma place. C'est ce qui fait de moi un homme d'affaires prospère.

– Ce qui nous ramène à Bryce Callan. Tu n'arrivais même pas à parler à son neveu, et voilà qu'il t'appelle en personne ?

– Il sait que je te connais.

– Et ?

– Et il voulait savoir ce que je savais. Tu ne t'es pas fait un ami, Pantin.

– Mon cœur saigne.

– Tu crois qu'il est impliqué dans ces meurtres ?

– Tu es venu pour me dire qu'il ne l'est pas ?

– Je suis venu pour te dire que c'est à son neveu que tu devrais t'intéresser.

Rebus prit le temps de digérer l'info.

– Pourquoi ?

Cafferty haussa les épaules.

– Ça vient de Callan ?

– Indirectement.

Rebus était sceptique.

– Ça ne colle pas. Pourquoi Callan chargerait Barry Hutton ?

À nouveau, Cafferty haussa les épaules en guise de réponse.

– C'est amusant..., reprit Rebus.

– Quoi ?

– On arrive à Musselburgh, tu connais son surnom ?

– J'ai oublié.

– La Ville Honnête.

– Qu'est-ce qu'il y a d'amusant là-dedans ?

– Le fait que tu aies choisi de me conduire ici pour me raconter des conneries. C'est toi qui veux te débarrasser de Hutton. Et je me demande bien pourquoi.

La soudaine colère de Cafferty sembla irradier dans toute la voiture.

– T'es cinglé ! Tu sais que t'es cinglé ? Tu refuses de voir ce que t'as sous le nez. Tu préfères me coller ça sur le dos ! Pas vrai, Pantin ? Tu ne veux personne d'autre. Tu veux te faire Morris Gerald Cafferty.

– Tu te flattes un peu, là.

– J'essaie de te rendre service. De t'offrir ton moment de gloire sur un plateau et d'empêcher Bryce Callan de te tuer.

– Depuis quand tu milites pour la paix dans le monde ?

Big Ger soupira. Ses joues avaient perdu un peu de leur coloration.

– D'accord, peut-être que j'ai quelque chose à y gagner.

– Quoi ?

– Tout ce que tu as besoin de savoir, c'est que tu as plus à y gagner encore.

Il mit son clignotant et se gara dans High Street. Rebus regarda autour de lui et reconnut le célèbre café.

– Le Luca's ?

En été, les clients attendaient leur tour sur le trottoir. Mais c'était l'hiver. On n'était qu'en milieu d'après-midi, mais les lumières étaient déjà allumées.

– Ils faisaient les meilleures glaces du coin, répondit Cafferty en détachant sa ceinture. Je veux vérifier si c'est toujours le cas.

Il acheta deux cônes à la vanille et remonta en voiture. Rebus secoua la tête, incrédule.

– Il y a un instant, Callan lançait un contrat sur moi, et voilà que tu m'offres une glace ?

– Ce sont les petites choses qui donnent tout son sel à la vie. Tu ne t'en es jamais rendu compte ? Dommage qu'il n'y ait pas de courses, on aurait pu passer un bon moment.

Le champ de courses de Musselburgh : l'autre attraction de la Ville Honnête.

Rebus goûta sa glace.

– Donne-moi quelque chose sur Hutton. Un truc que je pourrais utiliser.

Cafferty réfléchit un instant.

– Les pots-de-vin à la mairie, dit-il. Quand on travaille dans la branche de Hutton, on a besoin d'amis. La ville change peut-être très vite, mais elle fonctionne toujours à l'ancienne.

Barry Hutton gara sa voiture dans le parking du St James Centre. Il entra d'abord dans un magasin d'ordinateurs, puis alla faire quelques emplettes chez John Lewis, et ressortit dans Princes Street pour marcher jusqu'à Jenners où il s'acheta des vêtements, sous le regard attentif de Derek Linford, qui faisait lui-même mine d'étudier les cravates. C'était sa toute première filature, mais il avait suivi une formation théorique. Les magasins étaient suffisamment pleins pour qu'il se fonde dans la masse. Il ne pensait pas avoir été repéré. Il finit par acheter l'une des cravates – orange pâle à rayures vertes. Il la noua à la place de la bordeaux unie qu'il portait.

L'homme que Hutton avait vu dans le parking de sa société portait une cravate bordeaux – autre cravate, autre homme.

Hutton traversa la rue pour retrouver un couple au Balmoral Hotel. Un thé d'affaires à en juger par leurs attachés-cases ouverts. Puis, retour au parking et plongée dans la circulation qui s'intensifiait à l'approche de l'heure de pointe. Il se gara dans Market Street et gagna l'entrée du Carlton Highland Hotel, un sac de sport à la main. Club de gym, déduisit Linford. Il savait que l'hôtel en abritait un. Il avait même failli s'y inscrire, mais les tarifs l'en avaient dissuadé. À l'époque, il s'était dit que c'était un bon moyen de rencontrer les personnes influentes de la ville.

Il fit le pied de grue un bon moment. Il y avait une bouteille d'eau dans la boîte à gants, mais il préférait ne pas prendre le risque de boire. Ce serait sa veine d'être en train de pisser quelque part au moment où Hutton ressortirait. Pas question de manger non plus. Son estomac gargouillait. Il y avait un café à deux pas... Il ouvrit à nouveau la boîte à gants et en tira une tablette de chewing-gum.

– Bon appétit, dit-il en la déballant.

Hutton passa une heure au club de gym. Linford notait les moindres faits et gestes de l'homme d'affaires sur son carnet, à la minute près. Il ressortit seul, les cheveux humides et son sac de sport se balançant légèrement au bout de son bras. Il avait la peau luisante, et cette démarche pleine d'assurance que procure l'exercice. Il remonta dans sa voiture et roula en direction d'Abbeyhill. Linford vérifia son portable. La batterie était épuisée. Il le brancha sur l'allume-cigare. Il envisagea d'appeler Rebus, mais pour lui dire quoi ? Lui demander son approbation ? *C'est bien, continuez.* Non, ç'aurait été avouer sa faiblesse.

Or, il n'était pas faible. La preuve...

Ils étaient dans Easter Road, à présent. Hutton parlait dans son portable. D'ailleurs, il n'avait cessé de téléphoner pendant tout le trajet, regardant à peine dans ses rétroviseurs. Il l'aurait fait que ça n'aurait rien changé : Linford était trois voitures derrière.

Soudain, ils se retrouvèrent dans les petites rues de Leith. Linford ralentit, espérant que quelqu'un finirait par le dépasser, mais il n'y avait plus que lui et le suspect. Hutton tourna à gauche, puis à droite. Les rues étaient de plus en plus étroites. Les bâtiments dont les portes donnaient directement sur le trottoir semblaient se resserrer autour de lui. La nuit tombait.

Ses feux éclairaient des terrains de jeu, des éclats de verre. La Ferrari se rangea soudain sur le côté. Hutton se rendait sûrement aux docks, songea l'inspecteur. Il ne connaissait pas du tout cette partie de la ville. Il l'avait toujours évitée. Logements sociaux et bouges mal famés. Armes de prédilection : bouteille cassée et couteau de cuisine. Les victimes des agressions étaient souvent des proches.

Hutton s'était justement garé devant l'un de ces bouges. Un minuscule pub dont les fenêtres étroites étaient perchées à deux mètres du sol. La lourde porte paraissait fermée, mais Hutton l'ouvrit sans hésiter et pénétra à l'intérieur. Il avait laissé son sac de sport sur le siège avant de la Ferrari, et ses sacs de courses à l'arrière, bien en vue.

Stupide ou sûr de lui. Linford penchait pour la deuxième solution. Il revit le pub de Leith de *Trainspotting*, le touriste américain suivi aux toilettes et racketté par les jeunes zonards. C'était le même genre d'endroit. Le pub ne portait aucun nom. Juste une pub pour la bière Tennent, à l'extérieur. Linford regarda sa montre et griffonna sur son carnet. Une filature parfaite. Il vérifia s'il avait des messages sur son portable. Rien. Il savait que son club de célibataires organisait une sortie, ce soir. Ils devaient se retrouver à neuf heures. Il hésitait à y aller. Siobhan risquait d'être présente. Elle n'était plus sur l'enquête, mais on ne savait jamais. Personne n'avait fait d'allusion à sa sortie avec le groupe. Siobhan avait probablement tenu parole. Elle n'en avait pas parlé. Ce qui était plutôt sympa de sa part, vu qu'il lui avait donné des armes pour le flinguer.

Mais d'ailleurs, qu'avait-il fait, en fin de compte ? Traîné devant son appartement comme un adolescent en mal d'amour, rien de plus. Ce n'était pas un crime si abominable, tout de même. Il ne l'avait espionnée que trois fois. Et même si Rebus ne l'avait pas découvert, il n'aurait pas continué bien longtemps, et personne n'aurait rien su. Tout était de la faute de Rebus. Son rejet par Siobhan, sa marginalisation dans le boulot. Oui, c'était exactement ce que Rebus cherchait depuis le début ! Neutraliser le jeune loup de Fettes. Même s'il devenait un jour le patron, Linford aurait toujours ça au-dessus de la tête, comme une épée de Damoclès. Rebus serait sans doute à la retraite d'ici là, ou même mort d'une cirrhose, mais Siobhan serait toujours dans les parages – à moins d'avoir décroché pour se marier et faire des enfants.

Elle aurait toujours le pouvoir de lui nuire.

Il ne savait pas quoi décider. L'ACC lui avait dit que nul n'était irremplaçable.

Il passa le temps en lisant tout ce qu'il put trouver dans la voiture : le manuel d'entretien, le carnet de bord, des prospectus d'attractions touristiques et des listes de commissions oubliés là. Il étudiait son guide routier pour se donner une idée du nombre de régions d'Écosse qu'il connaissait quand son téléphone sonna. Il sursauta et tâtonna nerveusement pour répondre.

– C'est Rebus.

– Du nouveau ?

– Non, c'est juste que personne ne vous a vu de l'après-midi.

– Et vous vous inquiétiez ?

– Disons que j'étais curieux.

– Je file Hutton. Il est dans un pub de Leith. Depuis... une heure un quart, dit-il après avoir consulté sa montre.

– Quel pub ?

– Il n'y a pas de nom dessus.

– Quelle rue ?

Linford réalisa qu'il n'en avait aucune idée. Il regarda autour de lui et ne put distinguer aucune inscription susceptible de l'aider.

– Vous connaissez bien Leith ?

– Assez bien, dit-il, sentant sa confiance le quitter.

– Vous êtes au nord ou au sud ? Vers le port ? Seafield ? Où ça ?

– Près du port, bafouilla-t-il.

– Vous pouvez voir l'eau ?

– Écoutez, je lui ai filé le train tout l'après-midi. Il a fait des courses, il s'est rendu à un rendez-vous d'affaires, puis à son club de gym...

Rebus ne l'écoutait plus.

– Il a un pedigree, qu'il soit réglo ou non.

– Qu'est-ce que vous voulez dire ?

– Je veux dire qu'il a travaillé pour son oncle. Et qu'il s'y connaît sans doute mieux que vous en matière de filature.

– Pas la peine de me dire ce que...

– Allô ? Vous êtes là ? Qu'est-ce que vous faites quand vous avez envie de pisser ?

– Je ne pisse pas.

– Et quand vous avez faim ?

– Idem.

– Je vous avais dit de vous intéresser à ses employés. Pas de le suivre.

– Vous n'avez pas à me dire comment mener mon enquête !

– N'entrez pas dans ce pub, c'est tout ce que je vous demande, O.K. ? J'ai une petite idée de l'endroit où vous vous trouvez, j'arrive tout de suite.

– Pas la peine.

– Essayez de m'arrêter.

– Écoutez, c'est ma...

Mais Rebus avait raccroché. Linford jura intérieurement et tenta de le rappeler, mais il tomba sur son répondeur.

Il jura plus fort.

Avait-il envie de voir Rebus ici, de partager sa filature avec lui ? Sitôt qu'il serait là, il l'enverrait paître.

La porte du pub s'ouvrit en grinçant. Depuis que Hutton était entré – une heure et vingt minutes plus tôt – personne n'était entré ni sorti. Et voilà qu'il réapparaissait, auréolé de la lumière venant de la salle. Un autre homme l'accompagnait. Ils restèrent un instant à parler sur le trottoir. Garé un peu plus loin, de l'autre côté de la rue, Linford observait le second homme en repensant à la description du témoin d'Holyrood Road. Ça collait.

Jean, blouson d'aviateur foncé, baskets blanches. Cheveux

noirs coupés court. De gros yeux ronds et la mine renfrognée. Hutton donna une bourrade à l'homme, qui n'avait pas l'air d'apprécier ce qu'on lui disait. Il retourna à sa Ferrari, et démarra. L'autre sembla sur le point de retourner dans le pub. Linford envisagea un nouveau scénario : le suivre, sachant que Rebus arrivait bientôt en renfort, et l'emmener au poste pour l'interroger. Il pourrait être content de sa journée, après ça.

Mais l'homme ne s'était retourné que pour dire au revoir à un ami. À présent, il s'éloignait à pied. Linford n'y réfléchit pas à deux fois. Il descendit de voiture. Il allait la fermer lorsqu'il se souvint du petit couinement qu'émettait l'alarme. Il préféra la laisser ouverte. Et oublia de prendre son portable.

L'homme apparemment saoul avançait les bras ballants, titubant légèrement. Il entra dans un autre pub, dont il ressortit rapidement pour allumer une cigarette. Après quoi, il se remit en marche. Il s'arrêta pour parler à une connaissance, puis ralentit pour répondre à un appel sur son portable. Linford tapota ses poches. Il avait oublié le sien dans la voiture. Il n'avait aucune idée de l'endroit où il se trouvait. Il tenta de mémoriser les quelques noms de rues visibles. Un autre pub. L'homme n'y resta que trois minutes. Puis, il prit une allée. Linford attendit qu'il en sorte avant de s'y engager à son tour en courant. Au bout, une cité : barrières hautes, fenêtres aux rideaux fermés, bruits de télé et de gosses chahutant. Des allées sombres sentant l'urine, des graffitis – Vive l'IRA, Allez les Hibs –, d'autres allées. L'homme venait de s'arrêter devant une porte. Il frappa. Linford se fondit dans l'ombre. La porte s'ouvrit, et l'homme se glissa à l'intérieur.

Pas de clés : Linford soupçonnait qu'il n'était pas arrivé à destination. Il regarda sa montre, mais il avait laissé son carnet sur le siège passager de la BMW, avec son téléphone. Et il n'avait pas verrouillé. Il se mordit la lèvre inférieure, considéra le labyrinthe de béton qui l'entourait. Saurait-il retrouver le chemin du pub ? Est-ce que le bijou qui faisait sa fierté serait encore garé devant ?

Mais Rebus allait arriver. Il comprendrait ce qui s'était passé et monterait la garde jusqu'à son retour. Linford recula de deux pas, dans l'ombre plus épaisse, et plongea les mains dans ses poches. Quel froid.

Il n'avait rien entendu. Il sentit juste le coup. Il était inconscient avant de toucher le sol.

34

Jayne était partie pour de bon, cette fois. Elle n'était pas chez sa mère. La vieille peau lui déclara :

– Je suis juste chargée de te dire qu'elle est chez une amie, et ne te donne pas la peine de me demander laquelle, parce qu'elle m'a dit qu'il valait mieux que je ne le sache pas.

Les bras croisés, elle remplissait l'encadrement de la porte du pavillon jumelé.

– Merci de m'aider à sauver mon mariage, cracha Jerry, en retraversant le jardin.

Le chien de la vieille était assis à côté de la grille. Il s'appelait Eric. Une gentille petite chose. Jerry lui envoya un coup de pied au derrière, avant d'ouvrir. Il éclata de rire en entendant les insultes de la mère de Jayne qui couvraient les hurlements du chien.

De retour à l'appartement, il fit une nouvelle reconnaissance pour voir si elle avait laissé des indices. Aucun mot, et au moins la moitié de ses vêtements envolés. Elle n'était pas en colère. La preuve : une de ses boîtes de 45 tours était posée par terre, à côté d'une paire de ciseaux, mais elle n'y avait pas touché. C'était peut-être une sorte de déclaration de paix ? Quelques objets étaient tombés des étagères, dans la précipitation, sans doute. Il regarda dans le frigo. Fromage, margarine, lait. Pas de bière. Rien à boire dans les placards non plus. Il vida ses poches sur le canapé. Trois livres et de la petite monnaie. Nom de Dieu ! Et le prochain virement n'arriverait pas avant la fin de la semaine. On était vendredi soir, et il ne lui restait que trois livres. Il fouilla dans les tiroirs, entre les coussins du canapé et sous le lit. Il ne récolta que quatre-vingts pence.

Les factures semblaient le narguer, punaisées sur le tableau de la cuisine. Gaz, électricité, impôts locaux. Plus le loyer et la note du téléphone qui était arrivée ce matin. Jerry avait demandé à Jayne pourquoi elle passait trois heures par semaine au téléphone avec sa mère, alors qu'elle habitait au coin de la rue.

Il retourna au salon et piocha *Stranded* de The Saints. La face B était encore plus speed – *No Time*. Jerry avait tout son temps. En fait, il se sentait complètement coincé.

Puis, il mit *Grip*, des Stranglers. Il étranglerait volontiers Jayne pour l'avoir laissé dans ce merdier.

– Ressaisis-toi, se dit-il.

Il se prépara une tasse de thé et réfléchit à ce qu'il pourrait faire. Mais il n'arrivait pas à se concentrer. Il s'affala sur le canapé. Au moins, il pouvait écouter ses disques tant qu'il voulait, maintenant. Elle avait emporté ses cassettes d'Eurythmics, de Céline Dion et de Phil Collins. Bon débarras ! Il sortit dans le couloir pour aller frapper chez Tofu, trois portes plus loin. Il aurait peut-être un peu de shit à lui filer. Tofu offrit de lui en vendre une barrette.

– Il m'en faut juste assez pour me rouler un joint. Je te le rendrai.

– Quand ? Après l'avoir fumé ?

– J'veux dire que je te le revaudrai.

– Ouais, c'est ça. Comme ce que je t'ai filé mercredi dernier.

– Sois sympa, Tofu, juste pour un misérable joint.

– Désolé, mon pote, la maison fait plus crédit.

Jerry pointa un doigt menaçant sur lui.

– Je m'en souviendrai, tu peux me croire.

– Ouais, pas de problème, Jer, dit Tofu en refermant sa porte.

Jerry rentra chez lui. Il avait la bougeotte, maintenant. Il lui fallait de l'action. Où étaient les amis quand vous aviez besoin d'eux ? Nic. Il pouvait téléphoner à Nic. Au moins pour le taper. Sans déc', avec ce qu'il savait sur lui, Nic était à sa merci ! C'est pas un prêt qu'il fallait lui demander, mais une pension hebdomadaire. Il regarda l'heure au magnétoscope. Cinq heures passées. Où l'appeler ? Au boulot ou chez lui ? Il essaya les deux. Pas de chance. Il était peut-être allé boire un verre avec des jupettes du bureau. Pas de rôle pour Jerry dans ce scénario-là. Jerry n'était bon qu'à se prendre des claques, et à jouer les faire-valoir.

Tout le monde se foutait de sa gueule, Jayne, sa mère, Nic. Et même la bonne femme du ministère des Affaires sociales. Et Tofu... il pouvait presque entendre le rire de ce salaud, confortablement installé dans son appart blindé, avec ses sachets d'herbe, ses barrettes de hasch, sa chaîne hi-fi, et de l'argent plein les poches. Jerry ramassa une par une les pièces éparpillées sur le canapé et les balança sur l'écran de télé éteint.

On sonna à la porte. Ça devait être Jayne ! Bon, il fallait se reprendre, avoir l'air détendu. Un peu vexé, mais pas trop. Se comporter en adulte. Ce genre de chose arrivait, et c'était aux personnes impliquées de s'arranger pour... On sonna à nouveau. Attends... Elle avait ses clefs, non ? Et maintenant, on frappait. À qui devaient-ils de l'argent ? Ils venaient saisir la télé ? Le magnétoscope ? Il n'y avait pas grand-chose d'autre.

Il attendit dans l'entrée, retenant sa respiration.

– Je te vois, petit branleur !

Une paire d'yeux dans la fente à lettres. La voix de Nic. Jerry avança.

– Nic, j'essayais justement de te joindre !

Il déverrouilla la porte qui s'ouvrit brusquement, le faisant basculer à la renverse. Il se relevait à peine que Nic le poussa brutalement, et il retomba. Puis, la porte claqua.

– Erreur, Jerry, grossière erreur.

– De quoi tu parles ? Qu'est-ce que j'ai fait, cette fois ?

Nic suait à grosses gouttes. Ses yeux paraissaient plus sombres et plus froids que jamais, sa voix coupante comme un scalpel.

– J'aurais jamais dû t'en parler, siffla-t-il entre ses dents.

Jerry s'était relevé. Il glissa le long du mur et gagna le salon.

– Me parler de quoi ?

– Que Barry voulait me jeter.

– Quoi ?

Jerry ne comprenait rien. Il paniquait à l'idée d'avoir gaffé, mais n'arrivait pas à se concentrer suffisamment pour se rappeler quand.

– Ça t'a pas suffi d'aller moucharder aux flics... ?

– Waouh ! Attends...

– Non, toi, attends, Jerry. Parce que, quand j'en aurai fini avec toi...

– J'ai rien fait !

– T'as mouchardé et tu leur as dit où je bossais.

– Jamais de la vie !

– Ils sont allés parler de moi à Barry ! Y en a un qu'a attendu des heures sur le parking. À mon emplacement ! Tu vois une autre raison pour expliquer sa présence, toi ?

Jerry tremblait de tous ses membres.

– Des tas de raisons, mec.

Nic secoua la tête.

– Non, Jer, il n'y en a qu'une. Et t'es tellement con que tu te figurais que je ne t'entraînerais pas avec moi.

– Bon sang, mec...

Nic avait quelque chose dans sa poche. Un couteau. Un putain de grand couteau à découper ! Jerry remarqua alors qu'il portait des gants.

– J'te jure que j'ai rien fait, mec !

– La ferme.

– Pourquoi j'aurais fait ça, Nic ? Réfléchis un peu !

– Tu te dégonfles, hein ? J'te vois trembler d'ici. (Il éclata de rire.) Je te savais faible, mais à ce point-là...

– Écoute, mec, Jayne est partie et...

– Crois-moi, Jayne est le cadet de tes soucis.

Des coups étouffés résonnèrent au-dessus de leurs têtes.

– Ta gueule ! hurla Nic vers le plafond.

Jerry vit sa chance, il se rua dans le couloir et se réfugia dans la cuisine. L'évier était plein de vaisselle. Il plongea la main dedans et en tira des fourchettes et des cuillères à café. Nic s'était lancé à sa poursuite. Jerry lui jeta les couverts à la tête et se mit à crier :

– Appelez la police ! Vous, là-haut, appelez les flics !

Nic bondit avec le couteau. Il le toucha à la main droite. Un filet de sang coula de son poignet et se mêla à l'eau de vaisselle. Jerry cria de douleur et envoya un coup de pied. Il toucha Nic à la rotule. Nic plongea à nouveau, mais Jerry l'esquiva et réussit à regagner le salon. Il trébucha et tomba sur sa boîte de 45 tours. Les disques valdinguèrent partout. Nic revenait à la charge, écrasant un disque au passage.

– Salaud, dit-il. Tu ne pourras plus jamais dire un mot contre moi.

– T'as perdu la boule, mec !

– Ça t'a pas suffi que Cat me quitte, il a fallu que tu remues le couteau dans la plaie. Ben tu sais quoi, mon pote ? C'est toi le violeur, maintenant. Moi, je conduisais juste la camionnette. C'est ce que je leur dirai. On s'est battus, je me suis défendu, voilà ce que je leur dirai ! Car vois-tu, c'est moi le malin, celui qui a un crédit à rembourser, un boulot, une voiture. Et c'est moi qu'ils croiront.

Il leva son couteau. Alors, Jerry lui sauta dessus. Nic émit un drôle de petit sifflement et se figea, bouche bée. Puis, il baissa les yeux vers sa poitrine et la paire de ciseaux plantée dedans.

– Alors, qui c'est le plus malin des deux ? lança Jerry alors que Nic s'écroulait, face contre terre.

Encore un ou deux soubresauts, et Nic s'immobilisa. Jerry se passa la main dans les cheveux. Il examina sa coupure. Elle était profonde et devait mesurer près de dix centimètres. Il lui faudrait des points de suture. Il s'agenouilla, fouilla les poches de Nic. Il en tira les clefs de la Cosworth. Nic ne l'avait jamais laissé la conduire.

Que faire maintenant ? Rester ici et attendre ? Préparer son histoire pour les flics ? C'était de la légitime défense. Les voisins diraient peut-être ce qu'ils avaient entendu. Mais les flics... Les flics savaient que Nic était le violeur. Sauf qu'ils savaient aussi qu'il avait un complice.

Ils devineraient aussitôt que c'était lui. Le copain d'enfance, le pauvre type, le meurtrier de Nic. Ils trouveraient des témoins pour l'identifier comme son compagnon de virée en boîte. Et peut-être même des indices dans la camionnette.

Finalement, il n'avait pas vraiment le choix. Il lança les clefs en l'air, les rattrapa et sortit de l'appartement. En laissant la porte grande ouverte, pour éviter que les flics ne la défoncent.

Est-ce que Nic y aurait pensé ?

35

Rebus renouait avec ce que Leith offrait de moins reluisant en matière de pubs. Les charmantes tavernes rénovées du Shore et les auberges victoriennes rutilantes de Great Junction Street et Bernard Street n'étaient pas à son programme. Pour les bouges sans nom, la sciure et les crachats, il fallait regarder un peu plus loin, et parcourir des rues dont les costards du Scottish Office foulaient rarement le pavé. Il avait réduit les possibilités à quatre pubs et s'était cassé le nez dans les deux premiers. Mais le troisième fut le bon. La BMW de Linford était garée cent mètres plus loin, sous un réverbère aveugle. C'était futé de sa part d'avoir choisi un endroit où on ne la remarquerait pas au premier coup d'œil. Cela dit, un réverbère sur deux était cassé dans cette rue.

Rebus gara sa Saab derrière la BMW et fit des appels de phares. Pas de réponse. Il descendit de voiture et alluma une cigarette. Oui, juste un habitant du quartier fumant une clope. Mais ses yeux ne laissaient rien passer. La rue était calme. Les hautes fenêtres du Bellman's Bar étaient éclairées. Peu de gens se souvenaient de l'ancien nom du pub. Sans doute, pas même les habitués.

Il passa devant la BMW et jeta un coup d'œil à l'intérieur. Il y avait un objet sur le siège passager. Un téléphone portable. Linford ne devait pas être loin. Sûrement en train de pisser, en fin de compte. Rebus secoua la tête en souriant. C'est alors qu'il vit que la voiture n'était pas fermée. Il ouvrit la portière côté conducteur. La lumière de l'habitacle éclaira un carnet. Il le prit et commença à le lire, mais la lumière s'éteignit. Il se glissa derrière le volant, ferma la portière, et ralluma. Un compte rendu méticuleux, mais à quoi bon si on était repéré ? Rebus ressortit et inspecta les quelques voitures garées le long du trottoir. Elles étaient vieilles et ordinaires. Le genre à passer le contrôle technique grâce au billet glissé à un mécanicien compréhensif. Il n'imaginait pas Barry Hutton au volant de l'une d'elles. Et pourtant, il était bien venu ici. Était-il donc reparti ?

Linford l'aurait-il laissé filer ?

Rebus se dit que c'était sans doute le meilleur scénario. Les autres n'avaient rien d'aussi réjouissant. Il retourna à la Saab et appela St Leonards pour demander s'il y avait eu un rapport d'activité dans Leith. La réponse ne se fit pas attendre : nuit calme, jusqu'ici. Il s'assit et fuma les trois dernières cigarettes de son paquet. Puis il alla pousser la porte du Bellman's.

Atmosphère enfumée. Ni musique ni télé. Juste une demi-douzaine d'hommes, tous au bar, qui le dévisageaient. Pas de Barry Hutton. Pas de Linford. Rebus s'approcha du comptoir et sortit quelques pièces de sa poche.

– Vous avez un distributeur de cigarettes ?

– Nan, répondit le barman, un rictus aux lèvres.

Rebus cligna des yeux, l'air abruti.

– Vous avez pas quelques paquets en réserve ?

– Nan.

Il se tourna vers les buveurs.

– Y a quelqu'un qui pourrait m'en vendre une ou deux, les gars ?

– Une livre pièce, répondit l'un d'eux.

– C'est du vol.

– Alors, dégage et va t'en trouver ailleurs.

Rebus prit le temps d'étudier leurs visages, puis le décor défraîchi du bar – trois tables, lino sang-de-bœuf au sol, lambris aux murs, photos de pin-up du temps jadis, et un jeu de fléchettes couvert de toiles d'araignée. Il ne voyait pas de toilettes. La maison ne servait que quatre alcools et deux pressions : blonde ou export.

– Les affaires ont l'air florissantes, commenta-t-il.

– J'savais pas que t'avais prévu une attraction pour ce soir, Shug, lança l'un des buveurs au barman.

– Ouais, un petit match de boxe, ça vous tente ?

– Du calme, les gars, dit Rebus, en reculant. Je ne manquerai pas de parler à Barry de votre hospitalité.

Ils ne tombèrent pas dans le panneau. Il y eut un silence. Shug finit par le rompre.

– Barry qui ?

Rebus haussa les épaules et sortit.

Cinq minutes plus tard, on l'appelait pour lui annoncer que Derek Linford était en route pour l'hôpital.

Rebus arpentait le couloir. Il n'aimait pas les hôpitaux, et celui-là encore moins que les autres. C'est là qu'on avait amené Sammy après l'accident.

Il était un peu plus de onze heures lorsque Ormiston apparut. L'attaque d'un policier éveillait toujours l'intérêt de la Criminelle et de Fettes.

– Comment va-t-il ? s'enquit Rebus.

Il n'était pas seul. Assise à côté de lui, une canette de Fanta à la main, Siobhan avait l'air ahuri. D'autres visiteurs étaient passés, dont le Paysan et le boss de Linford qui avait ostensiblement ignoré Rebus et Clarke.

– Pas bien, répondit Ormiston, cherchant de la petite monnaie pour la machine à café.

Siobhan lui tendit quelques pièces.

– Il a dit ce qui s'était passé ?

– Les médecins n'ont pas voulu qu'il parle.

– Mais il vous l'a dit, à vous ?

Ormiston se redressa, son gobelet en plastique à la main.

– Il s'est fait assommer par-derrière. Et il a eu droit à quelques coups de pied en supplément. Il a la mâchoire cassée, apparemment.

– J'imagine qu'il n'était pas d'humeur bavarde, dans ce cas, commenta Siobhan.

– Ils l'ont bourré de drogues, dit Ormiston en soufflant sur sa boisson, la mine sceptique. C'est du café ou de la soupe à votre avis ?

Siobhan haussa les épaules.

– Il a écrit, reprit Ormiston. Il semblait assez bien pour ça.

– Et qu'a-t-il écrit ? demanda Siobhan.

Ormiston jeta un coup d'œil à Rebus.

– Je ne me souviens plus des mots exacts mais c'était un truc du genre : Rebus savait que j'étais là-bas.

– Quoi ? s'exclama Rebus, sidéré.

Ormiston répéta.

Le regard de Siobhan alla de l'un à l'autre.

– Qu'est-ce que ça signifie ?

– Ça signifie qu'il pense que je suis le responsable, déduisit Rebus en s'écroulant dans un fauteuil. Personne d'autre ne savait où il se trouvait.

– Mais c'est forcément la personne qu'il suivait, affirma la jeune femme. Ça coule de source.

– Pas pour Derek. Je lui ai téléphoné et je lui ai dit que j'arrivais. J'aurais pu le balancer au type qui était dans le pub. Ou le frapper moi-même. Comment tu vois ça, Ormie ?

Ormiston ne répondit pas.

– Mais pour quelle raison tu aurais...

Siobhan n'eut pas besoin de terminer sa phrase ; elle connaissait la réponse. Rebus acquiesça. Pour venger Siobhan, par jalousie.

C'était ce que pensait Linford. Ça cadrait parfaitement avec sa manière de voir les choses.

Pour Linford, c'était la logique même.

Siobhan était assise au volant de sa voiture, devant l'hôpital. Elle se demandait si elle devait aller voir Linford ou pas, quand elle avait reçu un appel radio.

Recherche Ford Sierra Cosworth, le conducteur pourrait

être Jerry Lister, recherché pour interrogatoire concernant un incident grave, code six.

Code six ? Ça changeait tout le temps. Sauf le code vingt et un, agent réclamant renfort. Aux dernières nouvelles, le code six signifiait mort suspecte. À savoir homicide, dans la plupart des cas. Elle appela et apprit que la victime était un certain Nicholas Hughes. Il avait été poignardé avec une paire de ciseaux. Son corps avait été retrouvé par la femme de Lister à son retour chez elle. Elle était toujours en observation suite au choc. Siobhan repensa à la nuit où elle avait coupé par Waverley à cause des deux hommes dans la Sierra noire. L'un d'eux s'appelait Jerry. L'autre lui avait lancé : *Une lesbienne, Jerry.* Et voilà qu'on recherchait un dénommé Jerry qui conduisait une Sierra noire.

En voulant leur échapper, elle s'était retrouvée témoin du suicide d'un clochard.

Plus elle y pensait, plus elle s'interrogeait.

36

Le Paysan était furax.

– Qui a eu l'idée de suivre Barry Hutton ?

– L'inspecteur Linford l'a fait de sa propre initiative, monsieur.

– Alors comment se fait-il que je vois vos sales petites empreintes sur tout ça ?

Samedi matin. Ils étaient dans le bureau de Watson. Rebus était nerveux : il avait une idée à vendre, et le patron n'était pas prêt à l'écouter.

– Vous avez lu sa note. « Rebus savait. » De quoi ça a l'air, à votre avis ?

Rebus avait la mâchoire tellement crispée qu'il avait mal aux joues.

– Que dit l'ACC ?

– Il veut une enquête. Vous serez suspendu, bien sûr.

– Vous ne m'aurez plus dans vos pattes jusqu'à votre retraite.

Watson frappa des deux mains sur son bureau, trop furieux pour parler. Rebus en profita.

– Nous avons une description du gars qui traînait dans Holyrood le soir où Roddy Grieve a été assassiné. Ajoutez à cela que c'est un habitué du Bellman's et ça nous donne une bonne chance de le pincer. Le Bellman's ne nous mènera à rien, c'est le genre de pub où chacun s'occupe de ses affaires. Mais j'ai des mouchards dans Leith. On cherche un costaud qui utilise quasiment ce pub comme QG. Avec quelques agents, je pense pouvoir...

– Il dit que c'est vous qui l'avez frappé.

– Je sais ce qu'il dit, chef. Mais, sauf le respect que je vous dois...

– De quoi j'aurais l'air si je vous confiais l'enquête ?

Le Paysan sembla soudain fatigué. Totalement lessivé par le job.

– Je ne demande pas qu'on me confie l'enquête. Je vous demande de me laisser aller à Leith pour y poser quelques questions. Ou tenter de me blanchir, au moins.

Watson s'adossa à son fauteuil.

– Fettes est déjà dans tous ses états. Linford est un des leurs. Et Barry Hutton était sous surveillance non autorisée – vous savez ce que ça vaut en cas d'accusation ? Le procureur va avoir une attaque.

– Il nous faut une preuve. C'est pourquoi nous avons besoin de quelqu'un qui ait des contacts à Leith.

– Pourquoi pas Bobby Hogan ? C'est son terrain.

Rebus acquiesça.

– Oui, j'aurais besoin de lui.

– Mais vous voulez en être ?

Rebus garda le silence.

– Et nous savons tous les deux que vous irez là-bas, quoi que je dise.

– J'aimerais autant que ce soit officiel.

Watson se passa la main sur le sommet du crâne.

– Le plus tôt sera le mieux, monsieur.

Le superintendant secoua la tête.

– Non, finit-il par répondre. Je ne veux pas de vous là-bas, inspecteur. C'est une décision que je ne peux pas prendre, sachant les représailles qu'elle entraînerait.

Rebus se leva.

– Compris, monsieur. Je n'ai pas la permission d'aller à Leith pour interroger mes informateurs sur l'agression de l'inspecteur Linford.

– Exact. Vous êtes sur le point d'être suspendu, je veux

vous avoir sous la main en attendant que la décision soit officielle.

– Merci, chef.

Il se dirigea vers la porte.

– Je suis sérieux, inspecteur. Je veux que vous restiez dans nos murs.

Rebus acquiesça. Le QG d'enquête était calme lorsqu'il y entra. Roy Frazer lisait un journal.

– T'as fini celui-là ? lui demanda Rebus en en ramassant un autre.

– Hum hum.

– Poulet *phal*, expliqua-t-il en se massant l'estomac. Prends mes appels et préviens-moi si le loup sort de sa tanière.

Frazer sourit. Un samedi matin sur les chiottes avec un journal, tout le monde l'avait fait au moins une fois.

Rebus gagna le parking, sauta dans sa voiture, et appela Bobby Hogan.

– Je t'attends sur place, mon pote, lui répondit-il.

– Où ?

– Devant le Bellman's, il va bientôt ouvrir.

– Perte de temps. Essaie plutôt de mettre la main sur un de tes contacts.

Rebus ouvrit son carnet d'une secousse, et lut la description de l'homme vu dans Holyrood à Hogan, pendant qu'il conduisait.

– Un gros dur qui aime les pubs craignos ? répéta Hogan, songeur. Comment veux-tu qu'on trouve un type répondant à ce signalement à Leith, par les temps qui courent ?

Rebus connaissait quelques points stratégiques. Il était onze heures. L'ouverture. Un matin gris et couvert. Les nuages descendaient si bas qu'on n'apercevait que des fragments d'Arthur's Seat, çà et là. Comme cette enquête. Quelques réponses se faisaient jour, mais l'énigme demeurait entière.

Leith était calme. Le temps décourageait les gens de sortir de chez eux. Il passa devant les magasins de moquette, les salons de tatouages, les monts-de-piété, les laveries automatiques et le bureau de sécurité sociale, fermé pour le week-end. En semaine, ce dernier avait plus de clients que les commerces. Il se gara dans une ruelle et vérifia que sa voiture était bien fermée avant de s'éloigner. Il entra dans le premier pub, douze minutes après l'ouverture. Ils servaient du café. Il en prit une grande tasse. Le barman en buvait une, lui aussi. Deux vieux habitués regardaient la télévision en fumant consciencieusement – un rituel auquel ils s'adonnaient avec le plus grand sérieux. Rebus ne tira pas grand-chose du barman ; pas même une seconde tasse gratuite. Il était temps d'aller voir ailleurs.

Son mobile sonna alors qu'il marchait dans la rue. C'était Bill Nairn.

– Tu bosses le week-end, Bill ? Les heures sup' sont bien payées, j'espère.

– Bar-L ne ferme jamais, John. J'ai fait ce que tu m'as demandé. J'ai vérifié le dossier de notre ami Rab Hill.

– Et ?

Rebus s'arrêta. Des passants, âgés pour la plupart, traînant la savate, le contournèrent. Pas de voiture pour les conduire aux centres commerciaux. Pas assez d'énergie pour prendre le bus.

– Rien à signaler. Il a fait son temps, et il a dit qu'il allait à Édimbourg. Il a vu son contrôleur judiciaire...

– Des maladies, Bill ?

– Il s'est plaint de douleurs à l'estomac, oui. Ça n'avait pas l'air de passer, alors il a subi quelques examens. Tout allait bien.

– Dans le même hôpital que Cafferty ?

– Oui, mais je ne vois vraiment pas...

– Tu as son adresse à Édimbourg ?

Nairn la lui donna : un hôtel dans Princes Street.

– Plutôt chic, commenta-t-il.

Il nota également les coordonnées du contrôleur judiciaire.

– Merci, Bill. Je te rappellerai.

Le deuxième bar était enfumé et sa moquette encore mouillée des boissons renversées la veille. Trois hommes buvaient du whisky, manches de chemises remontées au-dessus de leurs tatouages. Ils le toisèrent mais ne semblèrent pas juger sa présence suffisamment gênante pour l'ouvrir. Plus tard dans la journée, lorsque l'alcool aurait pris le dessus, ça serait différent. Rebus connaissait le barman. Il s'assit dans un coin de la salle avec une demi-pinte de Eighty et alluma une cigarette.

L'homme arriva presque aussitôt pour vider son cendrier et lui fournir l'occasion de lui poser une ou deux questions discrètes. Il y répondit par un léger mouvement de la tête : non. Ou il ne savait pas, ou il ne voulait pas se mouiller. Aucun problème. Rebus savait quand il pouvait insister, or ce n'était pas le moment.

Les clients se mettraient certainement à parler de lui dès qu'il serait sorti. Ils n'avaient pas leur pareil pour renifler les flics, ils seraient curieux de savoir ce qu'il cherchait. Le barman le leur dirait : sans importance. La nouvelle avait sans doute déjà circulé. Les flics rappliquent vite fait lorsque l'un des leurs est attaqué, et, à Leith, on ne s'attendait pas à autre chose.

Une fois dehors, il téléphona à l'hôtel et demanda à parler à Robert Hill.

– Désolé, mais M. Hill ne répond pas.

Il coupa la communication.

Pub numéro trois : un barman remplaçant, et aucun visage connu. Il ressortit aussitôt. Après ça, deux cafés avec des tables en formica brûlées par les cigarettes, et une odeur prégnante de graillon et de vinaigre. Puis un troisième café où des hommes des docks venaient prendre leur dose de cholestérol.

Rebus reconnut un homme, assis à une table, en train de manger des œufs au plat.

On l'appelait Big Po. Ancien videur de pubs et de boîtes de nuit, Po avait longtemps sévi dans la marine marchande. Ses poings étaient couverts d'entailles et de cicatrices, et son visage buriné d'une épaisse barbe brune. Il était massif et, assis à cette table, on aurait dit un adulte coincé derrière un pupitre d'enfant. Rebus avait l'impression que le monde avait été bâti selon une échelle qui ne tenait pas compte des hommes du gabarit de Big Po.

– Ben ça ! rugit-il en voyant le policier approcher, ça fait un fameux bail !

Des postillons mêlés de bouts d'œuf jaillirent de sa bouche. Des têtes se tournèrent, puis se détournèrent prestement. Personne n'avait envie que Big Po lui conseille de se mêler de ses oignons. Rebus accepta la main tendue, se préparant au pire. Et il avait raison : c'était comme passer à la broyeuse. Il plia ses doigts pour vérifier qu'ils étaient intacts et tira la chaise qui faisait face au mastodonte.

– Qu'est-ce que tu prends ? lui demanda Big Po.

– Un café.

– C'est un véritable blasphème, ici. Nous sommes dans la sainte église du chef saint Eck.

Il désigna un gros type d'un âge avancé qui s'essuyait les mains sur son tablier.

– Le meilleur *fry-up* [1] d'Édimbourg, pas vrai, Eck ?

Le chef hocha la tête, puis retourna à sa poêle. Il semblait du genre nerveux. Cela dit, avec Big Po dans les parages, on ne pouvait pas lui en vouloir.

Rebus commanda du café à une serveuse plus toute jeune, puis regarda Big Po planter sa fourchette dans le jaune d'œuf.

– Ce serait plus facile avec une cuillère, suggéra-t-il.

– J'aime les défis.

– Eh bien, j'en ai peut-être un autre pour toi.

Il s'interrompit quand la serveuse apporta son café dans une tasse en Arcopal blanc avec la soucoupe assortie. Elles étaient redevenues à la mode dans certains cafés branchés, mais Rebus soupçonnait celle-ci d'être un modèle d'origine. Il n'avait pas demandé de lait, et pourtant une mousse blan-

1. Plat d'œufs, bacon, saucisses, champignons frits à la poêle.

châtre recouvrait le breuvage. Il en but une gorgée. C'était chaud et ça n'avait pas le goût de café.

– Je t'écoute, dit Big Po.

Rebus lui décrivit la situation. Po se mit à saucer ses œufs, puis il aspergea de sauce barbecue son assiette graisseuse et la nettoya à l'aide de deux tranches de pain. Il tenta ensuite de s'adosser à sa chaise, mais il n'avait pas assez de place pour bouger. Il but une gorgée de thé noir et tenta de transformer son grondement d'ours en un semblant de murmure.

– Gordie est l'homme de la situation. C'était un habitué du Bellman's avant qu'il se fasse jeter.

– Se faire jeter du Bellman's ? Il a arrosé la salle à la mitraillette, ou il a commandé un gin tonic ?

Big Po gloussa.

– Je crois qu'il baisait avec la femme de Houton.

– Le proprio ?

Po acquiesça.

– Un gros méchant.

Venant de lui, ça en disait long sur ce Houton.

– Gordie. C'est un prénom ou son nom de famille ?

– Gordie Burns, il boit au Weir O', maintenant.

À savoir, au Weir O'Hermiston, à la sortie de la route côtière, vers Portobello.

– Comment je le reconnaîtrai ?

Po plongea la main dans la poche de son coupe-vent bleu et en sortit un portable.

– Je vais l'appeler pour m'assurer qu'il est là-bas.

Il composa de mémoire le numéro. Rebus regarda par la fenêtre couverte de buée, et lorsque Po raccrocha, il le remercia et se leva.

– Tu finis pas ton café ?

– Non, mais je t'invite.

Il se rendit au comptoir, tendit un billet de cinq livres à la serveuse. Trois trente seulement pour le repas ; l'infarctus le moins cher de la ville. En repassant devant sa table, il tapota l'épaule de Po et glissa un billet de vingt dans la poche de poitrine de son coupe-vent.

– Dieu te bénisse, jeune homme, gronda Big Po.

Rebus ne l'aurait pas juré, mais quand la porte se referma, il lui sembla entendre le colosse commander un deuxième petit déjeuner.

Le Weir O' était un pub plutôt civilisé avec son parking et son tableau noir proposant des plats traditionnels cuisinés à l'ancienne. Lorsque Rebus s'approcha du bar pour commander un whisky, un homme vida son verre, deux tabourets plus loin, puis, dès que Rebus fut servi, déclara à son compagnon qu'il serait de retour dans un petit moment. Rebus se donna une ou deux minutes pour boire, avant de ressortir. L'homme l'attendait au coin de la rue, dans un décor d'entrepôts désaffectés et de terrils.

– Gordie ?

L'autre acquiesça. Grand et dégingandé, il avait un visage long et triste, des cheveux mal coupés et clairsemés. Il devait approcher la quarantaine. Rebus lui tendit un billet de vingt. Gordie hésita à le prendre, histoire de lui faire comprendre qu'il avait sa fierté. Il finit néanmoins par l'empocher.

– Faites vite, dit-il en regardant nerveusement autour de lui.

La circulation était intense. Des camions, surtout, qui roulaient trop vite pour remarquer les deux hommes.

Rebus résuma. Description de l'homme, nom du pub.

– Ça ressemble à Mick Lorimer, affirma Gordie, pivotant aussitôt pour partir.

– Hé ! Vous avez une adresse ? Quelque chose ?

– Mick Lorimer, répéta Gordie en retournant vers le pub.

John Michael Lorimer, dit Mick. Plusieurs arrestations pour agressions, effractions, cambriolages. Bobby Hogan le connaissait, c'est pourquoi ils décidèrent de l'embarquer au poste de Leith pour l'intimider un peu avant de commencer l'interrogatoire.

– On ne tirera pas grand-chose de cet énergumène, annonça

Hogan. Il a un lexique d'une douzaine de mots, dont la moitié ferait dresser les cheveux sur la tête de ta grand-mère.

Il les attendait sagement dans son pavillon situé à la sortie d'Easter Road. Une « amie » leur avait ouvert la porte. Lorimer était assis dans son fauteuil, un journal ouvert sur les genoux. Il ne se donna même pas la peine de leur demander ce qu'ils faisaient là, ni pourquoi ils voulaient qu'il les accompagne au poste. Rebus nota l'adresse de la petite amie. Elle correspondait à l'endroit où Linford avait été attaqué. Bien joué ; même s'ils arrivaient à prouver que c'était bien Lorimer que suivait Linford, il avait un alibi : il s'était rendu chez sa copine et avait passé la nuit là-bas.

Pratique et efficace. Pas de risque qu'elle change soudain de version, puisqu'elle savait ce qu'elle avait à perdre. À en juger par ses yeux vitreux, Rebus aurait parié qu'elle connaissait la force des mains de Mick Lorimer.

– On perd notre temps, selon toi ? demanda Rebus.

Bobby Hogan haussa les épaules. Il était flic depuis aussi longtemps que Rebus, ils connaissaient tous deux la chanson. Les mettre sous les verrous ne constituait que le premier round du match. Or, la plupart du temps, le combat était truqué.

– Quoi qu'il en soit, on est prêt pour l'identification.

Hogan ouvrit les portes de la salle d'interrogatoire.

Le poste de police de Leith n'était pas aussi moderne que St Leonards. C'était une solide construction victorienne, qui évoquait à Rebus son ancienne école. Murs froids en pierre, recouverts d'une vingtaine de couches de peinture, tuyauterie apparente. Les salles d'interrogatoire ressemblaient aux cellules, dépouillées et abrutissantes. Assis à la table, Lorimer avait l'air d'être chez lui.

– Mon avocat, dit-il quand les deux policiers entrèrent.

– Tu crois qu'il t'en faut un ?

– Mon avocat, répéta Lorimer.

Hogan regarda Rebus.

– On dirait que le disque est rayé.

– Au mauvais endroit, qui plus est.

– On t'a tout à nous pendant six heures. C'est ce que dit la loi, l'informa Hogan en glissant les mains dans les poches de son pantalon.

Tout dans son attitude suggérait qu'il avait une simple conversation avec un ami.

– Mick, ici présent, est un ancien videur de Tommy Telford, expliqua-t-il à Rebus. Tu le savais ?

– Non.

– Il a dû se faire oublier quand le petit empire de Tommy s'est écroulé.

– Big Ger Cafferty, commenta Rebus.

– Tout le monde sait que Big Ger n'appréciait pas beaucoup Tommy et sa clique.

Rebus s'appuya des deux mains sur la chaise qui faisait face à Lorimer.

– Big Ger est sorti. Tu le savais, Mick ?

Pas de réaction.

– De retour dans les rues d'Édimbourg, frais et pimpant. Je pourrais peut-être vous arranger des retrouvailles... ?

– Six heures, dit Lorimer, ça passe vite.

Rebus jeta un coup d'œil à Hogan : du temps perdu.

Ils firent une pause et fumèrent une cigarette dehors.

Rebus réfléchit à voix haute.

– Mettons que Lorimer ait tué Roddy Grieve. On laisse de côté la question du pourquoi. Barry Hutton est derrière tout ça. Il y a deux autres questions, en fait : d'abord, est-ce que Grieve était censé mourir ?

– Je n'exclurais pas la possibilité que Lorimer ait fait du zèle. Ce genre de type a vite tendance à voir rouge.

– Ensuite, voulait-on que Grieve soit retrouvé ? Pourquoi ne pas avoir tenté de cacher le corps ?

– Du Lorimer tout craché, une fois de plus. Il cogne fort, mais il n'a pas grand-chose dans le ciboulot.

– Mettons qu'il ait déconné. Pourquoi il n'a pas été puni ?

Hogan sourit.

– Punir Mick Lorimer ? Il faudrait une armée. Ça ou attendre un peu pour le prendre par surprise.

Ce qui rappela à Rebus... Il réessaya l'hôtel. Toujours

aucun signe de Rab. Or, il avait besoin de lui. Hill était une preuve. C'était pour ça que Cafferty le gardait près de lui.

Si Rebus pouvait mettre la main sur Rab, il pourrait renvoyer Cafferty derrière les barreaux. Il ne désirait rien de plus au monde.

– Ce serait mon Noël à moi, dit-il tout haut.

Hogan lui demanda de s'expliquer, mais il se contenta de secouer la tête.

M. Cowan, qui leur avait donné la description de l'homme d'Holyrood Road, prit son temps, mais finit par identifier Lorimer au milieu des hommes alignés. On reconduisit le prisonnier à sa cellule, et les autres – des étudiants pour la plupart – se virent offrir du thé et des biscuits en attendant la seconde session d'identification.

– Je les prends dans l'équipe de rugby, expliqua Hogan. Quand j'ai besoin de gros balèzes. La plupart font des études de droit ou de médecine.

Les deux hommes fumaient une cigarette devant la porte. Rebus n'écoutait plus. Une ambulance venait de s'arrêter le long du trottoir. Les deux portes arrière furent ouvertes, la rampe abaissée, et un aide-soignant poussa le fauteuil roulant de Derek Linford dehors. Il avait le visage contusionné, la tête entourée d'un bandage et portait une minerve. Quand il approcha d'eux, Rebus vit les attelles autour de sa mâchoire. Les calmants avaient donné une certaine fixité à son regard, qui s'anima cependant à la vue de Rebus. Ce dernier secoua la tête en signe de compassion et de dénégation. Linford détourna les yeux, tentant de conserver un peu de dignité alors que l'aide-soignant tournait son fauteuil pour aborder les marches.

Hogan envoya sa cigarette sur la route d'une pichenette. Elle atterrit juste devant l'ambulance.

– Tu restes en dehors de ça ? demanda-t-il à Rebus.

– Je crois que ça vaut mieux, pas toi ?

Il fuma deux cigarettes avant que Hogan ne réapparaisse.

– Il a reconnu Mick Lorimer.

– Il peut parler ?

– Non, il a la bouche farcie de métal. Il a juste hoché la tête quand je lui ai donné le numéro de Lorimer.

– Qu'a dit l'avocat de Lorimer ?

– Il n'était pas trop content. Il a demandé quels médicaments on avait donnés à l'inspecteur Linford.

– Vous arrêtez Lorimer ?

– Oui, je pense. On va tenter l'agression pour commencer.

– Tu crois que ça peut marcher ?

Hogan soupira.

– Entre toi et moi ? Sans doute pas. Lorimer ne nie pas être l'homme que Linford a suivi. Ce qui soulève un tas d'autres problèmes.

– Surveillance non autorisée ?

Hogan acquiesça.

– La défense va s'en donner à cœur joie, au tribunal. Je vais tenter de parler à la petite amie. Elle a peut-être des comptes à régler...

– Elle ne parlera pas. Elles ne parlent jamais.

Siobhan se rendit à l'hôpital. Derek Linford était redressé par quatre oreillers, avec un pichet d'eau en plastique et un tabloïd pour seule compagnie.

– Je vous ai apporté des magazines, dit-elle. Je ne connaissais pas vos goûts.

Elle posa son sac en plastique sur le lit et approcha une chaise.

– Ils ont dit que vous ne pouviez pas parler, mais j'ai tenu à venir. (Elle sourit.) Je ne vous demande pas comment vous allez. Je voulais juste que vous sachiez que John n'y est pour rien. Il ne ferait jamais une telle chose... il ne laisserait pas ce genre de chose arriver à quelqu'un. Il n'est pas aussi subtil.

Elle tripotait le sac en plastique en parlant.

– Quant à ce qui s'est passé entre nous... c'était ma faute. Je m'en rends compte, maintenant. Ce que je veux dire, c'est que je suis autant responsable que vous. Ça ne sert à rien de...

Elle leva les yeux et lut la colère et la méfiance dans ceux du jeune homme.

– De...

Les mots moururent sur ses lèvres. Elle avait préparé son petit discours, mais elle voyait qu'il ne servirait à rien.

– La seule personne à laquelle vous devriez en vouloir, c'est à l'homme qui vous a fait ça. (Elle le regarda à nouveau, puis détourna les yeux.) Je me demande si cette haine est dirigée contre John ou contre moi.

Il tendit lentement la main vers le tabloïd et le déposa sur le couvre-lit. Il y avait un stylo accroché dessus. Il le prit et dessina quelque chose sur la couverture. Elle se leva et se pencha pour mieux voir. Ça ressemblait à un cercle. Il l'avait fait aussi grand qu'il avait pu. Elle comprit subitement qu'il s'agissait de la terre. Il maudissait la planète entière.

– J'ai manqué un match des Hibs pour venir ici. C'est dire si je pensais que c'était important.

Il continuait à la fusiller du regard.

– O.K., ce n'est pas drôle. Je serais venue de toute façon.

Il ferma les yeux, comme s'il était fatigué de l'écouter.

Elle attendit encore une minute, puis partit. De retour dans sa voiture, elle se souvint qu'elle avait un coup de fil à passer. Le bout de papier avec le numéro était dans sa poche. Il ne lui avait fallu que vingt minutes pour le retrouver sur son bureau, au milieu de toute la paperasse.

– Sandra ?

– Oui.

– Je pensais que vous seriez sortie faire des courses. C'est Siobhan Clarke.

– Oh.

Sandra Carnegie ne semblait pas particulièrement contente de l'entendre.

– Nous pensons que l'homme qui vous a attaquée est mort.

– Que s'est-il passé ?

– On l'a poignardé.

– Bien fait. Vous devriez filer une médaille au responsable.

– Il semble que c'était son complice. Il a été pris d'une soudaine crise de bonne conscience. On l'a attrapé sur l'A1, il se rendait à Newcastle. Il nous a tout raconté.

– Vous allez l'accuser de meurtre ?

– On va l'accuser de ce qu'on peut.

– Ça veut dire qu'il faudra que je témoigne ?

– Peut-être. Mais ce sont d'excellentes nouvelles, vous ne trouvez pas ?

– Ouais, c'est génial. Merci de m'avoir prévenue.

Sandra avait raccroché. Siobhan soupira. La seule victoire qu'elle espérait de la journée venait de lui être arrachée.

– Laisse-moi, dit Rebus.

– D'accord, dans un instant.

Siobhan s'assit devant lui et se débarrassa de son manteau d'une secousse. Elle avait déjà un verre. Orange pressée et limonade. Ils étaient dans la salle du fond de l'Ox. La salle du bar était bondée. Samedi soir, les amateurs de foot. Mais ici, c'était calme. La télé était éteinte. Un buveur solitaire lisait l'*Irish Times* au coin du feu. Rebus buvait du whisky. Il n'y avait pas de verre vide sur la table, ce qui signifiait qu'il allait régulièrement au bar pour qu'on le resserve.

– Je croyais que tu levais le pied.

Il lui jeta un regard noir.

– Désolée. J'avais oublié que le whisky est la réponse à toutes les misères du monde.

– Ce n'est pas plus débile que les voyages transcendantaux. Qu'est-ce que tu veux ?

Il but un peu de liquide ambré et savoura l'onde de chaleur.

– Je suis allée voir Derek.

– Comment est-il ?

– Il ne parle pas.

– Le pauvre diable ne peut pas ouvrir la bouche...

– Ce n'est pas seulement ça.

– Je sais. Et qui dit qu'il n'a pas raison ?

Une ride barra le front de la jeune femme.

– Qu'est-ce que tu entends par là ?

– C'est moi qui lui ai conseillé de s'intéresser aux hommes de Hutton. En fait, je lui suggérais de filer le train à un meurtrier.

– Mais tu ne t'attendais pas à ce qu'il le fasse.

– Qu'en sais-tu ? Peut-être que je voulais réellement du mal à cet emmerdeur.

– Pourquoi ?

– Pour lui donner une leçon.

Siobhan aurait voulu savoir de quoi. D'humilité ? Ou était-ce une manière de le punir pour voyeurisme ? Elle but et finit par demander :

– Mais tu n'en es pas sûr ?

Rebus fut sur le point d'allumer une cigarette, mais il se ravisa.

– Ça ne me gêne pas, dit-elle.

Il la remit néanmoins dans le paquet.

– J'ai trop fumé, aujourd'hui. Et puis, ajouta-t-il en montrant l'homme au *Irish Times*, Hayden ne fume pas non plus.

En entendant son nom, l'intéressé sourit et lança :

– Et il te remercie pour tes égards.

Puis, il retourna à sa lecture.

– Alors ? Ils t'ont suspendu, ou pas ? demanda Siobhan.

– Il faudrait d'abord qu'ils me coincent.

Rebus se mit à jouer avec le cendrier.

– J'ai réfléchi aux cannibales, dit-il. Le fils de Queensberry.

– Pourquoi ?

– Je me disais qu'il y en avait plus qu'on ne pensait.

– Tu parles au sens propre ?

Il secoua la tête.

– Je parle de rôtir quelqu'un, de le dévorer, d'en faire son petit déjeuner. On dit que l'homme est un loup pour l'homme.

– La communion. Le corps du Christ. L'hostie.

Il sourit.

– Ça m'a toujours étonné, ce truc. Un bout de gaufrette qui se transforme en chair, ça me dépasse.

– Et le sang du Christ... Ça fait de nous des vampires, en plus.

Le sourire de Rebus s'élargit, mais ses pensées étaient ailleurs.

– Il faut que je te parle d'une curieuse coïncidence, lui dit Siobhan.

Elle lui raconta le soir à Waverley, la Sierra noire. Le violeur de célibataires.

– Et plus curieux encore : le numéro d'immatriculation de la Sierra était noté dans le carnet de Derek.

– Comment ça se fait ?

– Nicholas Hughes travaillait pour Barry Hutton.

Rebus anticipa la question de la jeune femme.

– Jusqu'ici, ça ressemble effectivement à une coïncidence.

Siobhan s'adossa à sa chaise et réfléchit un instant.

– Tu sais ce qu'il nous faudrait ? Pour le cas Grieve, j'entends. Il nous faudrait des témoins. Il faudrait que quelqu'un accepte de nous parler.

– Autant sortir ta boule de cristal.

– Tu penses toujours qu'Alasdair est mort ?

Il haussa les épaules.

– Moi, non, dit-elle. S'il était six pieds sous terre, on le saurait à l'heure qu'il est.

Le visage de Rebus s'éclaira soudain.

– Qu'est-ce que j'ai dit ?

– Il faut qu'on parle à Alasdair, c'est ça ?

– Oui.

– Alors on n'a qu'à lui envoyer une invitation.

– Quel genre d'invitation ?

Il vida son verre et se leva.

– Prends le volant. Vu ma chance ces derniers jours, je nous enroulerais autour d'un réverbère.

– Quelle invitation ? répéta-t-elle en se débattant avec les manches de son manteau.

Mais Rebus s'éloignait déjà. Quand elle passa devant

l'homme au journal, il leva son verre et lui souhaita bonne chance. D'un ton qui laissait entendre qu'elle en aurait besoin.

– C'est que vous le connaissez bien, conclut-elle.

37

Les obsèques de Roderick David Rankeillor Grieve eurent lieu un après-midi, sous une pluie de neige fondue. Rebus assistait à la cérémonie. Il se tenait au fond, livre de cantiques ouvert, mais ne chantait pas. Bien que tout ait été organisé en très peu de temps, l'église était bondée. Des membres de la famille Grieve étaient arrivés de toute l'Écosse, de même que des politiciens, et des figures médiatiques ou du monde de la finance. Il y avait également des représentants du Labour de Londres, qui trituraient leurs boutons de manchettes, jetaient un œil sur leurs messagers de poche et regardaient autour d'eux s'il se trouvait des visages connus dans l'assistance.

Dehors, devant les grilles, une foule s'était rassemblée. Des cyniques à la recherche d'autographes. Des photographes essuyaient la pluie sur leurs objectifs, espérant rapporter des clichés avant le bouclage. Deux équipes de télévision – la BBC et une chaîne privée – attendaient dans leurs camionnettes régie. Il fallait respecter le protocole : uniquement les invités dans le cimetière. La police en gardait le périmètre. Avec autant de célébrités rassemblées, le service de sécurité posait toujours problème. Mêlée à la foule, Siobhan Clarke ouvrait l'œil, incognito.

Le service sembla long à Rebus. Les dignitaires aussi voulaient y aller de leur petit discours. Le protocole, une fois de plus. La famille proche occupait les bancs du premier rang. Peter Grief avait été invité à se joindre à ses oncles et tantes, mais il avait préféré rester avec sa mère, deux rangs derrière. Rebus avait reconnu Jo Banks et Hamish Hall, cinq rangs devant lui. Colin Carswell portait son plus bel uniforme. Il semblait légèrement vexé qu'il n'y ait pas de place pour lui au premier rang, où les invités éminents étaient tellement serrés qu'ils devaient se lever et s'asseoir dans un parfait ensemble.

Discours après discours, la nef se remplissait de couronnes. Le vieux directeur d'école de Roddy Grieve s'était exprimé d'une voix si faible et chevrotante que chaque raclement de gorge de l'assistance avait couvert ses propos. Le cercueil – chêne sombre et poignées en cuivre étincelantes – était posé sur des tréteaux. Le corbillard était une vénérable Rolls-Royce. Des limousines encombraient les rues étroites alentour. Certaines voitures arboraient des drapeaux nationaux – des représentants des divers consulats d'Édimbourg. Avant d'entrer, Cammo Grieve avait adressé un demi-sourire à Rebus. C'était lui qui s'était chargé de presque tout, établissant la liste des invités, contactant les officiels. Après l'enterrement, la famille et les proches devaient se retrouver autour d'un buffet dans un hôtel du West End. Là aussi, la police serait présente – toujours la sécurité, assurée par la brigade criminelle écossaise, cette fois.

Alors qu'un autre cantique s'élevait, Rebus se glissa dehors. Le défunt devait être enterré à huit cents mètres de là, dans le tombeau où reposaient son père et ses grands-parents paternels. La fosse avait déjà été creusée. Ses bords étaient recouverts de feutrine verte, et le fond, de boue. Un monticule de terre et de glaise se dressait à côté. Rebus fuma une cigarette en faisant les cent pas. Puis, ne sachant où mettre son mégot, il l'éteignit et le mit dans le paquet.

Les portes de l'église s'ouvrirent au son de l'orgue. Il s'éloigna de la tombe et se posta près d'un bosquet de peupliers. Une demi-heure plus tard, c'était terminé. Gémissements et mouchoirs, cravates noires et regards perdus dans le vague. Les endeuillés se dispersèrent en même temps que leurs émotions. Restait le labeur des fossoyeurs qui entreprirent aussitôt de reboucher la fosse. Les portières des voitures claquèrent, les moteurs tournèrent. Le cimetière se vida en quelques minutes. Bientôt, le croassement provocateur d'un corbeau et le bruit des pelles remplacèrent les chuchotements et les pleurs.

Rebus gagna l'arrière de l'église, d'où il pourrait garder un œil sur le cimetière. Les arbres et les pierres tombales le dissimulaient. Des pierres lissées par l'érosion. Peu de gens avaient le privilège d'être enterrés ici, aujourd'hui. Un cimetière bien plus grand avait été aménagé de l'autre côté de la rue. Il lut quelques noms – Warriston, Lockhart, Milroy – et constata que certains étaient des enfants. L'horreur de la perte d'un fils ou d'une fille... Alicia Grieve l'avait vécue deux fois.

Il attendit une heure. L'humidité transperçait les semelles de ses chaussures et lui gelait les pieds. La pluie tombait toujours. Une chape de nuages gris étouffait la ville. Il avait renoncé à fumer pour ne pas attirer l'attention. Il s'appliquait même à respirer lentement et régulièrement, craignant qu'une buée trop dense ne trahisse sa présence. Juste un homme assumant sa mortalité, se remémorant son passé, sa famille, ses amis. Rebus et ses fantômes. Ils s'approchaient sur la pointe des pieds, ces derniers temps, ne sachant s'ils étaient bienvenus. Lorsqu'il était assis dans le noir à écouter de la musique. Ou durant les longues nuits solitaires. Une assemblée gesticulante, un cortège muet. Roddy Grieve se joindrait peut-être à eux, un jour ? Non, il en doutait. Il ne l'avait pas connu de son vivant, et avait fort peu à partager avec son ombre.

Il avait passé tout son dimanche à chercher Rab Hill. La réception de son hôtel avait admis qu'il avait payé sa note la veille au soir. En insistant un peu, Rebus était arrivé à leur soutirer qu'ils ne l'avaient pas vu depuis deux jours. M. Cafferty leur avait expliqué que son ami avait été obligé de s'absenter. Il avait réglé la note, mais gardé sa propre chambre sans préciser la date de son départ. Cafferty était la dernière personne à qui Rebus avait envie de s'adresser. On lui avait montré la chambre de Hill. Elle était vide. D'après le porteur,

Hill voyageait avec un simple sac polochon. Personne ne l'avait vu s'en aller.

Ensuite, Rebus s'était mis en quête du contrôleur judiciaire de Rab. Il lui avait fallu deux heures pour trouver le numéro de téléphone de son domicile, et elle n'avait pas apprécié d'être dérangée un dimanche :

– Ça peut sûrement attendre demain.

Mais Rebus en doutait de plus en plus. Finalement, elle l'avait renseigné de son mieux. Robert Hill s'était présenté à ses deux rendez-vous. Elle ne devait pas le revoir avant le jeudi suivant.

– Je pense qu'il ne viendra pas, l'informa Rebus avant de raccrocher.

Il avait passé la soirée garé devant l'hôtel. Rien. Aucun signe ni de Cafferty ni de Hill. Lundi et mardi, il était resté à St Leonards, pendant que des personnages si haut placés qu'ils ne représentaient guère que des noms débattaient de son avenir. Linford n'avait pu fournir aucune preuve à l'appui de sa plainte, mais Rebus avait le sentiment que la décision relevait avant tout des relations publiques. Selon la rumeur, Gill Templer avait fait valoir que les services de police pouvaient se passer d'un surcroît de mauvaise publicité. Retirer une enquête importante à un inspecteur connu ne manquerait pas d'attirer les vautours de la presse.

Cet argument avait touché les huiles droit au cœur. Seul Carswell, disait-on, avait voté pour la suspension de Rebus.

Il n'empêche qu'il devait une fière chandelle à Templer.

Il leva les yeux et vit une silhouette en trench-coat crème traverser la pelouse, mains dans les poches, tête baissée, se dirigeant manifestement vers un endroit précis. Rebus la suivit sans la quitter des yeux. C'était un homme de grande taille aux cheveux épais légèrement ébouriffés. Il se tenait devant la tombe lorsque Rebus le rejoignit. Les fossoyeurs avaient presque fini de la recouvrir. La pierre tombale serait scellée plus tard. Rebus se sentait vaguement étourdi. Un peu comme à la roulette, quand votre numéro sort contre toute attente. Il s'arrêta à un mètre de l'homme et se racla la gorge. L'inconnu tourna la tête, sans toutefois le regarder. Son dos s'était raidi. Il se remit à marcher.

– J'aimerais que vous m'accompagniez, lui dit Rebus à voix basse, se sachant observé par les fossoyeurs.

L'homme continua à marcher, sans un mot.

Rebus répéta sa demande en ajoutant :

– Il y a une autre tombe que vous devriez voir.

L'homme s'arrêta.

– Je suis inspecteur de police, si c'est ce qui vous inquiète. Je peux vous montrer ma carte.

Rebus lui fit face. Il put enfin voir son visage. Il était ridé mais bronzé. Ses yeux trahissaient son expérience, son sens de l'humour et, par-dessus tout, sa peur. Menton à fossette couvert d'une barbe naissante grisonnante. Fatigué par son voyage, méfiant envers cet étranger et cet étrange pays.

– Je suis l'inspecteur Rebus.

Il lui présenta sa carte.

– Quelle tombe ? demanda l'homme dans un murmure, sans la moindre trace d'accent écossais.

– Celle de Freddy.

Freddy Hastings avait été enterré dans un carré de terre nue d'un cimetière labyrinthique situé à l'autre bout de la ville. Aucune pierre n'ayant été posée, ils se trouvaient devant une sorte de petite butte de terre et de tourbe anonyme.

– Il n'y avait pas grand monde à cet enterrement-là, dit Rebus. Deux autres policiers, une ancienne petite amie, deux poivrots.

– Je ne comprends pas. De quoi est-il mort ?

– Il s'est suicidé. Un jour, il a lu le journal et a décidé, pour Dieu sait quelle raison, qu'il en avait assez de se cacher.

– L'argent...

– Oh, il en a dépensé un peu, au début, mais ensuite... quelque chose l'a dissuadé d'y toucher. Il vous attendait peut-être. À moins qu'il ne se soit juste senti coupable.

L'homme ne répondit pas. Ses yeux s'étaient remplis de

larmes. Il sortit un mouchoir de sa poche, s'essuya le visage et le remit en place en frissonnant.

– Un peu frisquet dans cette partie du monde, n'est-ce pas ? Vous vivez où ?

– Dans les Caraïbes. J'ai un bar, là-bas.

– Pas la porte à côté.

– Comment m'avez-vous trouvé ?

– En réalité, c'est vous qui m'avez trouvé. Cela dit, les tableaux m'ont aidé.

– Quels tableaux ?

– Ceux de votre mère, monsieur Grieve. Elle n'a cessé de vous peindre depuis que vous êtes parti.

Alasdair Grieve n'était pas certain de vouloir revoir sa famille.

– Ce n'est pas le moment. Ce serait trop d'un coup.

Rebus acquiesça. Ils étaient assis dans une salle d'interrogatoire de St Leonards. Siobhan Clarke était présente.

– Je suppose que vous ne voulez pas qu'on crie sur les toits que vous êtes ici ?

– Non, reconnut-il.

– Incidemment, comment vous appelle-t-on, maintenant ?

– J'ai un passeport au nom d'Anthony Keillor.

Rebus nota le nom sur son carnet.

– Je ne vous demanderai pas où vous vous l'êtes procuré.

– Je ne vous répondrais pas si vous le faisiez.

– Vous n'avez pas pu couper complètement avec votre passé, n'est-ce pas ? Keillor, abréviation de Rankeillor...

– Vous connaissez bien ma famille.

– Quand avez-vous appris la nouvelle, pour Roddy ?

– Quelques jours après. J'ai pensé revenir immédiatement, mais je ne savais pas si c'était une si bonne idée. Et puis, j'ai vu le faire-part dans le journal.

– Je n'aurais pas cru que les journaux caribéens en parleraient.

– Sur Internet, inspecteur. Le *Scotsman* en ligne.

– Et vous avez décidé de tenter le coup ?

– J'aimais beaucoup Roddy. C'était la moindre des choses.

– En dépit des risques ?

– Vingt ans se sont écoulés. C'est difficile d'estimer les risques après tant d'années.

– Barry Hutton aurait pu vous guetter derrière l'église à ma place.

Le nom sembla lui évoquer des souvenirs. Rebus les regarda traverser le visage d'Alasdair Grieve.

– Ce salaud est toujours dans le coin ? finit-il par dire.

– C'est le promoteur local.

– Bon sang, murmura-t-il.

– Bien, fit Rebus en se penchant sur la table, je crois qu'il est temps de nous dire qui est le mort qu'on a retrouvé dans la cheminée.

Grieve le dévisagea.

– Le quoi ?

Quand Rebus se fut expliqué, Grieve hocha la tête.

– C'est Hutton qui a dû mettre le corps là-dedans. Il travaillait sur le chantier de Queensberry House. Il gardait un œil sur Dean Coghill pour le compte de son oncle.

– Bryce Callan ?

– Lui-même. Callan formait Barry. On dirait qu'il a fait du bon boulot.

– Et vous-même étiez en cheville avec Callan.

– Je ne dirais pas ça, non.

Il fit mine de se lever, puis s'arrêta.

– Ça ne vous dérange pas ? Je suis un peu claustrophobe.

Grieve se mit à arpenter l'espace exigu. Siobhan se tenait près de la porte. Elle lui adressa un sourire rassurant. Rebus lui tendit la photo du visage recomposé.

– Vous êtes au courant de quoi au juste ? demanda Grieve.

– De pas mal de choses. Nous savons que Callan achetait des terrains autour de Calton Hill, en espérant qu'on y construirait le nouveau parlement. Mais ne voulant pas que les services d'urbanisme soient au courant, il vous a utilisés, Freddy et vous, comme couverture.

– Bryce avait un contact à l'urbanisme. (Rebus et Siobhan échangèrent un regard.) Il lui avait garanti que le parlement serait implanté à Calton Hill.

– Sacrément risqué, tout de même. Ça dépendait entièrement du résultat du vote.

– Oui, seulement, à ce moment-là, ça paraissait acquis. Ce n'est que plus tard que le gouvernement a pipé les dés pour que ça n'arrive pas.

– Si bien que Callan s'est retrouvé avec des terrains qui avaient peu de chance de prendre de la valeur.

– Ils n'étaient pas sans valeur. Quoi qu'il en soit, il nous a tenus pour responsables. Comme si nous avions truqué le scrutin !

– Et ?

– Freddy avait trafiqué les chiffres, annonçant un prix supérieur au coût réel des terrains. Callan l'a découvert. Il a demandé qu'on lui rende la différence, plus les honoraires qu'il nous avait versés pour lui servir de paravent.

– Il vous a envoyé un de ses hommes ?

– Un certain Mackie. (Grieve posa le doigt sur le visage reconstitué.) Une sacrée armoire. (Il se massa les tempes.) Bon sang, vous ne pouvez pas savoir ce que ça fait de raconter tout ça après si longtemps...

– Mackie ? répéta Rebus. Chris Mackie ?

– Non, Alan ou Alex... un truc de ce genre. Pourquoi ?

– C'est le nom qu'a choisi Freddy.

Sentiment de culpabilité ? se demanda à nouveau Rebus.

– Comment Mackie a-t-il fini ?

– Il était censé nous effrayer suffisamment pour qu'on paie. Et il pouvait se montrer vraiment effrayant. Freddy a eu de la chance. Il gardait toujours une sorte de coupe-papier dans son tiroir. Il l'avait emporté avec lui, ce soir-là, pour se protéger en cas de besoin. Nous avions rendez-vous avec Callan pour discuter. Sur un parking, près de Cowgate. Il était tard. On faisait littéralement dans nos frocs.

– Mais vous y êtes tout de même allés ?

– On a bien envisagé de s'enfuir... Mais, oui, finalement, on y est allés. Difficile de poser un lapin à Bryce Callan. Sauf que Bryce n'était pas là. Il avait envoyé Mackie à sa place. Il m'a collé deux bons coups sur le crâne – j'ai une oreille qui fonctionne mal depuis –, puis il s'est tourné vers Freddy. Il avait un pistolet. Il m'avait assommé avec la crosse. Je crois que Freddy aurait dû s'en tirer à moins bon compte. J'en suis même sûr. C'était lui le responsable des achats, Callan le savait. C'était de la légitime défense. Je le jure. Il n'avait pas l'intention de tuer Mackie... Il voulait juste l'arrêter.

– Alors, il l'a poignardé en plein cœur.

– Oui. On a tout de suite vu qu'il était mort.

– Qu'est-ce que vous avez fait ?

– On l'a remis dans sa voiture, et on a déguerpi. Nous savions qu'il fallait se séparer, que Callan nous tuerait pour ça.

– Et l'argent ?

– J'ai dit à Freddy que je ne voulais pas en entendre parler. Il a proposé qu'on se retrouve dans un bar de Frederick Street, un an plus tard, jour pour jour.

– Vous n'y êtes pas allé ?

– Non. J'étais devenu un autre homme, dans un lieu que j'avais appris à connaître et à aimer.

Freddy aussi avait bougé, songea Siobhan ; les voyages dont il avait parlé à Dezzi...

Seulement, au bout d'un an, ne voyant pas Alasdair revenir, Freddy Hastings s'était rendu dans une société de crédit immobilier de George Street, juste à l'angle de Frederick Street, et il avait ouvert un compte au nom de C. Mackie.

– Vous vous souvenez d'un attaché-case ? demanda la jeune femme.

– Oui. Il appartenait à Dean Coghill.

– Il portait les initiales ADC.

– Oui, je crois que Dean était son deuxième prénom, mais qu'il le préférait au premier. Barry Hutton nous avait apporté une grosse somme en liquide dans cette mallette. Il s'était vanté de l'avoir volée à Coghill. Il nous avait lancé : « Je fais ce que je veux et il n'a qu'à la fermer. »

– Coghill est mort, l'informa Siobhan.

– Une autre victime à inscrire au tableau de chasse de Bryce Callan.

Et bien que Coghill eût succombé à la maladie, Rebus savait exactement ce que Grieve voulait dire.

Rebus et Siobhan faisaient le point dans le bureau de la Criminelle.

– Qu'est-ce qu'on a ? demanda-t-elle.

– Des tas de petits morceaux, reconnut-il. On a Barry Hutton qui retrouve le corps de Mackie dans les environs de Queensberry House et qui décide de l'emmurer. Il aurait pu y rester pendant plusieurs siècles.

– Pourquoi l'avoir caché ?

– Pour que la police ne fourre pas son nez là-dedans, je suppose.

– Comment se fait-il que personne n'ait signalé la disparition de Mackie ?

– C'était un homme de Bryce Callan, il n'avait personne pour le pleurer ni signaler sa disparition.

– Donc, Freddy Hastings s'est tué après avoir lu l'article dans le journal ?

– Tout remontait à la surface. Il ne se sentait pas de taille à affronter ça.

– Je ne suis pas certaine de le comprendre.

– Qui ?

– Freddy. Qu'est-ce qui l'a poussé à vivre de cette façon ?

– On a un petit problème plus pressant à résoudre. Callan et Hutton s'en tirent indemnes.

Siobhan était appuyée contre son bureau. Elle croisa les bras.

– Cela dit, qu'est-ce qu'ils ont fait, en fin de compte ? Ils n'ont pas tué Mackie, ils n'ont pas poussé Freddy Hastings du haut de North Bridge.

– Mais ils tiraient les ficelles.

– Et aujourd'hui, Callan vit dans un paradis fiscal, et Hutton s'est acheté une conduite.

Elle attendit qu'il fasse un commentaire, qui ne vint pas.

– Tu ne crois pas ?

C'est alors qu'elle se souvint de ce qu'Alasdair Grieve leur avait dit.

– Un contact...

– ... à l'urbanisme, termina Rebus.

38

Il fallut à l'équipe au complet une semaine pour tout mettre bout à bout. Derek Linford effectuait sa convalescence chez lui. Il avalait ses repas à la paille. « Chaque fois qu'un flic se fait tabasser, les huiles le récompensent », avait fait remarquer quelqu'un. Tout le monde pensait que Linford était bon pour une promotion. Pendant ce temps, Alasdair Grieve jouait les touristes. Il s'était trouvé une chambre dans un *bed & breakfast* de Minto Street. Il ne pouvait pas quitter le pays. Pas encore. Il leur avait remis son passeport et devait se présenter chaque jour à St Leonards. Watson ne comptait pas l'accuser de quoi que ce soit, mais il était témoin d'une agression mortelle ; on avait besoin de lui pour monter le dossier. Rebus avait un accord officieux avec Grieve : il se tenait à carreau, et sa famille ne serait pas au courant de son retour.

Ils avaient tous recoupé leurs infos. Non seulement l'équipe qui enquêtait sur le meurtre de Roddy Grieve, mais également Siobhan, Wylie et Hood. Wylie s'était débrouillée pour obtenir le bureau près de la fenêtre. Sa récompense pour toutes les heures passées dans la salle d'interrogatoire, avait-elle décidé.

Ils reçurent de l'aide de l'extérieur, aussi. La Criminelle, la Grande Maison. Et quand ils furent prêts, il leur restait encore du pain sur la planche. Il fallait prendre rendez-vous avec un médecin, contacter le suspect et l'informer qu'il risquait d'avoir besoin d'un avocat. Il s'attendrait à ce qu'on l'interroge, même dans son état. Ses amis l'auraient prévenu. À nouveau, Carswell s'opposa à ce que Rebus participe à l'opération. À nouveau, il fut battu aux voix, quoique de peu.

Quand Rebus et Siobhan arrivèrent devant les grilles de la grande demeure de Queensferry Road, il y avait déjà trois voitures dans l'allée. Le médecin et l'avocat les avaient précédés. C'était une grosse bâtisse des années trente, mais elle jouxtait la grande artère qui séparait le centre de Fife, ce qui réduisait sa valeur d'une cinquantaine de milliers de livres. Néanmoins, même dans ces conditions, elle valait un bon quart de million. Pas mal pour un conseiller municipal.

Archie Ure était alité, mais pas dans sa chambre. Pour qu'il n'ait pas à monter l'escalier, un petit lit avait été installé dans la salle à manger. La table avait été déplacée dans le hall et les six chaises retournées dessus. La pièce sentait la maladie : le renfermé, la sueur et la mauvaise haleine. Le malade se redressa. Il respirait bruyamment. Le médecin avait fini de l'examiner. Ure était relié à un moniteur cardiaque. Le haut de son pyjama était déboutonné et des fils noirs disparaissaient sous des disques couleur chair collés à sa poitrine imberbe qui s'affaissait à chaque expiration laborieuse.

L'avocat de Ure était un certain Cameron Whyte. Un petit individu soigné qui, à en croire l'épouse du conseiller, était ami de la famille depuis trente ans. Il était assis au chevet du malade, attaché-case sur les genoux et bloc-notes neuf posé dessus. Il attendait les instructions. Rebus ne serra pas la main d'Archie Ure, mais il lui demanda comment il se sentait.

– Du tonnerre, jusqu'à toutes ces bêtises, bougonna-t-il.

– Nous allons faire aussi vite que possible.

Cameron Whyte posa quelques questions préliminaires pendant que Rebus ouvrait l'une des deux valises qu'il avait apportées et en sortait un appareil enregistreur à cassettes. L'engin était encombrant, mais il permettait d'enregistrer deux originaux en même temps, avec mention de l'heure précise. Se pliant à la procédure sous le regard scrupuleux de Whyte, Rebus régla la date et l'heure avant d'insérer les cassettes dans l'appareil. Il y eut quelques problèmes avec le fil qui était à peine assez long pour atteindre la prise, et le double micro qu'ils durent poser au milieu du lit. Rebus déplaça sa chaise afin que Whyte, Ure et lui se trouvent à égale distance du micro. Toutes ces opérations avaient pris une bonne vingtaine de minutes. Rebus se pressait d'autant moins qu'il espérait lasser Mme Ure, et l'encourager à les laisser. Elle disparut à un moment, pour revenir avec un plateau chargé d'une théière et de tasses. Elle avait ostensiblement servi le médecin et l'avocat, et dit aux policiers de se débrouiller seuls. Siobhan s'était exécutée en souriant, avant de retourner se poster à la porte – pas de chaise pour elle. Le médecin, un jeune homme aux cheveux cendrés, était assis en bout de lit, à côté du moniteur cardiaque. Visiblement, la scène qui se déroulait sous ses yeux le laissait perplexe.

Dans l'incapacité d'approcher son mari, Mme Ure s'était postée derrière l'avocat, ce qui, à en juger par son expression, le rendait nerveux. La pièce devenait de plus en plus étouffante. De la condensation s'était formée sur les carreaux des fenêtres, qui donnaient sur une vaste étendue de pelouse bordée d'arbres et de buissons. Un perchoir avait été planté dans le sol. Des mésanges et des moineaux s'y posaient de temps à autre, et jetaient des coups d'œil consternés par la qualité du service.

– Je crois que je vais mourir d'ennui, commenta Archie Ure, sirotant un jus de pomme.

– Désolé, dit Rebus, je vais tenter de remédier à ça.

Il ouvrit sa deuxième valise et en sortit un épais dossier marron. Ure sembla momentanément hypnotisé par sa grosseur, mais Rebus en tira une seule feuille qu'il posa dessus, s'improvisant une écritoire, comme l'avocat.

– Je crois que nous pouvons y aller.

Siobhan s'accroupit, mit le magnétophone en marche et leur adressa un signe de la tête. Rebus s'identifia et demanda aux autres de l'imiter avant de commencer.

– Monsieur Ure. Connaissez-vous un certain Barry Hutton ?

Le conseiller s'attendait à cette question.

– C'est un promoteur immobilier.

– Vous le connaissez bien ?

Ure but une autre gorgée de jus de pomme.

– Je dirige le bureau d'urbanisme de la ville. M. Hutton nous soumet régulièrement ses projets.

– Depuis combien de temps êtes-vous à la tête du bureau d'urbanisme d'Édimbourg ?

– Huit ans.

– Et avant ça ?

– Qu'est-ce que vous voulez savoir ?

– Quelles étaient vos attributions avant ça ?

– Je suis conseiller municipal depuis près de vingt-cinq ans, j'ai rempli toutes les fonctions à un moment ou un autre.

– Mais vous vous êtes toujours plus ou moins occupé d'urbanisme ?

– Pourquoi le demander ? Vous connaissez la réponse.

– Ah bon ?

Ure grimaça.

– En un quart de siècle, on a le temps de se faire des amis.

– Et vos amis vous ont dit que nous les avons interrogés ?

Ure acquiesça, en portant son verre à sa bouche.

– M. Ure acquiesce, précisa Rebus.

Le malade lui jeta un regard haineux, non dépourvu d'un certain amusement suggérant qu'il était prêt à jouer le jeu. Car c'était ainsi qu'il voyait les choses : tout ceci n'était qu'un jeu. Ils ne pouvaient rien prouver, s'énerver ne servirait qu'à l'incriminer.

– Vous siégiez au bureau d'urbanisme à la fin des années soixante-dix, poursuivit Rebus.

– De 1987 à 1993.

– Vous avez dû avoir l'occasion de croiser Bryce Callan ?

– Pas vraiment.

– Ce qui signifie ?

– Que je le connais de nom, c'est tout.

Ure et Rebus regardèrent l'avocat griffonner sur son bloc. Le policier remarqua qu'il utilisait un stylo plume, et que ses lettres étaient longues et inclinées.

– Je ne me souviens pas d'avoir lu son nom sur un projet.

– Et celui de Freddy Hastings vous dit quelque chose ?

Ure hocha lentement la tête. Il se doutait que ce nom finirait par remonter à la surface.

– Freddy s'est intéressé à l'immobilier pendant quelques années. Un peu escroc sur les bords. Il aimait parier. Tous les grands promoteurs le font.

– Et Freddy pariait bien ?

– Il n'a pas fait long feu, si c'est là où vous voulez en venir.

Rebus ouvrit son dossier, faisant mine de vérifier quelque chose.

– Connaissiez-vous alors Barry Hutton, monsieur Ure ?

– Non.

– Je crois qu'il tâtait la température de l'eau, à l'époque.

– Sans doute, mais je n'étais pas sur la plage, dit Ure en éclatant d'un rire rauque.

Sa femme tendit le bras par-dessus l'épaule de l'avocat et posa la main sur la sienne. Il la tapota gentiment. Pris en sandwich, Cameron Whyte dut s'arrêter d'écrire. Il sembla soulagé lorsque Mme Ure retira son bras.

– Vous n'y vendiez même pas de glaces ? demanda Rebus.

Les époux Ure le fusillèrent du regard.

– La désinvolture n'est pas de mise, inspecteur, commenta l'avocat d'une voix traînante.

– Toutes mes excuses. Ça n'était pas des cônes que vous vendiez, pas vrai, monsieur Ure ? Vous vendiez des informations. En conséquence de quoi, vous vous en mettiez, comme on dit, plein les fouilles.

Dans son dos, il entendit Siobhan ravaler un gloussement.

– C'est une lourde accusation que vous portez là, inspecteur, dit Cameron Whyte.

– Je réponds, Cam, ou j'attends qu'ils admettent qu'ils n'ont aucune preuve ?

– Je ne suis pas sûr de pouvoir le prouver, c'est vrai, reconnut Rebus avec candeur. Mais nous savons qu'un membre du conseil renseignait Bryce Callan sur l'emplacement du futur parlement, et probablement sur les terrains à vendre dans les environs. Nous savons qu'une personne s'arrangeait pour mettre les projets déposés par Freddy Hastings au sommet de la pile. (Rebus plongea ses yeux dans ceux de Ure.) L'associé de M. Hastings de l'époque, Alasdair Grieve, a fait une déposition détaillée.

Il fouilla à nouveau dans son dossier et lut un passage :

– « On nous a dit que nous n'avions aucun souci à nous faire, que notre proposition serait acceptée. Callan maîtrisait la situation. Quelqu'un s'en assurait pour lui au conseil. »

Cameron Whyte leva les yeux.

– Je suis désolé, inspecteur, mes oreilles ne sont plus ce qu'elles étaient, je ne crois pas avoir entendu le nom de mon client, jusqu'ici.

– Vos oreilles sont excellentes, maître. Alasdair Grieve ne connaissait pas le nom de la taupe. La commission d'urbanisme comprenait six membres, à cette époque. Ça pouvait être n'importe lequel d'entre eux.

– Et je présume que les autres membres du conseil municipal avaient également accès à ces informations, continua l'avoué.

– Sans doute.

– Tous ? Du maire aux secrétaires ?

– Je ne saurais le dire, monsieur.

– Pourtant, vous *devriez*, inspecteur, car autrement vos allégations risqueraient fort de vous attirer de sérieux ennuis.

– Je ne crois pas que M. Ure décidera de nous attaquer en justice.

Rebus ne cessait de jeter des coups d'œil au moniteur. Ça ne valait pas le détecteur de mensonges, mais le cœur d'Ure battait plus vite depuis deux minutes. À nouveau, il regarda ostensiblement ses notes.

– Une question d'ordre général, dit-il en fixant Ure. Les décisions en matière d'urbanisme peuvent parfois rapporter des millions de livres aux investisseurs, n'est-ce pas ? Pas aux conseillers eux-mêmes, s'entend, ni aux autres décisionnaires... mais aux constructeurs et aux promoteurs, bref, à tous les propriétaires de terrains ou de biens immobiliers concernés.

– Parfois, oui, concéda Ure.

– Ces personnes ont donc tout intérêt à être en bons termes avec les décisionnaires ?

– Nous sommes sous surveillance permanente. Je sais que vous pensez que nous sommes tous véreux, mais même si l'un de nous acceptait un dessous-de-table, il aurait toutes les chances d'être coincé.

– Ce qui signifie qu'il y aurait également une chance de ne pas l'être.

– Mais ce serait idiot d'essayer.

– Il y a des tas de gens prêts à faire des bêtises pour peu que le jeu en vaille la chandelle. (Il regarda ses notes.) Vous avez emménagé dans cette maison en 1980, n'est-ce pas ?

Whyte intervint.

– Écoutez, inspecteur, je ne sais pas ce que vous voulez insinuer...

– En août 1980, l'interrompit Ure. L'argent venait de la défunte mère de ma femme.

Rebus s'y attendait.

– Vous avez vendu sa maison pour payer celle-ci ?

Sa question éveilla immédiatement les soupçons d'Ure.

– C'est exact.

– Seulement, elle possédait un petit pavillon de trois pièces dans le Dumfriesshire, monsieur Ure. C'est difficilement comparable avec une maison dans Queensferry Road.

Il y eut un silence. Rebus savait ce que pensait le malade. Il pensait : s'ils sont allés creuser aussi loin, qu'est-ce qu'ils savent encore ?

– Vous êtes un horrible individu ! éclata Mme Ure. Archie

vient d'avoir un infarctus ! Vous essayez de l'achever, ou quoi ?

– Calme-toi, mon cœur, dit Ure en tendant la main vers elle.

– Je me vois dans l'obligation de protester, intervint Cameron Whyte.

Rebus se tourna vers Siobhan.

– Il reste du thé ?

Le médecin s'était levé, inquiet de l'état de son patient. Ignorant le remue-ménage, Siobhan servit une tasse de thé à Rebus, qui la remercia avant de se retourner vers les trois autres.

– Désolé, dit-il, j'ai manqué quelque chose ? Ce que j'essayais de suggérer, c'est que, s'il y a de l'argent à prendre dans les projets de construction à Édimbourg, de quels pouvoirs disposerait un homme qui serait à la tête des services d'urbanisme de l'Écosse entière ?

Il s'adossa à sa chaise et sirota son café en attendant les réactions.

– Je ne vous suis pas, finit par dire l'avocat.

– En fait, ma question s'adressait surtout à monsieur Ure.

Ce dernier se racla la gorge avant de répondre :

– Je vous ai dit que les membres du conseil municipal faisaient l'objet d'une surveillance étroite, et de toutes sortes de contrôles. Au niveau national, ces précautions sont décuplées.

– Ça ne répond pas vraiment à ma question, commenta Rebus, affable, en bougeant un peu sur sa chaise. Vous étiez second sur la liste des candidats derrière Roddy Grieve, n'est-ce pas ?

– Et alors ?

– Vous auriez dû prendre sa place, à sa mort.

– Si elle n'avait pas mis son grain de sel là-dedans, cracha Mme Ure.

– Je suppose que vous faites allusion à Seona Grieve, madame ?

– Ça suffit, Isla ! gronda son mari. (Puis, à Rebus :) Dites ce que vous avez à dire.

– Simplement que cette nomination vous revenait de plein droit, étant donné que le candidat n'était plus en lice. Pas étonnant que l'entrée en scène de Seona Grieve vous ait causé un choc.

– Un choc ? Ça a failli le tuer ! Et voilà que vous venez remuer le couteau...

– J'ai dit, ça suffit, Isla !

Ure s'était tourné sur le côté et appuyé sur un coude pour mieux affronter le regard de sa femme. Le bip du moniteur cardiaque s'intensifiait. Le médecin essaya d'allonger son patient. L'un des fils s'était détaché de sa poitrine.

– Laissez-moi tranquille, fit Ure en le repoussant.

Sa femme, lèvres pincées de colère, avait croisé les bras. Le conseiller but une gorgée de jus de pomme et reposa la tête sur ses oreillers, les yeux fixant le plafond.

– Dites ce que vous avez à dire, répéta-t-il.

Rebus éprouva soudain de la compassion pour cet homme. Ils avaient en commun la conscience de leur mortalité, et un passé pavé de péchés. Il ne restait plus qu'un ennemi à Ure, la mort, et ce genre de réalité pouvait changer un homme.

– C'est une supposition, reprit Rebus d'une voix plus douce, excluant les autres – tout se passait entre lui et l'homme alité, à présent. Imaginons qu'un promoteur ait, au sein du conseil, quelqu'un qui saura prendre la bonne décision. Et mettons que ce conseiller envisage de devenir député. En cas de réussite... avec toutes ces années d'expérience derrière lui – plus de vingt années passées presque exclusivement à l'urbanisme –, il y a de fortes chances pour qu'il se voie confier un poste similaire au niveau national. Urbaniste suprême de l'Écosse de demain. Ça sous-entend pas mal de pouvoir. Le pouvoir de dire oui ou non à des projets qui valent des milliards. Et des tas d'informations aussi : quelles régions vont bénéficier d'aides au développement, où va-t-on bâtir telle usine, ou tels lotissements... Ça doit avoir un certain prix pour un promoteur. On peut même aller jusqu'à tuer pour...

– Inspecteur..., coupa Cameron Whyte, menaçant.

Mais Rebus avait approché sa chaise le plus près possible du lit. C'était entre Ure et lui, maintenant.

– Je pense que vous étiez la taupe de Bryce Callan, il y a vingt ans. Et quand Bryce est parti, il vous a présenté son neveu. Nous avons vérifié. Barry Hutton a touché le gros lot dès son entrée en scène. Vous l'avez dit vous-même, un bon promoteur est un parieur. Mais tout le monde sait que le meilleur moyen de battre le casino est de tricher. Or, Barry Hutton trichait, et vous étiez son garde-fou, monsieur Ure. Barry nourrissait de grands espoirs pour votre avenir, et quand Roddy Grieve a été désigné à votre place, il n'a pas apprécié. Il a décidé de le faire suivre. Peut-être voulait-il juste le « persuader » de se retirer, mais Mick Lorimer est allé trop loin. (Rebus marqua une pause.) Lorimer, c'est le nom de l'homme qui a tué Roddy Grieve. Hutton l'avait embauché, nous l'avons établi.

Il sentit Siobhan remuer, mal à l'aise, derrière lui. Le magnéto tournait et enregistrait l'énoncé de faits qu'ils ne pouvaient pas encore prouver.

– Roddy Grieve était soûl. Il venait juste d'être investi et voulait jeter un coup d'œil à son avenir. Je pense que Lorimer l'a surpris en train d'escalader la grille du chantier et l'a suivi. Une fois Grieve hors d'état de nuire, c'était à vous de jouer. (Rebus plissa les yeux, pensif.) Ce que je n'arrive pas à comprendre, c'est votre crise cardiaque. Qu'est-ce qui l'a provoquée : savoir qu'un homme avait été tué pour vous, ou apprendre que Seona Grieve reprenait le flambeau, vous privant une deuxième fois de votre chance d'accéder au Parlement ?

– Qu'est-ce que vous voulez ? demanda Ure d'une voix rauque.

– Ils n'ont aucune preuve, Archie, dit l'avocat.

Rebus cligna des paupières. Il n'avait pas quitté le conseiller des yeux.

– M. Whyte n'a pas entièrement raison. Je crois que nous avons suffisamment d'éléments pour aller en justice, mais les avis seront partagés. Nous avons juste besoin d'un petit coup de pouce. Et je crois que vous pourriez nous le donner. Appelez ça un legs...

Il murmurait presque, maintenant. Il espérait parler assez fort pour le magnéto.

– Histoire de remettre vos compteurs à zéro, après toutes ces saloperies.

Silence dans la pièce, en dehors du bip du moniteur cardiaque, de plus en plus lent. Archie Ure se redressa et se tint assis, sans l'aide de ses oreillers. Il fit signe à Rebus d'approcher. L'inspecteur se leva à demi. Un murmure à son oreille, que le magnétophone ne pourrait pas enregistrer. Tant pis, il voulait entendre...

De près, la respiration d'Ure semblait plus laborieuse encore. Rebus sentit son souffle rauque contre son cou. Il avait des poils gris sur les joues et le menton. Ses cheveux étaient gras. Ils devaient être aussi doux qu'un duvet de bébé lorsqu'ils étaient propres. Et cette odeur de talc, pour masquer les autres. Sa femme, sans doute, pour prévenir les escarres.

Des lèvres proches de son oreille, prêtes à s'ouvrir sur une réponse. Et enfin, les mots, sonores. Des mots destinés à être entendus de tous.

– Bien tenté, ducon !

Puis, ce rire sifflant, violent, emplissant soudain la pièce, couvrant les injonctions du médecin, le staccato désordonné du moniteur cardiaque, les prières de l'épouse. Les lunettes de Whyte volèrent alors que Isla Ure bondissait vers le lit, mue par un pressentiment. Quand il se pencha pour les ramasser, elle l'escalada presque. Le toubib suivait les pulsations cardiaques sur l'écran, tout en repoussant Archie Ure sur ses oreillers. Rebus recula. Ce rire lui était destiné. Il le défiait. Les yeux veinés de rouge et exorbités ne voyaient que lui. Il n'avait d'autre choix que de jouer le rôle du spectateur.

À présent, le rire s'étouffait dans la gorge d'Ure d'où montait une écume blanche. Son visage virait au cramoisi. Sa poitrine refusait de se soulever. Isla Ure se mit à hurler :

– Pas encore, Seigneur ! Pas encore !

Cameron Whyte se leva, lunettes sur le nez. Sa tasse avait été renversée. Une tâche brune s'élargissait sur le tapis rose pâle. Le docteur dit quelque chose et Siobhan se précipita pour lui venir en aide. Elle avait son brevet de secourisme. Rebus aussi, d'ailleurs, mais quelque chose le retenait. Le public ne montait jamais sur scène. C'était le territoire des acteurs.

Tout en donnant ses instructions, le médecin grimpa sur le lit et se mit à califourchon sur son patient pour pratiquer un massage cardiaque. Siobhan était prête pour le bouche-à-bouche. Pyjama ouvert, mains l'une sur l'autre posées au milieu de la poitrine...

Siobhan compta :

– Un, deux, trois, quatre... Un, deux, trois.

Elle pinça le nez, souffla dans la bouche. Puis, le médecin se mit à appuyer si violemment qu'il faillit glisser du lit.

– Vous allez lui briser les côtes !

Isla Ure sanglotait, le poing dans la bouche. Les lèvres de Siobhan se collèrent à celles du mourant pour lui insuffler la vie.

– Allez, Archie, allez ! rugit le médecin, comme si les décibels pouvaient contrer la mort.

Rebus savait, ou plutôt craignait de savoir, que la mort arrive d'autant plus aisément qu'on la désire. Elle se tapissait à l'ombre de vos pensées, attendant d'être invitée. Elle sentait le désespoir, la lassitude et la résignation. Il percevait presque sa présence dans la pièce. Archie Ure souhaitait la mort, et il l'accepta avec un sorte de mugissement de plaisir, parce qu'elle représentait sa seule victoire possible.

Rebus ne pouvait pas mépriser ce choix.

– Allez, allez !

– ... trois, quatre. Un, deux...

L'avocat observait la scène, livide. Une branche de ses lunettes était restée par terre. La tête collée à celle de son mari, Isla Ure lui parlait d'une voix brisée, inintelligible.

– Arch... nonmonaaarch...

Mais, en dépit des cris et du chaos qui l'entourait, c'était l'écho d'un rire qui emplissait les oreilles de Rebus. L'ultime cri du cœur d'Archie Ure. Ses yeux glissèrent sur le lit, puis au-delà, saisissant un mouvement au dehors. Sur le perchoir, un rouge-gorge observait la pantomime humaine. Le premier rouge-gorge qu'il ait vu de tout l'hiver. Quelqu'un lui avait dit un jour que ce n'étaient pas des oiseaux saisonniers. Alors pourquoi n'apparaissaient-ils que durant les mois froids ?

Une autre question à ajouter à sa liste.

Deux ou trois minutes s'étaient écoulées. Le médecin se fatiguait. Il prit le pouls sur la gorge de son patient. Posa son oreille contre sa poitrine. Les fils qui le reliaient à la machine pendaient, arrachés. Le moniteur cardiaque s'était tu. On pouvait juste voir trois lettres rouges à la place du nombre de pulsations/minute :

ERR

Et voilà qu'un nouveau message les remplaçait :

RESET

Le médecin se laissa glisser au bas du lit. Cameron Whyte avait ramassé la tasse. Ses lunettes étaient de guingois sur son nez. Le médecin rejeta ses cheveux en arrière. Des perles de sueur brillaient sur ses cils et coulaient de son nez. Siobhan avait les lèvres toutes sèches et pâles, comme si la vie les avait désertées. Isla Ure était couchée sur le visage de son mari, secouée de violents sanglots. Le rouge-gorge s'était envolé, inaccessible au doute.

Rebus se pencha pour ramasser le micro tombé à terre.

– L'interrogatoire prend fin à... (il vérifia l'heure à sa montre) onze heures trente-huit du matin.

Tous les regards convergèrent sur lui. En arrêtant le magnétophone, il eut l'impression de couper le respirateur artificiel d'Archie Ure.

39

QG de Fettes. Bureau du directeur adjoint (section criminelle). Colin Carswell écoutait le brouhaha des cinq dernières minutes de l'enregistrement.

Il fallait être là pour comprendre, aurait voulu lui dire Rebus. Car lui, il pouvait identifier : le moment où Ure s'asseyait, et lui faisait signe d'approcher... L'instant où l'écume apparaissait aux coins de sa bouche tordue... celui où le médecin grimpait sur le lit... Et ce grésillement, alors que le micro s'écrasait au sol. À partir de là, les sons étaient étouffés. Rebus diminua les basses, monta les aigus et le volume, mais les sons demeuraient indistincts.

Carswell avait deux rapports devant lui. Celui de Siobhan Clarke et le sien. Il s'humecta le bout de l'index avant de les feuilleter. Ils avaient rédigé un procès-verbal du décès d'Archie Ure, se référant à l'heure indiquée sur la cassette.

L'autre original avait été remis à Cameron Whyte. Celui-ci les avait informés que la veuve Ure envisageait de déposer une plainte contre la police. C'était pour cette raison que Rebus, Siobhan et le Paysan se trouvaient dans le bureau de l'ACC.

Encore des grésillements : le moment où il ramassait le micro. *L'interrogatoire prend fin à... onze heures trente-huit du matin.*

Rebus arrêta le magnétophone. Carswell avait écouté la cassette deux fois de suite. Après le premier passage, il leur avait demandé quelques précisions. Cette fois, il se carra dans son fauteuil et joignit les mains. Sur le point de faire le même geste, Watson baissa les mains pour les glisser entre ses cuisses, en constatant qu'il imitait son supérieur. Puis, jugeant la posture peu flatteuse, il les posa prestement sur ses genoux.

– Un politicien local éminent meurt alors qu'il est interrogé par la police, commenta Carswell.

Jusqu'ici, ils s'étaient débrouillés pour cacher l'affaire aux vautours de la presse. L'avocat avait jugé plus sage de se taire, et en avait persuadé la veuve. Un titre de ce genre et les questions pleuvraient sur eux. Pourquoi la police voulait-elle interroger la récente victime d'une crise cardiaque ? N'avait-elle pas d'autres chats à fouetter ?

Néanmoins, Mme Ure avait pressé Whyte de « saigner ces salauds à blanc ».

Des mots qui avaient glacé le sang des galonnés de la Grande Maison. Aussi, de même que Cameron Whyte et son équipe allaient sans nul doute se servir de la cassette pour constituer leur dossier, les avocats de la police du Lothian and Borders attendaient déjà, dans une autre pièce, qu'on leur remette la pièce à conviction.

– Erreur de jugement fatale, superintendant, dit Carswell. Choisir un homme comme Rebus dans une situation aussi délicate. Je nourrissais des doutes depuis le début, il apparaît évident que j'avais raison. (Il regarda Rebus.) Malheureusement, je n'en tire aucune satisfaction. (Il marqua une pause.) Une erreur fatale, répéta-t-il.

Rebus ne put s'empêcher de revoir les lettres : ERR RESET.

– Sauf votre respect, monsieur, répondit le Paysan, nous pouvions difficilement prévoir...

– Envoyer Rebus interroger un malade revient à le condamner à mort.

Rebus se contenta de serrer la mâchoire, mais Siobhan ne put s'empêcher d'intervenir.

– La participation de l'inspecteur à cette enquête est inestimable, monsieur.

– Alors comment se fait-il qu'un de nos officiers se retrouve avec le visage blindé de métal ? Et un conseiller municipal dans un frigo du Cowgate ? Comment expliquer que nous n'ayons aucune preuve tangible ? Et que nous ne soyons pas prêts d'en avoir de sitôt. (Il pointa le doigt vers le magnétophone.) Le témoignage d'Ure était notre seule chance.

– L'interrogatoire a été mené dans les formes, intervint le superintendant.

Manifestement, il aurait préféré se cacher dans un trou de souris jusqu'à ce que sonne l'heure de la retraite.

– Sans Ure, nous ne pouvons retenir aucune charge contre Barry Hutton, persista Carswell. À moins que vous n'espériez le voir craquer à la suite d'un de vos interrogatoires musclés.

– On peut toujours essayer, dit Rebus, provocateur.

Carswell le fusilla du regard. Watson commença à s'excuser, mais son inspecteur le coupa.

– Écoutez, monsieur, dit-il en fixant Carswell, je me sens aussi mal que tout le monde. Mais nous n'avons pas tué Archie Ure.

– Qu'est-ce qui l'a tué, dans ce cas ?

– La culpabilité ? intervint Siobhan.

Carswell bondit sur ses pieds.

– Cette enquête n'est qu'une farce depuis le début. (Pointant un doigt sur Rebus.) Je vous en tiens pour responsable, et croyez-moi, je veillerai à ce que vous payiez. Quant à vous, superintendant... vous auriez pu terminer votre carrière moins lamentablement...

– Sauf votre respect, monsieur...

Rebus sentit un revirement d'humeur chez Watson.

– Quoi ?

– Personne n'a demandé à votre golden boy de filer Hutton. Personne ne lui a dit de suivre un meurtrier présumé dans une cité de Leith. Il a agi de sa propre initiative, et c'est elle qui l'a mené là où il est. Je crois que vous enveloppez toute cette affaire d'un flou artistique pour masquer ces faits incontournables. Les officiers ici présents... *mes* officiers... ont de surcroît surpris votre protégé à épier une femme à son domicile. Chose que vous avez choisi d'ignorer.

– Attention à ce que vous dites..., menaça Carswell.

– Je crois qu'il n'est plus temps pour ça, pas vous ? Tout comme vous, j'ai écouté cette cassette, et je ne vois pas ce qu'on pourrait reprocher à l'inspecteur Rebus quant à la manière dont il a mené son interrogatoire.

Il se leva et fit face à Carswell.

– Vous voulez prendre des mesures de représailles ? Bien. Je suis à votre disposition. (Il se dirigea vers la porte.) Après tout, qu'est-ce que j'ai à perdre ?

Carswell leur cria d'aller au diable, mais ils étaient déjà sortis.

En bas, à la cantine de Fettes, ils touchèrent à peine à leurs assiettes. Ils ne parlèrent pas beaucoup non plus. Rebus se tourna vers le Paysan.

– Qu'est-ce qui vous est arrivé, là-haut ?

Le superintendant haussa les épaules. La joute verbale l'avait épuisé.

– J'en ai eu marre. Ce n'est pas plus compliqué que ça. Ça fait trente ans que je suis dans la police. J'en ai peut-être soupé des Carswell. Trente ans, et il pense qu'il a le droit de me parler comme ça.

Il leur adressa un pâle sourire.

– J'ai bien aimé votre « Qu'est-ce que j'ai à perdre ? », cita Rebus.

– Je m'en doutais. Vous me l'avez suffisamment servi.

Il se leva pour aller leur chercher d'autres cafés – ils n'avaient pas fini les premiers, mais il avait besoin de bouger. Siobhan se rejeta en arrière sur sa chaise.

– Qu'en penses-tu ?

– Le Golgotha au bout du chemin de croix. Et sans espoir de retour.

– Heureusement que tu n'as pas le sens de l'exagération.

– Tu sais ce qui me reste en travers de la gorge ? On va

sans doute être crucifiés pour ça, et ce connard de Linford va prendre du galon.

– Au moins on peut manger sans paille, nous, répondit-elle en lâchant sa fourchette dans son assiette.

40

– Pourquoi ici ? demanda Rebus.

Ils traversaient la pelouse gelée du jardin du souvenir de Warriston Crematorium. Big Ger Cafferty portait un blouson d'aviateur en cuir noir avec un col de fourrure. Il en avait remonté la fermeture jusqu'au menton.

– Tu te rappelles, tu m'as coursé dans le coin, une fois, il y a des années.

– À Duddingston Loch. Je m'en souviens.

– Et est-ce que tu te souviens de ce que je t'ai dit ce jour-là ?

Rebus réfléchit un instant.

– Tu m'as dit que nous étions une race cruelle, et qu'en même temps, nous aimions la douleur.

– La défaite nous rend plus forts, Pantin. Et ce Parlement va nous rendre maîtres de notre destinée pour la première fois depuis trois cents ans.

– Et alors ?

– Alors il serait peut-être temps de regarder vers l'avenir, et pas en arrière.

Cafferty s'arrêta. Une vapeur grise sortait de sa bouche.

– Seulement toi, tu es incapable de tourner la page, n'est-ce pas ?

– Tu m'as amené dans un jardin du souvenir pour me conseiller de me tourner vers l'avenir ?

– On est tous obligés de vivre avec le passé, mais ça ne signifie pas qu'on doive vivre dedans.

– C'est un message de Bryce Callan ?

Cafferty le dévisagea.

– Je sais que tu cherches à coincer Barry Hutton. Tu penses obtenir des résultats ?

– J'en aurai, ça m'est déjà arrivé.

– Je l'ai appris à mes dépens.

Ils se remirent à marcher. Dans les parterres, on ne voyait que des roses. Elles semblaient pétrifiées, avec leurs tiges rabattues, mais laissaient présager le renouveau prochain. Comme nous, songea Rebus, les épines et le reste.

– Morag est morte l'année dernière.

La femme de Big Ger.

– Oui, je l'ai appris.

– Ils m'ont autorisé à assister à l'enterrement.

Il donna un coup de pied dans un caillou, l'envoyant voler dans une plate-bande.

– Je n'y suis pas allé. Les gars de Bar-L m'ont pris pour un dur de dur. (Un sourire narquois.) Qu'est-ce que t'en penses ?

– Tu avais peur.

– Peut-être bien. Bryce Callan est plus rancunier que moi, Pantin. T'as réussi à me mettre à l'ombre, et t'es toujours parmi nous. Seulement, maintenant que Bryce est au courant que t'en as après Barry, il va devoir te mettre hors d'état de nuire.

– Alors on le mettra à l'ombre, lui aussi.

– Il n'est pas stupide. N'oublie pas : pas de corps, pas de crime.

– Je disparaîtrai ?

Cafferty acquiesça.

– Que tu arrives à tes fins, ou non. (Il s'arrêta.) C'est ce que tu veux ?

Rebus regarda autour de lui, comme s'il admirait cette vue pour la dernière fois.

– Qu'est-ce que tu as à tirer de tout ça ?

– J'aime peut-être te savoir dans les parages.

– Pourquoi ?

– Qui prendrait soin de moi ?

Big Ger gloussa de sa plaisanterie. La Jag grise attendait plus loin. La Belette montait la garde à côté, sans oser s'y appuyer, piétinant pour ne pas se geler les pieds.

– À propos de disparition... où est passé Rab Hill ?

– Oui, j'ai entendu dire que tu le cherchais.

– C'est Rab qui avait le cancer, pas toi. Il a fait des examens et rapporté les nouvelles à son bon copain. Tu t'es débrouillé pour échanger les radios.

– Les médecins mériteraient d'être mieux payés.

– Je le prouverai, tu sais.

– Un pauvre citoyen tel que moi ne peut rien contre un flic qui mène sa vendetta.

– Je pourrais sans doute lever un peu le pied.

– En échange... ?

– ... d'un témoignage contre Bryce Callan. Tu étais dehors en 79, tu sais ce qui se tramait.

– Pas mon genre.

– C'est quoi ton genre, alors ?

Cafferty ignora la question.

– Il fait froid, ici. Quand je mourrai, je veux qu'on m'enterre dans un coin chaud.

– Tu seras au chaud, l'assura Rebus. Tu auras même trop chaud.

– Et toi, tu seras du côté des anges, je parie ?

Ils marchaient vers la voiture, à présent. Rebus s'arrêta. Sa Saab était garée de l'autre côté de la chapelle. Cafferty s'éloigna et le salua de la main sans se retourner.

– Le prochain enterrement auquel j'assisterai sera probablement le tien, Pantin. Tu veux qu'on grave quoi sur ta tombe ?

– Pourquoi pas : Mort paisiblement durant son sommeil à l'âge de quatre-vingt-dix ans ?

Cafferty rit avec la confiance d'un immortel.

Rebus pivota pour regagner sa voiture. Il était à découvert lorsqu'il crut entendre une détonation. Il fit volte-face. Ce n'était que la Belette qui claquait la portière de la Jag. Il contourna la chapelle et pénétra à l'intérieur. Un gros livre du souvenir trônait sur la table en marbre de l'antichambre. Un ruban de soie rouge marquait la page du même jour de l'année précédente. Huit noms y étaient inscrits, ce qui signifiait que huit crémations avaient eu lieu ce jour-là. Huit familles endeuillées qui viendraient peut-être rendre hommage à leur mort. Non. Il se trompait. Il ne s'agissait pas des dates de crémation, mais des dates de décès. Il feuilleta la fin du livre, laissant les pages encore blanches glisser entre ses doigts. Elles finiraient par se remplir, un jour ou l'autre. Mais son nom n'y figurerait jamais, si Cafferty disait vrai, s'il disparaissait. Il ne savait pas trop ce qu'il ressentait à cette idée. En fait, rien. Il regarda à la date du jour. Aucun nom. Pourtant, plusieurs voitures s'éloignaient quand il était arrivé. Un adolescent l'avait regardé par la vitre arrière d'une limousine. Sa cravate noire était nouée de travers. Hier : aucun nom. Avant-hier : non plus. Puis, le week-end précédent. Vendredi : neuf noms. Les crémations avaient sans doute eu lieu la veille. Les noms avaient été écrits à l'encre noire, par un calligraphe confirmé. À la plume, courbes épaisses, fins déliés. Dates de naissance, noms de jeune fille...

Bingo !

Robert Wallace Hill. Connu sous le nom de Rab.

Il était mort le vendredi précédent. Les obsèques avaient probablement eu lieu la veille. Les cendres avaient été répandues dans le jardin du souvenir, d'où la présence de Cafferty. Il était venu rendre un dernier hommage à son ticket pour la liberté. Un homme foudroyé par le cancer alors qu'il s'apprêtait à sortir de prison. Il avait rapporté la nouvelle à Cafferty, qui avait aussitôt feint la maladie pour aller passer des examens et échanger leurs dossiers, avec l'aide d'un toubib soudoyé ou menacé. Rab s'était blindé d'analgésiques en attendant sa date de sortie et celle de Cafferty. Big Ger l'avait sans aucun doute payé grassement. Suffisamment pour qu'il s'offre une fin décente, et une grosse enveloppe pour les proches et la famille qu'il laisserait derrière lui.

Rebus doutait que Cafferty revienne faire un pèlerinage sur les lieux dans un an. Il avait des projets plus importants en tête. Il allait reprendre les affaires. Et Rab ? Ma foi, comme Big Ger l'avait dit lui-même : il fallait savoir tourner le dos au passé. Noël approchait. 1999 verrait le retour d'un Parlement écossais. À Édimbourg. Au printemps, ils auraient démoli la vieille brasserie et commencé à construire les cages de verre qui abriteraient les bureaux des députés. Le thème choisi était l'ouverture, la transparence. En attendant, ils allaient se réunir dans la salle de réunion de l'Église presbytérienne, sur le Mound, et...

– Et toi tu meurs, murmura-t-il en quittant la chapelle.

Il téléphona à la morgue et demanda à Dougie qui avait pratiqué l'autopsie de Rab Hill. Réponse : Curt et Stevenson. Il le remercia, et composa le numéro de Curt. Le corps de Rab n'était plus que cendres, à présent. *Pas de corps, pas de crime.* Sauf si un rapport d'autopsie prouvait que la victime était atteinte d'un cancer. Ce serait une preuve suffisante pour demander qu'on réexamine Cafferty.

– C'était une overdose, expliqua Curt. Il se droguait en prison. Il est devenu un peu trop gourmand une fois dehors.

– Tu n'as rien trouvé d'autre quand tu l'as ouvert ?

Rebus serrait le téléphone si fort que son poignet était douloureux.

– La famille s'y est opposée, John.

Rebus cligna des yeux, incrédule.

– Un jeune homme meurt dans des conditions suspectes et...

– Des raisons religieuses. Ils appartiennent à une confession dont je n'ai jamais entendu parler. Leur avocat avait tout mis sur papier.

Sans blague, pensa Rebus.

– Donc, il n'y a pas eu d'autopsie ?

– On a fait le strict minimum. Les tests chimiques étaient suffisamment éloquents...

Rebus coupa la communication et ferma les yeux. Des

flocons de neige tombèrent sur ses paupières. Il finit par les rouvrir.

Pas de corps, pas de preuve. Il se mit soudain à frissonner au souvenir des mots de Cafferty : *Oui, j'ai entendu dire que tu le cherchais*. Big Ger était au courant. Il savait que Rebus savait. Rien de plus facile que d'administrer une overdose à un malade. Rien de plus facile pour un homme comme Cafferty, pour un homme qui a tant à perdre.

41

Les quelques jours qui avaient précédé le réveillon du jour de l'an avaient été un cauchemar. Lorna avait vendu son histoire à un tabloïd – *Les ébats amoureux d'un top-modèle et d'un flic de la criminelle*. Le nom de Rebus n'avait pas été cité. Pas encore.

Son geste risquait de la mettre au ban de sa famille, mais il comprenait ce qui l'avait poussée à agir ainsi. Elle s'étalait sur une double page en robe diaphane et cheveux vaporeux. C'était peut-être le coup de pouce dont elle avait besoin. L'occasion de montrer ce qui restait de sa splendeur passée.

Tout ça, pour un moment de notoriété.

Rebus vit sa carrière s'écrouler devant ses yeux. Pour rester à la une, elle devrait donner des noms, et Carswell ne ferait qu'une bouchée de lui. Aussi alla-t-il trouver Alasdair pour lui soumettre une proposition. Alasdair téléphona à sa sœur pour la persuader de changer d'avis. Leur conversation dura quarante minutes, à l'issue desquelles Rebus lui rendit son passeport, l'accompagna à l'aéroport et lui souhaita bonne chance. Les mots d'adieu de Grieve : « Je serai à la maison à temps pour le Nouvel An. » Lorsqu'ils avaient échangé une poignée de main, Rebus s'était senti obligé de l'avertir : on risquait de le faire revenir pour témoigner. Alasdair avait acquiescé, sachant qu'il pourrait toujours refuser... ou reprendre la route.

Rebus ne travaillait pas à la Saint-Sylvestre. Une petite récompense pour avoir été de service à Noël. La ville était paisible, ce qui n'empêchait pas les cellules de se remplir. Sammy lui avait envoyé un cadeau. Le CD du « double blanc » des Beatles. Elle était descendue chez sa mère pour les fêtes. Siobhan lui avait laissé un cadeau dans le tiroir de son bureau : un livre sur l'histoire des Hibernians. Il le feuilletait à ses moments perdus – des moments qu'il n'était pas censé passer à St Leonards. Quand il ne lisait pas, il compulsait ses notes et tentait de les structurer pour présenter un dossier acceptable au procureur général. Il avait eu plusieurs rendez-vous avec des assistants du procureur, mais pour l'instant, ils estimaient que la seule personne qu'on pouvait espérer condamner était Alasdair Grieve ; pour complicité et délit de fuite.

Une autre bonne raison de le mettre dans le premier avion.

Le réveillon était déjà là et tout le monde se plaignait des programmes de télé affligeants. Ce soir, Princes Street se remplirait de quelque deux cent mille fêtards. Les Pretenders seraient de la partie. Une raison presque suffisante de se joindre à la foule, et pourtant, il savait qu'il resterait chez lui. Il ne tenterait même pas l'Ox. Trop près du centre et de la cohue. Des barrières avaient été dressées tout autour du centre-ville. Il irait au Swany's, à la place.

Quand il était gamin, toutes les mères briquaient leur palier et astiquaient la maison pour commencer l'année en beauté. Elles préparaient des sandwichs et mijotaient des plats pour les buveurs. Au carillon de minuit, un homme tout de noir vêtu se présentait à la porte avec une bouteille, un bout de charbon et de quoi manger pour accueillir chaleureusement l'an nouveau. Chacun y allait de sa chanson. Un de ses oncles jouait de l'harmonica, une tante chantait, la larme à l'œil et la voix enrouée. Des tables croulaient sous les *black buns*, les *shortbreads*, les quatre-quarts, les chips et les cacahouètes. Il y avait du jus de fruits pour les enfants dans la cuisine, peut-être même de la bière au gingembre faite maison. Des tourtes à la viande attendaient le déjeuner dans le four. Des passants frappaient à la porte en apercevant la lumière à la fenêtre. Tout le monde était bienvenu. Cette nuit-là, au moins.

Et si personne ne frappait... vous attendiez. Vous ne sortiez pas avant d'avoir reçu de la visite : ça portait malheur. Une de ses tantes avait attendu deux jours assise seule chez elle, alors que tout le monde la croyait chez sa fille. Et dehors, on chantait, on se serrait la main, on échangeait des souvenirs de beuveries, et des vœux pour une année plus heureuse que la précédente.

Le bon vieux temps. Rebus aussi se sentit vieux quand il rentra du Swany's, à onze heures. Il commencerait la nouvelle année seul ; et demain, il sortirait sans avoir reçu de visiteur. Peut-être passerait-il sous une échelle, et marcherait-il sur les lignes des pavés, tant qu'il y était ?

Juste pour prouver qu'il s'en moquait.

Il s'était garé à une rue d'Arden Street : pas de place près de son immeuble. Il ouvrit son coffre et en tira une bouteille de Macallan, six bouteilles de Belhaven Best, des chips au paprika et des cacahouètes grillées. Il lui restait une pizza au congélateur et des tranches de langue dans le frigo. Il avait mis le « double blanc » de côté pour l'occasion. Il connaissait de pires manières d'accueillir la nouvelle année.

Par exemple se retrouver nez à nez avec Cafferty en bas de chez soi.

– Tu y crois ? dit Big Ger en lui ouvrant les bras. Tous deux seuls par une nuit pareille !

– Parle pour toi.

– Oh, je vois. Tu organises la fête du siècle ? Au moment où je te parle, des beautés en minijupe sont en chemin ? Au fait, joyeux Noël.

Il tendit un petit objet luisant à Rebus.

– Des clopes ?

– Achetées sur un coup de tête.

Trois paquets l'attendaient déjà chez lui.

– Garde-les. Avec un peu de chance, tu finiras par choper le cancer.

– Tut tut, fit Cafferty, désapprobateur.

Son visage paraissait énorme et lunaire, sous la lampe au sodium.

– J'ai pensé qu'on pourrait faire un tour en voiture.

– Un tour où ?

– Où ça te chante. Queensferry, Portobello...

– Y a urgence ?

Rebus posa ses sacs qui tintèrent agréablement contre le trottoir.

– C'est à propos de Bryce Callan.

– Qu'est-ce qu'il a ?

– Tu n'as aucune preuve, tu sais ?

Rebus ne répondit pas.

– Et tu n'en trouveras pas. Je n'ai vu aucune ride d'inquiétude sur le front de Barry Hutton.

– Et alors ?

– Alors je peux t'aider.

– Pourquoi le ferais-tu ?

– J'ai mes raisons.

– Des raisons que tu n'avais pas il y a dix jours, quand je te l'ai demandé ?

– Tu n'as peut-être pas demandé assez poliment.

– Dans ce cas, j'ai une mauvaise nouvelle pour toi : mes manières ne se sont pas améliorées avec l'âge.

Cafferty sourit.

– Juste un petit tour, Pantin. Tu pourras me donner les détails de l'affaire en buvant.

Rebus plissa les yeux.

– Promoteur immobilier, dit-il, songeur, c'est ce qui s'appelle se diversifier.

– C'est plus facile quand on peut reprendre une affaire existante, admit Cafferty.

– Celle de Barry Hutton ? Je le mets derrière les barreaux et tu prends la suite ? Ça m'étonnerait que Bryce apprécie.

– C'est mon problème. (Il lui fit un clin d'œil.) Allons faire un tour. Colle un mot sur ta porte pour prévenir les mannequins glamour que la soirée est retardée d'une heure.

– Elles ne seront pas très contentes. Tu sais comment sont les mannequins.

– Surpayées et sous-alimentées, tu veux dire ? Tout à fait l'opposé de notre inspecteur Rebus, si je ne m'abuse ?

– Ha ha.

– Attention. À cette période de l'année, un fou rire peut mettre des lustres à guérir, le prévint Cafferty.

Ils avaient marché en parlant, et Rebus fut surpris de constater qu'il avait ses sacs de provisions à la main. Ils étaient devant la Jaguar, à présent. Big Ger se glissa derrière le volant d'un mouvement fluide. Rebus resta sur place un instant. Le dernier jour de l'année, le jour où on faisait les comptes, réglait ses dettes... le jour idéal pour boucler la boucle.

Il monta dans la voiture.

– Mets tes bouteilles à l'arrière. J'ai une flasque dans la boîte à gants. Un armagnac de vingt ans d'âge. Attends de goûter à ce truc. Crois-moi, ça changerait n'importe quel païen en saint Jean Baptiste.

Rebus avait tiré le Macallan de l'un de ses sacs.

– J'ai ce qu'il me faut.

– Pas mal non plus, convint Cafferty, faisant un gros effort pour ne pas prendre ombrage. Tâche de souffler dans ma direction, que je puisse en profiter.

Il démarra. La Jaguar ronronna comme le gros chat dont elle portait le nom, et ils se mirent à rouler, tels deux amis partant en virée. Ils prirent la direction du sud. Grange d'abord, puis Blackford Hill, avant de tourner à l'est pour rejoindre la côte. Rebus parla. Autant pour lui-même que pour Cafferty. Il parla du pacte des deux amis les liant au démoniaque Bryce Callan. Un pacte qui avait causé une mort. De la vaine attente du meurtrier involontaire, qui s'était mis à vivre à la dure – un camouflage pour échapper à la mort, ou la voie du repentir ? De l'apprentissage de Barry Hutton, devenu ensuite un riche homme d'affaires. De sa détermination à aider son indic au conseil municipal à se faire élire au Parlement...

À la fin du récit, Big Ger demeura pensif un instant.

– Alors les dés sont pipés d'avance ?

– Peut-être, répondit Rebus en portant la bouteille à ses lèvres.

Apparemment, ils se dirigeaient vers Portobello. Peut-être pour se garer sur le port, et regarder la mer ? Non. Cafferty bifurqua vers Seafield Road et prit la direction de Leith.

– J'envisage d'acheter un terrain, expliqua-t-il. J'ai fait dessiner des plans. Un certain Peter Kirkwall m'a préparé un devis.

– Ça donnera quoi ?

– Un complexe de loisirs. Restaurant, cinéma, club de gym. Et des appartements de luxe au-dessus.

– Kirkwall travaille avec Barry Hutton.

– Je sais.

– Hutton le découvrira forcément.

– Je prends le risque.

Cafferty eut un sourire mystérieux.

– J'ai entendu parler d'un bout de terrain juste à côté de l'endroit où ils construisent le parlement. Il s'est vendu sept cent cinquante mille il y a quatre ans. Tu connais son prix, aujourd'hui ? Quatre millions. Une sacrée plus-value, tu ne trouves pas ?

Rebus reboucha sa bouteille. Devant eux, s'étendaient les concessionnaires de voitures, puis derrière les terrains vagues, et au-delà, la mer. Ils s'engagèrent dans une allée sombre et cahoteuse au bout de laquelle se dressait une grille. Cafferty arrêta la Jag, descendit, ouvrit le cadenas et défit la grosse chaîne qui fermait la grille.

– Qu'est-ce que c'est ? s'enquit Rebus, mal à l'aise, alors que Big Ger le rejoignait.

Il pourrait s'enfuir, mais la civilisation n'était pas tout près, et il était épuisé. D'ailleurs, il n'avait plus l'âge de courir.

– Pour l'instant, ce ne sont que des entrepôts qui risquent de s'effondrer si on tousse trop fort. Pas difficile à détruire. Ce qui laissera quatre cents mètres de front de mer.

Ils passèrent la grille.

– Un coin tranquille pour discuter, dit Big Ger.

Mais ils n'étaient pas là pour discuter. Rebus le savait, maintenant. Il tourna la tête et vit qu'une autre voiture les suivait. Une Ferrari rouge.

– Qu'est-ce qui se passe ? demanda-t-il à Cafferty.

– Les affaires, rien de plus.

Il arrêta la Jaguar, serra le frein à main.

– Dehors, ordonna-t-il.

Le policier ne bougea pas. Big Ger sortit, laissant sa portière ouverte. L'autre voiture venait de se garer à côté de la Jag. Leurs phares éclairaient la route craquelée. Rebus se concentra sur les mauvaises herbes dont les ombres rampaient sur les murs des entrepôts. Il entendit le déclic de sa ceinture de sécurité qu'on détachait. Quelqu'un le saisit, le tira dehors et le jeta à terre. Il prit son temps pour relever la tête. Trois silhouettes se détachaient contre les phares. De la buée montait de leurs visages plongés dans l'ombre. Rebus se releva. Sa bouteille de whisky s'était brisée sur le béton. Il regretta de ne pas en avoir bu un peu plus quand il en avait encore la possibilité.

Une botte sur sa poitrine, et il se retrouva sur le dos. Il posa les mains par terre pour se redresser, si bien que le coup suivant l'atteignit de plein fouet. Au menton. Il entendit un craquement et sentit une douleur lui traverser la nuque.

– On t'avait prévenu, dit une voix.

Pas celle de Cafferty. Celle d'un jeune homme mince. Rebus plissa les yeux et leva une main, comme pour se protéger du soleil.

– C'est Barry Hutton, n'est-ce pas ?

– Relève-le, aboya la voix.

L'homme de Hutton le remit sur pied comme s'il n'était qu'une figurine de carton, et l'entoura de ses bras par-derrière.

– On va t'apprendre à écouter, siffla le promoteur entre ses dents.

Rebus pouvait voir son visage déformé par la rage, à présent. Rictus aux lèvres, nez pincé. Il portait des gants de cuir noir. Une question – absurde étant donné les circonstances – traversa l'esprit du policier : était-ce son cadeau de Noël ?

Hutton lui colla un coup de poing dans la joue. Rebus esquiva mais ressentit tout de même la douleur. Dans le mouvement, il aperçut le visage du troisième homme. Ce n'était pas Mick Lorimer.

– Lorimer n'est pas de service ce soir ? demanda-t-il.

Du sang coulait dans sa bouche. Il l'avala.

– Vous étiez là, la nuit où il a tué Roddy Grieve ?

– Mick ne sait pas quand s'arrêter. Je voulais qu'il fasse peur à ce connard, pas qu'il le liquide.

– Le personnel n'est plus ce qu'il était.

Il sentit l'étreinte de l'homme se resserrer autour de sa poitrine, lui coupant le souffle.

– Non, mais il semble qu'il y ait toujours un flic à grande gueule dans le coin quand on en a le moins besoin.

Un autre coup lui éclata le nez. Des larmes jaillirent de ses yeux. Il essaya de les refouler. Dieu que ça faisait mal.

– Merci, oncle Ger. Je te le revaudrai, dit Hutton.

– À quoi serviraient les associés ?

Cafferty s'approcha. Rebus put clairement distinguer son visage. Il ne trahissait aucune émotion.

– Tu ne te serais pas montré si imprudent il y a cinq ans, Pantin.

Il recula à nouveau dans l'ombre.

– Tu as raison. Peut-être qu'il est temps que je prenne ma retraite.

– C'est prévu, dit Hutton. Tu vas faire un bon gros dodo.

– Où tu vas le mettre ? lui demanda Cafferty.

– On a plein de chantiers en cours. Un gros trou et une demi-tonne de béton.

Rebus se débattit, mais l'homme tenait bon. Il tenta de lui écraser le pied de tout son poids, mais il portait des chaussures à bout en fer. L'étreinte se resserra comme un étau, lui écrasant les côtes. Il laissa échapper un grognement.

– Mais avant, on va s'amuser un peu, reprit Hutton.

Il colla son visage à quelques centimètres de celui de Rebus qui sentit soudain une douleur fulgurante irradier tout son corps. De la bile remonta de son estomac. L'étreinte se relâcha. Il tomba à genoux. Hutton venait de lui porter un coup à l'entrejambe. Sa vision se brouilla. Le bruit de la mer résonnait dans ses oreilles. Il se passa la main sur les yeux pour tenter de retirer le voile. Il avait l'entrejambe en feu. Des relents de whisky remontaient dans sa gorge. Quand il essaya d'expirer par le nez, de grosses bulles de sang se formèrent et éclatèrent. Le coup de pied suivant l'atteignit à la tempe. Il roula par terre et se recroquevilla en position fœtale. Il savait qu'il devrait se relever et se battre. Qu'il n'avait rien à perdre. Qu'il valait mieux résister. Frapper, griffer, cracher, jusqu'à la fin. Hutton s'était accroupi devant lui et lui relevait la tête en l'attrapant par les cheveux.

Tout à coup, des explosions retentirent au loin : le feu d'artifice au château. Il était minuit. Le ciel s'illumina de rouge sang et de jaune aveuglant.

– On découvrira ton corps dans bien plus de vingt ans, crois-moi, dit Hutton.

Cafferty se tenait derrière lui. Il avait quelque chose à la main. Une fusée l'éclaira. Un couteau. La lame mesurait quinze à vingt centimètres. Cafferty allait s'en charger lui-même. Son poing tenait fermement le manche. C'était écrit. Depuis qu'il avait mis les pieds dans le bureau de la Belette, ce moment devait arriver. Rebus en fut presque soulagé. Entre Cafferty et ce jeune voyou, il n'y avait pas photo. Hutton avait bien camouflé son activité criminelle, un vernis lisse et étincelant. Big Ger serait plus facile à prendre...

Mais pour le moment, une vague déferlante recouvrait tout sur son passage, lavait le sang du visage de Rebus avec un rugissement assourdissant, les ombres et les lumières se brouillaient, se fondaient...

Fondu au gris.

42

Il se réveilla.

Il était gelé, il avait mal partout, l'impression d'avoir passé la nuit dans une tombe. De la croûte lui collait les paupières. Il se força à ouvrir les yeux. Il était entouré de voitures. Il ne pouvait s'arrêter de trembler. Il savait qu'il risquait l'hypothermie. Il se releva maladroitement en se tenant à une voiture. Le parking d'un garage. Il devait se trouver dans Seafield Road. Il retira les croûtes de sang qui lui obstruaient les narines et se mit à respirer vite. Sa circulation sanguine s'accéléra. Sa chemise et sa veste étaient maculées de sang, mais il n'était pas blessé. Pas de trace de coup de couteau.

Bon sang, mais qu'est-ce que c'est ?

Il faisait encore nuit. Il tendit le bras vers le réverbère le plus proche. Trois heures trente. Il tâta ses poches, trouva son téléphone, et entra le code d'accès. L'agent de permanence de St Leonards lui répondit.

Le ciel ou l'enfer ?

– J'ai besoin d'une voiture, dit-il. Seafield Road. Le concessionnaire Volvo.

Il se mit à arpenter le parking et à se frictionner en attendant les renforts. Sans pouvoir s'arrêter de trembler. La voiture de patrouille arriva dix minutes plus tard. Deux uniformes en émergèrent.

– Merde ! Vous avez vu votre tête ? s'exclama l'un d'eux.

Rebus s'écroula sur la banquette arrière.

– Le chauffage est à fond ? demanda-t-il.

Les agents montèrent à l'avant.

– Qu'est-ce qui vous est arrivé ?

Rebus réfléchit.

– Je ne sais pas.

– Bonne année quand même, monsieur, dit le conducteur.

– Bonne année, répéta l'autre.

Rebus essaya de former les mots, mais n'y parvint pas. Alors il s'allongea, et lutta pour rester en vie.

Il retourna sur les lieux avec une équipe. Le béton de la route était zébré comme une patinoire.

– Qu'est-ce qui s'est passé ici ? le questionna Siobhan Clarke.

– Ça n'était pas pareil, répondit Rebus, tentant de garder l'équilibre.

L'hôpital l'avait laissé sortir à contrecœur, mais son nez n'était pas cassé, et, bien qu'il y eût du sang dans ses urines, il n'y avait aucun signe de blessure interne ni d'infection. Il se souvenait du commentaire d'une infirmière en voyant ses vêtements : « Ça fait beaucoup de sang pour un nez bousillé. » Ça lui avait donné à réfléchir. Coupures au visage et à l'intérieur de la joue, saignements de nez. Et pourtant il était couvert de sang. Il revit le couteau. Cafferty arrivant derrière Barry Hutton...

Et maintenant, à peu près à l'endroit où il se tenait dix heures plus tôt à peine... Rien. Juste une couche de gel.

– Quelqu'un a nettoyé au jet d'eau, dit-il.

– Quoi ?

– Ils ont fait disparaître le sang.

Et il retourna à la voiture.

Barry Hutton n'était pas chez lui. Sa petite amie ne l'avait pas vu depuis la veille au soir. Sa voiture était garée devant ses bureaux. Fermée, alarme branchée, aucune trace des clefs. Ni de Barry Hutton.

Cafferty était à son hôtel. Il prenait son café du matin dans le salon. L'homme de Hutton – devenu celui de Cafferty, si tant est qu'il ait jamais été dans le camp du promoteur – lisait un journal à une table voisine.

– Je viens juste de découvrir les prix qu'ils vont pratiquer quand on aura changé de millénaire, déclara Cafferty à propos de l'hôtel. Tous des escrocs. On a choisi la mauvaise branche, toi et moi.

Rebus s'assit en face de son ennemi. Siobhan Clarke se présenta, mais resta debout.

– Vous êtes deux, remarqua Cafferty. Besoin de corroboration.

Rebus se tourna vers Siobhan.

– Va m'attendre dehors.

Elle ne bougea pas.

– S'il te plaît.

Elle hésita, puis partit, furieuse.

– Elle a du tempérament, celle-là.

Cafferty rit et se pencha en avant, le visage soudain grave.

– Comment tu vas, Pantin ? J'ai bien cru qu'on allait te perdre, là-bas.

– Où est Hutton ?

– Comment veux-tu que je le sache ?

Rebus se tourna vers le garde du corps.

– File à Warriston Crematorium et cherche le nom de Robert Hill. Les hommes de Cafferty ont tendance à mourir jeunes.

L'homme resta de marbre.

– Alors Barry n'a pas réapparu ?

– Tu l'as tué. Maintenant tu peux prendre la suite. C'était ton plan depuis le début, n'est-ce pas ?

Cafferty sourit.

– Bryce Callan ne va pas être content.

Le sourire de Big Ger s'élargit.

– Bryce t'a donné son accord ?

– On ne peut pas se permettre de descendre des types comme Roddy Grieve impunément, murmura Cafferty. C'est mauvais pour tout le monde.

– Mais on peut se permettre de tuer Barry Hutton ?

– Je t'ai sauvé la peau, Pantin. Tu me dois une vie.

– C'est toi qui m'as attiré là-bas. C'est toi qui as tendu ce piège. Et Hutton y est tombé à pieds joints.

– Tout comme toi.

Rebus lui aurait bien collé son poing dans la figure et Cafferty en était parfaitement conscient. Il regarda l'élégant salon qui l'entourait, l'air satisfait. Chintz, chandeliers en argent, tapis épais.

– Pas ici, tout de même ?

– On m'a déjà viré d'endroits mieux que ça. Où est-il ? insista le policier.

– Tu sais ce qu'on raconte à propos d'Old Town ? Que la raison pour laquelle les rues sont si étroites et pentues, c'est qu'il y a un énorme serpent enterré dessous.

Voyant que Rebus ne réagissait pas, il ajouta :

– Il y a de la place pour bien plus qu'un serpent sous Old Town, Pantin.

La vieille ville. Tous les chantiers autour d'Holyrood. Queensberry House, Dynamic Earth, les bureaux du *Scotsman*, des hôtels, des appartements. Des tas de bons gros trous à remplir de béton...

– On va fouiller, dit Rebus.

Les paroles de Cafferty lui revinrent : pas de corps, pas de crime.

– C'est ça. Et n'oublie pas de garder tes vêtements comme pièce à conviction. Il y a sûrement un peu de son sang mêlé au tien. C'est peut-être toi qui auras des explications à donner, d'ailleurs. Moi, j'ai passé la soirée ici. T'as qu'à demander à tout le monde. Une sacrée fête. D'ici le prochain réveillon... qui sait où on en sera ? On aura notre Parlement, et toute cette histoire... ne sera plus qu'un souvenir.

– Je me fous du temps que ça prendra, menaça Rebus.

Mais Cafferty se contenta de rire. Il était de retour chez lui et avait repris les commandes de sa ville, c'est tout ce qui importait...

REMERCIEMENTS

J'aimerais remercier Historic Scotland de m'avoir fait visiter Queensberry House ; le Scottish Office Constitution Group ; le Professeur Anthony Busuttil de l'Université d'Édimbourg ; le personnel de la morgue d'Édimbourg, celui du poste de police de St Leonards, et le QG de police de la région du Lothian and Borders ; Old Manor Hotel, Lundin Links (tout particulièrement Alistair Clark et George Clark).

Les livres et guides suivants m'ont été d'une grande aide : Who's Who in the Scottish Parliament (supplément du numéro de *Scotland on Sunday* du 16 mai 1999), *Crime and Criminal Justice in Scotland* de Peter Young (Stationery Office, 1997) ; *A Guide to the Scottish Parliament* édité par Gerry Hassan (Stationery Office, 1999) ; *The Battle for Scotland* de Andrew Marr (Penguin, 1992).

Les paroles de « Wages Day » sont de Ricky Ross. Cette chanson se trouve dans les albums *Raintown* et *Our Town : The Greatest Hits* des Deacon Blue.

J'aimerais également remercier Angus Calder de m'avoir autorisé à citer son « Love Poem », et Alison Hendon qui a attiré mon attention sur un autre poème et m'a fait don du titre de ce livre.

Pour plus d'informations sur la remarquable Rosslyn Chapel, visitez son site web à www.ROSSLYNCHAPEL.org.uk